Im Knaur Taschenbuch Verlag ist bereits folgendes Buch der Autorinnen erschienen:
Dolmen

Über die Autorinnen:
Nicole Jamet und Marie-Anne Le Pezennec arbeiten seit neun Jahren zusammen und haben gemeinsam zahlreiche Drehbücher geschrieben. Das Drehbuch für die erfolgreiche Verfilmung von ihrem ersten Roman, *Dolmen … vergessen sollst du nie,* haben sie selbst geschrieben. *Dolmen* stand wochenlang auf den französischen und deutschen Bestsellerlisten. Mehr Infos zu den Romanen von Nicole Jamet und Marie-Anne Le Pezennec finden Sie auf www.knaur.de/dolmen/

Nicole Jamet
Marie-Anne Le Pezennec

KILLMORE

Was niemand wissen darf

Thriller

Aus dem Französischen von
Susanne Schmitz

Knaur Taschenbuch Verlag

Die französische Originalausgabe erschien 2007 unter dem Titel
Les oubliés de Killmore bei Editions Michel Lafon, Paris.

Besuchen Sie uns im Internet:
www.knaur.de

Vollständige Taschenbuchausgabe Dezember 2009
Knaur Taschenbuch.
Ein Unternehmen der Droemerschen Verlagsanstalt
Th. Knaur Nachf. GmbH & Co. KG, München

Umschlaggestaltung: ZERO Werbeagentur, München
Umschlagabbildung: FinePic®, München
Satz: Adobe InDesign im Verlag
Druck und Bindung: CPI – Clausen & Bosse, Leck
Printed in Germany
ISBN 978-3-426-63984-9

2 4 5 3 1

Für Pierre-Jean, meinen ersten Leser
Für meinen Vater, in Liebe

N. J.

Für Loris, Ludovic und Léa,
die Lieben meines Lebens
Für meine geliebten Eltern
Monique und Jean-Jacques

M.-A. L. P.

1

An dem Tag, als sie mir den Weg zur Erlösung zeigten, begann ich an die Macht der Oghamsteine zu glauben. Am Samstag wird es ein Jahr her sein.

Es konnte wirklich kein Zufall sein, dass Marie Kermeur just an diesem Tag ein neues Leben beginnen wollte. Ebenso wenig, wie es ein Zufall sein konnte, dass sie heute ankommen sollte. Ich hatte alles unter Kontrolle. Außer dem Wetter.

Die Überfahrt war stürmisch verlaufen. Die Fähre aus Roscoff hatte drei Stunden Verspätung, als sie endlich um Danas Turm bog und am Ende der Mole, ganz in der Nähe der Docks, festmachte. Der Tag neigte sich dem Ende zu, und im Hafen von Killmore gingen eins nach dem anderen die Lichter an, als wollten sie die Passagiere mit funkelndem Beifall begrüßen.

Sie gehörte zu den Ersten, die an Land gingen, sichtlich begierig darauf, den Fuß auf diesen irischen Boden zu setzen, auf dem sie gezeugt worden war.

An dem leuchtenden Blick, den sie über die Laternen am Eingang der Pubs, über die bunten Fischerboote im Hafen und über die um Fischreste zankenden Möwen wandern ließ, an der Art, wie sie die dunstige, salzige Luft einsog und ihr Gesicht dem feinen Regen darbot, erkannte ich, dass sie, die auf Lands'en geboren war, sich bereits in diese Insel verliebt hatte, die ihrer Heimatinsel so sehr glich.

Nur gab es hier keine schmerzlichen Erinnerungen.

Wenn sie in diesem Augenblick mein Gesicht hätte sehen können, hätte ihr Polizisteninstinkt sie sofort Gefahr wittern lassen und sie zur Umkehr bewogen. Doch ich hatte diesen Augenblick zu sehr herbeigesehnt, als dass ich eine Dummheit gemacht hätte, die ihn hätte zerstören können. Und ich war alles andere als dumm – man billigte mir sogar eine außerordentliche Intelligenz zu. Doch mir wurde schlecht vor Aufregung, als ich sie so sah, mir auf einmal so nah.

Gott, war sie schön! Von ihrer irischen Mutter hatte sie das rötlich blonde Haar, die schlanke Gestalt und ihre riesigen grünen Augen geerbt. Von ihrem bretonischen Vater das willensstarke Kinn und ihren Starrsinn.

Die Erbin der Sullivans. So hatte die Killmore Tribune sie in dem Artikel über ihre bevorstehende Hochzeit auf Killmore genannt. Dass sie auch noch den Spezialisten für Ritualverbrechen heiratete, der ihr damals geholfen hatte, das Geheimnis ihrer Herkunft zu lüften, gab dieser Geschichte eine herrlich romantische Note.

Der Möchtegern-Paparazzo hatte es sich natürlich nicht verkneifen können, an die dramatischen Ereignisse zu erinnern, die sich im Sommer zuvor auf Lands'en zugetragen hatten, und an die Ermittlungen, aus denen hervorgegangen war, dass Marie Kermeur tatsächlich die Tochter von Mary Sullivan war, jener Unbekannten von Molène, deren Schiff im Mai 1968 wegen einer Bande Halbwüchsiger auf ein Riff gelaufen und gekentert war, und das gerade, nachdem die junge Frau ein Kind zur Welt gebracht hatte. Ein Fischer und seine Frau hatten sich des Kindes angenommen und ihm ihren Namen gegeben: Kermeur.

Zwar verschwieg die Zeitung, dass Maries Brüder zu diesen Halbwüchsigen gehört hatten, dies war jedoch weniger dem Zartgefühl des Reporters zuzuschreiben als der Sorge der Redaktion, man könne einen der wichtigsten Anzeigenkunden

– die Brennerei Sullivan – verärgern. Und überhaupt, warum sollte man die Rückkehr der verlorenen Tochter mit derart unerfreulichen Details verderben?
Ein kurzes Hupen, Marie zuckte zusammen. Langsam bahnte sich der Wagen der Sullivans einen Weg durch das Gewoge der Regenschirme und hielt auf ihrer Höhe an. Für einen Sekundenbruchteil sah ich in ihre grünen Augen, dann verschwand sie im Auto.
Schweißgebadet konzentrierte ich meine Gedanken auf das Einzige, was mich zu beruhigen vermochte: die Hochzeit, die am kommenden Samstag stattfinden sollte. Noch zwei Tage.
Für mich die längsten meines Lebens.
Für sie die letzten.
In achtundvierzig Stunden würde diese Frau tot sein, damit ich leben konnte.
So hatten es die Oghamsteine beschlossen.

***

Der Besitz der Sullivans lag am Meer und erstreckte sich über etwa dreißig Hektar, zwei Drittel davon wurden als Pferdeweiden genutzt – die Pferdezucht war eins der beiden Fachgebiete der Familie, das andere war die Whiskeyherstellung. Andrew Sullivan hatte die Brennerei für »pure malt«, deren Ruf inzwischen weit über die irischen Landesgrenzen hinausgedrungen war, vor dem Krieg gegründet.
Als Andrew Sullivan in den siebziger Jahren starb, übernahm seine zwanzig Jahre jüngere Witwe die Leitung der Brennerei. Damals hatte sie mit ihrem messerscharfen Geschäftssinn so manchen erstaunt. Auch wenn inzwischen Alice, ihre älteste Enkelin, die Zügel in der Hand hielt, gehörte Louise immer noch zum Aufsichtsrat, und es war für sie Ehrensache, einmal am Tag durch die Brennerei zu gehen und jedem einzelnen Angestellten einen guten Tag zu wünschen.

Marie fürchtete sich entsetzlich vor der ersten Begegnung mit ihrer Großmutter mütterlicherseits. Sie entspannte sich jedoch, als sie spürte, wie sich Lucas' Hand mitfühlend und liebevoll um ihre schloss. Der Mann auf dem Beifahrersitz schien ihre Anspannung ebenfalls gespürt zu haben und wandte sich jetzt halb zu ihr um.
»Lass dich nicht bange machen … Meiner Mutter geht's auch nicht besser als dir.«
»Hat sie Ihnen das gesagt?«
»Bestimmt nicht!«, gab er belustigt zurück. »Aber seit einer Woche macht sie die Arbeiter verrückt, damit am Samstag bloß alles perfekt ist.«
Er warf Marie einen tadelnden Blick zu.
»Und hör gefälligst auf, mich zu siezen, als wäre ich ein Fremder.«

Sie hatte Edward Sullivan auf Anhieb gemocht. Er gehörte zu den Menschen, die gleich zum Wesentlichen kommen und sich nicht mit langem Drumherumreden aufhalten.
»Ich habe mich immer gefragt, wie Mary wohl aussähe, wenn sie noch am Leben wäre. Jetzt weiß ich es.«
Das waren Edwards erste Worte an sie gewesen, und damit hatte er sie in eine Vergangenheit zurückgeworfen, die sie zu vergessen versuchte. Seit den schrecklichen Ereignissen, die ganz Lands'en in Trauer versetzt hatten, waren mehrere Monate vergangen, und der Schmerz war jetzt diffuser geworden, doch er war immer noch da, er lauerte in einem Winkel und erwachte bei einem beiläufigen Satz, einem Geräusch, einem Geruch oder einem Anruf.
Der Anruf kam in der Osterzeit. Edward Sullivan teilte ihr mit, er sei am folgenden Montag in Paris und wolle sie gern kennenlernen. Trotz ihrer Angst willigte Marie schließlich ein, sich mit ihm zu treffen. Sie hatten sich in einer Brasserie am Boulevard Saint-Michel verabredet.

Edward kam direkt auf sie zu, in einem etwas steifen Gang. Der stattliche Herr mit dem störrischen grauen Haar und dem graumelierten Bart, der seinem Gesicht eine gewisse Härte verlieh, verschlang sie geradezu mit ungläubigen und gerührten Blicken. Marie, verwirrt von diesem fast hypnotischen Starren, fragte ihn, was er trinken wolle. Erst als er sich ihr gegenüber hinsetzte, bemerkte sie das Metallgestell an seinem rechten Bein. »Ein zehn Jahre zurückliegender Reitunfall«, erklärte er lakonisch und kam, nachdem er ein kleines Bier bestellt hatte, direkt zum Zweck dieser Begegnung: Louise Sullivan wollte ihre Enkeltochter kennenlernen.

Obwohl Marie auf diesen Wunsch vorbereitet war, brachte es sie aus der Fassung, als er so ausgesprochen wurde.

»Meine Mutter – *ta grand-mère* – ist eine ungeheuer starke Frau. Ich habe sie nie weinen sehen, bis zu dem Tag, als sie von Marys tragischem Tod erfuhr. Und von deiner Existenz.«

Er verstummte und lächelte sie kurz an.

»Ich duze dich, aber wenn es dir nicht recht ist …«

Er ließ den Satz in der Luft hängen, als erwarte er einen Einspruch, der jedoch nicht kam.

»Sie hat viel Zeit gebraucht, um ihre Angst zu überwinden.«

Angst. Marie hatte zu lange auf ein Zeichen der Sullivans gehofft und es zugleich gefürchtet, um jetzt gelassen zu bleiben. Ihre schönen grünen Augen verschleierten sich kurz.

»Und jetzt hat sie keine Angst mehr?«

Eine lärmende Gruppe stürmte das Café und ließ sich an einem Tisch in der Nähe nieder. Edward beobachtete die Ruhestörer, als wolle er sich eine Pause gönnen, dann beugte er sich zu ihr hinüber. Sein Blick wurde noch ernster, die Stimme noch rauher.

»Sie wird bald sterben, Marie. Krebs. Die Ärzte geben ihr nur noch sechs Monate. Außer ihr weiß nur ich davon. Sie würde

mich verwünschen, erführe sie je, dass ich es dir gesagt habe. Sie weiß nicht einmal, dass ich mich mit dir treffe.«
Abschließend hatte er ihr gesagt, sie schulde der Familie nichts und er werde ihre Entscheidung respektieren, wie immer sie ausfalle. Wenn sie ablehne, werde Louise nie von dieser Begegnung erfahren und Marie nie wieder von ihm hören.

Später hatte sie ihn mit Lucas bekannt gemacht, und sie hatten den Abend gemeinsam verbracht. Edward freute sich, als er hörte, sie wollten im Mai heiraten, und er spielte mit keinem Wort auf den Zweck seiner Reise nach Paris an, so dass Marie in ihrer Entscheidung völlig frei blieb. Für dieses hochherzige Verhalten war sie ihm sehr dankbar.
»Überleg es dir und ruf mich an, aber lass dir nicht zu viel Zeit«, hatte er gesagt, als er sich von ihr verabschiedete.
Als Marie und Lucas wieder in ihrer Wohnung waren, hatte er etwas gefragt, das sie verblüfft hatte:
»Wie ist im Mai das Wetter in Irland?«
»Etwa so wie in der Bretagne«, hatte sie geantwortet, ohne seinem Blick auszuweichen.
Er zog eine kleine Grimasse.
»Genau das hatte ich befürchtet …«
Da sie beharrlich schwieg, trat er zu ihr, fasste sie bei den Schultern und sah sie eindringlich an.
»Du kannst es kaum erwarten, sie zu besuchen. Und sie können es kaum erwarten, dich kennenzulernen, sonst wäre Edward nicht gekommen. Also wo ist das Problem?«
»Und unsere Hochzeit?«
An seinem Gesichtsausdruck erkannte sie, worauf er hinauswollte. Sie schüttelte energisch den Kopf. Nach Irland reisen und ihre Familie besuchen? Vielleicht. Aber dort heiraten …
In der darauffolgenden Woche erhielt sie einen Brief von Louise, deren schlichte und anrührende Sätze ihr sehr zu

Herzen gingen. Ihre Großmutter hatte von ihren Heiratsplänen gehört und flehte Marie an, die Hochzeit auf Killmore ausrichten zu lassen, bei den Sullivans und gemäß der Familientradition.

Edward, der Brief, die schrecklichen Erinnerungen, die eine Hochzeit auf Lands'en unmöglich machten, und schließlich Lucas, der Maries letzte Bedenken entkräftete. Man einigte sich auf den 20. Mai.

***

Das Herrenhaus erschien hinter einer Wegkehre, eingebettet in eine Symphonie von Rottönen. Rot waren die mit Fähnchen geschmückten Fuchsienhecken zu beiden Seiten des Weges, und rot waren die Rosen, die das hell erleuchtete Haus überwucherten und mit ihren purpurnen Schatten die ein wenig kühle Eleganz der gemauerten Fassade freundlicher erscheinen ließen.

Der Wagen folgte dem Weg durch die sorgsam gepflegten Rasenflächen, die sich sanft zum Ozean hinunterschwangen. Wenn der Wind aus Südwesten kam, war das regelmäßige Rauschen der Brandung zu hören. Im Näherkommen konnte man auf dem quadratischen Hof die Zeltdächer erkennen, die man zum Schutz der Gäste aufgespannt hatte. Eine kleine Bühne und eine Tanzfläche waren noch im Aufbaustadium. Die Sullivans hatten an nichts gespart, wie Lucas später bemerken sollte.

Auf der linken Seite des Grundstücks sah man die Pferdeställe, die Scheune und weitere Wirtschaftsgebäude. In einiger Entfernung war zwischen den uralten Bäumen des Parks eine kleine Kapelle mit angrenzendem Privatfriedhof zu sehen, hier hatten die Sullivans Mary im engsten Familienkreis symbolisch beigesetzt, nachdem die Ermittlungen abgeschlossen worden waren. Marie beschloss, einfach zu vergessen, dass

man sie nicht dazugebeten hatte, und konzentrierte ihre Aufmerksamkeit auf das Herrenhaus. Als sie die von Scheinwerfern beleuchteten Fenster im zweiten Stock bewunderte, sah sie es: Eine rot umflossene weibliche Gestalt erschien hinter den Sprossenscheiben, mit fast übernatürlicher Anmut glitt sie von Fenster zu Fenster, kam und ging, bis sie wie von der Dunkelheit verschluckt verschwand.
Von dieser Erscheinung verwirrt vergaß Marie ihre Ängste.

***

»Du siehst deiner Mutter so ähnlich ...«
Die alte Dame, die kerzengerade oben auf dem Treppenabsatz stand, hatte sich für ihre fünfundachtzig Jahre gut gehalten. Und wäre da nicht der unauffällige Stock gewesen, den sie aus Gründen der Eitelkeit nicht in Weiß hatte haben wollen, so hätte man die Milchigkeit ihrer Augen für das Anzeichen eines simplen grauen Stars halten können. Louise Sullivan war blind. Doch ihre Hände strichen sanft über Maries Gesicht und nahmen jede Einzelheit bis ins Kleinste wahr, vielleicht schärfer als mit Blicken.
»Danke, meine Enkeltochter«, flüsterte die alte Dame mit vor Rührung erstickter Stimme. »Danke, dass du sie mir zurückgebracht hast.«
Wie Edward sprach auch Louise ein tadelloses Französisch. Er hatte es schon in seiner Kindheit gelernt und verriet sich nur durch einen leichten irischen Akzent, sie hingegen war als Französin zur Welt gekommen.
Als Louise zwanzig Jahre alt war, waren ihre Eltern im Krieg umgekommen. Ihre Patentante hatte sie aufgenommen, und so war sie nach Killmore gekommen, in das Ferienhaus dieser Patentante. Dort hatte sie Andrew Sullivan kennengelernt, einen zwanzig Jahre älteren verwitweten Vater von drei Söhnen: Ed, Tom und Sean. Nach der Befreiung Frankreichs war

Louise in Irland geblieben und hatte Andrew geheiratet. 1947 hatte sie ein Mädchen mit grünen Augen und rötlich blondem Haar zur Welt gebracht: Mary.
Louise hatte sehr unter dem Verschwinden ihrer Tochter gelitten und lange auf Nachricht gehofft, doch es milderte ihren Schmerz, dass nun auf einem Grabstein auf dem kleinen Familienfriedhof Marys Name zu lesen war. Endlich hatte sie einen Ort, an dem sie um ihre Tochter trauern konnte. Das verdankte sie Marie, und neben der Freude, endlich ihre Enkelin kennenzulernen, empfand sie auch unendliche Dankbarkeit ihr gegenüber. Deshalb hatte die alte Dame in völligem Einvernehmen mit ihrer Familie beschlossen, das Erbe der Sullivans neu zu verteilen, damit ihre Enkelin den Teil erhielt, der, wenn das Schicksal einen anderen Verlauf genommen hätte, Mary zugestanden hätte.
Marie lehnte diese Erbschaft zuerst ab. Sie sei nur nach Irland gekommen, um endlich die Familie ihrer Mutter zu sehen, erklärte sie. Doch Louise gehörte nicht zu den Frauen, die sich Vorschriften machen lassen, und blieb hart. Zum großen Erstaunen Lucas', der dem Wortwechsel dieser beiden starken Persönlichkeiten gebannt zuhörte, gab Marie schließlich nach. Vor allem, um der alten Dame keinen Kummer zu bereiten, zumal sie dem Tod so nah war. Dies jedoch wusste Lucas nicht, denn Marie hatte das Versprechen gehalten, das sie Edward gegeben hatte.
Louise wollte sich gerade zurückziehen, als Marie sie nach der Frau in Rot fragte, die sie im zweiten Stock gesehen hatte. Ein schwer zu interpretierender Schatten glitt über das Gesicht der Blinden, als sie Marie widersprach.
»Der zweite Stock war Marys Reich. Seit über dreißig Jahren hat ihn niemand mehr betreten«, murmelte Louise müde.
Dabei hätte Marie schwören können, dass sie sich nichts eingebildet hatte.

2

Am nächsten Tag gab es den ersten Zwischenfall. Dabei hatte alles so wunderbar begonnen. Marie genoss das funkelnde Licht und die seidige Frühsommerluft, es war die reinste Wonne. Ihr Körper bewegte sich im Einklang mit der kräftigen Muskulatur ihres Pferdes, sie erfreute sich am Geruch von zertretenem Gras und aufgeworfener Erde, am Fell, das unter ihr zitterte, wenn sie dem Araber die Sporen gab. Sie ließ Lucas keine Sekunde aus den Augen.

Gerade zügelte er sein Pferd oben auf einem Hügel und wandte sich ihr mit einem strahlenden Lächeln zu. Marie sah dieses Lächeln, das zerzauste braune Haar und wurde wieder einmal von der Gewissheit überwältigt, dass sie diesen Mann liebte. Als auch sie oben auf dem Hügel ankam und sich umsah, raubte ihr die Schönheit der Landschaft den Atem.

»Wie im Märchen«, murmelte sie hingerissen.

So weit das Auge reichte, Wiesen und Torfmoore, von Fuchsien umwucherte schroffe Felsen, graue Felshänge, die zum Meer hin steil abfielen, Buchten mit ockerfarbenen Sandstränden.

Doch das Kleinod dieser Landschaft war zweifelsohne das, was die Leute auf Killmore die »Insel der Schimären« nannten – ein kleiner Flecken Land, Wald und Fels mit zackigen Umrissen und wildem Bewuchs. Er war mit Killmore nur durch eine lange Sandbank verbunden, die bei Flut unter Wasser lag und so für einige Stunden am Tag die Illusion vermittelte, es handle sich um eine Insel.

Vor dieser Insel ragte wie ein Vorposten ein hoher, von Riffen umgebener Turm aus den Fluten. Den Reiseführern zufolge handelte es sich um den letzten Überrest einer mittelalterlichen Festung, errichtet von Dana, der ersten keltischen Königin, die unter dem Namen »die Scharlachrote Königin« besser bekannt war. Einerseits verdankte sie diesen Namen der Farbe ihrer Kleider, einem Blutrot, das nach ihrem Erlass nur sie selbst tragen durfte. Andererseits aber auch ihrer Grausamkeit.

»Im Märchen ist es immer der Prinz, der seiner Angebeteten sein Königreich zu Füßen legt, und nicht umgekehrt«, scherzte Lucas.

Unter dem scherzhaften Ton war eine Art Bedauern zu spüren, das Marie im Keim ersticken wollte. Für sie war diese Landschaft nur deshalb wichtig, weil vor ihr ihre Mutter hier gelebt hatte. Sonst hatte sie keine Bedeutung.

»Dir verdanke ich, dass ich hier bin«, widersprach sie zärtlich. »Danke, dass du mich zu einem Ja gedrängt hast.«

»Tut es dir wirklich nicht leid?«, fragte Lucas.

Es waren seine nussbraunen Augen, die ihr auf Anhieb gefallen hatten, dieser zärtlich ironische Blick, mit dem er die Welt, die Dinge und die Menschen betrachtete. Auch wenn er sie anfangs mit seinem nüchternen Geist, der ihrem von Glauben und Aberglauben geprägten Denken so sehr entgegenstand, in Harnisch gebracht hatte.

Was sie jedoch verband, war ihre Leidenschaft für ihren Polizistenberuf. Und eine unendliche Liebe. Für Marie war sie ein Wunder, für ihn etwas ganz Natürliches. Obwohl sie schon seit einem Jahr mit ihm zusammenlebte, hatte sie das, was sie über ihn wusste, vor allem von seinem Vater, Marc Fersen, erfahren, und ein wenig verdankte sie auch den Erinnerungen, die seine an Alzheimer erkrankte Mutter Hélène hervorkramte, wenn ihre Krankheit ihr einen hellen Moment gewährte. Lucas pflegte zu sagen, Marie kenne seine besten Seiten, die schlimmsten könne sie immer noch kennenlernen. Zwei Dinge wusste Marie ganz sicher: Dieser Mann war imstande, sie um den Verstand zu bringen. Und am nächsten Tag würde sie seine Frau werden. Sie schenkte ihm ein strahlendes Lächeln.

»Du hattest recht. Auf Lands'en hätten wir nicht heiraten können. Zu viele Gespenster.«

Damit die trüben Erinnerungen diesen wunderbaren Augenblick nicht verdarben, gab sie ihrem Pferd plötzlich die Sporen und jagte den steilen Hang zur Landenge hinunter.

Schwere dunkle Wolken lagerten über der Insel, als Lucas' Pferd, das Maries Araber inzwischen überholt hatte, an der Landenge ankam und sich aufbäumte. Der überraschte Reiter flog durch die Luft und fiel mit voller Wucht auf den feuchten Sand. Maries Lachen erstarb, als er reglos liegen blieb. Sie stieg hastig vom Pferd ab und rannte zu ihm, erschrocken über die plötzliche Blässe und den starren Blick.

»Hast du dir wehgetan? Antworte mir, Lucas! Lucas! LUCAS!«

Seine Reglosigkeit jagte ihr entsetzliche Angst ein, rücksichtslos schüttelte sie ihn und entspannte sich erst, als er wieder Farbe annahm und die Augen öffnete. Sie half ihm, sich aufzurichten, er hatte nichts. Nur sein Stolz hatte eine tiefe Wunde davongetragen. Und seine Kleidung war mit feuchtem Sand paniert.

Lucas verdrehte die Augen zum Himmel.

»Na prächtig. Mit ein wenig Glück fängt's auch noch zu regnen an!«

Marie fragte sich, was das Pferd so erschreckt haben mochte, und sah sich suchend um. Die Landzunge ging in eine kleine steinige, in den Fels gehauene Straße über, die anstieg und

bald in der Dunkelheit des Unterholzes verschwand. Auf einem von der Feuchtigkeit zerfressenen, schief in den Fels gerammten Schild konnte man noch »Privatgrundstück, Zutritt verboten« entziffern.
Sie ließ den Blick über die beiden riesigen Granitsteine wandern, die den Zugang bewachten. Zwei Menhire, völlig von Moos bedeckt, das seltsamerweise jedoch bei beiden das in die Vorderseite eingravierte Zeichen ausgespart hatte.
Dieses Motiv, drei vom selben Mittelpunkt ausgehende Spiralen, kannte die junge Bretonin seit jeher. Es handelte sich um ein Triskell, *das* keltische Symbol. Zwar hatte sie es noch nie in dieser Form gesehen – die Spiralen endeten in scharfen Spitzen –, doch sie kannte seine Bedeutung, die davon abhing, in welche Richtung sich das Spiralenrad drehte. Nach rechts drehende Spiralen bedeuteten Glück. Drehten sie sich jedoch nach links, bedeutete es Unheil. Hier drehten sich die Spiralen nach links. Ein Schauer überlief sie.
Plötzlich hatte sie es eilig, von diesem Ort wegzukommen, sie wandte sich zu Lucas um und bemerkte, dass er zitterte. Sie nahm ihn in die Arme und drückte ihn wärmend an sich. Jetzt erst nahm sie das dumpf erstickte Glockenläuten wahr, das sich vom Zentrum der Insel her ausbreitete. Die Vision traf Marie mit voller Wucht.
Vor ihren aufgerissenen Augen verschwanden das Meer und die Insel in einer riesigen Feuersbrunst. Mitten aus den rot flackernden Flammen hörte man die unerträglichen Schreie einer Frau. Dann zerstob alles in einem Regen aus Funken, Glassplittern und Wasser.

Die ersten Regentropfen weckten sie aus ihrer Benommenheit.
»Was hast du?«
Lucas beobachtete sie besorgt. Marie schüttelte den Kopf und versuchte, aus dieser Erscheinung aufzutauchen, die so uner-

klärlich war und so rasch verflogen, dass sie nicht darüber sprechen konnte. Sie wollte ihn gerade beruhigen, als ein lauter Ruf sie erstarren ließ.

»Hoffentlich können Sie schwimmen!«

Die Verlobten drehten sich in ein und derselben Bewegung um und fassten den näher kommenden Reiter ins Auge.

Franck Sullivan. Edwards Sohn.

»Eine mit der Geschwindigkeit eines galoppierenden Pferdes auflaufende Flut ist keine urbretonische Spezialität. In weniger als dreißig Minuten wird das Wasser hier drei Meter hoch stehen, und es wird starke Strömungen geben. Also trödeln Sie da nicht herum!«

Noch vom wilden Ritt berauscht, hatten weder Lucas noch Marie auf die Wellen der steigenden Flut geachtet, die unerbittlich die Landzunge, die die Insel mit Killmore verband, unter sich begrub.

Franck machte sich schon auf den Rückweg, doch Marie hielt ihn zurück.

»Wem gehört diese Insel?«

»Den Schimären«, gab er spöttisch zurück.

Sie verzog das Gesicht, und er lachte.

»Na schön … Den Nonnen des Klosters. Meine Familie hat ihnen die Insel Ende der sechziger Jahre überlassen.«

Sie bemerkte, dass das Läuten verstummt war.

Franck sah ihr beifällig zu, als sie wieder aufstieg.

»Ich habe Sie reiten sehen. Nicht schlecht … Wenn Sie wieder einmal Lust haben, die Insel zu besichtigen, wäre es mir ein Vergnügen, den Fremdenführer zu spielen. Das ist dann auch weniger gefährlich …«

Allmählich fand Lucas diesen Typen wirklich nervig.

»Es war nicht meine Schuld, dass mein Pferd gescheut hat«, knurrte er.

»Wenn man vom Pferd fällt, ist man immer selbst schuld. Wahrscheinlich haben Sie es erschreckt.«

Marie beeilte sich, den Wortwechsel noch im Stadium des Geplänkels zu unterbrechen. »Dieses Triskell auf den Menhiren ... Was bedeutet es eigentlich?«
»Es ist das Zeichen von Dana, der Scharlachroten Königin.«
»Hat sie hier gelebt?«
Franck lächelte kurz, und als er antwortete, fixierte er Lucas. »Nein, sie hat lediglich diejenigen hierher verbannt, die ihr missliebig waren ... Wir sehen uns ja dann zu Hause!«, rief er Marie noch zu, bevor er sein Pferd absichtlich so heftig antrieb, dass Lucas ziemlich nassgespritzt wurde.
»Blödmann!«, zischte Lucas.
Marie ging nicht darauf ein und schaute ihrem Cousin nach, fasziniert davon, wie sehr Ross und Reiter eine Einheit bildeten. Und nun, da die See die Landzunge mit einem Wellenschleier bedeckte, sah es so aus, als galoppiere er über das Wasser. Die Insel der Schimären hatte ihren Namen wahrhaftig verdient.
»Ich will ja niemandem die Schau stehlen, aber ich erfriere allmählich.«
Marie gab ihrem Pferd die Sporen und folgte Lucas.

***

Der Wind war abgeflaut und hatte einige schwere dunkle Wolken hinterlassen, die unbeweglich über der Insel lagen und sie in ein Dämmerlicht tauchten, in dem man den Birkenwald leicht für eine Armee von Kriegern und eine Gruppe verschleierter fahler Gestalten für eine Gespensterprozession halten konnte.
Sie gingen eine hinter der anderen, sichtlich bemüht, die Stille der Umgebung nicht zu stören. Ihre langsamen, gleichmäßigen Schritte hinterließen Spuren im sandigen Schlamm des Ufers. Der rote Schlamm stammte vom Steilfelsen, der dreißig Meter hoch über dem Wasser aufragte. Der See lag völlig

still da, er glänzte wie ein schwarzer Spiegel, den anscheinend kein Leben trüben durfte.
Der Legende nach konnte man bei Vollmond den Glockenturm der alten Kapelle im Wasser sehen wie ein Häuschen in einer Schneekugel, angeblich brauchte man bloß die Hand auszustrecken, um seine Spitze zu berühren.
Während der seltsame Zug unter dem üppigen Blätterdach verschwand, wurde die Oberfläche des Sees von einem vagen Licht aus der Tiefe belebt. Ein leichtes, zittriges Kräuseln, das immer stärker wurde, je deutlicher das Licht wahrzunehmen war. Zwei leuchtend grüne Lichtquellen tauchten wie geheimnisvolle Augen aus dem Abgrund auf. Als sie knapp unter der Oberfläche angekommen waren, wurden sie von einem heftigen Wirbel konzentrischer Kreise erfasst. Im nächsten Augenblick glühte auf der schwarzen Wasseroberfläche ein Feuerzeichen auf: Drei sich um einen Mittelpunkt drehende Spiralen, sie drehten sich nach links. Die Königin war ausgegangen.

***

Franck Sullivan hatte es vom ersten Augenblick an sehr bedauert, dass Marie seine Cousine war. Als Bewunderer aller Schönheit und unverbesserlicher Verführer war ihm sofort der Gedanke gekommen, dass er sie unter anderen Umständen nicht von der Bettkante gestoßen hätte. Franck war fünfunddreißig Jahre alt und hatte zwei Passionen. Pferde und Frauen.
Ein schlanker, nervöser Körper, der vom jahrelangen Reiten durchtrainiert war, das ausgezehrte Gesicht mit den unergründlichen dunklen Augen, das kurze Haar in diesem typisch irischen Rotblond, die stark gebogene Nase … Franck war nicht eigentlich gut aussehend. Aber umwerfend charmant.
Alice pflegte zu sagen, er brauche sich nur zu bücken, um die

Frauen aufzulesen, und deshalb werfe er sie auch nach gehabtem Vergnügen eine nach der anderen weg. Er sei so darauf versessen, alle zu besitzen, dass er keine behalten werde, warnte sie. Doch da täuschte sich seine Schwester.

In Wirklichkeit begehrte er nichts mehr als das Hab und Gut seines Nächsten. Und wenn er sich vorstellte, dass Fersen sich nach Belieben an Maries herrlichem Körper erfreuen durfte, kamen ihm Mordgelüste. Nicht so sehr wie bei dem Gedanken, dass ihm dieses Luder einen Teil seines Erbes weggeschnappt hatte. Aber fast.

Dass er nicht aufgemuckt hatte, als Louise der Familie ihren Entschluss mitteilte, sie werde Marie das geben, was ihr rechtmäßig zukomme, hatte drei Gründe. Erstens hatte er jubiliert, als er Alice bei ihrem ebenso hysterischen wie nutzlosen Wutanfall beobachtete. Zweitens hätte seine Großmutter ihn sowieso nicht nach seiner Meinung gefragt. Drittens war er wild entschlossen, dieses Mädchen daran zu hindern, ihn auszurauben. Wie schön sie auch sein mochte.

Sein Hass erstickte ihn fast, als er in Sichtweite des Herrenhauses kam. Um ihn zu verscheuchen, konzentrierte er seine Gedanken auf ein angenehmes Bild: Fersen auf allen vieren im Wasser. Er lachte boshaft auf, als er an die Szene zurückdachte.

Franck war auf dem Hügel gewesen, als er die beiden über die Landzunge zur Insel hatte galoppieren sehen. Er hatte beobachtet, wie der Bulle abgeworfen wurde. Wäre Marie nicht dabei gewesen, hätte er gern zugeschaut, wie das Meer den Spezialisten für Ritualverbrechen unter sich begraben hätte. Aber er hatte andere Pläne mit seiner allzu hübschen Cousine. Viel hübschere Pläne. Und nur sehr wenig Zeit, sie in die Tat umzusetzen.

***

Im Allgemeinen war Alice nicht anzusehen, in welcher Verfassung sie sich befand. Doch als sie vor dem Fenster im großen Salon stehen blieb, verkrampfte sich ihr tadelloser, langgliedriger Körper beim Anblick der Betriebsamkeit, mit der die vollkommene Ordnung des Parks zerstört wurde. Arbeiter errichteten große weiße Segeltuchdächer, nagelten Bretterböden zusammen, trampelten rücksichtslos den Rasen nieder und rempelten ihre geliebten Rosenstöcke an … Zwei bittere Falten ließen ihre Lippen schmal werden, genauso schmal wie die dunklen Augen unter dem akkurat geschnittenen Pony. Ihr Magen zog sich vor Hass zusammen. All das für die Hochzeit dieser Göre!

Dass Louise ihre Enkelin kennenlernen wollte, dass sie sie gebeten hatte, auf Killmore zu heiraten, sogar dass sie ihr den Erbteil ihrer verstorbenen Tochter übergeben wollte, all das hätte Alice vielleicht noch hinnehmen können. Vielleicht. Was sie Marie jedoch nie verzeihen würde, war der Blick, mit dem Edward sie ansah, ein Blick voller Zuneigung, wie er auf ihr selbst nie geruht hatte! Ihre Empörung über diese Ungerechtigkeit war so heftig, dass sie sich ans Fenster lehnen musste, um nicht zu schwanken. Ihre ganze Kindheit hindurch hatte sie darauf gewartet, dass ihr Vater ihr Zuneigung bezeugen würde, wenn schon keine Liebe. Und immer war sie nur auf Gleichgültigkeit oder Ungeduld gestoßen. Und dabei hatte sie sich unablässig bemüht, ihm zu gefallen – sie war brav, gelehrig und eine gute Schülerin gewesen. Sie hatte auf ihre Leidenschaft für die Malerei verzichtet und die Leitung der Brennerei übernommen. Schlimmer noch, sie hatte ohne Widerworte den Mann geheiratet, den er ihr bestimmt hatte. Dieses Schwein Benton. Eine neue Welle von Hass stieg in ihr auf, als sie an die Brutalität dieses elenden, perversen kleinen Aristokraten dachte.

Sie hatte sich nie beklagt. In ihrer Schwangerschaft hatte sie die Bewegungen in ihrem Leib voller Widerwillen wahrgenom-

men, sie waren ihr vorgekommen wie die Verlängerung eines bestialischen Geschlechtsteils. Als Krönung des Ganzen hatte sie ihren Vater ein weiteres Mal enttäuscht und nicht den so sehr erhofften männlichen Erben, sondern nur ein Mädchen zur Welt gebracht. Edward hatte dem Kind nicht mehr Aufmerksamkeit gewidmet als einem beliebigen Welpen.
Wie hätte sie also Zuneigung zu diesem Kind fassen können? Arme Jill, wie sollte man etwas lieben, das einem Ekel entsprungen war? Als ihr Mann ihr einige Monate später zum ersten Mal eine Freude gemacht und das Zeitliche gesegnet hatte, hatte Alice auch die Trauer heucheln müssen. Das Einzige, was sie in ihrem Leben gekonnt, und zwar gut gekonnt hatte, war lügen. Doch jetzt spürte sie eine Gefahr.
Die undurchdringliche Maske, an der sie Jahr um Jahr gefeilt hatte, war zu sehr strapaziert worden: Es erforderte zu viel Anstrengung, ihre Gefühle zu beherrschen und zu verbergen, sie würde es nicht mehr lange ertragen können. Das Einzige, was sie noch zu beruhigen vermochte, war der Gedanke an den Plan, den sie hegte. Einen Plan, den sie nicht aufgeben würde. Wie groß die Hindernisse auch sein mochten.

Fast hätte Alice aufgeschrien, als sich eine Hand auf ihre Schulter legte. Sie unterdrückte ihr Zusammenzucken und schluckte die Zornestränen hinunter, als sie die Stimme ihres Vaters erkannte.
»Ich bitte dich, deiner Cousine Marie ein freundliches Gesicht zu zeigen. Ich möchte, dass diese Zeremonie durch keinen Misston gestört wird.«
Alice drehte sich um und sah ihm in die Augen.
»Kannst du mir erklären, was einen derartigen Pomp rechtfertigt? Für meine Hochzeit hast du nicht halb so viel Aufwand getrieben.«
Zum ersten Mal spürte Edward Alice' Schmerz. Es machte ihn traurig.

»Das war nicht recht von mir, Liebes.«
Die unverhoffte Zärtlichkeit brachte sie aus der Fassung, doch sehr bald kam ihr der Verdacht, dass er nur Komödie spielte, um sie Marie gegenüber milder zu stimmen. Dafür verachtete sie ihn umso mehr.
»Dein Verhalten gegenüber diesem Mädchen ist lächerlich! Sie kann alles von dir haben!«
»Sie hat um nichts gebeten!«, fuhr Edward auf.
»Dafür ist sie zu stark! Und du lässt dich manipulieren!«
Ein sarkastisches Lachen tönte durch den großen Salon. Franck war eingetreten.
»Ich verstehe Papa. Sie hat wirklich das Zeug dazu, jeden zu behexen, den sie behexen möchte ...«
Alice erdolchte ihren Bruder mit Blicken. Er war geduscht und frisch rasiert und hatte einen weißen Pullover übergezogen, der ihm ausgezeichnet stand. In einsatzbereiter Verführerkluft, dachte Alice angewidert.
Sie lächelte Edward schief an.
»Sag deinem Sohn, er soll die Braut nicht anbaggern, wenn du einen *Misston* verhindern willst!«
»Jetzt reicht's!«
Die Stimme, die aus den Tiefen des dem Kamin zugekehrten großen Sessels drang, verriet, dass Louise ihr ganzes Leben lang Befehle erteilt hatte und an Gehorsam gewöhnt war.
»Ich werde keinerlei Ungezogenheit dulden! Wir verdanken es Marie und Lucas Fersen, dass wir meine geliebte Tochter Mary anständig begraben konnten, das scheint ihr zu vergessen.«
»Entflohene, Geliebte eines Mörders und Bankräuberin? Ein feiner Stammbaum!«, zischte Alice. »Wenn Marie Kermeur ihrer Mutter nachschlägt, bleibt wohl nicht viel von der Familie übrig.«
»Ich verbiete es dir, so zu reden!«, donnerte die alte Dame und stieß mit ihrem Stock auf die Erde.

»Jahrelang hast du uns verboten, deine *geliebte Tochter* auch nur zu erwähnen, und jetzt sollen wir sie beweihräuchern? Ohne mich!«

Louise setzte zu einer Antwort an, als die Tür aufging und eine Jugendliche eintrat, deren Blässe von einem kohlschwarzen Augen-Make-up noch betont wurde.

Eine rote Haarsträhne hing ihr ins Gesicht, das übrige braune Haar hatte sie nachlässig mit einer langen Stahlnadel aufgesteckt. Schwere Schnürstiefel unterstrichen die Magerkeit ihrer schwarzen Gestalt, und Piercings an Nase und Augenbrauen sowie ein tiefroter Nagellack rundeten den Gothic-Look ab.

Ein Glück, dass ihre Urgroßmutter blind ist, dachte Alice, während sie freudlos ihre Tochter beobachtete.

»Tag …«, murmelte Jill und ließ sich auf ein Sofa fallen.

»Geh und sag deiner Großmutter guten Tag!«

Alice' eisiger Ton und der kurze mörderische Blick, den Jill ihr zuwarf, gaben hinreichend Auskunft über die Qualität des Mutter-Tochter-Verhältnisses. Jill gehorchte und schlurfte zum Kamin, um dann gähnend zum Sofa zurückzukehren.

»Ich darf dich daran erinnern, dass wir Gäste haben. Wo warst du?«

»Ich hab Besseres zu tun, als zwei Bullen die Stiefel zu lecken, ihr könnt das sehr gut ohne mich.«

»Einen anderen Ton, bitte«, mischte sich Edward ein, der das kleine befriedigte Lächeln bemerkt hatte, das Jill ihrer Mutter ausnahmsweise einmal hatte entlocken können.

»Ich möchte, dass ihr unsere Gäste mit dem Respekt und der Höflichkeit behandelt, die sie verdienen«, fuhr Louise fort.

»Kost und Logis, Hochzeit, Erbe … und das Ganze garniert mit einem strahlenden Lächeln!«, rief Franck bitter aus.

»Du weißt doch, Krötenschlucken ist eine Art Familiensport«, unterstützte ihn Alice.

Doch Louise fuhr ihnen energisch über den Mund.
»Marie ist meine Enkelin. Und ich werde mich nicht von meinem Entschluss abbringen lassen, ihr den ihr gebührenden Platz in unserer Familie einzuräumen!«

***

Die Stimme der alten Dame drang als erstickter Nachhall bis in die Gewölbe der eine Etage darunter liegenden Küche, wo die Haushälterin ihr Reich hatte.
Dora, grauhaarig und etwa sechzig Jahre alt, stand in der Nähe des steinernen Kamins, dessen Rauchabzug mit dem des Empfangssalons verbunden war. Sie rieb nervös eine Karaffe trocken. Angespannt lauschte sie der Unterhaltung.
»Marie ist eine Sullivan genau wie ihr!«
Die Karaffe entglitt Doras Händen und zerschellte auf den Steinfliesen. In Doras blassen, ausgehöhlten Zügen war Zorn zu lesen, als sie sich langsam bückte und Stück für Stück die Scherben einsammelte, ohne sich jedoch entgehen zu lassen, was über ihr gesprochen wurde. Die scharfen Kanten der Scherben, die sie methodisch auflas, hätten ihr nicht tiefer ins Herz schneiden können als die Worte, die sie hörte.
»Und jeder, der das nicht akzeptieren kann, soll wissen, dass auf Killmore kein Platz mehr für ihn ist.«

***

Diese ebenso eisigen wie entschiedenen Worte lösten im Salon drückendes Schweigen aus.
Jill kratzte nervös den dunkelroten Lack von ihren Nägeln und belauerte dabei ihre Mutter, die zur Salzsäule erstarrt schien. Sie überlegte noch, wie sie sich unbemerkt davonschleichen könnte, als plötzlich eine der Fenstertüren zum Park aufflog. Eine etwa vierzigjährige Frau stand im Zimmer.

Sie war sehr aufgebracht. Ihr Haar war zerzaust, ihre Gestalt in einen roten, grün abgesetzten Schal gehüllt, ihr zorniger Blick ging von einem Sullivan zum anderen.
»Wie können Sie es wagen?«, fragte sie bitter. »Morgen ist es ein Jahr her, dass er gestorben ist, und Sie feiern ausgerechnet an diesem Tag ein Fest?«
Edward wollte etwas sagen, doch Franck kam ihm wütend zuvor.
»Diese traurige Angelegenheit ist abgeschlossen, Ms Varnier. Sie geht uns nichts mehr an. Sie ist uns übrigens nie etwas angegangen.«
»Sie sind alle mitschuldig! Alle! Und Sie werden für das, was Sie getan haben, bis zum Letzten büßen!«
In ihren Augen glänzten Tränen, als sie auf die fast abgeschlossenen Vorbereitungen im Park zeigte.
»Ich wünsche mir, dass dieses Fest, das hier vorbereitet wird, nie stattfindet. Ich verfluche diese Hochzeit! Ich verfluche sie!«
Mit einem Knall schloss sich die Fenstertür hinter ihr.
Wieder kehrte Schweigen ein, lastendes Schweigen.
Louise brach es schließlich.
»Kein Wort darüber zu Marie und Lucas«, befahl sie scharf. »Ich möchte nicht, dass dadurch das Fest verdorben wird.«
»Das wäre ja auch wirklich zu dumm!« Diese spöttische Bemerkung hatte sich Alice nicht verkneifen können.

***

Marie und Lucas, in völliger Unkenntnis des Fluches, mit dem ihre Hochzeit soeben belegt worden war, saßen gerade vor den Pferdeställen ab. Eine junge Frau trat aus dem Dunkel und musterte Marie. Die langen roten Locken legten einen Feuerschein um ein porzellanweißes Gesicht mit verschatteten grünen Augen. Das entschiedene Kinn, die vorspringende

Stirn und der sinnliche Mund ließen jedoch keineswegs auf eine »blasse Schönheit« schließen.
Marie fühlte sich von diesem Blick bis ins Innerste erforscht, ihr war so unbehaglich, dass sie als Erste sprach.
»Sie sind doch bestimmt Kelly, die Stallmeisterin?«
»Diese Manie, Domestikenexistenzen mit blumigen Titeln zu belegen, ist wirklich typisch für reiche Leute!«
Der überraschende Zynismus dieser Äußerung wurde jedoch von dem strahlenden Lächeln der jungen Frau überlagert. Marie merkte, dass dieses Lächeln ausschließlich Lucas galt. Und an der Art, wir er sich das Haar zurückstrich, erkannte sie mit einem Funken Eifersucht, dass Kellys Charme sein Ziel nicht verfehlt hatte. Übrigens lächelte ihr Verlobter jetzt ebenso strahlend zurück.
»Arbeiten Sie schon lange hier?«
Kelly lachte.
»Neugier oder Berufskrankheit? Ich bin auf Killmore zur Welt gekommen, und damit Sie's gleich wissen, ich bin Doras uneheliche Tochter.«
Sie wandte sich etwas brüsk an Marie.
»Wir sind beide Dienstmädchentöchter, da haben wir doch schon mal was gemeinsam.«
»Ich habe meine Adoptivmutter nie als Dienstmädchen betrachtet«, gab Marie kühl zurück.
Kelly hatte ihre Antwort gar nicht abgewartet, sondern die Zügel beider Pferde übernommen und war jetzt pfeifend mit ihnen im Stall verschwunden.
Maries erstarrte Züge brachten Lucas zum Lachen.
»Ziemlich direkt, diese Kelly! Aber sympathisch, oder?«
Doch Marie hörte ihm nicht mehr zu. Ihr Blick war auf einen Punkt auf der anderen Seite des Parks gerichtet. Auf der Freitreppe des Herrenhauses hatte sie gerade eine junge Frau auftauchen sehen, deren erregter Zustand ihr trotz der Entfernung nicht entgangen war. Auch Lucas sah, wie sie zu ihrem

Geländewagen stürzte und unter wildem Motorgeheul anfuhr, ihr roter Schal mit grünem Muster klemmte in der Tür und flatterte hinter ihr her. Ohne Rücksicht auf die Arbeiter und die Blumenbeete kam sie durch den Park herangebraust und entschwand an ihnen vorbei Richtung Landstraße.
»Die ist wohl von allen Teufeln gehetzt? Wer war das?«
Marie zuckte ratlos die Schultern.

Als sie in die Halle traten, begegneten sie Dora, die gerade das Teetablett zum Salon trug. Lucas' deutlichen Gruß beantwortete sie nur mit einem flüchtigen Blick. Dennoch stand ihr der Ärger deutlich ins Gesicht geschrieben, als sie seine schlammigen Fußspuren auf dem Boden sah.
»Ein Missgeschick«, entschuldigte er sich. »Ich wollte in Danas Königreich eindringen, und mein Pferd hat gescheut.«
»Treiben Sie damit keine Scherze!«, murmelte Dora und verschwand im Salon.
Marie war schon die ersten Treppenstufen hinauf zu den Schlafzimmern gelaufen. Sie blickte ein wenig neugierig zum zweiten Stock empor, doch dann fühlte sie Lucas' Hand und nahm halb lachend, halb protestierend die letzten Stufen zum ersten Stock.

3

Lucas stand gerade unter der Dusche, als sie die Schritte hörte. In der verschlossenen Etage lief jemand durch das Zimmer über ihrem. Maries Polizisteninstinkt war sofort geweckt. Nach einem zögernden Blick Richtung Bad schlüpfte sie aus dem Schlafzimmer, lief über den Gang bis zur Treppe zum zweiten Stock und stieg sie dann leise hinauf. Als sie fast auf dem Treppenabsatz angelangt war, knarrte eine Stufe. Von dem Treppenabsatz ging eine schwere Eichentür ab, sie war nur angelehnt. Just in diesem Augenblick herrschte absolute Stille, und doch hätte Marie schwören können, eben noch ein leises Summen gehört zu haben.

Sie drückte die Tür auf, und vom Treppenabsatz aus fiel schwaches Licht in ein schön geschnittenes großes Schlafzimmer, in dem es so aussah, als wäre hier Jahrzehnte zuvor die Zeit stehen geblieben.

Eine dünne Staubschicht lag wie ein Schleier über dem Raum. Fußspuren führten zum Fenster. Ihr Blick folgte ihnen, und als ihre Augen sich an das Dämmerlicht gewöhnt hatten, schrak sie zusammen. Da stand eine Frauengestalt in einem weiten, bodenlangen scharlachroten Kleid, sie hatte ihr den Rücken zugekehrt und war anscheinend in die Betrachtung des Parks versunken. Marie versuchte, sich durch leises Klopfen an die Tür bemerkbar zu machen. Doch die junge Frau, deren Haar sie jetzt unter einem Tuch aus roter Spitze erkennen konnte, schien es nicht zu hören. Verwundert über die Reglosigkeit dieser Frau trat Marie näher und stupste sie leicht an der Schulter. Die junge Frau kippte plötzlich zur Seite und starrte Marie mit ihren seltsam leeren grünen Augen an. Eine Puppe.

Eine Wachspuppe, deren Züge ihren eigenen so sehr glichen, dass sie einen Sekundenbruchteil lang in einen Spiegel zu sehen glaubte. Eine lebensgroße Kopie ihrer selbst, gekleidet in ein prächtiges rotes Kleid, auf dem seltsamerweise kein Staubkörnchen lag. Nachdem Marie ihren Schrecken überwunden hatte, konnte sie nicht anders. Sie tastete mit den Fingern über das wächserne Gesicht und dachte daran, wie bewegt ihre Großmutter gewesen war, als sie zum ersten Mal das Gesicht ihrer Enkelin berührt hatte. Dann nahm sie das große Zimmer in genaueren Augenschein. Die Poster an den Wänden erinnerten an die sechziger Jahre: die Beach Boys, Twiggy, die Beatles, die Stones …

Mitten auf dem Bett lag ein aufgeschlagenes Buch, als hätte Mary es dort liegen gelassen, um nach ihrer Rückkehr weiter darin zu lesen. Die Geschichte der Scharlachroten Königin. Es erstaunte sie, dass auch auf dem Pappeinband keinerlei Staub lag. Doch was sie schließlich bewog, die Hand nach dem Buch auszustrecken, war das Motiv auf dem vorderen Umschlag. Sie hatte es schon auf den Menhiren der Insel der Schimären gesehen: Danas Triskell.

Von ihrer Neugier übermannt, nahm sie den schweren Band in die Hand, klopfte den Staub von einer Ecke des Bettüberwurfs und setzte sich, um ein wenig darin zu blättern.

Bei der ersten Illustration überlief sie ein Schauer: Eine in Rot gekleidete Frau mit schmerzverzerrtem Gesicht kniete auf dem Boden, sie schien zu schreien, während ein Mann in einem schwarzen Umhang ein glühendes Eisen auf ihr Dekolleté drückte – er brandmarkte sie mit dem Zeichen der Scharlachroten Königin. Marie vertiefte sich in die Legende.

»Was treibst du denn hier?«
Marie schrak heftig zusammen, als Lucas eintrat.
»Also wirklich … Zutritt verboten, und schon musst du rein!«
»Schau doch! Beeindruckend, findest du nicht?« Sie zeigte mit dem Kinn auf die Wachspuppe.
Lucas wirkte verblüfft.
»Wenn du stirbst, brauche ich dich also doch nicht ausstopfen zu lassen. Komische Idee, eine lebensgroße Nachbildung deiner Mutter anfertigen zu lassen. Ziemlich makaber, oder?«
»Hör dir erst mal das hier an …«
Während er die Puppe betrachtete, gab sie ihm eine kurze Zusammenfassung dessen, was sie gerade gelesen hatte:
»Die Scharlachrote Königin hatte einen Sohn namens Drest, sie liebte ihn so sehr, dass sie ihn vor allem und jedem beschützen wollte. Alle, die ihm hätten schaden können, ließ sie brandmarken und verbannte sie auf die Insel. Außerdem ließ sie ihre fünf Stiefsöhne töten, damit Drest der Alleinerbe des königlichen Schatzes sei.«
»Und indem sie ihn so isolierte, machte sie ihn zu einem Geistesschwachen, nehme ich an?«
»Schlimmer, zu einem Mörder! Als er König wurde, rächte er sich an diesem Ungeheuer von einer Mutter, er ließ nun sie brandmarken und bis zu ihrem Tod in Danas Turm einsprerren.«
Plötzlich entriss Lucas Marie das Buch und warf es mit aller Kraft zu Boden. Marie erstarrte.
»Was ist denn in dich gefahren?«
»Ich weiß auch nicht. Ich habe diese Geschichten einfach satt, ich finde es gar nicht komisch, dass du hier so rumschnüffelst. Schließlich sind wir hergekommen, um zu heiraten!«
»Vielleicht hast du genau davor Angst … Sind dir Zweifel gekommen?«

»Zweifel?«, fragte er, warf sie aufs Bett und öffnete ihre Bluse. »Glaubst du wirklich, ich hätte Zweifel?«
Wollüstig tauchte er sein Gesicht zwischen ihre Brüste. Die Tür knarrte und wurde mit einem Ruck angehalten. Dora stand im Rahmen, ihre glänzenden kleinen grauen Augen durchbohrten die beiden. Unter dem verachtungsvollen Blick der Haushälterin richteten sie sich auf.
»Ihre Großmutter möchte Sie sehen, Miss. Sie erwartet Sie in ihrem Schlafzimmer.«
Lucas versuchte sich an einem Scherz, doch Dora hatte nur Augen für das auf dem Boden liegende Buch. Es hatte sich von selbst aufgeschlagen, und man sah das Bild einer rot gekleideten Frau, die sich zwischen den Flammen eines Scheiterhaufens wand. Dann wanderte ihr Blick zwischen Marie, die sich die Bluse wieder zuknöpfte, und dem roten Gewand der Wachspuppe hin und her. Lucas hätte schwören können, dass der Schatten eines zynischen Lächelns über ihren Mund glitt.

***

Mit dem Stock, den sie immer bei sich trug, klopfte Louise nervös auf den Boden. Ihre Blindheit hatte ihre Ungeduld nur gesteigert und ihren Charakter weiter verhärtet. Die Krankheit war allmählich über sie gekommen. Über mehrere Jahre hinweg hatte sie sich in einem furchtbaren Lernprozess ans Dunkel gewöhnen müssen. Ihre übrigen Sinne hatten sich außerordentlich verfeinert, sie konnte sich im ganzen Herrenhaus ohne fremde Hilfe bewegen, sie entschlüsselte noch die feinsten Schwingungen der Stimmen und nahm jede Gegenwart und auch die winzigste Bewegung wahr.
Die teuersten ihrer Erinnerungen waren auch die farbigsten, hellsten. Sie hätte allerdings nicht zu sagen vermocht, wie Alice und Franck aussahen, nicht einmal ihren Stiefsohn Ed-

ward hätte sie beschreiben können, sie hatte ihn nie besonders gemocht. Ihre Gleichgültigkeit hatte das Bild dieser Menschen verschwimmen lassen.
Sie hörte, wie sich Maries rasche und energische Schritte näherten, und ihr Gesicht wurde von einem gerührten Lächeln erhellt, als ihre Enkelin eintrat und sich für ihre Säumigkeit entschuldigte.
»Es macht nichts, jetzt bist du ja da. Komm her zu mir.«
Noch einmal strichen ihre Hände über Maries Gesicht. Eine wiederauferstandene Mary, dachte sie. Sie hatte Mary zurückbekommen, die Gott sei Dank trotz aller Tragödien, die sie voneinander getrennt hatten, keinen Schaden davongetragen hatte. Sie wusste genau, dass sie sich etwas vormachte, aber sie fand es schön. Sie erriet, dass Marie das große Porträt ihrer Mutter über dem Kamin anblickte und sich träumerisch darin verlor. Louise zog einen Schlüssel aus der Tasche und drückte ihn ihrer Enkelin in die Hand.
»Der Schlüssel zum Schlafzimmer deiner Mutter. Ab jetzt gehört alles darin dir. Seit jenem Tag im Dezember 1967, als Mary mit deinem Vater durchbrannte, durfte es niemand betreten …«
»Kannten Sie meinen Vater?«
Die alte Dame schüttelte müde den Kopf und schien in ihrem Sessel ein wenig tiefer zu sinken.
Sie hatte keine Gelegenheit mehr gehabt, ihn kennenzulernen. Als Mary ihnen von ihrer Liebe zu Patrick Ryan erzählt hatte, hatte ihr Mann Andrew vor Wut getobt. Nicht nur, weil er sich für seine Tochter eine bessere Partie als diesen Fremden gewünscht hatte. Die Tatsache, dass Ryan mit seinen beiden jüngsten Söhnen befreundet gewesen war, hatte seinen Fall vollends aussichtslos gemacht. Denn Sean und Tom hatten gerade jede Verbindung zur Familie abgebrochen und sich der IRA angeschlossen …
Als hätte sie etwas gewittert, verstummte Louise, kurz bevor

Dora die Tür öffnete. Die Haushälterin verschwand fast unter einer Flut von rotem Tüll und Spitzen. Marie erbleichte, als sie das prächtige scharlachrote Kleid erkannte, das die Wachsnachbildung ihrer Mutter getragen hatte. Kaum hatte Dora die voluminöse Last auf einem Sessel deponiert, wurde sie von Louise auch schon mit einer Handbewegung entlassen. Dora sah Marie bedeutungsvoll an und verließ dann den Raum.

Louise streckte zitternd eine Hand nach Marie aus. Marie nahm sie in ihre beiden Hände. Mit gebrechlicher Stimme fuhr die alte Dame fort.

»Ich habe deine Mutter nicht beschützen können. Wenn ich Andrew widersprochen hätte, wäre sie nie geflohen ...«

Ihre Stimme brach, und Marie spürte beklommen, wie ihre Hände bebten.

»Meine Tochter wäre so stolz gewesen, den Mann zu heiraten, den sie liebte, hier, in ihrem Zuhause und im Kleid der Sullivans. Marie, ich möchte so gern, dass ...«

Louise schien einem Schwächeanfall nahe.

»Es würde mich so glücklich machen, wenn du in diesem Kleid heiraten würdest ...«

In Maries Kopf schoben sich die unterschiedlichsten Bilder übereinander, das wächserne Gesicht der Puppe, eine Illustration aus dem Buch, das elfenbeinfarbene Kostüm, das sie mit so viel Liebe ausgesucht hatte ... Sie sagte nichts.

»Liebe Enkelin, ich bitte dich darum, wie deine Mutter dich darum gebeten hätte, versage mir nicht diese letzte Freude ...«

Ihre Stimme war nur noch ein leises Flüstern, an ihren Lidern sammelten sich Tränen. Der Kummer der todgeweihten Louise fegte die letzten vagen Widerstände hinweg, die Marie empfand, ohne sie sich erklären zu können. Verwirrt führte sie die Hände ihrer Großmutter an die Lippen und hauchte ein Ja.

***

Auf Mary Sullivans Grab lagen frische Blumen.
Auf dem noch ganz neuen Marmorstein stand in goldenen Lettern ihr Name, gefolgt von den Daten: 12. Dezember 1947 – 20. Mai 1968.
Versunken in die Betrachtung der Inschrift stand Marie reglos da und erwartete, dass der Name ihrer Mutter in ihrem Innern ein Echo auslösen würde. Vergeblich. Sie war eine Fremde. Die Liebe, mit der Jeanne und Milic sie umgeben hatten, hatte keinen leeren Raum entstehen lassen. Sie empfand nur Mitleid mit dieser jungen Frau, die mit zwanzig Jahren und von ihrem Geliebten getrennt umgekommen war, nachdem sie ihr erstes Kind zur Welt gebracht hatte.
Marie war erleichtert, dass ihr die Tragödie ihrer Erzeuger so fern lag. Sie hatte einen hohen Preis gezahlt, um zu erfahren, wer sie war und woher sie kam. Jetzt war ihr nur noch die Zukunft wichtig, die sie gemeinsam mit Lucas aufbauen wollte. Als wäre es eine logische Folge ihrer Überlegungen, löste sie die goldene Kette von ihrem Hals und betrachtete das Medaillon, das daran hing.
Ihr Vater, Patrick Ryan, hatte es ihr gegeben, bevor er sich vom Leuchtturm auf Lands'en ins Meer gestürzt hatte und für immer verschwunden war. Zu ihrer Überraschung stieg Trauer in ihr auf, als sie an die väterliche Liebe dachte, die sie in seinen blauen Augen gesehen hatte. Dabei hatten sie nur wenige Stunden ihres Lebens miteinander verbracht. Anschließend hatte sie ihn durch die Lektüre der Bücher, die er im Gefängnis geschrieben hatte, besser kennengelernt. Sie hatte seinen Humor schätzen gelernt, seine leidenschaftliche Liebe zur See und einen gewissen Hang zur Romantik, den er hinter seiner Ironie verbarg. Sie wusste, dass er getötet hatte. Sie hatte es ihm nicht verziehen, doch seltsamerweise war die Bindung geblieben.
Sie öffnete das Medaillon, in dem sich die Gesichter ihrer Eltern gegenüberstanden, gerührt von diesem Paar, dessen

Liebe ein so tragisches Schicksal erlitten hatte. Sie legte das Medaillon auf das Grab ihrer Mutter, einfach, weil dies der richtige Platz dafür war. Und sie hatte das Gefühl, sie befreie sich von einer zu schwer gewordenen Kette. Mit sich und der Welt im Frieden richtete sie sich wieder auf, sog genüsslich die duftende Mailuft ein und sah sich auf dem kleinen Familienfriedhof der Sullivans um. Er wirkte nicht im Geringsten düster. Mit seinem Blumenüberfluss erinnerte er eher an einen von schmiedeeisernen Gittern umfriedeten englischen Garten im Miniaturformat.
Heiter gestimmt wollte sie sich gerade zum Gehen wenden, als sie sich plötzlich beobachtet fühlte. Sie sah sich suchend um, konnte jedoch nichts entdecken, was dieses Gefühl hätte rechtfertigen können.
Der leichte Wind raschelte im Laub eines großen Ahorns und ließ einzelne Blätter in der Sonne aufleuchten, von ferne hörte sie das Meer rauschen, weiter nichts. Sie lächelte leise bei dem Gedanken, ihr bretonischer Charakter werde sie im Bunde mit ihren irischen Wurzeln noch in den Aberglauben treiben und Kobolde sehen lassen.
Sie verließ den kleinen Friedhof, schloss das quietschende kleine Tor und ging durchs hohe Gras auf das Herrenhaus zu. Sie hatte es eilig, zu Lucas zurückzukehren, der sie bestimmt mit einem guten Buch bei einem guten Tee schon erwartete.

***

Es wurde schon dämmrig, als Claire Varnier den Geländewagen über die Landzunge und an den steinernen Wachen vorbei auf die Insel der Schimären steuerte. Sie stellte ihn im Unterholz ab. Sie wollte lieber zu Fuß zum See gehen, um sich François näher zu fühlen. Sie bückte sich, um ein paar Wiesenblumen zu pflücken, und dabei verfing sich ihr Schul-

tertuch in einem Busch. Sie befreite es und zog es fröstelnd enger um ihre Schultern.
Als sie am Seeufer ankam, spürte sie wie jedes Mal, wenn sie hierherkam, um François' zu gedenken, ganz stark, dass ihr Verlobter ein Jahr zuvor genau hier die letzten Augenblicke seines Lebens verbracht hatte. Was sie sicher wusste, war nur, dass er wieder einmal im See getaucht und nach Überresten gesucht hatte, die die Legende der Scharlachroten Königin hätten beweisen können. Seine Begeisterung für die Legenden der Vergangenheit hatte Claire immer schon zu schaffen gemacht, weil ihr diese Geschichten zu nahe gingen. Er hatte ihr zwar den Plan des im See versunkenen alten Dorfs gezeigt, doch als er von den Gräbern der fünf ermordeten Stiefsöhne Danas anfing, hatte sie nichts mehr davon hören wollen – auch wenn diese angeblich der Schlüssel zu einem Schatz waren.
Diese sollte der letzte Tauchgang sein, hatte François ihr versprochen, und einige Tage später hätten sie geheiratet. Was war geschehen? Und was hatten die Sullivans damit zu tun? François war nie wieder aufgetaucht, und alle Suchaktionen waren ergebnislos geblieben.
Claire ging über den Steg aus modrigem Holz, der einige Meter weit in den See hineinragte. An seinem Ende angekommen, kniete sie sich hin und warf die Blumen nach und nach ins Wasser, um dann mit tränenverhangenen Augen zuzuschauen, wie sie davontrieben. Sie bemerkte die konzentrischen Kreise nicht, die die Oberfläche des Sees zu kräuseln begannen. Erst einige Sekunden später runzelte sie die Stirn, als sie aus der dunklen Tiefe zwei grün phosphoreszierende Lichtkreise auftauchen sah. Fasziniert beugte sie sich weiter vor, dabei glitt ihr das Tuch von der Schulter, ein Zipfel tauchte ins Wasser. Etwa einen Meter vor dem Steg verharrten die Lichtkreise und wandten sich langsam ihr zu. In der zunehmenden Dämmerung war außer diesen grünen Augäpfeln,

die sie jetzt ansahen, nichts zu erkennen. Da rutschte Claires Schultertuch ganz ins Wasser. Reflexartig streckte sie die Hand danach aus. Plötzlich tauchte ein Tentakel auf, schlang sich um ihr Handgelenk und zog mit solcher Kraft, dass sie vornüberfiel. Blitzartig verschwand sie im Wasser. Im Augenblick darauf tauchte sie noch einmal auf, verzweifelt kämpfend, den Mund zu einem erstickten Schrei geöffnet und mit vor Angst hervorquellenden Augen, dann versank sie wieder. Die Strudel beruhigten sich, einige Luftblasen stiegen auf, das Wasser plätscherte gegen den Steg, eine der Wiesenblumen trieb sanft gegen einen Pfosten, und schon war die Wasseroberfläche wieder so glatt und ruhig, als sei nichts geschehen.

***

In dieser Nacht fanden Marie und Lucas kaum Schlaf. Sie wurden von derselben dumpfen Angst gequält, die sie sich nicht zu erklären vermochten. Sie hegten keinerlei Zweifel an ihrem Wunsch nach einer gemeinsamen Zukunft, Edward hatte sich in Stücke gerissen, um alles bis ins kleinste Detail vorzubereiten, und ihnen jede organisatorische Sorge abgenommen. Alles war an seinem Platz, sie brauchten sich nur noch auf die Ankunft ihrer Angehörigen zu freuen.

Maries Gedanken wanderten zu dem Augenblick zurück, als sie ihren Adoptiveltern auf Lands'en mitteilte, sie wolle heiraten …

»Bist du plötzlich feige geworden, Marie Kermeur?«

Unter diesem heftigen Angriff, den sie ihrem Vater niemals zugetraut hätte, war sie zusammengefahren, und zum ersten Mal war ihr aufgefallen, wie sehr Milic gealtert war. Gleich nach dem Abschluss der Ermittlungen auf Lands'en hatte sie sich zur Kriminalpolizei nach Paris versetzen lassen, um Lucas näher zu sein, und sich dort blind in die Arbeit gestürzt. So viele gute Gründe sie auch vorschützen mochte, ihr war klar, dass sie sich damit auch die Gespenster der Vergangenheit vom Halse zu halten versuchte. Und obwohl sie sich keineswegs in Schuldgefühle hineinsteigern wollte, konnte sie manchmal den Gedanken nicht unterdrücken, dass nichts passiert wäre, wenn sie nicht nach Lands'en zurückgekehrt wäre, um Christian zu heiraten.

Lucas am selben Ort zu heiraten war eine furchtbare Vorstellung. All das war natürlich völlig irrational, und sie hatte geglaubt, ihr bis in die Knochen abergläubischer Vater würde sie verstehen. Aber dafür war ihm zu schwer ums Herz. In ihrer Bestürzung über die unvermutete Härte ihres Vaters hatte sie sich zu ihrer Mutter umgewandt, die gerade mit sparsamen Bewegungen Eisenkrautblätter für den Tee mörserte. Jeanne war nicht eigentlich gealtert, doch ihr Gesicht schien starrer geworden zu sein und ihr Blick glanzlos. Wie resigniert.

»Und du sagst nichts?«

Jeanne blickte kaum auf.

»Seit dem Tag, an dem du erfahren hast, dass wir nicht deine wirklichen Eltern sind, habe ich mich auf das vorbereitet, was jetzt passiert.«

Marie entspannte sich unmerklich, doch Jeanne war noch nicht fertig. »Versteh mich recht, Marie, ich freue mich keineswegs darüber, aber ich habe schmerzvoll lernen müssen, dass dich nichts aufhalten kann, wenn du dir etwas in den Kopf gesetzt hast.«

Sie verstummte kurz, um die Teekanne heiß auszuspülen.

»Außerdem ist es vielleicht besser, du lernst diese Leute kennen, statt sie zu idealisieren.«

»Dann sollen die doch zur Hochzeit herkommen!«, knurrte Milic. »Aber wie deine Mutter schon sagte, du wirst auch jetzt wieder machen, was du willst.«

Er stand schwerfällig auf.
»Aber ohne mich!«
Marie wich wie nach einer Ohrfeige zurück und suchte instinktiv Unterstützung bei ihrer Mutter. Doch Jeanne zog nur ein finsteres Gesicht und wandte sich wieder dem Tee zu, zum Zeichen, dass sie sich nicht einmischen wollte. Vor Kummer und Zorn stiegen Marie die Tränen in die Augen.
»Ich bin enttäuscht von dir, Papa, so enttäuscht …«
Ihre Stimme erstickte in einem unterdrückten Schluchzen. Und Milics Zorn sank in sich zusammen. Dass jemand anders als er seine Tochter zum Altar führen sollte, zerriss ihm das Herz. Doch wenn er sich auch nur einen Augenblick lang hätte vorstellen können, Marie werde in Irland leichter zu ihrem inneren Frieden zurückfinden, hätte er auch das auf sich genommen. Aber der Tradition zufolge, erklärte er ihr, müsse die Vereinigung zweier Seelen an einem Ort stattfinden, an dem eine dieser Seelen zur Welt gekommen sei, sonst bestehe die Gefahr, dass sich die beiden Seelen gegenseitig zerstörten. Und Maries Seele gehöre nach Lands'en, ob sie das nun wolle oder nicht. Nicht nach Irland.
Inzwischen liefen Tränen über Maries Wangen.
»Das sind doch nur Geschichten, Papa. Geschichten, mit denen man den Kindern Angst macht. Das stimmt doch alles nicht …«
Doch er hatte sich nur murmelnd bekreuzigt.
En aventur Doué. Wir sind in Gottes Hand.

***

Die Morgenbrise war so kühl, dass Marie ihre Strickjacke zuknöpfte. Sie schob ihr Frösteln auf den Schlafmangel, aber sie wusste, dass sie sich etwas vormachte. Edward, der es sich nicht hatte nehmen lassen, sie zu begleiten, beobachtete aus dem Augenwinkel ihr angespanntes Gesicht und ihren Blick,

der fest auf die gerade anlegende Fähre gerichtet war. Er nahm ihren Arm.
»Ich freue mich auf deine Familie, Marie, ich bin sicher, es wird eine wunderbare Hochzeit und sie werden sich auf Killmore wohlfühlen.«
Sie lächelte ihm kurz zu, dankbar für den Trost, den er ihr spenden wollte, doch dann konzentrierte sie sich wieder auf die Passagiere, die sich anschickten, an Land zu gehen.
Als Ersten entdeckte sie Pierric, seine sich wiegende massige Gestalt, das strahlende Gesicht und die Lumpenpuppe, die er fest an sich drückte. Er wurde dicht gefolgt von der bildhübschen Juliette und ihrem Mann Ronan, der das gemeinsame Kind in den Armen hielt. Das blutjunge Paar hatte neben den Elternpflichten auch die Verantwortung für dieses achtunddreißigjährige Kind übernommen, das sich selbst als »Bubi« bezeichnete.
Marie winkte ihnen zu, ihr wurde warm ums Herz, als sie die Gesichter in freudigem Wiedererkennen aufleuchten sah. Dann zeigte sie Edward, wo ihre Verwandten waren. Trotz der herzlichen Umarmungen und der Vorstellungspflichten, die sie ein wenig zerstreut erfüllte, wandte sie kaum den Blick von den Passagieren, die jetzt fast alle an Land gegangen waren. Als die Seeleute die Gangway einklappten, beantwortete Ronan die Frage, die auf ihrem enttäuschten Gesicht stand.
»Du kennst doch Milic, er hat sich von seiner Insel einfach nicht trennen können, und Jeanne hat es nicht übers Herz gebracht, ihn ganz allein zurückzulassen …«
All die guten Worte, mit denen man ihren deutlich sichtbaren Kummer zu lindern versuchte, waren vergebens. Sie waren nicht gekommen. Milic würde sie nicht zum Altar führen, Jeanne würde nicht da sein, um sie zu segnen und ans Herz zu drücken.
»Ich jedenfalls bin da«, knurrte Pierric und drückte ihr einen recht feuchten dicken Kuss auf die Wange.

Marie lächelte ihm trotz ihres Kummers zärtlich zu. Sie hob das Kinn und trotzte innerlich: Ihre Adoptiveltern hatten nicht kommen wollen, na schön, selbst schuld, nichts und niemand würde sie an ihrer Heirat hindern können. Sie half eifrig mit, das Gepäck in Edwards großem Van zu verstauen, als plötzlich eine vertraute Stimme ertönte:
»Überraaaschung!«
Sie wirbelte herum und erkannte mit aufgerissenen Augen Pierre-Marie, den Bruder ihres Vaters. Er erzählte ihr, er würde schon seit einigen Tagen auf Killmore weilen und habe sich in einem kleinen Hotel am Hafen eingemietet.
»Ich würde mir doch um nichts in der Welt die Hochzeit meiner Nichte entgehen lassen!« Er drehte sich zu Edward um.
»Mein Onkel Pierre-Marie, er ist Ryans Bruder, Juliettes Vater und der Großvater von …«
»Großvater! Daran werde ich mich nie gewöhnen! Außerdem wird er mich PM nennen, wie alle anderen auch«, tönte Pierre-Marie, der es schon nach wenigen Sätzen so weit gebracht hatte, dass Edward ihn einlud, den Rest seines Aufenthalts doch lieber im Herrenhaus als im Hotel zu verbringen.
Marie, ganz damit beschäftigt, alle miteinander bekannt zu machen, hatte den Schoner nicht bemerkt, der jetzt in den Hafen manövrierte. Dabei hätte sie auf den ersten Blick Christian Bréhats Zweimaster erkennen können. Der düster blickende Skipper stand am Steuer, sein hart wirkendes Gesicht war von einem Zweitagebart überzogen. Er hatte sich nie damit abfinden können, dass er Marie Kermeur nicht heiraten würde. Und er hatte es Lucas Fersen nie verziehen, ihm die Verlobte ausgespannt zu haben. Auch er kam nun auf Killmore an.

4

Das Wasserflugzeug ging in den Sinkflug.

»Alles in Ordnung, *Chérie?* Wenn du Ohrenschmerzen hast, versuch zu gähnen und zu schlucken, so, siehst du?«

Lucas' Vater umgab seine Frau stets mit liebevoller Aufmerksamkeit. Die Alzheimersche Erkrankung, die den Geist Hélènes seit einigen Jahren zunehmend und unerbittlich umnachtete, hatte der Liebe, die er immer für sie empfunden hatte, nichts anhaben können. Wie er schon befürchtet hatte, hatte sie sich der Reise ein wenig widersetzt, doch er hatte sie schließlich überreden können. Für ihn war es undenkbar gewesen, dass ihr Sohn in Abwesenheit seiner Eltern heiraten sollte.

Das Wasserflugzeug landete in einer Wolke von Gischt und wurde dann am Ponton vertäut. Marc Fersen stieg aus, er strahlte, als er seinen Sohn sah, und bedeutete ihm durch Winkzeichen, er möge zum Flugzeug kommen. Wie jedes Mal, wenn er seinen Vater traf, war Lucas sehr bewegt. Groß, kahlköpfig, ein sympathischer Herr in den Sechzigern, der auf der Straße nicht weiter auffiel, doch für Lucas der beste aller Menschen war. Sie umarmten sich herzlich.

»Hilf mir, mein Junge, deine Mutter ist nicht ganz in Form, du weißt ja …«

Lucas stieg ins Flugzeug und sah Hélène mit leerem Blick auf einem Sitz kauern. Sie war noch schön für ihre siebenund-

sechzig Jahre, und er hasste diese Krankheit, die sie alles vergessen und immer mehr vereinsamen ließ.
»Maman?«
Sie sah ihn an, ohne ihn zu erkennen. Er unterdrückte seine aufsteigende Trauer. Wirklich, daran würde er sich nie gewöhnen.
»Komm, *Chérie.*« Marc bot ihr seinen Arm an. »Wir müssen jetzt aussteigen ...«
Ihr Blick blieb auf seinem Gesicht haften, und nach einiger Zeit gab sie nach und stieg vorsichtig auf den Ponton. Sie machte ein paar Schritte an Marcs Arm und betrachtete die Landschaft. In einiger Entfernung war die Insel der Schimären zu erkennen. Mit einem Mal blieb sie stehen, ihr Gesicht war angespannt. Aus der Ferne hörte man das tiefe Läuten einer Glocke. Hélène zitterte plötzlich an allen Gliedern, als stünde sie entsetzliche Ängste aus. Ihr Atem ging rasch, sie schloss die Augen und gab einem Schwächeanfall nach. Vater und Sohn, die sie mit vereinten Kräften stützten, wechselten einen erschrockenen Blick.
»Es ist nicht das erste Mal«, sagte Marc, um seinen Sohn zu beruhigen.
Wortlos trugen sie sie zum Wagen, während die Glocke in der Ferne unerbittlich weiterläutete.

***

Der rote Wasserfall aus Tüll und Spitzen senkte sich über Maries Kopf und glitt dann mit seidigem Rascheln an ihrem Körper hinunter. Das prächtige Kleid stand ihr wunderbar.
Sie zog an den Seidenbändern der Corsage, die ihre Brust sehr hübsch zur Geltung brachte, und betrachtete sich in dem großen Spiegel des Kleiderschranks. Sie sah herrlich aus, das musste sie zugeben. Sie trug ihr Haar offen; nur an den Seiten wurde es von zwei Brillantspangen gehalten, die Louise ihr

geschenkt hatte. Sie lächelte sich kokett zu, voller Vorfreude auf die Wirkung, die sie in dieser Aufmachung auf Lucas haben würde. Dann warf sie einen Blick auf die kleine Kaminuhr und wunderte sich, dass er mit seinen Eltern immer noch nicht zurück war.

In der Halle stand Pierre-Marie in einem etwas altmodischen, aber ansonsten tadellosen Anzug und korrigierte den Sitz seiner Fliege, auch er lächelte seinem Spiegelbild befriedigt zu. Mit seinen sechsundvierzig Jahren sah er trotz eines Glatzenansatzes immer noch gut aus. Er versuchte immer wieder, ihn zu verbergen, indem er die verbliebenen Strähnen mit geschicktem Schwung über die Blöße kämmte und mit Pomade festklebte. Als er Edward auftauchen sah, stürzte er sich auf ihn. Er wolle ihn so vieles über das Herrenhaus fragen, die Architektur, die Geschichte ...

Maries Onkel mütterlicherseits ließ seine Verärgerung nicht erkennen, sondern drückte ihm einen Champagnerkelch in die Hand. Edward war allerdings erleichtert, als es an der Tür klingelte. Er ließ PM einfach stehen und ging öffnen. PM machte das gar nichts, er hatte Louise erspäht, die an Doras Arm durch die Halle schritt, und bombardierte jetzt sie mit Fragen, wobei er jedoch den Neuankömmling scharf im Auge behielt.

Ein junger Mann war gerade eingetreten und wollte mit Marie Kermeur sprechen.

»Na, da müssen Sie sich aber beeilen! In spätestens zwei Stunden wird sie verschwunden sein, dann gibt es nur noch eine Marie Fersen!«, rief Pierre-Marie heiter.

»Worum geht es?«, erkundigte sich Edward.

»Ich vertrete das Notariat Robin in Rouen, ich habe hier ein Dokument, das ich ihr persönlich übergeben muss.«

»Sie ist gerade sehr beschäftigt, könnten Sie es nicht auch mir geben?«

»Auf keinen Fall. Es tut mir sehr leid, *Monsieur*, aber ich habe sehr strenge Anweisungen erhalten.«
»Könnten Sie mir nicht wenigstens sagen, worum es geht, damit ich meine Nichte vorwarnen kann?«
»Dieser Brief wurde 1968 von Mary Sullivan bei meinem Vater in Rouen hinterlegt.«
Edward schwieg besorgt.
»Bitte, was hat der junge Mann gesagt?«, fragte Louise, ihre Stimme klang angespannt.
Der junge Notar wiederholte seine Erklärungen. Die alte Dame bat ihn, näher zu treten, und versuchte nun ihrerseits ihm das Dokument abzuhandeln, doch er blieb hart. Er habe den Brief entdeckt, als er einige Monate zuvor nach dem Tod seines Vaters das Notariat übernommen habe. Mary Sullivans Anweisungen seien klar und eindeutig, er dürfe nur ihrem Kind übergeben werden. Nach einigem Suchen und mit Hilfe der Presseberichte über die Ermittlungen, die im vergangenen Sommer auf Lands'en stattgefunden hätten, habe er die Spur von Mary Sullivans Tochter aufnehmen können. Und nur sie dürfe diese Botschaft aus dem Jenseits entgegennehmen.

Marie hatte das Klingeln gehört. Überzeugt davon, dass Lucas endlich zurück sei, war sie rasch in ihre Pumps geschlüpft, um sich den Spaß zu machen und nach Art einer Scarlett O'Hara die große Treppe zur Halle hinunterzuschweben.
Lucas war kaum eingetreten, da eilte sie, von rotem Musselin umwölkt, die Stufen hinunter. Das Schweigen, mit dem man sie empfing, legte sie als Bewunderung für diesen Auftritt aus. Einen Augenblick lang schien die Zeit in diesem Märchenbild erstarrt. Lucas stand unter Schock, hin- und hergerissen zwischen Stolz und Bewunderung. Marc Fersen, PM und der junge Notar standen mit offenem Mund da, und auch Edward wirkte wie betäubt. Niemand bemerkte, dass Hélène die Augen verdreht und wieder zu zittern begonnen hatte.

»Marie Kermeur?«, stammelte der junge Mann, der allmählich wieder zu sich kam.
»Ja, das bin ich.«
Er bemühte sich um einen professionellen Ton, als er dieser wunderschönen jungen Frau den Grund seines Kommens erklärte. Ringsum herrschte geradezu greifbares Schweigen. Marie brach es nur, um noch einmal tonlos ihre Identität zu bestätigen und dem jungen Mann zu danken, nachdem sie die Empfangsbestätigung unterschrieben hatte.
Am Tag ihrer Hochzeit überbrachte ihr das Schicksal eine Nachricht ihrer schon so lange verstorbenen Mutter. Sie war traurig gewesen, weil Jeanne sie nicht segnen würde, und nun erhielt sie gewissermaßen Marys Segen.
Mit leicht zitternden Händen nahm sie das Dokument, einen sorgfältig verschlossenen dicken Umschlag, entgegen. Da erst wurden ihr die auf sie gerichteten Blicke bewusst. Um ihre Gefühle ein wenig zu bändigen, ging sie, als wäre nichts geschehen, zu Marc, der sie herzlich in die Arme nahm.
»Ich bin geblendet von deiner Schönheit! Und sehr stolz, dass mein Glückspilz von einem Sohn eine Fersen aus dir machen wird!«
Marie versuchte, auch Hélène zu umarmen, doch diese versteckte sich hinter Marc, dem das sehr leidtat.
»Mach dir nichts draus, sie hat auch Lucas nicht erkannt, musst du wissen.«
Um die allgemeine Verlegenheit zu verscheuchen, übernahm Edward die Pflicht des Vorstellens, doch immer wieder wanderte sein Blick zu dem großen Umschlag, den Marie an sich drückte. Gebannt lauschte er dem kurzen Wortwechsel zwischen Louise und Marie.
Louise bat ihre Enkelin, ihr baldmöglichst zu sagen, was Mary ihrem damals noch ungeborenen Kind Wichtiges hatte mitteilen wollen.
Als Lucas anbot, seine Eltern zu ihrem Zimmer zu bringen,

damit Hélène sich ausruhen konnte, ließ ein durchdringender Schrei die Gruppe erstarren.
»Hilfe! Feuer im zweiten Stock! Schnell!«
Marie stürzte als Erste zur Treppe, nachdem sie den Umschlag auf einem Tischchen in der Halle abgelegt hatte. Sie war schon oben, während Lucas und Marc noch versuchten, sich von Hélène zu lösen, die sich an die beiden klammerte, Dora Louise von Pierre-Maries Arm trennte, um sie wieder in ihre Obhut zu nehmen, und Edward, der den Umschlag fest im Auge behielt, die Feuerwehr anrief.

Marie hatte ihr Kleid mit einer Geste gerafft, die zwar nicht unbedingt weiblich wirkte, sie jedoch als geländegängige Polizistin auswies. Tatsächlich drang Rauch aus Marys Zimmer. Die Tür war angelehnt, sie stieß sie auf und erschrak, als sie sich der noch heilen Puppe gegenübersah. Ein weißes Laken, einem Leichentuch nicht unähnlich, ersetzte das scharlachrote Kleid, das ja nun sie selbst trug. Die Vorhänge und Möbel des Zimmers standen in Flammen. Sie wollte die Puppe zur Seite stoßen, doch im selben Augenblick sah sie auf dem wächsernen Dekolleté ein Flämmchen auftauchen, das in Sekundenschnelle das Symbol der Scharlachroten Königin ins Wachs zeichnete. Noch bevor sich Marie von ihrem Erstaunen erholt hatte, fing die Puppe Feuer und bot ihr das albtraumhafte Schauspiel ihres Ebenbildes, das sich im Schmelzen aufs gräßlichste verzerrte.

Als Marie wieder herunterkam, stellte sie mit Entsetzen fest, dass der Umschlag mit Mary Sullivans Botschaft von dem Tischchen in der Halle verschwunden war.
Die Feuerwehr, die für die Hochzeitsfeier eine kleine Mannschaft zum Herrenhaus abgeordnet hatte, brachte das Feuer schnell unter Kontrolle. Während Lucas das rußgeschwärzte Zimmer nach der Brandursache absuchte, befragte Marie alle

Anwesenden. Verwandte und Angestellte, jeder geriet ins Kreuzfeuer ihrer Fragen, doch es kam nichts dabei heraus. Der Umschlag blieb unauffindbar, und niemand hatte die leiseste Vorstellung, was aus ihm geworden sein konnte, wer ihn hätte an sich nehmen können. Louise schien fast ebenso betroffen wie Marie, die jetzt niedergeschlagen im großen Salon saß. Sie hörte kaum auf die tröstenden Worte, die jeder für sie fand, und blickte nur auf, als Alice ihr nach ein paar Banalitäten zuraunte, sie an Maries Stelle würde auf eine Hochzeit auf Killmore verzichten und möglichst rasch von der Insel fliehen.

Dabei stand die Trauung kurz bevor. Lucas musste seine ganze Überredungskunst aufwenden, um Marie zu beruhigen: Sie habe doch auch bislang ohne die Botschaft ihrer Mutter leben können und müsse endlich aufhören, sich die Gegenwart von der Vergangenheit verderben zu lassen. Aber vor allem wolle er, dass die Trauung wie geplant vollzogen wurde, damit sie dann endlich seine Frau wäre.

***

Lucas stand vor dem Altar und wurde langsam unruhig. Schon vor einer halben Stunde hätte Edward Marie in die Kapelle führen müssen. Alles war in der kleinen Gutskapelle vorbereitet, nur die Braut fehlte noch, und die allgemeine Ungeduld wurde immer spürbarer.

Louise thronte in der ersten Reihe und nahm noch die Huldigungen der festlich gekleideten Gäste entgegen, zumeist Honoratioren aus der Gegend. Franck, hochelegant in einem hellbeigefarbenen Leinenanzug, war in Begleitung seiner derzeitigen Favoritin Vivian erschienen, der Landschaftsgärtnerin des Guts. Vivian, eine hübsche Frau mit kurzem blonden Haar, war um die vierzig. Unter dem Schutz ihres rosafarbenen breitkrempigen Huts hatte sie nur Augen für Franck,

was diesen jedoch nicht daran hinderte, seinen Blick über die übrige holde Weiblichkeit schweifen zu lassen. Ronan bemerkte verärgert, wie er Juliette musterte. Mit ihrem lächelnden Baby auf dem Arm wirkte sie wie eine zarte Madonna. Ronan legte ihr vorsichtshalber den Arm um die Schultern, um die Besitzverhältnisse klarzustellen.
Lucas, der immer unruhiger wurde, ließ die Tür nicht aus den Augen. Trotzdem bemerkte er Alice' aufgebrachten Seufzer und ihren demonstrativen Blick auf die Armbanduhr. Sie könnte durchaus schön sein, dachte er, wenn sie nicht diesen strengen Haarschnitt und diese tristen Kostüme tragen würde. Jetzt gab sie der an den Nägeln kauenden Jill einen rügenden Klaps. Jill fuhr sofort auf.
»Lass mich in Ruhe!«, hörte Lucas. »Reicht es dir nicht, dass ich wie ein Provinzgänschen ausstaffiert bin?«
»Du bist ein Provinzgänschen, also benimm dich«, zischte Alice.
Dann bemerkte sie Lucas' Blick und lächelte ihn verkniffen an. Der Bräutigam wandte seine Aufmerksamkeit seinen Eltern zu, Hélène wirkte niedergeschlagen, doch Marc zwinkerte ihm zärtlich aufmunternd zu, was ihn rührte. Er fuhr mit dem Finger unter dem weißen Hemdkragen lang, der ihm allmählich den Hals abschnürte, und konzentrierte sich wieder auf die zu den Wiesen hin weit offenen Kapellentüren. Sicher, dies war eine besondere Gelegenheit, aber er verstand nicht, warum Marie, sonst so pünktlich, sich derart verspätete.

Auf der Freitreppe des Herrenhauses half Edward Marie, den langen Schleier aus roter Spitze zu bändigen, der von ihrem Haar bis hinab auf den Boden fiel. Er spürte ihre Nervosität und stellte sich dicht vor sie.
»Gib mir deine Hände, Marie.«
Erstaunt legte sie ihre Hände in seine. Er drückte sie mit

sanfter Festigkeit; in seinen Augen sah sie etwas sehr Intensives, fast Magnetisches, und mit einem Mal war sie ruhiger.
»Möge dir die Zukunft all das bringen, was ich dir wünsche …«
Er war so überzeugend, dass sie ihn fasziniert ansah und sich nicht von ihm lösen konnte.
»He, ihr! Alle warten auf euch!« PM war plötzlich aufgetaucht. »Was treibt ihr da?«
Marie fasste sich sofort.
»Sie ist bereit, wir kommen schon. Gehen Sie lieber und kündigen Sie uns an«, gab Edward gereizt zurück.
Er bot Marie seinen Arm an. Sie wollte ihn gerade nehmen, da fiel ihr ein, dass sie etwas vergessen hatte.
»Mein Strauß …«
Sie lief in die Halle, nahm den weißen, mit vielen roten Bändern umwundenen Strauß von einem Tischchen und kehrte zu Edward zurück. Als sie endlich seinen Arm nahm, bemerkte sie ein sorgsam zusammengefaltetes Zettelchen zwischen den Blumen. Erstaunt sah sie zu ihrem Onkel auf, der genauso überrascht war wie sie. Sie faltete den Zettel auseinander und las die Botschaft.
Sag nein. Du weißt nicht, wer Lucas Fersen ist …
Verblüfft hielt sie Edward den Zettel hin.
»Wer kann so etwas geschrieben haben? Und was soll es bedeuten?«
»Das ist ein sehr schlechter Scherz«, sagte Edward sichtlich verstört.
»Erst das Feuer, dann ist der Brief verschwunden, und jetzt das! Als würde jemand versuchen, meine Heirat zu verhindern. Aber wer? Und warum?«
»Ich weiß es nicht. Ich verstehe es auch nicht, Marie …«
Er verstummte und sah sie ernst an.
»Von Anfang an war ich derjenige, der dich gedrängt hat, hier zu heiraten, und ich fühle mich dafür verantwortlich. Ich will,

dass du dich frei fühlst, du kannst jederzeit zurücktreten, wenn du möchtest. Fühl dich nicht verpflichtet, weder durch das Versprechen gegenüber deiner Großmutter noch wegen der Gäste und auch nicht wegen des Festes. Wenn dich irgendetwas zögern lässt, wenn du den leisesten Zweifel hegst, sagen wir auf der Stelle alles ab.«

Maries innerer Widerstreit wurde noch dadurch verschlimmert, dass sie diese wichtige Entscheidung sofort treffen musste. Sie dachte an Lucas, der sie jetzt vor dem Altar erwartete. Wer konnte seine Integrität so in Zweifel ziehen? Und in einem solchen Augenblick! Wer immer es sein mochte, sein Verhalten war empörend.

»Ich habe uneingeschränktes Vertrauen zu Lucas«, sagte sie. »Es ist nur … Ich muss an Lands'en denken. An das, was vor meiner Hochzeit mit Christian geschehen ist, an die Zeichen, die ich damals nicht beachten wollte. Und wenn alles wieder von vorn losginge?«

Sie seufzte.

»Ich glaube zu wissen, dass ein kleiner Zettel dich nicht daran hindern kann, zu tun, was dir am Herzen liegt, oder?«

Am liebsten hätte sie ihn geküsst. Sie begnügte sich mit einem Lächeln, raffte ihre scharlachrote Schleppe und schritt an seinem Arm die Treppe hinab.

Bewunderndes Gemurmel erhob sich, als Marie, strahlend und von Rot umflossen, in die Kapelle trat und zu den Klängen des Hochzeitsmarschs von Edward langsam zum Altar geführt wurde.

Lucas' Ängste waren verflogen. In den Augen seiner Braut las er die ganze Kraft ihrer Liebe, die Verlässlichkeit des Versprechens, das sie ihm geben würde. Er hoffte, dass sich diese Augenblicke für immer in ihr Gedächtnis einprägen würden. Ein Gedanke, den er bitter bereute, als sich der Priester nach Lucas' feierlichem Ja an Marie wandte, um ihr dieselben heiligen Fragen zu stellen. Er sah, wie Maries hübsche Lippen ein Ja formten, das sie jedoch nicht mehr aussprach, weil ihre Aufmerksamkeit unwiderstehlich von einem leisen Geräusch an der Kapellentür angezogen wurde.

Vor dem hereinströmenden Sonnenlicht zeichnete sich ein Schatten ab. Marie erkannte die Gestalt sofort und wusste, was kommen würde, denn die Erinnerungen trafen sie augenblicklich mit voller Wucht, sie ertrank in einer Flut unterschiedlichster und mit den heftigsten Gefühlen geladener Bilder. Christian ... Ihr erster Kuss im blendenden Licht der Morgensonne ... Der Heiratsantrag, den er ihr in der Abtei von Lands'en gemacht hatte ... Und dann ihr Zorn über seine Lügen ... Seine heftigen Schläge und seine Stimme, als er schrie, sie werde seine Frau werden, ob sie nun wolle oder nicht!

»Nein!«, schrie er von der Kapellentür aus.

Dieser rauhe, aus seinem Innersten gellende Schrei hallte von den Wänden wider, und alle drehten sich erschrocken um. Noch bevor irgendjemand reagieren konnte, stürzte sich Maries Ex-Verlobter wie besessen in ein flammendes Plädoyer und beschwor Marie, Lucas Fersen nicht zu heiraten.

»Du kannst doch nicht vergessen haben, was wir uns geschworen haben, du kannst doch nicht ihm geben, was du mir versprochen hast! Denk an unsere Kinderträume, Marie! Denk an unsere Körper, die keine Trennung ertrugen. Ich liebe dich mehr, als irgendein Mann auf Erden dich lieben könnte, alles nur Menschenmögliche würde ich für dich tun, ich werde dich behüten, über jeden deiner Atemzüge wachen, solange ich lebe, du bist mein Licht und meine Gewissheit. Marie, wende dich nicht von mir ab, ich flehe dich an! Du darfst diesen Mann nicht heiraten, du weißt nichts über ihn!«

Marie liefen die Tränen übers Gesicht. Christian erinnerte sie an bewegende Momente, Gemeinsamkeiten, die – da hatte er recht – eine große Rolle in ihrem Leben gespielt hatten. Doch der letzte Satz, der klar gegen Lucas gerichtet war, brachte sie aus der Fassung: Er passte genau zu der Warnung, die sie in ihrem Brautstrauß gefunden hatte. Ihr bestürzter Blick wanderte von Christians flehendem zu Lucas' glühendem Gesicht. Was sie jetzt tun musste, erschien ihr als einer der herzzerreißendsten Loslösungsprozesse ihres Lebens. Sie wandte sich dem Priester zu und bedeutete ihm fortzufahren. Der Priester setzte die Zeremonie zögernd fort, allerdings warf er Christian immer wieder beunruhigte Blicke zu.

Marie spürte, wie sein Blick sich in ihren Rücken bohrte. Sie wusste, gleich würde sie ihn mit einem einzigen Wort ans Kreuz schlagen. Sie musste all ihre Kräfte für das Ja aufbieten, das Christian wie ein Dolchstoß traf. Sie hörte seine leiser werdenden Schritte und dann das Zufallen der Kapellentür.

»Hiermit erkläre ich euch zu Mann und Frau«, endete der Priester erleichtert.

Marie fand noch die Kraft zu lächeln, als sie Lucas drängend zuflüsterte: »Küss mich, mein Geliebter, schnell, küss mich.«

***

Lucas und Marie waren froh, sich in die wilde Musik und die festliche Stimmung des Empfangs stürzen zu können. Sie trennten sich keinen Augenblick, sie tanzten, sie tranken, sie lachten, und wieder tanzten sie, wie um sich zu betäuben. Unter all den Gästen, die fröhlich zwischen Herrenhaus und Park hin- und herspazierten, schien niemand mehr an den Zwischenfall während der Trauung zu denken. Auf der Tanzfläche schwebte Vivian in Francks Armen, und Kelly, die schöne rotmähnige Stallmeisterin, tanzte ganz allein in ihrem provozierend eng anliegenden Kleid. Dora, die viel zu tun hatte, warf ihr empörte Blicke zu und rief sie schließlich zur Ordnung, indem sie ihr ein Tablett voller schmutziger Gläser in die Hand drückte.

Ein wenig abseits drehten sich junge Leute zu den Klängen von irischer Volksmusik. Juliette entfernte sich von der Tanzfläche, um das Babyphon besser zu hören, das sie stets bei sich trug. Tatsächlich, das Kind weinte, und sie gab Ronan ein Zeichen, dass sie nach ihm sehen wolle. Kaum hatte sie den Rücken gedreht, da warf sich Jill, die sich besonders sorgfältig, aber mit immer noch recht seltsamem Ergebnis zurechtgemacht hatte, Ronan buchstäblich an den Hals. Er versuchte zwar, Abstand zu wahren, doch Jills Verwegenheit machte ihm sichtlich zu schaffen.
Die Brautleute tanzten liebevoll umschlungen, als Marc sie besorgt ansprach: »Wisst ihr, wo Hélène ist?«

Noch bevor sie auf die Suche gehen konnten, erschien Pierric, mit Hélène an seinem Arm.
Die vielen Leute hatten ihn benommen gemacht, deshalb war er bis hinunter zur privaten Bucht spazieren gegangen, wo das Wasserflugzeug sanft am Ponton schaukelte. Und dort war Lucas' Mutter, sie stand auf den Holzplanken, das Gesicht der See zugekehrt. Über dem Wasser lag leichter Dunst.
Pierric hatte sich ihr still genähert, und als er dicht neben ihr angelangt war, hatte er gesehen, dass sie zitterte. Diese Frau, die in der Welt genauso verloren wirkte wie er, rührte ihn. Er hatte seine Jacke ausgezogen und sie ihr ungeschickt um die zarten Schultern gelegt. Hélène hatte den Arm ausgestreckt und nach Norden gezeigt.
»Feuer ... Feuer ...«
Ihre Stimme klang dumpf und verängstigt, ihre Augen glänzten fiebrig. Pierric hatte suchend ins Dämmerlicht geschaut, um das Feuer zu entdecken, von dem Hélène sprach. Doch so weit das Auge reichte, waren nur Dunst und Meer, und ein Stückchen weiter die ersten Ausläufer der Insel der Schimären. Er hatte versucht, Worte zu finden, um ihre ihm unver-

ständliche Angst zu beschwichtigen. Lucas' Mutter hatte plötzlich nach seinem Arm gegriffen und ihn mit erstaunlicher Kraft umklammert.
»Wir müssen los ... Schnell ... Schnell ... Lucas ...«
Da hatte er liebevoll ihre Hand genommen und die Kranke, die jetzt nicht den geringsten Widerstand leistete, zurück zur Festgesellschaft geführt.

Später, als Hélène unter der Obhut ihres Mannes im Bett lag und schlief, nahm Lucas Marie wieder in seine Arme und beschloss, jetzt nur noch an sie zu denken.

***

»Noch ein *pint!*«, sagte Christian zu dem kleinen Kellner, dessen knallroter Schopf kaum über die Schaumkronen der dunklen Biere auf seinem Tablett ragte. Der kleine Rotschopf warf einen Kennerblick auf den Bierdeckelstapel unter dem letzten Glas dieses Gastes. Der würde auch nach dem nächsten *pint* noch in der Lage sein zu zahlen.
Christian drückte mit unsicherer Hand einen Zigarillo aus und brachte dabei den Aschenbecher ins Rutschen. Er leerte sein Glas und bemerkte die junge Frau zuerst gar nicht, die gerade eingetreten war.
Sie sah sich in dem verrauchten Pub um und entdeckte ihn schließlich. Ihr Gesicht trug einen leicht zornigen, aber vor allem entmutigten Ausdruck, als sie sich neben ihn hinsetzte und ihn tadelnd ansah. Der betrunkene Christian war immerhin noch reaktionsfähig.
»Anne ... Was machst du denn hier?«
»Und du? Bei den Mehrrumpfsegler-Tests in La Rochelle haben alle auf dich gewartet. Du bist einfach verschwunden, ohne jemandem Bescheid zu sagen!«
»Wie hast du mich gefunden?«

»Hältst du mich für blöd? Wenn du eine Regatta versäumst, kann es nur einen Grund geben: Marie.«
Anne gab sich hart, dabei hätte sie ihren Bruder am liebsten in die Arme genommen und gewiegt, um die Verzweiflung zu lindern, die aus seinen Worten sprach:
»Marie ... Sie hat ihm das Jawort gegeben ...«
Sie sah, wie ihn der Kummer zerriss, und strich ihm mitfühlend übers Haar.
»Du musst sie vergessen, du ...«
Sie konnte den Satz nicht zu Ende bringen. Mit einer vom Alkohol noch verstärkten brüsken Bewegung stieß Christian sie zurück.
»Nie! Niemals werde ich akzeptieren, dass sie diesen Typen geheiratet hat! Ich bringe ihn um, diesen Mistkerl, ich bringe ihn um!«
»Hör auf, sei still!«
»Lass mich in Ruhe! Das kannst du nicht verstehen! Sogar Marie – tot wäre sie mir lieber!«

***

Marie lachte laut über einen Scherz, den Lucas ihr ins Ohr flüsterte, dann verließ sie atemlos und ein wenig beschwipst die Tanzfläche und setzte sich neben Edward, der ihr zuvorkommend ein Glas reichte. Zwei Stühle weiter saß Alice und beobachtete voller Schmerz, wie gut sich Marie und ihr Vater verstanden. Zornig schnappte sie sich ein Glas von einem Tablett und leerte es in einem Zug.
Ein erneutes verschwörerisches Auflachen, diesmal von Edward und Marie. Auf Alice wirkte es wie ein Zündfunken. All die Jahre der emotionalen Vernachlässigung und der Ungerechtigkeit, der ganze unterdrückte Kummer, die ständige Zurückhaltung, alles explodierte mit einem Mal. Zitternd und schreiend vor Wut baute sich Alice vor Marie auf und be-

schimpfte sie mit einer Heftigkeit, die alle Anwesenden erschreckte. Marie versuchte Haltung zu bewahren, sie wollte sich ihre Hochzeit nicht verderben lassen. Doch das steigerte Alice' Wut nur, sie stürzte sich auf Marie und befahl ihr, auf der Stelle das Hochzeitskleid der Sullivans auszuziehen, sie bringe nur Unheil, anmaßend sei sie, jawohl, und eine Erbschleicherin …

Edward griff ein und hielt sie fest, doch Alice wandte ihren Zorn und ihren Kummer jetzt gegen ihren Vater.

»Lass mich los! Du ekelst mich an! Zum ersten Mal nimmst du mich in deine Arme – und warum? Um sie zu beschützen! Dabei bin ich deine Tochter, dein Kind, aber das ist dir egal. Du hast mich nie geliebt! Nie!«

Völlig verstört von ihrem Hass und ihrem Schmerz schrie sie ein letztes Mal Marie an:

»Ich werde dich nicht gewähren lassen, Marie Kermeur! Ich werde dich schon noch los, das verspreche ich dir!«

Plötzlich machte sie kehrt und rannte in den Park hinein. Marie ließ sich schockiert in Lucas' Arme sinken, der sie mit einigen Scherzen über die Wechselwirkungen von Alkohol und Eifersucht von dem unerfreulichen Zwischenfall und vor allem von den Drohungen abzulenken versuchte, die Alice ausgestoßen hatte. Zumal ihr letzter Satz auch bei ihm düstere Befürchtungen geweckt hatte.

Der sichtlich betretene Edward bemühte sich, das Fest wieder in Gang zu bringen, und erinnerte die Kapellen und das Personal an ihre Pflichten, doch Dora blieb trotz dieser Anweisungen reglos stehen. Ihren scharfen Augen war noch nie etwas entgangen. Sie hatte Kelly, als sie sich ebenfalls zum Gehen wandte, am Arm gepackt. Doch ihre Tochter hatte sich wortlos losgemacht und war Alice nachgelaufen. Auch PM hatte sich nichts von diesem Scharmützel entgehen lassen, und auch er machte sich diskret aus dem Staub.

Da keine rechte Feststimmung mehr aufkommen wollte und

einige Gästegruppen sich bereits verabschiedeten, lud Edward die noch verbliebenen Gäste ein, das Fest mit einer Verkostung der besten Sullivanschen Whiskeys fortzusetzen: Die Brennerei sei nur drei Kilometer entfernt, er lade alle herzlich ein.

»Ich hätte da einen anderen Plan«, murmelte Lucas seiner jungen Gattin ins Ohr.

»Ach ja?«, fragte Marie zerstreut, die sich immer noch an ihn schmiegte.

Lucas fühlte etwas wie Widerstand. Und in der Tat beschäftigte die Auseinandersetzung mit Alice Marie noch sehr. Sie hätte es nicht nur schade, sondern auch unklug gefunden, die Sache auf sich beruhen zu lassen. Hinter den wütenden Beschimpfungen hatte sie echtes Leiden gespürt, das einen solchen Exzess entschuldbar machte. Besser, man verhinderte, dass sich die Atmosphäre noch weiter auflud. Sie müsse möglichst bald eine offene Aussprache mit ihrer Cousine herbeiführen, sagte sie. Sie müssten sich versöhnen. Lucas gab zu, das sei das Vernünftigste, und willigte auf Maries Vorschlag hin ein, mit zur Brennerei zu gehen, wo Marie dann möglichst bald zu ihm stoßen wollte. Sie besiegelten diese Vereinbarung mit einem Kuss, wurden dabei jedoch von Angus, dem örtlichen Polizisten, der sich zu einem Fan des Kommandanten Fersen gemausert hatte, unterbrochen.

»Wollen Sie mit mir fahren? Sie würden mir eine Freude machen, wirklich!«

Marie lehnte dankend ab, sie vertraue ihm jedoch an, was ihr am teuersten sei, nämlich ihren Mann, sagte sie tröstend. Der Polizist nötigte sein Idol geschmeichelt in seinen alten Kombi, dessen Ladefläche von Butterbrottüten, Pferdezeitschriften, zusammengedrückten Plastikflaschen und leeren Zigarettenschachteln bedeckt war.

»Ein modernes Mülltrennungsfahrzeug: ausschließlich für Papier und Plastik!« Angus lachte.

Lucas warf Marie im Rückspiegel einen letzten Blick zu, sie

fehlte ihm jetzt schon. Er sah, wie sie das Herrenhaus betrat, und war beruhigt.

Marie suchte lange nach Alice, sie fragte überall nach ihr, vergeblich, ihre Cousine blieb unauffindbar. Doch so leicht ließ sie sich nicht von einer Sache abbringen, die sie sich in den Kopf gesetzt hatte. Sie beschloss, sich kurz in ihrem Zimmer frisch zu machen und die Suche dann fortzusetzen. Als sie an der Tür ankam, hörte sie ein leises Geräusch in ihrem Rücken, sie drehte sich um, konnte jedoch in dem dämmrigen Korridor nicht erkennen, ob sie beobachtet wurde. Sie trat in ihr Zimmer und erstarrte. Gut sichtbar, mitten auf dem Bett, lag das Buch über die Scharlachrote Königin. Überrascht trat sie näher, und ihre Verwunderung nahm zu, als sie sah, was auf der aufgeschlagenen Seite abgebildet war: die rot gekleidete Frau auf dem Scheiterhaufen! Die Spitzen ihres Kleides raschelten, als Marie herumwirbelte, noch einmal die Tür öffnete und sich erneut im Korridor umsah. Er lag still und ausgestorben da. Nur unter einer Tür am anderen Ende sah sie Licht. Es war PMs Tür, erinnerte sie sich.

PM hielt sich tatsächlich in seinem Zimmer auf. Er hatte gerade ein Köfferchen geöffnet und packte jetzt mit der Miene eines Räuber und Gendarm spielenden Kindes Dokumente aus, die er sorgsam auf dem Tisch ausbreitete. Fast herausfordernd warf er einen kurzen Blick auf einen Roman, den er an den Rand des Tisches geschoben hatte. Auf dem Umschlag prangte in großen Lettern der Name des Autors: Patrick Ryan. Daneben ein Foto des Schriftstellers, seines ein Jahr zuvor verstorbenen Bruders. Ein Knarren auf dem Flur ließ ihn aufhorchen, blitzschnell verbarg er die Papiere unter einer Zeitung und legte das Ohr an die Tür. Er hatte nicht bemerkt, dass ein Blatt vom Tisch gefallen war. Ein Blatt mit dem Zeichen der Scharlachroten Königin.

Ein anderes, zusammengefaltetes Blatt wurde unter der Tür zu Maries Zimmer durchgeschoben, keinen Meter vom Saum ihres langen roten Kleides entfernt. Wenige Minuten später sah man dieses Kleid in den Park hinauswehen und im Dunkel verschwinden.

***

Jenseits der Landzunge und der beiden steinernen Wachtposten der blutrünstigen Königin, am Ende des Weges durch den Wald, lag der See, auf dem man regelmäßiges Plätschern hörte. Ein Boot glitt über die Oberfläche, getrieben von sanften Ruderschlägen.

Plötzlich hörte das plätschernde Geräusch der Ruderblätter auf, und nach einigen Sekunden Stille fiel etwas ins Wasser. Dann setzte wieder das regelmäßige Plätschern ein, das Boot wurde zurück zum Ufer gerudert. Der Ruderer, in dessen Mundwinkel eine halb gerauchte Zigarette hing, war etwa sechzig Jahre alt. Er knurrte überrascht, als er merkte, dass sein Boot seltsam zu schwanken begann. Und fluchte, als die Wellen immer höher schlugen. Doch er verstummte, als er ganz deutlich sah, wie zwei grünlich leuchtende Kreise aus der Tiefe heraufschwebten. Fasziniert sah er diese Augen näher kommen. Plötzlich ergriff ihn Panik, wie ein Wilder ruderte er zum Ufer und sprang an Land, als seien tausend Teufel hinter ihm her. Er drehte sich erst um, als er einige Meter vom Ufer entfernt war.

Mitten im See leuchteten immer noch die grünen Augen. Dann zog eine ungewöhnliche Bewegung seinen Blick auf die Oberkante des Steilfelsens. Im Schein des wolkenverschleierten Mondes konnte er gerade noch eine Frauengestalt in einem langen roten Kleid erkennen. Im nächsten Augenblick sah er sie in die Tiefe stürzen und in den schwarzen Fluten verschwinden.

Er zog seinen Flachmann aus der Tasche, doch noch bevor er ihn an die Lippen setzen konnte, stieg eine Flammengarbe aus dem See und bildete für einen Augenblick das Triskell der Scharlachroten Königin.
Von namenlosem Schrecken ergriffen, rannte er davon, ohne sich noch einmal umzudrehen.

***

Die Gäste hatten ihre Wagen kreuz und quer vor der Brennerei geparkt. Alle Gebäude waren hell erleuchtet und ließen die eleganten Metallkonstruktionen zur Wirkung kommen, die die hohen roten Backsteinmauern stützten und schmückten.
Angus dürfte für heute genug haben, dachte Lucas und versuchte sich von der Pranke des Polizisten zu befreien, der sich an ihn klammerte und Tränen lachte über den Witz, den er nicht zu Ende erzählen konnte. Edward, der Lucas' Notlage erkannte, befreite ihn unter einem Vorwand aus der Umklammerung und brachte ihn geschickt aus der Gefahrenzone.
»Manchmal trinkt er einen über den Durst, aber er ist ein sehr guter Polizist. Es tut mir leid, dass Ihr Vater nicht dabei sein kann …«
»Ihm tut es bestimmt auch leid, aber es ist besser, wenn er bei meiner Mutter ist.«
»Die beiden leben auf dem Land, habe ich gehört?«
Edward hörte aufmerksam zu, als Lucas auf die Fragen nach seinem eigenen Leben und dem seiner Familie antwortete. Die Bräutigamsprüfung, dachte Lucas und gab vorbehaltlos Auskunft. Viele Auskünfte waren es ohnehin nicht, er war der einzige Sohn eines liebenden Elternpaars.
PM, einen Whiskey in der Hand, gesellte sich zu ihnen, um anzustoßen.

»Ich dachte, Sie wären schon im Bett?«, fragte Lucas erstaunt.
»Aber nein! Damit Sie es genau wissen: Ich war kurz auf meinem Zimmer, um andere Schuhe anzuziehen. Als ich wieder runterkam, waren alle weg, also bin ich Ihnen zu Fuß gefolgt. Sie werden es nicht glauben, aber ich habe mich tatsächlich verlaufen! An der Kreuzung, Sie wissen schon, die Kreuzung, wo …«
Doch Lucas hörte schon nicht mehr zu. Nach Angus' Witzen und Edwards Fragerei stand ihm wahrhaftig nicht mehr der Sinn nach PMs Geschwätz. Marie fehlte ihm zunehmend, er erwartete sie sehnsüchtig, zumal es ihn erstaunte, dass sie immer noch nicht nachgekommen war. Er wollte sie gerade auf ihrem Handy anrufen, als die Eingangstür aufgestoßen wurde. Ein völlig verstörter Mann stürzte herein und packte Angus am Arm.
»Ich muss mit Ihnen sprechen! Etwas Schreckliches ist passiert …«
Der Mann erzählte den Anwesenden, die ihn jetzt umringten, ziemlich zusammenhangslos von seinen Erlebnissen. Er war der Gärtner des Klosters auf der Insel der Schimären und als Wilddieb und Schnapsdrossel bekannt. Alle lachten über seine wirre Geschichte, doch er ließ nicht locker.
»Ich schwör's, ich trinke nie, bevor ich meine Krebsreusen rausbringe! Ich hab das nicht geträumt, ich hab gesehen, wie sie vom Steilfelsen fiel und Feuer fing, als sie aufs Wasser aufschlug. Sie war's, bei Gott, sie war's!«
»Wer? Sie?«, fragte Lucas automatisch.
»Die Scharlachrote Königin! Die Flammen auf dem Wasser haben ihr Zeichen gemalt!«
PM, plötzlich neugierig geworden, bombardierte ihn mit Fragen, die der Mann ohne Zögern beantwortete.
»Sie sah aus wie in der Legende, in einem roten Kleid, von Kopf bis Fuß in Rot …«

Lucas, der bislang eher skeptisch zugehört hatte, erbleichte, als von dem roten Kleid die Rede war. Er tippte Maries Nummer in sein Handy ein und geriet an den Anrufbeantworter.

***

Marie wurde überall auf dem Besitz gesucht, vergeblich.
Lucas, dessen Ängste sich ins Unerträgliche steigerten, erhielt von allen Seiten Unterstützung: Ronan, Marc und PM, und sogar Franck war später zu ihnen gestoßen. Es wurde fast schon wieder hell, als Edward von den Ställen zurückkam, wo er nachgesehen hatte.
»Ein Pferd fehlt! Diablo … Der Sattel ist weg, das Zaumzeug auch …«
Er brachte seinen Satz nicht zu Ende, sie hörten ein immer lauter werdendes dumpfes Hämmern. Alle sahen in die Richtung, aus der das rhythmische Geräusch kam. Aus dem leichten Dunst, durch den die im Park für die Suche eingeschalteten Lichter leuchteten, tauchte ein Rappe auf und galoppierte auf die Ställe zu.
»Diablo …«, keuchte Edward.
Lucas' Herzschlag setzte aus. Wie alle anderen auch hatte er die rote Gestalt gesehen, die zusammengesunken im Sattel saß. Und er hatte das Hochzeitskleid der Sullivans erkannt.
Er rannte als Erster los, aber Franck war es, der das Pferd zum Stehen brachte. Lucas kam dazu, als Franck hastig die Riemen löste, mit denen der von Wasser triefende Körper am Sattel befestigt war. Die Frau glitt zu Boden und blieb mit dem Gesicht zur Erde liegen. Edward brachte schließlich den Mut auf, sie umzudrehen. Dann brach er in die Knie. Lucas' Angst verwandelte sich in Verblüffung. Es war Alice. Es waren ihre im Tod erstarrten wachsbleichen Züge.

5

Jill, noch blasser als sonst schon, saß zusammengekauert in einer Ecke des großen Salons auf dem Boden. Edward hatte sie vergeblich zu trösten versucht, das junge Mädchen ertrug kein Wort, keine Geste, von wem auch immer. Sie wurde von dem Gedanken gepeinigt, dass sie ihrer Mutter in ihren Wutanfällen hundert Mal den Tod gewünscht hatte. Und jetzt hatte sie das Gefühl, sie sei schuld, sie müsse nun für diese Wünsche büßen, bei denen sie nicht im Mindesten geahnt hatte, welches Leid ihr deren Erfüllung bringen würde.

Man hatte Alice auf das Sofa gelegt. Louise wirkte in ihrem großen Sessel wie geschrumpft, reglos kehrte sie dem bleichen Leichnam, den Angus jetzt untersuchte, ihr Gesicht zu. Lucas stand an einem Fenster und starrte in den dunklen Park, erfüllt von quälender Angst um Marie. Sie war immer noch nicht wieder aufgetaucht. Angus trat zu ihm.

»*Commandant*, ich brauche Ihre Hilfe.«

Er fuhr fort, obwohl Lucas nicht reagierte.

»Dieser Mord hängt mit der Legende zusammen, so viel ist klar. Ich bin damit überfordert, und Sie sind ein Spezialist für …«

»Ja, aber in Frankreich. Sie müssten so was Ähnliches doch auch in Irland haben. Ich will mich da nicht einmischen.«

Angus hatte keine Gelegenheit mehr, ihm gut zuzureden,

denn nun wandten sich alle Blicke zur Tür, die gerade geöffnet wurde.
Marie, in Jeans und Jacke und mit einem sehr müden Gesicht, trat in das lastende Schweigen, das ihr entgegenschlug wie eine Anklage. Gerade erst hatte ihr ein Gutsangestellter von Alice' tragischem Tod berichtet. Unsicher suchte sie Lucas' Blick und sah die Erleichterung in seinen Augen. Er ging auf sie zu und nahm sie in die Arme. Noch bevor sie ein Wort wechseln konnten, stürzte sich Jill, die bei Maries Eintreten aufgesprungen war, auf sie wie eine Furie.
»Was hast du mit meiner Mutter gemacht? Antworte! Was hast du ihr angetan?«
»Nichts. Ich habe sie überall gesucht, das kann dir hier jeder sagen, ich ...«
»Ihr wart alle beide stundenlang verschwunden! Du hast sie gefunden und dann umgebracht! Warum? Warum hast du das getan?«, schrie Jill. »Wo warst du?«
Franck drückte Jill fest an sich, er spürte, wie das schmächtige junge Mädchen am ganzen Körper zitterte.
»ANTWORTE!«
Auch wenn nur Jill sie aussprach, stellten ihr alle diese Frage. Marie nahm ihren ganzen Mut zusammen, sie wusste, dass man ihr böse sein würde. Und vor allem quälte sie das Wissen, welchen Schlag sie Lucas versetzen würde.
»Ich war bei Christian Bréhat«, gestand sie.
Die allgemeine Ungläubigkeit war ihr gleich. Sie ließ ihren Mann nicht aus den Augen und erwartete seine Reaktion wie ein endgültiges Urteil.
»Gütiger Himmel!«, stieß Angus plötzlich hervor.
Er stand über den Leichnam gebeugt und betrachtete mit hervorquellenden Augen etwas, das sehr seltsam sein musste, denn er schien seinen Augen nicht zu trauen.
Im nächsten Augenblick umringten sie ihn alle. Auf dem Dekolleté der Toten, das jetzt nicht mehr von der nassen Spitze

verdeckt wurde, war eine geschwollene Brandwunde. Man hatte ihr das Siegel der Scharlachroten Königin eingebrannt.

Nachdem Dora geholfen hatte, Alice aufs Sofa zu betten, hatte sie den Salon verlassen, um die Familie mit ihrer Trauer allein zu lassen. Selbst in düstere Gedanken verloren, schrak sie zusammen, als die Eingangstür aufgerissen wurde. Außer Atem und mit zerzaustem Haar stürzte Kelly auf die Tür zum Salon zu. Dora trat ihrer Tochter in den Weg, packte ihr Handgelenk und zwang sie durch einen schraubstockartigen Griff zum Stehenbleiben.

»Du hast hier nichts zu suchen!«

»Lass mich los!«

»Damit du vor Alice' Leiche deinem Schmerz freien Lauf lassen kannst? Du hast den Sullivans schon so genug angetan!«

»So ein Quatsch! Lass mich los, ich will sie sehen!«

Kelly versuchte sich aus dem Griff ihrer Mutter freizukämpfen.

»Du hast sie gestern Abend lange genug gesehen.«

»Was?«

Kelly gab alle Befreiungsversuche auf.

»Ich bin dir nachgegangen, letzte Nacht. Ich habe euch beide gesehen. Ich weiß alles.«

Sie sahen einander prüfend ins Gesicht. Die Verurteilung, die Kelly in den Augen ihrer Mutter las, nahm ihr die letzte Kampfeslust.

»Dein Platz ist im Stall. Du solltest lieber Diablo abspritzen und dich ansonsten so diskret wie möglich verhalten. Du verstehst sicher, was ich meine.«

Eine Ohrfeige wäre weniger schlimm gewesen als dieser verachtungsvolle Ton. Die rothaarige Schönheit hatte gegenüber ihrer Mutter allen Hochmut verloren. Ihr Kinn zitterte, ihre Augen füllten sich mit Tränen, heftig wandte sie sich ab und ging aus dem Haus. Dora gab ihr verzweifeltes Ringen um

Haltung auf. Mit einem Mal wirkte sie niedergeschlagen und um Jahre gealtert.

Louise war die Letzte, die sich über Alice beugte. Sie stieß Edward, der sie aufzuhalten versuchte, aus dem Weg und tastete über das Gesicht der Toten.
»Wer hat ihr bloß diesen furchtbaren Schrecken eingejagt?«, murmelte sie wie zu sich selbst.
Dann glitten ihre Finger über das Dekolleté. Als sie das Brandmal berührte, zuckte sie zurück, als hätte sie sich verbrannt.
»Dana! Das Zeichen der Unerwünschten ... Wem hätte die arme Alice derart im Wege sein können?«
PM, der wie eine ihre Netze bauende Spinne in seiner Ecke geblieben war, hatte sich keine Einzelheit entgehen lassen. Doch jetzt konnte er einen Ausruf nicht unterdrücken.
»Patrick Ryan! Das ist nicht Danas Zeichen, sondern Ryans Handschrift! Ein Mord und diese auf einer Legende basierende Inszenierung, das kann nur er sein! Da bin ich sicher! Er ist hier, ich habe es von Anfang an gespürt!«
Edward unterbrach ihn brüsk, diese Bemerkungen seien sehr unangebracht und er möge bitte die Trauer der Sullivans respektieren. Angus knurrte zustimmend und erwähnte, dass Ryan nicht nur tot sei, sondern auch keinerlei Grund habe, Alice übelzuwollen.
»Man hatte es nicht auf Alice abgesehen, sondern auf Marie«, erklärte Lucas entschieden.
Er gab seiner Frau und Angus ein Zeichen, sich mit ihm diskret in eine entfernte Ecke des Salons zurückzuziehen. Edward, Franck und PM folgten ihnen. Sogar Jill schlich sich heran, um zuzuhören. Lucas zog einen Zettel aus der Tasche. Den habe er im Schlafzimmer gefunden, erklärte er, als er von der Brennerei zurückgekommen war, um nach Marie zu suchen. Er faltete ihn auseinander und las vor:

Wenn du das Geheimnis der Sullivans erfahren willst, komm zu mir in den Pferdestall.
Lucas stand mit dem Rücken zum Kamin und hatte sämtliche Sullivans im Blick. Ihr Unbehagen war deutlich sichtbar. Franck empörte sich als Erster. Die anderen unterstützten ihn mehr oder minder vorsichtig, nur Louise, die sehr aufmerksam zugehört hatte, schien erstarrt. Lucas erklärte ruhig, alle Sullivans, ausnahmslos alle, hätten sich zur Verfügung der Polizei zu halten.

Als die drei Polizisten auf die Freitreppe hinaustraten, vermerkte Angus zu seiner großen Erleichterung, dass Lucas ganz offensichtlich bei diesen Ermittlungen doch mit von der Partie war. Er beeilte sich, diese französisch-irische Zusammenarbeit mündlich zu besiegeln. Marie erklärte, auch sie werde sich an der Untersuchung beteiligen, schließlich sei sie die Hauptbetroffene. Sie schielte zu Lucas hinüber, der sie erwartungsvoll ansah. Er erwartete die fälligen Erklärungen.
»Dieser Zettel war noch nicht in unserem Schlafzimmer, als ich hinaufging, ich wollte mich erst umziehen und dir dann zur Brennerei folgen. Es war Punkt Viertel vor eins. Ich habe auf die Uhr gesehen, als das Handy klingelte …«
Das Folgende ging ihr nicht mehr so leicht über die Lippen.
»Es war Anne Bréhat, Christians Schwester, es fiel ihr sehr schwer, mich um Hilfe zu bitten, aber sie wusste sich keinen Rat mehr, Christian war völlig verzweifelt, sie fürchtete, er werde sich umbringen …«
»Keine schlechte Idee …« Diese sarkastische Bemerkung hatte sich Lucas nicht verkneifen können.
Marie warf ihm nur einen tadelnden Blick zu. Sie sei höchstens drei Minuten im Schlafzimmer geblieben, sagte sie, sie habe sich nur rasch umgezogen.
Angus meinte darauf, Alice sei wahrscheinlich nach Maries Weggang in das Schlafzimmer gekommen, habe den in der

Zwischenzeit dorthin gelegten Zettel gefunden und sich in den Pferdestall begeben, um zu erfahren, wer da ein Geheimnis über die Sullivans enthüllen wolle. Lucas setzte Angus' Überlegungen fort:

»Derjenige, der die Botschaft hinterlassen hatte, erwartete Marie. Alice hatte wahrscheinlich das rote Kleid angezogen, sie wurde deshalb für Marie gehalten und an ihrer Stelle getötet.«

»Das klingt schlüssig«, bestätigte Angus.

»Und du bist dem armen Christian zu Hilfe geeilt … Ohne mir Bescheid zu sagen? So viel Vertrauen …«

Marie hörte seine Eifersucht und seinen Ärger deutlich heraus und begehrte auf: Immerhin habe sie ihm noch am Morgen den größtmöglichen Vertrauensbeweis gegeben und ihn geheiratet.

Allerdings war sie sich selbst durchaus über die Gründe für diese Gegenwehr klar. Schließlich hatte sie Lucas nicht Bescheid gesagt, weil sie fürchtete, er könne in Wut geraten und sie daran hindern, zu Christian zu gehen.

Angus, der einen frühehelichen Zwist heraufziehen spürte, war in Richtung der Ställe ein wenig vorgegangen. Ein Glück, dass ich Junggeselle bin, dachte er und zog den Kopf ein, als er Lucas' harte Stimme hörte:

»Und was ist jetzt mit deinem Ex? Ist er tot, oder hast du ihn gerettet, damit er uns weiter nerven kann?«

Angus erstickte fast an seiner Empörung, als die beiden ebenfalls im Stall ankamen.

»Was? Sie haben Diablo abgespritzt?«

Kelly hatte den Schlauch gerade wieder aufgerollt. Sie sah ihn müde an.

»Ja, abgespritzt und ihm die Hufe ausgekratzt, warum? Das ist mein Job.« Sie räumte weiter ihr Werkzeug weg.

»Sie haben alle Spuren und Indizien beseitigt! Haben Sie das etwa mit Absicht gemacht?«

Maries Wutausbruch, die nach dem Streitgespräch mit Lucas noch ganz aufgebracht war, erschreckte diesen nun doch. Er ging dazwischen und befragte Kelly mit einer Liebenswürdigkeit, die Marie kaum ertragen konnte.
Die Stallmeisterin wohnte über dem Stall. Sie sei kurz nach Alice' Szene ins Bett gegangen, sagte sie, gegen Mitternacht. Als sie durch den Pferdestall zur Treppe in ihre Wohnung gegangen sei, habe sie nichts Auffälliges bemerkt, sie sei erst durch das laute Stimmengewirr bei der Entdeckung des Leichnams wieder geweckt geworden. Als Kelly den Leichnam erwähnte, stiegen ihr Tränen in die Augen. Lucas ließ eine Pause eintreten, damit sie sich wieder fassen konnte. Danach erfuhren sie lediglich, dass Kelly beim Auskratzen von Diablos Hufen roten Schlamm bemerkt hatte. Lehmboden, wie er auf der Insel der Schimären und besonders in der Umgebung des Sees vorkam.
»Das bringt uns auf die Zeugenaussage des scheinbar besoffenen Gärtners in der Brennerei zurück: der Sturz der Scharlachroten Königin in den See, der daraufhin Feuer fängt«, murmelte Angus.
»Welche Zeugenaussage? Welcher Gärtner? Warum hast du mir das alles nicht erzählt?«, rief Marie. »Und du sprichst von Vertrauen?«
Angus räusperte sich und sprach hastig weiter. Man müsse schnellstens die Kriminaltechniker in den Pferdestall und in Maries und Lucas' Schlafzimmer schicken. Sein junger Adjutant Brody werde das in die Wege leiten.

***

Der klebrige, rote Schlamm der Insel drang heimtückisch in Pierre-Maries Schuhe. Es brachte ihn zur Weißglut, dass er gerade dabei war, sich das letzte Paar Hogans zu ruinieren. Er hatte ein Vermögen dafür bezahlt, und in seiner derzeitigen

Finanzlage würde er sich so bald keine neuen kaufen können. Es sei denn, er ließe sich etwas einfallen. Mit Widerwillen zog er bei jedem Schritt die Füße aus dem Matsch, aber nach dem, was er nach seiner Einweisung in eine psychiatrische Klinik erlebt hatte, würde er sich von solchen Kleinigkeiten nicht den Wind aus den Segeln nehmen lassen.
Pierre-Marie hatte fast ein Jahr gebraucht, um die Ärzte von Sainte-Guénolée davon zu überzeugen, dass er nicht völlig verrückt war. Dabei hätten die zwölf Monate Gefangenschaft zwischen den schallgedämmten Wänden dieser Anstalt jeden in den Wahnsinn getrieben, auch den ausgeglichensten Menschen. Der er zugegebenermaßen nicht war. Doch er war so auf seine Entlassung versessen gewesen, dass er etwas zustande gebracht hatte, was ihm fünfundvierzig Jahre lang nicht gelungen war: Nachdenken. Nur deshalb hatte er die mit der Überprüfung seines Falls beauftragte Kommission überzeugen können und war mit dem Stempel »normal« ins »normale« Leben zurückgekehrt. Nur mit seinem Namen hatte er sich nicht wieder anfreunden können, er weigerte sich, ihn weiter zu tragen. Und sogar, ihn zu hören. Von nun an war er nur noch Pierre-Marie.
Plötzlich wurden in der Nähe Stimmen laut. Erschrocken kauerte er sich ins Unterholz und sah Marie, Lucas und Angus, die das Seeufer absuchten.

Da nirgends Hufspuren zu entdecken waren, war Diablo offensichtlich nicht vom See her zum Stall zurückgaloppiert. Auch den kleinen Schuppen des Gärtners hatten sie sorgsam untersucht und dabei festgestellt, dass er ihn nicht mehr benutzt hatte, seit er ihnen von seinem Abenteuer erzählt hatte. Marie sah sich um und gab zu bedenken, dass der dichte, finstere Wald, das dunkle Wasser des Sees und eben die ganze Atmosphäre dieses Ortes wirklich besonders gut zu der schrecklichen Legende passten. Lucas spottete über ihre typisch

bretonische Neigung, sich in solche Legenden hineinzuphantasieren. »Genau wie der Gärtner«, sagte er scherzhaft.
Angus erzählte ihnen von der Diamantenmine, mit der einst die über Killmore herrschende Familie reich geworden war. Damals hatte das mittlerweile im See versunkene Dorf von der Mine gelebt, die jedoch später aufgegeben wurde, weil sie erschöpft war. Und viele Jahre später war das Ganze geflutet worden, weil das von Schächten, Gängen und Stollen unterhöhlte Gelände zu viele Gefahren barg. Den Spaziergängern war das Betreten verboten worden, doch wirksamer und abschreckender als alle Warnschilder war die grausige Legende, der zufolge die ruhelose Seele der Königin in der Mondumlaufzeit nach Ostern in Form von Feuerzungen aus dem See auftauchte und die Lebenden mit sich hinunterriss.
»Also etwa jetzt«, witzelte Angus und warf Marie einen aufreizenden Blick zu.
Lucas drängte zur Eile, er wollte noch auf den Steilfelsen hinauf, von dem der Gärtner angeblich die Frau in Rot hatte stürzen sehen. Da blitzte etwas Metallisches zwischen den Zweigen auf. Sie gingen darauf zu und fanden einen im Unterholz abgestellten Geländewagen. Marie und Lucas erkannten ihn sofort als den Wagen der Frau mit dem rot und grün gemusterten Musselinschal, die am Morgen so stürmisch vom Herrenhaus weggefahren war.
»Claire Varnier«, sagte Angus. Er hatte die Wagenpapiere aus dem Handschuhfach geholt. »Das sagt mir doch was …«, murmelte er leise. Dann fiel es ihm ein, er lächelte selbstzufrieden, während er sich eine Zigarette ansteckte und ihnen erzählte, dass Claire Varnier ein Jahr zuvor einen Journalisten hatte heiraten wollen. Doch der arme Junge sei einfach verschwunden, nachdem er im See nach dem verlorenen Schatz der Scharlachroten Königin getaucht hatte.

***

Ein Taucher der Kriminaltechniker verstaute seinen roten Schopf unter einer glänzenden Neoprenhaube und legte sich alles für den Tauchgang bereit, wobei er hin und wieder einen Blick auf die Polizisten warf, die sich am Ufer und rings um den Geländewagen zu schaffen machten. Ein Kollege schnallte mühsam einen Bleigürtel um seine Rundungen, die auf häufigen Biergenuss schließen ließen, und erläuterte Marie und Lucas die Besonderheiten dieses Sees, dessen Tiefenströmungen von den Gezeiten des Meeres beeinflusst wurden.
Lucas, der sich ebenfalls bereit machte, erklärte ihnen im Gegenzug, dass sie nicht nur nach einer möglicherweise ertrunkenen Frau suchten, sondern auch nach etwaigen Spuren der vom Gärtner beobachteten Phänomene. Die beiden Taucher nickten, die Erzählungen des Gärtners waren bereits durch sämtliche Hafenkneipen gegangen.
Von Adjutant Brody unterstützt mahnte Angus sie zur Vorsicht. Brody, den sie erst kurz zuvor kennengelernt hatten, bekräftigte jeden Satz seines Chefs mit einem Nicken. Der lange, schlaksige Beamte mit seinem etwas pausbäckigen Gesicht war etwa dreißig Jahre alt und alles andere als gesprächig, schien aber ein feiner Kerl zu sein.
»Sei vorsichtig«, flüsterte Lucas Marie zu.
Doch die hatte schon den Schlauch zwischen die Zähne genommen und war hinter den beiden Berufstauchern her ins Wasser geglitten. Nun verschwand auch Lucas unter der Oberfläche. Die schräg einfallenden Sonnenstrahlen legten einen tanzenden Lichtfächer aufs Wasser, unter dem man an den seichteren Stellen die Wasserpflanzen erkennen konnte. In geschlossener Formation tauchten sie mit langsamen Flossenbewegungen bis hinunter zu diesem wogenden grünen Vorhang.
Plötzlich erschien hinter den langen Algen das fast irreal wirkende Bild des untergegangenen Dorfes. Langsam gewöhnten sich ihre Augen an die Sicht im trüben Wasser, sie konn-

ten die Ruinen der Häuser und der Kirche erkennen, deren Glockenturm noch zu Teilen aufrecht stand. Die beiden Berufstaucher weckten Marie und Lucas aus ihrem faszinierten Staunen und schlugen unter Winken eine andere Richtung ein. Lucas folgte ihnen sofort, doch Marie konnte sich noch nicht losreißen, sie starrte auf das Dorf und stellte sich vor, wie es früher gewesen sein mochte, voller Leben, das nun verschwunden war.

Hinter einer verfallenen Mauer richteten sich zwei grüne Augen auf Marie und wanderten durch die Pflanzen unmerklich auf sie zu. Immer wieder wurden Fangarme und auch die seltsam grünen Augen sichtbar, die jedoch ebenso rasch wieder verschwanden.

Die Taucher leuchteten mit ihren Taschenlampen über den unebenen Grund, und in Maries Lichtkegel geriet ein unregelmäßiges rotes Leuchten. Schnell bewegte sie sich darauf zu und nahm wieder eine Bewegung wahr, die an im Wasser tanzende Flammen erinnerte. Erst als sie wenige Meter darüber schwamm, erkannte sie, was es war: ein rotes Stoffstück, das an einer Pflanze hängengeblieben war, sonst wäre es in den Stollen getrieben worden, vor dem es sich nun auf und ab wiegte. Marie bedeutete den anderen Tauchern, sie wolle dort unten nachschauen. Mit wenigen Schwimmstößen erreichte sie das Stoffstück, das die seltsamsten Bewegungen vollführte. Sie verstand zu spät. Als sie nach dem Tuch griff, zog die Strömung sie unerbittlich in den Stollen.

Sie klammerte sich an ein Pflanzenbüschel, doch die Wurzeln lösten sich aus dem Seegrund, dann an einen Felsblock, doch er zerkrümelte unter ihren Händen … Verzweifelt wehrte sie sich, versuchte der Strömung zu entkommen, die sie in diesen Schlund zog. Sie sah, wie die anderen rasch auf sie zuschwammen, doch sie war schon halb in den Stollen eingesaugt worden, sie fühlte sich, als würde sie von einem Ungeheuer verschlungen. In letzter Sekunde bekam Lucas ihre Hand zu fassen, mit der sie sich noch an den Rand des Stollens klammerte. Die drei Männer mussten all ihre Kräfte und ihre Erfahrung einsetzen, um Marie der tödlichen Strömung zu entreißen.

***

»Wolltest du mich nach vierundzwanzig Stunden Ehe zum Witwer machen, oder was?« Lucas war sehr aufgebracht.
Von allen Seiten prasselten Vorwürfe auf Marie ein, sie habe wirklich die elementarsten Regeln der Vorsicht missachtet. Sie wich aus und erklärte nachdrücklich, sie habe doch ein so interessantes, an Flammen erinnerndes Phänomen nicht außer Acht lassen dürfen. Zumal sie geglaubt habe, es handle sich um ihren Brautschleier, den die Tote auf dem Pferd nicht getragen hatte und der auch im Herrenhaus nirgends zu finden gewesen sei. Lucas versuchte, den vorwurfsvollen Gesichtsausdruck zu wahren, um nicht seine Belustigung durchscheinen zu lassen. Wirklich, selbst wenn Marie eindeutig im Unrecht war, hätte sie sich eher steinigen lassen, als es zuzugeben. Nur eine Frau auf der Welt war imstande, seine Liebe zu einem solchen Charakterzug zu wecken.
Er wandte seine Aufmerksamkeit wieder dem inzwischen ausgewrungenen und sorgsam ausgebreiteten Umschlagtuch zu. Zumindest darüber waren sie sich einig, es handelte sich ganz klar um das Tuch, das Claire Varnier bei ihrem überstürzten Aufbruch getragen hatte. Sie diskutierten immer noch, als sie am Ufer entlang zu dem Pfad gingen, der hinauf auf den Steilfelsen führte. Angus war der Überzeugung, Claire habe Selbstmord begangen, indem sie sich in der Nähe der alten Stollen in den See gestürzt habe. »Da, wo die Strömungen so gefährlich sind«, fügte er mit einem strengen Seitenblick auf Marie hinzu. Und schließlich sei ja auch François Maréchal, der Verlobte der jungen Dame, ein Jahr zuvor ver-

schwunden, und zwar auf den Tag genau, was ja auch für seine These spreche.

»Aber die seltsamen Beschreibungen des Gärtners sind damit immer noch nicht erklärt«, warf Marie ein.

Lucas lächelte verstohlen. Hatte sie selbst nicht gerade eben noch geglaubt, sie habe unten im See Flammen gesehen?

»Wenn Claire Varnier vom Steilfelsen gesprungen ist«, sagte er, »dann hat der Gärtner bestimmt gesehen, wie das große rote Umschlagtuch um sie herumflatterte. Und dann hat sich der Gute unter dem Einfluss von Alkohol und einer alten Legende eben etwas zusammenphantasiert ...«

Marie hob skeptisch die Brauen, sie fand seine Ausführungen wenig überzeugend.

»Und die aus dem Wasser schlagenden Flammen? Ich nehme an, auch dafür hast du eine rationale Erklärung?«

Angus, der zwischen ihnen ging, ließ seine von tiefen Müdigkeitsschatten umgebenen Augen wie bei einem Tischtennis-Match von einer Seite zur anderen rollen, er war recht besorgt, denn aus diesem peinlich höflichen Dialog konnte sich leicht der nächste Ehekrach entwickeln.

»Wie an Land lässt sich auch auf Wasseroberflächen das Phänomen von Irrlichtern beobachten«, dozierte Lucas. »Von verwesenden Pflanzenteilen freigesetzte Faulgase steigen auf und entzünden sich beim Kontakt mit der Luft. Solche Faulgase könnten beim Eintauchen des Körpers in den See aus den tieferen Gewässern aufgestiegen sein.« Er gab die gelehrte Attitüde auf: »Eine Art Rülpser von fauligem Wasser eben. Natürlich nicht so schick wie der Geist eurer Scharlachroten Königin und auch nicht so spannend wie ein grünäugiges Seeungeheuer im roten Röckchen, das muss ich zugeben.«

Angus warf ihm einen anerkennenden Blick zu. Sieg nach Punkten, schien er damit sagen zu wollen. Marie schwieg hartnäckig. Doch ein Lucas wohlvertrauter störrischer Zug um

ihren Mund ließ ihn vermuten, dass sie alles andere als überzeugt war.
Sie stießen auf ein halb im Schilf verborgenes Holzhäuschen mit einer Art Terrasse, die auf Holzpfosten in den See hinausgebaut war. Angus erklärte ihnen, die Hütte gehöre zwar zum Klostergelände, stehe aber jederzeit den Sullivans zur Verfügung, für die Jagd, fürs Angeln, für Francks Schäferstündchen …

Auf dem steinigen Boden des Steilfelsens war nichts zu entdecken. Angus drängte seine beiden französischen Kollegen zur Eile. Der Ordnung halber wollte er möglichst bald zum Kloster. Vielleicht hatten ja die Nonnen irgendetwas gehört oder gesehen. Doch Lucas wollte unbedingt die Stelle sehen, von der aus Claire wahrscheinlich in den See gesprungen war, und trat an den Rand des Steilfelsens. Marie wurde schwindelig, als sie ihn bis knapp an die Kante treten sah. Und dann schlug ganz aus der Nähe die Glocke des Klosters, es klang wie eine Totenglocke. Lucas' Gesicht war finster, sein in die Tiefe gerichteter Blick starr und abwesend. Marie, der seine Reglosigkeit langsam unheimlich wurde, legte ihm die Hand auf die Schulter und wurde wieder von diesem seltsamen Gefühl überfallen.
Als würde sie mitten in die Flammen eines großen Feuers geworfen, Glasscheiben zersprangen und versprühten ihre scharfen Splitter, Wasserfontänen, überall gespenstisch verformte Schatten … Dann erschien ihr das unscharfe Bild eines Dorfplatzes mit einem flammenden Scheiterhaufen, auf dem sich eine Frau in Rot wand, doch plötzlich wurde das ganze Dorf von Wasser überflutet, alles erstarrte und wurde ruhig. Mit aufgerissenen Augen starrte sie in die Landschaft, die dem Schlussbild ihrer Vision bis ins Letzte glich: die glatte, dunkle Oberfläche eines Sees.
Das schaurige Läuten war noch nicht verstummt. Eine uner-

klärliche Angst ergriff sie, sie nahm Lucas bei der Hand, um ihn von der Felskante wegzuziehen und ihm zu erzählen, was sie erlebt hatte.
Er fuhr zu ihr herum, an seiner Nase hingen Blutstropfen.
»Ich … Was hast du? Du blutest …«
Er machte sich los, die Geste war so brüsk, dass sie zusammenfuhr. Er entfernte sich rasch in Angus' Richtung und murmelte, es liege wohl am Reduzierventil oder er habe sich an der Tauchermaske verletzt. Er hatte Marie so aus der Fassung gebracht, dass sie sich nicht mehr in der Lage fühlte, ihm von dieser ebenso flüchtigen wie unerklärlichen Vision zu berichten.

6

In den hohen, von Brombeerranken überwucherten Bruchsteinmauern des Klosters gab es nur eine Öffnung: die eisenbeschlagene, schwere Holztür. Und in diese Tür war für den ersten Kontakt mit etwaigen Besuchern ein vergittertes und mit einem dicken Holzbrett verschlossenes Fensterchen eingelassen. Das Holzbrett wurde scharrend zur Seite gezogen, nachdem Angus energisch an der verrosteten Kette der Klingel gezogen hatte. Hinter dem Gitter erschien das friedlich rundliche Gesicht einer etwa fünfzigjährigen Nonne. Plötzlich drückten ihre Züge etwas wie Panik aus. Lucas hielt seinen Ausweis vor das Gitterchen. Das Fenster wurde hastig verschlossen. Die drei Ermittler sahen sich ratlos an.

Schwester Angelica hatte sich an die Innenseite der Tür gelehnt und versuchte ihre Panik zu zügeln, sie atmete heftig, und die sonst so rosigen Wangen waren leichenblass. Sie fasste sich schließlich, zwang ihrem Gesicht einen Ausdruck heiterer Gelassenheit auf und zog das Brett wieder zur Seite. Sie schlug demütig die Augen nieder, vor allem, damit niemand die Angst erkennen konnte, die ihr das Gesicht, das sie gerade gesehen hatte, eingejagt hatte, dann stellte sie sich vor und bat die Besucher, einzutreten und im Kreuzgang zu warten. Sie werde der Mutter Oberin Bescheid sagen.

An diesem totenstillen Ort schien die Zeit schon Jahrhunderte zuvor stehen geblieben zu sein. Hinter den Säulen sah

man weiße Gestalten lautlos vorbeigleiten. In der Mitte dieses Kreuzgangs, der, wie ihnen Angus im Flüsterton mitteilte, aus dem 12. Jahrhundert stammte, lag ein ungemein gepflegtes quadratisches Gärtchen. Eine Zeitlang hatten die unbarmherzigen Magdalenerinnen das Kloster bewohnt, nach dem Zweiten Weltkrieg jedoch war es von einem kontemplativen Orden übernommen worden. Schon seit Jahrzehnten beherbergte das Kloster nun friedliche Ordensfrauen, von denen die meisten nur ein Schweigegelübde und einige wenige das Gelübde völliger Weltentsagung abgelegt hatten.
»Ein Haufen Witzfiguren«, bemerkte Lucas, »das kann ja ein heiteres Verhör werden.«
Er hatte noch eine weitere abfällige Bemerkung auf den Lippen, doch da traf ihn der finstere Blick der Pförtnerin. Schwester Angelica teilte ihnen mit, die Schwester Oberin wolle sie empfangen.

Mutter Clementia hatte am Abend zuvor nichts Außergewöhnliches gehört oder gesehen. Wie an jedem Abend war das Kloster um 18 Uhr geschlossen worden, genau vor der Messe, an der alle Nonnen teilnahmen, mit Ausnahme der Schwestern allerdings, die ein Eremitengelübde abgelegt hatten. Sie selbst habe diese Schwestern kurz vor der Messe in ihren Zellen aufgesucht, um ihnen den Segen zu erteilen.
Ihr Gesicht trug einen Ausdruck des Bedauerns, als sie hinzufügte, außer in Fällen höherer Gewalt dürften die Schwestern, für die sie verantwortlich sei und für die sie selbstverständlich bürge, ihrer Gelübde wegen nicht verhört werden.
Das Alter dieses von feinen Linien durchzogenen Gesichts war schwer zu bestimmen. Es war von einer sanften und aufmerksamen Ruhe geprägt, die zu der heiteren Gelassenheit, die die großgewachsene, weiße Gestalt der Oberin ausstrahlte, noch beitrug. Ihr Arbeitszimmer passte zu ihr, es war hell und still. An den Wänden standen bis zur Decke reichende

Bücherschränke, die einzigen sakralen Gegenstände waren ein schlichtes Kreuz und eine sehr schön bemalte kleine Figur der Mutter Gottes mit dem Kind.
Während sie den Fragen und Antworten lauschte, las Marie die Titel auf den vielen Bänden, es waren zumeist theologische Werke. Dann fiel ihr Blick auf ein Schwarzweißfoto in einer der Vitrinen. Sie erschauerte bei dem flüchtigen Eindruck, etwas schon Bekanntes wiederzusehen: den Steilfelsen und an seinem Fuße das alte Dorf, die baufälligen Häuschen, die Kirche und den Zugang zum alten Bergwerk.
Jemand hatte unten rechts in schwungvoller Tintenschrift vermerkt: »Killmore, 1946«.

Ein geradezu spitzbübisches Lächeln glitt über die Züge der Oberin, als der in Flammen stehende See erwähnt wurde. Offensichtlich war ihr die Legende von der Scharlachroten Königin ebenso vertraut wie die Neigung ihres Gärtners zu alkoholischen Getränken. Kurzum: Sie glaubte keinen Augenblick lang an diese ebenso makabere wie heidnisch wüste Geschichte.
»Der See, unter dem das Dorf begraben liegt, ist also noch gar nicht so alt?«, fragte Marie und zeigte auf das Foto.
Er sei erst 1968 entstanden, erklärte Angus.
»Fast jedes Jahr kam es zu Unfällen, obwohl der Zutritt zur Landzunge verboten war«, ergänzte Mutter Clementia. »Kinder spielten in den alten Stollen, 1968 kamen zwei von ihnen nur knapp mit dem Leben davon, und gottlob wurde dann endlich mehrheitlich beschlossen, diesen ganzen Bereich zu fluten.«
»Womit aber weder der Tod François Maréchals vor einem Jahr«, warf Lucas ein, »noch jetzt der Tod seiner Verlobten Claire Varnier verhindert werden konnten.«
Auf dem sonst so gleichmütigen Gesicht Mutter Clementias stand jetzt deutliche Überraschung. Offensichtlich war sie

zwar über die Geschichte dieses unglückseligen Journalisten unterrichtet, nicht jedoch darüber, dass auch seine Verlobte verschwunden war ... Sie bekreuzigte sich und schien in ein stilles Gebet zu versinken.
Lucas musterte prüfend die Linien und Mimikfalten ihres Gesichts, konnte jedoch nichts anderes entdecken als das Mitgefühl einer friedlichen alten Dame. Umso mehr hätte ihn überrascht, wie besorgt und ernst sie nach dem Weggang der Polizisten auf die Aufregung der Pförtnerin Angelica reagierte.
»Ja, ich weiß, es ist schrecklich«, sagte sie, »aber ein Grund mehr für uns, wachsam zu sein, es darf nichts herauskommen.«

* * *

Man hatte den nackten Körper auf den Tisch gelegt. Der Mann, dessen Gesicht durch einen Mundschutz verdeckt war, arbeitete vorsichtig. Er schaltete eine kleine elektrische Säge ein, die zu seiner Befriedigung sofort einwandfrei zu schnurren begann. Er senkte sie direkt unterhalb des Kinns ins Fleisch und folgte dann mit einem sauberen Schnitt der Luftröhre. Plötzlich kreischte das Sägeblatt seltsam. Verärgert schaltete der Mann die Säge aus und beugte sich über den Leichnam. Er bemerkte einen merkwürdigen Gegenstand. Mit Hilfe einer flachen Zange zog er ihn heraus und legte ihn in eine Metallschale. Dann nahm er den Mundschutz ab und untersuchte sein Fundstück genauer. Es handelte sich um einen kleinen, flachen Stein von etwa drei Zentimetern Durchmesser, auf dessen Fläche ein seltsames geometrisches Zeichen eingraviert war.
Kurz darauf kamen Marie, Angus und Lucas in die Leichenhalle, wo der Gerichtsmediziner mit der Autopsie von Alice' Leiche beschäftigt war. Alle drei betrachteten den Ogham-

stein, der inzwischen in einer kleinen Plastiktüte steckte. Die heilige Schrift der Kelten …

»Ich habe noch nicht nach etwaigen Fingerabdrücken gesucht, doch dieser Stein wurde wahrscheinlich kurz nach dem Tod in den Rachen gesteckt«, erklärte der Arzt. »Alice Sullivan starb an einem Halswirbelsäulenbruch, der höchstwahrscheinlich durch einen gezielten heftigen Schlag in den Nacken herbeigeführt wurde.«

Angus warf einen Blick auf Lucas und bemerkte dessen besorgten Gesichtsausdruck.

»Das muss doch ein Verrückter gewesen sein, oder?«

»Oder ein geschickter Verbrecher, der einen Verrückten markiert.«

Marie war zu dem roten Kleid gegangen, das, noch feucht, auf einem Kleiderbügel hing. Sie versuchte den Gedanken zu verscheuchen, dass alles ihretwegen aus dem Ruder gelaufen war, nur weil sie beschlossen hatte, sich auf Killmore trauen zu lassen. Milic hatte sie gewarnt, auf seine Weise.

Dann betrachtete sie Alice' Schuhe, mit Pailletten bestickte elegante Sandalen.

»Keine Spur von rotem Schlamm. Weder an den Schuhen noch am Kleid, auch nicht am Körper oder unter den Fingernägeln.« Der Gerichtsmediziner war ihrer Frage zuvorgekommen.

Im Haar jedoch habe er winzige Reste von Stroh gefunden. Und die Brandwunde sei allem Anschein nach durch ein rotglühendes Eisen verursacht worden, wie man es auch zum Brennen von Vieh verwende.

Lucas äußerte sich besorgt über die Inszenierung, mit der an die Scharlachrote Königin erinnert wurde. Er hoffe zwar, dass damit nur ein einzelnes Verbrechen verbrämt werden solle, aber er könne die Befürchtung nicht loswerden, dass es sich um einen Serientäter handle.

»Und mit dem Oghamstein hätte er zum ersten Mal seine Unterschrift hinterlassen?«, fragte Angus.

»Serienmörder haben häufig Freude an makabren Spielchen und hinterlassen bei ihren Verbrechen gern aus Eitelkeit ihre Signatur«, stimmte ihm Lucas zu.

Er erklärte, in keltischer Zeit hätten die Druiden die Oghamsteine verwendet, um den Namen eines Mörders herauszubekommen. Vielleicht habe ja Alice ein Verbrechen begangen, das von einem Oghamstein verraten und dann durch Mord gesühnt worden sei.

»Du meinst das berühmte Geheimnis der Sullivans?«, mischte sich Marie ein. »Du meinst, dahinter steckt ein von Alice begangener Mord und das Verschwinden des Journalisten steht damit im Zusammenhang?«

Doch Angus wiegelte ab. Die Untersuchung im Fall François Maréchal habe ergeben, dass er durch einen Tauchunfall und nicht durch Mord ums Leben gekommen sei. Jedenfalls nehme man das an, die Leiche sei nicht wieder aufgetaucht. Die ganze »Schuld« der Sullivans habe darin bestanden, ihm die Hütte zur Verfügung gestellt zu haben. Sie hatten ja nicht ahnen können, dass der Journalist den alten Taucheranzug benutzen würde, den Franck dort aufbewahrte. Er, Angus, meine, das Geheimnis der Sullivans, wenn es denn eins gebe, müsse anderswo zu suchen sein.

»Hoffentlich haben Sie recht«, seufzte Lucas. »Aber ich glaube nach wie vor, dass man es auf Marie abgesehen hatte.«

* * *

»Jaouen!«, jubelte Marie plötzlich.
Angus schrak zusammen und drückte seine Zigarette in dem überquellenden Aschenbecher aus, der seinem Büro vollends den Charme einer alten Junggesellenbude verlieh. »Was?«
»Einer von Danas Stiefsöhnen hieß Jaouen!«
»Na und?«, fragte Lucas und blickte von den Papieren auf, die vor ihnen ausgebreitet lagen.
Marie hatte endlich etwas gefunden. Seit Stunden studierten sie die Zeichen der keltischen Ogham-Schrift. Es gab vierundzwanzig Zeichen, unterteilt in drei Familien, die jeweils einer Gottheit zugeordnet waren. Die erste gehörte zum Gott der Fruchtbarkeit, des Friedens und der diesseitigen Welt. Diese Familie symbolisierte die Begegnung zwischen dem Menschen und den Grundsätzen, auf denen das irdische Leben beruhte. Die zweite war dem Gott des Lichts, des Feuers und der nicht zu beherrschenden Ereignisse gewidmet – sie symbolisierte das Schicksal und die Seele. Die dritte war dem Kriegs- und Siegesgott geweiht, auch im sexuellen Sinne, sie stand für Geist und Erleuchtung. Bis zur Erschöpfung hatten sie herauszufinden versucht, in welches perverse Spiel sie der Mörder zu ziehen versuchte. Nur eines stand für sie fest: Das Oghamzeichen auf dem Stein, den man in Alice' Leiche gefunden hatte, entsprach dem *J* des lateinischen Alphabets.
»J wie Jaouen!«, bekräftigte Marie. »So hieß einer von Danas Stiefsöhnen! Und weißt du, wie sie ihn losgeworden ist? Man fand ihn halbtot auf, an seinem Rappen gefesselt!«
Lucas stieß einen Pfiff echter Bewunderung aus: Vielleicht hatte seine Frau die erste Spur gefunden, die ihnen den Weg in den wirren Geist des Mörders wies. Das musste mit einem kühlen Bier gefeiert werden, sie verließen das verrauchte Büro und lockerten ihre verspannten Muskeln. Diese Augenblicke, in denen ein winziges Aufflackern von Verstehen das Dunkel der Ermittlung erhellte, gehörten zu den Freuden ihres Berufs.

Die Freude währte allerdings nur kurz. Im Flur stand Marie plötzlich vor Christian Bréhat. Der gutaussehende Segler hatte gerade seine Aussage bei Brody gemacht und unterzeichnet und wollte jetzt das Revier verlassen. Er tat, als wäre er sich Lucas' Gegenwart völlig unbewusst, nahm Maries Hand, drückte einen zarten Kuss darauf und lächelte der Jungvermählten verliebt zu. Deren Gatte reagierte sofort und heftig. Seine Worte ließen nichts an Deutlichkeit vermissen, als er Christian zum Verschwinden aufforderte. Christian antwortete höflich-ironisch, wenn Lucas schon nicht liebenswürdig sein wolle, könne er wenigstens dankbar sein.

»Letztlich ist Marie meinetwegen mit dem Leben davongekommen. Wie mir Brody freundlicherweise erklärte, hat sie das Treffen mit mir vor einem Treffen mit dem Mörder bewahrt.«

»Gehen Sie zur Hölle oder wohin Sie sonst wollen, aber in möglichst großer Entfernung von meiner Frau!«

»Bedauere sehr, aber aufgrund Ihrer Anweisungen darf ich die Insel nicht verlassen, solange die Ermittlungen andauern. So hat man es mir jedenfalls gesagt. Zu dumm aber auch, nicht wahr?«

Marie sah, dass Lucas fast an seiner Wut erstickte, und versuchte die Wogen zu glätten, indem sie Christian bat, Ruhe zu geben.

»Tut mir leid«, antwortete er ihr mit aufrichtiger Zärtlichkeit, »aber ich hänge an dir, und solange ich dich nicht in Sicherheit weiß, finde ich keine Ruhe.«

Er ging davon und hinterließ allgemeines Unbehagen.

* * *

PM würde seine Rache noch erleben, dessen war er sich sicher. Auch er hatte fleißig gearbeitet. Sobald er erfahren hatte, dass seine Nichte bei den Sullivans auf Killmore heiraten wollte, hatte er einen Haufen Dokumente zusammengetragen. Schon seit einem Jahr grübelte er nur über eines nach: Wie er den Menschen, um dessentwillen er seit seiner Geburt gedemütigt worden war, bestrafen könnte. Seinen großen Bruder Erwann. Besser bekannt unter dem Pseudonym Patrick Ryan.

Diesen verlorenen Sohn, den man ihm immer vorgezogen hatte. Dabei hatte Erwann sich gegen ihren Vater aufgelehnt und war aus dem Haus geworfen worden. Er hatte einen Polizisten getötet und deshalb mehr als fünfunddreißig Jahre im Knast gehockt, wo er verschiedene Bestseller geschrieben hatte.

PM war von leidenschaftlichem Hass auf seinen Bruder besessen. Er hasste ihn so sehr, dass er sich mit seinem Tod nicht abfinden konnte. Sein Hass auf Ryan war ihm unentbehrlich geworden, und dieser Hass war nicht ganz frei von Bewunderung, denn er vermochte durchaus zu erkennen, wie genial die Sache auf Lands'en eingefädelt worden war. Nur in einem Punkt täuschte sich PM. Er glaubte nach wie vor, sein Bruder habe diesen ganzen Plan nur ausgebrütet, um an den Schatz der Strandräuber zu kommen. Weil er selbst nie genug Liebe erfahren hatte, konnte sich PM nicht vorstellen, dass Erwann nur den Tod der einzigen Frau, die er je geliebt hatte, nämlich Mary Sullivans, rächen und sein Kind hatte aufspüren wollen, seine Tochter Marie. Marie, der ideale Köder.

Maries Heirat war PM ziemlich schnurz, aber er wusste, dass Ryan nur noch seine Tochter hatte, dass er verrückt nach ihr war. Wenn er noch am Leben war, würde er um nichts in der Welt Maries Hochzeit verpassen wollen. PM hatte alle Trümpfe in der Hand, es gab die besten Gründe für ein Wiederauftauchen seines Bruders: diese Hochzeit, die Todesgefahr, in der seine Tochter schwebte, eine Legende und den Schatz der Scharlachroten Königin. Dieser Gedanke weckte seinen Tatendrang zu neuem Leben. Er hatte sich alle Pressemeldungen und auch alle sonstigen Informationen über die Nachforschungen François Maréchals und über den seltsamen Tod des Journalisten beschafft. Außerdem hatte er ein recht vollständiges Dossier über die Scharlachrote Königin, in das er sich jetzt vertiefte, weil er einer Spur genauer nachgehen wollte.

Der Legende zufolge hatten die fünf Stiefsöhne Danas irgendwann begriffen, dass ihre schreckliche Stiefmutter ihnen nach dem Leben trachtete, um ihrem eigenen Sohn Drest Vorteile zu verschaffen. Sie hatten sich darüber beim König beklagt, der schließlich eingewilligt hatte, den Kronschatz an einen Ort zu bringen, der nur ihnen bekannt war. Der König hatte an seine fünf Söhne fünf unterschiedliche Schlüssel verteilt, die allesamt erforderlich waren, um an den Schatz zu gelangen. Und dann war der erste Prinz vom Pferd gestürzt und gestorben …

Ein Geistesblitz riss ihn aus seiner Lektüre. Alice war erst das erste Opfer.

***

Man wagte kaum seinen Tee umzurühren, so laut drang das Klingeln der Löffelchen in den zarten Porzellantassen durch die tiefe Stille des großen Salons. Das Abendessen war eine Katastrophe gewesen. Juliette schmollte schon seit dem Abend zuvor, weil Ronan sich wie ein Idiot aufführte. Sie war sich ganz sicher, dass er gar nicht merkte, wie Jill ihn manipulierte. Dieses Grunge-Mädchen nutzt sein Mitgefühl doch nur aus, um ihn an der Nase herumzuführen, dachte sie.

Die beiden jungen Damen wechselten einige zickige Bemerkungen, und Marie war so unklug, die Wogen glätten zu wollen. Nun wandte Jill ihren Hass gegen Marie und beschimpfte sie ohne jede Zurückhaltung. Daraufhin befahl Lucas ihr, sich sofort bei Marie zu entschuldigen, was wiederum Franck in Harnisch brachte.

»Sich entschuldigen? Wofür denn? Seit Sie sich hier bei uns eingenistet haben, herrscht totales Chaos! Als wäre es nicht schlimm genug, dass Alice tot ist, müssen wir auch noch alle hierbleiben. Was unterstellen Sie uns eigentlich? Dass wir sie umgebracht haben?«
Auch Jill empörte sich. Man werde ihnen doch nicht unterstellen wollen, Familienmitglieder zu töten?
Eine geflüsterte boshafte Bemerkung Juliettes setzte die Lunte endgültig in Brand:
»Hast du nicht Ronan gesagt, du hättest deine Mutter gehasst?«
»Du verdammte Schlampe! Damit du es weißt: Ich habe ein hieb- und stichfestes Alibi! Bis drei Uhr morgens war ich die ganze Zeit bei Ronan!« Mit einem »Na los, sag es ihr!« drehte sie sich zu Ronan um, dessen schamrotes Gesicht jede Bestätigung überflüssig machte.
Nach diesem Spektakel hatte sich Franck rasch zu Vivian verdrückt. Marc Fersen war an das Krankenbett seiner Frau zurückgekehrt, die sich praktisch weigerte, ihr Zimmer zu verlassen. Nur Louise, Edward, Marie und Lucas waren in den Salon hinübergegangen.
Um das Gespräch wieder in Gang zu bringen, versuchte Marie, Verständnis für ihre jüngere Cousine zu wecken: Juliette habe während ihrer Kindheit in dem düsteren Familienschloss wenig Zuwendung erhalten. Ronan sei ihr Ein und Alles, und der Verdacht, der jetzt auf ihrer Beziehung laste, unerträglich für sie.
Edward gab seiner schlechten Laune nach und stimmte ihr nachdrücklich zu. Was gebe es Gemeineres als Verdächtigungen? Er beispielsweise finde schockierend, dass Marie auch nur denken könne, ein Mitglied der Familie habe sie töten wollen. Solche Gedanken seien ihm umso unverständlicher, als sie alle sie so herzlich nach Killmore eingeladen und sogar beschlossen hätten, das Erbe mit ihr zu teilen …

Lucas mischte sich ein, er sah, wie unbehaglich Marie sich fühlte.

»Aber das müssen Sie doch zugeben: Die an Marie gerichtete Nachricht bedeutet, dass es ein Geheimnis bei den Sullivans gibt. Wenn Alice das nicht geglaubt hätte, hätte sie sich nicht so sorgfältig als Marie verkleidet.«

Wieder trat Stille ein, eine noch lastendere Stille. Wie einfach es doch wäre, diese Sache anderen zu überlassen und mit Lucas zu neuen kriminologischen Taten aufzubrechen, in die man nicht persönlich verwickelt war, dachte Marie verzagt. Doch auch jetzt hatte sie trotz des Schmerzes, den ihr das Ganze bereitete, einen dringenden Wunsch nach Wahrheit. Je gewichtiger es ist, desto schlimmer vergiftet und zerstört ein Geheimnis sowohl jene, die es betrifft, als auch jene, die es hüten, das wusste sie aus eigener bitterer Erfahrung. Und das bewies auch die vergiftete Atmosphäre in diesem Salon.

»Edward«, sagte sie schließlich mit Überwindung, »ich habe zu sehr unter den schrecklichen Folgen gelitten, die ein Geheimnis nach sich ziehen kann. Alice ist einem zum Opfer gefallen, und wir wollen ja nur verhindern, dass es noch weitere Opfer gibt. Wenn einer von euch etwas weiß, muss er es sagen.«

Louise erhob ihre müde, aber feste Stimme:

»Sie hat recht. Wir müssen es ihnen sagen, das mit Kelly.«

7

Dora erschrak. Sie stand ein Stockwerk tiefer am Kamin und verfolgte das Gespräch im großen Salon.
Nach einem entsetzten Blick auf die Angestellten schickte sie alle mit einem unwirschen Befehl weg. Einmal allein stellte sie hastig den Teller ab, der in ihrer Hand zitterte.
Denn was sie hörte, ließ ihre Befürchtungen in echte Panik umschlagen.

Louise atmete schwer, das Geständnis fiel ihr nicht leicht, und sie versuchte ihre Verachtung gar nicht erst zu verbergen. Tom, ihr jüngster Stiefsohn, ein durch und durch respektloser Taugenichts, habe mit Dora geschlafen, die damals noch ein kleines Dienstmädchen gewesen sei. Aus dieser ebenso kurzen wie entehrenden Liaison sei ein Mädchen hervorgegangen, ein Bastard.
»Kelly ist die Tochter eines Sullivan?«, fragte Marie verblüfft. »Genau wie ich?«
Marie und Lucas verstanden sofort die schreiende Ungerechtigkeit, die Kelly empfinden musste, wenn sie sah, wie die illegitime Tochter von Mary anerkannt, gefeiert und in ihr Erbe eingesetzt wurde, während sie selbst, ebenfalls die natürliche Tochter eines Sullivan, immer wie ein Dienstbote behandelt worden war.
Marie begnügte sich jedoch mit dem Kommentar, diese In-

formation ändere vieles und erkläre vor allem die Botschaft, die sie erhalten habe.

»Alles spricht zu Kellys Ungunsten. Sie hat das Pferd abgespritzt, um jede Spur zu entfernen, sie hat behauptet, unter den Hufeisen sei roter Schlamm gewesen, um uns auf die falsche Spur der Halbinsel zu setzen, sie hat kein nachprüfbares Alibi, rein zufällig hat sie nichts gehört, obwohl sie direkt über dem Stall wohnt, und nun hat sie auch noch ein ernsthaftes Motiv: Eifersucht.«

»Ich hätte Dora entlassen sollen.« Louise seufzte.

Lucas stimmte Marie zu: Man müsse die Stallmeisterin dringend verhören, und wenn sie nicht eine sehr überzeugende Erklärung vorbringen könne, werde man wegen Mordes gegen sie ermitteln müssen.

Die Tür schien zu explodieren, als Dora wie eine wütende Furie in den Salon tobte.

»Kelly hat damit nichts zu tun!«, schrie sie hysterisch. »Sie hat nie erfahren, dass Tom Sullivan ihr Vater war! Niemals!«

Marie ließ sich von diesem Ausbruch der sonst so gleichmütigen Haushälterin nicht beeindrucken, sondern ging sofort zum Gegenangriff über:

»Wie wollen Sie das beweisen?«

Lucas wiederholte Maries Frage in ruhigerem Ton: Er verstehe, dass sie ihre Tochter verteidigen wolle, sehe aber nicht recht, mit welchen Argumenten.

Dora wirkte wie ein in die Enge getriebenes Tier. Ihre stechenden kleinen Augen gingen von einem zum anderen, als suche sie verzweifelt nach einem Ausweg. Schließlich stieß sie in hilfloser Wut einen schrecklichen Schrei aus, sie hatte völlig die Beherrschung verloren und nahm sich Louise vor. Ihr in den Jahren stillen Gehorsams angesammelter Hass ergoss sich nun über die alte Dame. Sie halte die Gleichgültigkeit und die Verachtung der Sullivans nicht länger aus, schrie sie. Sie habe der Familie ihr ganzes Leben lang treu und loyal

gedient und als Gegenleistung nur Arroganz und Schikane erlebt. Das alles habe sie nur schweigend erduldet, um ihrer Tochter ein Dach über dem Kopf und eine ordentliche Ausbildung zu sichern. Doch Louise habe die kleine Kelly, die immerhin ihre Enkelin sei, nie auch nur eines Blickes gewürdigt! Warum verwöhne sie Marie, die doch genauso ein Bastard sei wie ihre Tochter, mit Wohltaten und Zärtlichkeit?
»Ich war es, die den Zettel unter Maries Tür durchgeschoben hat, damit sie in den Stall kommt«, keuchte sie. »Ich wollte sie töten! Jawohl, töten! Marie! Nicht Alice! Das schwöre ich, nicht Alice ...«
Die völlig entkräftete Dora schwankte. Edward und Lucas stützten sie und führten sie zu einem Stuhl. Sie sackte in sich zusammen und wiederholte immer wieder, dass sie Alice nicht habe töten wollen, nicht Alice.
Lucas kauerte sich neben sie und fragte weiter.
»Und das rote Kleid, das Pferd, der Schlamm unter den Hufen, wozu diese ganze Inszenierung?«
Dora, schon halb bewusstlos, stammelte, sie habe alles so arrangiert, damit es der Legende möglichst ähnlich werde, Kelly habe nichts damit zu tun, man solle sie in Ruhe lassen ...

***

»Und ich habe diese Frau geliebt«, murmelte Angus.
Er war völlig niedergeschlagen, er konnte sich nicht von dem Anblick der bleichen Dora erholen, deren Haar struppig herunterhing, während sie mechanisch ihr Schuldbekenntnis unterschrieb und ihr Geständnis immer wieder leise wiederholte.
Er war etwa in ihrem Alter und kannte sie seit eh und je. Wer die hagere kleine Haushälterin sah, konnte sie sich schwerlich als bezauberndes junges Mädchen vorstellen, dabei war sie genau das gewesen, wie Angus beteuerte. Er hatte lange ge-

trauert, weil sie ihn nicht einmal hatte anhören wollen, als er um ihre Hand anhalten wollte. Er hatte von ihrer Schwangerschaft gewusst, aber ihm war egal gewesen, welcher Schuft sie in diesem Zustand im Stich gelassen hatte. Damals hatte er davon geträumt, ihr Mann zu werden und der Vater des Kindes in ihrem Leib.

Jetzt verstand er, warum sie ihn abgewiesen hatte. Gleich nach Beginn ihrer Schwangerschaft hatten Tom und sein Bruder Sean sich mit der Familie überworfen und das Herrenhaus verlassen. Wahrscheinlich hatte sie geglaubt, Tom werde zurückkehren und die Sache in Ordnung bringen … Also war sie lieber im Dienste der Sullivans geblieben, vielleicht auch um der Illusion willen, ihre Kleine gehöre ein bisschen zu deren Familie. Ihre Tochter, der Mittelpunkt ihres Lebens.

»Aber warum hat sich Kelly ihrer Mutter gegenüber so furchtbar aufgeführt?«, fragte Marie.

Wie alle anderen auch, die zugesehen hatten, als Dora in den Polizeitransporter gestiegen war, war sie über den unbarmherzigen Zorn schockiert gewesen, mit dem Kelly über ihre Mutter hergefallen war, nachdem sie erfahren hatte, dass sie für Alices Mord verantwortlich sein sollte. Die völlig niedergeschlagene Dora hatte sich überhaupt nicht gewehrt, Angus hatte eingreifen und sie den Klauen ihrer Tochter entreißen müssen.

Lucas teilte Maries Gefühl, dass an dieser Geschichte irgendetwas nicht zusammenpasste. Die Geständnisse kamen zu spontan, und eine harmlose Frau mittleren Alters sollte sich eine so komplexe Inszenierung ausgedacht haben …

Aber vielleicht hatte Angus, der sie ja am besten kannte, recht mit seiner Vermutung, die Haushälterin könne einfach verrückt geworden sein, weil man ihre Tochter, für die sie sich aufgeopfert hatte, so ungerecht behandelte.

Lucas fischte einen Bogen aus dem Fax.

Die Laborergebnisse. Das Wasser, mit dem das rote Kleid durchtränkt gewesen war, hatte nichts mit dem Wasser des Sees gemein.
»Also ist Alice niemals vom Steilfelsen gestürzt«, bemerkte er.
»Die Wahrscheinlichkeit, dass sie auf dem Besitz der Sullivans getötet wurde, ist hoch«, stimmte ihm Marie zu. »Alice töten, sie mit Riemen ans Pferd fesseln, roten Schlamm unter die Hufe schmieren, das Kleid durchnässen und die ganze Chose irgendwo verstecken, um das Pferd um drei Uhr morgens loszuschicken, dafür braucht man doch ein Versteck, oder?«
Lucas erinnerte sie daran, dass die Kriminaltechniker in den Ställen nichts entdeckt hatten. Und die Hufspuren, die vom Stall wegführten, hätten sich in Richtung des Küstenpfades verloren.
»Mir wäre das noch eine kleine Nachprüfung wert ...«
»Und der Untersuchungsbericht über das Verschwinden François Maréchals?«
»Ich geh mal eben frische Luft schnappen.«
Sie griff nach ihrer Jacke und verließ den Raum.
»Wo will sie hin?«, fragte Angus.
»Hören Sie mal, mein Alter, wer ist nun mit ihr verheiratet, Sie oder ich?«

In der alten Scheune am Ende der Stallgebäude lag Kelly im Stroh versteckt und beobachtete düster, wie Marie auf Diablo davontrabte.
Immerhin nahm sich Marie die Zeit, den Horizont zu bewundern, an dem jetzt die Sonne unterging. Die schräg aus den Wolken fallenden Sonnenstrahlen vergoldeten die Umrisse der Landschaft. Sie sog die Luft ein und genoss den Duft des Meeres, dann trieb sie ihr Pferd an und ritt auf den Küstenpfad zu. Als sie an dem steinigen Weg ankam, auf dem die

Kriminaltechniker die Hufspuren aus den Augen verloren hatten, zog sie die Zügel an und legte sie, als Diablo stand, vorsichtig auf seinem Nacken ab. Danach ließ sie ihm völlige Freiheit und redete ihm lediglich gut zu. Diablo rupfte einige Grasbüschel und verließ dann aus eigenem Antrieb den Pfad. Einige Umwege und Grasbüschel später bemerkte Marie ein altes Bruchsteingebäude, auf das Diablo jetzt etwas rascher zustrebte. Sie stieg ab, knipste ihre Taschenlampe an und wollte gerade durch die nur angelehnte, leicht verrottete Holztür treten, da wurde sie durch einen kräftigen Stoß in den Rücken hineinbefördert.

Diablo hatte es offensichtlich eilig, er drängte sich ungeniert an ihr vorbei, steckte die Nase in eine Raufe und machte sich über die Reste eines Luzernenballens her. Maries Idee hatte funktioniert, das Pferd hatte zur Futterquelle zurückgefunden.

Der Boden aus gestampftem Lehm war übersät mit Hufspuren, die exakt zu Diablos Hufen passten. Sie machte sich an eine genauere Untersuchung.

Und wurde schon bald mit einem Aufblitzen im Strahl der Taschenlampe belohnt: Vor ihrem inneren Auge sah sie Alice' paillettenbesetzte Sandalen, die sie im Leichenschauhaus in der Hand gehabt hatte. Während sie die bunten kleinen Pailletten in ein Plastikbeutelchen sammelte, bemerkte sie auf dem staubigen Boden einen Spalt.

Eine Falltür, die offensichtlich noch vor kurzem geöffnet worden war.

Sie stemmte sich energisch gegen Diablos Flanke, was das geräuschvolle Mahlen seiner Kiefer jedoch kaum unterbrach, und schob ihn mühsam von der Holzfläche, die sich danach leicht anheben ließ. Eine steile Holztreppe führte in einen Keller hinab.

Er war sehr klein und leer, soweit sie im Licht der Taschenlampe erkennen konnte. Dann fiel ihr in einer Ecke ein Ge-

genstand auf. Sie stieg hinunter und fand ein einfaches Plastikeimerchen.
Es enthielt Reste von rotem Schlamm …

***

»Lassen Sie mich in Frieden!«, knurrte Kelly, noch bevor Lucas etwas sagen konnte.
Sie stoppte die Bewegung der in einem entlegenen Winkel des Parks stehenden Hollywoodschaukel. Es war schon fast dunkel gewesen, als er sie in ihrem Versteck gefunden hatte. Er war auf sie zugegangen und hatte trotz ihrer geröteten Augen und ihrer unverhohlenen Gereiztheit ein Gespräch begonnen.
Sie sei eine entschieden aggressive Frau, erklärte er, und ihr erbarmungsloser Umgang mit der eigenen Mutter habe ihn doch überrascht.
»Hätte ich ihr etwa gratulieren sollen zu dem, was sie getan hat?«
»Sie schienen keine Sekunde lang zu bezweifeln, dass sie ein so schreckliches Verbrechen begangen haben könnte. Seltsam, oder? Warum?«
Kelly schien ihm nicht zugehört zu haben. Sie wandte den Blick ab, bohrte zornig die Schuhspitze in den Boden und setzte die Schaukel wieder in Bewegung.
Tränen perlten von ihren Wimpern. Sie wischte sie wütend ab.
»Können Sie sich einen Grund dafür denken, warum Alice neugierig auf ein Geheimnis über die Sullivans war?«
Schweigen.
»Um wen weinen Sie, Kelly?«, fragte er sanft und setzte sich sehr dicht neben sie.
Sie zuckte zur Seite, er rückte ihr sofort nach und drängte sie regelrecht in die Ecke der Sitzbank.

»Rühren Sie mich nicht an!«
Der Schrei war ihr instinktiv entfahren, und in ihrer Fluchtbewegung lag mehr als Abwehr. Er umklammerte ihre Handgelenke und drückte sie fest an sich, ihr Gesicht dicht an seinem. Nun war er davon überzeugt, dass seine Vermutung stimmte.

Selbstzufrieden kehrte er ins Schlafzimmer zurück, wo Marie ihn schon erwartete, doch er kam gar nicht dazu, etwas zu sagen, schon überfiel sie ihn.
»Na, war's nett mit Kelly? Hat's dir gefallen?«
Er lachte schallend.
»Versuch nicht, mir irgendwelchen Blödsinn zu erzählen, ich hab gesehen, wie du sie geknutscht hast!«
In ihrem Zorn ließ sie ihn nicht zu Wort kommen.
»Hast du bekommen, was du wolltest?«
»Ja, die Sicherheit, dass sie Männer hasst.«
»Keine Ablenkungsmanöver, bitte!«
»Wenn du mir schon nachspionierst, dann bitte richtig, und so würdest du dich auch nicht so aufregen!«
Sie schwieg misstrauisch, aber immerhin waren ihr auf der Wange, die Lucas ihr hinhielt, Spuren einer kräftigen Ohrfeige aufgefallen.
Das also hatte er bekommen. Eine Ohrfeige und die Gewissheit, dass Kelly jeden Kontakt mit einem Mann verabscheute. Sie hatte sich gewehrt, bis er ihr gesagt hatte, er kenne die Wahrheit über sie und Alice, über ihre Liebe.
Da war Kelly in Tränen ausgebrochen, und mit der Erleichterung eines Menschen, der seinen Gefühlen endlich keinen Zwang mehr antun muss, hatte sie zugegeben, dass sie und Alice sich geliebt hatten, leidenschaftlich geliebt, und das schon seit mehr als zwei Jahren.
Mit einem Rest Skepsis unterbrach Marie Lucas:
»Das hast du vermutet und mir nichts davon gesagt?«

»Sicher war ich erst, als ich sie provoziert hatte.«
»Körperlich provoziert, meinst du? Ein beachtlicher Arbeitseifer …«
»Und das ist noch nicht alles«, fuhr er fort, denn das wütende Leuchten in den schönen grünen Augen war ihm nicht entgangen. »Kelly war deshalb so überzeugt von der Schuld ihrer Mutter, weil Dora sie an dem Abend, als Alice starb, in einer unzweideutigen Situation überrascht hatte. Als sie nach dem Streit mit dir weggerannt ist, ist Kelly ihr nachgegangen. Sie war gerade dabei, sie … zärtlich zu trösten, als Dora sie entdeckte. Anscheinend ist Dora gegenüber Alice völlig ausgerastet, hat sie beschimpft, ihr vorgeworfen, sie habe ihre Tochter in eine Verderbtheit hineingezogen, die sie ihr nie verzeihen werde. Alice ist dann auch wütend geworden und hat gesagt, sie werde endlich allen die Wahrheit sagen und ihre Liebe offen leben.«
»Den Skandal kann man sich vorstellen. Dora soll also die Geliebte ihrer Tochter getötet haben, um …«
Sie hob den Blick zur Decke. Auch Lucas hatte die Geräusche im oberen Stockwerk gehört.
Schritte im abgesperrten Zimmer. Wer konnte zu dieser Uhrzeit in dem verkohlten Raum herumschnüffeln?

***

Als sie oben ankamen, stand die Tür zu Marys Schlafzimmer halb offen, und sie hörten deutlich leise Geräusche aus dem Raum.
Ohne sich verständigen zu müssen, zogen sie absolut synchron die Waffen und traten ins Zimmer.
Sie erstarrten auf der Schwelle.
Da stand Lucas' Mutter, mit in sich gekehrtem Blick, und summte einen Kinderreim. Selbstversunken kratzte sie an der Wand die vom Feuer angesengte Tapete ab. Lucas, der seine

Trauer und Verzagtheit kaum verbergen konnte, steckte die Waffe wieder weg und seufzte verzweifelt. Er trat zu Hélène und nahm sie sanft bei den Schultern.

»*Maman?* Komm, ich bring dich wieder auf dein Zimmer …«

Maries Herz zog sich zusammen, als sie die beiden langsam aus dem Raum gehen sah. Hélène, die immer noch völlig abwesend war und ihren Sohn nicht einmal angesehen hatte, summte weiter vor sich hin.

Marie steckte nun ebenfalls ihre Waffe weg und sah sich in dem von den Flammen zerstörten Zimmer um. Die Überreste des Mobiliars waren weggeräumt worden, der Raum war leer und schwarz. Bis auf den kleinen Fleck, an dem Hélène methodisch die Tapete von der Wand gekratzt hatte.

Marie trat näher, auf der Suche nach einer Erklärung für Hélènes seltsames Verhalten. Warum war sie hierhergekommen? Was hatte sie hier gewollt?

Aufmerksam betrachtete sie die Stelle, für die sich Hélène so brennend interessiert hatte, und runzelte erstaunt die Stirn, als sie sah, dass unter den Tapetenfetzen eine kleine Schublade sichtbar wurde. Hastig brachte sie das Werk ihrer Schwiegermutter zu Ende und fragte sich dabei, durch welchen Zufall Hélène auf die Spur dieses Verstecks, denn um ein solches handelte es sich wohl, gekommen war. Halb aufgeregt, halb angstvoll zog sie die Schublade auf.

Sie enthielt Briefe, genauer gesagt, zusammengefaltete Zettel. Sie nahm einen der Zettel und entfaltete ihn. Eine Schrift mit eng gedrängt stehenden Buchstaben.

Es traf Marie wie ein Schlag.

Ryans Schrift.

Der Zettel begann in ihrer Hand zu zittern. Mit angehaltenem Atem las sie den wunderbaren Liebesbrief, den ihr Vater im Frühjahr 1967 an Mary Sullivan geschrieben hatte …

***

Hélène hatte die Hand ihres Sohnes in der ihren behalten und spielte nun mit seinen Fingern, als seien sie seltsame Gegenstände, die sie genau prüfen müsse. Lucas, der sich neben sie auf die Kante des Doppelbetts gesetzt hatte, sah ihr dabei ratlos zu. Sein Vater legte ihm mitfühlend die Hand auf die Schulter.
»Ich sollte mit deiner Mutter nach Hause fahren«, seufzte er. Er spürte Lucas' Vorbehalte und versuchte, ihn zu überzeugen. Natürlich wisse er, dass niemand die Insel verlassen dürfe, doch hier sei es für ihn trotz äußerster Wachsamkeit viel zu schwierig, Hélène im Auge zu behalten, zumal sie immer unberechenbarer werde. Lucas müsse sie beide abreisen lassen.
»Abreisen? Nicht ohne meinen kleinen Sohn!«, sagte Hélène plötzlich entschieden.
Besorgt und flehentlich blickte sie ihren Sohn an.
»Bitte sagen Sie mir doch, wo er ist …«
Diese Frage, die ihn geradezu verleugnete, zerriss Lucas das Herz, er brachte kein Wort über die Lippen. Er nahm sie in die Arme und drückte sie an sich, voller Verzweiflung darüber, dass er die Liebe seiner Mutter verloren hatte, dass sie ihn nur noch als Fremden wahrnahm.
Mit überraschender Kraft löste sich Hélène von ihm und nahm seinen Kopf fest zwischen beide Hände. Sie sah ihn aufmerksam an. Dann leuchtete ihr Gesicht auf, als hätte sie ihn erkannt.
»Mein Junge, da bist du ja, mein Schatz«, sagte sie leise. »Er hat dir doch nicht wehgetan?«
»*Maman*, von wem sprichst du?«
»Du musst sehr aufpassen, er treibt sich hier herum, dieses Ungeheuer, ich will nicht, dass er dir wehtut, ich hab dich so lieb …«
Sie schmiegte sich an ihn, sie konnte ja nicht ahnen, wie quälend ihre zusammenhangslosen Worte und ihr Verhalten für

die anderen waren. Lucas blickte mutlos zu seinem Vater auf, der die beiden traurig beobachtete.
»Ihr könnt fahren«, sagte Lucas schließlich.
Doch Hélène stand auf und drehte sich zu ihnen um.
»Nein! Nicht solange mein Sohn hier ist!«
Ihre erstaunlich entschlossene Stimme war ebenso verwirrend wie das klare Bewusstsein, das mit einem Mal über sie gekommen zu sein schien.
»Lucas, schwör mir, dass du mich nicht gegen meinen Willen fortschickst!«
Marc und Lucas wechselten verblüffte Blicke.
Hélène drehte Lucas' Kopf liebevoll wieder in ihre Richtung.
»Schwör's mir, mein Junge.«
»Ich schwöre es dir.«
Sie lächelte ihn zärtlich an und strich ihm mütterlich eine Strähne aus dem Gesicht.
»Danke.«
Dann wandte sie sich ab und ging zum Fenster. Dabei stieß sie leicht gegen Marc, der ihr im Weg stand.
»Pardon, Monsieur«, sagte sie abwesend.
Marie stand in der Tür und sah zu.
Als Lucas ihrem Blick begegnete, klammerte er sich daran wie an einen Rettungsring und ging rasch zu ihr hinaus. Auf dem Gang nahm er sie fest in seine Arme und presste sie an sich.
»Ich brauche dich«, flüsterte er verzweifelt.

***

Der seltsame kleine Kerl in Angus' Büro hörte nicht auf zu zappeln. Kevin war noch keine fünfzehn. Sein blonder Schopf hatte vermutlich schon lange keinen Kamm mehr gesehen, und sein unsteter Blick irrte durch den Raum. Dann blieb er

mit wölfischer Gier an der Zigarette hängen, die der Polizist sich gerade anzündete.
Kevin wurde verdächtigt, in der Nacht der Hochzeit jemanden vergewaltigt zu haben, doch schon seit einer Stunde stritt er alles ab. Angus, der wieder einmal unter dem Eindruck litt, nicht mit einem Menschen, sondern mit einem wilden Tier zu verhandeln, hatte allmählich genug. Zumal ihm der Bursche ein Alibi geliefert hatte, das ihm mehr wert war als jedes Geständnis.
»Brody, Sie können ihn wiederhaben!«, bellte er.
Angus hatte nämlich gerade Marie und Lucas näher kommen sehen und freute sich schon darauf, den beiden die Geschichte zu erzählen, die er gerade von Kevin gehört hatte.
Zum Zeitpunkt der Vergewaltigung hatte Kevin das Hin und Her auf dem Hochzeitsempfang genutzt, um in aller Gemütlichkeit ein paar Gegenstände aus dem Herrenhaus mitgehen zu lassen. Als er doch erwischt zu werden fürchtete, flüchtete er sich in eins der Dienstbotenzimmer. Und unmittelbar darauf war die Bewohnerin dieses Zimmers hereingekommen: Dora.
Der kleine Taugenichts hatte wie eine Ratte in seiner Ecke gekauert und zusehen müssen, wie sich die Haushälterin einen Tee kochte, ein wenig aufräumte und sich dann, endlich im Bett, noch stundenlang herumwälzte, bis sie gegen drei Uhr morgens einschlief und er entwischen konnte.
Das ließ nur einen Schluss zu: Dora konnte Alice nicht getötet haben.
Und jetzt würde sie ihnen erklären müssen, warum sie sich selbst des Mordes bezichtigt hatte. Sie gingen zu ihrer Zelle, denn Dora war immer noch in Untersuchungshaft.
Sie lag auf der Pritsche, den Rücken zum Eingang, und reagierte nicht auf Angus' leises Rufen.
Als er in die Zelle trat, wäre er beinah über das Tablett mit dem praktisch unberührten Essen gestolpert. Er rüttelte Dora

an der Schulter, und die Haushälterin rollte herum und fiel schwer auf den Boden. Sie schrien auf.
Durch die mikrowellengeeignete Plastikfolie sahen sie Doras Gesicht, blau angelaufen, verzerrt und mit hervorgequollenen toten Augen.

8

Gepeinigt von Kummer, Zorn und Schuldgefühlen, weil er Doras Selbstmord nicht hatte verhindern können, drehte Angus wie ein Tiger im Käfig seine Runden in dem kleinen Raum hinter dem Einwegspiegel. Er und Marie beobachteten, wie Lucas Kelly verhörte.

Kelly wurde von krampfartigen Schluchzern geschüttelt. Sie hatte gerade von dem schrecklichen Selbstmord ihrer Mutter erfahren und wusste jetzt, dass Dora das Verbrechen, das sie ihr mit so maßlosem Zorn vorgeworfen hatte, nicht begangen hatte. Die Erinnerung an die Beleidigungen, die sie Dora bei deren Verhaftung entgegengeschleudert hatte, steigerte ihren Gram noch. Das waren die letzten Worte gewesen, die Dora von ihr gehört hatte, und sie würde nie um Verzeihung bitten können. Sie machte sich bittere Vorwürfe, dass sie nicht gleich geahnt hatte, wie opferbereit Dora gewesen war. Aber warum hatte sie ihr nie die Wahrheit über ihren Vater gesagt? Sie hätten von Anfang an gemeinsam kämpfen können, und alles wäre anders gekommen …

Angus stand noch zu sehr unter dem Schock von Doras Tod, als dass er die Passivität Lucas' hätte ertragen können, der sich darauf beschränkte, Kelly aufmerksam zuzuhören. Er stürzte in die Verhörzelle und ging sofort auf Kelly los. Wolle sie etwa ihrer Mutter vorwerfen, sie sei an allem schuld, weil sie aus lauter Anstand geschwiegen hatte?

Auch Lucas bekam sein Fett weg.
»Wieso hören Sie eine Frau an, die so verworfen ist, dass sie es fertig bringt, die eigene Mutter zu zerstören? Die die Frau tötet, die sie liebt, und ihr noch dazu, kaum dass sie tot ist, einen Stein in die Kehle steckt?«
Rot vor Zorn legte er Kelly den Oghamstein mit dem »J« vor.
Die Augen, die nun zu Angus aufsahen, waren so verstört, dass man kaum annehmen konnte, Kelly habe ihn verstanden.
»Bei der Autopsie musste man Alice' Leiche aufschneiden, um diesen Stein herauszuholen!«, schleuderte er ihr entgegen.
Kellys schreckensgeweitete Augen verdrehten sich. Ihr ganzer Körper bäumte sich auf und sank dann ohnmächtig in Lucas' Arme.

***

Franck bemerkte, dass er zitterte. Vor Wut.
Warum zum Teufel war dieses Mädchen nicht an Alice' Stelle gestorben? Durch ihr Kommen hatte sie allen das Leben versaut! Was er gerade beim Notar erlebt hatte, hatte ihn, wie nebenbei bemerkt auch alle übrigen Familienmitglieder, bis ins Mark getroffen.
»Die Sullivans sind am Boden!«, beklagte er sich bei der mitfühlend zuhörenden Vivian.
Durch Alice' Testament war nicht nur die Homosexualität seiner Schwester bekannt geworden, die Eröffnung war auch noch zu einer allgemeinen Abrechnung ausgeartet. Und die drei Bullen hatten das Ganze mit angehört!
Nicht genug, dass Alice die Hälfte ihres Vermögens ihrer heimlichen Geliebten Kelly hinterlassen hatte, nein, sie musste auch noch mehrere Seiten lang ihre Bitterkeit gegenüber

ihrer Familie ausleben. Edward warf sie vor, er sei ein gleichgültiger Vater gewesen und habe sie gegen ihren Willen mit einem dummen und brutalen Mann verheiratet. Ihrer Großmutter Louise, sie habe ihren Bruder und sie nach der Scheidung der Eltern mit allen Mitteln daran gehindert, ihre Mutter zu sehen. Sie beklagte sich auch über Francks Zynismus, dabei sei sie in seiner Kindheit die Einzige gewesen, die versucht habe, ihm die Mutter zu ersetzen …

Nur Jill gegenüber hatte sie ein wenig Nachsicht walten lassen, dennoch hatte sie ihrer Tochter die Hälfte des Erbes vorenthalten. Franck verfluchte Kelly, die leichenblass und ohne jede Reaktion zugehört hatte, als der Notar ihr Erbteil nannte, und dann noch vor Ende der Testamentseröffnung ohne ein Wort gegangen war.

Und der Gipfel war schließlich das unverständliche Verhalten seines Vaters! Als Louise von der Möglichkeit gesprochen hatte, das Testament anzufechten, hatte Edward ablehnend reagiert und sich sogar auf Alice' Seite gestellt: Ihr Wunsch, Kelly als eine Sullivan zu rehabilitieren, müsse respektiert werden. Diese Manie, die er mit einem Mal hatte, alle Bastarde der Familie anzuerkennen! Wirklich, seit diesem Unfall einige Monate zuvor wirkte er ein wenig seltsam …

Vivian ertrug all die Bitterkeit, in der ihr Geliebter sie ertränkte. Sie war die Einzige, bei der er sich ein wenig gehen lassen konnte. Also hörte sie mit ihrer üblichen Geduld zu, was ihn jedoch nicht daran hinderte, seinen Groll auch gegen sie zu kehren.

»Hör mal, du warst doch mit Alice befreundet, wieso hast du nicht bemerkt, dass sie eine Lesbe war?«

Vivian versuchte, sich zu verteidigen.

»Alice ist immer freundlich mit mir umgegangen, aber eher oberflächlich, sie hat sich mir nie anvertraut. Außer vielleicht …«

Jetzt fiel ihr ein, dass Alice ihr am Morgen der Hochzeit ge-

sagt hatte, sie habe eine sehr leidenschaftliche heimliche Beziehung, wolle die Sache aber beenden.
»Ich wusste nicht, worum es ging, aber sie sagte mir, sie wisse nicht, welche Reaktionen der Bruch auslösen könne …«
»Und in der nächsten Nacht wird sie ermordet!«, rief Franck.
Und das brachte ihn auf etwas, was ihm der Notar berichtet hatte. Alice hatte ihn einen Tag vor ihrem Tod um einen Termin gebeten, aber keine näheren Gründe angegeben.
»Stell dir vor, Kelly hat erfahren, dass Alice sich von ihr trennen und sie enterben wollte …«
Vivians Augen wurden groß wie Untertassen. Man müsse sich vielleicht an die Polizei wenden, sagte sie leise.

Angus jubilierte, nachdem sich die drei Polizisten angehört hatten, was Vivian zu erzählen hatte.
Er habe es ihnen ja gleich gesagt, an Kellys Schuld könne nun kein Zweifel mehr bestehen! Und er bat Lucas, das Verhör ausnahmsweise einmal ihm zu überlassen.
Doch Lucas wollte nichts davon hören.
»Sie haben auch so schon genug Schaden angerichtet. Dank Ihrer freundlichen Intervention war sie eine Stunde lang ohnmächtig.«
Daraufhin bot sich Marie an, sie werde sicher rücksichtsvoller vorgehen als Angus, obwohl auch sie inzwischen stark dazu neige, die Stallmeisterin für schuldig zu halten.
Lucas widersprach ihr.
»Aus der Art, wie Kelly beim Notar reagiert hat, kann man mit Sicherheit schließen, dass sie nichts von der Erbschaft wusste. Und ihre Verzweiflung über Alice' Tod war echt, das könnte ich beschwören.«
Unwillkürlich ärgerte sich Marie. Wieder einmal schlug er sich auf die Seite der rothaarigen Schönheit.

Als die drei zu der Außenreitbahn kamen, auf der Kelly gerade eine Stute an der Longe dressierte, sah Marie etwas wie Mitgefühl auf dem Gesicht ihres Mannes. Sie warf ihm einen messerscharfen Blick zu, doch er war bereits über den Holzzaun gestiegen und legte Kelly in einer Weise, die man als zumindest freundschaftlich bezeichnen durfte, die Hand auf die Schulter. Ein wenig schuldbewusst stellte Marie fest, dass sie angesichts dieser doch deutlich weniger strahlenden Kelly Schadenfreude empfand. Kellys Augen waren stumpf geworden, ihre Gesten wirkten mechanisch, sie schien nicht ganz bei sich zu sein.
Tonlos widersprach sie Vivians Behauptungen. Sie hätten zwar manchmal hitzig darüber diskutiert, ob ein gemeinsames Coming-out angebracht wäre, aber Alice habe nie von Trennung gesprochen, und es sei ihr unverständlich, wie Vivian auf solch absurde Gedanken habe kommen können.
Angus, dem es immer schwerer fiel, sich zu beherrschen, konnte sich den Hinweis nicht verkneifen, dass Kelly zwar kein Alibi zu bieten habe, dafür aber die beiden ältesten Motive der Welt: Liebe und Geld.
»Wenn Dora nicht gute Gründe gehabt hätte, Ihnen den Mord zuzutrauen, dann wäre sie nicht so eilig in die Bresche gesprungen und hätte sich selbst bezichtigt, um Sie zu schützen«, fügte Marie hinzu.
Kelly war völlig niedergeschlagen, sie richtete einen flehenden Blick auf Lucas.
»Warum lassen Sie zu, dass man mich so quält? Sie müssen doch wissen, wie sehr ich Alice geliebt habe …«
Angus wollte die seiner Ansicht nach für Lucas peinliche Situation beenden und wurde sehr entschieden. Er denke, die Fakten seien für Kelly so belastend, dass man die Staatsanwaltschaft einschalten müsse.
Er machte einen Schritt auf Kelly zu. Doch die junge Frau rannte plötzlich los, schwang sich behende auf die Stute und

trieb sie wild an. Die Stute galoppierte direkt aufs Gatter zu und setzte mühelos darüber.
In wildem Galopp sprang die Reiterin über weitere Hecken und Zäune, und schon wenige Sekunden später war das wehende rote Haar hinter dem Laub der Bäume verschwunden.
Angus' Aufschrei setzte der allgemeinen Verblüffung ein Ende: Diese Flucht beweise Kellys Schuld!
Er tippte hastig eine Nummer in sein Handy ein. Sie werde nicht weit kommen, schwor er: Er werde sofort Straßensperren einrichten und die Häfen und Flugplätze der Insel überwachen lassen.
Während er seine Befehle ins Handy bellte, beobachtete Marie Lucas. Zum ersten Mal waren ihr Zweifel an seiner Professionalität gekommen. Er schien ihre Gedanken gelesen zu haben und lächelte ihr etwas gezwungen zu.
»Bei so viel Aufwand ist Kellys Festnahme doch eine Sache von wenigen Stunden, oder? Da ihr alle so von ihrer Schuld überzeugt seid, ist die Untersuchung abgeschlossen, und in achtundvierzig Stunden fahren wir in die Flitterwochen. Super ...«
Marie fragte sich ein wenig ratlos, wie ernst er das wohl gemeint hatte.
»Willst du dich nicht an der Suche beteiligen?«
»Ich habe volles Vertrauen zu Angus' Leuten. Stattdessen werde ich dieses Dossier, bevor ich es abschließe, noch einmal von A bis Z durchgehen.«
Er legte ihr den Arm um die Taille und zog sie zum Kombi.
»Hast du wirklich geglaubt, ich könnte mich aus der Sache rausziehen, bevor Kelly hinter Schloss und Riegel sitzt?«

Marie fröstelte, als sie durch den Park aufs Herrenhaus zuging. Sie fragte sich, ob es an der Feuchtigkeit der anbrechenden Nacht lag, an der Müdigkeit, denn sie hatte stundenlang mit Lucas gearbeitet, oder ob sie dieses fortdauernde Unbehagen plagte, weil ihr zum ersten Mal Zweifel an dem Mann gekommen waren, den sie doch eben erst geheiratet hatte.

Er war auf der Polizeiwache geblieben und ging sämtliche Dokumente von Killmore noch einmal genauestens durch. Als ihr der Gedanke kam, Lucas arbeite vielleicht nur deshalb so eifrig, weil er seinen Fehler in der Einschätzung von Kelly wiedergutmachen wollte, hatte sie alle Lust verloren.

Der Zweifel hatte sich regelrecht in ihr festgesetzt. Zwei Stunden später hinderte er sie immer noch am Einschlafen. Wie angespannt sie noch war, merkte sie, als sie beim Klingeln des Telefons geradezu einen Satz machte.

Doch als sie Lucas' zärtliche Stimme hörte, lösten sich alle Unsicherheiten auf. Er fragte sie, ob sie ihm böse wäre, wenn er mit Angus noch etwas trinken gehe, er werde alles tun, damit es sich nicht zu lange hinziehe, er sehne sich jetzt schon nach ihr, er habe große Lust auf sie.

Glücklich lächelnd legte sie auf. »Mein Engel«, hatte er zu ihr gesagt, es war ihr ganz komisch vorgekommen, denn das hatte er zum ersten Mal getan.

***

Die bunten und blinkenden Neonreklamen der Pubs spiegelten sich auf dem feuchten Asphalt der Gassen am Hafen wider. PM kam aus einer Bar, strich sich mit geübter Geste die lange Strähne glatt, mit der er seine beginnende Glatze zu verbergen glaubte, und fasste die nächste Bar ins Auge. Ein hemdsärmeliger massiger Typ kam hinter ihm her und legte ihm vertraulich die Hand auf die Schulter. PM stieß ihn mit spitzen Fingern zurück, doch er hörte sich interessiert an, was der schwankende Kraftprotz zu erzählen hatte: Ja, er glaube, er habe den Typen auf dem Foto, das PM im Pub herumgezeigt habe, schon mal gesehen, der sei da hinten aus der Pension rausgekommen … Der Mann zeigte vage in eine Richtung. PM dankte ihm mit einem breiten Lächeln und schlug die angegebene Richtung ein.

***

Auch Christian Bréhat schlenderte durch die Hafengassen und starrte blicklos auf die Neonreflexe auf dem Boden. Mit hochgeschlagenem Kragen, die Hände in den Taschen, schleppte er seinen Kummer von Bar zu Bar.
Als er durch ein für seine Stundenhotels bekanntes Sträßchen kam, ließ ihn ein schrilles Lachen aufblicken. Ein Paar stand unschlüssig vor der Tür eines der Etablissements. Die junge Frau schüttelte ihr langes rotes Haar und schmiegte sich verliebt in den Arm des Mannes.
Christian wurde übel. Diese Gestalt hätte er unter Tausenden erkannt. Lucas Fersen.

***

»Lucas ist nicht bei dir, und du wirst wohl noch einige Zeit auf ihn warten müssen …«
Es brauchte einige Zeit, bis Christians Stimme durch den Nebel in Maries Kopf drang und ein vernünftiges Echo fand. Sie war vollständig angezogen auf dem Bett eingeschlafen. Gleich beim ersten Klingeln hatte sie das Handy ans Ohr gehalten, weil sie in ihrem Halbschlaf nur auf die Stimme ihres Mannes gefasst gewesen war. Und nicht auf Christians Stimme.
Ein flüchtiger Blick auf den Radiowecker gab ihr den Rest: Zwei Uhr morgens. Christians drängende Worte, mit denen er sie dazu bewegen wollte, sofort zu ihm zu kommen, erschienen ihr dermaßen wirr, dass sie ihn zunächst für betrunken hielt. Bis er die rote Mähne erwähnte.

Eine Viertelstunde später durchquerte sie den dunstverhangenen Park der Sullivans in Richtung Ausgang.
Im Gehen tippte sie noch einmal Lucas' Nummer ein und geriet wieder an seine Mailbox. Die Nachricht, die sie ihm jetzt hinterließ, war noch herrischer als die vorangegangene und diesmal ohne jedes zärtliche Wort. Er müsse sie zurückrufen. Dringend.
Auf der Straße sah sie das Scheinwerferlicht eines Wagens, der gerade angehalten hatte. Sie ging schneller und sah, wie Christians kräftige Gestalt ausstieg und auf sie zukam. Sie blieb stehen, als sie die Züge ihres ehemaligen Geliebten erkennen konnte. Aus seinem vom Kummer gezeichneten Gesicht sprach deutlich seine unveränderte Liebe zu ihr.
Er blieb dicht vor ihr stehen, sein Herz schlug heftig, es schmerzte ihn, dass er sie nicht in die Arme nehmen durfte.
Sie nahm seinen noch vertrauten Geruch wahr. Sie kannte die Umrisse seines Mundes auswendig und sah die bitteren Linien, die sich in den letzten einsamen Monaten eingegraben hatten. Doch sie bezwang ihre unverhofft aufwallenden Gefühle und sprach mit einer geheuchelten Kälte, von der sie wusste, dass sie ihn verletzen musste. Sie sei ausschließlich Lucas' wegen gekommen, sie wolle herausfinden, was hinter diesen Unterstellungen stecke, die allem Anschein nach nur dieses Treffen mit ihr zum Zweck hätten.
Christian hatte schon zu viel gelitten, als dass er ihr diese Kälte noch hätte verübeln können. Sie war gekommen, nur das zählte. Mit dem ganzen Feuer seiner Liebe und einer erschreckenden Überzeugungskraft flehte er Marie an, mit ihm zu fliehen. Jetzt sofort. Er sei sicher, dass Lucas sie nicht glücklich machen werde. Sie wisse nichts über diesen Kerl ... Der Zorn, den die letzten Worte auslösten, verriet ihm, wie genau er den wunden Punkt getroffen hatte.
»Du benimmst dich scheußlich! Wenn du weiter nichts zu sagen hast, verschwinde! Verschwinde!«

Er betrachtete sie, ihre vom Zorn geröteten Wangen und Lippen, und sagte sich, dass er an ihr sogar noch ihren Zorn auf ihn liebe. Aber er würde ihr wehtun müssen, sehr weh. Es zerriss ihn, dass sie seinetwegen litt, doch er musste den Dolch noch tiefer stoßen und Marie die Szene beschreiben, die er vor dem Stundenhotel erlebt hatte.
Sie hörte ihm bis zu Ende zu, wortlos und wie zur Salzsäule erstarrt. Der in ihrem Haar spielende Wind unterstrich noch mehr ihre Reglosigkeit und den tragischen Ausdruck der fest auf ihn gerichteten Augen. Er fühlte, dass sie ihn in diesem Augenblick, ob sie ihm nun glaubte oder nicht, hasste.
»Du hast mich geliebt, Marie, du warst dir sicher, dass nichts und niemand uns hätte trennen können. Dennoch verabscheust du mich jetzt. Und ich weiß, dass es deiner Liebe zu Lucas ebenso ergehen wird. Ich bitte dich nur, vergiss nicht, dass ich immer für dich da bin.«
Seine Augen liebkosten das geliebte Gesicht, und er fasste ein winziges bisschen Hoffnung, als er den Zweifel sah, den er in ihr gesät hatte.
»Und was Fersen angeht«, fügte er hinzu, »wenn der mir noch einmal über den Weg läuft, kenne ich keine Gnade.«
Er ging. Sie sah ihm nach, doch er wandte sich kein einziges Mal um.
Als die Rücklichter seines Wagens verschwunden waren, merkte Marie, dass sie zitterte.
Ihr erster halbwegs zusammenhängender Gedanke war, Christian müsse verrückt geworden sein. Sie machte sich auf den Weg zurück ins Herrenhaus und dachte an Anne Bréhats Worte: dass ihr Bruder seit der Trennung einen langsamen Abstieg zur Hölle angetreten habe.
Was Christian ihr erzählt hatte, war so wenig wahrscheinlich, dass man es nur als Zeichen seines Wahnsinns betrachten konnte. Lucas würde jeden Augenblick zurückkommen und die Erinnerung an diesen albtraumhaften Moment verscheu-

chen, in dem sie Christian fast geglaubt hätte. Und sie würde sich Vorwürfe machen, weil sie an Lucas gezweifelt hatte.
In die unerträgliche Einsamkeit ihres Zimmers zurückgekehrt, konnte sie sich nicht länger beherrschen und wählte Angus' Nummer.
Am Klang seiner Stimme erkannte sie, dass sie ihn aus dem Schlaf gerissen hatte. Und ihr quälender Verdacht nahm noch zu, als er überrascht stotterte, nein, er habe Lucas keineswegs vorgeschlagen, noch einen heben zu gehen, sie hätten sich schon um Mitternacht getrennt …
Marie entschuldigte sich rasch für die Störung und legte verstört auf. Dann nahm sie Waffe und Dienstausweis und ging.

Eine halbe Stunde später stand sie vor der tristen Fassade des kleinen Stundenhotels, eine reglose Statue im blinkenden Neonlicht. Sie tastete nach ihrer Waffe und trat ein.
Der etwa fünfzigjährige Mann, der hinter dem Tresen in seine Fettmassen zusammengesunken schien, stellte die Whiskeyflasche, aus der er gerade einen Schluck genommen hatte, weg und blickte sie unsicher an. Dann versuchte er sich an einem schiefen Lächeln und musterte ihren Körper mit einem Pferdehändlerblick. Das schmierige Lächeln verschwand jedoch, als Marie ihm ihren Dienstausweis und ein Foto von Lucas unter die Nase hielt und ihn schneidend aufforderte, ihre Fragen zu beantworten.
»Das hätten Sie doch gleich sagen können«, stöhnte er. »Wenn Sie den suchen, der ist hier, auf Nummer 12. Mit einer Rothaarigen, einer Klassefrau.«
Marie kämpfte mit einer plötzlichen Übelkeit, doch sie beherrschte sich und forderte den Mann auf, einen Generalschlüssel zu nehmen und mitzukommen.
Am Ende eines nicht sehr sauber wirkenden Korridors blieb er stehen und klopfte kurz an eine Tür. Niemand antwortete.

Dann steckte er den Schlüssel ins Schloss und öffnete die Tür halb.
Marie, einer Ohnmacht nahe, ließ ihn zuerst eintreten.
»Du lieber Gott«, murmelte er und knipste das Licht an.
Marie folgte ihm ins Zimmer. Es war leer.
Ihr Blick wurde sofort aufs Bett gezogen, es war zerwühlt, die Decken hingen bis auf den Boden. Ein Stuhl war umgekippt, die schmutzigen Vorhänge wehten vor dem weit offenen Fenster.
Der Wirt versuchte einen Ansatz von Ordnung in dem schäbigen Zimmer herzustellen und schimpfte dabei über diese verdammten Kunden, die sich einfach so aus dem Staub machten.
»Soll mir ja eigentlich egal sein, sie haben im Voraus gezahlt, aber trotzdem!«, empörte er sich.
Er verstummte, denn er hatte bemerkt, dass die Polizistin nicht mehr da war.

Von Angst und quälenden Fragen gepeinigt, irrte Marie ziellos über die Kais, lange Zeit konnte sie zu keinem Entschluss kommen. In der Ferne sah sie Christians Schoner liegen. Sie lehnte sich in einem dunklen Winkel an einen Hangar und versuchte die Tränen der Demütigung herunterzuschlucken, die ihr in die Augen stiegen. Schließlich entschloss sie sich gegen ihre inneren Widerstände, doch zum Schiff zu gehen.
Sie konnte Christians Gestalt erkennen, er saß auf dem hinteren Deck, als hätte er geahnt, dass sie kommen würde. Bei ihrem Näherkommen erhob er sich, Maries bleiches Gesicht erschreckte ihn. Ihre Blicke begegneten sich, er begriff sofort, dass sie zu dem Stundenhotel gegangen war. Er lud sie mit keiner Geste ein, an Bord zu kommen, doch die Sorge und das Mitgefühl in seinen Augen machten ihr klar, wie offensichtlich ihr Leiden war.
Mit ihren letzten Kräften ging sie auf ihn zu, und als er un-

endlich zärtlich die Arme ausbreitete, ließ sie sich an seine Brust sinken. Er wiegte sie sanft, bis sie endlich wieder imstande war, zu sprechen.
»Wie konnte er mir das antun?«
Christian antwortete flüsternd, auch er verstehe nicht, wie ein Mann, der das Glück habe, von ihr geliebt zu werden, sich so schäbig benehmen könne. Er spürte, wie sie sich zu einem Schluchzen verkrampfte. Er wiegte sie weiter, er sei bereit, mit ihr fortzugehen, murmelte er, wohin sie wolle, so weit weg wie möglich, sobald sie wolle, warum nicht jetzt gleich, das Schiff sei zum Auslaufen klar.
Sie antwortete nicht, aber sie überließ sich seinem Wiegen und ihrem Kummer.
Das Vibrieren ihres Handys wirkte wie elektrisierend. Christian verstärkte den Druck seiner Arme.
»Geh nicht ran, ich will nicht, dass du noch mehr leidest …«
Jetzt klingelte das Handy.
Marie konnte nicht widerstehen, sie sah auf das erleuchtete Display. Angus. Sie kümmerte sich nicht um Christians Flehen und nahm das Gespräch an.
»Wo sind Sie?«, fragte Angus düster.
»Am Hafen …«
Mehr konnte sie nicht sagen, denn Angus unterbrach sie und bat sie, schleunigst zu ihm ans Ende der Pier zu kommen. Schon hatte er das Gespräch unterbrochen. Sie sah sich nach Christian um, er hatte sich abgewandt und wollte in die Messe hinunter.
Sie zitterte an allen Gliedern und musste sich festhalten, als sie über die Reling auf den Steg sprang, der unter ihren immer rascher werdenden Schritten hallte.
Schleunigst …
Angus' ernste Stimme klang noch in ihr nach, aber sie verbot sich jedes weitere Nachdenken darüber.
Als sie die Blaulichter des Polizeiwagens sah, begann sie zu

rennen. Angus' kräftige Gestalt kam ihr entgegen. Atemlos blieb sie vor ihm stehen, er war leichenblass. Er packte sie bei den Schultern und versuchte vergeblich, etwas zu sagen. Doch seine heisere Stimme brachte nur ein Wort hervor.

»Marie …«

Hinter ihm entdeckte sie einen kleinen Menschenauflauf. Sie machte sich los und rannte weiter, auf das Grüppchen der Hafenarbeiter zu, die sich über eine Palette beugten und auf einen Körper unter einer Plane blickten.

Marie stieß sie rücksichtslos beiseite und brach in die Knie.

Unter der halb zurückgeschlagenen Plane war im blassen Licht einer Taschenlampe das Gesicht eines Toten zu sehen, seine Augen waren starr und glasig, an seiner Stirn klebten dunkle Strähnen. Lucas.

9

Dieser Dummkopf hätte sich mir nie in den Weg stellen dürfen.
Fast wäre er mir zum Verhängnis geworden. Ich habe ihn unterschätzt, ein Fehler, der meiner unwürdig ist. Meines Genies unwürdig ist.
Wenn mich sein Tod auch kaltließ, kalt wie sein Körper auf dem Kai, störte er meine Pläne doch sehr. Und der bloße Gedanke, ich sei im Begriff, die Kontrolle zu verlieren, machte mich krank.
Ich dachte an dieses verdammte rote Kleid, das so viel Verwirrung gestiftet hatte.
Wäre dieses Kleid nicht gewesen, hätte Marie nicht Witwe zu spielen brauchen. Und wenn der Kummer sie nun umbrachte? Wenn sie ihrem Leben ein Ende setzte und mich wieder in eine Lage brächte, in der ich wahre Schätze meines Erfindungsreichtums ausbreiten müsste, um meine Ziele zu erreichen?
Meine Lippen waren ausgetrocknet, an den Händen und unter den Achseln schwitzte ich heftig.
Ich schluckte, es gab ein kleines Geräusch, das sich in ein Glucksen verwandelte.
Ein nicht zu unterdrückendes Lachen packte mich, als ich dem Meer zusah, wie es sich zurückzog, und dabei an all das dachte, was es als Strandgut zurückließ.

Schimären zum Beispiel …
Bald würde die Sonne aufgehen.

***

Ihm wurde eiskalt, als er ihre toten Augen sah.
Christian musste sich Marie, die wie eine aufgezogene Puppe über den Kai ging, regelrecht in den Weg stellen, damit sie stehen blieb.
Vom Deck des Schoners aus hatte er sie neben der Leiche knien sehen, von der er bereits wusste, dass es Lucas' Leiche war. Sie hatte nicht geschrien, sie hatte keine einzige Träne vergossen, sie hatte nicht einmal aufbegehrt, als Angus sie zurückzuhalten versucht hatte. Sie war einfach nur weitergegangen, gelenkt von einer Macht, die stärker war als sie alle. Von der Verzweiflung.
Christian verfluchte das Schicksal, dass sich gegen ihn verschworen hatte. Gegen Marie. Gegen sie beide.
Er verfluchte alle in Bausch und Bogen, die Hafenarbeiter, die Lucas gefunden hatten, Angus, der zu früh angerufen hatte, das Wetter, ohne das er schon weit weg gewesen wäre. Mit ihr. Er vergaß dabei, dass die schlimme Nachricht sie früher oder später doch erreicht hätte.
Er legte Marie die Hände auf die Schultern und sah ihr in die Augen. Da war nichts. Das Nichts. Eine Leere, in der die Frau, die er über alles liebte, langsam verschwand.
Ihn überkam eine Welle von Hass auf den Menschen, der dies verschuldet hatte.
In genau diesem Augenblick hätte Christian Lucas töten können, wenn er nicht schon tot gewesen wäre. Der Gedanke, dass dieser Bastard seine junge Braut betrogen hatte und ihr trotzdem immer noch Leid zuzufügen vermochte, war ihm unerträglich.
Wenn er Marie nicht so sehr geliebt hätte, hätte er sie an die

Gründe erinnert, die sie an Bord des Schoners geführt hatten – war das wirklich erst wenige Minuten her? –, doch er kannte sie gut genug, um zu wissen, dass sie es gehasst hätte, etwas Böses über den Toten zu sagen.

Er zog sie sanft an sich. Als sie keinerlei Widerstand leistete, nahm er sie fest in die Arme. Er spürte, dass ihre Arme immer noch reglos an ihrem Körper herunterhingen.

Aber dass sie ihn nicht zurückstieß, war schon ein erster Schritt.

»Komm mit mir, Marie«, flüsterte er an ihrem Ohr.

Schweigen. Keine Reaktion. Kein Atemzug. Obwohl sie sich so nahe waren, hörte er sie nicht atmen. Nicht einmal das Schlagen ihres Herzens in ihrer Brust, die er an seine gedrückt hielt, war zu spüren.

Ganz vorsichtig berührte er mit seinen Lippen ihre Schläfe, doch sie rührte sich nicht. Auch darin wollte er ein gutes Zeichen sehen.

»Ich bringe dich wieder nach Hause, mein Liebes. Nach Lands'en …«

Der weiche Körper in seinen Armen straffte sich unmerklich, als hätte der Name der Insel sich einen Weg in ihre Seele bahnen und dort ein Echo auslösen können.

Christian wollte die Chance nutzen und fügte hinzu: »… zu deiner Familie.«

Doch als sie sich losmachte, verstand er, dass er verloren hatte. Und die Worte, die sie dann, fast ohne die Lippen zu bewegen, sagte, nahmen ihm die letzte Hoffnung.

»Ich habe keine Familie mehr.«

Sie sagte es schlicht, tonlos, als spreche sie eine Wahrheit aus, an der nichts zu ändern sei. Weder durch die Liebe eines Seemanns noch durch sein Flehen. Marie war weit weg, unerreichbar fern.

***

Anne machte gerade alles zum Ablegen bereit, als er wieder an Bord kam.
»Wir bleiben.«
Der Gesichtsaudruck ihres Bruders sagte Anne deutlich genug, dass sie ihn mit keinem Argument von dieser Entscheidung abbringen konnte. Und schon gar nicht mit ihrer Angst, dass er ein weiteres Mal teuer für seine Liebe zu dieser Frau würde bezahlen müssen. Dass eine Frau eine solche Macht über einen Mann haben konnte, überstieg Annes Vorstellungsvermögen. Aber wie sollte sie die Liebe kennen, sie, die sie nur in den leidenschaftlichen Beschreibungen der Bücher erlebte, die sie verkaufte? Das jedenfalls hätte Christian ihr entgegengehalten, wenn sie ihr Unverständnis laut geäußert hätte.
Anne dachte flüchtig an den letzten Mann, dem es gelungen war, ihre Gefühle zu wecken. Seinetwegen hätte sie den Verstand verlieren können, wenn er nicht vom Leuchtturm von Ty Kern gesprungen und danach spurlos verschwunden wäre. Sie unterdrückte ein bitteres Lächeln bei dem Gedanken, dass es gewissermaßen Marie gewesen war, die Ryan so weit getrieben hatte.
»Du bist vollkommen verrückt«, murmelte sie.
Christian sah zu, wie Maries Gestalt immer kleiner wurde und sich in den Gassen des Hafens verlor. Ja, er war verrückt.
Nach ihr.

***

Edward stand immer sehr früh auf, und so war er derjenige, der ans Telefon ging, als Angus anrief und Lucas' Tod mitteilte. Er überlegte noch, wie er dies den Fersens beibringen solle, als ein Stalljunge kam und klagte, Miss Marie benehme sich merkwürdig. Er fluchte leise, als er begriff, dass sie auf Diablo wegreiten wollte, und stürzte nach draußen.

Taub für alle Rufe, die ohnehin nur leise wie durch einen Nebel an ihr Ohr drangen, trieb Marie ihr Pferd an und entfernte sich rasch vom Herrenhaus, das bald weit hinter ihr lag. Sie ließ das Tier selbst über die Richtung bestimmen. Der Hengst stürmte nach Norden, auf den Küstenpfad zu. Mit verhängten Zügeln, fast liegend auf ihrem ungesattelten Pferd, passierte Marie die Bucht, den Steg der Sullivans, an dem das Wasserflugzeug vertäut war, und das Gebäude, das den Beginn des Gemeindewegs markierte.

Doch Marie sah nichts, sie war ganz auf ihre Erinnerungen konzentriert, aus denen sie jeden Schmerz auszuklammern versuchte. Sie bemerkte auch nicht, dass Diablo den Pfad verließ und durchs Farnkraut sprang, wie berauscht von diesem Galopp, der endlich die von der Polizei nach dem Mord an Alice verhängte Stallhaft beendete.

Marie starrte aufs weite Meer, weit über die Irische See hinaus, dorthin, wo in sehr weiter Ferne Lands'en lag.

Die Zeit dehnte sich und versetzte sie um ein Jahr in die Vergangenheit zurück.

Sie war bei Lucas, sie war mit ihm auf der Fähre, und er hatte sie um ihre Hand gebeten, sie spürte weder den Wind, der so nah am Meer stärker war, noch ihr Haar, das ihr Gesicht peitschte. Ihr war auch nicht bewusst, dass Diablo jetzt am Steilfelsen entlanggaloppierte, der wegen seiner Felsspalten berüchtigt war, in denen sich in dreißig Meter Tiefe schäumend die Wellen brachen.

Und auf einen solchen Spalt stürmte Diablo, von keiner Hand gezügelt, jetzt zu. Der Spalt war mehrere Meter breit, viel zu breit für einen Sprung, und wegen der unebenen Oberflächenstruktur des Steilfelsens und der im Wind wehenden Farne erst im allerletzten Moment zu erkennen. Marie, für die nahende Gefahr ebenso unempfänglich wie für die atemberaubende Schönheit der Heidelandschaft im Licht der ersten Sonnenstrahlen, war bei Lucas, sie war mit ihm in der

Strandräubergrotte, wo er ihr zum ersten Mal seine Liebe erklärt hatte.

Warum erscheint immer alles möglich, wenn alles unmöglich wird …

Unerbittlich verringerte sich der Abstand zum Felsspalt, auf den Diablo mit bebenden Nüstern zugaloppierte. Auch Marie bebte. Unter Lucas' Zärtlichkeiten. Zärtlichkeiten, die sie alles vergessen ließen, alles außer ihm und ihrer Liebe zu ihm. Sie lag in seinen Armen, getragen von einer Woge des Begehrens, während er sie in Besitz nahm, sie sah in seine nussbraunen Augen, schmelzend vor Lust, als er leise ihren Namen sagte.

Ihren Namen, den sie seltsamerweise auch von der Felswand widerhallen hörte. In einer Lautstärke, die mit dem Wind anzuschwellen schien.

MARIE! MARIE!

Der Reiter kam schräg von der Seite auf Marie zu, wild trieb er sein Pferd an.

Der Mann, der sie so verzweifelt auf sich aufmerksam zu machen versuchte, war nur als eine Art Cowboy-Gestalt mit einem langen khakifarbenen Umhang und einem tief in die Stirn gezogenen Hut zu erkennen. Ganz offensichtlich handelte es sich um einen ausgezeichneten Reiter.

Mit einer Hand die Zügel kurz haltend, verknotete er mit der anderen rasch ein Seil an seinem Sattelknauf, legte es sich dann um den Arm und ließ diesen dann über dem Kopf kreisen, so dass sich das Seil in einer kreiselnden Bewegung entrollte.

Diablo war nur noch wenige Meter vom Felsspalt entfernt, als das Lasso durch die Luft schwirrte und sich um seinen Hals legte. Ein geschickter Ruck, und Diablo, mitten in der Bewegung gestoppt, bäumte sich auf und warf dabei Marie ab, die hart ins Farnkraut fiel.

Nur einen Galoppsprung vor dem Abgrund.
Der Reiter sprang vom Pferd und stürzte zu ihr. Marie, noch völlig benommen, ergriff seine ausgestreckte Hand und ließ sich von ihm aufhelfen.
Die Sonne fiel ihr genau in die Augen, sie konnte nur ein eckiges Gesicht und ein willensstarkes Kinn erkennen, ansonsten verlor sich das Gesicht im Schatten der Hutkrempe. Nachdem es seit dem Morgengrauen niemandem gelungen war, sie aus ihrer Betäubung zu wecken, wirkte die Gewalttätigkeit, mit der dieser Kerl sie aus ihren Erinnerungen geweckt hatte, wie ein Elektroschock.
»Sind Sie verrückt geworden? Sie hätten mich umbringen können!«, schimpfte sie.
Da erst sah sie die klaffende Öffnung im Erdboden. Und versteinerte. Hätte sich die Sonne nicht just in diesem Augenblick hinter den Wolken versteckt, hätte sie ihrem Lebensretter jetzt wohl stammelnd gedankt. Doch als sie seine Züge sah, erstarben ihr die Worte auf den Lippen.
Dieses Gesicht. Diese Augen voll überbordender Liebe. Nein, es war nicht möglich. Er war tot! Sie war nur der Spielball einer Sinnestäuschung, einer flüchtigen Schimäre, die vorbei sein würde, wenn sie noch einmal hinsähe.
»Ich hatte solche Angst, dich nie wiederzusehen.«
Diese zärtliche Stimme gehörte nicht einer Schimäre und schon gar nicht einem Gespenst. Sie gehörte einem falschen Iren und echten Bretonen, einem Dieb und Mörder. Ihrem Vater. Ryan.

Marie krümmte sich unter dem Blick der blauen Augen, die sie nicht losließen. Sie fühlte sich blitzartig auf den Leuchtturm von Ty Kern zurückversetzt, wo sie vor einem Jahr ohnmächtig und zerrissenen Herzens Ryans Kopfsprung mit angesehen hatte. Sie sah wieder, wie sich zwanzig Meter unter ihr das wirbelnde Wasser über ihm geschlossen hatte.

Und wie anschließend vergeblich nach ihm gesucht worden war.
In ihren grünen Augen flammte Zorn auf.
Auf die Überraschung über sein Weiterleben folgte rasende Wut. Denn es war ein unerträglicher Gedanke, dass all diese Tragödien seine Handschrift trugen, genau wie PM es gesagt hatte.
Sie stürzte sich auf Ryan und begann mit den Fäusten auf seine Brust einzutrommeln. Sie wollte ihm wehtun, so weh, wie er ihr tat.
»Warum habe ich nicht auf PM gehört? Warum habe ich ihm nicht geglaubt? Warum musst du überall nur den Tod säen? Warum? Warum? WARUM?«
Mit einem dumpfen Klatschen traf die kräftige Ohrfeige ihre Wange. Dann wurden ihre Schultern von Ryans kräftigen Händen gepackt.
»PM hatte nur in einem Punkt recht«, sagte Ryan fest. »Um nichts in der Welt hätte ich deine Hochzeit verpassen wollen.«
Hochzeit. Dieses eine kleine Wort sprengte den Riegel, mit dem Marie ihren übergroßen Schmerz hatte wegsperren wollen. »Lucas ist tot.« Ihre Stimme klang wie die eines kleinen Mädchens.
Von ihrer Verzweiflung mitten ins Herz getroffen sah Ryan in ihr blasses Gesicht, auf dem die Ohrfeige eine deutlicher werdende rötliche Spur hinterlassen hatte. Die großen grünen Augen schienen ihn um eine Hoffnung, einen Widerspruch anzuflehen, die er nicht zu bieten hatte. Bei dem Gedanken, dass sie womöglich hatte sterben wollen, zog sich sein Herz zusammen. Er nickte sanft.
»Ich weiß, Liebes, ich weiß. Es tut mir so leid.«
Er schloss sie in die Arme, sie lehnte sich an seine Brust und ließ den viel zu lange zurückgehaltenen Tränen freien Lauf.

***

Sein Eintreten in den Salon blieb unbemerkt. PM hatte vor dem Spiegel lange geprobt, um seinen Mitmenschen einen zum Anlass passenden schmerzlichen Gesichtsausdruck bieten zu können, doch seine Mühe blieb unbelohnt.
Nur Louise kehrte ihm die blinden Augen zu. Aber nur kurz.
»Ach, Sie sind's, Pierre-Marie«, seufzte sie müde und ließ den Kopf wieder an die Lehne des Ohrensessels sinken.
Diese alte Schabracke! Ihr kaum verhohlenes Desinteresse erinnerte ihn grausam an das Verhalten seines Vaters. Der Teufel sollte sie holen! Er unterdrückte die kindische Anwandlung, ihr eine Grimasse zu schneiden, und setzte stattdessen ein ebenso geheucheltes wie überflüssiges Lächeln auf, als er zu ihr trat und ihr die Hand tätschelte.
»Edward sucht nach ihr, Franck ist mit mehreren Angestellten zu Pferde unterwegs. Sie werden sie bestimmt zurückbringen«, säuselte er. »Machen Sie sich keine Sorgen.«
»Und wenn es schon zu spät wäre?«, murmelte die alte Dame angstvoll.
PM wurde eiskalt bei dem Gedanken, dass damit all seine Pläne zunichtegemacht würden.
»Unsinn! Sie ist ein robustes Mädchen und kann einiges ertragen«, sagte er und setzte mit einer Spur Bitterkeit hinzu: »Das hat sie in der Vergangenheit wirklich bewiesen.«
Er bereute diese unbedachte Gefühlsäußerung sofort, doch Louise beachtete ihn schon gar nicht mehr. Blöde Kuh! Er ließ die magere Hand los, die kraftlos auf die Armlehne fiel, und wandte sich den anderen zu.
Marc stand aufrecht hinter seiner auf dem Sofa zusammengesunkenen Frau. Pierric saß neben Hélène und knetete linkisch sein Lumpenbündel. In geringer Entfernung kauerte Jill in einer Ecke und versuchte Ronans Blick aufzufangen, wobei sie jedoch jedes Mal auf Juliettes feindseligen Blick stieß. Nur Vivian, die mit einem Teller voller Kekse von einem zum an-

deren ging, sorgte in dieser traurigen Versammlung für ein wenig Leben.
PM lehnte höflich ab und dachte dabei, sie selbst sei wesentlich appetitlicher als das Mürbegebäck – ein Gedanke, der ihn etwas aus der Fassung brachte. Dann ging er zu Marc. Er legte ihm die Hand freundschaftlich auf die Schulter und verabfolgte ihm mit einer sorgfältig abgewogenen Beimischung von Mitgefühl und Bewegtheit eine Beileidsbezeugung mit persönlicher Note.
»Er war ein guter Mensch, er wird uns allen fehlen«, schloss er seine Ausführungen ab, voller Befriedigung über die Tränen, die er in Marc Fersens Augen aufsteigen sah.
Wie gern hätte er es gehabt, wenn seine Frau ihm bei dieser würdigen Verkörperung des trauernden Onkels hätte zusehen können, doch diese verdammte Armelle hatte die Scheidung eingereicht, nachdem ihr klar geworden war, dass die Familie hochverschuldet war. Und sie hatte ihn in einem drittklassigen Irrenhaus verfaulen lassen, obwohl sie reichlich genug Geld gehabt hätte, ihm einen luxuriösen Palast zu bieten.
Armelle würde schon noch sehen, was sie davon hatte, doch PM hatte ebenso wenig vergessen, dass Marie und Lucas an seiner Einweisung in die Anstalt schuld waren. Der Tod dieses dreckigen Bullen war nur ein gerechter Ausgleich.
»Wer ist tot? Wer ist dieser Lucas, von dem er spricht?«
Alle blickten verstört zu Hélène, ihre Stimme hatte sehr dünn geklungen. Marcs Seufzer, so leise er auch war, schien die Stille zu zerreißen, die plötzlich eingetreten war.
Er beherrschte sich und legte seiner Frau die Hände auf die Schultern.
»Ich sagte es dir doch, Liebes«, murmelte er zärtlich. »Unser Sohn …«
»Welcher Sohn?«, unterbrach sie ihn brüsk und sah ihn wütend an. »Wovon sprichst du? Du hast keinen Sohn!«

Marcs Gesicht verzerrte sich kurz, er war sich des allgemeinen Unbehagens sehr bewusst. Rasch ging er ums Sofa herum und nahm die Hände seiner Frau.
»Beruhige dich doch, Hélène, bitte«, sagte er leise.
Sie richtete sich auf und stieß ihn unwillig zurück, auf ihren Wangen brannten zwei rote Flecken. Sie stand kurz vor einem Anfall.
»Glaub nicht, ich wäre verrückt, Marc! Wer ist dieser Lucas?«, fragte sie schrill. »Warum bist du so traurig? Lüg mich nicht an, ich höre es an deiner Stimme!«
Ihr irrer Blick glitt über die Anwesenden und blieb an Louise, die sich in ihrem Sessel aufgerichtet hatte, hängen.
»Und ihr anderen? Warum tut ihr nichts? Warum sitzt ihr da wie Holzklötze, statt ihn zu suchen?«
»Aber wen, meine Liebe, wen?«, stammelte Marc ratlos.
»Ihn! Meinen kleinen Jungen ... Wo ist mein Kleiner? Ich will meinen Kleinen wiederhaben ...«
Ihre Stimme schraubte sich immer höher und kippte in ein hysterisches Falsett, während sie am ganzen Körper zu zittern begann.
Louise war leichenblass geworden. Ihre erloschenen Augen waren fest auf Hélène gerichtet, die endlos wiederholte: »Ich will meinen kleinen Jungen wiederhaben ... Gebt mir meinen Kleinen wieder ...«
Jetzt wurde es Marc doch zu viel. Mit wenigen großen Schritten durchquerte er den Salon und stieß dabei PM zur Seite, der ihn zurückzuhalten versuchte. Mit einem Knall fiel die Tür hinter ihm zu.
Und mit einem Mal war Hélènes Anfall vorüber. Ihre Lider flatterten, als tauche sie aus einem tiefen Schlaf auf. Völlig desorientiert ließ sie sich wieder aufs Sofa fallen und sah die Anwesenden mit fragenden Kinderaugen an.
»Warum ist er böse? Was haben Sie ihm getan?«
Pierric lächelte sie liebevoll an und versuchte ihr so sanft wie

möglich mit den ihm zu Gebote stehenden Worten zu erklären, warum Marc traurig war.
»Lucas … Erinnern Sie sich an Lucas?«
An ihrem ausweichenden Blick und der Art, wie sie ihren Rock glatt strich, war deutlich zu sehen, dass die Frage sie in Verlegenheit brachte. Sie runzelte die Stirn, als zermartere sie sich das Gehirn, um die richtige Antwort zu finden, dann schien sie sie plötzlich gefunden zu haben und nickte. Sie sah sich in alle Richtungen um, stellte beruhigt fest, dass niemand sie mehr beachtete, und flüsterte Pierric dann verschwörerisch zu:
»Er ist nicht tot … Er tut nur so …«
Sie legte den Finger an die Lippen.
»Pssst.«

***

Ryan begleitete Marie bis zum westlichen Parktor und hielt sein Pferd an, damit es von den Bäumen verborgen blieb.
»Eigentlich wollte ich am Tag nach deiner Hochzeit wieder abreisen, aber dann wurde Alice an deiner Stelle ermordet, und das hat alle meine Pläne über den Haufen geworfen. Ich war sicher, dass der Mörder noch nicht aufgegeben hatte, und deshalb blieb ich. Um dich zu schützen.«
»Ich glaube dir nicht«, sagte Marie. »Warum sollte ich dir glauben? Du hast mich immer nur angelogen.«
Ihr Gesicht wurde bitter, als sie hinzufügte, es sei auch nicht wichtig, ob sie ihm glaube oder nicht. Von nun an sei nichts mehr wichtig. Doch Ryan ließ sie nicht weiterreden.
»Du hast kein Recht, so etwas zu sagen!«
»Und ausgerechnet du sagst mir das?«, empörte sie sich nun.
»Wo du doch selbst Marys Tod nie überwunden hast?«
Die blassblauen Augen nahmen nun einen eher ozeanblauen Ton an. Die Stimme klang rauher.

»Weil ich erfahren musste, wer sie getötet hatte, konnte ich fünfunddreißig Jahre lang durchhalten. Du bist aus demselben Holz geschnitzt wie ich, Marie. Sobald der Schock nachlässt, wirst du dich der Wirklichkeit stellen: Du wirst wissen wollen, wer Lucas getötet hat und warum.«

Ryan sah ihr tief in die Augen.

»Und ich werde dir dabei helfen, so gut ich kann.«

Sie musterte ihn recht unfreundlich.

»Ach ja? Und wie willst du das machen, wo du doch von der Polizei gesucht wirst? Wie hast du dich übrigens aus dem Staub machen können, nachdem du vom Leuchtturm gesprungen bist?«

Obwohl die Situation wirklich nicht danach war, lächelte Ryan kurz.

»Wenn ich wie ein Fisch im Wasser sagen würde, würdest du mir doch nicht glauben ...«

Das Geräusch eines nicht allzu weit entfernten Automotors trieb ihn zur Eile. Er zog das Medaillon hervor, das sie am Tag zuvor auf das Grab gelegt hatte.

»Es hat mich sehr gerührt, dass du mein Foto neben Marys gelegt hast.«

»Ich dachte, du wärst tot«, murmelte sie.

Er fragte lieber nicht, ob es sie freue, dass es nicht der Fall war.

»Jedes Mal, wenn du mich brauchst, legst du es einfach an denselben Ort. Ich werde dann möglichst schnell mit dir in Kontakt treten.«

Marie streckte nicht die Hand nach dem Medaillon aus.

»Ich brauche niemanden, und dich schon gar nicht.«

»Ich möchte gern das Gegenteil glauben«, gab er liebevoll zurück.

Und mit einer raschen Bewegung, rasch wie sein Lassowurf, legte er ihr die Kette um den Hals.

»Nur für den Fall, dass du deine Meinung änderst.«

Marie gönnte ihm keine Antwort, sie trieb Diablo an und lenkte ihn aufs Herrenhaus zu.
Sie sah sich nicht mehr nach ihm um.

***

Louise hatte schon geglaubt, sie würde es nicht mehr in ihr Schlafzimmer schaffen, fast bedauerte sie, den Arm abgelehnt zu haben, den ihr dieser Schnösel PM eilfertig angeboten hatte. Endlich konnte sie die Tür hinter sich abschließen. Sie lehnte sich gegen den Türrahmen, um wieder zur Ruhe zu kommen. Die Augen zu schließen war eine Gewohnheit, die sie trotz ihrer Erblindung beibehalten hatte. Doch dieses Mal konnte es sie nicht beruhigen. Nichts konnte sie beruhigen.
Diese Stimme aus der Vergangenheit, das Echo eines Schmerzes, den sie für immer begraben geglaubt hatte, marterte sie. Es war nicht möglich. Gott konnte ihr doch nicht einen derart grausamen Streich spielen! Sie hatte doch schon einen so hohen Preis gezahlt …
Und wenn sie sich nun täuschte? Ohne diese verdammte Sehbehinderung hätte sie sich Gewissheit verschaffen können. Sie musste den einzigen Menschen, der ihr diese Gewissheit verschaffen konnte, anrufen. Sie ging zu dem Telefon auf dem Nachttisch und tippte auf den mit Brailleschrift versehenen Tasten rasch eine Nummer ein. Während es am anderen Ende klingelte, wandte sie ihr Gesicht Marys Porträt zu.

Mutter Clementia war gerade im Gebet, als ihr Privatanschluss klingelte.
Ihre Nummer war mehreren Personen bekannt, trotzdem wusste die Mutter Oberin instinktiv, woher der Anruf kam. Und sie wusste auch, dass ein direkter Zusammenhang mit dem Besuch bestand, den diese Polizisten dem Kloster abgestattet hatten. Sie hörte Louise zu, ohne sie zu unterbrechen,

und bestätigte ihr das, was sie befürchtet hatte. Es folgte eine Stille, in der sie beide zu demselben Schluss kamen.
»Wir müssen sie möglichst schnell loswerden.«
Und nach diesem endgültigen Verdikt legte die Mutter Oberin auf.
Amen.

10

Marie blieb einen Augenblick lang auf der Schwelle stehen, fast erwartete sie, er werde aus dem Badezimmer auftauchen, mit einem zärtlich-ironischen Blick und begehrlichen Händen. Ihre Erinnerungen kamen immer wieder zurück, als wolle ihre Seele sich erst auf die Welt vorbereiten …

Über einer Stuhllehne hing noch ein Pullover. Ein lavendelblauer Kaschmirpullover, den sie ihm im Frühling zum Geburtstag geschenkt hatte. Bevor Edward nach Paris gekommen war. Vor Louise' Brief. Vor dem Entschluss, hier zu heiraten, und vor Milics Grollen. Vorher.

Sie vergrub ihr Gesicht in seinem Pullover, sog den Geruch der Wolle ein, als wollte sie sich mit dem Geruch des Menschen durchtränken, den sie verloren hatte.

Die Vereinigung zweier Seelen muss an einem Ort stattfinden, an dem eine dieser Seelen zur Welt gekommen ist, sonst besteht die Gefahr, dass sich die beiden Seelen gegenseitig zerstören.

Wie schmerzlich ihr diese Worte jetzt im Ohr klangen. Warum hatte sie nicht auf ihren Vater gehört?

Ihr Vater …

Du bist aus demselben Holz geschnitzt wie ich, Marie. Sobald der Schock nachlässt, wirst du dich der Wirklichkeit stellen: Du wirst wissen wollen, wer Lucas getötet hat und warum.

Wie gut er sie kannte, dieser Mann, den sie kaum kannte. Als sie, lange Zeit später, den Kopf wieder hob, wirkten ihre Augen völlig emotionslos.

Alle verstummten, als sie in die Halle hinunterging. Auf den Gesichtern, die sich ihr zukehrten, lagen Trauer und Mitleid. Nur PM schien seltsamerweise begriffen zu haben, dass man sich jetzt nicht mehr mit Gefühlsduseleien aufhalten durfte. Dieses eigensinnig vorgestreckte Kinn, dieser entschlossene Gesichtsausdruck, dieses Funkeln in den Augen. Herr im Himmel! Einen Augenblick lang dachte er, Ryan vor sich zu sehen. Er musste sich fest aufs Wesentliche konzentrieren, um nicht ins Schwanken zu geraten. Das Wesentliche war, dass sie blieb.

Er reagierte daher als Erster, als Juliette, die sich kaum vorstellen konnte, dass die junge Witwe auf Killmore bleiben wollte, vorschlug, Plätze auf der nächsten Fähre nach Frankreich zu buchen.

»Du wirst mit Ronan und dem Baby zurückkehren«, sagte er zu seiner Tochter.

Am Rande seines Gesichtsfelds bemerkte er den von einem Fuß auf den anderen tretenden Pierric und konnte kaum eine Grimasse des Widerwillens unterdrücken.

»Der fährt auch mit. Ich bleibe mit Marie so lange wie nötig hier«, bestimmte er mit einer Autorität, die seine Tochter erstaunte.

Hätte Ronan nicht sofort erklärt, auch er werde bleiben, und hätte Juliette nicht Jills erleichtertes und entzücktes Lächeln bemerkt, hätte sie ihren Vater wahrscheinlich nur gefragt, woher seine plötzliche Familienliebe stamme. Doch während sie ihre Rivalin feindselig anstarrte, erklärte sie in einem keinen Widerspruch duldenden Ton:

»Dann bleiben wir alle.«

Obwohl Marie über so viel Solidarität gerührt war, hätte sie die anderen lieber in sicherer Entfernung gewusst. Und das

wollte sie ihnen gerade sagen, als Hélène zu ihr trat und sie schüchtern anlächelte.
»Verzeihen Sie, Mademoiselle … War dieser Lucas ein Freund von Ihnen?«
Und schon geht das wieder los, dachte PM, er fand es ungeheuerlich, dass diese Verrückte frei herumlaufen durfte, während er selbst um seine Freiheit hatte kämpfen müssen.
Maries Kehle war wie zugeschnürt, sie nickte langsam.
»Ja«, murmelte sie erstickt. »Ein sehr naher Freund.«
Marcs Frau schien mit dieser Antwort zufrieden, leise summend ging sie davon, eine zarte, gekrümmte Gestalt in einem viel zu großen Pullover.
Marie ertappte sich bei dem Gedanken, dass sie Hélène darum beneidete, vor der unerträglichen Realität sicher zu sein.
Als Pierric, der sich kurz weggeschlichen hatte, in den Salon zurückkehrte, stellte er fest, dass seine Puppe verschwunden war. Doch das kümmerte niemanden.

Marie wollte sich gerade ans Steuer setzen, als der Pick-up direkt neben ihr anhielt. Für einen Mann mit Humpelbein war Edward erstaunlich flink, als er aus dem Auto stieg, um Marie sein Beileid auszusprechen. Auf seine Weise. Direkt.
»Wenn ich nicht darauf bestanden hätte, dass diese Hochzeit hier stattfindet, wäre Lucas noch am Leben …«
»Alice auch.«
Jeder hatte einen hohen Preis gezahlt. Weiter war dazu nichts zu sagen. Als er sie kurz an sich drückte, fühlte er die Pistolentasche, die sie an ihrer rechten Seite trug. Er hielt sie ein Stück von sich ab und sah ihr besorgt in die Augen.
»Ich weiß nicht, ob ich mich darüber freuen soll, dass du in dieser Sache ermittelst. Aber selbst wenn du es vor allem für Lucas tust, möchte ich dir im Namen meiner Tochter danken.«
»Es ist mein Beruf«, erwiderte sie schlicht, um weiteren Ge-

fühlsbewegungen vorzubeugen, mit denen sie vielleicht nicht umzugehen gewusst hätte, und stieg wieder in den Wagen.

»Du hast Mut. Den hast du von Mary.«

Er sah ihr zu, als sie rasch wegfuhr, und erschrak, als er plötzlich PMs Stimme hinter seinem Rücken hörte.

»Mut ist vor allem ein Charakterzug der K… äh … unserer Familie. Eigensinn auch. Wir geben nie auf. So wie auch ich nicht aufgebe, bis ich beweisen kann, dass Ryan lebt. Und dass er der Mörder ist.«

Edward war versucht, ihn zum Teufel zu schicken. Andererseits wollte er nicht auf zusätzliche Informationen verzichten, so abstrus sie auch sein mochten.

»Nehmen wir an, Ryan ist nicht tot. Nehmen wir es einmal an«, wiederholte er, als er PMs Gesicht aufleuchten sah. »Nehmen wir außerdem an, er ist wegen der Hochzeit hierher auf die Insel gekommen. Aber dann würde er doch nicht Lucas ermorden und damit das Unglück seiner eigenen Tochter besiegeln …«

Der Rest verlor sich in einem vielsagend skeptischen Gesichtsausdruck.

»Es sei denn, Lucas hätte ihn in die Enge getrieben«, gab PM zurück. »Wenn dieser Egoist zwischen seinem Schwiegersohn und sich selbst hätte wählen müssen, was glauben Sie wohl, wie Ryan sich entschieden hätte?«

»Sie müssen ihn wirklich hassen …«

Edward warf die Schlüssel einem Angestellten zu, der den Pick-up in die Garage stellen sollte, und ging auf den Eingang zu, dicht gefolgt von PM, der dieses endlich gefundene offene Ohr auf keinen Fall entwischen lassen wollte. Und außerdem brauchte er Edward.

»Dieser Kerl bringt allen nur Unglück«, hetzte er. »Seit seiner Kindheit. Es hat ihm überhaupt nichts ausgemacht, unseren Vater zu töten, und noch weniger, mich als Mörder hinzustellen.«

»So scheint es, ja.«
PM war für einen Augenblick stumm und verhielt den Schritt, doch dann rannte er los und holte Edward oben auf der Treppe ein.
»Oooh nein! So *scheint* es nicht! Das ist die Wahrheit! Es ist ein wahres Wunder, dass ich mich von alledem habe erholen können! Und wissen Sie, was mir geholfen hat? Dass ich mir sagen konnte, dass er nicht tot ist, dass ich ihn eines Tages aufspüren werde und er dann alles wieder ausspucken muss, was er mir genommen hat.«
Er ließ eine kurze Pause eintreten und fügte dann leiser hinzu, dieser Tag sei nicht mehr fern.
»Warum sagen Sie das?«, fragte Edward und hielt ihm die Tür auf. »Eine neue Erkenntnis?«
PM trat in die Halle und rümpfte die Nase, als herrsche dort ein Übelkeit erregender Geruch.
»Ich weiß es. Ich rieche es ... Sagen Sie, Edward«, fügte er abrupt hinzu, »dieses Haus muss doch Kellerräume haben, oder?«
Etwas erstaunt über diese Pirouette, schüttelte Edward den Kopf.
»Warum fragen Sie mich das?«
»Wenn diese Ratte Ryan da ist, dann in einem unterirdischen Versteck.«
»Ah ... Tut mir leid, das Haus steht ebenerdig auf ausgetrockneten Torfgruben.«
»Sind Sie sicher?« PM zog eine Grimasse.
Seine Theorie war genauso in sich zusammengebrochen wie seine Zuversicht.
»Ganz sicher.« Edward schwieg und fügte dann hinzu: »Aber die Brennerei verfügt über ein ganzes Netz von Kellern und Gängen. Ein wahres Labyrinth, das inzwischen nicht mehr zugänglich ist.«
Der wieder munter gewordene PM erfuhr zu seiner noch

größeren Freude, dass es irgendwo auch noch Pläne geben müsse.
Ein Labyrinth. Ratten! Ryan war da. Er roch ihn förmlich!

***

Der Wagen stand vor dem kleinen Friedhof der Sullivans.
Auf dem Beifahrersitz lagen die Liebesbriefe, die Ryan 1967 an Mary geschrieben, und der Zettel, den Marie einige Tage zuvor in ihrem Brautstrauß gefunden hatte.
Als Marie ihre Waffe aus einer der Kommodenschubladen geholt hatte, war ihr plötzlich der Gedanke gekommen, sie zu vergleichen.
Fast vierzig Jahre lagen zwischen den beiden Handschriften, zwar wirkten die neueren Schriftzüge reifer, doch bei beiden war die Schleife des »e« in gleicher Weise gezogen.
Was mochte Ryan über den Mann wissen, den sie an jenem Tag heiraten sollte, das ihn bewogen hatte, ein so großes Risiko einzugehen, ins Herrenhaus zu kommen und ihr praktisch unter den Augen aller diese Warnung zukommen zu lassen?
Diese Frage hatte Marie ans Grab ihrer Mutter geführt. Das Klingeln ihres Handys riss sie aus ihren Gedanken.
Angus. Sie hielt den Atem an, als er sagte, sie hätten auf Lucas' Leichnam Fingerabdrücke gefunden und sie auch identifizieren können. Und sie senkte die Lider, als er ihr den Namen des Verdächtigen nannte.
Und was Fersen angeht, wenn der mir noch einmal über den Weg läuft, kenne ich keine Gnade.
Was wie eine in der Verzweiflung geäußerte Großmäuligkeit gewirkt hatte, nahm nun eine schreckliche Bedeutung an.
»Ich komme«, sagte sie nur und beendete das Gespräch.
Sie hängte das Medaillon an den kalten Stein und ging rasch davon.
Die Jagd hatte begonnen.

Anne wusste sofort, dass es sich nicht um einen Höflichkeitsbesuch handelte. Als Marie in Begleitung von Angus und zwei weiteren Polizisten an Bord des Schoners ging, stürzte Anne ihr entgegen. Sie starrte in Maries bleiches und verschlossenes Gesicht und versuchte in fiebriger Hast und wild durcheinander einerseits ihr Mitgefühl mit der so früh verwitweten Braut zum Ausdruck zu bringen und sie andererseits davon zu überzeugen, dass ihr Bruder, allem Anschein zum Trotz, nichts mit dieser traurigen Angelegenheit zu tun haben könne. Dieses hervorgesprudelte Plädoyer, um das sie niemand gebeten hatte, belastete Christian mehr als irgendein Geständnis.

»Er war den ganzen Abend bei mir«, bekräftigte Anne, ihre Augen funkelten. »Das kann ich beschwören.«

Marie kannte Anne lange genug, um zu wissen, dass sie alles für ihren Bruder tun würde. Und wie sollte man ihr das auch verübeln? Er war ihr Held, der große Bruder, der sie nach dem Tod der Mutter beschützt hatte, sie der täglichen Gewalt des trunksüchtigen Vaters entzogen hatte. Marie wusste genau, welches Leid die beiden als Kinder hatten erdulden müssen. Es hatte sie zusammengeschweißt. Doch jetzt war nicht der rechte Moment für Erinnerungen und Ausflüchte.

Sie setzte zum Sprechen an, als sie Christians Stimme hörte. Rauh und heiser.

»Hör auf, Anne, Lügen nützt gar nichts …«

Er stand in der Tür zum Ruderhaus. Unter seinen blauen Augen lagen tiefe Schatten. Er hatte offensichtlich nicht geschlafen.

»Wie konntest du das tun?«, fragte Marie leise, sie konnte ihre Gefühle nicht länger bezwingen.

Auf Christians Gesicht bildeten sich bittere Falten.

»Ich habe ihm oft den Tod gewünscht, das stimmt, ich hätte ihn töten können … Ich hatte sowohl die Gelegenheit als auch ein Motiv und sogar den Wunsch«, gab er unumwunden zu. »Trotzdem schwöre ich dir bei dem, was mir auf der Welt am liebsten ist, dass ich nichts damit zu tun habe.«

Wenn der mir noch einmal über den Weg läuft …

»Du bist ihm letzte Nacht begegnet.«

Es war keine Frage, nur eine Feststellung.

Christian dachte gar nicht daran zu leugnen. Nachdem er Marie gegen zwei Uhr morgens verlassen hatte, war er zum Hafen zurückgefahren und durch die Bars gezogen. Es war schon fast vier Uhr gewesen und er mehr als nur angeheitert, als ihn der Wirt des *Swan* vor die Tür gesetzt hatte. Er war über die Docks gegangen, und da hatte er ihn gesehen. Er lag auf dem Kai, unterhalb der Pier, mit dem Gesicht zum Boden. Erst hatte er ihn für einen betrunkenen Seemann gehalten.

»Erst nachdem ich ihn herumgedreht hatte, habe ich ihn erkannt. Er war schon tot. Ich habe gesehen, dass er einen Schlag gegen die Schläfe erhalten hatte. Und ich wusste, dass man mich sofort verdächtigen würde. Also geriet ich in Panik. Ich habe ihn unter der Plane einer Palette versteckt, die zum Verladen bereitstand.«

Marie zuckte nicht mit der Wimper.

»Ich glaube dir nicht.«

»Du hast mir auch nicht geglaubt, als ich dir von dem Stundenhotel und der Rothaarigen erzählt habe«, wehrte er sich. »Trotzdem bist du hingefahren und hast nachgesehen, und jetzt weißt du, dass ich nicht gelogen habe.«

»Was für ein Hotel? Was für eine Rothaarige?«, fragte Angus verwirrt.

»Später, Angus. Später.«

Angus sah, wie angespannt Marie war, und drängte nicht auf eine Antwort. Stattdessen forderte er Christian zum Weiterreden auf. Es gab nicht mehr viel zu sagen. Er war zum Schoner zurückgekehrt und hatte beschlossen, ihn möglichst rasch zum Auslaufen bereitzumachen. Dann war Marie zu ihm ge-

kommen. Einen winzigen Augenblick lang hatte er geglaubt, das Glück sei endlich auf seiner Seite.
»Und dann haben Sie angerufen«, sagte er zu Angus.
Das Folgende erzählte dann Anne. Das Klingeln von Maries Handy hatte sie geweckt. Doch als sie rasch etwas übergezogen hatte und an Deck gekommen war, hatte sie nur Marie über das Fallreep von Bord gehen sehen. Erstaunt hatte sie sich ihrem Bruder zugewandt, um ihn nach dem Grund für Maries Besuch zu fragen. Doch da hatte sie das Leid in seinem Gesicht gesehen.
»Ich wollte dir hinterherrennen, Marie«, sagte sie leise und voller Bitterkeit. »Ich wollte dir sagen, dass er genug mitgemacht hat, dass du ein für alle Mal aus seinem Leben verschwinden solltest. Aber er hat mich davon abgehalten. Er sagte, es sei nicht der rechte Augenblick und es sei etwas Schreckliches geschehen … Dann hat er mir alles erzählt.«
Sie trat auf Marie zu.
»Bitte, lass nicht zu, dass dich der Kummer blind macht.«
Marie blieb nicht unberührt von diesen Worten, doch sie versuchte sich kühl an die Fakten zu halten. Und wie immer sie sie betrachtete, sie waren erdrückend.
»Wenn er schuldig wäre, Marie, glaubst du wirklich, er wäre nur aus Liebe zu dir hiergeblieben?«
Schlagartig erinnerte sie sich an alles, was Christian aus Liebe zu ihr schon fertiggebracht hatte. Seine Lügen, sein Verrat. Und seine Gewalt!
Du bist meine Frau! Meine Frau, hörst du? Ich werde nicht hinnehmen, dass ich dich verliere! Du gehörst mir!
Ihre Stimme war fest, als sie Anne antwortete:
»Ja, das glaube ich.«
Sie überließ es ihrem irischen Kollegen, Christian zu verhaften, und vermied jeden Blickkontakt mit ihrem ehemaligen Verlobten.

***

Gegen zehn Uhr entdeckte ein Touristenpaar den an den Felsen einer Bucht zerschellten Kombi, die Bucht lag im Norden der Insel unterhalb der Küstenstraße.
Heftiger Wind hatte sich erhoben, und die Polizisten hatten einige Mühe, den Abstieg mit Seilen zu sichern. Marie bemerkte nichts davon. Sie stand aufrecht an der Felskante, doch in Gedanken war sie noch in dem Hotel, in dem ihr Leben nur wenige Stunden zuvor aus dem Gleis geraten war. Der Zimmerwirt war im Gesicht grün geworden, als die Spurensicherung sich bei ihm breitmachte. Und er war dann richtig in Panik geraten, als er hörte, dass der Typ, der Zimmer 12 genommen hatte, tot aufgefunden, genauer gesagt ermordet worden war, und das nur knapp zweihundert Meter von seinem Etablissement entfernt.
Er hielt die Rothaarige für ein frisch auf der Insel gelandetes Flittchen, denn so ein Weib hätte er sich sicher gemerkt, schwadronierte er, zögerte dann aber doch, als Angus ihm Kellys Foto unter die Nase hielt.
»Auf ihr Gesicht habe ich nicht so geachtet«, stammelte er. Dass er sich eher auf ihre Kurven konzentriert hatte, wollte er lieber nicht zugeben. »Sie sieht ihr ähnlich, aber ich kann nichts beschwören. Der Mann jedenfalls machte das zum ersten Mal, das können Sie mir glauben!«
Aus seinen Erklärungen ging hervor, dass Lucas *einen dicken Packen Scheinchen* gezückt hatte, um das Zimmer zu bezahlen. Und damit die elementarsten Regeln der Vorsicht missachtet hatte.
»Ich denke, die Schlampe wollte ihn rupfen, sie haben sich gestritten, sie ist durchs Fenster weg, er ihr nach, und am Dock hat er sie eingeholt und …«
Mit einem mitfühlenden Grinsen sagte er noch, dieser Kunde habe wirklich Pech gehabt.
»Hoffentlich ist er noch auf seine Kosten gekommen, bevor er den Löffel abgeben musste.«

Marie schwankte.
Ohne Angus, der ihr beisprang und sie festhielt, wäre sie vielleicht auch in die Bucht gestürzt … neben den Kombi.
»Sie müssen sich das doch alles nicht antun. Gehen Sie zurück nach Frankreich. Ich verspreche Ihnen, dass Bréhat nicht davonkommt«, redete er ihr freundlich zu.
Marie dachte an den Mann, den sie geheiratet hatte und der zu sagen pflegte, das Beste an ihm kenne sie bereits, nun müsse sie allmählich das Schlimmste an ihm entdecken.
Du weißt nichts über ihn …
Und wenn das Schlimmste noch bevorstand?
Sie hob energisch das Kinn und sagte schlicht, sie werde Killmore nicht verlassen, bevor nicht alles aufgeklärt sei.
»Booten Sie mich bitte nicht aus, Angus.«
Sie ließ ihm keine Zeit für eine Antwort, sondern machte sich daran, den steilen Felsen hinunterzusteigen. Angus, der nicht mehr weit von der Rente war, folgte ihr mühsam und verfluchte nicht nur sein Alter, sondern auch sein leichtes Übergewicht.
Der Kombi lag auf dem Dach, er wirkte wie der Panzer eines riesigen, seltsamen Krustentiers, das die Ebbe am Fels hatte hängen lassen. Um die Achsen und die Räder, von denen sich eins langsam drehte, hatten sich Algen gewickelt.
Marie erkannte sofort den Wagen, den Edward ihnen bei ihrer Ankunft auf Killmore zur Verfügung gestellt hatte und den Lucas am Abend zuvor benutzt hatte. Sie öffnete eine Tür und kroch in das Wrack. Sie hatte es schon fertig durchsucht, als Angus endlich unten ankam, außer Atem und völlig verschwitzt.
»Bréhat hat den Wagen wahrscheinlich ins Meer geschoben, und die Flut hat ihn an Land gespült«, vermutete er immer noch nach Atem ringend. »Kommen Sie da raus, das ist gefährlich.«
Marie gehorchte umso bereitwilliger, als die rasche Durchsu-

chung des Wracks nichts ergeben hatte. Hier würde sie keine Antworten auf ihre Fragen finden. Zu den vielen Fragen, die sie sich stellte, hatte sich nun auch die Frage nach Christians Schuld gesellt.

»Er kennt die Strömungen«, sagte sie nachdrücklich. »Wenn er gewollt hätte, dass man den Wagen nicht wiederfindet, hätte er das auch bewerkstelligen können.«

»Er wird in Panik gehandelt haben. Er hat den Leichnam ja auch unter einer Plane versteckt, statt ihn …«

»Ins Meer zu werfen.«

Angus nickte langsam und presste die Lippen zusammen. Es war in der Tat seltsam, dass er den Wagen beiseitegeschafft haben sollte, nicht aber den Leichnam. Genauso, wie es seltsam war, dass Lucas angeblich mit einem *dicken Packen Scheinchen* unterwegs gewesen sein sollte. Am Gesichtsausdruck ihres irischen Kollegen erkannte Marie, dass er genau an dasselbe dachte wie sie.

»Haben Sie dieses Geld eigentlich gefunden?«

Angus gab etwas kläglich zu, er sei nicht auf den Gedanken gekommen, die Leiche zu durchsuchen, und seine Miene verdüsterte sich vollends, als er ihre Absicht begriff, es selbst zu tun.

***

»Mein Beileid, Mrs. Fersen.«

Mrs. Fersen … Es schnitt ihr ins Herz, wenn man sie so ansprach. Sie hatten so wenig Zeit zusammen gehabt … Ein Gefühl schreiender Ungerechtigkeit überkam sie.

Der Seziertisch stand in der Mitte des Raums, und das grelle Neonlicht warf fahle Schatten auf das weiße Tuch über der reglosen Gestalt.

Bis dass der Tod uns scheide.

Marie flüchtete sich in ihre Polizistenroutine, absichtlich benutzte sie Begriffe wie *Leiche* oder *Opfer,* während sie den Gerichtsmediziner befragte. Dieser wusste genauso gut wie Angus, dass sie nur so die nötige Distanz herstellen konnte. Der Arzt wies auf die Kleidungsstücke auf einem Tisch in der Ecke des Raums.

»Er hatte nichts bei sich, weder Geld noch Papiere.«

Angus fragte sich überrascht, ob Bréhat absichtlich den Eindruck habe erwecken wollen, es handle sich um einen schmutzigen Raubmord. Es passte eigentlich nicht zum Profil eines in Panik handelnden Täters. Der Gerichtsmediziner riss ihn aus seinen Gedanken, er hielt ein kleines Ledertäschchen an einer Kordel hoch. Das habe das Opfer wie einen Talisman um den Hals getragen, sagte er.

»Sicherlich eine Erinnerung an Sie.«

Die Tatsache, dass in dem Täschchen eine – wenn auch verblasste – rötlich blonde Haarsträhne war, hatte den Arzt zu dieser Vermutung bewogen.

»Ich habe ihm nie etwas in der Art gegeben«, murmelte Marie ratlos.

Der Schatten eines träumerischen Lächelns glitt über Angus' Gesicht. In seiner Jugend habe er einmal die Gelegenheit genutzt und seiner Liebsten, als sie schlief, eine Locke abgeschnitten … Er brach seine Schwärmerei ab und wurde puterrot. Um seine Verwirrung zu verbergen, bat er den Gerichtsmediziner um eine DNA-Analyse. Nur um …

»Was haben Sie uns sonst noch zu sagen?«, fragte er dann plötzlich hastig, er hatte es eilig, Marie aus dieser bedrückenden Atmosphäre hinauszubringen.

Der Gerichtsmediziner zuckte leicht die Achseln. Vorerst könne er nur sagen, dass das Opfer *seiner Einschätzung nach* an einer inneren Blutung gestorben sei, die *sehr wahrscheinlich* durch einen heftigen Schlag gegen die Schläfe verursacht worden sei. Nach der Autopsie wisse er mehr.

Das Geräusch war leise, nicht mehr als ein Rascheln des

Stoffs. Als empöre sich die Leiche gegen den Gedanken, zerlegt zu werden, war ihre linke Hand zur Seite geglitten und schaute nun unter dem Laken hervor. Die beiden Männer erschraken, obwohl sie an den Umgang mit Toten gewöhnt waren. Und auch an manche noch nach dem Tod auftretende Reflexe.
Doch Marie sah nur eins: den nackten Ringfinger. Der Ring, den sie selbst ihm auf diesen Finger geschoben hatte, fehlte.
»Bréhat hat ihn ihm wahrscheinlich vom Finger gezogen, um das letzte Band zwischen Ihnen und Lucas zu zerstören«, sagte Angus, allerdings weniger aus Überzeugung als aus dem Wunsch heraus, etwas zu sagen.
Marie schien ihn gar nicht zu hören. Sie nahm die Hand zwischen ihre Hände und wollte sie unter das Tuch zurücklegen, da bemerkte sie, dass die Handfläche geschwärzt war.
»Ja, das habe ich bemerkt«, sagte der Gerichtsmediziner auf ihren fragenden Blick hin. »Es sieht wie Ruß aus. Nach der Analyse kann ich Ihnen mehr sagen.«
Sie legte die Hand ab und schlug vorsichtig das Tuch zurück, um Lucas' Gesicht zu betrachten. Als Angus sie zusammenzucken sah, war ihm klar, dass etwas nicht stimmte. Er trat zu ihr und schaute über ihre Schulter.
»Warum haben Sie ihm das Haar geschnitten?«, fragte Marie, ohne sich umzudrehen.
»Aber ich habe nichts dergleichen getan!« Der Arzt war empört.
Angus unterdrückte einen Fluch. Die dunklen Locken waren unbestreitbar kürzer. Das hätte er sehen müssen. Er wurde alt. Aber was hatte das alles zu bedeuten?
Marie ging schon zu dem Tisch, auf den man die Kleidungsstücke gelegt hatte, und breitete sie hastig aus.
»Das sind nicht die Sachen, die er gestern Abend getragen hat!«, rief sie.
Angus ging zu ihr und runzelte die Stirn. Tatsächlich.

»Eine verrückte Geschichte …«
Der erstickte Schrei des Gerichtsmediziners ließ die beiden herumfahren. Mit hervorquellenden Augen starrte er auf den Eingang, sein Mund stand offen, als sei der Sauerstoff so knapp geworden, dass er nach Atem ringen müsse.
Und in der Tat schien die Luft plötzlich dünner.
Der Mann, dessen Erscheinen ihn so aus der Fassung brachte, war niemand anders als Lucas.
Sein Gesicht war hohl vor Müdigkeit. An den Kleidern klebte feuchter Sand. Aber er war immerhin lebendig genug, um zu niesen.

Marie stürzte sich auf ihn und bedeckte ihn mit Küssen, bis er um Gnade flehte.
Seine nussbraunen Augen begannen zu funkeln, während sie ihn mit Blicken verschlang.
»Wenn ich gewusst hätte, dass man mich so empfängt, hätte ich schon viel früher mal eine Nacht woanders verbracht.«
Seine zärtlich-ironische Stimme brachte Marie wieder zur Besinnung.
»Wenn du *du* bist, wer ist dann der?«, fragte sie rauh.
Lucas' Lächeln verblasste, als er auf den Tisch zuging. Im Angesicht seines toten Doppelgängers spürte er zum ersten Mal, wie sein logischer Verstand ins Wanken geriet.

11

Es war Mitternacht gewesen, als er sich am Abend zuvor von Angus getrennt hatte. Auf dem Weg zum Herrenhaus hatte ihn Kellys Anruf erreicht. Sie hatte abgehackt gesprochen, so ängstlich, dass ihre Stimme kaum zu hören gewesen war. Sie wisse nun, wer Alice getötet habe, hatte sie gesagt und Lucas angefleht, sich möglichst bald mit ihr zu treffen.

»In einem Stundenhotel?«, murmelte Marie mit einer Spur Ärger in der Stimme.

Lucas, der inzwischen in einer trockenen Polizistenuniform steckte, drehte sich erstaunt nach seiner jungen Frau um, die die Ellbogen auf die Rücklehnen der beiden Vordersitze gestützt hatte. Sie deutete ein Lächeln an und drängte ihn weiterzusprechen, während der Wagen auf die Landzunge fuhr.

»Nein, in der Nähe des Häuschens am See. Ich habe dir nichts gesagt, weil ich versprochen hatte, allein zu kommen.«

Er legte Angus, der am Steuer saß, freundschaftlich die Hand auf die Schulter.

»Tut mir leid, dass ich Sie als Alibi missbraucht habe.«

»Macht nichts. Hauptsache, Sie leben. Was hat sie Ihnen denn gesagt?«

»Ich habe sie nicht gesehen. Auf dem ersten Drittel der Landzunge hatte ich einen Platten.«

Lucas hatte sich ans Radwechseln gemacht, doch die Schrauben saßen zu fest, und die steigende Flut war schneller gewesen als er. Das Wasser stand ihm schon bis zu den Knien, als er versucht hatte, wegzufahren. Vergeblich. Der Motor war abgesoffen. Sein Handy hatte keinen Netzempfang, also hatte er beschlossen, zu Fuß zurückzugehen. Doch die Strömung war so stark und der Wind so heftig, dass er bald den Boden unter den Füßen verlor. Auch den Gedanken, sich durch Schwimmen zu retten, hatte er bald aufgegeben.

Also hatte er sich auf einen der Hochstände gehievt, die überall auf der Landzunge zu finden waren, als Notanker für »all die Idioten, die sich von der Flut einschließen lassen«, witzelte Lucas.

Und von diesem Horst aus habe er gesehen, wie der Kombi von der Strömung fortgetragen worden sei, genau auf ihn zu. Einen Moment lang habe er sich gefragt, ob er nun überfahren werde oder ertrinken müsse – oder beides. Doch in letzter Sekunde habe eine Welle das Fahrzeug von ihm weggetragen.

»Aber jetzt will ich alles wissen«, sagte er abschließend und fixierte Marie im Rückspiegel. »Zuallererst, was diese Geschichte mit dem Stundenhotel soll.«

Einige Polizisten durchkämmten systematisch die Umgebung der Hütte am See, andere Beamte durchsuchten bereits den Innenraum, als die drei dort ankamen. Lucas ließ Angus ein wenig Vorsprung und warf Marie dann einen Seitenblick zu.

»Hast du wirklich geglaubt, ich würde Kelly in ein Stundenhotel mitnehmen, um sie da flachzulegen?«

»Dass sie Frauen liebt, heißt noch lange nicht, dass sie Männer nicht liebt«, gab sie immer noch misstrauisch zurück.

»Ich darf Sie daran erinnern, dass ich ein verheirateter Mann bin, Mrs. Fersen.«

Diesmal ging ihr bei dem »Mrs.« das Herz auf. Aber deshalb würde sie noch lange nicht die Waffen strecken.

»Das warst du auch schon, als du sie neulich auf der Schaukel bedrängt hast!«, brummte sie nachtragend.
Der Spezialist für Ritualverbrechen erwiderte mechanisch den Gruß der vor dem Eingang postierten Polizisten.
»Da war nur der Polizeibeamte am Werk.«
»Tatsächlich? Und ich nehme an, es war auch nur der Polizeibeamte, der der rothaarigen Schönheit zu Hilfe geeilt ist und mich schamlos angelogen hat!«
Er verzog leicht das Gesicht und hielt sie zurück, als sie über die Schwelle gehen wollte.
»Du hast mir immer noch nicht gesagt, wie du das erfahren hast, mit meinem Doppelgänger und dem Stundenhotel.«
»Durch meinen Polizisteninstinkt«, erwiderte sie und trat hastig ins Haus.
Er verdrehte die Augen und folgte ihr.

Das Haus strahlte mit seinen Holzvertäfelungen und Messingbeschlägen Wärme aus. Ein gusseiserner Kaminofen in der Mitte trennte den Wohnraum von der Küchen- und Essecke ab. Eine Hühnerleiter führte zum darüber liegenden Schlafzimmer. Die Fenstertüren gingen auf eine Terrasse und den See hinaus. Unter normalen Umständen ein Ort, an dem man sich gewiss gern aufhielt.
Die Glocken des Klosters begannen gerade zu läuten, als Marie den kleinen Stofffetzen zwischen zwei Bodendielen entdeckte, gleich neben dem Teppich. Ein Stückchen roter Spitze, das neben den purpurroten Fransen gar nicht auffiel. Deshalb hatten die Polizisten es auch noch nicht bemerkt.
Was Marie jetzt vorsichtig zwischen den Fingern hielt, war ein Stückchen des Schleiers, der gleichzeitig mit dem Kleid verschwunden war.
Erst als sie ihn Lucas zeigen wollte, merkte sie, dass er nicht mehr im Haus war. Er lehnte mit dem Rücken zu ihr am Geländer der Terrasse, die auf Holzpfählen in den See hinausge-

baut war. Je näher sie ihm kam, desto lauter wurden auch die Glocken, sie übertönten das Geräusch ihrer Schritte. Er war so in die Betrachtung des grünlichen Wassers verloren, dass er nicht reagierte, als sie ihm sanft die Arme um die Taille legte und ihr Kinn auf seine Schulter stützte. Sie genoss diesen Augenblick.

Da krampfte ihr plötzlich eine dumpfe Angst den Magen zusammen. Ihr Instinkt riet ihr zu fliehen. Doch ihr Körper gehorchte nicht mehr. Zu spät.

Vor ihren aufgerissenen Augen verschwand der See. Sie spürte das wilde, dumpfe Schlagen ihres Herzens, während sie ins Dunkle versank. Fliehen! Schnell! Die Mauern ringsum troffen vor Wasser. Ein Grabstein hob sich. Mauerbögen zogen vorüber. Schneller, schneller! Sie war im Wald, Äste peitschten ihr Gesicht, tückische Wurzeln griffen nach ihren Füßen, und die Schatten hinter ihr kamen immer näher. Nein!

Als die Glocken verstummten, drang dumpfes Stöhnen aus Maries Mund.

Lucas drehte sich ärgerlich nach ihr um.

»Man könnte meinen, du sähst Gespenster!«, knurrte er.

Das Erste, was ihr auffiel, war der Ausdruck seiner Augen – als wäre er ihr böse, weil sie ihn aus seinen Gedanken gerissen hatte. Das Zweite, dass er aus der Nase blutete.

Angesichts ihres leichenblassen Gesichts dachte er an seinen Doppelgänger im Leichenhaus und bereute seine dumme Bemerkung.

»Verzeih«, seufzte er. »Der Schlafmangel … Was ist los?«

Statt eine Antwort zu geben, hielt sie ihm ein Taschentuch unter die Nase. Er zuckte die Achseln, als er die Blutflecken darauf sah.

»Ich habe die Nacht damit verbracht, mich einweichen zu lassen und zu niesen. Ich hab einen bösen Schnupfen, weiter nichts!«

»Erst das Tauchgerät, dann der Schnupfen …«

Er wurde ein wenig bissig.
»Ich nehme an, du hast eine andere Erklärung?«
Sie gab zu bedenken, dass es auch sehr gut eine Reaktion auf den Schock sein konnte, den er beim Anblick seines perfekten Doppelgängers erlitten hatte.
»Gib zu, dass das Fragen aufwirft.«
»Die einzige Frage, die mich im Augenblick beschäftigt, ist, was aus Kelly geworden ist. Und welchen Beweis sie gemeint hat.«
Marie dachte, er brauche noch ein wenig Zeit, sich an den Gedanken eines Zwillingsbruders zu gewöhnen, und drang nicht weiter in ihn. Sie zeigte ihm das Stückchen Schleier, das sie im Haus gefunden hatte.
»Vielleicht der Ansatz zu einer Antwort.«
Er stimmte zu. Aber das erkläre immer noch nicht, sagte er, warum in diesem Stundenhotel ein Kerl aufgetaucht sei, der ihm aufs Haar gleiche. Und schon gar nicht, wer diesen Kerl dann getötet habe.
»Zumindest auf die letzte Frage gibt es eine Antwort«, ertönte Angus' Stimme in ihrem Rücken.
Maries Gesichtsausdruck sagte dem armen Angus deutlich, dass er in einen Fettnapf gestolpert war: Sie hatte ihrem Mann noch nichts gesagt.
»Na ja, sagen wir, wir haben einen Verdächtigen: Bréhat«, korrigierte er sich hastig.
Als der Name des Skippers fiel, zogen sich Lucas' Mundwinkel unwillkürlich in die Höhe. Bréhat in Untersuchungshaft. Der Tag hatte nicht gut begonnen, aber das Ende war gar nicht so schlecht.

***

Und wenn er so betrunken gewesen war, dass er Fersen getötet hatte und sich jetzt nicht mehr daran erinnern konnte?

Dieser schreckliche Gedanke quälte Christian, seit man ihn in der Zelle eingeschlossen hatte. Seit Marie an Bord gekommen war. Seit sie sich so von seiner Schuld überzeugt gezeigt hatte. Jedes Mal, wenn er den Film im Kopf ablaufen ließ, überlief ihn ein Schauer. Vom Rauswurf aus dem *Swan* bis zu seinem Gang über die Docks. Schwankend und völlig durch den Wind. Dann dieser Körper, der mit dem Gesicht zum Boden lag ... Warum nur hatte er hingehen müssen? Welche dunkle Macht hatte ihn dorthin getrieben? Die Solidarität der Seeleute? Der Gedanke, dass er selbst genauso gut dort hätte liegen können? Oder einfach nur das Schicksal?
Er hatte sich neben den Mann gekniet und fast einen Schlag bekommen, als er in ihm den verhassten Bullen erkannt hatte. Und dann hatte es ihm eine primitive Freude verschafft, ihn so liegen zu sehen, er hatte sich endlich von seinem Rivalen befreit gefühlt.
»Schöner Tag, nicht?«
Diese Stimme! Christian glaubte einen Augenblick lang, nun habe er endgültig den Verstand verloren. Dann sah er ihn, er stand hinter den Gittern und betrachtete ihn mit einer ebenso widerwärtigen Freude, wie er selbst sie am Abend zuvor auf dem Kai empfunden hatte. Lucas Fersen! Er lebte!
Mit erstaunt geweiteten Augen starrte er den Mann an, den er angeblich getötet hatte.
»Ja, ich bin's! Höchstselbst!«, spottete der Spezialist für Ritualverbrechen, der diesen Augenblick in vollen Zügen genoss. »Kleiner Schock, was?«
Christian versuchte sich zu sammeln, und plötzlich durchfuhr ihn ein erfreulicher Gedanke. Wenn Fersen lebte, konnte er ihn nicht getötet haben. Fersen schüttelte bedächtig den Kopf.
»Tut mir leid, ich muss dich enttäuschen, Korsar der Königin, wir haben da trotzdem noch eine Leiche im Keller.«
Lucas machte eine Pause, um die Spannung zu steigern.

»Du hast den falschen Lucas erwischt«, sagte er dann, ohne Christian aus den Augen zu lassen. »Wir haben ja alle irgendwo einen Doppelgänger. Und meiner war letzte Nacht auf den Docks, wo er das Pech hatte, dir über den Weg zu laufen.«
Der Skipper senkte die Lider, als müsse er einen allzu harten Schlag verkraften. Dann sah er den Polizisten mit einem Blick an, in dem vor allem Grauen zu lesen war.
»Ich habe niemanden getötet, das wissen Sie sehr gut«, sagte er dumpf.
»Was ich weiß, ist nur, dass ich dich für zwanzig Jahre hinter Gitter bringe. Mindestens zwanzig Jahre.«
»Verdammter …«
»Du hättest mir kein schöneres Hochzeitsgeschenk machen können!«, sagte Lucas, ohne sich um Christians Zorn zu kümmern. »Ehrlich.«
Christian sah ihm nach, als er ging.
Von weit her, aus den Tiefen seines Gedächtnisses, das durch die Verhaftung ernüchtert worden war, hörte er eine Stimme wie die von Lucas, nur viel brüchiger, ganz andere Worte sagen.
Ungeheuer … umgebracht …
Er musste Marie vor der Gefahr warnen, in der sie schwebte.

***

Teddys leicht hervorstehende Augen hefteten sich auf die Dame, die jetzt auf den Tresen zuging, hinter dem er hockte. Es war weniger ihr Alter – so um die fünfundsechzig –, das ihn erstaunte, als ihr elegantes Kostüm und ihr halb schüchternes, halb begehrliches Lächeln. Wirklich, heutzutage muss man mit allem rechnen, dachte der junge Mann und richtete sich auf, als käme da seine Lehrerin oder, schlimmer noch, seine Mutter.

»Einen Liebesknochen bitte«, sagte Hélène sanft. »Einen schönen.«
Der etwas erschrockene Teddy sagte sich, dass die Perversion eben überall lauere, vor allem dort, wo man am wenigsten mit ihr rechnete. Er ließ seinen Blick über die Regale gleiten, obwohl er wusste, dass er so etwas nicht führte. Und auch nichts annähernd Gleichartiges. Dabei hatte er durchaus einiges zu bieten.
Er wandte seine Aufmerksamkeit wieder der Dame zu, die ihn immer noch liebenswürdig anlächelte. Er hätte ihren Wunsch gern erfüllt, aber er konnte ihr nicht einmal ein anderes Geschäft empfehlen.
Denn *Love Island* war der einzige Sexshop der Insel. Wie hätte dieser junge Mann Anfang dreißig auch ahnen können, dass sein Laden in den sechziger Jahren eins der besten Cafés von Killmore gewesen war und die raffiniertesten Konditorwaren angeboten hatte und für seine Eclairs – oder auch Liebesknochen – berühmt gewesen war!

***

Angeblich hatte man gegen zwei Uhr morgens eine rothaarige junge Frau, zu der Kellys Personenbeschreibung passte, auf einem kleinen Schlauchboot den Hafen verlassen sehen. Aus Angus' Sicht passte das zur Aussage des Hoteliers. Er wandte sich an Lucas.
»Aber es erklärt nicht, wieso sie Sie gegen Mitternacht angerufen hat, um sich mit Ihnen im Haus am See zu verabreden.«
»Vielleicht ist diese Rothaarige nicht Kelly.«
»Und dieser Zwillingsbruder ist vielleicht nicht dein Doppelgänger«, erwiderte Marie. Es ärgerte sie, dass er immer noch bei jeder Gelegenheit Partei für die Stallmeisterin ergriff.
Lucas, der den Grund für ihren Ärger wohl erriet, deutete ein Lächeln an, das ihren Zorn noch steigerte.

»Und wenn sie nur versucht haben sollte, sich einen Vorsprung zu verschaffen, indem sie dich eine Flut lang aufhielt?«
»Sie konnte nicht wissen, dass ich einen Platten haben würde.«
»Nein, aber sie wusste, dass du auf sie gewartet hättest, und zwar lange genug, um von der Flut eingeschlossen zu werden.«
»Und all das nur, um mit einem schwachen Abklatsch von mir ins Bett zu gehen? Das wäre abwegig!«
Marie durchbohrte ihn mit Blicken.
»Auch nicht abwegiger, als von dir zu verlangen, dass du allein kommst! Warum hat sie nicht die Polizei alarmiert, wenn sie wirklich wusste, wer Alice umgebracht hat?«
»Weil sie mir vertraut, nehme ich an.«
»Oder um freie Hand zu haben und das erfolgreich zu Ende zu bringen, was ihr in unserer Hochzeitsnacht misslungen ist.«
Angus erschrak.
»Glauben Sie, sie hat Alice umgebracht, weil sie dachte, Sie wären es? Sie hatte doch gar kein Motiv.«
»Und das habe nicht *ich* gesagt«, warf Lucas triumphierend ein.
»Es sei denn, sie hat immer gewusst, dass sie Tom Sullivans Tochter ist, und konnte es nicht ertragen, dass man mir offiziell den Platz einräumte, der ihr immer verwehrt geblieben ist.«
Angus stieß einen Pfiff aus. Natürlich, wenn man es so betrachtete …
Lucas verdrehte die Augen.
»Und was hat der Zwilling in dem Ganzen zu suchen? Welche Rolle spielt er? Das Double?«
»Das Sandkorn. Sie begegnet ihm im Hafen, hält ihn für dich und gerät in Panik. Unter irgendeinem Vorwand schleppt sie

ihn ins Hotel. Und bemerkt dort, dass sie sich geirrt hat. Ein Kampf. Er kann fliehen, sie holt ihn auf der Pier ein und tötet ihn. Dann flieht sie auf dem Schlauchboot.«

Lucas' sarkastisches Lachen verletzte sie, doch sie zuckte ärgerlich mit den Schultern.

»Ich kann das nicht lustig finden.«

»Nicht? Sie findet es nicht lustig«, wiederholte Lucas, an Angus gewandt.

Doch der betrachtete seine Schuhspitzen mit der hingebungsvollen Aufmerksamkeit eines Menschen, der nicht in einen Streit hineingezogen werden möchte.

Als Lucas seinen Blick wieder auf Marie richtete, war alle Heiterkeit daraus verschwunden.

»Du hast recht. Ich kann es auch nicht lustig finden, mit wie viel Phantasie du deinen Bréhat zu entlasten versuchst.«

»Der hat gar nichts damit zu tun«, erwiderte sie. Sie war umso zorniger, als er nicht ganz unrecht hatte. Anne hatte es richtig vorausgesehen: Nun warf sie sich vor, dass der Kummer sie blind gemacht hatte.

Zu Angus' großer Erleichterung tauchte Marc Fersen auf und machte dem Streit zwischen seinen beiden Kollegen ein Ende. Marc stürzte sich auf seinen Sohn. Die frohe Botschaft, dass er noch lebte, hatte das Herrenhaus erreicht, und Lucas' Vater war sofort zur Polizeistation herbeigeeilt.

»Ein Wunder«, stammelte er, Tränen in den Augen.

Der Anblick seines Vaters holte Lucas rauh in eine Realität zurück, von der er weder wusste, wie sie sich genau verhielt, noch, ob er wirklich alle Konsequenzen aus ihr ziehen wollte.

»Kein Wunder. Eine Verwechslung«, korrigierte er unfreundlicher als gewollt. »In der Leichenhalle liegt ein Kerl, der mir aufs Haar gleicht. Aber ich nehme an, du kannst mir eine logische Erklärung dafür liefern.«

Statt einer Antwort teilte Marc ihm nur mit, Hélène sei verschwunden. Fast gleichzeitig rief ein gewisser Teddy bei der Polizei an, um zu melden, bei ihm im Geschäft sei eine Geistesgestörte.

***

Louise lag im Bett. Alle hatten bemerkt, dass ihr Anfall gleich nach den beiden erstaunlichen Nachrichten, dass Lucas noch am Leben war und jemand anders an seiner Stelle getötet worden war, aufgetreten war. Doch niemand hatte sich darüber gewundert. Alle standen noch viel zu sehr unter dem Eindruck dieser erstaunlichen Neuigkeiten und warteten begierig auf den wundersam Wiederauferstandenen. Alle außer Juliette und Jill.
Es war zum Knall gekommen, nachdem Ronans Frau Pierric beobachtet hatte, wie er aus einem der Schlafzimmer im ersten Stock kam und schnell etwas hinter seinem Rücken versteckte, als er sie bemerkte.
»Hab mein Baby wiedergefunden«, stotterte er und zog eine Grimasse, die ein Lächeln sein sollte. Sein Lid zuckte heftig.
Juliette, die sich so leicht nicht hinters Licht führen ließ, trat ihm in den Weg und zwang ihn zu zeigen, was er hinter dem Rücken hielt. Der zusammengerollte Baumwolljersey hatte keine Ähnlichkeit mit dem Lumpenbündel, das er sonst immer mit sich herumschleppte.
Ihr wurde kalt, als sie ein Sweatshirt von Ronan erkannte. Juliettes Blick ging zwischen dem Kleidungsstück, Pierric und der Tür des Schlafzimmers hin und her, das Pierric gerade heimlich wie ein Dieb verlassen hatte. Sie stieß die Tür auf und blieb erstarrt stehen. Die Frage nach dem Bewohner des Zimmers erübrigte sich! Die geschmacklos gruftmäßige Ausstattung konnte nur von einer Person ersonnen worden sein.

Die beiden jungen Damen prügelten sich gerade – wobei Juliette klar die Oberhand hatte –, als die Fersens vor dem Herrenhaus ankamen.
»Ich kümmere mich drum«, raunte Lucas seiner Frau zu, durchaus froh, dass er so die fälligen Erklärungen noch ein wenig aufschieben konnte. »Hilf meinem Vater lieber, Hélène aufs Zimmer zu bringen, ich komme gleich nach.«
Dann ging er zu den beiden Harpyien, die sich den Rosengarten zum Kampfring erkoren hatten. Das Auftauchen des auf wundersame Weise Auferstandenen setzte der Abreibung, die Juliette ihrer Rivalin erbarmungslos verpasste, ein Ende und verschlug beiden Kontrahentinnen die Sprache.
Jills verlaufenes Gothik-Make-up entlockte Lucas nun noch ein schallendes Lachen.
»Geh und wasch dich. Sonst muss die Familie nach einem Gespenst auch noch den Anblick eines Vampirs verkraften!«
Während Jill schmollend und rachedurstig davonschlurfte, hielt Lucas Juliette, die ihr folgen wollte, am Arm zurück.
»Wenn du deinen Mann zurückwillst, gibt es vielleicht noch bessere Mittel, als dieses arme Mädel niederzumachen!«
Juliette versuchte, ihr letztes bisschen Würde zu wahren:
»Ich weiß wirklich nicht, wovon du sprichst.«
Er zuckte die Achseln und ging, doch da hörte er eine kleinlaute Stimme.
»Welche Mittel?«
Er lächelte leise, kehrte um und flüsterte ihr etwas ins Ohr.

Einige Minuten später war das Lächeln aus seinem Gesicht verschwunden.
»Du warst schon sechs Jahre alt, als ich deine Mutter kennenlernte.«
Lucas hatte mit allem gerechnet, aber nicht *damit*.
Es fiel dem Mann, der Hélène eines Tages im September 1968 in Paris begegnet war, offensichtlich schwer, Lucas zu geste-

hen, dass er nicht dessen Vater war. Die junge Frau hatte sich buchstäblich vor seinen Wagen geworfen, um den kleinen Jungen wieder einzufangen, der ihr gerade entwischt war. Sie hatte keine Verletzungen erlitten, sie fühlte sich lediglich betäubt und verbot Marc, sie ins Krankenhaus zu bringen. Also hatte er sie nach Belleville zurückgebracht, wo sie mit ihrem Sohn eine kleine Zweizimmerwohnung bewohnte. Sie war Krankenschwester, und ihr Mann war kurz nach Lucas' Geburt gestorben, mehr wusste Marc nicht über sie.

»Und du hast auch nicht versucht, mehr über sie herauszufinden?«, fragte Lucas scharf.

»Sie hat nur gesagt, sie hätte keine Familie mehr, ihre Vergangenheit sei mit ihrem Mann gestorben.«

»Und damit hast du dich zufriedengegeben?«

Ein verträumtes Lächeln glitt über das Gesicht des Mannes, den Lucas mehr als vierzig Jahre lang für seinen Vater gehalten hatte.

»Wenn ich sie wirklich liebte, sagte sie mir später, dürfe ich ihr keine Fragen mehr stellen. Und ich liebte sie mit jeder Faser. Ich habe nie mehr auch nur eine einzige Frage gestellt.«

Lucas verzog enttäuscht das Gesicht bei dem Gedanken, dass die einzige Person, die ihm Auskunft über diesen Zwilling in der Leichenhalle hätte geben können, an einer Krankheit litt, die irreparable Löcher in ihr Gedächtnis gerissen hatte. Trotzdem ging er mit Marie zu Hélène ins Schlafzimmer. Er versuchte, einen Weg in die instabile und komplexe Architektur dieses kranken Hirns zu finden, indem er es mit Schlüsselwörtern konfrontierte, die vielleicht ein Echo wecken konnten. Doch nichts und niemand schien Hélène erreichen zu können.

Seit ihrer Rückkehr aus dem Sexshop war sie in tiefes Schweigen gefallen, ihr Blick schien nach innen gewendet, auf eine fest versiegelte Vergangenheit. In Lucas' Enttäuschung

mischte sich Zorn, wäre Marie nicht gewesen, hätte er sich vielleicht dazu hinreißen lassen, die Kranke zu schütteln, um ihr wenigstens Bruchstücke einer Antwort zu entlocken.
»Wir werden es auf andere Weise herausfinden«, flüsterte ihm seine junge Frau zu.

Noch lange nach ihrem Weggang verharrte Hélène in ihrer Bewegungslosigkeit, doch dann kniete sie sich vor eins der beiden Ehebetten und drückte ein Bündel ehemals weißer Lumpen an sich. Sie summte ein Kinderlied, während sie Pierrics Puppe in ihren Armen wiegte.

12

Es wurde Nacht auf Killmore, die Leichenhalle lag völlig verlassen da. Drinnen bohrte das schwache Licht der Nachtbeleuchtung regelmäßige grünliche Löcher ins Halbdunkel. Auf den gefliesten Gängen dieses Totenhauses herrschte eine angemessene Totenstille, doch plötzlich öffneten sich lautlos die Türen des Seziersaals.

Am Ende des Saals, in einer Art Alkoven, waren zwei Reihen mit je fünf Kühlschubladen, deren Fronten mit Schildchen für die Namen der vorübergehenden Bewohner versehen waren. Alle Schilder waren leer, bis auf eins. ZWILLING stand dort in ungelenken Großbuchstaben. Als die Schublade auf ihren Schienen nach vorn glitt, stieg ein wenig Dampf auf.

***

Der Mond hing über der Insel der Schimären, das schwarze Wasser des Sees spiegelte den Sternenhimmel.

Eine gespenstische Gestalt bewegte sich gleichmäßig vorwärts und ließ dabei einen Rosenkranz durch die Finger gleiten, der wie ein Metronom den Rhythmus der Schritte zu bestimmen schien. Eine Perle. Ein Schritt. Eine Perle. Ein Schritt.

Gewöhnlich erlegte sich die Pförtnerin zwei Runden um den See auf, so wie andere sich drei Vaterunser oder vier Ave-Marias auferlegen. Gewöhnlich verlief dieser Rundgang, den sie

immer mit halb geschlossenen Augen absolvierte, um der Natur und ihrem Schöpfer näher zu sein, völlig störungsfrei. Doch dieses Mal stolperte sie mit ihren Sandalen über ein Hindernis. Sie vermutete, ein toter Ast sei aufs Ufer gefallen, und bückte sich arglos, um ihn aus dem Weg zu räumen.
Später sollte Schwester Angelica Gott um Vergebung bitten, weil der Ekel stärker gewesen war als das Erbarmen. Jetzt jedoch ließ sie mit einem erschrockenen Keuchen den Gegenstand fallen, den sie mit beiden Händen ergriffen hatte. Diesen eiskalten, leblosen und behaarten Gegenstand. Ein Männerbein!

Der Leichnam lag in der Klosterkapelle. Mutter Clementia schlug sanft das Laken zurück und betrachtete still das Gesicht des Zwillings. Ihre Lippen spannten sich zu einem schmalen Strich, als sie den dunklen Fleck bemerkte, den der Bluterguss auf der bläulichen Haut bildete. Für die Vorsteherin des Klosters konnte die Tatsache, dass der Mann nackt war und seine Kleider in der Nähe am Ufer abgelegt worden waren, nur eins bedeuten: Trotz aller Verbote hatte er im See schwimmen wollen, er war ins Dunkle getaucht und hatte sich an einem Felsen gestoßen.
»Eine andere Erklärung kann es nicht geben«, sagte sie entschieden.
Die Pförtnerin nickte zögernd und betete dabei zum Himmel, ihre Oberin möge recht haben. Dennoch wurden beide von einer schrecklichen Angst gequält.
»Wir begraben ihn im Morgengrauen, bevor die anderen aufwachen. Und jetzt lassen Sie mich bitte mit ihm allein.«
Als sie wieder allein war, legte Mutter Clementia ihre beiden Hände auf die des Zwillings und bat ihn um Verzeihung, weil sie ihn nicht hatte schützen können, obwohl sie es versprochen hatte.
Ihre Augen wurden feucht, als sie sich über ihn beugte und

ihm einen andächtigen Kuss auf die eisige Stirn drückte. Die Worte, die zwischen den angespannten Lippen hervorkamen, waren kaum mehr als ein Hauch.

Armer kleiner Pierre.

***

Marie hatte sich auf einen Ellbogen gestützt, sie konnte sich nicht sattsehen an dem Mann, der neben ihr lag, aufmerksam wachte sie über ihn und sein ruhiges Atmen. Es war kaum fassbar, dass er ihr wiedergegeben worden war. Und sie hatte Angst vor dem, was ihnen die Zukunft bringen würde, zumal sie nun wusste, wie flüchtig alles war, auch die Zukunft. Einen Augenblick lang überlagerte das Bild des Mannes in der Leichenhalle das Bild ihres Mannes.

Wer mochte dieser Mann sein?

Ein Zwilling, wie Lucas dachte? Ein Bruder, von dem er gleich nach der Geburt getrennt worden wäre und über den die Mutter nie gesprochen hätte?

Möglich. Marie wusste, wie belastend es sein konnte, die wahren Eltern nicht zu kennen, sie hätte lieber ausführlicher mit ihm darüber gesprochen, doch er hatte sich gesträubt.

»Hélène ist meine Mutter, da bin ich völlig sicher. Und was Marc angeht, die Verbindung zwischen uns lässt sich nicht auf ein Spermium reduzieren.«

»Du willst also nicht versuchen, die Wahrheit herauszufinden?«

»Doch. Obwohl ich keine sonderlich große Lust habe, im Leben meiner Mutter herumzuschnüffeln. Aber im Augenblick will ich vor allem Kelly finden und erfahren, was sie entdeckt hat.«

Dieses Mal hatte Marie nicht auf Kellys Namen reagiert, und sie hatte ihn auch nicht weiter zum Reden gedrängt. Sie streifte die Wange ihres Geliebten mit einem Kuss und schloss die Augen, um endlich Schlaf zu finden, als sie Schritte hörte. Wieder ging jemand durch Marys Zimmer.

Marie schob den Schlüssel in das Schloss der schweren Eichentür und drehte ihn lautlos. Mit gespannten Sinnen trat sie in den Raum, der nur vom fahlen Mondlicht beleuchtet wurde, und blickte sich um. Nichts. Niemand. Sie wollte sich schon zum Gehen wenden, als sie zu ihrem Erstaunen Ryan aus dem Schatten treten sah. Er verzog das Gesicht, als sie instinktiv an ihre rechte Seite griff und nach der Waffe tastete, die sie mitzunehmen vergessen hatte.

»Ich wollte nur sicher sein, dass Lucas nicht bei dir ist.«

Er *wusste* es. Aber woher? Und wie war er in dieses Zimmer gelangt, zu dem nur sie den Schlüssel hatte? Sie warf einen misstrauischen Blick auf die sorgsam verschlossenen Fenster.

»Ich bin zu alt für Fassadenklettereien«, sagte Ryan amüsiert. »Mary hat mir einen Schlüssel gegeben. Es ist schon sehr lange her ... Habt ihr die Ursache des Feuers herausfinden können?« Er betrachtete die vom Rauch geschwärzten Wände.

Seine Frechheit raubte ihr den Atem.

»Was treibst du hier?«

Er hielt ihr das Medaillon vor die Nase, das sie erst am Morgen am Grab hinterlassen hatte, und legte es ihr dann wieder um den Hals.

»Du hast mich herbestellt.«

In den Wirren dieses Tages, an dem sich alle Toten zu einem gemeinsamen Überfall auf die Welt der Lebenden verabredet zu haben schienen, hatte sie diesen verdammten Anhänger glatt vergessen. Nicht jedoch den Grund, aus dem sie ihn auf den Grabstein gelegt hatte.

»Warum hast du diesen Zettel in meinen Brautstrauß gesteckt? Warum wolltest du verhindern, dass ich ihn heirate? Was weißt du über ihn? Lüg mich nicht an! Ich habe die

Handschrift mit der Schrift der Briefe verglichen, die du Mary geschickt hast. Es ist dieselbe!«

Ryans Gesicht wurde ernst, als er sich an jene Zeit zurückerinnerte.

»Wenn du wüsstest, wie schwierig es für uns damals war, miteinander zu korrespondieren. Ohne Doras Hilfe hätten wir nie …«

»Ich bin nicht hier, um mir deine Lebenserinnerungen anzuhören. Warum hast du diesen Zettel geschrieben?«

»Ich hatte gerade verschiedene Dinge erfahren und …«

»Was für Dinge?«

»Bis heute warst du, wie alle anderen auch, davon überzeugt, dass Marc Fersen Lucas' wirklicher Vater wäre. Ich habe am Morgen deiner Hochzeit herausgefunden, dass dem nicht so ist.«

Eine Welle von Zorn stieg in Marie hoch, sie ahnte schon, dass diese *Dinge* damit nicht ihr Bewenden haben würden.

»Mit welchem Recht hast du in Lucas' Vergangenheit herumgeschnüffelt?«

»Sagen wir, ich wollte ein wenig mehr über den Mann wissen, der meine Tochter heiraten sollte«, erwiderte er sanft.

Sie wusste, dass sie die nächste Frage bereuen würde. Sie stellte sie trotzdem.

»Und was hast du sonst noch herausgefunden?«

Ryan betrachtete ihr schmales Gesicht und fragte sich, wie viele Nackenschläge sie wohl noch ertragen würde. Einen Augenblick lang überlegte er, ob er sie nicht besser belügen sollte.

»Es hat nie eine Hélène Moreau gegeben«, sagte er schließlich. »Genauso wenig wie einen Lucas.«

***

Die dunkle Gestalt trat leise neben Marc Fersen, vergewisserte sich, dass er schlief, und ging dann zu Hélène, die im Nebenbett lag. Die Gestalt beugte sich über sie und hob die rechte Hand, die etwas Langes, Spitzes zu halten schien.

Als hätte sie die Gefahr gespürt, begannen Hélènes Lider zu flattern, als sich die linke Hand wie ein Knebel auf ihren Mund legte. Sie versuchte, ihn trotzdem zu einem erstickten Schrei zu öffnen. Da stieß die rechte Hand den spitzen Gegenstand in ihren Schlund …

Ihr Stöhnen reichte aus, um Marc zu wecken, dessen Unterbewusstsein Tag und Nacht auf sie horchte. Mit schweren Lidern sah er zu seiner Frau hinüber, die sich in zwei Metern Entfernung bewegte. Die Gestalt, die sich neben dem Bett flach auf den Boden drückte, sah er nicht.

Baby, tot, Ungeheuer …

Hélène greinte leise und stammelte sanft klagend zusammenhanglose Wörter. Der Gedanke, dass sie vielleicht auf den Zwilling anspielte, durchzuckte ihn. Ein bedrückender Gedanke. Welcher schrecklichen Vergangenheit hatte er aus blinder Liebe als ebenso blinder Komplize gedient?

Er wollte aufstehen, um sie zu fragen, doch an ihrem regelmäßiger werdenden Atmen erkannte er, dass sie einschlief, dass die quälenden Erinnerungen ins Vergessen zurücksanken. Er beschloss, es ihr nachzutun, und drehte sich auf die andere Seite.

Er sah die Gestalt nicht, die nun hinausschlich. Wieder auf dem Gang, lehnte sich Lucas an die Wand und holte tief Luft, als hätte er während dieser Aktion kein einziges Mal geatmet.

Der spitze Gegenstand, den er jetzt vorsichtig in ein Röhrchen gleiten ließ, war ein Stäbchen, wie es die Gerichtsmediziner benutzen, wenn sie Speichelproben für DNA-Analysen nehmen.

***

Hélène und Lucas hatten keine legale Existenz …
Zuerst hatte Marie gelacht, so abwegig war das Ganze. Ein ganz gewöhnlicher Abwehrreflex. Dann hatte sie zu lachen aufgehört und zu argumentieren begonnen.
»Er ist Polizist! Wenn er gefälschte Papiere hätte, hätte er das schon vor einer ganzen Weile merken müssen.«
Ryan war anderer Meinung. Er hatte seine Gründe dafür. Schließlich hatte er selbst jahrelang unter falschem Namen gelebt, mit Papieren, die echter waren als echt und alle Welt getäuscht hatten. Die Polizei nicht minder als die Justiz.
»Vergiss nicht, dass er keinen Grund hatte, an seiner Identität zu zweifeln, und noch weniger Grund, seiner Mutter zu misstrauen.«
Marie wusste, dass er recht hatte. Genauso wie sie wusste, dass sie nicht länger zaudern durfte. Sie wollte Lucas keinen Grund geben, ihr zu misstrauen. Sie war keine Geheimniskrämerin, zumal sie selbst erfahren hatte, wie schlimme Folgen es haben konnte, wenn man zu lange schwieg.
»Ich muss ihm sagen, dass du lebst.«
Er hielt sie zurück, als sie Marys Zimmer verlassen wollte, und sah ihr ernst in die Augen.
»Wenn du das tust, wird er versuchen, mich zu verhaften.«
Sie wollte ihm sagen, das liege nun mal in der Natur der Dinge und nur er sei dafür verantwortlich, aber er ließ sie nicht zu Wort kommen.
»Ich werde nicht ins Gefängnis zurückgehen, Marie. Niemals.«
Sie verstand sofort, was er sagen wollte, und zweifelte keine Sekunde lang, dass er es ernst meinte. Sie verübelte ihm diese in ihren Augen abscheuliche Erpressung.
»Wenn du ihn liebst, bring ihn nicht in die Lage, für meinen Tod verantwortlich zu sein«, sagte Ryan drängend. »Das würde eure Liebe nicht überstehen.«
Marie dachte wieder an Milics Worte über die Seelen, die sich

gegenseitig zerreißen, und fröstelte. Lange sah sie diesen Vater an, für den sie trotz allem außerordentliche Zuneigung empfand, obwohl sie ihn dafür hasste, dass er sie vor eine solch grausame Wahl stellte. Wortlos verließ sie den Raum.

Als sie ins Schlafzimmer zurückkam, legten sich ihr zwei Hände auf die Schultern, sie schrie erstickt auf. Doch ihre Züge entspannten sich, als sie Lucas erkannte, der hinter ihr hereingekommen war.

»Ich dachte, du schläfst.«

Er schloss die Tür und nickte.

»Ich bin aufgewacht. Und da ich allein war, habe ich mich auf die Suche nach dir gemacht. Wo warst du?«

Im Bruchteil einer Sekunde sah sie wieder den Leichnam des Zwillings auf dem Kai, die leblosen braunen Augen, die im Tod erstarrten Züge. Und sie empfand wieder diese unendliche Leere, dieses tiefe Gefühl von Einsamkeit, diesen Schmerz, als sie glaubte, ihn auf immer und ewig verloren zu haben.

Angesichts seiner zärtlich leuchtenden Augen wurde ihr klar, dass sie alles tun würde, damit ihre Seelen sich nicht gegenseitig zerstörten, und entschloss sich zu einer Halbwahrheit.

»Ich dachte, ich hätte Geräusche in Marys Schlafzimmer gehört.«

»Und?«

Sie schüttelte sanft den Kopf. »Und nichts.«

Seltsamerweise nahm ihr diese Lüge eine Last von der Seele. Sie dachte an Jeanne, ihre Adoptivmutter, die vor ähnlich schweren Entscheidungen gestanden hatte. Jetzt verstand sie besser, warum Jeanne geschwiegen hatte.

Er knöpfte ihren Morgenmantel auf, der zur Erde glitt, und legte seine Hände auf ihren Körper.

»Ich habe Lust auf dich.«

Und das Begehren überkam sie, heftig und überwältigend

fegte es alles andere hinweg. Die Toten und die Gespenster, die Fragen und Zweifel, die Geheimnisse und Lügen. Sie hatte gedacht, sie müsse sterben, als sie ihn verloren glaubte. Doch unter seinen Zärtlichkeiten erwachte ihr Körper zu brennendem Leben.

Während die beiden Liebenden sich ihrer Leidenschaft hingaben, fiel irgendwo im Park kurz das Mondlicht auf Ryan, der zwischen den dunklen Bäumen verschwand.

13

Der Morgen dämmerte über der Insel und verjagte alle Schimären. Aus der Krypta unter der Kapelle drang dumpfes Psalmodieren. Eine Steintreppe führte zu den Gräbern, von denen einige mehrere Jahrhunderte alt waren, sie stammten noch aus der Zeit, als das Kloster ein Leprahospital war. Dutzende Kerzen warfen ihr flackerndes Licht auf die Gewölbe und die aus dem Fels gehauenen Stützpfeiler und verwandelten Mutter Clementia und Schwester Angelica trotz ihrer gesammelten Haltung in gespenstische Klageweiber.
Eine schwere Grabplatte war zur Seite geschoben worden, man konnte in das Grab sehen, in dem nun die sterblichen Überreste des Zwillings lagen. Nur ein Eingeweihter hätte an dem hier und da unter ihm hervorschauenden alten Sarg erkennen können, dass der Zwilling nicht der einzige Grabbewohner war. »Erwann der Fromme hätte es bestimmt nicht als Blasphemie empfunden, dass wir den kleinen Pierre zu ihm legen«, dachte die Mutter Oberin.
Barmherziger Gott, lass deinen Diener an den Freuden des Paradieses teilhaben, Amen.
Die Nonnen bekreuzigten sich und schoben dann mit vereinten Kräften die Grabplatte wieder an ihren Platz. Finsternis verschluckte das Gesicht des Zwillings.

* * *

Lucas warf Marie in dem Spiegel, vor dem er sich rasierte, ein schiefes Lächeln zu.
»Na schön. Meine Mutter existiert nicht, ich existiere auch nicht, ich weiß nicht einmal, wie ich in Wirklichkeit heiße, aber du musst zugeben, ich hätte es schlechter treffen können. Lucas Fersen klingt doch ganz gut, findest du nicht?«
Die Sonne hatte schon hoch am Himmel gestanden, als er aufgewacht war, ganz erstaunt darüber, dass sie ihn so lange hatte schlafen lassen. Die Zwischenzeit hatte Marie nämlich genutzt, um die Richtigkeit von Ryans Behauptungen zu überprüfen, obwohl sie sich schon gedacht hatte, dass sie sich bestätigen würden. Mit sorgfältig gewählten Worten und ohne Ryan zu erwähnen, setzte sie Lucas von allem in Kenntnis.
Nachdem dieser den ersten Schock überwunden hatte, behandelte er das Ganze mit seiner üblichen Spottlust. Doch als er sah, dass seine Scherze Marie keineswegs aufheiterten, zuckte er die Achseln.
»Im Allgemeinen ändert man seinen Namen, wenn man nicht gefunden werden will. Vielleicht hat sie unser Leben damit retten wollen, dass sie einen falschen Namen annahm.«
Marie nickte zögernd.
»Ja, vielleicht ... Vielleicht war sie auch auf der Flucht.«
Er unterbrach seine Rasierbewegung und sah sie ein wenig unwillig an.
»Du bist ja sehr positiv drauf heute Morgen.«
»Mein Vater hat Ryans Identität angenommen, weil er von der französischen Armee als Deserteur gesucht wurde.«
Der Rasierer rutschte aus und schnitt leicht in die Wange. Lucas unterdrückte einen Fluch.
»Du willst mir nicht zufällig gerade nahelegen, meine Mutter sei eine flüchtige Kriminelle? Dann hätten wir zumindest schon mal etwas gemeinsam!«
Er sah sie zusammenzucken und bereute seine Worte sofort.

»Verzeih«, sagte er leise und schuldbewusst. »Das war absolut idiotisch.«
Sie konnte seine Ratlosigkeit viel zu gut nachempfinden, als dass sie ihm solche Reaktionen verübelt hätte.
»Ich meine ja nur, dass man keine Hypothese von vornherein ausschließen sollte.«
Lucas entfernte die letzten Schaumstreifen, indem er sich großzügig Wasser ins Gesicht spritzte, und betrachtete dann nachdenklich sein Spiegelbild. Plötzlich weiteten sich seine Augen wie in einer Eingebung.
»Algerien! Daran hätte ich längst denken sollen!«
»Wie? Algerien?«
Er schnappte sich ein Handtuch, rieb sich energisch das Gesicht trocken und ging dann zu ihr.
»Ich bin 1961 zur Welt gekommen, mitten in der Algerienkrise. Vielleicht hatte meine Mutter etwas mit einem Araber, das galt damals doch als wahre Schande. Vielleicht wollte sie meine Geburt verheimlichen und hat deshalb mit ihrer Familie gebrochen und für uns beide neue Identitäten angenommen.«
Gespielt schalkhaft baute er sich vor Marie auf.
»Findest du nicht, dass ich ein echt mediterraner Typ bin?«
Sein gezwungenes Lachen brach sich an Maries zärtlicher Missbilligung.
»Es ist ganz normal, dass du dich vor den Wahrheiten fürchtest, die du über deine Mutter herausfinden könntest.«
Er verdrehte die Augen.
»Womit wir wieder bei der täglichen Dosis Volkspsychologie wären!«
Marie sah ihm fest in die Augen.
»Wir müssen nach allen zwischen 1960 und 1968 verstorbenen und verschwundenen Frauen forschen. Und nach allen Kindern, die 1961 zur Welt gekommen sind.«
Mit einer jähen Bewegung warf er das Handtuch aufs Bett.

»Dann tu's! Du hast sowieso schon mit den Nachforschungen begonnen, ohne mich zu fragen.«
Seine Bitterkeit war nicht zu überhören, doch Marie nahm es ihm nicht übel. Sie wusste, was immer er auch sagte, er verlor eine Gewissheit nach der anderen, und das tat weh. Sie wollte ihn gerade in die Arme nehmen, da klingelte sein Handy. Er nahm das Gespräch an. Marie sah, wie sich sein Gesicht verfinsterte. Sie würden gleich kommen, bellte er dann. Er beendete das Gespräch und sagte lapidar:
»Meine Leiche ist geklaut worden.«

***

Die Kühlschublade war leer. Die Kleider waren verschwunden. Die Türen waren nicht aufgebrochen worden, und man hatte keine Fingerabdrücke gefunden, die nicht den Angestellten zuzuordnen waren. Niemand hatte etwas gehört oder gesehen. Was nicht verwunderte, denn zwischen 19 Uhr abends und der Öffnung um 9 Uhr vormittags war in dem Gebäude keine lebende Seele, nur die Toten hielten Wache.
Lucas war allmählich mit seinen Nerven am Ende, und deshalb behielt Angus seine erzirisch abergläubischen Vorstellungen von Geistern, die durch die Wand gingen, sicherheitshalber für sich.
»Jedenfalls hat er sich nicht in aller Ruhe angezogen und ist dann von ganz allein wegspaziert! Was ist mit dem Alarm? Und der Videoüberwachung?«
Der Gerichtsmediziner sah den Spezialisten für Ritualverbrechen an, als habe dieser etwas völlig Abwegiges gesagt. Dann erklärte er, es gebe keinerlei Sicherheitssysteme.
»Im Allgemeinen werden Leichen nicht gestohlen. Ich jedenfalls erlebe das zum ersten Mal.«
Marie versuchte die aufgebrachten Gemüter zu besänftigen.
»Hauptsache, Sie haben die Autopsie vorgenommen.«

An dem panischen Aufflackern in den Augen des Mediziners erkannte sie, dass diese Hauptsache eben nicht vorausgesetzt werden durfte.
Tatsächlich hatte er den Diebstahl erst festgestellt, als er mit dem Sezieren anfangen wollte.
»Aber was zum Teufel haben Sie gestern getrieben?«, schimpfte Lucas wütend. »Sie haben doch wahrhaftig nicht zu viele Kunden hier!«
»Seit Sie hier angekommen sind, hab ich keineswegs gefaulenzt!«, protestierte der Gerichtsmediziner. »Außerdem ist mir gestern etwas dazwischengekommen … ein kleiner Brand bei mir zu Hause …«
»Als hätte man verhindern wollen, dass Sie die Todesursache herausfinden.«
»Aber die kenne ich«, korrigierte ihn der Arzt, durchaus zufrieden, auch einmal dazwischenfahren zu dürfen.
Er schaltete eine Leuchttafel ein, befestigte rasch ein paar Röntgenaufnahmen daran und kommentierte sie dann einzeln, wobei er besonders auf einen kleinen dunklen Fleck in der Nähe des linken Temporallappens hinwies.
»Der Zwilling ist an einer langsamen inneren Blutung gestorben, die durch einen heftigen Schlag gegen die Schläfe ausgelöst wurde. Geschätzter Todeszeitpunkt: vier Uhr morgens. Mit einer möglichen Abweichung von weniger als einer Viertelstunde.« Letzteres sagte er nicht ohne Stolz.
Lucas' Anspannung ließ etwas nach. Er ging sogar so weit, dem Mann anerkennend zuzunicken.
»Das weist auf Bréhat als Täter hin, er hat den *Swan* kurz vor vier verlassen.« Aus seinem Ton sprach eine gewisse Genugtuung.
Doch ein Detail ließ Marie keine Ruhe.
»Langsam. Sie sprachen von einer langsamen Blutung. Warum?«
»Weil der Zwilling mehr als zwei Stunden im Sterben lag. Er

wurde also zwischen halb zwei und zwei Uhr morgens erschlagen. Jedenfalls nicht nach zwei Uhr.«

Lucas brauchte nicht daran erinnert zu werden, dass sich Bréhat um zwei Uhr morgens auf dem Besitz aufgehalten hatte, und zwar mit Marie. Dennoch erinnerte sie ihn – in möglichst neutralem Ton – daran. Lucas spürte ihre unendliche Erleichterung und wandte seinen Zorn gegen den Gerichtsmediziner. Er versuchte, dessen Schlussfolgerungen ins Wanken zu bringen, und wies darauf hin, dass das Verschwinden des Leichnams eine eingehende und wirklich verlässliche Untersuchung verhindert habe.

Der kühle Blick des Gerichtsmediziners erinnerte an den eines toten Fischs.

»Ich stelle keine Behauptungen auf, wenn ich nicht sicher bin. Außerdem steht ganz unabhängig von meiner Diagnose fest, dass Bréhat den Leichnam nicht stehlen konnte, er saß ja in seiner Zelle.«

Einmal im Polizeirevier angekommen, versuchte Lucas seine schlechte Laune an Brody auszulassen, der mit den Ermittlungen in der Sache »verschwundener Zwilling« betraut war.

»An der letzten Kreuzung vor der Leichenhalle habe ich zwei Videokameras gesehen. Worauf warten Sie noch? Wollen Sie die Bänder erst holen, wenn die vierundzwanzig Stunden abgelaufen sind, nach denen sie üblicherweise gelöscht werden?«

»Die … Filme? Aber wozu?«

»Derjenige, der die Leiche mitgenommen hat, muss mit einem Wagen dort vorbeigekommen sein. Es sei denn, Sie vermuten, er hat sich den Zwilling auf den Buckel geladen und ist übers Ödland davongestapft!« Lucas war entschieden zornig.

Doch dann wurde seine Wut abgelenkt, er sah Christian, der aus der Haft entlassen war und nun auf Marie zuging.

»Für den Mord an Alice war ich dein Alibi, für den an diesem

Zwilling bist du meins. Das Schicksal scheint sich allerlei einfallen zu lassen, um uns zusammenzubringen.«
Als Lucas diese an Marie gerichtete Erklärung hörte, mischte er sich mit äußerster Kühle ein.
»Die laufende Ermittlung zwingt mich unglücklicherweise, Sie zu bitten, sich der Justiz zur Verfügung zu halten. Aber sie zwingt mich nicht, Sie zu ertragen. Also raus!«
»Ich hatte ohnehin nicht die Absicht, die Insel zu verlassen«, antwortete Christian im selben Ton. »Ich hatte nie die Absicht, ohne Marie wegzugehen.«
Marie brauchte Lucas nicht anzuschauen, sie wusste auch so, dass er kurz davor war, ihrem Ex-Verlobten an die Gurgel zu gehen.
»Christian, bitte …«
Ihr ehemaliger Liebhaber wandte sich wieder ihr zu.
»Ich liebe dich schon länger als er, Marie. Das ist nicht unbedingt ein Vorteil. Und bis gestern glaubte ich, ich hätte auch nicht den Hauch einer Chance. Aber das war, bevor ich wusste …«
»Bevor Sie was wussten?«, fragte Lucas.
Christian sah ihm direkt in die Augen.
»Dieser aus dem Hut gezauberte Zwilling … In Ihrem Leben gibt es schwerwiegende dunkle Stellen, Fersen.« Er lächelte sarkastisch. »Aber vielleicht ist das ja angeboren.«
»Jetzt reicht's«, unterbrach ihn Marie. »Bitte geh.«
»Ich hab in meinem Leben auch nicht nur durch gute Taten geglänzt, aber anders als bei ihm weißt du alles über mich, das Schlimmste wie das Beste, du kennst mich in- und auswendig. Und du weißt auch, dass es keinen dickköpfigeren Bretonen gibt als mich. Vor allem, wenn es um dich geht.«
Dann gab er ihrem flehenden Blick nach, beugte den Kopf, streifte ihre Wange mit einem Kuss, flüsterte ihr dabei etwas ins Ohr und ging.
Sie versuchte, ein gleichmütiges Gesicht zu behalten. Doch

die Worte, die Christian ihr zugeraunt hatten, bohrten sich in ihr Trommelfell.
Du darfst Lucas nicht trauen …

***

Edward Sullivan hatte keine Einwände erhoben, als seine Stiefmutter nach dem Tod seines Vaters die Leitung der Brennerei übernommen hatte, obwohl sie eigentlich ihm zugestanden hätte. Er hatte nie genug Format gehabt, um Louise die Stirn zu bieten, also half er ihr und wartete geduldig darauf, dass das Alter die Autorität unterhöhlen würde, die er selbst nicht anfechten konnte.
Die blinde Louise war über achtzig, als sie endlich aufgab. Doch Edward hatte wenig Zeit, sich zu freuen und seine Direktorenwürde zu nutzen. Einige Monate später hatte er einen bösen Reitunfall, und Alice übernahm die Geschäfte. Diese Rolle stand ihr so gut, dass er nach seiner Genesung gar nicht mehr daran dachte, sie ihr wieder streitig zu machen.
Brennerei Sullivan & Söhne. Das Schild über dem Tor zum Firmengelände hatte schon eine gewisse Komik.
Edward stellte den Wagen im Hof ab und führte Pierre-Marie zu dem großen Ziegelgebäude, an dessen vier Ecken wie Wachttürme imposante Silos standen.
Beim Eintreten wurde PM vom Lärm überrascht. Es klang wie ein Hagelschauer, der auf ein Blechdach niederging. Edward grüßte die Angestellten, die mit einer Schutzmaske über Nase und Mund eifrig weiterarbeiteten, und gab seinem Gast dann mit erhobener Stimme weitere Erklärungen.
»Sie füllen gerade Silo 2.«
Der beißende Staub reizte die Schleimhäute, PM begann zu husten. Edward zog ihn weiter in das Gebäude hinein und in einen Korridor, der sichtlich kaum noch genutzt wurde. Dann blieb er vor einer Tür stehen, die zu den Räumen führte, in

denen vor der Modernisierung der Brennerei die Fässer gelagert worden waren.
Erstaunlicherweise ließ sich die Tür leicht öffnen. Als wären die Türangeln und das Schloss noch kurz zuvor geölt worden, dabei war dieser Ausgang schon vor Jahren endgültig verschlossen worden. Für den aufgeregten PM war das ein erstes Indiz. Er sah die Treppe hinunter, die irgendwo im Dunkel endete, und schaltete die vorsorglich mitgebrachte Taschenlampe ein.
»Geben Sie mir die Pläne«, sagte er. Er konnte es kaum abwarten.
Edward hielt sie ihm etwas widerwillig hin.
»Ich halte es für keine gute Idee, allein da hinunterzugehen. Wenn Sie recht haben und sich Ryan irgendwo im Keller versteckt hält, sollten wir lieber die Polizei verständigen.«
»Damit die mich wieder zum Teufel schicken? Oder, schlimmer noch, wieder in die Anstalt? Kommt nicht in Frage!«
»Wenn mir bloß dieses verdammte lahme Bein nicht im Wege wäre und ich mit Ihnen gehen könnte!« Edward ärgerte sich.
»Machen Sie sich keine Gedanken! Ich bin schon groß!«
Edward hielt ihn noch einmal zurück, als er den Fuß schon auf der ersten Stufe hatte.
»Warten Sie. Nehmen Sie wenigstens das … Für alle Fälle …«
Mit einigem Zögern und ausführlichen Empfehlungen überließ ihm Edward seine Waffe und mahnte noch einmal, wenn PM nicht binnen zwei Stunden wieder im Herrenhaus sei, werde er die Polizei verständigen. Doch PM war schon weg.

Eine Stunde später gab er auf. Die einzigen Lebewesen, auf die er in diesen nach Schimmel und Salpeter stinkenden Kellergewölben stieß, waren Spinnen und Ratten von angsteinflößenden Proportionen. Er betrachtete noch einmal die Pläne, um festzustellen, wo genau er sich befand, da gab seine Lampe den Geist auf. Und irgendetwas streifte ihn.

PM fühlte Panik in sich aufsteigen und wollte gerade losschreien, als er es sah. Ein schwaches Leuchten näherte sich ihm. Eine Taschenlampe, deren Lichtkegel im Näherkommen immer klarere Konturen erhielt. Ein riesiger Schatten zeichnete sich auf einer Wand ab, PM hielt den Atem an. In äußerster Angst kauerte er sich in eine Nische und holte mit bebenden Händen Edwards Revolver hervor. Er schloss die Augen, als der Lichtstrahl vor seinen Füßen über den Boden glitt, denn er rechnete fest damit, im nächsten Augenblick entdeckt zu werden. Doch die Schritte entfernten sich, und er wagte die Augen wieder zu öffnen.
Das Licht bog nach rechts ab. Er dachte gar nicht weiter darüber nach, sondern folgte ihm einfach in gebührendem Abstand. Fast ohne Luft zu holen, drückte er sich an den schwitzenden Wänden der Gärbottiche entlang, und nach etwa einer Minute, die ihm vorkam wie eine Stunde, sah er einen Kellerraum vor sich, in dem das Licht zum Stillstand gekommen war.
Die Lampe stand auf dem Boden und erleuchtete den großen Raum und sein Deckengewölbe. Als er das Feldbett und den Schlafsack sah, fühlte er sich um ein Jahr zurückversetzt: in die unterirdischen Räume des Schlosses, in dem sich Ryan damals von allen unbemerkt eingenistet hatte. Richtig gut, jubilierte er innerlich. Ich bin richtig gut!
Die Gestalt stand mit dem Rücken zu ihm, sie beugte sich über einen Metallkoffer und wühlte darin. PM richtete seine Waffe auf den Mann und befahl ihm mit einer Stimme, der er Autorität zu verleihen versuchte, die Hände zu heben, sie über dem Kopf zu verschränken und sich langsam umzudrehen. Sehr langsam.
Obwohl er darauf vorbereitet war, fühlte er sich einer Ohnmacht nahe, als er das Gesicht des von der Lampe geblendeten Ryan sah. Wie ein von Scheinwerfern gelähmtes Kaninchen.

»Ich wusste es«, kreischte PM. »Ich wusste: Wenn du noch am Leben wärst, würdest du hier sein! Und ich wusste: Wenn du dich irgendwo verstecken würdest, dann im Untergrund. Wie man es als Ratte eben tut!«

Ryans immer noch geblendete Augen blinzelten überrascht. PM lachte schallend.

»Es hat dir wohl die Sprache verschlagen, großer Bruder! Dieses Mal scheinst du nicht so im Vorteil zu sein!«

Ryan verzog das Gesicht.

»Ich werde wohl allmählich zu alt für diese Art Sport.«

»O nein. Du musst nur einsehen, dass du es mit jemandem zu tun hast, der besser ist als du. Die Zeiten, wo du mich leimen konntest, sind vorbei! Aus und vorbei! Jetzt bin ich am Drücker! Und du wirst für alles bezahlen, was du mir angetan hast, du Mistkerl! Ein Jahr im Irrenhaus … nur deinetwegen! Ich werde dafür sorgen, dass du für den Rest deiner Tage im Gefängnis verfaulst! Ich möchte, dass du ganz langsam krepierst. Ganz langsam …«

PMs Augen quollen hervor, er sah aus wie im Delirium, sein Finger krampfte sich um den Abzug, gleich würde sich der Schuss lösen, da drangen Ryans Worte in sein fieberndes Hirn: »Wenn du das tust, wirst du den Schatz der Scharlachroten Königin nie finden.«

***

Brody bemühte sich um einen gleichmütigen Gesichtsausdruck, als Lucas das Videoband in den Recorder einlegte. Er hatte es selbst schon mehrmals abgespielt und empfand es als persönlichen Affront, dass dieser französische Spezialist seinem gerade erstatteten Bericht so wenig Vertrauen schenkte.

»Etwa hundert Fahrzeuge sind zwischen gestern 7 Uhr abends und heute 9 Uhr morgens über diese Kreuzung gefahren. Kein Wagen fuhr zur Leichenhalle.«

»Das werden wir sehen«, erwiderte Lucas.
Auf dem Bildschirm erschien das Bild der Kreuzung. Brody zuckte die Achseln.
»Auf ein Wunder sollten Sie nicht hoffen.«
Nach einigen Minuten unerträglicher Monotonie, wie sie an einer wenig befahrenen Kreuzung oft zu beobachten ist, ließ Lucas das Band schneller vorspulen. Die eingeblendete Uhr zeigte genau 21 Uhr 17, als er das Detail bemerkte, das Brody entgangen war. Er spulte zurück.
»Der Lieferwagen, der kurz hinter dem Sattelschlepper über die Kreuzung fährt ...«
»Was ist mit dem Lieferwagen?«, murmelte Brody beunruhigt.
Fersen ließ den Film jetzt in Zeitlupe laufen. Unter den erschrockenen Augen des Iren, der sich noch lange fragen sollte, wie ihm das hatte entgehen können, sahen alle ganz genau, wie der Sattelschlepper auf der anderen Seite der Kreuzung auftauchte und Richtung Hafen weiterfuhr, während der Lieferwagen, den er zu drei Vierteln verdeckte, nicht denselben Weg nahm.
»Er kann nur zur Leichenhalle gefahren sein«, sagte Marie. »Viel ist nicht zu sehen ... Spul weiter ... Normalerweise müsste man ihn auch in die Gegenrichtung fahren sehen.«
Lucas ließ vorspulen, und etwa eine Viertelstunde später stoppte er bei dem Bild eines wiederum über die Kreuzung fahrenden Lieferwagens.
Angus seufzte enttäuscht auf.
»Man kann das Nummernschild nicht sehen.«
»Nein, aber man sieht etwas vom Fahrer ... besser gesagt, der Fahrerin!«, rief Marie.
»Da haben Sie Ihr Wunder, Brody«, sagte Lucas.
Hinter der Scheibe zeichnete sich ein von einem Schleier fast verdecktes Profil ab.
»Eine Nonne?«

Jetzt kämpfte Angus mit dem Ersticken. Nicht nur konnte er sich kaum vorstellen, dass eine Frau allein eine siebzig Kilo schwere Leiche schleppen konnte, es war ihm auch unerklärlich, warum die Schwestern den toten Zwilling hätten stehlen sollen. Zumal sie doch gar nicht von ihm hatten wissen können, denn nur Lucas' Angehörige waren informiert worden. Doch der spottete:
»Vielleicht haben sie Stimmen gehört …«

* * *

Das Wort *Schatz* hatte bei Pierre-Marie ein Echo ausgelöst. Er forderte seinen Bruder zu genauerer Erläuterung auf.
»Der Journalist, der vor einem Jahr verunglückt sein soll, wurde von den Sullivans getötet, weil er die Stelle gefunden hat, und jetzt lässt irgendjemand die Familienmitglieder eins nach dem anderen ins Gras beißen, um an den Schatz zu kommen.«
PM brach in ein Höllengelächter aus.
»Und dieser Jemand bist du! Ich wusste es, ich wusste es doch!«
»Das ist ja schon zwanghaft bei dir, dass du mir jeden erdenklichen Mord anhängen willst. Schon auf Lands'en …«
Er brach ab, als er PM wieder mit der Waffe herumfuchteln sah, und bewegte sachte die Hände, als wolle er sagen »schon gut, tut mir leid, ich hör ja schon auf«.
»Jemand, der meine Methoden anwendet, aber schlecht.« Und mit geheuchelter Unschuld fügte Ryan hinzu: »Du wirst lachen, anfangs dachte ich sogar, du wärst es.«
Er spürte, dass PM vor Wut fast platzte.
»Ich muss ihn finden und unschädlich machen. Das Problem ist nur, ich schaffe es nicht allein.«
»Du hast keinen Komplizen finden können«, spottete PM. »Wirklich, Ryan, du lässt nach.«

»Ich habe nicht absehen können, wie sich die Dinge entwickeln würden. Und ich war nicht sicher, dass ich dir vertrauen konnte.«

Vertrauen?

Das Wort explodierte in PMs Kopf und richtete schlimmere Verheerungen an als alle chemischen Zwangsjacken, die ihm die Psychiater verschrieben hatten. Die Wut erstickte ihn derart, dass er nur noch zusammenhangslose Wörter ausstoßen konnte, aus denen vage hervorging, dass er Ryan bereits einmal vertraut habe und dass dieser ihn verraten habe. Wie könne sein Bruder es wagen, dieses Wort in den Mund zu nehmen? Der Schluss dieser wütenden Ansprache verlor sich in einem ebenso plötzlichen wie kurzen hysterischen Lachen.

Dann sah PM Ryan verachtungsvoll an.

»Lass mich raten … Du willst mir anbieten, den Schatz mit mir zu teilen. Halbe-halbe?«

»Ja, etwas in der Richtung.«

»Du hältst mich wirklich für blöd.«

»Und wenn ich dir einen Beweis für meine Ehrlichkeit gäbe?«

PM warf ihm einen misstrauischen Blick zu, dann fragte er:

»Was für einen Beweis?«

»Der Legende nach haben Danas fünf Stiefsöhne, weil sie ihr misstrauten, den Schatz an einem Ort verborgen, den nur sie kannten …«

»An einem Ort, den sie nur mit allen ihren fünf Schlüsseln zugleich öffnen konnten«, ergänzte PM blasiert. »Erzähl mir zur Abwechslung mal etwas, was ich noch nicht weiß.«

»Das lässt sich nicht erzählen, nur zeigen. Darf ich die Hände runternehmen?«

PM witterte eine Falle, aber andererseits beruhigte ihn seine Waffe. Er war der Stärkere. Er wedelte mit dem Lauf.

»Aber schön langsam. Wenn du versuchst, mich reinzulegen,

kenn ich keine Gnade. Und auf die Entfernung trifft selbst ein Blinder.«

Ryan senkte langsam die Hände, steckte dann die rechte in die Hosentasche und hielt sie ihm dann mit der Handfläche nach oben entgegen. Unwillkürlich trat PM näher. In Ryans Hand glänzte ein kleiner goldener Schlüssel.

»Ich habe ihn gefunden, als ich Alice' Zimmer durchsucht habe. Jetzt fehlen nur noch vier. Wo Louise, Franck und Jill ihren haben, weiß ich nicht. Dafür habe ich herausgefunden, wo Edwards Schlüssel ist.«

»Wo?«, fragte PM gierig.

»An einer Kette um seinen Hals. Er legt sie nie ab.«

Als PM nach dem Schlüssel greifen wollte, schloss sich Ryans Hand.

»Ich gebe ihn dir nur, wenn du mitmachst. Dann hast du die Garantie, dass ich nicht allein an den Schatz herankomme.«

PM lachte glucksend.

»In deiner Lage kann man die Bedingungen nicht mehr diktieren. In meiner schon. Warum sollte ich mit dir teilen, wenn ich genauso gut alles behalten kann?«

»Weil du den Schatz ohne meine Hilfe nie finden würdest. Weil ich weggehe, wenn du mein Angebot nicht annimmst. Weil du mich töten müsstest, um mich aufzuhalten. Und weil du ins Gefängnis kommst, wenn du mich tötest.«

»Warum musst du immer solche Reden schwingen?«, knurrte PM. »Hau ab! Du kriegst nichts, hörst du? Nicht mal so viel!« Er schnippte mit den Fingern.

Ryan ging langsam auf ihn zu, er beachtete PM gar nicht, der ihm sagte, er solle sich nicht von der Stelle rühren.

Er war nur noch etwa einen Meter entfernt, als der Schuss losging und ihn mitten in die Brust traf. Erschrocken sah PM seinen Bruder wie in Zeitlupe zusammengekrümmt zu Boden fallen. Er sah auf den im Staub liegenden Mann, dann auf den immer noch rauchenden Lauf der Waffe, dann wieder auf

das Blut, das aus der Wunde quoll. Er ließ die Waffe fallen, als habe sie geschossen und nicht er.
Ryans Lippen bewegten sich. Offensichtlich wollte er etwas sagen, doch die Worte erstickten in einem Gurgeln. Ein Blutfaden rann aus seinem Mundwinkel, und die blauen Augen wurden starr. Für immer. Entsetzt stürzte sich PM auf Ryan und horchte nach seinem Atem. Vergeblich.
Wider alles Erwarten füllten sich seine Augen mit Tränen, und in einer Mischung aus Angst und Trauer, aber auch aus Zorn machte er seinem Bruder heftige Vorwürfe, weil er es so weit hatte kommen lassen.

14

Die Pförtnerin hatte die schwere Tür nur einen Spalt weit geöffnet und stöhnte erstickt auf, als Lucas Fersen sie ganz aufstieß.
»Jetzt ist gerade Gebetszeit«, flüsterte sie hastig.
»O nein, Schwester, jetzt ist Beichtzeit. Ich will sie alle in der Kapelle sehen, in zwei Minuten. Aber flott!«
Sie rollte erschrocken die Augen. »Alle?«
»Alle«, bestätigte Lucas. »Auch die Einsiedlerinnen!«

Der Spezialist für Ritualverbrechen hatte niemals eine aufmerksamere Hörerschaft gehabt. Auch keine diszipliniertere. Die dreißig Nonnen waren wie in einer Prozession im Gänsemarsch in die Kappelle eingetreten und hatten sich dann einer sichtlich gut eingeübten Choreographie folgend auf die beiden Stuhlgruppen verteilt.
Obwohl einige ein Schweigegelübde abgelegt hatten, ging erstauntes Gemurmel durch die Reihen, als er vom Raub der Leiche aus der Leichenhalle berichtete. Und die hastigen Bekreuzigungen nahmen noch zu, als Angus das Foto des Zwillings unter den Schwestern herumgehen ließ. Fersen unterbrach das von ungläubigen Blicken begleitete Getuschel über seine Person.
»Natürlich handelt es sich nicht um mich, sondern um einen Mann, der mir aufs Haar gleicht.«

Das Getuschel ging wieder los, als Marie den von einer Nonne gesteuerten Lieferwagen erwähnte. Dieses Mal mahnte Mutter Clementia ihre Schäfchen zur Ruhe, indem sie mehrmals in die Hände klatschte.

»Sie müssen sich täuschen. Alle Schwestern waren hier zur Vesper versammelt, und dann wurde das Kloster für die Nacht geschlossen.«

»Und wann etwa findet die Vesper statt?«

Die Pförtnerin streifte den Heiden mit einem empörten Blick.

»Um achtzehn Uhr natürlich.«

»Dann ist vielleicht eine ihrer Damen über die Mauer geklettert.«

Diese Hypothese war immerhin so apart, dass man vereinzelt amüsiertes Glucksen hörte. Doch sie führte nicht zu einer Lösung des Rätsels.

»Gut. Wir werden Sie alle verhören, meine Damen, eine nach der anderen, wie bei der Beichte. Ich brauche Sie ja nicht darauf hinzuweisen, dass Lügen nicht nur eine Sünde ist, sondern strafrechtlich mit Haft von zwei Monaten bis zu zwei Jahren geahndet werden kann. Und glauben Sie mir, im Vergleich zu einem Gefängnis ist Ihr derzeitiger Aufenthaltsort ziemlich paradiesisch!«

Während Angus und seine Leute die Verhöre vorbereiteten, gingen Lucas und Marie zur Mutter Oberin. Marie, die spürte, wie aufgewühlt die Nonnen waren, versuchte, sie ein wenig zu beruhigen.

»Es ist sehr gut möglich, dass man Ihnen einen Habit gestohlen hat. Sie würden uns sehr helfen, wenn Sie eine exakte Aufstellung aller im Kloster vorhandenen Nonnengewänder geben könnten. Neben denen, die Sie tragen.«

»Warum sollte jemand einen Verdacht auf uns lenken wollen?«, fragte Mutter Clementia schockiert.

»Nun ja, die Welt ist böse«, erwiderte Lucas trocken. »Haben Sie einen Lieferwagen?«

Der Orden besaß drei Fahrzeuge, die in einem kleinen Gebäude hinter dem Gemüsegarten abgestellt wurden. Einen Traktor und zwei Lieferwagen. Doch beide sahen anders aus als der von der Überwachungskamera an der Kreuzung gefilmte Lieferwagen. Und was die Ordensgewänder anging, so besaß jede Schwester zwei, die Inventur verlief schnell. Und fruchtlos. Kein Habit fehlte.

Sie wollten das Kloster gerade verlassen, als Angus' Handy klingelte. Er blieb ein wenig zurück. Als er die anderen bei ihrem Wagen einholte, wirkte er trotz seines soliden Phlegmas ziemlich schockiert.

»Das war der Gerichtsmediziner.«

»Ist die Leiche wieder aufgetaucht?«

Angus war nicht nach Lachen zumute.

»Er hat gerade das Ergebnis der DNA-Analyse bekommen …«

»Was für ein Ergebnis?« Lucas' Frage klang feindselig.

»Das über die beim Zwilling gefundene Haarlocke. Warum?«

Lucas deutete ein um Verzeihung bittendes Lächeln an.

»Die hatte ich ganz vergessen. Was ist dabei rausgekommen?«

»Die DNA hat Ähnlichkeiten mit Ihrer, Marie.«

»Was soll das heißen, Ähnlichkeiten?«, explodierte Lucas. »Ist es ihre oder nicht?«

»Es ist die von Mary Sullivan.«

Der Spezialist für Ritualverbrechen lachte kurz auf.

»Und weiter geht's! Jetzt war der Zwilling auch noch ein Bekannter der Mutter meiner Frau! Bald werde ich erfahren, dass meine Ermittlungen auf Lands'en kein Zufall waren, sondern nur die Ironie eines vorherbestimmten Schicksals!«

Angus wartete, bis Lucas sich wieder beruhigt hatte, und wollte dann eine Hypothese vorbringen, die, wie er gleich entschuldigend sagte, ein wenig an den Haaren herbeigezogen wirkte. Dieses etwas unglücklich gewählte Bild entlockte Lucas ein weiteres sarkastisches Lachen.

»Auf ein absurdes Element mehr oder weniger kommt es auch nicht mehr an. Nur zu, Angus.«

Der Ire holte tief Luft und legte dann los.

»Und was wäre, wenn Pierre-Marie recht hätte? Wenn Ryan wirklich noch am Leben wäre und den Umschlag gestohlen hätte, den Mary ihrer Tochter hinterlassen hat? Wenn in dem Umschlag das Geheimnis der Sullivans enthalten gewesen wäre und er der Mörder wäre? Er könnte sehr gut eine Locke seiner Geliebten aufgehoben haben, und …«

Er brach ab, als er Marie blass werden sah.

»Ich wusste doch, dass ich das hätte für mich behalten sollen.«

Lucas, der den wirklichen Grund für Maries Gefühlsbewegung nicht kennen konnte, unterstellte ihr wieder abergläubische Befürchtungen und wurde wütend:

»Du wirst doch einen solchen Blödsinn nicht schlucken wollen! Diese Locke gehört zur Inszenierung. Louise hatte bestimmt noch eine Haarsträhne ihrer Tochter, man hat sie ihr gestohlen und auf den Leichnam gelegt, um die Spuren zu verwischen.«

»In Letzterem gebe ich Ihnen recht«, sagte Angus nachdenklich. »Was das Verwischen angeht …«

Doch Lucas war schon in den Wagen gestiegen und schlug die Tür zu.

»Tut mir leid. Ich hätte nicht gedacht, dass er sich so darüber aufregt.«

»Sie können doch nichts dafür, dass er so empfindlich ist.«

Obwohl Angus' These sie ziemlich mitgenommen hatte, gab sie ihm eine Kurzfassung dessen, was sie über Hélènes Vergangenheit herausgefunden hatten. Angus reagierte mitfühlend. In weniger als vierundzwanzig Stunden erfahren zu müssen, dass man einen Zwillingsbruder hat, dass der Vater nicht der leibliche ist und dass die Mutter nie existiert hat, hätte auch beim dickfelligsten Menschen die Sicherungen durchbrennen lassen, meinte er.

Als sie ins Polizeirevier zurückkam, fand Marie auf dem Schreibtisch eine Liste aller zwischen 1961 und 1968 als tot oder verschollen gemeldeten Kinder. Sie schaute Lucas, der ihr gegenüber Platz nahm, fragend an.
»Ich wusste nicht, dass du diese Nachforschungen hast anstellen lassen.«
»Aber das war's doch, was du wolltest, oder?«
»Ja, schon, aber …«
Er warf ihr einen schwer zu interpretierenden Blick zu.
»Ich muss dich schließlich ab und zu mal überraschen, sonst versinken wir bereits jetzt in der Routine.«
Dann gab er Marie einen Teil der Liste und vertiefte sich in die Papiere, zum Zeichen, dass das Gespräch für ihn abgeschlossen war.

Eine Stunde später waren in dem von Marie durchgesehenen Teil einige Namen umkringelt. Unter anderem der der Reynaults, deren sechsjähriger Sohn mit seinen Eltern bei einem Flugzeugabsturz kurz vor Weihnachten 1967 ums Leben gekommen war. *Nachprüfen* hatte sie an den Rand geschrieben und es zweimal unterstrichen.
Sie war gerade am Telefon und erkundigte sich nach einem im Herbst aus einer Pariser Klinik verschwundenen Neugeborenen, als Lucas mit einem Kaffee zu ihr kam.
»Was treibst du da?«, fragte er, als sie aufgelegt hatte. »Du glaubst doch nicht, meine Mutter hätte mich bei meiner Geburt gestohlen?«
Sein Gesichtsausdruck war so, dass sie lieber ablenkte.
»Nein. Aber dergleichen kommt vor … Und ist wirklich ein Grund, eine neue Identität anzunehmen.«

Er stimmte ihr zu, wenn auch widerwillig. Der Gedanke, Hélène sei dazu fähig gewesen, erschien ihm völlig absurd. Zumal er ihre Augen geerbt hatte, wie er sie jetzt erinnerte, als könne diese Ähnlichkeit alle Zweifel ausräumen.
Fast hätte sie ihm gesagt, dass er auch die Nase seines Vaters habe, aber sie beschloss, schrittweise vorzugehen.
»Man bräuchte bloß einen DNA-Test zu machen.«
»Findest du nicht, dass wir auch so schon genug Zeit verschwendet haben? Wir haben schließlich Wichtigeres zu tun, oder?«
Als er den Kaffeebecher auf dem Schreibtisch absetzte, spritzten einige Tropfen auf die Listen. Marie wollte gerade sagen, dass die Nachforschungen nach Kelly am toten Punkt angelangt seien, genauso wie die nach dem toten Zwilling, als ihr Handy klingelte. Sie nahm an und verkrampfte sich. Es war Christian.
»Leg nicht auf, es ist wichtig«, forderte er sie hastig auf. »Ich muss dich sehen, allein.«
Marie versuchte, ein ausdrucksloses Gesicht zu behalten, denn sie spürte Lucas' aufmerksame Blicke und sagte, es müsse ein Irrtum vorliegen.
Doch Christian drängte weiter.
»Sag es niemandem, vor allem nicht Lucas. Du weißt nicht…«
Sie würde nie erfahren, was sie nicht wusste. Sie hatte das Gespräch beendet.
»Was war das? Noch ein von seiner Mutter gestohlenes Baby?«, fragte Lucas säuerlich.
Warum fühlte sie sich verpflichtet zu wiederholen, die Person habe sich verwählt? Sein Polizisteninstinkt erkannte sofort, dass sie log.
Noch bevor sie reagieren konnte, hatte er ihr schon das Handy entrissen und auf die Nummer des letzten eingegangenen Anrufs gedrückt.
Mit zusammengekrampftem Magen sah Marie, wie sich sein

Gesicht verzerrte, als er die Stimme am anderen Ende erkannte.
»Nein, hier ist nicht Marie, du Idiot!«
Lucas warf das Handy auf den Tisch, fegte die Listen mit einer Handbewegung auf den Boden und stürmte dann hinaus. Marie blickte ihm niedergeschlagen nach und machte dann Anstalten, ihm zu folgen, doch Angus, der die Szene genau beobachtet hatte, hielt sie davon ab.
»Er muss jetzt allein sein, um Dampf abzulassen.«
»Und wenn er zu Christian geht, um ihn zusammenzuschlagen?«
»Na ja, wenn man's recht bedenkt, könnte das beiden nicht schaden.«
Wieder klingelte das Handy. Christian. Marie drückte den Anruf weg.

Dies ist die Voicebox von Marie Kermeur ... (kleines Glucksen) Fersen. Marie Fersen. Nach dem Signalton können Sie mir eine Nachricht hinterlassen.

Christians Gesicht verzerrte sich bei dem Gedanken, dass sie fast einmal Marie Bréhat geheißen hätte. Das war auf den Tag genau ein Jahr her. Es kam ihm aber wie ein Jahrhundert vor. Anne, die mit Einkaufstüten beladen zurückkam, hörte ihn noch einmal drängend sagen, Marie dürfe Lucas nicht trauen.
»Du weißt nicht, wozu er fähig ist. Ich muss dich sehen.«
Er legte auf und krümmte sich ein wenig unter dem prüfenden Blick seiner Schwester.
»Glaubst du wirklich, du könntest sie zurückgewinnen, indem du ihren Mann schlechtmachst? Das ist erbärmlich. Du bist erbärmlich.«
»Das verstehst du nicht«, knurrte er.
»Sieh dich doch an, verdammt noch mal! Schon seit Tagen schleppst du deinen Kummer mit dir rum und hoffst auf ei-

nen Gnadenerweis von ihr. Begreif doch endlich! Es ist aus! Aus und vorbei!«
Sie stellte die Tüten auf dem Deck ab.
»Dein Sponsor versucht, dich zu erreichen. Er hat für dich einen Platz bei der Zweihand-Regatta im nächsten Monat kriegen können.«
Sie wollte noch hinzufügen, das sei ein unerhörtes Glück, wenn man seine jüngsten Leistungen bedenke, doch er ließ ihr nicht die Zeit dazu.
»Ich kann hier nicht weg. Nicht jetzt. Wenn es noch eine Chance gibt, und sei sie noch so klein, werde ich sie nutzen.«
»Dann werd bitte wieder der, den sie geliebt hat: der Korsar ihrer Träume, der das Meer eroberte und den Ozean bezwang. Und nicht ein Penner, der wie ein Seemann ohne Heuer von Kneipe zu Kneipe zieht und seinen Kummer im Alkohol ertränkt.«
Seine blauen Augen verengten sich, sein Mund verzog sich böse.
»Jetzt bittest du für dich, nicht für sie. Eigentlich ist es dir ganz recht, dass sie mir den Laufpass gegeben hat. Dann bist du nicht mehr die Einzige, die ein Scheißleben führt!«
Annes plötzliches Erbleichen sagte ihm, dass er zu weit gegangen war. Sie gab ihm aber keine Gelegenheit zu einer Entschuldigung.
»Ich hab getan, was ich konnte, um dich wieder ans Schwimmen zu bringen, doch wenn du lieber untergehst, bitte sehr, aber ohne mich«, sagte sie. »Ich kehre nach Lands'en zurück.«
Als sie eine halbe Stunde später mit ihrem Gepäck vom Schoner ging, hatte er plötzlich das Gefühl, den einzigen Menschen zu verlieren, der ihn wirklich liebte. Er fühlte sich verwaist.

***

Lucas saß am äußersten Ende der Pier, Marie setzte sich neben ihn. Er hatte mehrmals den Weg zwischen dem Stundenhotel und der Stelle auf den Docks, wo man seinen Zwilling gefunden hatte, zurückgelegt. Mehr um durch diese Konzentration auf sein Polizistenhandwerk seine Gedanken zu verscheuchen als in der Hoffnung, etwas wirklich Greifbares zu entdecken.

Sie respektierte sein Schweigen und beobachtete mit ihm die Fischerboote, die im Hafen kokett um die Frachter herumtanzten.

»Wenn man bedenkt, dass ich lieber hier heiraten wollte als auf Lands'en, weil wir hier weniger von der Vergangenheit belastet wären«, spottete er bitter.

Sie legte ihre Hand auf seine und fühlte dabei seinen Ehering. Gott, wie sie diesen Mann liebte. In guten wie in schlechten Zeiten.

»Es tut mir leid«, sagte er rasch. »Ich hätte es nicht an dir auslassen dürfen … Ich wollte dich anrufen, aber ich hatte mein Handy vergessen«, fügte er kleinlaut hinzu.

Sie hielt es ihm hin und teilte ihm mit, ein Labor habe ihn angerufen. Eins dieser privaten Labors, die man überall im Internet fand und die binnen vierundzwanzig Stunden zu neunundneunzig Prozent sichere DNA-Tests durchführten.

Er warf ihr einen verstohlenen Blick zu und schüttelte langsam den Kopf.

»Deiner Miene nach ist das Ergebnis negativ.«

»Der Test bestätigt, dass Hélène deine Mutter ist.«

So kurz er auch war, der Ausdruck unendlicher Erleichterung entging Marie nicht.

Dann lächelte er schuldbewusst.

»Ich weiß, ich hätte es dir sagen sollen …«

Er machte eine ausweichende Handbewegung.

»Nicht nur, dass du es heimlich gemacht hast, sondern du hast es auch noch als lächerlich abgetan, als ich dir einen Test vorgeschlagen habe. Dabei hattest du bei Hélène schon eine Speichelprobe genommen«, warf sie ihm vor.

»Nicht den Test habe ich lächerlich gefunden, sondern den Gedanken, sie sei nicht meine Mutter.«

»Aha ... Und doch hast du wenigstens einen Augenblick lang genau das gedacht.«

Er sprang plötzlich auf, als wollte er ein Gespräch über ein unangenehmes Thema beenden.

»Na schön. Ich bin ausgeflippt. Ist es das, was du mir zu verstehen geben willst?«

Sie stand ebenfalls auf, ihr Ton wurde weicher.

»Ich möchte nur, dass du mir vertraust. Wenn du noch nicht einmal mir deine Zweifel anvertraust, wozu sind wir dann ein Paar?«

»Als du entdecktest, dass du Ryans Tochter bist, hast du dich nicht mir anvertraut.«

»Das war eine völlig andere Situation. Damals kannte ich dich doch kaum, und ...«

Sie brachte den Satz nicht zu Ende. Er tat es für sie.

»Und heute hast du den Eindruck, mich auch nicht viel besser zu kennen, ist es das?«

Sie suchte verzweifelt nach Worten, um ihn vom Gegenteil zu überzeugen, doch er nahm zärtlich ihr Gesicht in seine Hände und sah ihr tief in die Augen. In seinen braunen Augen standen Liebe und Verstörung.

»Das Einzige, was ich sicher weiß, ist, dass ich dich liebe. Und ich werde nie erlauben, dass jemand Zweifel daran in dir weckt.«

Während er sie an sich drückte, fiel Maries Blick auf den Schoner, der sich in der Ferne abzeichnete.

***

»Nichts, was du sagen oder tun könntest, würde mein Vertrauen in ihn erschüttern. Also lass mich endlich in Ruhe!«

Sie war lautlos an Bord gekommen und stand nun plötzlich vor Christian, auf seinem Schiff, dessen Galionsfigur ihre Züge trug. Sie so nah vor sich zu sehen, weckte in ihm den Wunsch, sie in die Arme zu nehmen und sie weit weg zu bringen, weit weg von allem und weit weg vom Anderen. Doch er rührte sich nicht und sah sie nur an.

»Ich kenne dich, Marie. Wenn du keine Zweifel hättest, wärest du nicht hier.«

Marie warf ihm einen kalten Blick zu und wandte sich zum Gehen, doch seine Worte nagelten sie fest:

»Ich glaube, dass Lucas seinen Zwillingsbruder umgebracht hat.«

Sie fuhr wieder zu ihm herum, ihre Augen funkelten vor Zorn.

»Und du behauptest, du liebst mich?«, sagte sie verächtlich. »Wie erbärmlich.«

Mit zwei Schritten war er bei ihr und versperrte ihr den Weg, um sie zum Zuhören zu zwingen.

»Ich habe gesagt, er sei tot gewesen, als ich ihn fand, aber das stimmt nicht. Er atmete noch, er konnte noch sprechen … Nur habe ich da noch nicht verstanden, worauf er anspielte. Ich dachte, es wäre Lucas, ich dachte, er spräche im Delirium. Erst als ich von dem Doppelgänger erfuhr, bekamen die Worte einen Sinn.«

Maries Magen wurde plötzlich bleischwer. Sie hörte noch die Worte des Gerichtsmediziners, das Opfer habe mehr als zwei Stunden im Sterben gelegen. Ihr wurde übel.

»Was für Worte?«, fragte sie harsch.

»*Mein Bruder … Ungeheuer … Umgebracht …*«

Mehr wollte sie nicht hören.

»Du hast ihn bestimmt falsch verstanden. Oder schlimmer noch, du lügst! Lass mich jetzt vorbei!«

Sie versuchte ihn wegzudrängen, doch er hielt sie am Arm fest.
»Ich habe ihn sehr gut verstanden. Und ich würde nie lügen. Nicht in einem solchen Fall.«
»Ach was! Du bist zu allem bereit, um mich von Lucas zu trennen! Und es ist dir nie auf einen Schwindel angekommen, wenn es ums Siegen ging!«
Es war klar, dass sie auf die Einhand-Regatta im Vorjahr anspielte, bei der er, weil seine Siegeschancen schlecht standen, zeitweise angeblich verschollen war.
Er wich ihr nicht aus.
»Ich kann dich nicht daran hindern, so etwas zu denken. Und ich kann dich auch nicht zwingen, mir zu glauben, indem ich sage, ich hätte mich geändert. Ja, es stimmt, ich würde alles tun, damit du zurückkommst. Aber wenn ich glauben könnte, dein Glück läge in der Ehe mit ihm, würde ich nachgeben.«
Er sah ihr fest in die Augen. Seine Stimme wurde sehr ernst.
»Und ich bezweifle das nicht nur, inzwischen habe ich sogar Angst um dich.«
Die Ehrlichkeit in seiner Stimme verwirrte Marie, doch sie wollte sich nicht geschlagen geben.
»Lass mich bitte los«, wiederholte sie beharrlich.
Er gehorchte und fragte sie dabei, ob sie ans Schicksal glaube. Er glaube daran. Denn wie sonst solle man einen Zufall bezeichnen, der den sterbenden Zwilling ganz in die Nähe seines Schoners geführt habe, wie um ihm noch eine letzte Botschaft zu überbringen?
Marie hatte schon eine Hand auf dem Fallreep, da fiel ihr noch etwas ein. Die Zeugen hatten ausgesagt, sie hätten den Zwilling unterhalb der Pier auf den Docks gefunden, zweihundert Meter vom Schoner entfernt.
»Ich habe ihn weggetragen«, sagte Christian, als hätte er ihre Gedanken gelesen. »Aber das ist nicht so wichtig. Wichtig ist, was er noch sagte, bevor er starb.«

Marie sah das anders, die Auslegung dieser Worte konnte warten, sie wollte sich lieber an etwas Konkretes halten. Das Verfahren.
»Durch das Wegtragen hast du uns vielleicht wichtige Indizien vorenthalten. Zeig mir genau, wo du ihn gefunden hast.«
Endlich war sie wieder auf vertrautem Terrain.

Er zeigte auf eine Nische unter der kleinen Mauer, die am Kai entlang verlief. Die Nische war keine zehn Meter vom Schoner entfernt.
»Da hat er gelegen.«
Marie inspizierte die zu einem unordentlichen Haufen aufgetürmten Hummerkörbe.
»Wo genau? Neben den Körben? Dahinter? Wo?«, fragte Marie ungeduldig.
»In der Nacht waren da keine Hummerkörbe, nur ein aufgeplatzter Kohlensack und ein Haufen Abfälle. Und der Zwilling lag dahinter.«
Kohlen.
Marie erinnerte sich an die geschwärzte Handfläche des Zwillings. Der Gerichtsmediziner hatte Ruß vermutet. Hastig begann sie die Körbe wegzuräumen.
Und da waren sie, auf den Betonboden des Kais mit Kohle gezeichnet: Fünf verschiedene Symbole. Fünf Oghamzeichen. Darunter auch das *J*, das sie auf dem in Alice' Kehle gefundenen Stein gesehen hatte.

Vom Deck des Schoners aus sah Christian zu, wie die Polizisten einen Sicherheitsbereich absperrten, den Ort des Verbrechens aus allen erdenklichen Blickwinkeln fotografierten und die Umgebung nach etwaigen Indizien absuchten.
Seine blauen Augen verschleierten sich, als er sah, wie sich Lucas und der irische Bulle neben Marie stellten. Er konnte ihre Unterhaltung nicht hören, aber aus der Art und Weise,

wie Marie jeden Blick in seine Richtung vermied, erriet er, dass sie sich um Schadensbegrenzung bemühte.
Christians Nähe steigerte Lucas' Reizbarkeit, er musste wirklich an sich halten, um seine Wut nicht tätlich an dem Skipper auszulassen.
Angus, dem das alles nicht entging, vertiefte sich in die Zeichen und wies, weniger aus Notwendigkeit, als um das Schweigen zu brechen, noch einmal darauf hin, dass die Druiden sie verwendeten, um einen Mörder zu überführen.
»Und welchen Namen verrät uns diese Kombination?«, erkundigte sich Lucas sarkastisch. »Mit ein wenig Glück schnappen wir uns den Mörder, und dann können wir dieses verdammte Nest endlich verlassen.«
Angus verzichtete auf eine Antwort. Er wollte den siedenden Zorn seines französischen Kollegen nicht zum Überkochen bringen.
»Und als du in der *Apotheke einkaufen* wolltest, ist dir plötzlich klar geworden, die Leiche muss transportiert worden sein«, erkundigte sich Lucas bei seiner Gattin. »Oder waren es vielleicht deine keltischen Wurzeln, die dir zu dieser Eingebung verholfen haben?«
»Christian hat es mir gesagt«, gab sie zu.
Fersen streifte den Schoner und dessen Kapitän mit einem wenig Gutes verheißenden Blick.
»Ach ja? Und was hat dir dein blonder Korsar sonst noch verraten?«
Mein Bruder ... Ungeheuer ... Umgebracht ...
Da sie den Augenblick für ungeeignet hielt – aber wann würde er je geeignet sein? –, schüttelte Marie nur den Kopf. Doch Lucas war noch nicht mit ihr fertig. Angus zog sich diskret zurück, um nicht Ohren- und Augenzeuge einer Auseinandersetzung zu werden, von der er stark vermutete, dass sie übers rein Polizeiliche hinausgehen würde.
»Warum hast du ihn noch einmal allein verhört?«

»Ich bin nicht als Polizist hingegangen«, sagte sie ohne Umschweife. »Ich wollte ihn bitten, die Insel zu verlassen.«
Lucas' Gesicht schien sich zu entspannen. Er betrachtete das am Kai vertäute Schiff und bemerkte trocken: »Anscheinend ohne Erfolg.«

15

Auf der Pinnwand hinter Angus' Rücken waren die fünf von dem Zwilling gezeichneten Oghamzeichen umkringelt. Der Ire seufzte mutlos.

»Sie sind auf die drei Oghamfamilien verteilt. Und selbst wenn man die jedem Buchstaben zugeordnete Symbolik einbezieht, gibt es keinen logischen Gesamtzusammenhang.«

Lucas kam herein.

»Ich hab gerade mit der Stelle für Ritualverbrechen telefoniert. Sie haben die fünf Zeichen durch verschiedene Kombinations- und Entschlüsselungsprogramme gejagt. Es ist weder ein Anagramm noch eine bekannte Abkürzung. Wenn es einen Code gibt, haben sie ihn nicht knacken können.«

»Der Experte, von dem ich hoffte, er könnte uns vielleicht bei der Entschlüsselung helfen, ist augenblicklich in Asien. Wir müssen jemand anders finden …«

»Geben Sie's auf, Angus. Es war so offensichtlich, dass wir den Wald vor lauter Bäumen nicht gesehen haben«, rief Marie plötzlich und kam, das aufgeschlagene Buch über die Scharlachrote Königin in der Hand, zu den beiden. »Es sind Initialen, sie gehören zu Danas fünf Stiefsöhnen.«

Sie griff nach einem Marker und zeichnete die fünf Symbole auf eine Tafel. Dann schrieb sie die entsprechenden Buchstaben darunter.

»*J* für Jaouen, *F* für Fergall, *O* für Orin, *S* für Seamus, *Z* für Zoleig.«

Lucas' Lippen verzogen sich zu einem spöttischen Lächeln.
»Es war einmal eine böse Königin ... Also wirklich, Marie«, sagte er ein wenig herablassend, »auf einen solchen Zufall darf man doch keine Theorie stützen.«
»Zufall? Zufällig ist Jaouen an einem Sturz vom Pferd gestorben«, ermahnte sie ihn. »Dass der Mörder, wenn auch nur für kurze Zeit, den Eindruck erwecken wollte, auch Alice sei so ums Leben gekommen, war kein Zufall, sondern gut geplant.«
»Oder ein Mittel, um die Spuren zu verwischen, nachdem ihm klar war, dass er das falsche Opfer erwischt hatte.«
Angus hörte der Auseinandersetzung wortlos zu. Was ihn an den beiden faszinierte, war ihre Fähigkeit, ihre Partnerschaft und Paarbeziehung völlig auszublenden und sich ganz auf ihre Argumente zu konzentrieren. Zwei Dickschädel, die selbst einen Iren beeindrucken konnten!
»Gerade dir werd ich nicht erklären müssen, dass ein Serientäter, der eine Legende reaktiviert, in zwei von fünf Fällen vor allem eine Geschichte erzählen will, die er aus irgendeinem Grund nachahmt«, sagte Marie zu Lucas.
»Und in den drei anderen Fällen handelt es sich um einen stinknormalen Mörder, der zum Spaß die Nerven der Ermittler blank scheuert.«
Angus war zusammengezuckt.
»Serientäter? Glauben Sie, es wird noch mehr Morde geben?«
»Für solche Schlussfolgerungen ist es noch zu früh«, meinte Lucas beruhigend.
»Es sei denn, der Zwilling hat die fünf Oghamzeichen gemalt, weil er den Plan des Mörders kannte und die nächsten Opfer warnen wollte«, erwiderte Marie.
»Oder aber er war der Mörder, und die Verbrechen haben jetzt ein Ende.« Lucas' Stimme war zuckersüß.
»Ja, aber in diesem Fall hätte er ...«

Im Feuer ihrer Argumentation hätte sie fast die letzten Worte des Zwillings wiederholt.
»Hätte er was?«, hakte Lucas mit funkelnden Augen nach.
Später sollte sich Marie fragen, warum sie ihm nichts gesagt hatte. Vielleicht weil er in jenem Augenblick ganz der Lucas war, den sie liebte: ironisch und aufreizend. Vielleicht weil sie nicht sehen wollte, wie sich seine braunen Augen verdüsterten.
»Er hätte sich nicht in einem Stundenhotel einfangen lassen«, sagte sie ungeschickt und voller Zorn darüber, dass ihr nichts Besseres einfiel.
Er schien über ein so schwaches Argument ein wenig überrascht, doch sein männlicher Stolz und die Genugtuung, das letzte Wort zu behalten, trugen den Sieg davon.
»Ich wette zehn gegen eins, dass die Inszenierung um Alice' Tod ein Einzelakt war.«
Marie nickte gedankenvoll, doch sie war vom Gegenteil überzeugt.

***

Dass man bei der Leiche des Zwillings eine Locke von Mary gefunden hatte, brachte Louise völlig aus der Fassung. So sehr, dass Marie den Fragen Einhalt gebot, mit denen Lucas der alten Dame erbarmungslos zusetzte, zumal diese immer wieder beteuerte, sie habe nie eine Locke ihrer verstorbenen Tochter besessen, leider.
Als Louise allein war, rief sie trotz der späten Stunde im Kloster an und erzählte Mutter Clementia von der Haarlocke.
Die Mutter Oberin ging jedoch gar nicht auf Louise' telefonische Anschuldigungen ein. Sie hatte zwar durchaus eine Vorstellung, wie die Locke in das kleine Lederbeutelchen und an den Hals des Zwillings gekommen sein konnte, doch sie wollte Louise' Panik nicht noch steigern.

»Er ist tot. Und er hat sein Geheimnis mit ins Grab genommen.«

»Das wird Marie und Lucas nicht daran hindern, nach der Wahrheit zu suchen.«

»Am Suchen wird es sie vielleicht nicht hindern. Aber am Finden. Mach dir keine Gedanken, Loulou, ich habe alles unter Kontrolle.«

Loulou. Die Mutter Oberin musste ebenfalls ziemlich aus dem Gleichgewicht geraten sein, sonst hätte sie sie nicht bei diesem Kosenamen genannt, den sie seit ihrer Jugend nicht mehr gehört hatte.

Louise legte auf und tat dann etwas, was sie seit Jahren nicht mehr getan hatte. Nicht mehr seit jenem Vorweihnachtsabend 1967. Sie betete.

* * *

Der Marmor glänzte im Mondlicht. Es war mild, die Stille an diesem Ort lud zu innerer Sammlung ein. Der Mann, der auf dem Grab kniete, betete nicht. Er glaubte weder an Gott noch an Feen und schon gar nicht an Gespenster. Und doch fuhr er heftig zusammen, als er jemanden in seinem Rücken spürte.

Marie sah Lucas kopfschüttelnd an.

»Sag, dass das nicht wahr ist«, murmelte sie.

Er rappelte sich hoch und klopfte sich erst einmal den Schmutz vom Anzug, bevor er sich rechtfertigte.

»Ich gebe zu, mir kam der Gedanke an Leichenfledderei«, sagte er. »Haare sind noch Jahre nach dem Tod zu gebrauchen. Ich dachte, jemand hätte vielleicht … Aber nein, alles ist unberührt.«

Marie wusste, dass Desillusionierung und Verstörung nah beieinanderlagen. Zum ersten Mal seit den Ermittlungen auf Lands'en arbeiteten sie gemeinsam an einem Fall, der einen von ihnen sehr stark und sehr persönlich betraf. Und sie

fragte sich plötzlich, ob er es durchhalten werde. Sie sehnte sich unendlich nach einer Hilfe, die ihr nur ein einziger Mensch geben konnte. Als sie den Friedhof verließen, war das Medaillon wieder an seinem Platz auf dem Grabstein.
Zurück im Schlafzimmer, stellte Marie Überlegungen über das seltsame Verhalten an, das Hélène seit ihrer Ankunft auf der Insel an den Tag legte.
»Und wenn es nicht der reine Zufall war, der sie in Marys Zimmer führte? Wenn es kein Zufall war, dass sie just an dieser Stelle die Tapete wegkratzte? Und dass sie in den Sex-Shop ging, die ehemalige Konditorei, um dort Kuchen zu essen?«
Lucas weigerte sich, ihren gefährlichen Gedankengängen zu folgen. Seine Mutter leide seit zehn Jahren an einer Krankheit, die ihr Gehirn zerstöre, erklärte er.
»Ich habe sie schon bei weit seltsameren Verhaltensweisen ertappt, ohne dass der mindeste Sinn dahintergesteckt hätte.«
Doch Marie ließ nicht locker. Je länger sie darüber nachdachte, desto wahrscheinlicher erschien ihr dieser Verdacht. Wenn Hélène schon einmal da gewesen war, wenn sie Mary gekannt hatte, dann wurde sehr vieles mit einem Mal verständlich.
»Aber in einem solchen Fall hätten doch Edward, Dora oder Louise sie wiedererkennen müssen. Zumindest ihre Stimme. Aber niemand hat reagiert.«
Marie musste ihm zwar zustimmen, aber unwillkürlich schwelgte sie in der Vorstellung, lange zuvor, zu einer Zeit, als Lucas noch ein ganz kleiner Junge gewesen war und sie selbst noch gar nicht auf der Welt, hätten sich die Wege ihrer Mütter gekreuzt, und dann hätte das Schicksal sie beide auf Lands'en zusammengeführt …
Für Lucas war das Thema abgeschlossen. Und als wollte er ihr genau das mitteilen, begann er sie zu entkleiden. Seine

Hände tasteten mit einem Verlangen über ihren Körper, das auch nach einem Jahr des Zusammenlebens nicht weniger geworden war, ganz im Gegenteil. Sein Mund legte sich auf ihren. Und dann fielen sie aufs Bett, eng umschlungen und sehr verliebt, und streiften unter Küssen die restlichen Kleidungsstücke ab.

Doch warum mussten ihr irgendwelche Assoziationen ausgerechnet jetzt einen Streich spielen und ihr jene Worte ins Gedächtnis rufen?

Mein Bruder … Ungeheuer … Umgebracht …

Nicht jetzt, sagte ihr Körper, der unter Lucas' Zärtlichkeiten erbebte. Doch ihr Geist blieb im Zweifel. Wenn er die Nacht doch nicht auf einem Hochstand zugebracht hatte? Und wenn er Kellys Anruf erfunden hatte? Und wenn er im Hafen gewesen war? Und wenn … Nach erbittertem Kampf gewann ihr Geist, und ihr Körper versagte sich.

»Es heißt ja, die Ehe töte das Begehren, aber so schnell? Das muss ein Rekord sein.«

Er hatte sich über sie gebeugt und betrachtete sie verdrossen. Hinter seiner Enttäuschung erahnte sie die Angst, über die er nicht sprechen wollte. Eine Angst, die er in ihren Armen zu vergessen versuchte und die sie nicht hatte beschwichtigen können. Er löste sich von ihr und griff schon nach seiner Hose, als sie ihn zurückhielt, entschlossen, dem Zweifel keinen Raum mehr zwischen ihnen beiden zu lassen. Ihre grünen Augen blickten mit unverhohlenem Verlangen auf den nackten Körper, der vor ihr stand, dann ließ sie sich mit einer Sinnlichkeit, die ihn elektrisierte, zu Boden gleiten, wobei ihre Lippen seine Haut streiften, bis sie das Objekt ihrer Begierde gefunden hatte und ihre Lippen darum schloss.

An dem langen Beben, das ihn ergriff, erkannte sie, dass seine Angst bald beschwichtigt sein würde.

Einige Meter weiter erlag ein weiterer Mann seinem Verlangen, einem Verlangen, das mit Mitteln gereizt wurde, die Juliette bislang immer verachtet hatte.
Die schmalen Bänder des Strumpfhalters raschelten unter Ronans gierigen Händen. Die Spitze des Mieders entflammte seine Sinne, er musste sich Gewalt antun, um nicht über Juliette herzufallen und sie rücksichtslos zu nehmen.
Da begann es im Babyphon zu greinen. Nicht jetzt!, schrie es in Juliette, lass ihn wieder einschlafen, betete sie. Doch das Greinen schwoll an und ging sehr bald in das zornige Gebrüll eines kaum ein Jahr alten Tyrannen über, der es gewöhnt war, dass seine Mutter beim leisesten Ächzen sofort herbeistürzte.
»Bitte, hör nicht auf«, flüsterte sie, die Nase in der Halsgrube ihres Mannes vergraben. »Er wird sich schon wieder beruhigen.«
Doch Ronan löste sich von ihr. Ernüchtert. Unter dem enttäuschten Blick seiner jungen Frau zog er sich eine Unterhose über.
»Sie ist besser im Bett, ist es das?«
Ihre Erbitterung steigerte sich noch, als er sie konsterniert ansah. Sie sprang auf, wühlte in einer Schublade und warf ihm dann ein Sweatshirt an den Kopf. Das Sweatshirt, das Pierric in Jills Schlafzimmer gefunden hatte.
»Du weißt genau, was ich meine!«
Er seufzte.
»Du solltest lieber schlafen, statt solchen Unsinn zu reden. Ich kümmere mich um Seb.«
Er ging in den Nebenraum, in dem sich das Baby schon wieder beruhigte, ganz als wäre es nun höchst zufrieden, die Eltern getrennt zu haben.
Juliette sah zufällig ihr Spiegelbild in dem großen Ankleidespiegel und dachte an Lucas, der ihr geraten hatte, so schwere Geschütze aufzufahren. Doch die erlesenen Dessous hatten

nicht die vorausgesagte Wirkung gehabt. Plötzlich kam sie sich grotesk vor, gerade wollte sie ihren Tränen freien Lauf lassen, da hörte sie die Stimme ihres Mannes aus dem Babyphon, er sang ein Wiegenlied. Juliette starrte auf das Gerät und schluckte ihre Tränen hinunter. Ja, sie würde etwas viel Besseres tun.

Das Gebäude mit den Silos lag schon im Halbdunkel, als PM aus dem Keller auftauchte, Ryans Körper über der Schulter. Er keuchte vor Anstrengung, doch er trug ihn noch bis zum Silo Nummer vier und legte ihn dort kurz ab, um eine kleine Klappe zu öffnen und nachzuschauen, ob das Silo leer war. Ryans Augen, die PM nicht zu schließen gewagt hatte, schienen ihm eine letzte Frage zu stellen: Warum? Er fühlte sich sehr unbehaglich unter dem Blick und musste dreimal ansetzen, um den schlaffen Körper ins Silo zu bugsieren. Als er die Klappe wieder schloss, war er schweißgebadet.
Er wickelte seinen Schal vom Hals und trocknete sich Oberlippe und Stirn, dann zog er Handschuhe über, ging zu dem Schaltpult, von dem aus man die Befüllung der Silos steuern konnte, und drückte sämtliche Knöpfe. Nach mehreren fruchtlosen Versuchen ging der Getreideregen endlich nieder. Dabei entstand so viel Lärm, dass PM fürchtete, man könne es in der ganzen Umgebung hören, doch dann fiel ihm ein, wie abgelegen die Brennerei lag, und er gluckste nervös-erleichtert auf. Er überließ die Maschine ihrem Werk und verließ eilig den Raum, ohne noch einen Blick auf das Silo zu werfen, in dem das Getreide Ryans bereits ockerfarben bestäubte Leiche langsam unter sich begrub.

16

Der Morgendunst stieg vom See wie feuchter Atem auf und ballte sich zu wattigen Schwaden, die in den ersten schräg auf den Steilfelsen fallenden Sonnenstrahlen rot aufleuchteten. Die Gräser am Ufer des Sees wiegten sich in der Brise. Marie und Lucas waren als Erste angekommen.
Bei Morgengrauen war Marie von dem Geräusch eines galoppierenden Pferdes aus ihrem von Gespenstern bevölkerten Schlaf gerissen worden. Voller böser Vorahnungen war sie zum Fenster gestürzt und hatte sofort Dogan erkannt, das Pferd, auf dem Kelly geflohen war, als sie verhaftet werden sollte. Sein Fell war feucht, die Nüstern dampften, und unter den Hufen war roter Schlamm.
Und doch war an dem vom Tau noch feuchten Ufer kein Hufabdruck zu finden.
»Entweder war er nie hier oder er ist …«
Marie beendete ihren Satz mit einem ratlosen Achselzucken.
»Geflogen?«, schlug Lucas vor. »Wie Pegasus?«
Sie zuckte noch einmal die Schultern, fröstelnd trotz der lauen Luft. Alles war ruhig. So ruhig. Zu ruhig. Man hätte meinen können, alles Leben sei geflohen und eine Drohung liege über dem Ort.
»Noch nicht einmal die Vögel singen«, murmelte sie beklommen. »Als witterten sie Gefahr.«
»Vielleicht schlafen sie einfach nur aus. Die haben's gut.«

Er wollte weiterspotten, doch Maries Schrei ließ ihn aufblicken.
Oben auf dem Steilfelsen stand eine von rotem Licht umflossene Gestalt und stürzte jetzt nach vorn. Der Sturz spiegelte sich wie in Zeitlupe in ihren schreckgeweiteten Augen. Wasser spritzte auf, als der Körper aufschlug, Millionen Tropfen funkelten in der Sonne. Und dann war er verschwunden. Nur die konzentrischen Kreise bewiesen, dass sie nicht einer Halluzination zum Opfer gefallen waren.

Die Taucher brachten eine Frauenleiche mit langem roten Haar an die Oberfläche, Angus' Leute zogen sie ans Ufer. Marie erschrak, als sie den roten Spitzenschleier erkannte, den sie vor dem Altar getragen hatte. Und dann, als sie die Steine darin entdeckte, verstand sie, warum die Leiche nicht von selbst wieder aufgetaucht war.
Lucas hatte Handschuhe übergestreift und schlug jetzt den roten Stoff von dem Gesicht zurück, er wusste schon, dass es Kellys Gesicht sein würde.
»Was für eine makabre Inszenierung«, knurrte Angus, er konnte das Zittern in seiner Stimme nicht ganz unterdrücken. »Gut, dass Dora das nicht mehr sehen muss.«
Lucas brauchte nicht lange, um festzustellen, dass die Leichenstarre bereits eingesetzt hatte. Kelly war also schon lange tot gewesen, als sie vom Steilfelsen gestürzt worden war! Dumpfer Zorn, der seinen Grund vor allem in einem tiefen Schuldgefühl hatte, lag auf Lucas' Gesicht.
»Sie kannte den Mörder, das hat sie mir gesagt. Sie war da und wartete auf mich, und ich …«
Seine Stimme brach.
»Du kannst nichts dafür, dass du es nicht bis zu ihr geschafft hast«, sagte Marie sanft. »Und wer weiß, ob du sie hättest retten können.«
»Eben, wer weiß.«

Sie kannte diese Niedergeschlagenheit, die einen befiel, wenn man zu spät gekommen war. Und deshalb hielt sie ihn nicht zurück, als er wegging. Als sie die Steine untersuchte, mit denen der Schleier beschwert worden war, entdeckte sie darunter einen deutlich kleineren und flacheren. Einen Stein mit dem Oghamzeichen für *F*.

Sie ging zu Angus, der seinen Leuten nervös Befehle erteilte.
»*F* wie Prinz Fergall, einer der fünf Stiefsöhne der Scharlachroten Königin.«
Das Gesicht des Iren verdüsterte sich.
»Der in einem Weiher ertränkt wurde.«
»Wer immer Kelly in den See geworfen hat, er versucht, die Geschichte möglichst genau nachzuahmen. Aber warum?«
Doch Angus ging einer ganz anderen Frage nach.
»Wenn sie bereits tot war – wieso haben Sie dann denjenigen nicht gesehen, der sie vom Felsen gestoßen hat?«
Marie schüttelte nur den Kopf. Diese Frage hatte sie sich auch schon gestellt und keine Antwort darauf gefunden. Sie hörten ersticktes Gemurmel und drehten sich um. Angus' Leute, die den Leichnam auf eine Trage betten wollten, betrachteten ihn nun erschrocken. Die Narbe mit den drei sich um ein Zentrum drehenden Spiralen war etwa auf Schulterhöhe.
Die Königin hatte wieder zugeschlagen.
»Dieses Mal muss man von einem Serientäter ausgehen«, sagte Angus nachdrücklich.
Sein Blick glitt zu dem Spezialisten für Ritualverbrechen, als bitte er um Hilfe. Doch die konnte ihm Lucas gerade jetzt nicht bieten. Er war in die Betrachtung des Sees versunken, sein fiebernder Blick wühlte sich in die Oberfläche, als wollte

er seine Tiefe erkunden. Und aus seiner Nase lief ein dünner Blutsfaden.

Der Wagen mit Kellys Leiche war schon abgefahren, und die irischen Polizisten suchten noch den Steilfelsen und die Umgebung des Sees ab, als sie eine Melodie hörten.
»Das ist Kellys Handy!«, rief Lucas, er war wie elektrisiert.
»Wie kommst du darauf?«
»Es hatte genau diesen Klingelton. Ich hatte ihr sogar gesagt, wie seltsam ich es finde, dass sie sich ausgerechnet eine Melodie aus einem deutschen Film ausgesucht hat: *M – eine Stadt sucht einen Mörder*.«
Er rannte in Richtung des Klingeltons, Marie und Angus folgten ihm dicht auf den Fersen. Das Klingeln verstummte. Lucas zog sein eigenes Handy aus der Tasche und suchte anscheinend nach einer Nummer in seinem Telefonbuch. Obwohl jetzt nicht der rechte Moment dafür war, ertappte sich Marie dabei, wie sie es innerlich vermerkte. Lucas war ihre Reaktion nicht entgangen.
»Ich habe ihre Nummer gespeichert, als sie mich angerufen hat.« Zu dieser Erklärung fühlte er sich wohl verpflichtet.
Die Melodie war wieder zu hören. Aus dem kleinen Haus am See. Jetzt wurde die Suche dank Lucas' wiederholten Anrufe systematischer. Marie fand es schließlich unter der Holzterrasse, an der tiefsten Stelle, ganz in der Nähe der Fundamente des Hauses. Es lag wie in einem Nest aus Moos und Flechten. Die Erkundung des Umfelds erwies sich als schwierig, sie mussten sich der geringen Höhe der Terrasse wegen sehr gebückt halten. Doch endlich leuchtete im Strahl von Lucas' starker Taschenlampe rotes Haar auf, das sich im feuchten Moos verfangen hatte. Um die wenigen Indizien zu schützen, legte Lucas ein großes Viereck frei. Und was sie für einen Felsbrocken gehalten hatten, erwies sich nun als Grabstein. Ein Grabstein mit einem Symbol, wie sie es auch auf dem

Oghamstein gesehen hatten, der in Alice' Hals steckte. Es war das Oghamzeichen für *J*.

Franck Sullivan nahm Marie gegenüber kein Blatt vor den Mund, als er in das Haus am See kam. Er schätze es überhaupt nicht, dass seine Cousine ihm die Bullen auf den Hals gehetzt habe, um ihn zu Verhören auf die Insel zu bringen. Sie hätte ihn bloß anzurufen brauchen, und er hätte alle Fragen gern beantwortet. Als Fersen ihn fragte, wo er in der Nacht gewesen sei, in der der Zwilling getötet worden sei, protestierte er heftig.
»Bei einer Frau. Leider nicht bei Ihrer«, spottete er, um Lucas noch ein wenig mehr zu ärgern.
Doch als er von Kellys gewaltsamem Ende erfuhr, wurde er still. Für eine Sekunde sah Marie etwas wie echte Trauer in seinen dunklen Augen. Aber sie war so schnell verflogen, dass sie meinte, sie habe es sich nur eingebildet. Francks Zorn flammte wieder auf, als ihm klar wurde, dass man ihn eines Mordes verdächtigte.
»Die Kriminaltechniker sagen, der Anruf, der es uns ermöglicht hat, Kellys Handy aufzuspüren, kam von Ihrem Handy«, sagte Lucas.
»Möglich. Ich habe es vor zwei Tagen verloren.«
»Wie praktisch.«
»Nein, eigentlich nicht.«
Er zeigte das allerneueste Nokia-Modell, das er sich als Ersatz gekauft hatte.
»Sie können ja beim Händler nachfragen. Ich musste sogar eine neue Nummer akzeptieren, um einen günstigen Vertrag zu bekommen.«
»Ohne den alten zu kündigen?«
»Mein Vater wirft mir immer vor, ich sei so unorganisiert ...«
Marie fand es an der Zeit, die erhitzten Gemüter zu beruhigen.

»Die Frau, bei der Sie vorgestern waren ... Kann sie bezeugen, dass Sie die ganze Nacht bei ihr verbracht haben?«
»Wenn sie es nicht täte, wäre sie undankbar«, erklärte Franck, und sein Gesichtsausdruck ließ durchblicken, womit die Zeit verbracht worden war. »Und Vivian ist alles andere als undankbar.«
Lucas zeigte ihm das kleine Stückchen rote Schleierspitze, das sie im Wohnraum gefunden hatten. Doch wenn er gehofft hatte, Franck damit zu erschüttern, wurde er enttäuscht. Alice' Bruder erklärte, er sei nicht der Einzige, der das Häuschen nutze, die Tür stehe allen seinen Freunden offen.
»Der Schlüssel liegt unter der dritten Stufe, das ist kein Geheimnis.«
»Wann waren Sie das letzte Mal hier?«
»Vor vier Tagen. Mit einer Frau.«
Das Lächeln, das er Marie schenkte, während er erläuterte, diese Frau sei nicht Vivian gewesen, war so sinnlich, dass sie anfing, sich unwohl zu fühlen.
»Und Kelly?«, fragte Lucas kühl. »War sie auch hier?«
»Das kam vor«, antwortete Franck und deutete ein ebenso kühles Lächeln an. »Bevor ihr meine Schwester lieber wurde als ich.«
Zu Lucas' großer Enttäuschung bestätigte die Landschaftsgärtnerin, als Angus sie anrief, Francks Alibi in allen Punkten. Dieser leistete sich noch eine letzte Provokation.
»Wenn man bedenkt, dass Sie mir fast sympathisch waren, als ich von Ihrem Tod erfuhr ...«

Lucas sah ihm nach, als er in den Fond eines Polizeiwagens stieg, der ihn zum Herrenhaus zurückbringen sollte. Sein angewiderter Blick sagte deutlich, was er von Edwards Sohn hielt.
»Ein falscher Hund, und er manipuliert gern. Er versucht, uns reinzulegen.«

Marie zog ein zweifelndes Gesicht.
»Wir werden manipuliert, das ist sicher, aber ich glaube nicht, dass er die Fäden zieht.«
»Sag bloß nicht, du bist seinem Gigolo-Charme erlegen!«
»Die Polizei hat das Bootshaus gestern bis in den letzten Winkel durchsucht«, sagte Marie, ohne auf seinen letzten Satz einzugehen. »Innen und außen. Wenn Kellys Handy gestern schon unter der Terrasse gelegen hätte, hätten sie es gefunden.«
»Sie meinen also, man hätte es hinterher hier deponiert?«, fragte Angus stirnrunzelnd. »Aber wozu? Um den Verdacht auf Franck zu lenken?«
»Vielleicht zum Teil, aber nicht nur. Irgendjemand wollte, dass wir den Grabstein entdecken und auch die Verbindung zwischen Kellys und Alice' Tod.«
»Dazu hätten doch Oghamsteine bei den Leichen gereicht, oder?«
»Der Mörder spielt gern. Er legt die Regeln fest. Die Oghamzeichen sind nur Indizien bei dieser üblen Schnitzeljagd. Das bei Alice gefundene *J* bezeichnet den Grabstein, in dessen Nähe Kelly geopfert wurde. So fordert uns der Mörder heraus, ihn vor dem nächsten Mord zu verhaften.«
Angus konnte seine Bewunderung angesichts dieser Hypothese nicht verhehlen.
»Sie ist eben durch eine gute Schule gegangen«, erklärte Lucas süffisant.
Doch das Lächeln, das er auf Marie ruhen ließ, zeigte, wie stolz er auf sie war.
»Die nächste Opferstätte befindet sich also in der Nähe des Grabsteins von Prinz Fergall«, fasste Lucas zusammen. »Wir müssen ihn schleunigst finden, dann können wir vielleicht den Mörder mit seinen eigenen Waffen schlagen.«
Angus' Gesicht verdüsterte sich.
»Der königliche Friedhof wurde im Krieg geplündert. Nie-

mand weiß, was aus den Grabsteinen der Prinzen geworden ist. Wir wissen nicht einmal, ob sie noch alle auf der Insel sind.«

»Dieser Scheißkerl hat also eine ganze Länge Vorsprung«, meinte Lucas und beobachtete, wie der Grabstein mit dem Ogham *J* auf einen Lieferwagen geladen wurde.

Eine Stunde hatte es gedauert, bis man ihn aus der Erde und dem Moos ausgegraben hatte. Und es würde noch einige Stunden dauern, bis er, nach einer Überfahrt auf der nächsten Fähre, im archäologischen Museum von Cork ankommen würde, wo er von den dortigen Experten auf seine Echtheit hin überprüft werden sollte.

Angus trommelte seine Leute zusammen und gab das Zeichen zum Aufbruch.

»Ich guck mir noch mal den Steilfelsen an«, verkündete Marie.

»Meine Leute haben jeden Quadratzentimeter geprüft, da oben ist nichts.«

»Aber, aber Angus ... Vielleicht hat seither jemand was dort abgelegt, um den armen Franck zu belasten«, spottete Lucas.

Marie zuckte die Schultern.

»Kelly ist nicht von ganz allein da heruntergefallen. Aber außer ihr haben wir niemanden gesehen. Ich will nur versuchen, das Ganze zu verstehen.«

»Du glaubst also nicht mehr an Gespenster?«

Lucas verdrehte die Augen, als sie davonging.

»Heiraten Sie nie eine Polizistin«, riet er Angus, bevor er ihr folgte. »Und schon gar keine bretonische!«

Vom Steilfelsen aus gesehen erinnerten nur noch die gelben Absperrbänder rings um die Terrasse daran, dass sich hier eine Tragödie abgespielt hatte.

So weit das Auge reichte, sah man nur das Meer und die Landenge, die erst in einigen Stunden wieder von der Flut

bedeckt sein würde und von der sich jetzt die Polizeifahrzeuge entfernten.
»Ich halte Franck immer noch für unseren erfolgversprechendsten Verdächtigen«, sagte Lucas, »und nicht etwa nur, weil ich die Art nicht mag, wie er dich ansieht.« Er nahm Marie in die Arme.
Marie schmiegte sich an ihn und schloss halb die Augen. Über die Schulter ihres Mannes hinweg verlor sie sich in die Betrachtung der Insel und ihrer Schönheit. Im Kloster begannen die Glocken zur Vesper zu rufen. Instinktiv sah Marie zu der alten Abtei mit ihren hohen, von Efeu und Brombeeren überrankten Mauern hinüber. Und dann war alles weg, Kloster, Brombeeren, Steilfelsen und See, wie von einer mondlosen Nacht verschluckt. Ihr Herz schlug angstvoll, sie floh. Schneller! Nur nicht umdrehen! Immer weiter geradeaus. Der Wind peitschte ihr Gesicht, salzige Tränen rannen über ihre Wangen. Ihr Herz klopfte, als wollte es die Brust sprengen. Schluchzer erstickten in ihrer Kehle. Nur fliehen! Nicht umdrehen! Und dann plötzlich nichts mehr. Nur ein Abgrund. Der Steilfelsen. Gespenster, die mit tentakelgleich ausgestreckten Armen auf sie zukamen, und dann gab der Boden unter ihren Füßen nach …
»Marie! Marie!«
Er hielt sie fest, als sie vornüberkippte. Der seltsame Gesichtsausdruck, mit dem sie die dreißig Meter tiefer gelegene Wasseroberfläche anschaute, machte ihm Sorgen. Er wollte sie gerade fragen, was los sei, da fing der See Feuer. Das Feuer bildete das Zeichen der Scharlachroten Königin ab.

***

Es wurde schon dämmrig, als der Gärtner das Kloster verließ. Früher hatte er für gewöhnlich in der Hütte geschlafen, die die Schwestern ihm zur Verfügung gestellt hatten, doch nach

seinen schrecklichen Erlebnissen hatte er sich ein Motorboot beschafft, um unabhängig von den Gezeiten jeden Abend nach Killmore zurückkehren zu können.
Als er am Steilfelsen entlang Richtung Bucht ging, sah er dieses französische Polizistenpärchen, wie es gerade in Neoprenanzüge stieg. Die müssen verrückt sein, wenn sie jetzt im See tauchen wollen, dachte er und eilte zu seinem Boot. Es war eine alles andere als mondhelle Nacht, da wollte er sich lieber sputen.
Lucas überprüfte die Atemgeräte und die Sauerstoffflaschen, als ihm flüchtig die Erinnerung an die Strandräubergrotte kam, in der sie beide ein Jahr zuvor fast ertrunken wären.
»Wenn wir damals eine solche Ausrüstung gehabt hätten, wäre ich nicht in die Panik meines Lebens verfallen.«
»Aber die war doch offenbar nötig, damit du mir endlich deine Liebe erklärst.«
Lucas schaltete seine Stablampe ein. Marie die ihre. Es war wie ein verschwörerisches Augenzwinkern. Bevor er in das im Halbdunkel unergründliche Wasser glitt, nahm Lucas seiner Frau das Versprechen ab, immer in seinem Kielwasser zu bleiben. Sie grinste und tippte salutierend an die Stirn.
»In Ordnung, du darfst das Ungeheuer allein plattmachen.«
»Das ist ein Befehl, Marie«, sagte er. »Sonst tauche ich allein.«
»Zu Befehl, Chef!«
Er verdrehte kurz die Augen und verschwand dann im See.

In etwa zwanzig Metern Tiefe schwammen sie zwischen den Wasserpflanzen hindurch und dann wieder auf die surrealistische Kulisse der Hausruinen zu. Marie folgte Lucas brav in zwei Metern Entfernung und tauchte wie er hinter eine zusammengefallene Mauer, die einst zur Kirche gehört hatte. Durch das Kirchenschiff paddelten sie auf den Altar zu, der trotz des dicken Schlammüberzugs noch als Dolmen zu er-

kennen war. Das Wasser wurde trüb, als Lucas mit der Hand den Schlamm wegzuwischen versuchte, ein paar Sekunden lang verloren sie sich aus den Augen. Dann sanken die Schmutzpartikel nach unten, das Wasser wurde wieder klar, und das Zeichen in der Mitte war in seiner ganzen Pracht zu erkennen. Das Siegel der Scharlachroten Königin.
Lucas tauchte zwischen die Granitblöcke, auf denen die Altarplatte ruhte, und schüttelte den Kopf, als er zurückkam. Er wusste, woran Marie dachte, doch anders als der Dolmen von Ty Kern verbarg dieser Dolmen hier keinen Geheimmechanismus.
Er zeigte mit erhobenem Daumen auf den Glockenturm, dessen Spitze beim Fluten des Minengeländes eingestürzt war, und begann wegzuschwimmen. Marie wollte ihm folgen, als sie sich plötzlich intensiv beobachtet fühlte. Als würde man ihnen hinterherspionieren. Sie wandte den Kopf und entdeckte zwei grün phosphoreszierende Augen, die jedoch im selben Moment hinter einem der zentralen Pfeiler verschwanden – wie aus Schüchternheit. Sie rührte sich nicht, und nach einer Weile lugten die Augen wieder hervor. Als wollten sie Marie necken. Oder mit ihr spielen. Sie warf einen Blick auf den sich entfernenden Lucas, hin- und hergerissen zwischen ihrem Versprechen und dem Wunsch, diesem seltsamen Phänomen, das schon wieder verschwand, auf den Grund zu gehen. Die Neugier war stärker.
Die Lichter lockten sie aus der Kapelle heraus, indem sie regelmäßig erloschen und in größerer Entfernung wieder auftauchten. So entfernte sie sich immer weiter von Lucas. Sie war so fasziniert, dass ihr der Gedanke ans Umkehren gar nicht kam. Sie runzelte die Stirn, weil sie die Lichter aus den Augen verloren hatte, doch dann entdeckte sie sie in der Nähe des ehemaligen Friedhofs wieder. Dort verschwanden sie hinter der halb offenen Tür eines Mausoleums. Als sie das kleine Bauwerk umkreiste, streckte sich ein Tentakel nach ihr

aus. Einen Sekundenbruchteil dachte sie an ihre schreckliche Vision, doch sie entspannte sich, als sie sah, dass es nur ein Aal war, der noch erschrockener wirkte als sie. Die Augen lugten über einen halb umgestürzten Grabstein, als warteten sie auf Marie. Dann lockten sie sie von Grab zu Grab bis zu einer Ruine mit teilweise eingebrochenem Dach, wo sie verschwanden. Das reinste Versteckspiel. Als sie durch das Loch im Dach schlüpfte, schien das Augenpaar sie von einer Fensteröffnung aus zu verspotten.
Als sie darauf zuschwamm, fiel ein Dachbalken auf sie nieder, riss ihr den Lungenautomaten ab und drückte sie in den schlammigen Boden. Sie war eingeklemmt und von der Luftzufuhr abgeschnitten. Marie schloss halb die Augen. Nur nicht in Panik geraten. Sie spürte am Gewicht auf ihrem Rücken, dass sie sich nicht würde befreien können und dass sie bei jedem Versuch nur noch tiefer im Schlamm versinken würde. Der Lungenautomat jedoch konnte nicht weit sein. Der vom Sturz aufgewirbelte Schlamm trübte das Wasser. Sie konnte zwei Minuten durchhalten, ohne Luft zu holen. Zwei Minuten. Doch Lucas würde viel länger brauchen, um sie zu finden. Sie fasste wieder Hoffnung, als sie ihre Lampe sah, die weiterbrannte. Wenn sie sie zu fassen bekäme und damit Zeichen geben könnte. Er suchte schon nach ihr, dessen war sie sich sicher. Wahrscheinlich war er furchtbar böse auf sie, weil sie nicht auf ihn gehört hatte. Wie sehr sie das jetzt bereute. Sie hatte fast keine Luft mehr, da sah sie den Lungenautomaten. Er war nur einen knappen Meter von ihr entfernt, und doch unendlich weit. Sie konzentrierte sich ganz auf dieses Ziel und streckte den Arm, so weit sie konnte. Ihre Finger streiften das Mundstück. Sie wusste, das war ihre einzige Chance, denn sie war kurz vorm Ersticken. Sie setzte alles an diesen letzten Versuch, ihren Glauben und ihre Liebe zu Lucas. Ihn wiedersehen. Nur wiedersehen.
Doch sie tastete ins Leere. Vor ihren vom Sauerstoffmangel

schon getrübten Augen rutschte das Mundstück zurück wie von einer schwarz behandschuhten Hand weggezogen. Wenn nicht ein Wunder geschah, war sie verloren. Doch Wunder gibt es nur in Büchern. Sie öffnete den Mund und ließ das Wasser in ihre Kehle und in die Lunge eindringen. Im Licht ihrer Taschenlampe und mit weit offenen Augen ertrank sie …

17

Im stetig dunkler werdenden Wasser entdeckte Lucas hinter einer halb verfallenen Mauer ein hervorleuchtendes Licht. Er schwamm rasch darauf zu, zwängte sich durch die Reste eines Fensterrahmens und sah dann einmal über Marie, ihren starren, leblosen Blick hinter der Maske.

Im selben Augenblick bemerkte er den Schein einer Taschenlampe und dahinter einen Taucher, der ebenfalls auf Marie zuschwamm.

Als der andere Mann Lucas bemerkte, gab er ihm ein Zeichen, das andere Ende des Balkens anzufassen, um ihn gemeinsam hochzuheben und Marie zu befreien. Was ihnen sehr schnell gelang. Lucas fasste Marie unter den Achseln und schaffte sie mit der Hilfe des Unbekannten rasch an die Wasseroberfläche. Die beiden Froschmänner tauchten auf, und Lucas legte den Leichnam ans Ufer. Der andere Taucher folgte ihm seltsam steifbeinig. Lucas riss sich die Maske und die Haube ab, sein Gesicht war schmerzverzerrt. Er schien beim Anblick von Maries leblosem Körper buchstäblich zu ersticken. Auch der andere Mann hatte seinen Kopf aus der Ausrüstung geschält: Es war Edward. Er verlor keine Sekunde, sondern öffnete hastig den Anzug seiner Nichte, bis ihr Oberkörper freilag.

»Was machen Sie da? Sehen Sie denn nicht, dass es vorbei ist?«, schrie Lucas.

»Das Wasser des Sees ist eiskalt, es hat einen Herzstillstand ausgelöst und das Blut zum Stocken gebracht. Wenn sie unterkühlt ist, haben wir noch eine Chance, alles wieder in Gang zu bringen. Holen Sie was, um sie zu wärmen, na los, beeilen Sie sich!«

Lucas kam wieder zu sich und sah den alten Gärtner, nur wenige Meter vom See entfernt. Er stürzte zu ihm, riss ihm die Jacke vom Leib, schrie, er solle Decken holen, und breitete die Jacke über Marie. Edward hatte bereits mit einer intensiven Herzmassage begonnen.

»Massieren Sie ihr Arme und Beine«, befahl Edward, der Marie abwechselnd mit Mund-zu-Mund-Beatmung und Herzmassage bearbeitete.

Lucas fiel neben ihm auf die Knie und löste ihn ab, beide bemühten sich verzweifelt um Maries leblosen Körper.

Lucas' Blick blieb an ihrem bleichen Gesicht hängen, an den eingesunkenen Nasenflügeln, er brach schluchzend zusammen.

»Es ist zu spät ... Marie ...«

Doch Edward gab nicht auf, hartnäckig versuchte er Marie ins Leben zurückzurufen. Zornig schlug er zum letzten Mal mit beiden Fäusten auf die reglose Brust. Eine Art Schluckauf kam aus Maries Kehle, ein zweiter, und dann begann sie unter den ungläubigen Augen der beiden Männer zu husten und Wasser zu spucken. Edward rollte sie sofort auf die Seite, damit sie die Flüssigkeit leichter erbrechen konnte. Lucas stand da und verschlang sie mit Blicken. Doch Edward weckte ihn rauh aus dieser Trance:

»Den Sauerstoff, schnell!«

Lucas gehorchte und schob das Mundstück zwischen Maries Lippen. Langsam bekam ihr Gesicht wieder ein bisschen Farbe.

»Marie, meine Liebe ...«

Während sie flach zu atmen begann und langsam zu sich kam,

betrachtete er sie so fasziniert, als sehe er sie zum ersten Mal. Er zuckte zusammen, als Edward ihn anfuhr.

»Was haben Sie da unten getrieben? Wo waren Sie, als sie ertrank? Beim Tauchen darf man sich nie trennen! Wissen Sie das nicht?«

Lucas begehrte auf.

»Und Sie? Was hatten Sie da eigentlich zu suchen? Was haben Sie mit ihr gemacht?«

Der Adrenalinüberschuss verwandelte die Angst in Zorn, die beiden Männer beschimpften sich heftig und machten sich gegenseitig für Maries Ertrinken verantwortlich. Doch dann wurden sie von einer leisen Stimme unterbrochen.

»Ich bin schuld«, sagte sie schwach. »Ich bin Lucas nicht gefolgt ...«

Die Auseinandersetzung endete abrupt, Edward und Lucas starrten sie an, doch sie hatte schon wieder erschöpft die Augen geschlossen. Wortlos wickelten Lucas und Edward sie in die Decken, die der Gärtner inzwischen gebracht hatte. Lucas brach als Erster das Schweigen, und in seiner Stimme lag eine Spur Misstrauen.

»Wie kommt es, dass Sie hier sind, obwohl die Straße doch wegen der Flut nicht passierbar ist?«

Edward machte nur eine Kopfbewegung nach hinten, und Lucas sah das Wasserflugzeug, es lag am Ponton vor Francks Haus. Sie schwiegen wieder, als sie Marie zum Flugzeug brachten.

Lucas stieg hinten ein, und Edward setzte sich, nachdem er die Leinen losgemacht hatte, auf den Pilotensitz. Er spürte Lucas' argwöhnischen Blick im Rücken und ließ sich endlich zu einer Erklärung herbei: Der Gärtner des Klosters habe die beiden bei den Vorbereitungen für den Tauchgang beobachtet und daher Edward angerufen. Weil der See wegen der ehemaligen Bergwerkschächte voller tückischer Siphons sei, habe er in Sorge um das unvorsichtige Paar, das durch die auflaufende

Flut auch noch für Stunden von der Welt abgeschnitten sein würde, das Wasserflugzeug genommen. Und dann sei er ebenfalls getaucht, um gegebenenfalls Hilfe zu leisten.
»Tolle Intuition«, spottete Lucas.
»Schlichter gesunder Menschenverstand«, erwiderte Edward nur. »Zwei Menschen ist der See schon zum Verhängnis geworden, und Marie ist beim letzten Mal nur knapp davongekommen, reicht Ihnen das nicht?«
Lucas schien das erst einmal zu schlucken, doch kurz darauf griff er erneut an. Er finde es seltsam, sagte er, dass der Gärtner nicht die Polizei gerufen habe, sondern Edward. Dieser überprüfte gerade eilig, ob die Maschine startklar war, und antwortete recht gereizt, er selbst habe den Gärtner gebeten, ihn beim geringsten verdächtigen Vorkommnis auf der Halbinsel zu benachrichtigen. Bei den nächsten Worten wurde Edwards Stimme laut:
»Muss ich Sie etwa daran erinnern, dass in letzter Zeit mehrere Mitglieder unserer Familie umgekommen sind? Und jedes Mal bestand eine Verbindung zum See. Ich kann an meinem Verhalten wirklich nichts Seltsames finden!«
Marie konnte nicht mehr. Die Auseinandersetzung der beiden Männer gab ihr den Rest. Sie legte Lucas besänftigend die Hand auf den Arm und wandte sich mit vor Erschöpfung heiserer Stimme an ihren Onkel:
»Wir haben dir noch nicht einmal gedankt.«
Lucas setzte widerwillig zu einigen Dankesfloskeln an, die jedoch im Motorenlärm untergingen. Marie warf ihm einen beunruhigten Blick zu: Sein Zorn auf Edward erschien ihr völlig übersteigert, sie fragte sich nach den Ursachen. Eigentlich hätte er doch ihr böse sein müssen, weil sie sich nun schon zum zweiten Mal sträflich unvorsichtig verhalten hatte, doch anscheinend ließ er seine Wut lieber an ihrem Onkel aus. Jetzt wurde ihr klar, welche Angst er um sie ausgestanden haben musste.

Dieser Gedanke rührte sie, sie schmiegte sich dicht an ihn. Sie musste lächeln, als sie ihre Wirkung auf ihn spürte, doch immerhin konnte er seine ernste Miene wahren. Er räusperte sich und sah sie streng an.

»Wieso zum Teufel bist du von der geplanten Strecke abgewichen?«

Instinktiv blickte sie auf den See hinunter, den sie gerade überflogen.

»Ich bin von etwas Eigenartigem verfolgt worden. Zwei leuchtend grüne Augen, wie die der Scharlachroten Königin …«

Marie hätte gewettet, dass er wieder die Augen verdrehen und sich über sie lustig machen würde. Sie hätte die Wette verloren. Lucas zuckte nur mit den Achseln und schrie ihr über den Propellerlärm hinweg zu, sie erzähle Unsinn.

* * *

Edward vertäute rasch das Flugzeug am Steg, dann warf er Lucas die Schlüssel des Geländewagens zu und bat ihn, Marie schleunigst ins Herrenhaus zu bringen, dort werde sie bereits von einem Arzt erwartet.

Marie protestierte, sie wollte auf ihren Onkel warten, doch dieser schien wirklich wütend zu sein. Sie sollten den Wagen dann zu ihm zurückbringen lassen, schnappte er. Er müsse das Flugzeug in Sicherheit bringen, es sei ein Hagelschauer angesagt.

Marie fühlte sich wie ein gescholtenes Kind. Lucas hob sie auf die Arme, um sie zum Wagen zu tragen. Sie protestierte zwar und behauptete, sie fühle sich wieder bestens, doch er weigerte sich standhaft, sie abzusetzen. Sie gab schließlich nach und nutzte diese günstige Gelegenheit, um seine Halsgrube zu küssen, was, wie sie befriedigt feststellte, nach wie vor große Wirkung auf ihn hatte, auch wenn er sich alle Mühe

gab, eine marmorne Haltung zu bewahren. Als er den Motor zum zweiten Mal abwürgte, brach sie in Gelächter aus.
»Nervös?«
»An wem mag's wohl liegen?«, murmelte er bloß.
Sanft legte sie ihre Hand auf seine und schwieg.

Während der Fahrt zum Herrenhaus schien Lucas in düsteren Gedanken vertieft. Marie machte eine Bemerkung darüber, bereute es jedoch sofort, als sie merkte, wie heftig sein Misstrauen gegenüber Edward noch war.
»An diesem wundersamen Auftritt unten im See stimmt doch was nicht. Außerdem habe ich da etwas Seltsames beobachtet, was ich ziemlich verdächtig finde: Als ich in der Hausruine ankam, war dein Onkel schon da, ganz in deiner Nähe. Und ich könnte schwören, dass er einen Gegenstand, der neben dir lag, weggezogen hat. Kannst du dich nicht an irgendetwas Derartiges erinnern? Was ist geschehen, bevor du ohnmächtig wurdest?«
Marie schloss die Augen. Ihre letzte Erinnerung war der Dachbalken, der plötzlich auf sie gestürzt war, dann, bevor sie fast ertrunken wäre, ihre verzweifelten Versuche, das Mundstück des Atemgeräts zu erreichen, das sie fast berührt hatte. Und da hatte sie den Eindruck gehabt, es habe sich bewegt.
»Und wenn es dieses Ding mit den grünen Augen war, das es weggezogen hat?«
Lucas lachte sarkastisch.
»Oder vielleicht das Ungeheuer von Loch Ness?«
Marie sah ihn an.
»Unterstellst du etwa, Edward hat den Dachbalken absichtlich auf mich niederstürzen lassen? Und dann den Lungenautomaten weggezogen? Und erst als er dich gesehen hat, so getan, als wollte er mich retten?«
Lucas nickte.

»Ich kann es nicht beschwören, aber Edward ist ein Sullivan, außerdem hat er ein Interesse daran, dich als Erbin auszubooten.«
»Das passt doch alles nicht zusammen!« Marie wurde wütend. »Er hat sich genauso wie Louise dafür eingesetzt, dass ich meinen Anteil am Erbe und alle meine Rechte erhalte! Und außerdem kann er nicht seine eigene Tochter umgebracht haben – in der Nacht, in der Alice getötet wurde, war er in der Brennerei!«
»Ich darf dich daran erinnern, dass er für die Nacht, in der Kelly und der Zwilling starben, kein Alibi hat. Und es ist nicht auszuschließen, dass Franck und Edward gemeinsam agieren …«
Marie schwieg. An diese Möglichkeit hatte sie noch nicht gedacht. Aus Mangel an Urteilsfähigkeit, oder war sie nicht objektiv, weil es um ihre neugewonnene Familie ging? Nach ernsthafter Selbstprüfung kam sie zu dem Schluss, dass ihre Überzeugung mit Lucas' Argumenten nicht in Einklang zu bringen war. Dass er seinen Verdacht auf Edward so sehr betonte, störte sie. Sie spürte, dass ihr eine wichtige Information fehlte.
Als sie in Sichtweite des Hauses waren, wurde sie durch Hélènes Anblick aus ihren Gedanken gerissen. Ihre Schwiegermutter stand allein im Rosengarten und warf etwas auf die blühenden Büsche. Seltsamerweise beachtete Lucas seine Mutter gar nicht, sondern fuhr einfach weiter.
»Willst du nicht anhalten? Hast du sie nicht gesehen?«
Er bremste abrupt und warf einen Blick in Hélènes Richtung. Sein Gesicht blieb ausdruckslos, er machte keine Anstalten, zu ihr zu gehen. Marie seufzte, sie verstand, dass er seiner Mutter böse war, weil sie ihm ihre und seine Vergangenheit vorenthalten hatte.
»Sie hat bestimmt ihre Gründe gehabt, du darfst sie nicht verurteilen, bevor du mehr darüber weißt. Und jetzt ist sie so

hilflos, da kannst du sie nicht einfach wie eine Fremde behandeln.«
Er wandte nur wortlos das Gesicht ab. Marie war eher traurig als zornig, als sie aus dem Wagen sprang und auf Hélène zuging. Im Näherkommen bemerkte sie erstaunt, dass Hélène immer wieder Brotbröckchen auf die Rosenbüsche warf. Eine Weile sah sie ihr fasziniert zu, dann nahm sie sie sanft beim Arm.
»Hélène? Dein Sohn ist da, komm mit …«
Hélènes Gesicht leuchtete in einem glücklichen Lächeln auf, als sie Lucas bemerkte, der endlich aus dem Wagen gestiegen war. Er ließ es zu, dass sie ihn an sich drückte und ihm zärtlich übers Gesicht streichelte, doch trotz der liebevollen Worte, die sie murmelte, blieb sein Gesicht ausdruckslos.
»Mein Kleiner, mein lieber Junge, mein Baby …«
Er schien fast gereizt und brachte sie hastig im Fond des Wagens unter. Marie verkniff sich die Vorwürfe, die ihr auf der Zunge lagen, sie erinnerte sich sehr genau, wie böse sie ihrer eigenen Mutter gewesen war, weil sie ihr die Vergangenheit verschwiegen hatte. Im Rückspiegel warf sie noch einen Blick auf die Rosenbüsche, seltsam, dachte sie, schon wieder hat Hélène sich merkwürdig verhalten.

***

Edward, der sein steifes Bein sichtlich erschöpft nachzog, ging durch den Flur auf sein Schlafzimmer zu. Er verlangsamte seinen Schritt, als er PMs Stimme hörte, der sich am Telefon in der Halle nach den Abfahrtszeiten der Fähren erkundigte. Edward ging zu ihm.
»Nun? Haben Sie den Gesuchten doch nicht gefunden?«
PM lächelte ihm verkniffen zu und versuchte, seine Panik zu verbergen, doch vergeblich. Seine Hand zitterte, als er auflegte, er versuchte sich möglichst rasch davonzumachen. Lei-

der habe er gerade gar keine Zeit für ein Gespräch, entschuldigte er sich vage.

Doch Edward hielt ihn am Arm zurück und bat ihn um ein paar Augenblicke seiner kostbaren Zeit.

»Eins der Silos in der Brennerei hat sich anscheinend von selbst geöffnet, wir müssen den gesamten Mechanismus überprüfen, und da brauche ich jeden starken Mann. Diese Hilfe können Sie mir doch nicht verweigern.«

PM erbleichte.

»Geht es nur um den Mechanismus? Sie wollen die Silos nicht leeren?«

»Doch natürlich! Das ist ja gerade die Hauptarbeit. Irgendwas nicht in Ordnung? Fühlen Sie sich nicht gut?«

PM schien mit einer Übelkeit zu kämpfen.

»Nein, das heißt, ich muss unbedingt ... Könnten wir uns unterhalten? Ich meine jetzt sofort und unter vier Augen?«

Edward zog PM mit in sein Zimmer, drückte ihn auf einen Stuhl und betrachtete ihn neugierig. Der arme PM, der nicht recht wusste, wie er sein unbeabsichtigtes Verbrechen gestehen sollte, verstrickte sich heillos in alle möglichen Satzanfänge. Edward wartete höflich ab, ob sein Gast vielleicht doch noch einen Ausweg aus dem Wortgestrüpp fände, und suchte sich derweil Kleidung zum Wechseln. Dann entschuldigte er sich und ging ins Badezimmer, wobei er aber die Tür halb offen ließ, um, wie er sagte, durch ein wenig Distanz bessere Bedingungen für die Mitteilung offensichtlich heikler vertraulicher Angelegenheiten zu schaffen. Pierre-Marie, so allein gelassen, ging im Zimmer auf und ab, bis er sich nach einigen Umschweifen endlich ins kalte Wasser stürzte.

»Ich flehe Sie an, schwören Sie mir, dass Sie für sich behalten, was ich Ihnen jetzt sage.«

»Sie werden doch nicht an meinem Wort zweifeln, mein Lieber!«, rief Edward aus dem Badezimmer.

»Aber nein! Gar nicht, überhaupt ...«

PM fühlte sich wie auf einem Sprungbrett über einem Haifischbecken. Im Badezimmer hatte Edward ein zynisches Grinsen aufgesetzt, neben dem ein Haifischgebiss eher harmlos gewirkt hätte. Er stieß PM den Dolch in den Rücken, damit er endlich sprang.

»Ich nehme an, Sie wollen mit mir über Ryan sprechen?«

Edward begann sich vor dem Spiegel zu entkleiden.

»Sollten Sie ihm endlich auf die Spur gekommen sein?«, hakte er nach.

»Äh ja, aber … Ganz so einfach ist es nicht … Es ist … Wie soll ich sagen?«

»Unglaublich? Ungeheuerlich?«, schlug Edward amüsiert vor und tat dann vor seinem Spiegel etwas wirklich Unglaubliches.

Er griff sich ins kräftige Haar und schien sich mit bloßen Händen skalpieren zu wollen. Die Frisur klappte nach vorn, und er zog vorsichtig die Haut von seinem Gesicht. Unter der hauchdünnen Maske erschien nun ein anderes Gesicht. Ryans Gesicht.

Im Schlafzimmer versuchte PM immer noch zu erklären, warum er gezwungen gewesen war, just die Person zu töten, mit der er gerade sprach …

»Er hat sich buchstäblich auf mich geworfen! Es war ganz klar Notwehr, er wollte mich töten, das schwöre ich Ihnen, er ist verrückt. Wenn Sie wüssten, wie verrückt!«

PM schmückte alles großzügig aus, er konnte ja nicht wissen, wie seine Lügen bei seinem Gesprächspartner ankamen. Ryan hätte fast aufgelacht, beherrschte sich aber und wusch sich den Schweiß vom Gesicht, cremte es und befeuchtete die Innenseite der Maske. Mit diebischem Vergnügen drängte er seinen Bruder, ihm das Versteck des Leichnams zu verraten.

»Das ist es ja! In einem der Silos!«, gestand PM kläglich und brach auf einem Stuhl zusammen. »Sie müssen diese War-

tungsarbeit unbedingt absagen, ich will nicht den Rest meiner Tage im Gefängnis verbringen!« Dann wurde PM wütend.
»Und überhaupt sind Sie an allem schuld!«
Ryan wollte die Maske gerade wieder übers Gesicht legen. Er stutzte.
»Ich?«
»Wenn Sie mir die Waffe nicht gegeben hätten, wäre nichts passiert!«
»Sie haben mir Ihren Bruder als ein solches Ungeheuer beschrieben …«
Ryan fuhr sich mit dem Kamm durchs Haar und beendete so sein Werk. Er blickte noch einmal prüfend in den Spiegel, zog den Kragen gerade und ließ ihn so weit offen, dass man den kleinen goldenen Schlüssel an der Kette blinken sehen konnte. Dann zog Ryan befriedigt ein wenig die Schultern hoch, und Edward Sullivan kehrte gelassen zu PM ins Schlafzimmer zurück. PM starrte sofort gebannt auf den kleinen Schlüssel. Der funkelnde Schatz der Scharlachroten Königin schoss ihm durch den Kopf und zugleich Ryans letzte Worte. Der Kerl hatte die Wahrheit gesagt!
Edward las im Gesicht seines Bruders wie in einem offenen Buch. Der erregte Blick verriet ihm, dass der Köder seine Wirkung tat.
»Ich kann mir vorstellen, wie Ihnen zumute ist. Das ist ja furchtbar. Und ein solcher Skandal wäre dem Ruf unserer Brennerei alles andere als förderlich.«
Wie zur Besiegelung eines Paktes streckte er PM die Hand hin, um das großzügige Angebot, das er jetzt machen wollte, glaubwürdiger erscheinen zu lassen.
»Ich darf Sie in einer solchen Notlage nicht allein lassen. Ich werde dafür sorgen, dass Ryans Leiche verschwindet.«
»Aber wie?«
»Je weniger Sie wissen, desto weniger Sorgen brauchen Sie sich zu machen. Und ich erspare Ihnen besser die makabren

Details. Es ist wahrscheinlich schon schlimm genug, wenn man seinen eigenen Bruder getötet hat, oder?«
PM nickte schmerzlich und blickte dann dankbar zu Edward auf.
»Ich danke Ihnen aus tiefstem Herzen. Einen Mann wie Sie hätte ich gern zum Bruder gehabt.«
»O bitte, betrachten Sie mich doch als solchen, lieber Pierre-Marie.«

18

Franck Sullivan trat leise in den großen Salon. Lange betrachtete er Marie, die sich aufmerksam über die auf dem Tisch ausgebreiteten Dokumente beugte. Ein Jammer, dass dieses Mädchen ein weiblicher Bulle war!

Genüsslich ließ er seinen Blick über die Kurven ihres Körpers gleiten, er fühlte sich wie ein gefesselter Bär vor einem Honigtopf. Dann, als er sah, dass sie die Pläne des Besitzes studierte, ging er zu ihr.

»Versuchst du abzuschätzen, wie groß dein Anteil nach Alice' Tod ist?«

Sie fuhr hoch und sah ihn schockiert an. Er lächelte schuldbewusst.

»Verzeih ... Ich falle über alles und jeden her, dabei bin ich derjenige, der sich Vorwürfe machen muss. Ich habe Alice völlig verkannt. Ich habe sie ständig kritisiert, ich habe nicht verstanden, dass ihre Neigung zu guten Ratschlägen eben ihre Art war, mich schützen zu wollen ...«

Er schien mit seinen Gefühlen zu kämpfen, als er erklärte, wie sehr er seine heftige Reaktion bereue, als er bei der Testamentseröffnung von Alice' Homosexualität erfahren habe. Kelly sei die Einzige gewesen, von der Alice Liebe erfahren habe, in der Familie sei seine Schwester nur auf Gleichgültigkeit und Unverständnis gestoßen. Er könne sich nun vorstellen, wie unglücklich sie gewesen sein müsse. In seiner Kind-

heit habe sie sich bemüht, ihm die fehlende Mutter zu ersetzen, und genau das habe er ihr immer vorgeworfen.
»Ich hätte nie gedacht, dass sie mir so fehlen würde …«
Marie war gerührt von dem Leid, das er offenbar zu verbergen versuchte. Sie streckte liebevoll die Hand nach ihm aus und versuchte diesen ersten Moment der Nähe zu ihrem Cousin zu nutzen, um mehr über ihn zu erfahren. Er erzählte ihr, dass seine und Alice' Mutter, Alison, eine Amerikanerin, sich nie mit dem Leben auf Killmore hatte anfreunden können und in ihre Heimat zurückgekehrt war.
»Ohne ihre Kinder?«, fragte Marie erstaunt.
Franck antwortete ausweichend. Er wolle niemanden verurteilen, aber Louise habe ihre Verbindungen spielen lassen und Edward unterstützt, der um das Sorgerecht gekämpft hatte. Und als Alice und er groß genug gewesen seien und verlangt hätten, ihre Mutter kennenzulernen, sei diese schon wieder verheiratet gewesen und habe eine neue Familie gegründet. Das Band sei zerschnitten gewesen.
Marie beobachtete das leicht bittere Lächeln, das immer um seinen Mund schwebte. Wahrscheinlich wollte er sich so vor seinen Gefühlen schützen. Noch schwankte sie zwischen Mitgefühl und Misstrauen. Sie hatte Lucas' Worte nicht vergessen. Vielleicht steckten Franck und Edward unter einer Decke, was Alice' und Kellys Tod anging. Doch aus welchem furchtbaren Grund hätten sie so nahe Angehörige töten sollen? Als hätte er ihre Gedanken gelesen, wurde auch Francks Blick wieder misstrauisch.
»Warum sagst du mir nicht offen, was du suchst?«
Die Antwort überraschte ihn sichtlich.
»Hat es die Rosenbeete immer gegeben?«
»Nein … Früher war da ein großer Teich mit Fischen. Als ich knapp ein Jahr alt war, wäre ich fast darin ertrunken. Mein Vater hat ihn deshalb zuschütten und einen Rosengarten darauf anlegen lassen. Warum stellst du mir solche Fragen?«

»Weil ich … Die Form der Beete hat mich erstaunt. Und auch, dass sie da so mitten im Park liegen …«
Doch Franck ließ sich nicht täuschen.
»Schade, dass du mir nicht vertraust, Marie.«
Er berührte leicht ihr Gesicht.
»Wie auch immer, ich bin unendlich glücklich, dass du noch lebst.«
Marie, von dieser ungewohnten Zärtlichkeit berührt, nahm seine beiden Hände und drückte sie liebevoll. Lucas stand in der Tür und sah empört zu.

***

Seit Jill Ronan zum ersten Mal angesehen hatte, litt Juliette unter heftiger Eifersucht. Seither hatte Jill die Beziehung des jungen Paares vergiftet, obwohl Ronan Juliette mit allen Mitteln davon zu überzeugen versuchte, dass er für Jill lediglich Mitleid empfand. Doch in Juliettes gekränktem Herzen überwogen die Zweifel. Sie war sich durchaus darüber im Klaren, dass ihre Verdächtigungen und Vorwürfe sie in Ronans Augen nur herabsetzten, doch sie konnte sich nicht zügeln und beschloss zu handeln.
Sie schlich sich lautlos in den Flur, an dem die Schlafzimmer des gegenüberliegenden Flügels lagen, und belauerte Francks Tür. Es dauerte lange, bis dieser endlich sein Zimmer verließ. Als seine Schritte auf der Treppe verhallt waren, stahl sie sich in den Raum. Sie zog unter ihrer Jacke das Mikrophon des Babyphons heraus und suchte nach einem günstig gelegenen Versteck dafür.

Ob nun aus Eifersucht oder aus strategischen Gründen, jedenfalls fiel Lucas sofort über Franck her.
»Ich bin sicher, Sie wissen mehr über François Maréchal! Die Morde an Kelly und Alice stehen im Zusammenhang mit sei-

nem Verschwinden und mit seiner Suche nach dem Schatz der Scharlachroten Königin. Wann haben Sie Maréchal zum letzten Mal gesehen?«

Franck fing den überraschten Blick auf, den Marie Lucas zuwarf, und fühlte sich zur Gegenwehr ermutigt.

»Ich bin sehr enttäuscht von Ihnen, Fersen. Sie wollen mir zwei Morde anhängen, bloß weil Sie es nicht ertragen, dass Marie und ich uns auf – leider – sehr unschuldige Art anfreunden ...«

Während er sprach, durchquerte er den Salon und wandte sich vor dem Hinausgehen noch einmal an Lucas:

»Ich finde Ihr Vorgehen nicht sehr professionell, vielleicht bekommt Ihnen die Ehe nicht.« Er lächelte Marie liebevoll zu und schloss die Tür.

»Blödmann«, knurrte Lucas.

Marie nahm seinen Kopf in beide Hände und zwang ihn, sie anzusehen.

»Ich finde es ja schön, dass du eifersüchtig bist ... Aber dieser Bluff mit dem Journalisten ... Da bist du ein bisschen zu weit gegangen, findest du nicht?«

»Ich bin nicht eifersüchtig, ich bin hellsichtig«, widersprach er ihr. »Und offensichtlich muss ich für zwei den klaren Blick bewahren ...«

Sie prustete los. »Gut gebrüllt, Löwe ... Aber du glaubst doch wohl nicht, dass ich das ernst nehme?«

Marie, nur mit einem Seidenhemd bekleidet, bürstete sich das Haar, um es dann zu einem lockeren Knoten hochzustecken. Lucas, der, ein Handtuch um die Hüften geschlungen, aus dem Bad gekommen war, genoss diesen Anblick, während er ihr aufmerksam zuhörte. Nach einigem Zögern hatte sie sich doch entschlossen, ihm zu berichten, was ihr Franck über den zu einem Rosengarten umgestalteten Fischteich erzählt hatte.

»Damals war er erst ein Jahr alt, also hat man den Teich 1968 zugeschüttet. Hélène hat nicht rein zufällig Brotkrumen gestreut, sie war schon einmal hier, so viel ist klar.«
Lucas überlegte, während er sich anzog.
»Aber dann hätte Edward sie wiedererkannt, und auch Louise hätte ihre Stimme erkennen müssen.«
»Vielleicht haben sie sie erkannt, hatten aber gute Gründe, nichts zu sagen …«
»Was für Gründe?«
Sie hob ratlos die Brauen, meinte dann aber, es habe vielleicht etwas mit dem berüchtigten Familiengeheimnis der Sullivans zu tun, von dem in der Botschaft, die man ihr vor Alice' Ermordung unter der Tür durchgeschoben hatte, die Rede gewesen sei.
Lucas' Handy begann zu vibrieren und unterbrach das Gespräch. Während er den Anruf entgegennahm, öffnete Marie einen kleinen Parfümflakon und ließ den Kristallstöpsel über ihren Hals bis hinunter zum Brustansatz gleiten. Lucas knurrte nur, bevor er das Handy wegsteckte.
»Das war Brody. Anscheinend wollte noch jemand anders mehr über meine Mutter erfahren. Und zwar schon am Tag unserer Hochzeit.«
Maries Hand erstarrte. Ryan!, dachte sie, und ihr Herz setzte aus. Sie ging ins Bad, damit er ihre Verwirrung nicht sehen konnte.
»Und hat er schon eine Vorstellung, wer das sein könnte?«, rief sie.
Der gespielt leichte Ton stand in krassem Gegensatz zu der Sorge in dem Gesicht, das ihr aus dem Spiegel entgegenblickte. Sie entspannte sich ein wenig, als Lucas antwortete, Brody habe gerade eine Untersuchung eingeleitet, um den Betreffenden zu ermitteln.
»Aber für mich ist die Sache klar«, sagte Lucas hart. »Es muss der Zwilling gewesen sein.«

Marie hob erstaunt die Brauen, von der Härte seiner Stimme nicht weniger überrascht als von dieser Meinung. Sie kehrte ins Schlafzimmer zurück, doch Lucas war nicht mehr da. Sie sah die offene Tür, griff nach einem Morgenmantel und hatte ihn kaum übergeworfen, als sie laute Stimmen hörte und dann einen Schrei. Hélène. Sie rannte los.

Sie stürzte ins Zimmer der Fersens und sah, wie ein vor Wut rasender Lucas seine Mutter schüttelte.
»Ich will es wissen! Los, rede, verdammt noch mal! Woher kommst du? Und ich, wer bin ich? Du hast mich mein ganzes Leben lang belogen, jetzt reicht's!«
Hélène krümmte sich ängstlich zusammen, ganz offenbar begriff sie nicht, was vor sich ging. Marie zögerte keine Sekunde. Sie umklammerte Lucas und befahl ihm, seine Mutter loszulassen.
»Bist du verrückt geworden oder was? Glaubst du, sie findet ihr Gedächtnis wieder, wenn du ihr so zusetzt?«
Er wandte ihr sein wutverzerrtes Gesicht zu und stieß sie heftig weg.
»Misch dich da nicht ein! Das geht dich nichts an! Kümmere dich lieber um deine eigenen Angelegenheiten!«
Marie wurde blass. Sie sah ihm nach, als er sich mit langen Schritten entfernte und im Vorbeigehen Marc anrempelte, der zu seiner Frau eilte.
»Was ist los? Marie, antworte mir!«, bat er sie, erschrocken über die Blässe seiner Schwiegertochter und den Zustand seiner Frau.
Doch Marie empfahl ihm nur, Hélène nach Hause zu bringen, weit weg von Killmore, bis sich Lucas beruhigt hätte. Hélène fiel ihr mit erstaunlich klar und entschieden klingender Stimme ins Wort.
»Ich gehe nicht weg. Nichts wird mich von meinem Sohn trennen, das hat er mir geschworen.«

Marie warf Marc einen fragenden Blick zu.
»Das stimmt, Lucas hat es ihr versprochen.«
Auf dem Rückweg ins Schlafzimmer spürte Marie, dass ihr Zorn über Lucas' Verhalten ein ungutes Gefühl bei ihr hinterlassen hatte, eine Enttäuschung, die einen kleinen Keil zwischen sie getrieben hatte. Sie hätte nie gedacht, dass er derart die Fassung verlieren könnte. Und diese mangelnde Selbstbeherrschung, die sie zum ersten Mal erlebt hatte, hatte eine Unsicherheit bei ihr hinterlassen, über die sie gar nicht weiter nachdenken mochte.
Lucas war im Bad, als sie ins Zimmer zurückkam. Der Wasserhahn war bis zum Anschlag aufgedreht. Sie spähte durch die Tür und sah, dass er sich Wasser ins Gesicht spritzte und es dann unter den Strahl hielt. Als er sich wieder aufrichtete, trugen seine Züge einen Ausdruck von Leid, den sie an ihm noch nicht kannte. Besser hätte er etwaige Tränen nicht verbergen können, dachte sie selbst verstört. Hélènes und Marcs Lügen hatten ihn tief getroffen, so viel war sicher. Seine tiefsten Gewissheiten waren zerbrochen. Sie trat näher und bemerkte, dass er ihrem Blick im Spiegel auswich.
»Es tut mir leid … so leid …«, stammelte er, völlig hilflos.
Dieses Eingeständnis von Schwäche erfüllte Maries Herz mit einer Woge von Zärtlichkeit, die alle düsteren Gedanken fortschwemmte. Wie hatte sie an ihm zweifeln können, gerade als er sie besonders brauchte? Sie legte die Arme um ihn, suchte seine Lippen und begann sein Hemd aufzuknöpfen. Sie wollte ihn an ihrem Körper wärmen, seine Haut spüren. Sie fühlte, wie er erbebte, doch er machte sich sanft aus ihrer Umarmung los. Sein Gesicht trug immer noch einen Ausdruck tiefer Verzweiflung.
»Ich kann mir nicht verzeihen, was im See passiert ist. Fast hätte ich dich verloren. Durch meine eigene Schuld. Ich dachte, du wärst tot, das Bild verfolgt mich immer noch. Edward hat recht, ich hätte dich nie allein lassen dürfen, niemals …«

Marie unterbrach ihn sanft, erinnerte ihn daran, dass sie selbst unvorsichtig gewesen war, dass sie alle Tauchregeln missachtet hatte und von der Route abgewichen war.
»Aber siehst du, es war eben noch nicht die mir vorherbestimmte Stunde«, scherzte sie mit einem gezwungenen Lächeln. »Wie in der Grotte, da war es auch noch nicht so weit, weißt du noch?«
»Wovon redest du?« Lucas klang schon wieder gereizt.
Sie dachte, auch er scherze.
»Von der Strandräubergrotte! Als wir von der Flut eingeschlossen waren, ich werde nie vergessen, was du mir im schlimmsten Augenblick gesagt hast ...«
Sie hatten gedacht, sie müssten ertrinken. Und dennoch war es eine ihrer schönsten Erinnerungen, denn damals hatte er als Liebeserklärung diesen Satz zu ihr gesagt, der zu ihrem gemeinsamen Talisman geworden war.
Warum erscheint immer alles möglich, wenn alles unmöglich wird ...
Doch in Lucas' Blick lag nur irritierte Verständnislosigkeit. Er machte eine ungeduldige Geste, die Marie zusätzlich verwirrte. Und wieder fing er mit seinen Selbstvorwürfen an: Als er sie geheiratet habe, habe er geschworen, immer für sie zu sorgen, sie immer zu beschützen, doch dieses Versprechen habe er nicht gehalten, und das sei unverzeihlich. Sosehr sie ihm die Schuldgefühle auch auszureden versuchte, was immer sie auch zu seiner Beruhigung vorbrachte, nichts half. Lucas war völlig deprimiert und fühlte sich ihrer so unwürdig, dass er nicht einmal ihre Zärtlichkeiten anzunehmen vermochte. Er brauche Zeit, um sich selbst zu verzeihen, sagte er leise. Und dann sagte er nichts mehr, während sie sich zum Abendessen umkleideten.

***

Pierrics gute Laune und sein unerschütterlich guter Appetit kontrastierten mit der düsteren Stimmung, die inzwischen bei den gemeinsamen Mahlzeiten im großen Esszimmer üblich war.
Ronan beobachtete besorgt Juliette, die links neben Franck saß und mit ihm flirtete, während sie mehr Wein trank, als gut für sie war. PM fühlte sich offensichtlich gar nicht wohl, er rührte sein Essen praktisch nicht an. Jedes Mal, wenn die Tür aufging, zuckte er zusammen, er sorgte sich, weil Edward noch nicht da war. Endlich, gegen Ende des Essens, erschien Edward. Mit einem der Silos in der Brennerei habe es ziemliche Probleme gegeben, entschuldigte er sich.
PM wurde augenblicklich kalkweiß. Edward ließ ihn ein wenig schmoren, dann sah er ihm fest in die Augen und sagte, er habe selbst dafür gesorgt, dass nun alles wieder in Ordnung sei. Der erleichterte PM konnte wieder lächeln und machte sich genüsslich über die Käseplatte her. Sogar seinen Hang zu provozierenden Bemerkungen hatte er wiedergefunden. Er hob das Glas auf das Wohl seiner Nichte und brachte einen Trinkspruch auf sie aus: Er sei so glücklich, dass sie heil und gesund vor ihm sitze und nicht von einem tragischen Schicksal ereilt worden sei wie jener unselige Journalist, der nach dem Schatz gesucht habe …
Ärgerlich versuchte Franck, ihn von diesem Thema abzubringen: »Diese Schatzgräbergeschichte ist wirklich albern, ein Ammenmärchen!«
»François Maréchal sah das anders!«, ließ sich plötzlich Jill vernehmen.
Marie und Lucas wandten sich ihr sehr aufmerksam zu, denn schon Francks Verärgerung hatte ihnen zu denken gegeben.
»Was weißt du denn darüber?«, mischte sich Edward rasch ein.
Jill sah ihn verblüfft an. Wirklich, seit diesem Unfall in Südamerika war ihr Großvater nicht mehr er selbst.

»Weißt du es denn nicht mehr? Als er zum Mittagessen hier war, hat er uns erzählt, seine Recherchen hätten ergeben, dass der Legende nach jeder der Stiefsöhne von Königin Dana mit einem der Schlüssel begraben worden sei, die Zugang zum Schatz gewähren.«

PM lauschte gebannt, denn Jill bestätigte gewissermaßen, was Ryan ihm erzählt hatte.

»Er hat gesagt, er hätte die Gräber der fünf Prinzen lokalisiert«, fuhr Jill fort, »er hätte die Schlüssel zum Versteck des Schatzes, er müsste nur noch den Zugang finden.«

»Hat dieses Gespräch lange vor seinem Verschwinden stattgefunden?«, erkundigte sich Lucas.

»Nein, nur ein paar Tage vorher …«

Sie stockte und sprang auf, als wäre ihr ein schrecklicher Gedanke gekommen.

»Und wenn seine Verlobte Claire doch recht gehabt hätte? Sie ist hergekommen und hat uns mit allem Möglichen gedroht, wisst ihr noch?«, fragte sie aufgeregt in die Runde. »Sie hat behauptet, einer von uns hätte François Maréchal umgebracht! Um an den Schatz zu kommen!«

Louise versuchte, energisch einzugreifen und ihre Urenkelin zu beruhigen, doch diese wurde immer hysterischer.

»Und wenn jetzt alle Sullivans für das büßen müssten, was einer von uns getan hat? Erst Mama, dann Kelly, und heute Morgen ist Marie nur knapp davongekommen! Wer von uns ist als Nächster dran? Und wer tut so was? Wer?«

»Die Polizei kümmert sich darum, Jill, bitte beruhige dich!«, sagte Edward und nahm sie fest in die Arme.

Lucas hatte Franck nicht aus den Augen gelassen, er starrte ihn sogar so demonstrativ an, dass Franck schließlich ebenfalls aufsprang, seine Serviette auf den Tisch warf und ihn angriff.

»Warum starren Sie mich so an? Diese unbegründeten Verdächtigungen werden allmählich unerträglich!«

Er ging hinaus und warf die Tür hinter sich ins Schloss. Auch Marie hatte sämtliche Sullivans beobachtet. Wenn wir schon so weit sind, können wir die Sache auch gründlich klären, dachte sie und brach das nach Francks stürmischem Abgang eingetretene Schweigen.

»Ich habe Claire Varnier wegfahren sehen, sie wirkte sehr aufgebracht. Lucas war dabei, es war am Tag vor unserer Hochzeit!«

Während sie weitersprach, fasste sie einen nach dem anderen fest ins Auge.

»Warum habt ihr mir nicht früher von Claires Drohungen erzählt? Worauf habt ihr gewartet? Auf noch mehr Tote?«

»Ich war diejenige, die darum gebeten hat, dass alle Stillschweigen über den Besuch und die Drohungen dieser jungen Frau bewahren!«, sagte Louise gebieterisch.

Dann wandte sie sich etwas sanfter an Marie.

»Ich wollte nicht, dass deine Hochzeit dadurch verdorben wurde.«

Lucas, der spürte, dass dieses eigentlich schwache Argument bei seiner Frau verfing, setzte das Familienverhör fort.

»Und warum wurde selbst nach Alice' Tod nicht darüber gesprochen?«

Louise sank niedergeschlagen auf ihrem Stuhl in sich zusammen. Edward stand ihr energisch bei: »Sie vergessen, wie sehr wir alle von diesem schrecklichen Mord getroffen waren. Alice war meine Tochter, Jills Mutter, Francks Schwester und Louise' Enkelin! Wir haben einfach nicht mehr an die unsinnigen Drohungen der armen Claire gedacht!«

»Ein solcher kollektiver Gedächtnisverlust ist wenig glaubwürdig«, widersprach ihm Lucas. »Wenn Sie etwas zu verbergen gehabt hätten, hätten Sie sich genauso verhalten, das müssen Sie zugeben …«

***

Marie leerte zum zweiten Mal Angus' überquellenden Aschenbecher und schenkte heißen Kaffee nach. Sie hatten alle Fragen im Zusammenhang mit diesem Fall aufgelistet, die Tafel war vollgeschrieben. Marie versuchte, sie nach Themen zu ordnen. Es gab drei Hauptstränge: Bestand das Geheimnis der Sullivans darin, dass einer von ihnen den Journalisten getötet hatte, um einen etwaigen Schatz zu bergen? Welches viel ältere Geheimnis hätte der Brief enthüllt, den Mary Sullivan bei einem Notar für ihre Tochter hinterlegt hatte? Wenn man durch den Diebstahl kein Geheimnis hatte bewahren wollen, warum hatte man denn den Brief gestohlen?

Das dritte Rätsel betraf Hélène und ihren Aufenthalt auf Killmore vor 1968. Die Verbindung zum Mord an dem geheimnisvollen Zwilling schien gesichert. Wenn er nicht getötet worden wäre, hätte er vermutlich Hélènes Geheimnis enthüllt …

»Ich werde mich selbst um alles kümmern, was meine Familie betrifft«, sagte Lucas plötzlich entschieden. Und auf Maries erstaunten Blick hin ergänzte er: »Dafür überlasse ich dir alles, was die Sullivans betrifft.«

Angus verzog zweifelnd das Gesicht.

»Ich würde es eher umgekehrt vorschlagen«, meinte er. »Bei der eigenen Familie fällt die nötige Objektivität immer ein bisschen schwer.«

Lucas' Stimme wurde metallisch, fast überheblich:

»Niemand könnte motivierter sein als ich, schließlich will ich herausfinden, wer ich bin.«

Der autoritäre Ton schien keinen Widerspruch zuzulassen. Angus gab auf, und auch Lucas wurde wieder sanfter und küsste seine Frau aufs Haar.

»Ich gehe jetzt zu meinem Vater.«

Marie machte Anstalten, mit ihm zu gehen, doch er hielt sie mit einer Handbewegung auf.

»Ich spreche lieber allein mit ihm. Wer weiß, vielleicht fällt ihm etwas ein, irgendeine Kleinigkeit, die uns weiterhilft.«

Während Marie ihm nachsah, beschlich sie erneut dieses Gefühl einer Distanz, die sich unmerklich zwischen ihnen zu entwickeln begann. Sie schüttelte den traurigen Gedanken ab und vertiefte sich wieder in die Dokumente über die Legende.

Eine Stunde später stürzte Juliette in die Polizeiwache, tränenüberströmt. Sie warf sich Marie in die Arme und schluchzte, sie habe sonst niemanden, dem sie sich anvertrauen könne. Marie drückte ihr ein Glas Wasser in die Hand und wartete, bis sie sich ein wenig beruhigt hatte.

»Ich habe meine Ehe endgültig zerstört«, sagte Juliette schließlich mit vor Kummer brüchiger Stimme. »Ich habe mich idiotisch verhalten!«

Und wieder brach sie in Schluchzen aus, doch Marie konnte sich die traurige Geschichte aus den wenigen verständlichen Worten zusammenreimen: Juliette hatte sich für Ronans starkes Interesse an Jill rächen wollen und Franck absichtlich provoziert. Sie war in sein Schlafzimmer eingedrungen und hatte ihm eine blöde Verliebtennummer vorgespielt, die Ronan, wie sie wohl wusste, über das zuvor in Francks Zimmer versteckte Babyphon mit anhörte. Sie hatte jedoch nicht vorhergesehen, dass Franck die Komödie durchschauen und ihr eine Lektion erteilen würde.

»Er hat mir mein nagelneues Negligé vom Leib gerissen, mich aufs Bett gestoßen, und dann hat er sich auf mich geworfen und ... Als Ronan wie ein Verrückter die Tür aufgerissen hat, hat Franck mich ... Es war widerlich, er hat mich wirklich schrecklich unanständig geküsst!«

Marie musste ein Lächeln unterdrücken, als sie sich diese Szene vorstellte, doch Juliette war verzweifelt.

»Das verzeiht er mir nie!«

Marie hielt ihr ein Papiertaschentuch hin und rief dann in aller Ruhe Ronan an. Wenige Minuten später war er da, den kleinen Sébastien auf dem Arm und heilfroh, seine Frau wiederzuhaben. Als die glücklich vereinte Familie gegangen war, gestand sich Marie mit einer gewissen Wehmut ein, dass die Liebe des jungen Paars sie mehr gerührt hatte als erwartet. Sie legte die Akten weg und beschloss, nach Lucas zu sehen. Auch sie brauchte ein wenig Trost.

***

PM erschrak, als es hart an die Tür klopfte. Er war gerade beim Packen, er wollte sich unauffällig von der Insel verdrücken und beschloss daher, nicht zu öffnen. Doch das unter der Tür durchscheinende Licht verriet ihn ohnehin, und außerdem war er neugierig zu erfahren, wer zu so später Stunde noch etwas von ihm wollte. Er öffnete die Tür einen winzigen Spalt breit und erkannte Edward. Er dachte sich rasch eine Entschuldigung aus, konnte sie jedoch nicht mehr loswerden, weil dieser schon in sein Zimmer gestürmt war.
Edward runzelte die Stirn, als er einen fast fertig gepackten uralten Louis-Vuitton-Koffer auf dem Bett liegen sah.
»Sie wollen uns verlassen?«
Die Frage ließ, so höflich sie auch gestellt worden war, etwas wie Protest durchschimmern, daher gab sich PM entschieden.
»Ich habe lange nachgedacht. Morgen früh nehme ich die erste Fähre. Nein, nein, Edward, versuchen Sie mich nicht aufzuhalten. Ich bin Ihnen für das, was Sie für mich getan haben, zu lebenslangem Dank verpflichtet. Und Sie werden mir fehlen, wirklich! Aber ich muss meiner inneren Stimme folgen, und nichts wird mich von meinem Entschluss abbringen.«
Edward nickte, aber so wenig beifällig, dass PM ein wenig ängstlich wurde.
»Das wäre sehr bedauerlich«, seufzte Edward schließlich. »Ich wollte Sie gerade um einen Gefallen bitten …«

Was für einen, möchte ich gar nicht erst erfahren, dachte PM. Er wollte vor allem möglichst schnell einen möglichst großen Abstand zwischen sich und Ryans Leiche schaffen und sich in seinem Herrenhaus auf Lands'en verkriechen. Doch dann dachte er an das düstere Gebäude aus grauem Stein, wo ihn eine allenfalls von den Besuchen seiner Gläubiger gemilderte Einsamkeit erwartete, und wurde unsicher.

»Was für einen?«, hörte er sich fragen.

»Marie und Lucas haben recht«, erklärte Edward ruhig. »Der Journalist wurde tatsächlich getötet, weil er den Schatz entdeckt hatte. Der arme Kerl hat einfach zu viel geredet. Aber seine Nachforschungen waren nicht völlig umsonst, jedenfalls nicht für jeden ...«

Er verstummte und führte wie absichtslos die Hand an die Stelle seines Hemdes, wo man den kleinen Schlüssel erahnen konnte.

»Der Ärger ist nur, dass die Bullen mich immer im Auge behalten werden. Sie haben vor allem die Sullivans im Verdacht ... Und das trifft sich schlecht, sehr schlecht ...«

»Wieso?«

Edward musterte ihn und schien sich zu fragen, inwieweit er ihm trauen könne. Dann trat er dicht an PM heran, legte ihm die Hand auf die Schulter und senkte seine Stimme zu einem freundschaftlich-verschwörerischen Murmeln.

»Nur wenn man alle Grabsteine zusammenbekommt, kann man das Versteck des Schatzes finden und öffnen. Ich bin schon sehr lange auf der Suche und fast am Ziel, aber ...«

Der Ausdruck verzehrender Neugier auf PMs Gesicht ermutigte ihn zum Weitersprechen.

»Mit all diesen Verdächtigungen, die an mir kleben, habe ich einfach nicht genug Bewegungsfreiheit. Ich brauche Sie, PM. Sie sind der Einzige, dem ich vertrauen kann.« Der letzte Satz wurde mit zart gefühlvollem Tremolo serviert. »Wenn Sie bereit sind, mir zu helfen, verpflichte ich mich, Ihnen die Hälfte

abzugeben. In ein paar Tagen haben Sie vielleicht ein Vermögen.«
PM, heftig schwankend zwischen Versuchung und Misstrauen, ging auf und ab. Genau wie Jills Äußerungen beim Essen bestätigte das, was Edward jetzt sagte, Ryans Angaben über den Schatz – das Ganze wirkte irgendwie glaubwürdig. Andererseits erinnerte es ihn auch an den Kuhhandel, auf den er sich ein Jahr zuvor mit seinem Bruder eingelassen hatte, um an die Goldbarren der Strandräuber heranzukommen. Diese schlechte Erfahrung blinkte wie eine Warnleuchte in seinem Gehirn. Die bösen Erinnerungen behielten die Oberhand.
»Das ist wirklich sehr nett von Ihnen, Ihr Vertrauen ehrt mich, aber ich habe meinen Platz auf der Fähre reserviert und muss morgen abreisen.«
»Das wäre nicht nur ein Fehler«, seufzte Edward enttäuscht. »Sie haben eigentlich auch gar nicht die Wahl.«
Und dann hielt er eine Plastiktüte hoch – die Waffe, mit der PM Ryan getötet hatte.
»Denken Sie noch einmal darüber nach, mein Guter«, sagte Edward süßlich. »Auf dem Revolver sind Ihre Fingerabdrücke, und ich weiß so viel über Sie, dass Sie mein Angebot kaum ablehnen können ...«
PM unterdrückte seine Angst und versuchte sich an einem empörten Donnern, das jedoch eher als schrille Klage hörbar wurde:
»Soll das eine Drohung sein?«
»Nein, nur eine Ermutigung, Ihre Chance wahrzunehmen, teurer Freund.«
Edward lächelte freundschaftlich.
»Ich mag Sie, PM, ehrlich. Und wir wären ein prächtiges Team.«
Nun, da er keine Wahl mehr hatte, empfand PM zu seiner eigenen Überraschung eher gespannte Freude als Ärger.
»Wissen Sie, woraus der Schatz besteht?«

»Darin sind sich alle Quellen einig, es handelt sich um die königlichen Reserven. Vor allem Gold und natürlich Diamanten aus den Bergwerken der Halbinsel.«
Edward sah ein Leuchten in PMs Augen. Unter dem Schutz seiner Maske dachte Ryan kurz an seinen Bruder zurück, wie er als kleiner Junge gewesen war. Er erinnerte sich an die viel zu kurzen gemeinsamen Kinderjahre, die Sorglosigkeit, an die von ihren unterschiedlichen Lebenswegen zerstörte brüderliche Freundschaft.
»Ich habe ebenfalls Nachforschungen angestellt!« PM war bereits Feuer und Flamme. »Ich weiß, dass der königliche Friedhof zur Zeit der Scharlachroten Königin in der Nähe des Klosters lag. Ursprünglich war es eine Abtei, die nach 1845 und während der großen Hungersnot mehrmals geplündert wurde.«
»Und im Kloster gibt es eine Krypta«, ergänzte Edward, »und da fangen Sie an …«
»Ich? Ich soll ins Kloster rein? Das geht doch gar nicht!«
»Es erscheint mir viel weniger riskant als die Konfrontation mit dem verrückten Ryan«, sagte Edward leicht ironisch. »Und außerdem, mein lieber Bundesgenosse, muss man sich einen solchen Schatz auch verdienen …«

19

Lucas öffnete lautlos die Schlafzimmertür. Marie saß mit dem Rücken zu ihm am Laptop und surfte im Internet. Auch sie suchte nach Informationen über die Gräber der königlichen Erben und war gerade auf einer Seite gelandet, deren Inhalt sie völlig in den Bann geschlagen hatte. Sie war so versunken, dass sie den heranschleichenden Lucas nicht hörte und erschrocken aufschrie, als er ihr die Hände auf die Schultern legte.

Sie fuhr herum und lächelte beglückt, als sie den Mann ihres Herzens erkannte. Sie zog ihn an sich.

»Du hast mir gefehlt ... Du riechst nach Meer und Wind, wo warst du?«

»Ich brauchte einen Spaziergang. Hast du etwas gefunden?«

Sie zeigte auf den Bildschirm. Sie las gerade einen geschichtlichen Abriss über die Insel, in dem auch die Gräber von Danas Stiefsöhnen erwähnt wurden. Angeblich waren die Grabstätten lange vor der großen Hungersnot von den Nonnen auf der Insel der Schimären in ihre Obhut genommen worden.

»Es gibt immer mehr Hinweise aufs Kloster, vielleicht sollten wir dieser Spur mal nachgehen ...«

Lucas antwortete nicht, sondern schaltete den Computer ab. Marie sah ihn erstaunt an.

»Hör zu, Marie, ich hätte dich heute fast verloren, ich will nicht, dass du dich weiterhin in Gefahr begibst, hör auf zu ermitteln.«

»Wie meinst du das?« Marie starrte ihn verständnislos an.

Er legte die Arme um sie, sah ihr tief in die Augen und sprach mit sehr ernster Stimme.

»Ich habe Angst um dich, ich bin für dich verantwortlich, ich will, dass du in Sicherheit bist.«

Sie brauchte einige Zeit, um den Sinn dieser Worte zu erfassen, so abwegig wirkte das Ganze auf sie.

»Du meinst, ich soll aus den Ermittlungen aussteigen?«

Er nickte, der Druck seiner Arme verstärkte sich liebevoll, doch Marie machte sich wütend los.

»Wie kannst du so etwas Ungeheuerliches auch nur denken? Wie konntest du auch nur eine Sekunde lang glauben, das käme für mich in Frage? Ich bin Polizistin, ich habe immer das volle Risiko auf mich genommen, so hast du mich kennengelernt, und unter diesen Bedingungen haben wir mehr als ein Jahr zusammengelebt! Was ist bloß in dich gefahren?«

»Ich habe dich praktisch tot gesehen, Marie! Ich will das nicht wieder erleben! Jetzt bist du meine Frau!«

Maries Augen funkelten vor Wut.

»Diese Heirat wird dir nie das Recht geben, über mein Leben zu bestimmen! Weder du noch sonst jemand wird mich daran hindern, das zu tun, was ich für richtig halte! Und ich finde es schlimm, dass du überhaupt solche Vorstellungen entwickeln konntest!«

Wütend verließ sie das Zimmer.

Sie lief lange durch den Park, bis sie ihre brodelnde Wut über Lucas' Worte halbwegs unter Kontrolle hatte. Sie hätte ihm niemals zugetraut, dass er sie bitten würde, eine Ermittlung aufzugeben. Gerade in der Entscheidung für ein gefährliches Leben waren sie sich ähnlich. Und ihr war bewusst, dass sich neben dem Zorn auch tiefes Unverständnis zwischen sie beide zu schieben begann. Wenn sie verhindern wollte, dass sie sich verloren, musste sie herausfinden, was in ihm vorging. Sie dachte an seine Brutalität seiner Mutter gegenüber. Lucas wusste nicht mehr, wer er war, und in dieser Phase völliger Ungewissheit hatte er nur noch einen Anhaltspunkt, sie, seine Frau. Da war ihm vermutlich der Gedanke, er könne auch noch sie verlieren, was er ja am See fast erlebt hätte, so unerträglich, dass er sie um jeden Preis schützen wollte, notfalls auch vor ihr selbst.

Sie empfand Reue. Wenn ihr ihre Mitmenschen in die Quere kamen, hinderte ihr leidenschaftliches Temperament sie immer daran, gleich das nötige Verständnis aufzubringen. An ihrer Liebe zu Lucas konnte kein Zweifel bestehen, und dennoch hatte sie ihn beim ersten Missverständnis türenknallend verlassen. Er brauchte sie, das schärfte sie sich selbst ein, und sie wollte in Zukunft geduldiger und verständnisvoller sein. An diesen Gedanken klammerte sie sich, es war der erste positive Gedanke seit langem und der einzige, mit dem sich die Erinnerung an Christians Worte und die Warnung im Brautstrauß unterdrücken ließ: dass sie nicht wisse, wer Lucas wirklich sei.

Unbewusst hatte sie den Weg zum Familienfriedhof eingeschlagen. Jetzt erst bemerkte sie die Kühle der Nacht und den süßlichen Duft der blühenden Sträucher. Das kleine schmiedeeiserne Tor quietschte, als sie es öffnete. Sie ging zum Grab ihrer Mutter. Im Dunkeln versuchte sie das Medaillon zu erkennen, das sie auf den Marmorstein gelegt hatte. Es war verschwunden. Plötzlich hing es direkt vor ihren Augen, die Kette baumelte an einer Hand. Ryans Hand. Er stand ihr gegenüber.

»Brauchst du mich?«

Marie war immer wieder fasziniert von seiner Fähigkeit, plötzlich und völlig unerwartet aufzutauchen.

»Beschattest du mich?«

»Ich beschütze dich.« Er lächelte. »Ich spüre es, wenn du mich brauchst.«
Sie unterdrückte die seltsame Mischung aus Zuneigung und Misstrauen, die er ihr jedes Mal einflößte, und versuchte, ihre Stimme kalt klingen zu lassen, als sie ihm PMs These vortrug, wonach Ryan alle diese Morde auf dem Gewissen habe.
Er lachte auf, entschuldigte sich aber sofort: Von seinem Bruder könne man solche Überlegungen erwarten, ihn wundere nur, dass sie sich mit dergleichen aufhalte.
»Welche Motive hätte ich denn deiner Meinung nach?«
»Gesetzt den Fall, du hättest mir Marys Brief gestohlen und vielleicht das Geheimnis entdeckt, das sie ihrem Kind mitteilen wollte. Wenn sie ihrer Familie, vor der sie ja immerhin geflohen ist, irgendwelche Verfehlungen vorgeworfen hätte, wärest du vielleicht wieder auf einem Rachefeldzug, diesmal gegen die Sullivans.«
»Der einzige Sullivan, den ich gern getötet hätte, war Andrew, Marys Vater«, seufzte Ryan. »Und das schon vor vielen Jahren, aber seine Krankheit hat mir die Arbeit abgenommen …«
»Was hat er denn getan?«
Ryan holte tief Luft und schloss die Augen. Die Erinnerung an die Jahre, die eigentlich die glücklichsten seines Lebens hätten sein sollen, tat ihm sichtlich weh: Er hatte Mary geliebt, und sie hatte seine Liebe mit derselben Leidenschaft erwidert.
»Aber Andrew Sullivan hatte andere Pläne mit seiner Tochter, und Ende 1967 hat er sie tatsächlich wegschließen lassen, um uns zu trennen …«
»Das stimmt nicht«, unterbrach ihn Marie, »Louise hat mir erzählt, Mary sei zu dir weggelaufen.«
»Dann hat sie dich angelogen. Oder Andrew hat es ohne Louise' Wissen getan. Mary wusste, dass ihre Familie unsere Verbindung nie zulassen würde …«

Marie spürte den zunehmenden dumpfen Zorn in der Stimme ihres Vaters; die alten Wunden brachen wieder auf, als er die Vergangenheit aufleben ließ.
»Ja, Mary hatte beschlossen, zu mir zu fliehen, wir hatten uns verabredet, und ich habe auf sie gewartet, tagelang … Sie kam nicht. Es dauerte und dauerte, und ich wurde fast wahnsinnig vor Angst. Als ich es nicht mehr aushielt, suchte ich die Sullivans auf. Andrew hat sich furchtbar benommen, beleidigend, er hat es genossen, als er mir sagte, seine Tochter sei an einem sicheren Ort und ich würde sie nie wiedersehen. Wenn er nicht ihr Vater gewesen wäre, hätte ich ihn umgebracht.«
Marie sah in Ryans Blick ein kaltes Schimmern wie in den Augen von Menschen, die ohne Gewissensbisse töten können, einfach so. Doch dann legte sich ein Schleier der Trauer über die blassblauen Augen.
»Ich setzte Himmel und Erde in Bewegung, um sie zu finden. Und einige Wochen nach ihrem Verschwinden tauchte sie plötzlich wieder auf. Meine Schönste, meine Liebste, mein Augenstern, da war sie …«
Marie war fasziniert von dieser nach wie vor unverminderten Liebe Ryans zu Mary. Sie sah, wie er sich von den Erinnerungen davontragen ließ. Sie musste ihre Frage wiederholen, um ihn wieder in die Gegenwart zurückzurufen.
»Was ist ihr denn passiert?«
»Das habe ich sie so oft gefragt, aber sie wollte nie antworten.«
»Warum nicht?«
Es fiel ihm offensichtlich schwer zu antworten, er war am schmerzhaftesten Punkt seiner Erinnerungen angelangt.
»Sie versprach mir, sie würde mir alles erzählen, später … Sie sagte, wenn ich die Wahrheit über das erführe, was ihre Familie ihr angetan hätte, würde ich sie rächen wollen, aber sie wolle nur weg, möglichst schnell ganz weit weg von ihren Eltern und diesem Ort … Ich war so glücklich, dass sie end-

lich bei mir war … Ich habe sie nicht gedrängt, mir gleich alles zu erzählen.«
»Und sie lebte nicht mehr lange genug, um ihr Geheimnis zu enthüllen. Außer vielleicht in dem Brief, den sie mir hinterlassen hat und der mir gestohlen wurde«, seufzte Marie.
Ryan lächelte ihr zu und zog unter seiner Jacke den braunen Papierumschlag hervor, der am Tag ihrer Hochzeit verschwunden war.
»*Du* hast ihn mir gestohlen?«
»Nur ausgeborgt. Das musst du verstehen, es ist alles, was ich von ihr noch habe …«
Er nahm ein von Schimmel und Feuchtigkeit zerfressenes Büchlein aus dem Umschlag.
Die Seiten waren so verklebt, dass es nur noch eine Art Pappe mit zerlaufenen Tintenspuren war. Kein einziges Wort war mehr zu entziffern.
Ryan hatte es in einem Labor untersuchen lassen, doch von Marys Zeugenaussage ließ sich nichts mehr retten. »Allerdings …«
Ryan versuchte Marie in die Augen zu sehen, die beiden hatten sich an das dämmrige Mondlicht gewöhnt. In seinem Blick konnte sie Zögern, gar Angst lesen – er hatte tatsächlich Angst zu sprechen, ihretwegen.
»Gab es noch etwas anderes?«
»Es ist kaum vorstellbar …«
»Sag es mir«, befahl sie.
Da zog er ein ziemlich zerfleddertes Blatt in einer Plastikhülle aus dem Umschlag und gab es seiner Tochter, wobei er ihr Gesicht nicht aus den Augen ließ. Marie vermochte nicht zu glauben, was sie sah. Es überstieg jedes Verständnis … Das mit Pastellkreide gezeichnete Gesicht eines Mannes, und dieser Mann war ohne jeden Zweifel Lucas. Ihr Lucas im Alter von etwa dreißig!
»Das ist nicht möglich!«, brach es aus Marie. »Wie hätte Mary

Sullivan diese Zeichnung 1968 bei einem Notar hinterlegen können? Lucas war damals erst sechs Jahre alt!«

Ryan drehte das Blatt um und zeigte ihr die Inschrift auf dem Rücken. Es war eindeutig Marys Handschrift.

Dieser Mann ist ein Ungeheuer, und was er zeugte, sind Ungeheuer.

Marie fiel in einen Abgrund von Ratlosigkeit und beklemmender Angst. Sie wusste, dass sie sich auf Schlimmes gefasst machen musste.

***

Lucas' dunkle Locken fielen ihm wirr in die Stirn, die im Schlaf entspannten Züge trugen zum ersten Mal seit langer Zeit einen Ausdruck von Sanftheit, fast Glück.

Ein Ungeheuer. Dieses Wort verfolgte Marie, es kreiste in ihrem Kopf, während sie ihren schlafenden Mann betrachtete. Nein, er konnte mit dem Ungeheuer nicht gemeint gewesen sein. Aber sein biologischer Vater. Zu diesem Schluss jedenfalls waren Ryan und sie gekommen. Warum hatte sich Mary die Mühe gemacht, ihn so genau zu zeichnen, und warum hatte sie das Porträt dem Kind hinterlassen, das sie unter dem Herzen trug? Wo war sie diesem Mann begegnet? Wenn Marie den Gedanken weiterverfolgte, dann war Mary vielleicht nicht nur Lucas' Vater begegnet, sondern auch dem kleinen Jungen, der zum Zeitpunkt der Entstehung der Zeichnung knapp sechs Jahre alt gewesen sein musste. Vielleicht also hatte ihre Mutter den Mann kennengelernt, den sie liebte! So faszinierend diese Spekulationen auch waren, sie konnten den schrecklichen Satz nicht vergessen machen.

Dieser Mann ist ein Ungeheuer.

»Nachdem ich das Porträt gesehen hatte und vor allem diesen Satz«, hatte Ryan zu ihr gesagt, »habe ich dich zu warnen versucht und dir in letzter Sekunde den Zettel in den Braut-

strauß gesteckt. Und auch heute Abend beschwöre ich dich, Marie, sei vorsichtig! Trau ihm nicht!«
Sie hatte gegen die Warnung aufbegehrt und ihm leidenschaftlich ihre Liebe und ihr Vertrauen zu Lucas ins Gesicht geschleudert. Doch während sie ihren schlafenden Mann betrachtete, konnte sie den Satz ihrer Mutter nicht aus ihren Gedanken verscheuchen.
Und was er zeugte, sind Ungeheuer.
Sollte auch Lucas ein Ungeheuer sein, wie sein Vater?

***

Marie hatte ihn von Weitem gesehen, er stand ganz in Schwarz gekleidet auf dem höchsten Felsen von Killmore und sah aufs Meer.
»Lucas … Lucas?«
Keine Reaktion. Hatte er sie nicht gehört? Sie schrie: »LUCAS!«
Er reagierte wieder nicht, es war, als existiere sie gar nicht mehr für ihn. Sie packte ihn und zwang ihn, sich zu ihr umzudrehen. Sie erschrak: Seine Augen waren geschlossen, sein Gesicht war totenblass, und aus seiner Nase lief Blut. Wieder rief sie seinen Namen, und da hoben sich die Lider. Sie schrie vor Angst. Seine Augen waren grün. Phosphoreszierend grün, und sie starrten sie drohend an. Mit einer einzigen Bewegung hüllte er sie in ein Leichentuch aus roter Spitze, das sich, sosehr sie auch kämpfte, immer enger um sie zog …

Marie erwachte schweißgebadet und mit wild klopfendem Herzen, sie hatte sich völlig in den Laken verheddert. Es war schon spät und das Bett neben ihr leer. Ihr Zorn half ihr, das lastende Gefühl, das der Albtraum hinterlassen hatte, ein wenig zu zerstreuen. Warum hatte Lucas sie nicht geweckt, damit sie gemeinsam an die Arbeit gehen konnten? Wenn er sie

wirklich von den Ermittlungen ausschließen wollte, würde sie ihm den Krieg erklären.
Nachdem sie sich resolut kalt abgeduscht hatte, um die letzten Traumreste fortzuspülen, setzte sie die Nachforschungen auf ihre Weise fort. Wild entschlossen, sich weitere Informationen über Marys Gefangenschaft und einen etwaigen Aufenthalt Hélènes auf Killmore zu beschaffen, drang sie in das Schlafzimmer ihrer Großmutter ein.
Die alte Dame, die noch in den Kissen lag, hatte trotz ihrer Sehbehinderung klar erkannt, dass ihre Enkelin in heller Aufregung war. Louise ärgerte sich über die Fragen und antwortete mit entsprechender Vehemenz.
»Wenn Hélène, durch welchen Zufall immer, vor 1968 hierhergekommen wäre, wüsste ich es, und ich hätte es dir nicht verschwiegen!«
Weil Marie nicht enthüllen wollte, woher ihre Informationen stammten, behauptete sie, sie habe den Brief ihrer Mutter an sie wiedergefunden. Louise' Ärger verwandelte sich erst in ungläubiges Staunen und dann in Grauen, als sie erfuhr, dass ihr Mann Andrew sie so zynisch belogen hatte.
»Er sagte mir, Mary sei mit ihren Kleidern und ihren persönlichen Habseligkeiten geflohen, er schwor, er habe lange, aber vergeblich nach ihr suchen lassen!«
Die alte Dame verlor alle Fassung, als sie einsehen musste, dass ihr Mann Mary tatsächlich eingesperrt haben musste.
»Und sie musste denken, dass ich von dieser Gefangenschaft wusste und sie einfach im Stich gelassen habe! Mein Engel, meine arme Kleine, sie starb in dem Glauben, auch ihre Mutter habe sie verraten …«
Louise litt sichtlich, untröstlich krümmte sie sich in ihrem Bett. Marie konnte ihr kein Wort mehr entlocken und zog sich schließlich zurück. Gepeinigt von Schuldgefühlen, denn sie hatte nicht nur nichts herausgefunden, sie hatte auch noch ihre Großmutter unnötig gequält.

Sobald der Familienoberhaupt der Sullivans sicher sein durfte, dass Marie weit genug weg war, stieg Louise aus dem Bett, ging zu einem Sekretär, schloss eine Schublade auf und entnahm ihr einen Packen Schwarzweißfotos mit gezackten Rändern. Ohne weiteres Zögern warf sie sie ins Feuer. Die Bilder krümmten sich in den Flammen und zerfielen knisternd zu Asche. Auf einem der Bilder war im Hintergrund das Herrenhaus der Sullivans zu erkennen. Im Vordergrund stand eine junge Frau neben einem etwa sechs Jahre alten dunkelgelockten Jungen und warf Brotkrumen in ein Fischbassin.

***

Lucas ging von dem Fenster, durch das er Marie auf die Wache hatte zukommen sehen, zurück zum Schreibtisch. Schon ihr energischer Gang und das trotzig verschlossene Gesicht hatten ihm verraten, dass von einem Schönwetter-Hoch keine Rede sein konnte. Er lächelte leise.

»Gut geschlafen?«, empfing er sie bei ihrem Eintreten.

»Warum hast du mich nicht geweckt?«

»Ich hab's versucht, aber du hast so fest geschlafen ...«

Sie betrachtete ihn aufmerksam und suchte auf seinem Gesicht nach den Gründen für diese Gelassenheit, doch dann fand sie zu ihrer üblichen Direktheit zurück.

»Hast du immer noch vor, mich von den Ermittlungen auszuschließen?«

»Wenn dem so wäre«, seufzte er, »hätte ich dir bloß eine entsprechende Anweisung zu geben brauchen. Ich bin dein Vorgesetzter, falls du das vergessen haben solltest.«

Sie wollte aufbegehren, doch er lächelte ihr freundlich zu.

»Ich weiß, die Tatsache, dass ich dein Mann bin, verleiht mir keinerlei Rechte, aber auf einen freundlichen Morgengruß hatte ich schon gehofft ... Magst du vielleicht erst mal einen Kaffee?«

Marie wurde sich etwas hilflos ihrer Aggressivität bewusst und folgte ihm zur Kaffeemaschine. Er reichte ihr einen dampfend heißen Kaffee.
»Tut mir leid, ich hab heute Nacht sehr schlecht geschlafen und …«
»Nein, mir tut es leid wegen gestern Abend. Etwas so Idiotisches hätte ich nie sagen dürfen.«
Er sah sie so zärtlich an, dass sie ihren Zorn schmelzen fühlte.
»Nichts auf der Welt ist es wert, dass wir beide so hart miteinander umgehen«, fügte er hinzu und beugte sich zu ihr hinunter, um sie zu küssen.
Marie knurrte leise, als sie Angus hörte, der sich räusperte, um die beiden an seine Gegenwart zu erinnern und diesen Kuss zu unterbrechen, der ziemlich leidenschaftlich zu werden drohte.
»Ich hab gerade mit den Kriminaltechnikern geredet«, sagte er und kramte der Form halber in dem Durcheinander auf seinem Schreibtisch. »Die Autopsie hat ergeben, dass Kelly an einem Bruch der Halswirbelsäule gestorben ist, und zwar lange vor ihrem angeblichen Anruf bei Lucas. Und auch in den See ist sie erst zwei Tage nach ihrem Tod geworfen worden. Jemand hat ihre Stimme verwendet oder imitiert, um Sie auf die Halbinsel zu locken.« Den letzten Satz hatte er in Lucas' Richtung gesprochen.
»Seltsam«, meinte Marie, »auch bei Alice hat der Mörder alles getan, damit wir glaubten, sie sei am See ermordet worden: die Inszenierung mit den Lichtern für den Gärtner, das durchnässte rote Kleid, der rote Schlamm unter den Pferdehufen …«
»Da ist noch etwas«, sagte Angus. »Die im Labor haben auch das Seewasser analysiert. Es enthält vier ungewöhnliche Substanzen: Salpeter, Naphta, Pech und Schwefel. Die Techniker sagen, das sind die Zutaten für das sogenannte Griechische Feuer, flüssiges Feuer!«

Er hielt ihnen einen kurzen Vortrag über diese gefährliche Waffe, die beim Kontakt mit Wasser in Brand gerät. Schon 960 sei es zur Bekämpfung feindlicher Schiffe eingesetzt worden und im 14. Jahrhundert noch im Gebrauch gewesen. Mithin sei es sehr gut möglich, dass auch die Scharlachrote Königin darüber verfügt habe.

Diese Entdeckung verlieh dem auf dem See beobachteten Phänomen eine Realität, die Maries Angstgefühle noch steigerte.

»Damit wissen wir allerdings immer noch nicht, wer dieses Teufelszeug zu neuem Leben erweckt hat«, knurrte Angus.

Marie nickte.

»Jemand, der gebildet ist, phantasievoll, besessen, entschlossen – ein Ungeheuer.«

»Ein mit paranormalen Phänomenen verzierter Mord war wirklich das sicherste Mittel, Lucas an den Ort des Geschehens zu locken«, pflichtete Angus ihr bei.

»Vor allem, wenn ich das Opfer gewesen wäre, und nicht Alice«, spann Marie den Gedanken weiter.

Lucas unterbrach die beiden verärgert.

»Jetzt kommt mal wieder auf den Teppich! Wenn man mich hätte töten wollen, wäre das auch einfacher gegangen als mit so viel Feuerwerk! Zumal es kein Motiv gibt! Wir haben uns von Anfang an vom Mörder an der Nase herumführen lassen!« Lucas stand auf. »Ich werde noch einmal ganz von vorn anfangen.«

Angus warf Marie einen erstaunten Blick zu und zündete sich eine Zigarette an.

Einige Aschenbecher später waren sämtliche Akten des Falls auf den Schreibtischen ausgebreitet. An die Wände hatten sie mit Heftzwecken die Illustrationen des Buches gepinnt, die den Tod der fünf königlichen Erben darstellten. Lucas zeichnete unter jede Illustration das Oghamzeichen für die Initiale des jeweiligen Stiefsohns der Scharlachroten Königin.

»Der Geschichte nach war in den Grabstein des königlichen Erben immer auch sein Oghamzeichen eingraviert«, sagte Marie.
»Und Lucas' geheimnisvoller Zwillingsbruder hat vor seinem Tod noch alle fünf Buchstaben aufgezeichnet«, ergänzte Angus.
Lucas ging noch einmal alles der Reihe nach durch: »Alice wurde in der Nacht zum 21. Mai getötet. Ihr Tod wurde so inszeniert, als wäre die Ursache wie beim Prinzen Jaouen ein Sturz vom Pferd gewesen. Und in ihrem Hals wurde ein Stein mit dem Oghamzeichen für *J* gefunden. Einige Tage später wird Kellys Leiche vom Steilfelsen geworfen, und der Brautschleier, in den man sie gewickelt hat, ist mit einem Stein beschwert, der das Oghamzeichen für *F* trägt. *F* wie Fergall – der zweite Erbe, der ertrank. Kellys Handy hat unter Francks Terrasse geklingelt, und so fanden wir einen sehr alten Grabstein mit dem Oghamzeichen *J*. Seltsamerweise finden wir häufig Hinweise auf Franck Sullivan.« Lucas schrieb Francks Namen in Rot hin.
»Als Alice starb, war er in der Brennerei«, wandte Angus ein, »und in der Nacht, als Kelly ermordet wurde, war er mit Vivian zusammen, sie hat sein Alibi bestätigt.«
»Ich werde sie noch einmal verhören«, sagte Lucas bestimmt.
Marie sah ihn etwas ratlos an, zögerte kurz und beschloss dann doch auszusprechen, was sie dachte.
»Diese Häufung von Hinweisen auf Franck, es ist zu leicht … Irgendwie kommt mir das konstruiert vor.«
»Wie viele Beweise brauchen wir denn noch, um dir die Augen zu öffnen?«
Der schneidende Ton war genauso verletzend wie die Bemerkung selbst. Sie wollte ihm widersprechen, doch Lucas rief schon nach Brody und verlangte einen vollständigen Bericht über Franck Sullivan, »und zwar schleunigst«.

»Aber du hast doch schon einen angefordert!«, rief Marie verblüfft.
»Eben! Und ich verstehe nicht, warum er noch nicht vorliegt!«
Die zornige Handbewegung, die den Vorwurf begleitete, überraschte Marie und Angus gleichermaßen. Sie wechselten einen Blick, doch Marie behielt ihre Sorge für sich. Sie hätte schwören können, dass Lucas gerade nicht ehrlich gewesen war. Wirklich, dieser schneidende Tonfall trat immer häufiger auf, und auch sein Gedächtnis schien nicht mehr so zuverlässig. Sie vertiefte sich in die Arbeit, als könne sie sich so von ihren Sorgen ablenken.
Juliettes Anruf kam gerade recht, um sie auf schönere Gedanken zu bringen. Juliette wollte sie an ihre bevorstehende Abreise erinnern und Marie unbedingt vorher sehen. Sie müsse Marie noch einmal umarmen, bevor sie an Bord der Fähre ging. Und ihr außerdem etwas erzählen, was sie interessieren werde.

* * *

Der Abschied von dem jungen Paar und ihrem Kind war sehr herzlich. Pierric hatte Tränen in den Augen, zumal seine Lumpenpuppe nicht mehr zu finden gewesen war. Marie versprach, sie werde alles tun, um sie ihm zurückzuerstatten. Juliette machte PM, der ebenfalls zur Verabschiedung gekommen war, Vorwürfe, weil er nicht mit ihnen zurückfahren wollte. PM legte Marie die Hand auf die Schulter und richtete sich zu voller Größe auf. Dann erklärte er allen Ernstes und mit stolz funkelndem Auge, er sei ein Mann der Pflicht und die halte ihn nun mal in der Stunde der Gefahr an der Seite seiner Nichte zurück.
»Ich werde sie beschützen und verteidigen, das schwöre ich!«, beendete er seine pompöse Rede, während der Wind die sonst

so sorgsam über die Glatze gekämmte Haarsträhne in Form eines Fragezeichens über seinem Haupt schweben ließ, was die feierliche Wirkung ein wenig beeinträchtigte.
Juliette und Marie bissen sich unterdrückt kichernd auf die Lippen und entfernten sich dann ein wenig von den anderen. Juliette erzählte, sie habe in der Aufregung völlig vergessen, das Babyphon aus Francks Zimmer zu holen und so ungewollt eine für seinen Anrufbeantworter bestimmte Nachricht mit angehört.
»Es war Vivians Stimme, da bin ich sicher, sie war schrecklich aufgeregt, und sie sagte ihm, sie wolle nicht mehr lügen, um ihn zu decken, und sie müssten sich dringend sehen.«
Marie dankte ihr. Im Stillen warf sie sich vor, an Lucas' Scharfsinn gezweifelt zu haben. Er hatte recht gehabt mit seiner Absicht, Vivian erneut zu verhören.
Die beiden jungen Frauen umarmten sich, und Marie bat Juliette, Milic und Jeanne ihre innigsten Grüße zu übermitteln.
»Aber sag ihnen nicht, was hier los ist, ich will nicht, dass sie sich um mich sorgen, versprochen?«
Als das kleine Grüppchen an Bord der Fähre ging, schaute Marie kurz zu Christians Schoner hinüber, der am anderen Ende des Hafens lag. Flüchtig kam ihr der Gedanke, ihn dort zu besuchen. Ihr war klar geworden, dass ihre Bindung zu ihm unerschütterlich war, was immer auch geschehen sein mochte. Wahrscheinlich war diese innere Verbundenheit so stark, weil sie sich bereits in ihrer Kindheit entwickelt hatte. Doch da kam schon ein Polizeiwagen auf sie zu. Als sie zu Lucas in den Wagen stieg, erzählte sie ihm von Juliettes unbeabsichtigtem Lauschangriff und sah absichtlich in eine andere Richtung, als sie am Schoner vorbeikamen.

Christian lehnte an der Tür zur Messe und beobachtete den Polizeiwagen. Sobald das Fahrzeug außer Sicht war, kehrte er wieder zu dem Mann unten in der Kajüte zurück, der zu

seiner großen Überraschung eben an Bord gekommen war: Edward Sullivan. Christian, neugierig auf den Zweck dieses Besuchs, hörte sich zunächst an, was Edward über Maries fast tödlich verlaufenen Tauchunfall zu berichten hatte.
»Und was wollen Sie jetzt von mir?«, fragte er dann misstrauisch.
»Versprechen Sie mir, dass Sie auf sie aufpassen werden. Beschützen Sie sie vor ihrem Mann«, sagte Edward.
»Ich verstehe Sie nicht. Sie haben Ihre Nichte nach Killmore eingeladen, obwohl Sie sie praktisch nicht kannten, Sie haben alles für ihre Hochzeit mit Lucas getan, und jetzt kommen Sie zu mir, ihrem Ex-Verlobten, und bitten mich, sie zu beschützen! Was ist das für ein Spiel?«
Maries Onkel sah ein, dass er von Christian nichts erreichen würde, wenn er nicht mit offenen Karten spielte.
»Ich bin nicht Edward Sullivan.«
Seine rauhe Stimme hatte sich verändert, sie glich jetzt der Ryans:
»Das Überleben und das Glück meiner Tochter sind mir das Wichtigste auf der Welt.«
Er ließ Christian ein wenig Zeit, diese Aussage richtig zu interpretieren.
»Ryan?«, rief der Skipper schließlich verblüfft. »Aber wie …«
»Marie ist in Gefahr«, wehrte Ryan ungeduldig ab. »Meine Rolle als Edward hindert mich daran, sie so zu schützen, wie ich es möchte. Sie sind der Einzige, der mir helfen kann.«
»Warum misstrauen Sie Lucas so sehr?«, fragte Christian.
Ryan erklärte ihm, er traue Lucas alles zu und habe allen Grund zu fürchten, dass Marie bei ihm in Gefahr sei. Christian nickte nachdenklich.
Dann erzählte er Ryan, wie sehr ihn noch verfolge, was der geheimnisvolle Zwilling vor seinem Tod gesagt hatte. Da seine Worte einen Verdacht auf Lucas geworfen hatten, hatte er, Christian, nach der Entdeckung der vom Zwilling gezeichne-

ten Oghamzeichen beschlossen, auf eigene Faust Nachforschungen anzustellen, um die Frau seines Lebens zu schützen.

Ryan musste Christian nicht lange überreden, damit er ihm half.

20

In einem viktorianischen Gewächshaus, inmitten üppiger Topfpflanzen, hatte sich Vivian vor kurzem eine ebenso exotische wie zur Meditation einladende Wohnung eingerichtet. Nun saß sie, jung, blond und ein wenig pummelig unter ihrer langen Gärtnerschürze, Lucas Fersen gegenüber und beantwortete ängstlich seine Fragen. Seine brüske Art hatte ihr schon die Tränen in die Augen getrieben.

»Ich schwöre Ihnen, ich habe nicht gelogen«, sagte sie wieder und wieder. »In der Nacht, in der Kelly starb, war ich wirklich mit Franck zusammen, ab 21 Uhr! Und als ich am nächsten Morgen um sieben Uhr aufwachte, lag er neben mir!«

Aber sie konnte natürlich nicht beschwören, dass er während der ganzen Nacht – die sie durchgeschlafen hatte – bei ihr geblieben war …

»Wo ist er?«, hakte Lucas aggressiv nach. »Ich bin sicher, Sie wissen, wo er sich versteckt!«

Seit dem Vorabend war Franck nicht mehr im Herrenhaus aufgetaucht. Angus war gerade zu ihnen ins Gewächshaus gekommen und hatte ihnen mitgeteilt, dass Brodys und seine Suche erfolglos geblieben war.

»Der Letzte, der ihn gesehen hat, ist PM, und zwar gestern. Franck verließ das Herrenhaus und war auf dem Weg zu Vivian«, schloss Angus seinen Bericht.

»Zu mir? Bestimmt nicht«, protestierte Vivian. »Er ist nicht

gekommen! Und es war auch nichts dergleichen verabredet … Glauben Sie, es ist ihm etwas passiert?«, fragte sie, plötzlich voller Angst.
Die drei Polizisten sahen sich besorgt an.
»Vielleicht hat er gespürt, dass sich das Netz um ihn enger zog, und ist geflohen«, meinte Marie.
Lucas antwortete nicht. Während sich Marie bemühte, Vivians Ängste zu beschwichtigen, durchsuchte er die Wohnung. Er stieß einen unterdrückten Laut der Überraschung aus, als er in der Nähe des Bettes Spuren von rotem Schlamm fand. Marie, die sich noch um Vivian kümmerte, nahm deren erregte Reaktion deutlich wahr. Sie sah die junge Frau streng an.
»Sie lügen! Und Sie lügen schlecht! Sie wissen, dass Franck in jener Nacht weggegangen ist.«
Wieder liefen Tränen über Vivians rundliche Wangen. Ja, flüsterte sie, sie habe an jenem Morgen tatsächlich roten Schlamm unter Francks Schuhen gesehen … Lucas konnte sich ein triumphierendes Lächeln in Maries Richtung nicht verkneifen.

***

F. Maréchal.
Mehr stand nicht auf dem Blättchen, das Marie aus Francks Aktenvernichter gezogen hatte; nur dieser Name, noch dazu in einer winzigen Handschrift. Zu ihrer großen Enttäuschung war der Rest des Büchleins gründlich zerschreddert worden. Es war zum Verrücktwerden, denn sonst hatte die gründliche Durchsuchung von Francks Zimmer nichts ergeben. Lucas kam zu ihr, und sie hielt ihm das heile Blatt entgegen.
»Sieh mal, ein Vorsatzblatt aus einem Büchlein, er hat seinen Namen reingeschrieben.«
Gemeinsam sichteten sie die Reste, die noch im Schredder klemmten oder in den Behälter gefallen waren. Unter großen

Mühen konnten sie einen kurzen Abschnitt entziffern, er betraf den Fundort des Grabsteins unter der Terrasse des Häuschens am See.

»Das dauert Wochen, bis die Kriminaltechniker diese Schnipsel zusammengesetzt haben«, schimpfte Lucas, »und man kann noch nicht mal sicher sein, dass etwas dabei herauskommt! Jedenfalls haben wir endlich den Beweis für Francks Schuld!«

Marie zog ein zweifelndes Gesicht.

»Was denn noch?«, fragte Lucas verärgert. »Getürmt ist er auch noch, was willst du mehr?«

Marie wollte ihn nicht noch wütender machen und sprach besonders ruhig, als sie ihn darauf hinwies, dass zunächst lediglich Francks Verschwinden feststehe, nicht seine Flucht.

»Und auch jetzt finde ich es auffällig, dass die einzigen Indizien, die wir sicherstellen konnten, weil sie nicht zerschreddert wurden, praktischerweise auf Franck als den Schuldigen hindeuten.«

»Und wenn er nicht geflohen wäre?«, setzte Angus ihren Gedankengang fort. »Wenn man alles so inszeniert hätte, um den Verdacht auf ihn zu lenken?«

»Fangen Sie jetzt etwa auch noch damit an?« Lucas musste sich sichtlich beherrschen. »Marie, ich versteh dich nicht! Kannst du mir bitte erklären, warum du systematisch alles in Frage stellst, was Franck belastet?«

Marie gab ihre Zurückhaltung auf, sie baute sich vor ihm auf und schlug ebenfalls einen heftigeren Ton an.

»Du bringst mich noch dazu zu glauben, dass er recht hatte! Du kannst bei diesem Fall nicht objektiv bleiben!«

Lucas wurde blass. Ob sie ihm vorwerfen wolle, dass er seinen Job schlecht mache?

Angus, dem dieser zunehmend giftige Streit sehr unangenehm war, plante bereits einen strategischen Rückzug und zog die Schultern hoch, als er wieder diesen eisig-metallischen Klang in Lucas' Stimme hörte.

»Seit Alice' Ermordung hast du dich auf die Seite deines Cousins gestellt! Wenn du auf mich gehört hättest, wäre Franck in Untersuchungshaft genommen worden! Und Kelly wäre vielleicht noch am Leben!«

Diese schwere Anschuldigung ging zu weit, Marie überließ sich ihrem rasenden Zorn.

»Wenn du nach Kellys Anruf nicht unbedingt den einsamen Ritter hättest spielen müssen, hätten sich die Dinge vielleicht völlig anders entwickelt!«

Die Auseinandersetzung wurde zu einer Abrechnung. Angus gab alle Fluchtpläne auf, nahm sein Herz in beide Hände und warf sich ins Gefecht, um wieder so etwas wie Ruhe herzustellen. Lucas drehte sich um und lief laut schimpfend zur Tür.

»Macht, was ihr wollt! Ich werde Francks Spur allein verfolgen!«

In der darauffolgenden Stille sah Angus bekümmert, dass Marie mit den Tränen kämpfte.

»Ist das immer so, wenn Sie beide zusammenarbeiten?«, fragte er schließlich vorsichtig.

Marie schüttelte langsam den Kopf. Ihr Umgang miteinander war immer leidenschaftlich gewesen, manchmal hatte es Meinungsverschiedenheiten gegeben, aber sie hatte solche Wutanfälle noch nie bei ihm erlebt.

»Aber das muss man Ihnen lassen, Ihr Zorn ist auch nicht von schlechten Eltern«, sagte Angus und sah ihr aufmunternd lächelnd in die Augen. »Und da kenne ich mich aus, das Wort eines Iren!«

»Ach, Sie wollen mir bloß Komplimente machen …«

Ihr Versuch zu scherzen rührte ihn. Er sah, dass sie immer noch tief verstört war, und gab ihr einen tröstenden Klaps auf die Schulter.

»Ob er nun schuldig ist oder nicht, auf jeden Fall müssen wir Franck schleunigst finden. Also nur Mut! Blasen wir zum Suchangriff, rufen wir Verstärkung!«, drängte er, um sie aus ihren düsteren Gedanken zu reißen.

***

»Schnell! Kommen Sie! Da stimmt was nicht!«
Marie war gerade aus dem Herrenhaus getreten, da stürzte ihr Vivian entgegen, mit angstverzerrtem Gesicht.
»Ich war gerade im Stall«, stammelte sie, »Francks Pferd ist gesattelt, als wollte er losreiten, aber er selber ist nirgends zu finden! Ich habe Angst! Ich habe Angst, ihm könnte etwas passiert sein, genau wie Kelly!«
Auf dem Weg zum Stall redete ihr Marie gut zu, doch Vivian, die am ganzen Körper zitterte, klagte angstvoll weiter.
»Wenn ich wenigstens wüsste, wohin er sich geflüchtet haben könnte, aber er ist so geheimnistuerisch, er geht oder reitet einfach weg, ohne irgendwem zu sagen, wohin ...«
Als sie in die Box von Francks Pferd gelangten, kaute die Stute gerade gemütlich ihren Hafer, sie war gesattelt und gezäumt und trug sogar zwei Satteltaschen. Marie öffnete sie. Sie enthielten nur ein wenig Kleidung zum Wechseln, die Vivian als Francks Kleidungsstücke erkannte. Marie durchsuchte sie ebenfalls.
»Anscheinend wollte er zu Pferd flüchten, wir müssen nur herausfinden, warum er diesen Plan aufgegeben hat ...«
Da fiel aus der Tasche, die sie gerade durchsuchen wollte, ein Gegenstand zu Boden. Marie hob ihn auf und erstarrte. Ein Stein. Mit einem Oghamzeichen.

Z wie Prinz Zoleig, dachte sie. Zoleig, den man tot in einem Verlies gefunden hatte! Vivian, die es in ihrer Angst kaum aushielt, weckte Marie aus ihren Überlegungen.
»Der Mörder hat ihn überrascht, als er gerade wegreiten wollte? Ist es das?«, stöhnte sie.
Marie antwortete nicht, sie bat sie nur, Angus zu holen, der noch im Herrenhaus war. Während Vivian wegrannte, begann Marie, den Stall zu durchsuchen. Doch kaum war sie in die Nachbarbox getreten, da hörte sie einen Schrei. Sie rannte in den Mittelgang und sah Vivian, die aus einer Box flog, gegen die gegenüberliegende Boxenwand prallte und dann leblos zu Boden fiel. Marie zog ihre Waffe und ging auf die Box zu, deren Tür weit offen stand. Sie wollte gerade eintreten, da traf sie ein heftiger Schlag in den Nacken. Das Letzte, was sie sah, bevor sie das Bewusstsein verlor, war der Saum eines roten Gewandes. Eines scharlachroten Gewandes.

Unerträgliche Kopfschmerzen bohrten sich durch Maries Schädel, als sie langsam wieder zu sich kam. In ihrem Mund steckte ein Knebel, an ihren Handgelenken scheuerten solide Fesseln, und unter ihrem Bauch fühlte sie etwas Kaltes, vielleicht Stein. Ihr wurde klar, dass ihre Beine auf dem Boden lagen, während ihr Oberkörper in der Luft hing. Mit übermenschlicher Anstrengung öffnete sie die Augen und stellte erschrocken fest, dass sie über einem schwarzen, bodenlosen Brunnenloch lag. Plötzlich riss ihr jemand die Bluse über dem Rücken auf. Dann stieg ihr ein beißender Geruch in die Nase, den sie nicht zuzuordnen vermochte. Doch die immer stärkere Hitze in der Nähe ihrer Schulter verriet ihr, was nun folgen sollte. Man würde ihr ein Zeichen einbrennen!
Sie wehrte sich mit der Kraft der Verzweiflung, doch das Eisen drückte ihr den schrecklich brennenden Schmerz ins Fleisch. Dann wurde sie brutal vorwärtsgestoßen, sie taumelte mit dem ganzen Körper nach vorn und fiel kopfüber ins

Dunkel. Der Schreckensschrei, der aus ihrem tiefsten Innern aufstieg, erstickte im Knebel. Instinktiv rollte sie sich zusammen, um nicht gegen die Wände des Brunnenschachts zu stoßen. Etwa zehn Meter tiefer schlug sie auf ein stehendes, stinkendes Gewässer auf, das ihren Sturz ein wenig abfing. So gut es ging, versuchte sie das faulige Wasser aus Mund und Nase zu prusten und bewegte die Beine, bis sie endlich mit dem Fuß festen Halt fand. Dann blickte sie nach oben.

Die Brunnenöffnung, ein runder Lichtfleck, verschwand langsam unter einem Stein, der unerbittlich an seinen Platz geschoben wurde. Versteinert sah Marie zu, wie das Licht allmählich verschwand, bis nur noch ein sehr feiner kreisförmiger Streifen zu sehen war. Und dann hörte sie Gabelzinken über den Boden kratzen und begriff, als auch der dünne Streifen dunkler wurde, dass jemand den Brunnendeckel mit Heu zudeckte. Verzweifeltes Schluchzen stieg ihr in die Kehle, sie gab auf.

***

Lucas suchte nach Marie, doch vergeblich.

Schließlich ging er zu Angus, der im Hof vor den Ställen stand und den zur Verstärkung angerückten Beamten Anweisungen gab. Sie fragten die Bediensteten des Herrenhauses und auch die Polizisten, die seit der Durchsuchung von Francks Schlafzimmer auf dem Besitz waren. Als endlich einer von ihnen erklärte, er habe Marie gemeinsam mit Vivian eine gute halbe Stunde zuvor auf die Ställe zugehen sehen, schloss Angus aus Lucas' plötzlich sehr ernst werdendem Blick, dass dieser eine Tragödie vorausahnte. Die beiden stürzten los.

Der Anblick Edwards, der sich über Vivians leblosen Körper beugte, steigerte ihre Sorge noch. Lucas stieß Edward rücksichtslos zur Seite, beugte sich über die noch halb bewusstlose junge Frau auf dem Boden und bombardierte sie mit Fragen. Vivian öffnete ein wenig die Augen und stammelte einige kaum verständliche Worte.

»Die Königin … Zoleig … Der Stein … Marie … Wir müssen Marie finden …«

»Was ist passiert? Wo ist Marie? Antworten Sie!«, schrie Lucas.

Angus musste eingreifen, damit Fersen Vivian Gelegenheit gab, sich ein wenig zu fassen. Dann befragte Lucas sie sanfter. Vivian wurde zwar wieder von entsetzlicher Angst ergriffen, als ihr Bewusstsein zurückkehrte, aber sie beherrschte sich so weit, dass sie einige Erklärungen geben konnte: Sie hätten einen Stein in den Satteltaschen von Francks Pferd gefunden, einen Oghamstein, wie Marie gesagt habe, dann habe sie Angus holen wollen, aber schon nach ein paar Schritten sei sie von einem heftigen Schlag getroffen worden …

Lucas schien erst jetzt Edwards Anwesenheit zu realisieren und stürzte sich wütend auf ihn.

»Was haben Sie mit Marie gemacht? Wo ist sie?«

Angus musste all seine Kräfte aufbieten, um Edward, der mit dem Ersticken kämpfte, aus Lucas' Griff zu befreien. Doch Lucas konnte sich nicht beruhigen – es sei kein Zufall, dass ausgerechnet Edward Vivian gefunden habe, schrie er. Edward sah ihm ruhig ins Gesicht.

»Lucas, ich verstehe Ihre Angst um Marie, und ich teile sie, aber auch mein Sohn ist verschwunden. Verschwenden wir unsere Zeit nicht mit Streiten, wir müssen sie finden, beide.«

Mit der Unterstützung der Hilfskräfte suchten sie jeden Winkel der Ställe und der Umgebung ab. Angus, der hilflos Lucas' immer deutlicheres Leiden spürte, sah ihn in die Scheune gehen, wo er mit einer Forke die schweren Heubündel eins nach dem anderen zur Seite schob.

Zehn Meter darunter hörte Marie, die einen Meter tief im Wasser stand und sich allmählich an die Dunkelheit gewöhnt hatte, das Scharren der Gabelzinken. Sie schöpfte wieder Hoffnung und versuchte zu schreien, doch der Knebel erstickte alle Versuche, und ihr war klar, dass ihr schwaches Stöhnen nicht aus dem abgedeckten Brunnen dringen würde. Wütend versuchte sie ihre Fesseln zu lösen und scheuerte damit über den rauhen Stein, der ihr jedoch vor allem die Haut aufriss.

Angus ließ Lucas bis zur Erschöpfung weiterarbeiten, er vermutete, dass nur diese übermenschliche Anstrengung seine Verzweiflung ein wenig betäuben konnte. Ein Beamter kam mit der Nachricht, man habe draußen Spuren gefunden, die darauf hinwiesen, dass Marie durch die Hintertür aus dem Stall geschleift worden sei. Kurz danach entdeckte Angus in einem Busch ein dünnes Kettchen. Lucas griff nach dem Armband.

»Es gehört Marie, sie hatte es heute Morgen um«, sagte er niedergeschlagen.

»In einer knappen halben Stunden kann sie nicht weit weggeschafft worden sein, wir finden sie schon«, sagte Angus energisch und versuchte damit, auch seine eigene Angst zu beschwichtigen.

* * *

Unermüdlich strich Christian Bréhat durch die Gassen des Hafens und des kleinen Städtchens, klapperte sämtliche Pubs und noch die kleinsten Läden ab, hielt die Passanten auf der Straße an und stellte immer wieder dieselben Fragen nach den Oghamzeichen. Der Zeitaufwand und die Anstrengung machten ihm nichts aus, er würde nicht aufgeben, bis er eine Antwort oder zumindest eine Spur gefunden haben würde.

Und dann wurde er in einer Bar von einem etwa siebzigjährigen Mann angesprochen. Der Mann hieß O'Maley und hatte gehört, dass der Skipper Informationen über die Oghamzeichen brauchte. Christian starrte ihn gespannt an, doch er wollte sich keine falschen Hoffnungen machen. Dann zeigte er ihm einen Zettel mit den Zeichen, die der Zwilling auf den Kai gemalt hatte. Der Alte sah nur stumm vom Zettel auf sein Gesicht und dann wieder auf den Zettel. Endlich begriff Christian und holte einige Banknoten aus der Tasche. Der Alte griff gierig danach und ließ sie in seiner eigenen Hosentasche verschwinden. Dann schien er seine Sprache wiederzufinden.

»Kann sein, dass ich die Dinger schon mal irgendwo gesehen habe, ja …«

»Wo? Ich will wissen, wo!«

Der Alte lachte gurgelnd.

»Die ganze Gegend ist voll davon, man muss nur genau genug hinsehen!«

»Was ich suche, sind alte Grabsteine, sehr alte Grabsteine mit diesen Oghamzeichen!«

Der Alte nickte bedächtig, spannte Christian jedoch noch ein wenig auf die Folter, bevor er mit seinem schmutzigen Finger auf eins der Zeichen zeigte. Es entsprach dem *F* und war in den Stein eingraviert gewesen, den man bei Kellys Leiche gefunden hatte.

»Das da sagt mir was … Ja, das da hab ich mal auf einem alten Stein gesehen, das ist aber schon … na, mindestens zwanzig Jahre her. Damals …« – seine Seelenruhe und die häufigen Denkpausen stellten Christians Geduld auf eine harte Probe – »war ich Arbeiter, ich hatte etwas in einer Scheune zu tun, und da hab ich auf dem Boden Feuchtigkeitsspuren entdeckt, das weiß ich noch … Wir haben herauszufinden versucht, wie die da hinkamen, und da haben wir entdeckt, dass unter einer der Bodenplatten ein alter Brunnen war. Wir haben die Platte wieder richtig eingesetzt und die Fuge mit Zement zugespachtelt, der …«

»Was für eine Scheune? Wo ist sie?«

Der Alte zuckte die Schultern und schien jedes Interesse an Christian zu verlieren, während er intensiv sein leeres Bierglas studierte.

***

Marie hatte jegliches Zeitgefühl verloren, als sie ihre Fesseln endlich durchgescheuert hatte. Hastig zog sie sich den Knebel aus dem Mund und fing an zu schreien. Sie konnte ja nicht wissen, dass man die Suche in der Scheune eingestellt hatte und niemand mehr in der Nähe war.

Nachdem sie sich heiser geschrien hatte, versuchte sie, die Spalten zwischen den Steinen zu nutzen, um an den Brunnenwänden hochzuklettern. Doch nach einigen Metern rutschte sie an den von der Feuchtigkeit glitschigen Wänden wieder nach unten ins schlammige Wasser. Verzweifelt und erschöpft schloss sie die Augen und versuchte, wieder zu Atem zu kommen. Dann kam ihr der Gedanke, den Brunnengrund nach Gegenständen abzusuchen, die sie vielleicht in die Spalten stecken und als Kletterhilfe benutzen könnte. Sie überwand ihren Ekel und tauchte die Arme bis zu den Schultern in die Brühe. Auf einmal spürte sie etwas Weiches, Undefinierbares und zog den schweren Gegenstand an sich heran, von dem plötzlich ein Teil dicht vor ihr aus dem Wasser auftauchte. Sie hielt das schmierige Etwas mit beiden Händen fest und schrie vor Grauen, als sie im Halbdunkel direkt in Francks triefendes Gesicht sah.

Mit wild klopfendem Herzen drückte sich Marie an die Wand, um möglichst großen Abstand zu der Leiche herzustellen, die jetzt an der Oberfläche trieb. Einen Augenblick lang verharrte sie wie gelähmt, am liebsten wäre sie ohnmächtig geworden und ebenfalls in das schwarze Wasser gesunken, um dort zu ertrinken. Lieber gleich sterben, als dieses Grauen, das ja nur noch schrecklicher werden konnte, weiter ertragen zu müssen. Wie viele Stunden, Tage würde sie in diesem schrecklichen Grab zubringen müssen, direkt neben einem verwesenden Leichnam? Sich der Situation stellen … Das Schlimmste wagen, um zu überleben. Der Gedanke kam ihr, doch sie brauchte mehrere Minuten, um ihren Widerwillen zu überwinden und ihn in die Tat umzusetzen: Sie musste Francks Leiche durchsuchen.

Wenn schon, dann systematisch. Eine Tasche nach der anderen. Ein Taschenmesser war die erste Belohnung für ihre heroische Überwindung. Ein wenig ermutigt, aber immer noch zitternd vor Ekel drehte sie seinen Körper um und tastete weiter. Ihre Hand stieß auf einen metallenen Gegenstand, ein Zigarettenetui. Als sie es öffnete und darin ein Feuerzeug fand, hätte sie fast geschrien vor Freude, doch im gleichen Augenblick wurde ihr klar, wie absurd diese Freude mitten im Grauen war. Sie betätigte das Rädchen, aber der Mechanismus funktionierte nicht, er war zu feucht. Ihre Ungeduld stieg mit jedem Versuch, bis sie sich zynisch sagte, sie habe ohnehin einen langsamen Tod vor sich und somit alle Zeit der Welt. Verzweifelt versuchte sie zwischen den Zündversuchen das Feuerzeug trocken zu blasen, und schließlich erschien tatsächlich ein Flämmchen.

Im Lichtschein wurde Francks Tod grausame Realität. Marie wurde übel, und fast hätte sie das Feuerzeug fallen lassen, als sie auf dem halb entblößten Oberkörper des Toten das Brandzeichen der Scharlachroten Königin entdeckte.

***

Die Nacht hatte sich mit bleierner Schwere über die Landschaft gelegt, die Suchmannschaften waren ratlos zurückge-

kehrt. Sie hatten weder von Franck noch von Marie die geringste Spur finden können. Angus befahl, die Suchaktion für die Nacht einzustellen, doch die Hundeführer sollten bei Tagesanbruch wieder zur Stelle sein.
»Ich gebe nicht auf! Ich bin sicher, dass Marie ganz in der Nähe ist, ich spüre es!«, entgegnete der zu Tode erschöpfte Lucas.
Edward spürte zwar Lucas' Abneigung gegen ihn, doch er unterstützte ihn. Auch für ihn kam Aufgeben noch nicht in Frage: Vielleicht könne man ja durch reines Nachdenken auf eine Spur kommen. Er rekapitulierte noch einmal die jeweiligen Todesarten der letzten drei königlichen Erben.
»Prinz Seamus versank im Schlamm, Orin wurde vergiftet und Zoleig in ein Verlies geworfen.«
»In Francks Satteltasche wurde ein Stein mit dem Oghamzeichen für Z gefunden«, warf Angus ein.
»Und Marie war nach einer knappen halben Stunde spurlos verschwunden ... Für mich ist die Sache klar: Hier ganz in der Nähe gibt es ein Verlies!«, schloss Edward.

Marie klammerte sich mit der linken Hand an einen kleinen Vorsprung. Sie hatte sich wieder an den Aufstieg gemacht, indem sie Francks Messer als Kletterhilfe benutzte. Sie schob es in die Fugen und zog es wieder heraus, sobald sie an anderer Stelle natürlichen Halt gefunden hatte, so arbeitete sie sich Stein um Stein hoch. Als sie endlich oben ankam, wagte sie kaum zu atmen, weil sie fürchtete, ein weiteres Mal abzurutschen. Sie nahm ihr Halstuch ab und schob es mit Hilfe der Messerklinge millimeterweise durch den Spalt zwischen Abdeckplatte und Brunnenrand, bis es ihrer Einschätzung nach am anderen Ende herausschauen musste.
Ihr Gesicht war vor Konzentration verzerrt, sie bemühte sich verzweifelt, ihre Muskeln zu kontrollieren, die inzwischen vor Erschöpfung zitterten. Langsam hob sie das Feuerzeug,

das nach mehreren vergeblichen Versuchen endlich funktionierte, und näherte es dem Halstuch. Dabei erleuchtete das Flämmchen auch die große Steinplatte, die als Brunnendeckel diente. Ein in den Stein graviertes Oghamzeichen wurde sichtbar. Das Zeichen für *F*. Der Grabstein eines der Prinzen. Des Prinzen Fergall.
Bei dieser Entdeckung zuckte sie zusammen, und diese winzige Bewegung wurde ihr zum Verhängnis. Marie glitt ab und stürzte wieder in die Tiefe, wobei sie mehrmals schmerzhaft gegen die Brunnenwände stieß.

Christian raste wie ein Wilder zum Herrenhaus. Edward hatte ihn in der allgemeinen Aufregung kurz angerufen und ihm von Maries Verschwinden erzählt. Lucas hatte gemeinsam mit Angus und PM alle Pläne des Besitzes studiert, sie hofften, irgendwo einen Hinweis auf ein Geheimversteck zu finden, das mit einem Verlies vergleichbar gewesen wäre. Als Christian in Sichtweite des Herrenhauses kam, bemerkte er voller Sorge Rauchwolken, die anscheinend von der Scheune aufstiegen. Er drückte das Gaspedal durch, raste bis direkt vor das Gebäude und stürzte hinein. Durch das Öffnen des Scheunentors drang ein Luftschwall in die Scheune und fachte das Feuer an, das von einem Heuballen auf den nächsten übersprang. Christian verschwendete keinen Gedanken an die Gefahr, er griff nach einer herumliegenden Heugabel und warf einige Ballen zur Seite, die ebenfalls drohten, Feuer zu fangen. Dabei bemerkte er den fast verbrannten Zipfel des Halstuchs, der aus einem Spalt hing. Er benutzte die Forke als Hebel und konnte die Steinplatte zur Seite schieben, dann beugte er sich, eine Taschenlampe in der Hand, über die Brunnenöffnung und schrie Maries Namen. Als er sie leblos in zehn Meter Tiefe liegen sah, blickte er sich rasch um und bemerkte eine lange Leiter. Doch sie war bereits von den Flammen erfasst, die ihn umringten.

Ein Lichtschein in der Nacht lockte Angus ans Fenster des Salons, in dem er mit Lucas und PM die Pläne betrachtete.
»In den Ställen brennt es!«, rief Angus.
Im selben Augenblick zeigte Lucas auf eine Stelle des Plans. »Da, sehen Sie! Das ist ein Brunnen! Ich bin sicher, da ist das Verlies! Es ist in der Scheune und nur wenige Meter von der Stelle entfernt, wo Marie zuletzt gesehen wurde!«
»Haben Sie nicht gehört? Sie steht in Flammen, die Scheune!«, brüllte Angus, der bereits die Feuerwehr anrief.
Lucas stürzte nach draußen.
Das Feuer beleuchtete inzwischen den gesamten Besitz, es hatte auf die Ställe übergegriffen, aus denen man lautes Gewieher hörte. Einige Pferde hatten sich befreien können und flohen in die Nacht, während die Stallburschen, nur als Schattenrisse zu erkennen, herbeirannten, um die Boxen zu öffnen. Lucas, der auf die Scheune zustürmte, sah plötzlich eine Herde panisch fliehender Pferde auf sich zujagen. Fast wäre er niedergetrampelt worden. Angus eilte zu ihm und hielt ihn mit festem Griff davon ab, näher auf das Feuer zuzulaufen.
»Es wäre Wahnsinn! Sie können nichts mehr machen, es ist zu spät!«
Lucas stand wie gelähmt vor den riesigen Flammen, er musste Angus recht geben, das Gebäude war im Grunde nur noch ein Haufen Glut … Und da sah er, wie ein Mann hinter dem Flammenvorhang hervortrat. Christian. Und in seinen Armen trug er Marie.

***

Die von dem Brandeisen hinterlassene Spur zeichnete das unheilvolle Triskell auf die milchig-weiße Haut. Während der Arzt die Wunde säuberte, starrte Lucas, dessen Gesicht sehr blass und hart wirkte, auf Maries Schulter. Auch Christian konnte seinen Blick nicht von ihr wenden. Er biss sich auf die

Lippen, als er sah, wie sich das Gesicht der geliebten Frau vor Schmerz verzog. Marie spürte die stille Sorge der beiden Männer und blickte auf. Dabei begegnete sie Christians Blick und sah, verstört von der übergroßen Liebe darin, schnell wieder weg. Um den Schmerz und auch die lastende Atmosphäre in dem Raum, in den noch die letzten Flammen und die Blaulichter der Einsatzfahrzeuge leuchteten, zu bekämpfen, bezwang sich Marie und berichtete weiter, was sie erlebt hatte, nachdem sie mit Vivian in den Stall gegangen war.
Seit Marie ihnen gesagt hatte, dass Franck tot war, kauerte Vivian in einer Ecke und weinte still vor sich hin. Als Marie ihren Bericht beendet hatte, wandte sich Lucas an Christian, der schweigend zugehört hatte. Er musterte den Skipper, dessen angesengte Kleidung und die Rußspuren in seinem Gesicht.
»Aber jetzt wüsste ich wirklich gern, durch welches Wunder Sie genau im richtigen Augenblick zur Stelle waren ...«
Der sarkastische Ton war schwer zu überhören.
Edward kam Christian zuvor:
»Ich habe ihn nach Maries Verschwinden angerufen.«
Lucas warf ihm einen kühlen Blick zu. Dann wandte er sich an Christian und zwang sich einige dürre Dankesworte ab. Danach hatte er wieder Edward im Visier:
»Sie waren also wieder einmal der Meinung, ich sei nicht in der Lage, meine Frau zu schützen?«
»Wie soll man einem Mann trauen, über den ein anderer Mann, vermutlich sein Zwillingsbruder, sagt, er sei ein Ungeheuer und Mörder?«, erklärte Christian ohne Umschweife und sah Lucas fest in die Augen.
Lucas war sichtlich betroffen. Er sah Marie an und erkannte an ihrem Gesichtsausdruck, dass sie wusste, wovon die Rede war.
»Was?«, murmelte Angus erstaunt.
Christian wich einer Erklärung aus, indem er eine kurze Zu-

sammenfassung seines Gesprächs mit O'Maley, einem ehemaligen Arbeiter der Sullivans, gab.

Der Alte, der am Morgen darauf auf die Wache bestellt wurde, um in Edwards Gegenwart auszusagen, bestätigte Christians Erklärungen. Der ehemalige Arbeiter fügte noch hinzu, Edward habe damals die Arbeiten überwacht und müsse also genau über den Brunnen und die Steinplatte Bescheid gewusst haben.

»Das stimmt nicht!«, wehrte sich Maries Onkel in der ersten Überraschung. »Er muss sich täuschen! Sie werden mir doch nicht vorwerfen wollen, ich hätte meinen eigenen Sohn getötet und in den Brunnen geworfen! Und ich hätte Marie erst vorm Ertrinken gerettet und sie dann meinem Sohn hinterhergeworfen? Das ergibt doch keinen Sinn!«

Marie schwieg. Seine Stimme klang so ehrlich.

»Dieses Mal gehe ich nicht das geringste Risiko mehr ein, Sie sind ab sofort in Untersuchungshaft«, bemerkte Lucas nur kalt zu Edward.

»Aber er kann nicht schuld sein!«, mischte sich Christian spontan ein.

Alle sahen ihn an.

»Wieso sind Sie sich da so sicher?«, fragte Angus erstaunt.

Christian sah Edward an, der ihm durch ein unmerkliches Stirnrunzeln zu schweigen bedeutete. Christian blieb die Antwort schuldig und bewahrte das Geheimnis der wahren Identität von Edward Sullivan. Lucas brach schließlich das Schweigen und wies Brody an, den Verdächtigen in die Zelle zu führen. Als er abgeführt wurde, stolperte Edward und hielt sich an Christian fest.

»Pass auf sie auf«, raunte er ihm zu.

21

Am nächsten Morgen glänzten die verkohlten Überreste der Scheune unter einem hartnäckigen Nieselregen, der die allgemeine Tristesse noch steigerte. Der beißende Gestank des Feuers, das erst wenige Stunden zuvor unter Kontrolle gebracht worden war, stieg Marie in die Nase, als sie mit Lucas und Angus durch das mit Asche durchsetzte Wasser watete. Sie standen jetzt vor der Steinplatte, die neben der Brunnenöffnung lag. Zwei Männer waren in den Schacht hinuntergestiegen, um Francks Leiche zu bergen. Marie, deren Brandwunde noch heftig schmerzte, starrte auf den jetzt umgedrehten Stein.

F. Dasselbe Zeichen wie auf dem Stein in Kellys Schleier. Die Theorie, wonach die Oghamsteine den Ort des nächsten Mordes ankündigten, schien sich zu bestätigen. Und die Sullivan-Erben wurden anscheinend mit Methoden umgebracht, wie sie so oder ähnlich die Scharlachrote Königin angewandt hatte, um ihre Stiefsöhne aus dem Weg zu räumen. Und genau wie sie hatte der Mörder seinen Opfern ein Zeichen eingebrannt. Marie zeigte ihren Kollegen den Stein, den sie in Francks Satteltasche gefunden hatte. Er trug das Zeichen für *Z.* Sie mussten unbedingt herausfinden, wo sich der Grabstein mit diesem Zeichen befand.

»Dort wird der nächste Mord geschehen«, sagte Marie düster.

»Aber wahrscheinlich endet die Mordserie jetzt, Edward ist ja in Untersuchungshaft«, wandte Lucas ein.
»Bisher gehen wir nur von Annahmen aus«, korrigierte ihn Angus. »Wir sollten lieber vorsichtig sein, und die übrigen Grabsteine lokalisieren und überwachen, allein schon für den Fall …«
Denn wenn man der Legende Glauben schenke, fuhr er fort, fehlten noch zwei Todesarten: Versinken im Schlamm und Vergiftung. Er werde sofort anordnen, das Essen für die letzten Sullivan-Erben streng zu überwachen, das heiße für Jill, Louise und Marie …
Plötzlich wurde Lucas' Gesicht hart. Marie folgte seinem Blick: Christian war ohne ein Wort zu ihnen getreten und sagte jetzt sehr ruhig:
»Auch Sie sollten vorsichtig sein, Fersen. Durch Ihre Heirat mit Marie sind auch Sie ein Sullivan-Erbe geworden, also sind auch Sie ein potenzielles Opfer. Oder der Mörder. Schließlich kann niemand bezeugen, dass Sie in der Nacht, als Kelly starb, wirklich stundenlang auf einem Hochsitz auf der Landenge gehockt haben.«
»Bitte, Christian«, griff Marie hastig ein, »ich werde nie vergessen, dass du mich aus diesem Albtraum gerettet hast und dass ich dir mein Leben verdanke, aber …«
»Du bist in Gefahr«, beharrte Christian und umfing sie mit einem so liebevollen Blick, dass einen Augenblick lang die alte Vertrautheit zwischen ihnen herrschte.
»Ich bin jetzt in Sicherheit«, flüsterte sie und wich den blauen Augen aus. »Du musst uns in Ruhe arbeiten lassen. Ich verspreche dir, dass ich gut auf mich aufpasse.«
Er zögerte, musterte kurz Lucas' nachdenkliches Gesicht und wandte sich dann widerwillig zum Gehen. Sie sah seiner Gestalt nach, aus der sehr viel Trauer sprach. Dann wandte sie sich Lucas zu und bemerkte, dass er sie ansah, und zwar mit einem Ausdruck des Leidens, der sie rührte. Wie ein verlas-

senes Kind, dachte sie. Sie versuchte ihn mit einem Lächeln zu beruhigen, das ihre ganze Liebe ausdrücken sollte, und nahm seine Hand fest in ihre, als sie zu den Männern gingen, die Franck aus dem Brunnen geborgen hatten. Stumm starrten sie auf das Brandzeichen auf Francks kräftigem Oberkörper, bis einer der Polizisten schließlich das Schweigen brach: »Unten im Brunnen liegen noch Knochen. Menschenknochen.«
Marie, Angus und Lucas warfen sich erschrockene Blicke zu. Noch eine Leiche? Die beiden Beamten nickten. Aber dem Zustand nach verwese sie schon ziemlich lange da unten …

Als das junge Paar abends ins Herrenhaus zurückkehrte, war der Regen stärker geworden. Seit sie die Wache verlassen hatten, hatten sie ausschließlich über die Arbeit gesprochen, als wollten sie so jedes persönliche Thema vermeiden. Marie ließ die Eiswürfel in ihrem Whiskey klingeln, um die unbehagliche Stille im Salon etwas aufzulockern. Sie wusste, sie mussten endlich offen miteinander sprechen, um wieder Klarheit in ihre Beziehung zu bringen. Doch wie sollte sie Worte für die vagen Zweifel finden, die sich in ihr Bewusstsein eingenistet hatten? Was hatte sie ihm konkret vorzuwerfen, einmal abgesehen von diesen eigentlich ja verständlichen Wutanfällen? Schließlich hatte sein Leben sämtliche Grundlagen verloren. Dann wurde ihr klar, was sie am tiefsten verletzt hatte und auch die Hauptursache ihrer Zweifel war: dass er die Worte vergessen hatte, die er im wichtigsten und intensivsten Moment ihrer gemeinsamen Geschichte zu ihr gesagt hatte.
Warum erscheint immer alles möglich, wenn alles unmöglich wird.
»Woran denkst du?«, fragte er plötzlich.
Die Fangfrage schlechthin.
»An die Grotte auf Lands'en. An das, was du mir an jenem Tag gesagt hast. Ich muss es noch einmal hören.«

Lucas starrte sie an.
»Was spielst du für ein Spiel?«
»Ich spiele nicht. Sag es mir.«
»Marie, jetzt reicht's!«, explodierte er. »Was hast du vor? Mich zu prüfen? Meinst du, ich hätte nicht bemerkt, dass du mir immer mehr Misstrauen entgegenbringst? Was unterstellst du mir? Los, sag's!«
»Ich unterstelle dir nichts …«
»Weißt du, was ich glaube? Es tut dir leid, dass du mich geheiratet hast! Dir ist jeder Vorwand recht, um dich mit Christian zu treffen, und du bist bereit, ihm alles zu glauben, was er erzählt, um mich in deinen Augen schlechtzumachen. Und dann dieser Quatsch, den angeblich mein Zwillingsbruder vor seinem Tod gesagt hat! Warum hast du mir nie davon erzählt?«
Marie bat ihn schuldbewusst um Verzeihung. Es tue ihr wirklich sehr leid, dass er es nicht von ihr, sondern durch Christian erfahren habe.
»Ich wollte es dir bloß ersparen, das musst du mir glauben, ich dachte, du hättest so schon genug aushalten müssen, mit Hélène und …«
Lucas unterbrach sie, indem er sie bei den Schultern nahm und ihr sehr ernst ins Gesicht sah.
»Ich will wissen, ob du auch nur einen Augenblick lang gedacht hast, ich sei ein Mörder, ob du geglaubt hast, ich wäre imstande gewesen, meinen Zwillingsbruder zu töten.«
Überrascht von der Kraft, mit der seine Hände ihre Schultern umklammerten, zögerte sie einen Sekundenbruchteil, bevor sie antwortete:
»Nein. Christian wird die Worte des Zwillings in seinem eigenen Sinne ausgelegt haben. Wahrscheinlich aus Eifersucht.«
Sie löste ihre Schultern aus seinem schmerzhaften Griff und fügte dann, wie um sich selbst gut zuzureden, hinzu:
»Wenn der Zwilling wirklich die Wörter *Ungeheuer, Bruder,*

getötet ausgesprochen hat, dann vielleicht, um davor zu warnen, dass ein Ungeheuer seinen Bruder töten wollte … Oder?«

Lucas sah ihr immer noch fest ins Gesicht, doch sie spürte, dass er sich entspannte.

»Du bist die Einzige, auf die ich mich verlassen kann. Wenn du an mir zweifelst, meine Liebe, dann bin ich verloren.«

Er beugte sich zu ihr hinunter und küsste sie mit ungewohnter Glut, sie schmiegte sich an ihn und hoffte, die unbekümmerte Leidenschaft ihrer Umarmungen wiederzufinden.

Auf der anderen Seite der Fensterscheibe, an der die Regentropfen herabliefen, stand in der Dunkelheit eine undeutlich zu erkennende Gestalt und beobachtete sie. Bleich starrte Vivian auf das Paar.

***

Im allerersten Morgenlicht betrachtete Lucas Maries Körper. Er gab seinem Verlangen nach, ihren Duft zu genießen, ihre Haut unter seinen Lippen, den festen, schön geschnittenen Mund. Er legte seine Hand zwischen ihre runden Brüste und spürte ihren Herzschlag. Erst als er ihr mehrere Male ihren Namen ins Ohr geflüstert hatte, tauchte sie mühsam aus dem Schlaf auf. Sie öffnete halb die Lider und sah ihn vollständig angezogen und offensichtlich aufbruchbereit auf der Bettkante sitzen. Sie spürte einen diffusen Schmerz in den Schläfen und verzog das Gesicht, Lucas lächelte. Liebevoll legte er seine Hand an ihre Wange und flüsterte:

»Warum erscheint immer alles möglich, wenn alles unmöglich wird?«

Sie sah ihn fasziniert an. Lucas lächelte immer noch, seine braunen Augen fest auf die grünen Augen seiner Frau gerichtet.

»Wie konntest du glauben, ich hätte von dem, was wir uns in

der Strandräuberbucht gesagt haben, ein einziges Wort vergessen?«
Marie verzichtete auf eine Antwort, zog ihn an sich und umarmte ihn leidenschaftlich. Er ließ sich genüsslich von ihr entkleiden, sein Begehren war genauso groß wie ihres. Und er liebte sie mit einem Heißhunger, der sie ein wenig zu kurz kommen ließ. Am Fußende des Bettes lagen zwischen den hingeworfenen Kleidungsstücken Lucas' Schuhe. Im Profil der Sohlen klebte noch ein wenig roter Schlamm.

***

Die aus dem Brunnen geborgenen Knochenreste lagen schön zu einem Skelett angeordnet auf dem Tisch des Gerichtsmediziners. Der war gerade am Telefon, verzehrte genüsslich ein Wurstbrot und ließ dabei einen zufriedenen Blick auf seiner Arbeit ruhen.
»Es ist ein Junge!«, verkündete er so freudig, als handle es sich um eine Geburt. »Etwa dreißig Jahre alt und infolge eines Bruchs der Halswirbelsäule gestorben. Wenn Sie mir noch ein wenig Zeit zum Basteln lassen, kann ich mehr sagen … Was Franck Sullivan angeht, das ist einfach, der ist ja noch frisch, aber dieselbe Todesursache, Bruch der Halswirbelsäule. Der Tod erfolgte vor achtundvierzig Stunden, höchstens!«
Er legte auf, pickte die letzten Brotkrümel von seinem weißen Kittel und rieb sich die Hände. Gleich zwei Tote, die er zum Reden bringen sollte, ein wahrer Festtag!

***

Lucas riss das Fenster auf. Er litt zunehmend unter der ewigen Raucherei von Angus, der sich den Teufel um die neuen Gesetze kümmerte. Dieses Mal bemühte er sich zwar, vor-

sichtige Annahmen zu formulieren, aber sein kategorischer Ton ließ keinen Zweifel an seiner Überzeugung.
»Ich nehme an, die Knochen aus dem Brunnen gehörten François Maréchal. Wahrscheinlich hat der Journalist den Schatz bei einem Tauchgang gefunden und ist danach beraubt, getötet und in den Brunnen geworfen worden. Sehr wahrscheinlich von einem oder mehreren Mitgliedern der Familie Sullivan, die sich untereinander um das Gold zanken.«
Angus nickte. Damit würden auch Claire Varniers Vorwürfe bestätigt, meinte er. Marie bemerkte den Blick, den Lucas in Richtung von Edwards Zelle warf.
»Ich bin sicher, wir haben den Schuldigen. Ich kann mir schlecht vorstellen, dass eine blinde alte Dame wie Louise oder ein Teenager wie Jill die Morde begangen haben.«
»Und ich kann mir schlecht vorstellen, dass Edward imstande wäre, seine eigenen Kinder zu töten«, gab Marie zurück.
Lucas erinnerte sie mit einer gewissen Selbstzufriedenheit daran, dass Alice ihrem Vater öffentlich und sogar noch in ihrem Testament Kälte und Gleichgültigkeit ihr gegenüber vorgeworfen hatte. Und was Franck angehe, er könne sich nicht erinnern, ihn je bei einem längeren Gespräch mit seinem Vater gesehen zu haben.
Angus, der schon wieder ein Unwetter heraufziehen sah, war erleichtert, als Brody mit neuen Informationen kam. Der Grabstein vom Brunnen war auf seine Echtheit hin überprüft worden und stammte genau wie der unter der Terrasse gefundene Stein aus der Zeit der Königin Dana. Dann gab ihnen Brody eine Übersetzung der gälischen Inschrift, die ein Übersetzer unter großen Mühen entziffert und transkribiert hatte. Der Inschrift und dem Oghamzeichen *F* nach handelte es sich tatsächlich um den Grabstein des Prinzen Fergall. Marie legte das Foto von Fergalls Stein neben das des Prinzen Jaouen und die entsprechenden Inschriften darunter, dann drehte sie sich zu Lucas um.

»Weißt du noch, was ich damals im Internet gelesen habe? Die Grabmale der königlichen Erben waren ursprünglich alle auf dem Friedhof der königlichen Abtei, des heutigen Klosters. Das ist die Spur, die wir jetzt verfolgen müssen. Wir müssen nachsehen, ob wir dort einen Hinweis auf Zoleigs Grabstein finden.«

Lucas hob zweifelnd die Brauen, doch Marie ließ sich nicht beirren.

»Vergiss nicht, dass die Leiche des Zwillings von einer Nonne gestohlen wurde! Ein Grund mehr, das Kloster zu durchsuchen.«

»Bretonin und Irin«, spottete Lucas. »Ich gebe auf, geliebtes Sturköpfchen!«

Er willigte zwar in den Besuch bei den Nonnen ein, erinnerte sie aber daran, dass es seiner Meinung nach sinnvoller sei, sich auf Edward zu konzentrieren und endlich Beweise für seine Schuld zu finden.

***

Als Marie etwas betreten und reuig in den Kreuzgang zurückkam, kostete Lucas seinen Triumph nicht allzu sehr aus.

»Zumindest können wir in der Hinsicht beruhigt sein«, sagte er, »im Kloster gibt es weder einen Prinzen-Grabstein noch wird hier ein Zwilling versteckt!«

Gemeinsam mit einer kleinen Gruppe weiterer Beamter hatten sie unter der ständigen missbilligenden Aufsicht der Pförtnerin und der Oberin das ganze Gebäude durchsucht. In Mutter Clementias gleichmütigem Gesicht hatte kein Muskel gezuckt, als sie in die Krypta gekommen waren. Sie hatte weiter ihre Gebete gemurmelt, während die Polizisten Blut und Wasser schwitzend einen schweren Steindeckel nach dem anderen von den steinernen Särgen hoben. Diese enthielten bestenfalls noch staubige Leichentücher, unter denen sich

Skelettreste erahnen ließen. Als sie beim Rosenritter ankamen, glitt der Stein mit einem düsteren Scharren zur Seite und legte nur die uralten Überreste Erwann des Frommen frei. Mutter Clementia konnte unter ihrem Schleier beruhigt beten, die Leiche des Zwillings hatte sich in Luft aufgelöst. Sie wollten gerade gehen, da kam Angus und schwenkte ein Album.

»Sehen Sie mal, das ist interessant …«

Er blätterte es für Marie und Lucas auf. Es waren Fotos aus der Geschichte des Klosters. Dann zeigte Angus auf ein Bild.

»Das ist Mutter Clementia als Novizin, sie hatte gerade ihre Gelübde abgelegt …«

In der Bildunterschrift stand, dass sie ihren Namen Thérèse Reynault für immer abgelegt habe, um Schwester Clementia zu werden.

»Erstaunlich, finden Sie nicht?«, sagte Angus.

Marie schwieg fasziniert.

»Ich weiß wirklich nicht, was Sie daran erstaunlich finden«, sagte Lucas. »Alle Nonnen hatten einmal einen bürgerlichen Namen, bevor sie den Schleier nahmen.«

Marie sah ihn fassungslos an.

»Was ist denn jetzt schon wieder?« Lucas war entschieden gereizt.

»Hast du die Liste der vor 1968 verschwundenen und verstorbenen Frauen und Kinder vergessen? Ein gewisser Jacques Reynault, seine Frau Françoise und ihr sechsjähriger Sohn Quentin sind Weihnachten 1967 bei einem Flugzeugabsturz in Irland ums Leben gekommen …«

»Mutter Clementia ist womöglich mit Jacques Reynault verwandt«, ergänzte Angus. »Das ist das Erstaunliche …«

»Und wenn Hélène und Jacques Reynaults Frau ein und dieselbe wären? Das würde erklären, wieso deine Mutter schon einmal hier auf der Insel gewesen ist.«

Sie schwieg.

Als sie Lucas' angespanntes Gesicht sah, tat es ihr leid, dass sie sich von ihrer Begeisterung hatte hinreißen lassen, ohne zu bedenken, wie heikel das Thema für ihn war. Deshalb hatte er ja auch die Liste vergessen – die Angst vor der Entdeckung der wahren Identität seiner Mutter machte ihm sicher sehr zu schaffen.

Doch Angus hatte weniger Skrupel, den Faden weiterzuspinnen.

»Ihre Mutter kann uns leider keine Auskunft geben, aber Mutter Clementia hat uns sicher etwas zu sagen.«

Lucas schwieg verstimmt. Marie nahm seine Hand und redete ihm gut zu.

»Besser, du weißt es ein für alle Mal. Glaub mir, das ist wirklich besser, als sich mit Zweifeln zu quälen, die oft schlimmer sind als die Wahrheit.«

Er dankte ihr mit einem matten Lächeln, drückte kurz ihre Hand und ging ihr in Angus' Gefolge voraus zum Arbeitszimmer der Mutter Oberin.

Mutter Clementia bestätigte mit ernster Miene, sie sei tatsächlich Jacques Reynaults Schwester. Ohne ein Wort zu sagen, hielt ihr Marie ein Foto von Hélène hin. Die Verwirrung der Oberin war geradezu greifbar: Selbst nach vierzig Jahren erkannte sie offensichtlich Françoise Reynault. Sie wirkte verblüfft.

»Das verstehe ich nicht, ich war sicher, Françoise sei mit meinem Bruder Jacques und dem gemeinsamen Sohn, dem kleinen Quentin, ums Leben gekommen!«

Danach wandte sie sich Lucas zu und sah ihn lange an.

»Quentin …«, murmelte sie ratlos. »Sind Sie Quentin?«

Lucas war leichenblass, er brachte kein Wort heraus. Marie kam ihm zu Hilfe und bat die Oberin, alles zu sagen, was sie wusste.

Diese versuchte sich zu sammeln, ihr Blick wurde abwesend, sie schien ihn in die Vergangenheit zu richten, von der sie nun aufgewühlt erzählte. Die schwangere Françoise war mit Jacques auf Killmore gewesen, als plötzlich die Wehen einsetzten. Es war zu spät für eine Fahrt ins Krankenhaus gewesen, und Jacques, selbst Arzt, hatte ihr als Geburtshelfer beigestanden.

»Es war eine schwere Geburt, Françoise erwartete nämlich Zwillinge …«, erinnerte sich Mutter Clementia.

Der kleine Quentin sei zuerst gekommen, ein wunderbares, kerngesundes Baby, und dann der kleine Pierre, der ihm aufs Haar glich, aber nicht atmete.

»Mein Bruder wollte sich mit seinem Tod nicht abfinden, er kämpfte verbissen um das Leben des zweiten Babys. Als der Kleine endlich zu atmen anfing, hatte sein Hirn schon schwere Schäden davongetragen. Der arme kleine Pierre …«

Mutter Clementia litt sichtlich bei diesen Erinnerungen. Einen Moment lang zögerte sie, es fiel ihr offenkundig schwer, weiterzusprechen.

»Ein Jahr zuvor hatten Françoise und Jacques eine Tochter verloren«, fuhr sie schließlich fort und bekreuzigte sich. »Sie hatten sehr unter dieser furchtbaren Prüfung gelitten. Meine Schwägerin versank in eine tiefe Depression. Als Jacques ihr den kleinen Pierre in die Arme legte, der so krank und schwach war, reagierte sie mit derart heftiger Abwehr, dass … dass sie ihn töten wollte.«

Mutter Clementia flüchtete sich ins Gebet, man sah nur noch ihren weißen Schleier.

Lucas, der mühsam atmete, sagte tonlos: »Bitte, sprechen Sie weiter.«

Sie nickte leicht und kehrte wieder in ihre Erinnerungen zurück. Ihr Bruder habe ihr den Jungen anvertraut, damit er versorgt und in Sicherheit sei. Doch als die Familie Weihnachten 1967 ums Leben gekommen sei, habe sie zu ihrer

Überraschung erfahren, dass Pierre für totgeboren erklärt worden war.

»Ich hatte Angst, man würde mir den Kleinen wegnehmen, er war alles, was mir von meinem Bruder geblieben war, und ich hatte mich so an das Kind gewöhnt ...«

Traurig blickte sie zu Angus auf.

»Ich weiß, dass es nicht legal war, aber er war ganz allein auf der Welt, und ich wollte nicht, dass man ihn in ein Heim für Geistigbehinderte steckte. Deshalb habe ich nichts gesagt. Ich habe ihn hier aufgezogen, mit all meiner Liebe, und ich habe mich um ihn gekümmert, bis er vor zehn Tagen geflohen ist ...«

»Aber warum haben Sie nichts gesagt, als Sie Lucas sahen, der ihm doch aufs Haar gleicht?«, fragte Marie.

Die Oberin hatte zu sehr unter dem Schock dieser völligen Übereinstimmung gestanden. Sie gestand, erst sei sie von völlig irrationaler Panik ergriffen worden, und dann sei ihr klar geworden, dass Lucas Fersen offensichtlich nichts von einem Zwillingsbruder wusste, und da habe sie es für besser gehalten, das Geheimnis zu bewahren. Lucas hatte sich in einen der alten Sessel im Arbeitszimmer der Oberin gesetzt. Mit in die Ferne gerichtetem Blick schien er all die neuen Informationen langsam zu verinnerlichen, so dass Marie das Gespräch weiterführen musste.

»Warum ist Pierre geflohen? Ist er vorher schon einmal weggelaufen?«

Der Schleier bewegte sich von links nach rechts.

»Nie.«

»Wusste er von Lucas' Existenz?«

Wieder schüttelte Mutter Clementia ihren schönen, weißgerahmten Kopf: Sie könne sich nicht denken, wer ihm das gesagt haben könnte, und wie. Sie wisse auch nicht, was in seinem kranken Kopf vor sich ging.

»Zum Beispiel verstehe ich nicht, warum er, der nie auch nur das Geringste gestohlen hat, vor seiner Flucht die Kassette mit dem Bargeld aus meinem Arbeitszimmer entwendet hat.«

Lucas tauchte endlich aus seinem Schweigen auf und wandte sich an Marie. Das scheine die Version zu bestätigen, wonach Pierre einer habsüchtigen Prostituierten zum Opfer gefallen sei …

»Das Einzige, was man seltsamerweise bei ihm fand«, mischte sich Angus ein, »war eine Locke von Mary Sullivan.«

Die Nonne stutzte kurz, doch dann fiel ihr ein, dass in der gestohlenen Kassette neben dem Geld auch einige kleine Erinnerungsstücke gewesen waren, darunter tatsächlich ein Lederbeutelchen mit einer Locke von Mary.

»Als Kind kam sie immer mit Louise auf ihren wöchentlichen Besuchen hierher«, erklärte sie. »Wie die meisten kleinen Mädchen war sie von uns Nonnen fasziniert, vor allem von unserem Habit. Eines Tages hat sie mir eine Locke gegeben und gesagt, sie wolle Novizin werden.«

Die Mutter Oberin lächelte wehmütig bei dieser Erinnerung. Angus ließ ihr keine Zeit für derlei Sentimentalitäten, sondern fragte nach dem Diebstahl des Leichnams. Er sei von einer Nonne entwendet worden, das bewiesen die Video-Aufnahmen. Doch die über eine solche Tat sehr schockierte Mutter Oberin wusste dazu wirklich nichts zu sagen. Nun setzte auch Marie ihr zu.

»Vor seinem Tod hat Pierre noch etwas über die Morde gesagt. Da Sie behaupten, dass er die Insel der Schimären nie verlassen hat, kann er nur im Kloster von den Mordplänen erfahren haben …«

»Aber wie denn? Das ist unmöglich!«, rief Mutter Clementia empört. »Es sei denn, Sie nehmen an, eine von uns habe die Morde begangen!«

Alle schwiegen ratlos, bis Angus die Oberin bat, ihnen Pierres Zimmer zu zeigen.

»Es ist gleich nebenan«, sagte sie und ging ihnen voraus zu einer Tür.
Sie zeigte ihnen einen Raum, der größer und angenehmer war als die Zellen, aber, abgesehen von einem Bett und einem Kruzifix, völlig leer. Mutter Clementia erklärte, sie habe das Zimmer gleich nach der Nachricht von Pierres Tod leer räumen und reinigen lassen. Lucas war ein wenig zurückgeblieben. Besorgt über seinen verstörten Gesichtsausdruck legte ihm Marie den Arm um die Taille und reckte sich zu seinem Ohr.
»Geht's?«, flüsterte sie zärtlich.
Er zwang sich zu einem Lächeln und nickte.

Die schwere Klostertür schloss sich mit einem gedämpften Knall hinter Marie, Lucas und Angus. Mutter Clementia stieß einen tiefen Seufzer der Erleichterung aus. Ihre Züge wirkten plötzlich müde und leicht verärgert. Allerdings huschte ein ironisches Lächeln über ihr Gesicht, als die Pförtnerin ganz aufgeregt zu ihr kam.
»Das ist doch ein Wunder, dass Pierres Leiche aus dem Grab des Rosenritters verschwunden ist!«
Die Oberin musste ihrer Begeisterung über das Eingreifen des Heiligen Geistes jedoch einen Dämpfer versetzen.
»Ich habe einen anonymen Anruf erhalten, in dem man mir den Besuch der Polizei ankündigte. Ich hatte gerade noch Zeit, Pierre wegzuschaffen.«
»Einen Anruf? Von wem?«
»Das weiß ich nicht ... Mir ist nicht klar, wer da die Fäden zieht. Pierre ist tot. Lucas Fersen scheint von nichts zu wissen, und das Ungeheuer ist unter Kontrolle ... Haben Sie noch einmal nachgeschaut?«
Die Pförtnerin nickte.
Jetzt nahm das Gesicht der Oberin einen sehr entschlossenen Ausdruck an.

»Es ist an der Zeit zu handeln.«
Mit rauschender Tracht drehten sich die Nonnen um und verschwanden eilig im Schatten des Kreuzgangs. Einige Minuten später stiegen sie mit Taschenlampen bewaffnet in eine mysteriöse Unterwelt hinab.

22

Die Wahrheit war ein schwerer Schock gewesen. Nachdem sich Marc Fersen damals in Hélène verliebt hatte, hatte er auch das Geheimnis respektiert, das sie ihm nicht enthüllen wollte. Dafür musste er nun gewissermaßen büßen, als Lucas und Marie ihm berichteten, was sie erfahren hatten. Er empörte sich.

»Mag sein, dass Hélène eigentlich Françoise Reynault ist, ihr Name ist mir egal! Aber dass sie ihr Kind töten wollte, weil es geistig behindert war, nein! Das ist unmöglich!«

Vehement führte er seine Argumente an: Man habe doch gesehen, wie schnell sich Hélène und Pierric angefreundet hätten, außerdem sei sie jahrelang Mitglied eines Vereins zur Förderung geistig behinderter Kinder gewesen, sie habe unendlich viel Zeit und Energie investiert!

Marie deutete an, das könne für Hélène vielleicht eine Art Wiedergutmachung gewesen sein, doch Marc beharrte auf seinem Standpunkt. Er kenne seine Frau und könne nicht glauben, was die Mutter Oberin da behaupte ... Dann griff er Lucas an.

»Wie kannst du so etwas von deiner Mutter glauben?«

»Wie hätte ich glauben können, dass du nicht mein Vater bist?«, wandte dieser düster ein.

Marc sah ihn unendlich traurig an und sagte leise, ihm bedeuteten ihre Liebe füreinander und das Glück, das sie gemein-

sam erlebt hätten, unendlich viel mehr als jegliche biologische Abstammung. Und er hoffe, sein Sohn vergesse das nicht …
Marie war es schließlich, die ihm tröstend die Hand auf den Arm legte, Lucas hatte nur schweigend den Kopf gesenkt und sich dann neben Hélène gesetzt, um ihr Fragen zu stellen. Seine Geduld wurde auf eine harte Probe gestellt. Seine Mutter schien nicht einmal zu begreifen, worüber er sprach. Und auch für Maries Versuche brachte sie kein rechtes Interesse auf. Nur als Marie den Namen Jacques nannte, schien sie aufzuhorchen.
»Jacques«, wiederholte sie mit gerunzelter Stirn, als suche sie in ihrem gestörten Gedächtnis.
Sie hingen an ihren Lippen, doch sie murmelte nur ein einziges Wort.
»Ungeheuer«, hauchte sie und riss ihre Augen weit auf, wie vor einem inneren Schreckensbild, das jedoch in ihrem Schweigen gefangen blieb.
Dann begann sie wieder vor sich hin zu summen, sie war nicht mehr erreichbar.
Lucas versuchte sich an einem zynischen Lächeln. »Erst sagt mein Zwillingsbruder, ich sei ein Ungeheuer, dann soll mein Vater eins sein. Und meine Mutter ist halb verrückt …«
Er brach ab und verließ das Zimmer. Marie folgte ihm. Sie versuchte ihn gerade zu trösten, als ein Anruf von Brody kam. Er bestätigte die Existenz einer Geburtsurkunde für den kleinen Quentin Reynault und die Meldung eines totgeborenen Zwillingsbruders.
»Mutter Clementia – oder vielleicht sollte ich lieber sagen: Tantchen – hat also die Wahrheit gesagt, meine Mutter ist eine Kindsmörderin. Und mein Vater ein Ungeheuer … Ich wünschte, ich hätte das alles nie erfahren …«
Marie lehnte sich sanft an ihn, um ihn stumm daran zu erinnern, dass sie in diesen Stürmen zu ihm stand, doch er ließ sich nicht aus seiner trüben Stimmung reißen.

»Ein Glück, dass ich normal war, sonst wäre ich auch abserviert worden, na, vielleicht wäre das besser gewesen …«
Marie setzte zu einem tröstenden Wort an, doch er erging sich schon in weiteren Überlegungen. Vermutlich habe sein Zwillingsbruder durch die anstehende Hochzeit von seiner Existenz und Anwesenheit erfahren und sei geflohen, um seinen Bruder aufzusuchen.
»Und dann ist der arme Kerl an meiner Stelle umgebracht worden … Ohne dass wir Gelegenheit hatten, uns kennenzulernen«, schloss er traurig.
Plötzlich warf er sich in Maries Arme.
»Das Schlimmste ist, dass ich mit ansehen muss, wie meine Mutter verfällt. Wir haben uns so geliebt …«, flüsterte er. »Ich frage mich, was man ihr angetan hat, als sie noch Françoise hieß. Dass sie ihre Vergangenheit vollständig auslöschen und eine neue Identität annehmen wollte … Mein biologischer Vater muss wirklich ein furchtbarer Mensch gewesen sein, dass er sie so weit getrieben hat …«
Während er sich so öffnete, dachte Marie, sie dürfe ihm nicht länger das verschweigen, was sie über den Inhalt von Marys Brief erfahren hatte. Doch sie kam nicht dazu, denn Lucas hatte ihr Gesicht in seine Hände genommen.
»Ohne dich, Marie, ohne dein Vertrauen könnte ich das nicht aushalten …«
Da verzichtete Marie lieber auf weitere Enthüllungen, stattdessen lächelte sie ihm zu und erinnerte ihn daran, dass er nicht der einzige Leidtragende war.
»Auch für Marc war es ein harter Schlag, er braucht dich jetzt.«
»Du hast recht. Aber im Augenblick habe ich nicht die Kraft, das alles aufzurühren, ich muss jetzt wirklich an die frische Luft …«
Sie vereinbarten, dass Marie allein zu Marc gehen und ihn trösten solle. Lucas wollte schon zur Polizeiwache gehen,

und sie sollte später nachkommen, damit sie Edward verhören konnten. Sie sah ihm nach und bemerkte seinen steiferen Gang, die weniger gelöste Gestalt. Mitgefühl überkam sie, als sie überlegte, wie schwer es für ihn sein musste, Haltung zu bewahren und weiter an einem Fall zu arbeiten, der ihn so sehr mitnahm. Unter anderen Umständen hätte sie sich gewundert, warum sein Polizisteninstinkt ihn nicht bewogen hatte, sofort zu Louise zu gehen und sie zu befragen. Sie hatte ihn übrigens nicht daran erinnert, denn sie wollte es lieber allein tun.

***

Die alte Dame war sichtlich müde und deprimiert, als Marie sie in die Enge zu treiben versuchte. Françoise war mehrmals auf dem Besitz gewesen, das war jetzt sicher. Louise gab nicht nur das zu, sie sagte auch, dass sie den kleinen Quentin gekannt habe, Lucas.

»Warum hast du mich angelogen?«, fragte Marie direkt.

Louise schüttelte traurig den Kopf, der Vorwurf hatte sie getroffen.

»Ich habe dich nicht angelogen. Als ich Hélènes Stimme zum ersten Mal gehört habe, war ich noch im Zweifel. Für mich war Françoise 1967 gemeinsam mit ihrem Mann und ihrem Sohn umgekommen. Ich hielt es nicht für möglich, dass sie den Flugzeugabsturz überlebt haben könnte, und für fast noch unmöglicher, dass sie die Mutter deines Lucas sein konnte.«

Marie sah, wie anstrengend diese Befragung für ihre Großmutter war, doch sie drängte sie, ihr zu erzählen, was sie über die Reynaults wusste.

»Das ist eine sehr alte Geschichte«, stotterte Louise. »Als meine Eltern 1942 bei einer Bombardierung ums Leben kamen, flüchteten sich enge Freunde von ihnen, Joseph und

Madeleine Reynault, mit ihren Kindern nach Killmore auf die Insel der Schimären, wo sie ein Haus hatten. Da Madeleine meine Patentante war, haben sie mich dorthin mitgenommen …«

Sie seufzte, als sie Andrew Sullivan erwähnte, den sie damals kennengelernt hatte. Dann hatte sie ihn geheiratet und war zu ihm ins Herrenhaus gezogen. Der Sohn der Reynaults, zehn Jahre jünger als sie, hatte sie dort gelegentlich besucht. Er war dann Arzt geworden und eines Tages mit seiner Frau gekommen, mit Françoise. Sie hatte gerade ihr erstes Kind verloren, ein kleines Mädchen, und kämpfte mit einer Depression.

»Ein Jahr später kam der kleine Quentin zur Welt. Die drei besuchten auch später Jacques' Schwester, die ins Kloster eingetreten war.«

Die alte Dame machte eine Pause und kramte in ihren Erinnerungen.

»Weihnachten 1967 kamen Jacques, Françoise und Quentin zum letzten Mal. Jacques sagte mir damals, seiner Frau gehe es nicht gut, aber ich habe nicht recht darauf geachtet … Und dann, am Abend vor Weihnachten, wurde Françoise verrückt. Sie wollte ihren Mann töten und mit ihrem Sohn im Wasserflugzeug fliehen, dabei konnte sie gar nicht damit umgehen. Jacques schaffte es noch ins Cockpit, als sie es irgendwie in Bewegung gesetzt hatte, und was dann geschah, hat nie jemand erfahren, wenig später ist das Flugzeug über dem Meer explodiert …«

Der Bericht hatte Louise in fiebrige Nervosität versetzt, sie war erschöpft. Sie streckte die Hand nach Marie aus.

»Marie, bitte versuch, mich zu verstehen: Als ich Françoise' Stimme wiederzuerkennen glaubte, war ich keineswegs sicher. Ich konnte dir doch nicht einfach sagen, du hättest gerade den Sohn einer völlig verrückten Frau geheiratet, die versucht hat, ihren Mann umzubringen! Und da niemand von dieser Vergangenheit zu wissen schien, dachte ich, ich hätte mich geirrt. Hélène hatte das Gedächtnis verloren. Warum sollte ich eine so problematische Vergangenheit ausgraben? Mit welchem Recht hätte ich, möglicherweise völlig grundlos, euer junges Glück stören dürfen?«

Marie schwieg ratlos.

»Jetzt musst du selbst entscheiden, liebe Enkeltochter, ob du weiter in der Vergangenheit stochern möchtest …«

Sofort dachte Marie an Lucas' Worte: *Ich wünschte, ich hätte das alles nie erfahren.* Und wieder stand sie vor der Frage: Wie weit sollte man gehen, um die Wahrheit zu erfahren? Sie erinnerte sich an ihre beharrliche Suche auf Lands'en und den hohen Preis, den sie dafür hatte zahlen müssen. Das Leben ihrer Brüder. Und jetzt die Distanz der Menschen, die ihr so viel Liebe gegeben hatten: ihrer Adoptiveltern Jeanne und Milic. Welcher war der richtige Weg?

Dieser Gedanke verfolgte sie lange und führte sie auf den kleinen Friedhof der Sullivans. Sie ging erst zu Alice' frischem Grab, dann blieb sie vor dem ihrer Mutter stehen. Sie legte einige Blumen darauf, die sie unterwegs gepflückt hatte, und das Medaillon. Unwillkürlich sah sie sich um, als würde auch dieses Mal plötzlich Ryan erscheinen. Doch sie war völlig allein.

***

In der trüben Atmosphäre beim Abendessen, bei dem nur Marc, Hélène, Lucas und Marie zugegen waren, beobachtete Letztere heimlich ihren Mann. Dass er so mühsam kaute, war nicht etwa seiner Appetitlosigkeit zuzuschreiben, sondern dem Verlauf des Verhörs, das er mit Edward angestellt hatte. Unter Angus' Aufsicht, der das Verhör durch den einseitigen Spiegel mitverfolgt hatte, war Lucas um den Verdächtigen gekreist und hatte ihm mit Fragen zugesetzt. Edward hatte in einer Haltung scheinbarer Niedergeschlagenheit dagesessen,

das Gesicht in den Händen vergraben – allerdings weniger, um sich vor Lucas' Angriffen zu schützen, als um die Maske festzuhalten, die sich stellenweise zu lösen begann. Als ehemaliger IRA-Aktivist und Knastbruder hatte Ryan genug Erfahrung, um es mit Lucas Fersens Hartnäckigkeit aufzunehmen. Er beantwortete die aggressiven Fragen mit aufreizender Ruhe und Höflichkeit. Das gelang ihm so gut, dass Lucas wieder einmal einen seiner Wutanfälle bekam, ihn am Kragen packte und gegen die Wand presste. Ryan, der spürte, wie sich unter der grauen Perücke die Maske ablöste, hatte keine Wahl mehr, wenn er seine Rolle weiterspielen wollte: Mit einer geraden Rechten schickte er Lucas zu Boden. Noch bevor Lucas sich fassen konnte, waren Angus und Brody bereits da und verfrachteten Edward zurück in die Zelle. Gerade rechtzeitig, damit dieser die schlimmsten Schäden an seiner Maske notdürftig beheben konnte. Die Demütigung hatte Lucas' Anspannung und seinen Zorn nur gesteigert.
Sorgenvoll ertrug Marie das Abendessen, das sich sehr in die Länge zog, zumal weder Louise, die zu müde gewesen war, noch Jill, deren Anorexie immer deutlicher wurde, noch PM, der einfach noch nicht wieder aufgetaucht war, zugegen waren. Um Letzteren allerdings machte sich niemand Gedanken, er hatte bereits angekündigt, er werde Killmore bis in den letzten Winkel erkunden. Die lastende Stille wurde nur durch Marcs geduldige Stimme unterbrochen, der Hélène dazu zu überreden versuchte, ein wenig zu essen.
Marie betrachtete nachdenklich ihre Schwiegermutter, die ihr Brot zerbröselte und es um ihren Teller verteilte, bis Lucas es nicht mehr ertrug und ihren Arm packte, damit sie damit aufhörte. Hélène nahm darauf seine Hand, hielt sie kurz an ihre Wange und streichelte sie dann zärtlich. Plötzlich verzerrte sich ihr Gesicht, ihr Blick glitt von seiner Hand zu seinem Gesicht, sie starrte ihn erschrocken an, als sei er jemand ganz anders.

»Wo ist Lucas?«, rief sie angstvoll. »Was hast du mit ihm gemacht? Wo ist mein Sohn?«
Lucas reagierte heftig. Er wurde blass, machte sich von ihr los und erhob sich mit einem Ausdruck äußerster Enttäuschung auf dem Gesicht vom Tisch. Marie wollte ihn aufhalten, doch er stieß sie zurück.
»Lass mich«, fuhr er sie an und ging mit großen Schritten aus dem Esszimmer. Marie sah ihm erschrocken nach.
»Ich habe für morgen Plätze auf der ersten Fähre reserviert«, sagte Marc leise.
Marie nickte schweigend, in ihren Augen standen Tränen. Jetzt ermaß sie ihre ganze Einsamkeit und sehnte sich mehr denn je nach der Gegenwart eines Freundes, nach einem Rat, doch von Ryan hatte es kein Lebenszeichen mehr gegeben.

In der Abenddämmerung ging sie wieder zum Grab ihrer Mutter und sah nach dem Medaillon. Halb besorgt, halb enttäuscht stellte sie fest, dass es immer noch genau dort war, wo sie es hingelegt hatte. Danach wanderte sie lange über die blühenden Wiesen des Besitzes. Die Düfte des Juniabends, das Vogelgezwitscher ringsum, die Schönheit der Pferde, die auf den Koppeln tollten, all das konnte ihr nicht helfen, es machte sie nur noch mutloser. Sie war erst wenige Tage mit dem Mann ihres Herzens verheiratet, ihr Aufenthalt hier hätte eine der glücklichsten Zeiten ihres Lebens werden sollen, und nun schien mit jeder Stunde eine tiefere Kluft zwischen ihr und Lucas zu entstehen. Trotz all ihrer Geduld und ihres Verständnisses ließ Lucas sie nicht an sich heran, er wurde ihr immer fremder, dabei hatten sie sich geschworen, alles miteinander zu teilen. Irgendetwas an diesem Mann blieb ihr unverständlich und weckte Zweifel in ihr. Sie musste sich eingestehen, dass sie den Mann, mit dem sie gerade erst den Bund fürs Leben geschlossen hatte, weniger gut kannte, als sie gedacht hatte. Einmal vor dem Haus angekommen, sah sie zum

Fenster ihres Schlafzimmers auf, es brannte kein Licht mehr. Widerwillig ging sie ins Haus und schlüpfte nach langem Duschen, das ihre Ängste jedoch nicht fortspülen konnte, in das leere Doppelbett.

Sie lag in einem tiefen, unruhigen Schlaf, als eine dunkel gekleidete zierliche Gestalt, die einen Rollenkoffer hinter sich herzog, den Weg zum Meer hinunterging. Hélène blieb einen Augenblick stehen, blickte zum vertäuten Wasserflugzeug hinüber und ging dann zielstrebig darauf zu, den Rollenkoffer immer noch im Schlepptau. Am Ende des Pontons blieb sie wieder stehen, verloren blickte sie vor sich hin. Sie war so in ihre geheimnisvollen Gedanken versunken, dass sie die Schritte nicht hörte, die hinter ihr auf den Holzplanken hallten. Der Mann blieb dicht hinter ihr stehen und legte ihr wortlos die Hände auf die Schultern ...

Marie kämpfte mit bösen Träumen. Lucas, der sich gerade neben sie gelegt hatte, kehrte ihr sein Gesicht zu und sah sie lange an.
»Schlaf, meine Schönste, schlaf ...«, flüsterte er.
Er sah auf das leere Glas und die Karaffe auf dem Nachttischchen. Dann wandte er seine Aufmerksamkeit wieder Marie zu, sanft legte er ihr die Hand auf den Hals und drückte dann zu, immer fester. Sie stöhnte, rang ein wenig nach Atem, streckte den Arm aus, bis sie Lucas' Körper fand, und zog ihn an sich. Er verminderte den Druck seiner Hand, leistete noch ein wenig Widerstand und gab dann nach. Er schmiegte sich an Maries sanften, warmen Körper und vergrub wie ein Kind das Gesicht an ihrem Hals. So schliefen sie noch, eng umschlungen, als Marc verstört bei ihnen anklopfte und keuchte, Hélène sei verschwunden.

***

Die Sonne war aufgegangen. Die Suchmannschaften hatten schließlich den Koffer auf dem Ponton gefunden und danach Hélènes im Wasser treibende Leiche. Zwei Polizeibeamte brachten sie an Land. Lucas verfolgte das schreckliche Schauspiel, ohne ein einziges Mal den Blick abzuwenden. Marie beobachtete sein erstaunlich ausdrucksloses Gesicht. Und dann stiegen unwillkürlich andere Bilder in ihr hoch. Sie jagten und überlagerten einander wie in einem Kaleidoskop: Lucas' Kälte und Gleichgültigkeit, als seine Mutter die Brotkrumen über die Rosenbüsche warf ... Die Brutalität, mit der er sie zum Reden hatte bringen wollen ... Sein erschreckender Gesichtsausdruck, als sie seine Hand nicht mehr erkannt hatte ... Schon mehrmals hatte Marie das Gefühl verscheuchen müssen, dass Lucas seine Mutter hasste.

Das Schlimmste ist, dass ich mit ansehen muss, wie meine Mutter verfällt ... Dieses Mal unterdrückte sie dieses Gefühl nicht, und angesichts der Kälte, mit der Lucas die Leiche seiner Mutter betrachtete, streifte sie der Gedanke, er habe Hélène vielleicht getötet. Der Schrecken über diesen Gedanken zeichnete sich auf ihrem Gesicht ab. Und genau in diesem Augenblick drehte sich Lucas zu ihr um und erkannte den Verdacht in ihrem Blick. Er explodierte vor Zorn.

»Ja, ich weiß, es ist meine Schuld! Alles ist meine Schuld! Ich hätte nie versuchen sollen, die Wahrheit über sie herauszufinden, niemals!«

Er wandte sich ab, seine Schultern zuckten. Marie, ganz schuldbewusst wegen ihrer furchtbaren Gedanken und betroffen von seiner Verzweiflung, bat ihn um Verzeihung.

»Ich habe ja selbst alles getan, um es herauszufinden, bitte, verzeih mir, ich hätte nicht ...«

Doch er war schon weggegangen, rasch und ohne ein Wort. Er antwortete nicht einmal seinem Vater, der nach ihm rief und die Arme nach ihm ausstreckte.

Marie, immer noch verwirrt, stützte Marc. Er schwankte, als

er zusehen musste, wie die Leiche des Menschen, den er auf der Welt am meisten geliebt hatte, in den Leichenwagen geladen wurde. Er warf einen Blick auf die Insel der Schimären, die in der Ferne zu erahnen war.

»Ich hätte niemals darauf bestehen dürfen, sie hierherzubringen. Ich habe nicht genug Rücksicht auf sie genommen. Seit ihrer Ankunft hier hat sie sich schrecklich vor dieser Insel gefürchtet.«

***

Louise' Hand zitterte vor Angst, als sie in ihrem Zimmer eine Telefonnummer wählte.

»Geben Sie mir Mutter Clementia. Ja, Louise Sullivan.«

Ihre Stimme klang hart und ungeduldig. Sie ließ sich schwer in einen Sessel sinken, während sie wartete. Ihr Atem ging mühsam, sie war sehr aufgewühlt.

»Clementia? ... Françoise ist tot. Es ist vorbei. Nun lebt niemand mehr von damals.«

Sie wollte schon auflegen, doch dann wurde am anderen Ende offenbar etwas Furchtbares gesagt, jedenfalls erschrak sie heftig.

»Nein? Was meinst du damit? ... Du kannst mir doch nicht ... Ja, ich verstehe. Ich komme.«

Jetzt erst konnte sie auflegen. Völlig verstört strich sie sich übers Gesicht und murmelte undeutlich etwas vor sich hin. Sie fasste sich wieder, tippte zwei Zahlen ein und befahl dem Chauffeur, den Wagen vorzufahren. In der Halle konnte sie ihre Ungeduld schon nicht mehr zügeln, wieder rief sie den Chauffeur an und schimpfte, weil er noch nicht vorgefahren war.

Oben auf der Treppe stand PM und hörte, wie sie dem Bedauernswerten sehr unfreundlich befahl, sie sofort zum Kloster zu fahren. PM ging rasch hinunter und schlüpfte lautlos an ihr vorbei nach draußen. Endlich hatte er die ersehnte Gelegenheit, sich unauffällig bei den Nonnen einschleusen zu lassen. Sein erster Versuch war fehlgeschlagen, abends zuvor nämlich war er unter großen Mühen über die Außenmauer des Klosters geklettert. Und dann unbeholfen in den Garten der alten Abtei geplumpst, genau vor die Füße einer kräftig gebauten Nonne, die ihn finster angestarrt und dann am Arm gepackt hatte, um ihn umstandslos hinauszubefördern.

Als die Klosterpforte geöffnet wurde, um Louise' Wagen durchzulassen, kam niemand auf den Gedanken, den Kofferraum zu überprüfen. Die Pforte wurde wieder geschlossen, und Mutter Clementia kam aus dem Gebäude, um ihren Gast zu begrüßen. Als die beiden im Kreuzgang verschwunden waren, hob sich der Kofferraumdeckel, PM lugte vorsichtig in alle Richtungen, kletterte dann heraus und verdrückte sich Richtung Kapelle.

* * *

Marc war in Maries Armen zusammengebrochen. Sie hatte ihn liebevoll dazu ermutigt, sich erst einmal richtig auszuweinen, und ihm dann im Salon einen heißen Tee servieren lassen. So hatte er noch eine kleine Ruhepause, bevor er allein in das Zimmer zurückkehren musste, in dem ihm Hélènes Sachen den endgültigen Verlust nur noch deutlicher vor Augen führen würden.
Marcs Schmerz über die Kälte seines Sohnes gab Maries eigenen Zweifeln neue Nahrung. Marc spürte es und versuchte gemeinsam mit ihr herauszufinden, was mit Lucas los war. Marie gestand ihm, dass sie sich große Sorgen um ihren Mann machte. Sie verstand die Veränderungen nicht, die fast jeden Tag in ihm vorzugehen schienen.
»Er hat Gedächtnislücken, er ist reizbar geworden, ja, immer

aggressiver, und er steigert sich in Wutanfälle hinein, wie sie in unserem Zusammenleben noch nie vorgekommen sind.«

»Es ist fast nichts mehr übrig von unserem engen Verhältnis«, klagte Marc. Es klang wie ein Echo. »Er ist nicht mehr liebevoll, er kann mir nicht verzeihen, dass ich ihm nicht die Wahrheit gesagt habe … Und ich glaube, er hat seiner Mutter die Sache mit dem Zwillingsbruder nicht verziehen, der starb, weil er zu ihm wollte. All das hat ihn völlig aus der Bahn geworfen.«

In dem einträchtigen Schweigen nach diesem Austausch von Ratlosigkeiten hatten beide das Gefühl, dass sie trotz all ihrer Bemühungen, Lucas zu verstehen und ihm zu verzeihen, irgendetwas an ihm nicht zu erfassen vermochten. Marc versuchte, Maries Ängste zu beschwichtigen.

»Er steckt in einer schweren Krise, sein Leid hat ihn so verändert. Er braucht deine Hilfe, da bin ich sicher.«

Marie sah ihn kurz an und tippte Lucas' Nummer in ihr Handy ein.

***

Lucas lief über den Pfad, der mitten durch den dichten Wald der Insel der Schimären führte. Als der See in Sicht kam, konnte er die beiden diensttuenden Polizisten erkennen, die gelangweilt von einem Fuß auf den anderen traten. Sein Handy vibrierte. Er warf einen Blick aufs Display, las den Namen *Marie* und steckte das Handy weg, ohne das Gespräch anzunehmen. Dann ging er gelassen weiter zu seinen Kollegen.

»Ich werde mich hier ein bisschen aufhalten, ich muss an Ort und Stelle nachdenken. Ich löse Sie ab, in anderthalb Stunden kommen Sie zurück, in Ordnung?«

Die beiden Männer ließen sich das nicht zweimal sagen, ihre Gesichter leuchteten bei dem Gedanken auf, diesen tristen Ort verlassen zu dürfen. Sie dankten Fersen und gingen mit

der festen Absicht, in den ersten Pub nach der Landenge einzukehren, zum Streifenwagen.
Lucas stellte sich ans Seeufer und starrte ins dunkle Wasser. In seinen Augen tanzte ein seltsamer Funken. Er vergewisserte sich, dass der Streifenwagen außer Sicht war, dann ging er entschlossen hinters Holzhäuschen und kam in einem Neoprenanzug zurück.
Wenige Minuten später betrachtete er sich im Spiegel eines vollständig weiß gekachelten Badezimmers, das keine Öffnung nach außen zu haben schien. Er strich sich das feuchte Haar zurück, lächelte seinem Spiegelbild breit zu und ging dann in den Nachbarraum.

***

Der große, fensterlose Raum, eine Art riesiges Wohnzimmer, war recht leer. Zwei große Wandflächen fielen besonders auf. Die eine war von Regalen voller Bücher unterschiedlichster Größe und Art bedeckt, die andere von allerlei technischem Gerät: Hi-Fi-Anlagen, Bildschirme, Computer und Schaltpulte. Lucas durchquerte den Raum mit einer Selbstverständlichkeit, die klar bewies, dass ihm die Örtlichkeiten vertraut waren. Er ging zum anderen Ende des Raumes, wo man in einem Alkoven ein Schlafzimmer erahnte.
Auf der Türschwelle blieb er stehen, steckte die Hände in die Hosentaschen und fixierte einen großen Sessel, von dem man nur die Rückenlehne sah. Das arrogante Lächeln und der eiskalte Blick verrieten sadistische Freude. Er ging zu dem Sessel und drehte ihn mit einem lässigen Fußtritt zu sich herum. Ihm gegenüber saß zusammengesunken und lethargisch ein Mann, dessen dunkle Locken an der verschwitzten Stirn klebten und der ihn jetzt aus nussbraunen Augen stumpfsinnig anblickte.
Die beiden Männer, deren Gesichtszüge sich bis ins kleinste

Detail glichen, unterschieden sich nur durch die äußerste Erschöpfung des einen und die offene Arroganz des anderen. Letzterer gab dem Sessel einen weiteren Tritt, schüttelte seinen Doppelgänger und fragte grinsend:
»Nun, wie geht es Lucas Fersen heute?«

23

Er gab sich sichtlich Mühe, den Blick seiner durch die Drogen unstet gewordenen Augen zu stabilisieren. In einigen Sekunden, höchstens einer Minute, würde die Wahrheit mit all ihrem Schrecken über ihn hereinbrechen. Dann würde ich in seinen Augen, die meinen so sehr gleichen, sein Grauen lesen, endlich würde jemand für all das zahlen, was ich selbst so lange Zeit ertragen hatte. Vierzig Jahre.

Ich war hier vierzig Jahre lang eingesperrt. Und ohne die geradezu wundersame Hartnäckigkeit eines Journalisten und eine Handvoll Oghamzeichen würde ich immer noch in den Mauern dieses hermetisch abgeschlossenen Geheimgefängnisses verfaulen.

Ich heiße Axel Reynault. Unser Vater, Jacques, ein ebenso verrückter wie visionärer Forscher, setzte die Arbeiten über die Teilung embryonaler Zellen fort, die sein Vater begonnen hatte: die Voraussetzungen für die In-vitro-Fertilisation. Und so kam es, dass unsere Mutter Drillinge zur Welt brachte. Drei absolut identische Jungen. Jedenfalls auf den ersten Blick.

Sehr bald zeigte sich, dass zwei von ihnen schwere Verhaltensauffälligkeiten entwickelten. Pierre, der nicht einmal einen IQ von 50 hatte, litt an einer geistigen Behinderung, so dass er nie als autonomer Erwachsener würde leben können. Ich hingegen war mit einer geradezu dämonischen Intelligenz gesegnet und wurde schon sehr bald als psychotisch, asozial

und entschieden gefährlich eingestuft. Aus völlig entgegengesetzten Gründen waren wir beide unerwünscht. Für die Gesellschaft. Für unsere Artgenossen, von denen wir uns zu sehr unterschieden. Für unsere Mutter. Ich habe keinerlei Erinnerung mehr an sie – ich bin mir nicht einmal sicher, ihr begegnet zu sein, obwohl man mir das Gegenteil versichert hat –, genauso wenig wie an den dritten, an Quentin.
Wie der Auserwählte, über dessen Wiege sich die guten Feen gebeugt haben, fand er als Einziger Gnade vor den Augen unserer Mutter. Der Einzige, der ihrer Liebe teilhaftig wurde. Wie die Scharlachrote Königin, die alles für ihren Lieblingssohn tat, beschloss dieses Ungeheuer von einer Mutter, Pierre und mich auf diese Insel zu verbannen, wo sie uns den Nonnen überließ. Ad vitam aeternam. Pierre, völlig debil, aber nicht im Geringsten bösartig, lebte im Kloster, und bei Flut durfte er über die ganze Insel streifen. Ich jedoch, als grausam und gefährlich abgestempelt, wurde in diese unterirdische Wohnung eingeschlossen, wohin mir Mutter Clementia und Schwester Angelica, die sich abwechselten, zweimal täglich Essen brachten. Beide waren sie taub für meine Schreie, mein Weinen und Flehen, beide unbeugsam, hart und immun gegen Täuschungsversuche. Mein einziger Trost in all den Jahren danach war, dass meine Mutter für dieses Verbrechen gebüßt hatte. Das jedenfalls glaubte ich, bis ich im vergangenen Jahr durch die Zeitungsberichte über die Ereignisse auf Lands'en von der Existenz Lucas Fersens erfuhr.

Sein Blick wurde endlich stetiger. Erstaunen breitete sich auf seinem Gesicht aus. Wer ist dieser perfekte Doppelgänger, der meine Kleider trägt und meine Waffe auf mich richtet?, schienen seine aufgerissenen Augen zu fragen. Ich, der ich daran gewöhnt war, einen Doppelgänger zu haben, bevor ich entdeckte, dass wir zu dritt waren, wusste, wie furchtbar der Schock für jemanden sein musste, der sich so lange für einzig gehalten hatte. Ich genoss diesen lang ersehnten Augenblick und ließ seinem Geist genug Zeit, sich seinen Weg bis zur Grenze des Grauens zu suchen. Bevor ich ihm sagte, dass ich von nun an er sein würde.

***

Der Mann, der auf der Erde kniete, betete nicht. PM ließ den Taschenlampenstrahl von links nach rechts wandern und studierte sorgsam jede Steinplatte im Mittelschiff der Klosterkapelle, um endlich eine Grabinschrift für einen der Prinzen zu finden. Das Knarren der schweren Tür lenkte ihn von seinen Nachforschungen ab. Er presste sich auf die eiskalten Steine und kroch zwischen die Stuhlreihen, während er auf die näher kommenden Schritte lauschte. Zwei unterschiedliche Schritte, der eine rasch, der andere weniger, beide begleitet vom leisen Geräusch eines Stocks, der regelmäßig die Steinplatten berührte. Mutter Clementia hatte eine Hand um Louise' Ellbogen gelegt und führte sie durchs Kirchenschiff. PM, das Gesicht dicht über dem Boden, glaubte sich schon ertappt, als er spürte, wie Stoff über seine Haarwurzeln strich. Er hielt den Atem an und machte sich auf den Anblick sandalenbewehrter Nonnenfüße gefasst, doch dann merkte er, dass er nicht vom Saum eines Gewandes gestreift worden war, sondern vom Vorhang eines Beichtstuhls. Er schlüpfte hinein.

Die beiden Frauen gingen an ihm vorbei, ohne zu ahnen, dass sie durch ein Gitterfensterchen beobachtet wurden. Sie gingen in die Apsis, aus der die Treppe hinunter in die Krypta führte. Oben an der Treppe sah sich die Oberin noch einmal um, ob sie auch nicht verfolgt wurden, dann führte sie Louise hinunter. Alles in ihrem Verhalten ließ auf ein Geheimnis schließen. Sie waren schon von der Dunkelheit verschluckt, als PM sich endlich entschloss, sein Versteck zu verlassen und

ihnen zu folgen. Das Licht seiner Taschenlampe glitt über die ersten Steinstufen, feiner Staub reizte seine Nasenschleimhäute, als er langsam hinunterstieg. Es roch leicht nach Weihrauch und Wachs. Nach Tod. Eine leichte Erschütterung, die von einem scharrenden Geräusch begleitet wurde, ließ ihn mitten auf der Treppe erstarren. Er atmete flach, von seiner Stirn perlte Schweiß, er musste sich sehr beherrschen, um nicht davonzulaufen.
Mit angstzitternder Hand zog er ein Röhrchen aus der Tasche, und nach drei vergeblichen Versuchen bekam er endlich zwei Tabletten zu fassen, die er sich hastig in den Mund warf. Er schluckte sie mühsam und setzte seinen Weg mit Überwindung fort. Die Krypta war leer, die beiden Frauen schienen sich in Luft aufgelöst zu haben.

***

Der Plasmabildschirm der allerneusten Generation bedeckte einen Großteil der Wand, dazu gehörte eine leistungsfähige und kostspielige Home-Cinema-Anlage. Eine beeindruckende Bibliothek bedeckte die beiden Wände daneben, die dritte Wand lag hinter heruntergelassenen Jalousien. Der große Raum neben dem Schlafzimmer maß sicher an die hundert Quadratmeter.
Verblüfft über so viel technischen Aufwand, sah sich Lucas, den sein Doppelgänger mit vorgehaltener Pistole hierhergebracht hatte, in seiner neuen Umgebung um. Eine Art Schleuse mit doppelten Glastüren ganz links im Raum schien der einzige Ausgang aus diesem unterirdischen Gefängnis zu sein. Axel bestätigte es liebenswürdig.
»Dreifache Sekurit-Scheiben. Die kriegt man nicht kaputt. Glaub mir, ich hab's versucht. Ein perfektes Sicherheitssystem, das dafür sorgt, dass die Türen nur abwechselnd aufgehen. Der äußere Mechanismus ist nicht zugänglich.«

Lucas blickte durch die Glastüren und sah den Anfang eines schwach beleuchteten Stollens.
»Es gibt keinen anderen Ausgang«, fügte Axel hinzu.
Lucas sah ihn an. Seine Augen waren wieder klar.
»Außer durch den See«, sagte er.
Lucas sah wieder die versunkene Dorfkirche vor sich, gerade hatte er den Glockenturm erkundet, als er bemerkt hatte, dass Marie nicht mehr da war. Er wollte sich auf die Suche nach ihr machen, da hatte er das Licht einer Taschenlampe gesehen. Er war in ihre Richtung geschwommen und hatte die ersten Stufen einer Treppe gefunden, die unter die Kirche führte. Das Licht war weiter stehen geblieben. Im Glauben, es handle sich um Maries Lampe, war Lucas ihr in den Gang nachgeschwommen. Als ihm klar geworden war, dass man die Lampe dort abgelegt hatte, um ihn in eine Falle zu locken, war es schon zu spät. Hinter ihm hatte sich der Gang bereits geschlossen, der Rückweg war versperrt. Es blieb ihm nichts anderes übrig, als dem Stollen zu folgen, der leicht nach unten abfiel. Nach etwa hundert Metern war er zu einem senkrecht nach oben führenden Schacht gelangt und hinauf geschwommen. Und fünfzig Meter weiter oben war er in einem natürlichen Becken herausgekommen. Es lag in einer Grotte, die ihn ein wenig an die Strandräuber-Grotte erinnerte. Und dann hatte ihn von hinten ein Schlag getroffen.

Im Fernsehen lief *LCI*. Noch völlig geschockt von der Entdeckung eines *zweiten Zwillingsbruders,* hörte Lucas sich an, was Axel ihm über ihre gemeinsame Herkunft zu erzählen hatte. Und über seine Gefangenschaft. Unter anderen Umständen hätte er Axel dieser höllischen Einsamkeit wegen bemitleidet.
»Satellitenfernsehen. Die derzeit beste Anlage auf dem Markt. Und neben den Zeitungen mein Fenster zur Welt. So bin ich auch über den Fall auf Lands'en gestolpert. Du kannst dir

denken, was für ein blödes Gesicht ich gemacht habe, als ich eines Tages deins in den Achtuhrnachrichten sah!«
Er schaltete den Bildschirm aus und drehte sich zu Lucas um.
»Ich nehme an, du kennst die *Eiserne Maske*. Seit jenem Tag habe ich nur noch ein Ziel: dich irgendwie hierherzulocken und deinen Platz einzunehmen. Ich wäre fast ohnmächtig geworden, als ich hörte, du wollest hier auf Killmore heiraten. Ich musste mir also nur noch etwas einfallen lassen, um dich zum See zu locken.«
Die Puzzleteilchen begannen, ein Bild zu ergeben.
»Dann waren also die übernatürlichen Phänomene, die Morde, diese ganze makabre Inszenierung rings um die Scharlachrote Königin nur ein Köder?«, fragte Lucas.
»Und der Spezialist für Ritualverbrechen hat angebissen wie ein blutiger Anfänger.«
»Und nicht Alice sollte sterben, sondern Marie! Natürlich! Das beste Mittel, mich hierherkommen zu lassen, um meinen Platz einzunehmen, war die Ermordung der Frau, die ich liebe! Aber du hast dich getäuscht. Das wirft ein schlechtes Licht auf deine ach so gefährliche Intelligenz!«
Axel fuhr zornig auf.
»Diese dumme Kuh hat meine Pläne gestört, aber ich habe reagiert und mich an die veränderte Lage angepasst. Und es hatte ja auch sein Gutes, denn so konnte ich Bekanntschaft mit Marie schließen …«
Lucas erschrak über die Art, wie Axel diesen Namen aussprach. Dumpfe Angst lag in seiner Stimme, als er seinen Zwillingsbruder fragte:
»Was hast du mit ihr gemacht?«
Axel war versucht zu antworten, sie sei tot, um diesen verhassten Bruder noch mehr leiden zu lassen. Aber dann dachte er, es gebe Schlimmeres als den Tod: die Qualen der Eifersucht.

»Vor einer Stunde noch hielt ich sie in den Armen. Nackt und beseligt.«
Lucas schloss die Augen, der Schmerz durchstrahlte seinen ganzen Körper.

***

PM, verblüfft über das Verschwinden der beiden Frauen, leuchtete die Krypta mit seiner Taschenlampe aus und erschauerte bei dem Gedanken, die beiden könnten womöglich als Untote mit bluttriefenden Eckzähnen aus den Steinsärgen auftauchen. Er wandte sich schon zum Gehen, als er in der Stirnwand zwei nur wenige Meter voneinander getrennte Durchgänge entdeckte. Der rechte mündete auf eine weitere Steintreppe, die steil in die Tiefe führte. Der linke hingegen führte in einen nur wenige Quadratmeter großen Raum voller in den Stein gehauener Nischen, die im Licht zu funkeln begannen.
Das goldene Leuchten elektrisierte PM. Seine Gier ließ ihn alles andere vergessen. Alle Angst und alle Vorsicht.
Er ging hinein und betrachtete mit wachsender Erregung die vielen Kelche und Schalen, von denen einige, mit Edelsteinen verziert, wahre Kunstwerke waren. Er konnte dem Reiz der Steine nicht länger widerstehen und streckte die Hand nach dem größten Kelch aus. Er umfasste ihn. Vibrieren. Dumpfes Scharren. Ohne dass er es gleich bemerkte, schob sich hinter seinem Rücken langsam eine Steinplatte vor den Eingang zur Reliquienkammer. PM war von dem Kelch so fasziniert, dass er zu langsam reagierte. Als er herumfuhr, war der schmale Durchgang bereits zu drei Vierteln verschlossen, und all seine Versuche, die Platte aufzuhalten, scheiterten. In der verrückten Hoffnung, der Kelch habe das alles ausgelöst und er brauche ihn nur wieder an seinen Platz zurückzustellen, damit das Umgekehrte geschähe, stellte PM den Kelch wie-

der in die Nische. Das Vibrieren hörte auf. Das Scharren auch.
»Nicht zu fassen!«, dachte er und drehte sich um. Doch der Durchgang blieb hermetisch verschlossen. Offensichtlich hatte es nicht am Kelch gelegen. Er zückte sein Handy – kein Empfang. Er saß in der Falle!
PM spürte, wie seine Beine unter ihm nachgaben. Ein hysterisches Lachen überkam ihn und schüttelte seinen Körper, den auch die Beruhigungspillen, die er regelmäßig nahm, nicht mehr unterdrücken konnten. Eine Ratte! Er saß in der Falle wie eine Ratte!
Er schrie und hämmerte mit den Fäusten gegen die Steinplatte, bis die Knöchel bluteten, dann, von echter Panik ergriffen, gestikulierte er wild in alle Richtungen und hielt verzweifelt Ausschau nach einem anderen Ausgang. Plötzlich blickte er in die leeren Augenhöhlen einer Reihe von Totenköpfen. Die Lampe entglitt seinen Händen, als er ohnmächtig niedersank. Sie rollte über den Boden und beleuchtete dabei die Steinplatte vor dem Ausgang. Es war eine Grabplatte mit dem Oghamzeichen für O. Die Stirnwand in der stillen Krypta sah wie immer aus.

Kalte Wut erfüllte Lucas. Er musste sich Gewalt antun, um Axel nicht an die Gurgel zu springen. Nein, diese Genugtuung würde er ihm nicht gönnen.
»Marie wird sich von einem schwachen Abklatsch nicht täuschen lassen. Bei der ersten ein wenig persönlicheren Erinnerung wird sie dich demaskieren.«
Axel lächelte hämisch.
»Warum erscheint immer alles möglich, wenn alles unmöglich wird?«
Lucas erschrak. Sein Doppelgänger lachte, dieses Spielchen bereitete ihm äußerstes Vergnügen.
»Ich vermute, du fragst dich, woher ich diesen blöden Satz

kenne?«, fragte er zynisch. »Ganz einfach, du hast mir alles Nötige brav verraten. Wirklich toll, was man mit Hilfe der modernen Drogen alles erfahren kann.«
Lucas fuhr unwillkürlich zusammen. Er habe Axel tatsächlich ein oder zwei Mal wahrgenommen, sagte er, doch in seinem nebelhaften Zustand habe er es für einen Albtraum gehalten. Axel lachte schallend.
»Es *ist* ein Albtraum, nur diesmal ist es deiner.«
»Wenn du ihr auch nur das Geringste antust«, zischte Lucas, »dann werde ich ...«
»Dann wirst du was? Ja, was macht er denn dann, unser Held? Eilt seiner Liebsten zu Hilfe? Tsss, tsss ... Aber keine Sorge, ich bin ja da. Ich verspreche dir, sie nicht zu töten. Jedenfalls nicht gleich ... Ich will ihren herrlichen Körper möglichst lange genießen. Und auch das, was sie mit ihrem Mund macht ...«
Maries Mann machte verzweifelte Anstrengungen, es mit diesem Wahnsinnigen aufzunehmen.
»Irgendwann wirst du dich verraten. Etwas vergessen, dich irren ...«
»Sie ist verrückt nach mir, so sehr, dass sie meine Gedächtnislücken und meine Launenhaftigkeit dem Stress zuschreibt, dem ich durch die Entdeckung der dunklen Vergangenheit unserer teuren Mutter ausgesetzt bin.«
Lucas dachte flüchtig an Hélène, deren verschüttete Erinnerungen ihn auch nicht retten konnten. Es sei denn, der berühmte Mutterinstinkt ... Als wäre Axel seinen Gedanken gefolgt, nickte er nun. Trotz ihrer Krankheit habe *Mom*, wie er sie mit sadistischem Vergnügen nannte, an einer kleinen Abweichung auf seiner Handfläche erkannt, dass er nicht der geliebte Lucas gewesen sei. Lucas wusste sofort, was nun folgen würde, und hätte sich am liebsten die Ohren verstopft, um nichts zu hören.
»Na, und damit hatte die Alte ihr Todesurteil unterschrie-

ben«, bestätigte Axel und schilderte genüsslich und bis ins letzte Detail Hélènes *Selbstmord*.
Lucas beschimpfte ihn in seinem Kummer als Ungeheuer, ein Wort, auf das der andere hasserfüllt ansprang.
»Sie war es, die aus mir ein Ungeheuer gemacht hat, und sie musste dafür büßen! Sie hat sich übrigens nicht gewehrt!«
Während sich langsam Grauen auf Lucas' Zügen ausbreitete, erzählte ihm sein Zwillingsbruder, wie er Hélène hochgehoben und einen Augenblick über das Wasser gehalten hatte, bevor er sie losließ.
»Ich musste ihren Kopf nicht einmal unter Wasser drücken, sie ist einfach untergegangen, sie hat sich nicht gerührt.«
Dabei verschwieg er den Blick, den Hélène, während sie unterging, lange auf ihn gerichtet hatte. Einen Blick, der ihn an etwas erinnerte, was er als Kind besonders gern gelesen hatte. Ein Gedicht, in dem es hieß, *das Auge war im Grab und sah auf Kain.*
Lucas, schier wahnsinnig vor Schmerz und unbekümmert um die Waffe, mit der Axel noch auf ihn zielte, sprang nach vorn. Der Kinnhaken traf ihn mit voller Wucht und schickte ihn direkt gegen die dicke Glasscheibe der Eingangsschleuse. Axel zückte rasch eine Druckluftpistole aus seiner Tasche, trat auf Lucas zu, der benommen am Boden lag, und schoss ihm einen kleinen Pfeil in die Schulter. Lucas versuchte ihn mit letzter Kraft herauszuziehen, doch seine Glieder versagten ihm den Dienst. Axel kniete sich neben ihn und tätschelte ihm die Schulter.
»Es war lediglich die Abrechnung mit der Frau, die mich vor vierzig Jahren dazu verdammte, in diesem Gefängnis zu leben. Und jetzt bist du dran und wirst den Rest deiner Tage darin zubringen.«

***

Die Wände des in den Fels gehauenen Stollens glänzten vor Feuchtigkeit. Die beiden Frauen kamen an einer Kreuzung mit einem anderen Gang an, an dessen Ende man die Glaswände der Schleuse sah. Clementia stützte Louise, die gerade über einen Stein gestolpert war, und sagte beruhigend:
»Gleich sind wir da.«
Sie führte sie am Ellbogen an der Schleuse vorbei und noch ein ganzes Stück nach Norden. Louise zeigte bereits Anzeichen von Ermüdung, als die Oberin endlich vor einer in den Fels eingelassenen schweren Tür stehen blieb und sie öffnete. Der kleine, von einer winzigen Kerzenflamme erhellte Raum glich einer Zelle. Hinten in einer Ecke kauerte wie sprungbereit eine imposante, massige Gestalt. Die Masse bewegte sich durch das Halbdunkel ein wenig auf die beiden Frauen zu, die an der Schwelle stehen geblieben waren. Zwei Lider öffneten sich über leicht schillernden Augen, und eine Grabesstimme sagte:
»Louise …«
Louise' Augen weiteten sich vor Grauen, ihr Gesicht verzerrte sich. Wenn Mutter Clementia sie nicht gehalten hätte, wäre sie zusammengebrochen.

***

Marie betrachtete den Rollenkoffer, den einer von Angus' Männern gerade vor sie auf den Tisch gelegt hatte. Es widerstrebte ihr, ihn zu öffnen. Als würde sie in eine fremde Intimsphäre eindringen, wenn sie ihn in Lucas' Abwesenheit öffnete. Noch einmal versuchte sie ihn anzurufen, geriet wieder direkt an die Mailbox und steckte das Handy sorgenvoll wieder weg. Nun war es schon zwei Stunden her, dass sie die Leiche seiner Mutter entdeckt hatten und er Gott weiß wohin gelaufen war. Hätte sie darauf bestehen sollen, bei ihm zu bleiben?

Als hätte er ihre Gedanken gelesen, sprach ihr Angus Trost zu.

»Im Augenblick kann niemand etwas für ihn tun. Nur er selbst. Soll ich den Koffer öffnen?«

Statt einer Antwort ließ Marie die Verschlüsse schnappen und klappte den Deckel auf. Angus und sie rissen die Augen auf: Der Koffer enthielt nichts weiter als ein schmutzig weißes Stoffbündel. Pierrics Lumpenpuppe. Marie nahm sie heraus und starrte den leblosen Gegenstand an, als könne er ihr erzählen, was Hélène dazu getrieben hatte, ihn auf diese seltsame Flucht mitzunehmen. Für Angus war das nur ein weiterer Beweis ihrer Demenz, doch Marie war anderer Meinung.

»Alzheimer zerstört nicht den Verstand, sondern reißt Löcher ins Gedächtnis. Und irgendwo in einem Winkel von Hélènes Gedächtnis hat diese Puppe einen Sinn, da bin ich sicher.«

Angus blickte skeptisch, dann ließ er sich schwer auf einen Stuhl fallen.

»Das Skelett im Brunnen konnte identifiziert werden. Es war tatsächlich François Maréchal. Die Experten meinen, die Leiche habe höchstens einen Monat lang im Brunnen gelegen.«

Marie zog die Stirn in Falten.

»Wissen sie, wo er in der Zwischenzeit aufbewahrt wurde?«

»Noch nicht. Sie müssen genauere Tests durchführen. Das Wahrscheinlichste ist, dass er herausgefunden hat, wo sich der Schatz der Scharlachroten Königin befindet, und von einem oder mehreren Mitgliedern der Familie Sullivan ermordet wurde, weil sie den Schatz für sich behalten wollen.«

»Aber warum hätten sie dann die Leiche von einem Ort an einen anderen bringen sollen? Das passt nicht zusammen, Angus, es sei denn, man hätte vorgehabt, die Schuld auf die Sullivans zu schieben.«

Angus zuckte die Achseln.

»Wenn Sie nicht auf sich hätten aufmerksam machen können, hätte man ihn nie gefunden. Genauso wenig wie Franck.«
Der alte Polizist verkniff sich den Hinweis, dass auch Marie für alle Zeiten dort vergraben geblieben wäre.
»Das glaube ich nicht«, meinte sie. »Ich vermute sogar das Gegenteil. Der Mörder hätte dafür gesorgt, dass man ihn in einem geeigneten Moment findet. Wie weit sind die Techniker mit dem Büchlein aus Francks Büro?«
»Der Tinte und dem Papier nach stammen die Eintragungen aus der Zeit vor den Siebzigern. François ist aber erst 1975 zur Welt gekommen.«
»Dann ist das Tagebuch nicht von ihm ... Wir müssen herausfinden, wer dieser F. Maréchal ist – wahrscheinlich ein Verwandter von ihm.«
»Ich habe Brody darauf angesetzt.«
Marie warf einen letzten Blick auf Pierrics Puppe und legte sie dann in den Koffer zurück. Als sie den Deckel zuklappte, erschien ihr das wie eine Art Vorgeschmack auf ein Begräbnis. Ein Schauer überlief sie.

Ganz in der Nähe räumte ein junger Mann, dessen Kittel mit dem Logo eines Schnellrestaurants bestickt war, Tabletts mit schmutzigem Geschirr zusammen, denn die Polizei ließ das Essen fürs Personal und für etwaige Durchgangsgäste der Zellen aus dem nächstgelegenen Imbiss kommen. Edward saß in einer der Zellen auf einer Bank, von der aus er eine, wenn auch eingeschränkte, Aussicht auf die Eingangshalle genießen konnte. Er hatte den Kopf scheinbar in den Händen vergraben und beobachtete aufmerksam, wie der junge Mann, offensichtlich bemüht, sich Wege zu ersparen, die Tabletts unbekümmert um alle Gesetze von Gleichgewicht und Schwerkraft hoch auftürmte und dann mit diesem abenteuerlichen Bauwerk die Tür ansteuerte. Edward zuckte zusammen, als eine der automatischen Glastüren gegen eine vorstehende Tablettecke stieß und den Turm gefährlich ins Schwanken brachte. Für den Bruchteil einer Sekunde sah es so aus, als würde alles wie ein Kartenhaus zusammenfallen, doch der junge Mann stellte das gefährdete Gleichgewicht mit einem gekonnten Hüftschwung, der lange Übung verriet, wieder her und ging weiter.

Ohne den Umschlag zu bemerken, der von einem Tablett gesegelt und vom Luftzug der Türen in die Halle geweht worden war. Im nächsten Augenblick wurde er von einem hereinkommenden Polizisten aufgehoben. Edward sah mit angehaltenem Atem, wie er die Aufschrift betrachtete und sich kurz umsah, um dann den Umschlag achselzuckend auf den nicht besetzten Empfangstresen zu legen und seiner Wege zu gehen.

Edward fluchte innerlich. Dieser Scheiß-Beamte!, zischte es in ihm. Er tastete über die Maske, die sich an einer Ecke immer stärker löste, und fragte sich, wie lange es wohl dauern würde, bis man ihm auf die Schliche käme.

***

Die beiden zur Beobachtung des Sees abgestellten Polizisten hatten sich nichts dabei gedacht, als Kommandant Fersen ihnen angeboten hatte, sie abzulösen, damit sie sich stärken konnten. Sie wussten, dass der Franzose schon wieder einen Schicksalsschlag hatte einstecken müssen, und verstanden seinen Wunsch nach Alleinsein umso besser, als sich ihre Begeisterung für diesen Wachdienst am See sehr in Grenzen hielt. Also hatten sie keine Zeit mit unnützen Fragen verschwendet und sich sogar ein wenig Zeit gelassen auf dem Rückweg. Am See war kein Mensch zu sehen, doch Fersens Wagen stand noch da. Wahrscheinlich drehte er gerade eine Runde um den See.

Wären sie wachsamer gewesen, so wären ihnen vielleicht die

Luftblasen aufgefallen, die ganz in der Nähe des Pontons vor dem Holzhäuschen aufstiegen. Dann hätten sie den Schnorchel bemerkt, der am Ufergras entlangglitt, und damit auch den Taucher stellen können, der still hinter dem Holzhäuschen verschwand, wo er seinen Neoprenanzug aus- und normale Kleidung anzog.

Aber so war er es, der sie erschreckte, indem er plötzlich auftauchte und alle Grußversuche im Keim erstickte. Sie sollten alles Verdächtige melden, sagte er nur und ging. Später sollte einer von ihnen sagen, er habe sich über Fersens feuchtes Haar gewundert. Später. Zu spät.

***

»François Maréchals Vater war Humangenetiker und Arzt. Von 1962 bis 1967 war er Jacques Reynaults Assistent. Nach dem Tod seines Chefs wurde Francis Maréchal lange wegen Depressionen in einer Klinik behandelt, und danach schlug er, obwohl ihm seine Kollegen eine große Zukunft als Genetikforscher zutrauten, völlig andere Wege ein. Er ließ sich als praktischer Arzt nieder. Er ist vor einem Jahr gestorben.«

Angus und Marie hatten Brody zugehört, ohne ihn zu unterbrechen. Marie dankte ihm mit einem anerkennenden Nicken, worauf der junge Beamte errötete.

»F wie Francis, nicht François. Die Tagebücher gehörten dem Vater des Journalisten. Und dass der Journalist wenige Monate nach dessen Tod auf die Insel kam, ist also kein Zufall. Gute Arbeit, Brody. Haken Sie nach, fragen Sie die Umgebung aus.«

»Seine Frau ist vor zwei Monaten gestorben, Krebs.«

»Er hatte doch bestimmt Freunde, vielleicht eine Geliebte … Wir müssen mehr erfahren. Ich verlasse mich auf Sie.«

Brody nickte, regelrecht berauscht von dem Vertrauen, das diese junge Beamtin in ihn setzte, und machte auf dem Ab-

satz kehrt, als ihm eine Ordonnanz entgegenkam, die Marie einen Brief überbrachte.
»Er wurde am Empfang abgegeben. Es steht Ihr Name drauf.«
Marie sah flüchtig hin, erkannte augenblicklich die Handschrift und ging ein wenig beiseite, um den Brief zu öffnen. Er enthielt nur wenige Zeilen und Ryans Unterschrift.
Edward ist unschuldig. Nicht er hat dich im See zu töten versucht, sondern Lucas.

Edward sah Marie an, die in seine Zelle gestürmt war, und runzelte besorgt die Stirn.
»Wer hat dir das erzählt? Ich habe niemandem etwas gesagt!«
Maries Hand fegte durch die Luft. Ihre Stimme war hart.
»Egal! Erklär mir das!«
Er schloss halb die Augen, als wolle er sich jedes Detail jenes Tages ins Gedächtnis rufen, dann hob er den Kopf und sah sie an.
»Ich war noch etwa zwanzig Meter von der Ruine entfernt, als ich sah, wie du versuchtest, dein Atemgerät zurückzuholen ... Und dann sah ich in deinem toten Winkel einen Schatten auftauchen, der das Mundstück aus deiner Reichweite schob. Und als ich ankam, schwamm Lucas um dich herum.«
»Er hat mir genau dasselbe erzählt, über dich.«
»Er lügt.«
»Warum sollte ich dir glauben?«
Er zuckte leicht die Achseln.
»Du warst beinahe tot, als wir dich ans Ufer brachten. Lucas hat versucht, mich von den Wiederbelebungsversuchen abzuhalten, er sagte, es sei zu spät. Wenn ich auf ihn gehört hätte, wärst du nicht mehr am Leben.«
In sehr, sehr weiter Ferne weckten diese Worte die Erinne-

rung an das, was sie gehört zu haben glaubte, als sie um ihr Leben gekämpft hatte. Nein, das durfte nicht wahr sein. Er sah, wie sie um Haltung kämpfte, es tat ihm weh, ihr das zufügen zu müssen. Aber es ging nicht anders.

»Ich habe nur deshalb nichts gesagt, weil ich keine Beweise hatte. Und weil ich wusste, dass du mir nicht glauben würdest. Ich konnte ja selbst nicht verstehen, warum Lucas dich hätte töten wollen. Es sei denn …«

»Es sei denn – was?«

Er wich ihrem prüfenden Blick nicht aus.

»Es sei denn, er wäre plötzlich verrückt geworden.«

Wenige Minuten später stand Marie vor Angus, der sehr verlegen bestätigen musste, mit welcher Brutalität Lucas tags zuvor Edward verhört hatte. Angus suchte nach Worten, um diese Brutalität seines Kollegen zu entschuldigen. Doch er fand keines.

24

Verrückt. Er würde verrückt werden, wenn er nicht sofort aus dieser Falle herauskäme! Lucas unterzog die gläserne Schleuse, deren Sekurit-Außentür auf einen unterirdischen Stollen hinausging, einer eingehenden Prüfung. Und bemerkte sehr schnell, dass der außen angebrachte Öffnungsmechanismus für ihn nicht zugänglich war. Er drückte sein Gesicht an die Glaswand und starrte fiebrig ins Halbdunkel – da sah er *sie!*

Die beiden leicht gebeugten Gestalten gingen langsam, Seite an Seite und sich gegenseitig stützend, nur zehn Meter entfernt an ihm vorbei – und sahen ihn nicht! Eine von ihnen benutzte einen Stock.

Von irrsinniger Hoffnung gepackt begann er zu schreien und hämmerte mit Fäusten und Füßen gegen die Glasscheibe. Doch die Dreifachverglasung erstickte jedes Geräusch. Lucas stürzte in die Wohnung, packte einen Stuhl und kehrte zur Eingangsschleuse zurück, wo er mit der Kraft der Verzweiflung wieder und wieder gegen die Glasscheibe schlug, bis der Stuhl zersplitterte und ihm nur ein Stück Rückenlehne in der Hand blieb. Die Gestalten waren verschwunden.

Lucas brach der kalte Schweiß aus. Nur nicht der Panik nachgeben. Nachdenken. Rational bleiben. Es musste einen anderen Ausgang geben. Die Luft wurde ausgetauscht, irgendwoher musste sie kommen. Es musste Öffnungen geben, ein

Fenster, einen Lüftungskanal. Er kehrte in die Wohnung zurück und betrachtete die geschlossenen Jalousien, durch die sanftes Licht sickerte. Mit einem Ruck zog er sie hoch. Seine Augen weiteten sich vor Staunen. Spots zwischen dem Fels und den großen Fensterscheiben erzeugten mit ihrem künstlichen Licht den Eindruck eines schönen Sommertags.
Doch was ihn erschütterte, waren die unzähligen Artikel über den Fall von Lands'en, mit denen sein wahnsinniger Doppelgänger die Scheiben vom Fußboden bis zur Decke zugekleistert hatte. Er hatte sich zwar an alle möglichen Perversionen und Verirrungen gewöhnen müssen, seit er sich auf Ritualverbrechen spezialisiert hatte, aber angesichts dieses wahnsinnigen Flickenteppichs packte ihn Grauen. Das war echte Besessenheit.

***

Lucas' Wagen bog in die Einfahrt des Besitzes ein, als sich plötzlich ein Pferd vor seiner Kühlerhaube bäumte und ihn zur Vollbremsung zwang. Als er vehement die Tür aufriss, fragte ihn Vivian gereizt von ihrem Pferd herunter:
»Warum reagierst du nicht mehr auf meine Anrufe?«
Er antwortete nicht, sondern griff ihr in die Zügel und zog das Pferd in die Deckung der Bäume. Dann packte er Vivian, riss sie brutal vom Sattel und presste sie gegen einen rauhen Eichenstamm.
»Mach so was nie wieder, sonst bring ich dich um!«
Vivian krümmte sich unter dem Blick der Augen, die sich im Zorn zu Schlitzen verengt hatten. Doch die Eifersucht war stärker als die Angst.
»Ich hab dich mit ihr gesehen«, keuchte sie. »Ich habe gesehen, wie du sie geküsst hast ...«
Wider Erwarten ließ Lucas sie los. Ein seltsames Lächeln spielte um seine Lippen.

»Spionierst du mir neuerdings nach? Das wird ja immer besser. Aber vergiss nicht: Wenn du nicht die Falsche erwischt hättest, wäre ich jetzt Witwer und bräuchte nicht dieses widerliche Spiel zu spielen.«
»Gestern Abend schien es dich aber nicht besonders anzuwidern.«
Der bittere Vorwurf war kaum ausgesprochen, da knallte die Ohrfeige. Vivians Augen füllten sich mit Tränen, während er sie eiskalt ansah.
»Du hättest sie erst töten und dann in den Brunnen werfen sollen!«, gab er zurück. »Statt sie lebendig einzusperren! Jetzt komm bloß nicht und wirf mir vor, dass ich gezwungen bin, deine Dummheiten wiedergutzumachen.«
Sie fuhr zurück, als er wieder die Hand nach ihr ausstreckte, doch er berührte nur ihre Wange, als wolle er die Spur seiner Ohrfeige wegwischen.
»Marie ist nur Mittel zum Zweck, Viv', genau wie Franck es war. Meinst du, mir hätte es nichts ausgemacht, dass du mit ihm in die Kiste gegangen bist? Ich habe es akzeptiert. Und du musst es auch akzeptieren.«
»Das geht zu weit«, sagte sie atemlos. »Wir sollten weggehen ...«
»Ach ja? Und wie genau stellst du dir das vor? Ich bitte um die Scheidung und gehe mit der Gärtnerin durch? Glaubst du wirklich, Marie würde das schlucken? Wir verschwinden, sobald die Ermittlungen abgeschlossen sind. Edward sitzt in Untersuchungshaft, wir müssen ihm nur noch den Todesstoß versetzen. Sobald der letzte Sullivan ausgelöscht ist, fällt mir alles zu. Und wir beide führen ein herrliches Leben, wie ich es dir versprochen habe.«
»Wer immer mehr will, kann alles verlieren.«
Er nahm sie bei den Schultern und sah ihr tief in die Augen.
»Und wenn ich dir sage, dass Marie die Nächste auf der Liste ist, beruhigst du dich dann ein bisschen?«

Vivian verlor sich in den dunkelbraunen Tiefen seiner Augen.

Sie war wie geblendet gewesen, als sie ihm im Spätsommer des Vorjahres zum ersten Mal begegnet war. In einer Mondnacht. Und sehr bald war der See zu ihrem geheimen Garten geworden, zum Treffpunkt ihrer heimlichen Liebe, wo sie die wenigen kostbaren Augenblicke verbrachten, die er seinen Gefängniswärterinnen abluchsen konnte. Vivian hatte nie an Gott geglaubt, aber jene Nacht war wie eine Offenbarung gewesen. Ihr unruhiges Geschick hatte endlich einen Ausweg in eine Zukunft gefunden, die sie nicht mehr für möglich gehalten hatte. Nie würde sie diesen Mann aufgeben. Was immer er von ihr verlangte. Also nickte sie als Antwort auf die Frage, die er ihr eben gestellt hatte.
Lucas' Handy klingelte. Er warf einen Blick aufs Display und nahm das Gespräch an, ohne seinen Blick von Vivian abzuwenden.
»Ja, ich weiß … Tut mir leid … Ich bin gleich da.«
Er beendete das Gespräch und drückte Vivian einen raschen Kuss auf die Lippen.
»Meine Frau erwartet mich.«

***

Das helle Licht blendete ihn. Das also ist das berühmte helle Licht am Ende des Tunnels, dachte PM in einem Winkel seines noch ziemlich mitgenommenen Gehirns. Doch wo war das Gefühl von Frieden und Liebe, von dem alle berichteten, die dem Tod nach einem Nahtoderlebnis von der Schippe gesprungen waren? Sein Gefühl war pure Angst, er zitterte vor Angst. Seine Lider flatterten.
Die Taschenlampe. Das helle Licht war lediglich der Strahl seiner zu Boden gefallenen Taschenlampe, so dass ihm die

schreckliche Wahrheit wieder klar vor Augen stand: Er war bei lebendigem Leibe eingemauert! Kalter Schweiß bedeckte seinen Körper, fast trauerte er seiner gemütlichen Zelle in der psychiatrischen Anstalt nach. Er fühlte sich zu jedem Pakt mit dem Teufel bereit, vorausgesetzt, er befreite ihn aus diesem Albtraum. Und aus diesem schauerlichen Raum voller alter Knochen. Unheilverkündendes Klappern erschreckte ihn, doch es war nur sein eigener Kiefer, der dieses Kastagnetten-Geräusch verursachte. Er biss die Zähne zusammen, griff nach der Taschenlampe und erkundete sein Gefängnis, wobei er tunlichst vermied, in Richtung der aufgestapelten Schädel zu sehen, die ihn immer noch aus ihren leeren Augenhöhlen anstarrten.
Die Ironie des Schicksals traf ihn mit voller Wucht, als der Lichtstrahl auf das Zeichen des Grabsteins fiel, er gehörte zu Orin, Danas viertem Stiefsohn. PM wurde von einer Art Schluckauf gepackt, der dann in Schluchzen überging. Er würde hier wie der letzte Idiot verrecken, ganz kurz vorm Ziel … Und der einzige Mensch, der ihn retten konnte, saß im Gefängnis! Eine Mischung aus Verzweiflung und dem Gefühl, wieder einmal ungerecht behandelt zu werden, brach über ihn herein.
Der Mann, der unerschütterliche Beharrlichkeit als Familientugend gepriesen hatte, sackte zu Boden und versuchte sich an die Gebete zu erinnern, die er als Kind immer hatte aufsagen müssen. Da piepste sein Handy, er zuckte zusammen. Hastig durchsuchte er seine Taschen, zog schließlich das Telefon heraus und erkannte an der blinkenden »Akku«-Anzeige, dass er lediglich ans Laden erinnert worden war. Er wollte es gerade am Boden zerschmettern, als wieder etwas zu vibrieren begann. Und dann scharrte etwas.
PM, der immer noch am Boden kauerte, sah die Steinplatte zur Seite gleiten. Sie gab den Ausgang frei und verschwand in der Wand. Sie verschwand! Und mit ihr die Schrift! Die In-

schrift! Er fuhr hoch wie ein Springteufelchen, richtete die Taschenlampe auf den Grabstein, zoomte mit seinem Handy und machte rasch eine Aufnahme. Der Weg war frei. Nach einem letzten bedauernden Blick auf den edelsteinbesetzten Kelch, der ihn aus seiner Nische heraus zu verspotten schien, verließ er den Ort, der ihm fast zur Gruft geworden wäre. Er rannte durch die Krypta, wo ihm das Grab des Rosenritters schmerzhaft im Weg stand, und dann die Treppe hinauf, ohne sich lange zu fragen, durch welches Wunder sich die Wand geöffnet hatte.

Seine Schritte waren verhallt, als Mutter Clementia, immer noch eine Hand an Louise' Ellbogen, durch den anderen Gang kam. Das Gesicht der Blinden war wachsbleich wie ein Totengesicht.

Die Matriarchin stützte sich mit ihrer mageren Hand auf einen Betstuhl und versuchte zu vergessen, was sie gerade gesehen hatte. Doch sie wusste, das würde ihr nicht gelingen.

Clementias Hand auf ihrem Arm tat weh wie ein Biss. Sie machte sich heftig los und kehrte der Nonne ein schmerzerfülltes Gesicht zu. Kaum hörbar fragte sie:

»Warum hast du mich all die Jahre belogen? Und warum sagst du mir heute die Wahrheit?«

Alles Mitgefühl wich aus Clementias Zügen, ihr Gesicht wurde zu einer Maske des Hasses. Ihre Stimme zischte schlangengleich.

»Ja, es stimmt, ich hätte dir dieses Wissen ersparen können. Aber du sollst für das Böse büßen, was du damals getan hast. Ich will, dass du tausend Tode stirbst, wenn du daran denkst, wie es hätte sein können und doch nicht war. Ich möchte, dass du in den Jahren, die dir noch bleiben, dafür büßt.«

Louise hob zittrig ihren Stock, als wollte sie die Oberin schlagen, doch diese kam ihr zuvor, entriss ihr den Stock und warf ihn in die Kirche, wo er scheppernd aufprallte.

»Allen, die dich liebten, hast du das Leben zur Hölle gemacht. Und jetzt sollst du selbst sie erleiden. Gott möge mir verzeihen.«
Sie ging und ließ die Blinde zurück. Orientierungslos. Verloren. Louise kniete auf dem Betstuhl nieder und vergrub das Gesicht in den Händen.
Doch sosehr sie die Augen und Ohren auch verschloss, die Stimme, die aus der Tiefe der Erde kam, murmelte unablässig ihren Namen.

***

Hélènes Mörder, Hand in Hand mit Marie, trieb seine Niedertracht so weit, dass er beim Anblick des Leichnams seiner Mutter, den man im Leichenschauhaus auf einen Tisch gelegt hatte, sichtbar erschauerte.
Marc Fersen wandte ihm seine vom Weinen geröteten Augen zu, auf seinen Zügen stand Erleichterung. Auch er hatte sich vorgeworfen, seinen Sohn mit dem Schmerz über den Tod der Mutter allein gelassen zu haben.
Der Rechtsmediziner hüstelte.
»Es gibt keinen Anlass, etwas anderes als Unfalltod durch Ertrinken anzunehmen.«
Daraufhin unterzog ihn Lucas einem strengen Verhör, um jede andere Möglichkeit auszuschließen. Die Antworten auf seine knappen, präzisen Fragen waren nicht minder knapp und genau.
»Keine Spur von Gewaltanwendung, kein Hinweis auf einen Schlag, an Schädel und Schultern keinerlei Spuren von Druckeinwirkung. Keine Fingerabdrücke.«
Lucas schloss kurz die Augen, als müsse er sich erst mit dem Gedanken abfinden, seine Mutter könne Selbstmord verübt haben. Marie konnte ihm die Verstörung nachfühlen, sie war Lichtjahre von der Idee entfernt, ein solcher Schmerz könne

geheuchelt sein. Zärtlich drückte sie seine Hand. Marc trat zu seinem Sohn.
»Hélène wusste, dass ihre Krankheit sich verschlimmerte. Ich nehme an, sie wollte uns nicht zur Last fallen.«
»Mit ihr ist auch jede Hoffnung gestorben, etwas über meine Vergangenheit zu erfahren«, sagte Lucas leise.
»Aber nicht die unermessliche Liebe, die sie dir immer entgegenbrachte.«
Plötzlich liefen Tränen über Lucas' Wangen.
»Ich kann mir nicht verzeihen, dass ich so hart zu sie war, kurz bevor ... Ich hätte mich so gern mit ihr versöhnt ... Ich dachte immer, ich würde an ihrer Seite sein, wenn ...«
Die Erinnerung an Hélène, wie sie unter die Wasseroberfläche sank, hätte die perfekte Theatervorstellung fast gefährdet. Vorsichtshalber warf er sich in Marcs Arme, so dass die nicht zu unterdrückende Heiterkeit, die ihn schüttelte, für Schluchzen gehalten wurde.
Marie sah gerührt zu, wie die beiden Männer vom Schmerz zusammengeschweißt wurden. Dann wurde sie vom Gerichtsmediziner abgelenkt, der ihr leise anbot, sich um die Formalitäten zu kümmern, damit Hélène schon am nächsten Tag von Killmore fortgebracht werden könnte.
Später, als sie die Leichenhalle verließen, erklärte ihr Lucas, er wolle die Ermittlungen so rasch wie möglich abschließen und die Insel dann gemeinsam mit ihr verlassen.
»Wir brauchen nur das Geständnis deines Onkels, dann können wir die Akte schließen.«
Die Buchstaben von Ryans Botschaft tanzten vor Maries Augen, unwillkürlich spannte sich ihr Körper. Lucas spürte es, vermutete jedoch den falschen Grund.
»Ich weiß, Marie, du magst ihn, es fällt dir schwer, einen Mörder in ihm zu sehen. Doch denk an das, was im See geschehen ist. Ohne mich ... Ich will mir lieber nicht vorstellen, was dann passiert wäre.« Er schloss sie fest in die Arme.

Von tausend Fragen gequält lehnte sich Marie an seine Schulter.

Just in dem Augenblick, in dem die beiden in den Wagen stiegen, um zur Polizeistation zurückzufahren, bat Edward, zur Toilette gehen zu dürfen. Brody begleitete ihn, er nahm ihm eine Handschelle kurz ab, um sie dann wieder um die Handgelenke zu legen, aber diesmal vor dem Körper, dann schob er ihn in eine der Kabinen. Edward zeigte mit feinem Lächeln auf das vergitterte Fensterchen.
»Ich wüsste nicht, wie ich da durchschlüpfen sollte …«
Brody zuckte nur wortlos mit den Achseln und schob einen Fuß in die Tür, damit sie nicht ganz geschlossen werden konnte.
Edward warf ihm durch den Spalt noch ein säuerliches Lächeln zu und kehrte ihm dann den Rücken zu. Brody hatte sich so in die Kritzeleien auf der Tür vertieft, dass er regelrecht zusammenzuckte, als die Klospülung ging. Gleichzeitig öffnete sich die Tür.
Er glaubte nicht, was er sah, doch er kam nicht mehr dazu, seinen Schrecken auszudrücken. Edwards Faust traf ihn ins Gesicht und erstickte den Schrei, den er gerade ausstoßen wollte.

PM trommelte nervös auf den Empfangstresen, der von einer Polizistin mit hartnäckiger Akne bewacht wurde.
»Nur eine Minute«, flehte er. »Ich bin immerhin mit ihm verwandt!«
Das Mädchen verkniff sich die Bemerkung, dass eine Verwandtschaft mit den Sullivans derzeit nicht unbedingt von Vorteil war.
»Edward Sullivan ist in Untersuchungshaft«, wiederholte sie geduldig. »Er darf keinen Besuch empfangen … Nicht einmal von Verwandten.«

Sie lächelte ironisch, als der sehr verärgerte PM sich erkundigte, ob er Edward wenigstens eine Nachricht zukommen lassen dürfe.
»Solange es sich nicht um einen Fluchtplan handelt …«
Ryans kleiner Bruder reagierte nur mit einem empörten Blick und suchte nach einem Stift, während er überlegte, wie er seine ungeheure Entdeckung in der Krypta möglichst unverdächtig mitteilen konnte.
»Eine mündliche Nachricht«, präzisierte das Mädchen.
PM starrte sie stirnrunzelnd an und bemerkte deshalb den Mann in Polizeiuniform nicht, der auf den Ausgang zuging und dabei zu verbergen versuchte, dass sein rechtes Bein steif war. Der Mann ging in knapp zwei Metern Entfernung an PM vorbei, als dieser sagte: »Sagen Sie Edward Sullivan, ich hätte die Beerdigung für den armen Franck vorbereitet und auch den Grabstein gefunden, den er sich für ihn gewünscht hat.«
Dann bewegten sich die automatischen Glastüren, und die Locken des Mädchens wehten im Luftzug.
»Wird gemacht«, sagte sie.
Sie sah PM fragend an, weil er immer noch von einem Fuß auf den anderen trat.
»Noch was?«
In umständlichsten Worten und sichtlich unter dieser Peinlichkeit leidend vertraute ihr PM schließlich an, wie außerordentlich dankbar er wäre, wenn er die Toilette der Polizeiwache benutzen dürfe. Die junge Beamtin verdrehte die Augen und zeigte dann auf den Gang, aus dem der hinkende Polizist gekommen war. PM stürzte los.

Der von Lucas gesteuerte Wagen war schon in Sichtweite der Polizeistation. Marie hatte ihm unterwegs von den letzten Erkenntnissen über die Maréchals und die berühmten Tagebücher berichtet.

»François war Wissenschaftsjournalist, und sein Vater Francis war ein Humangenetiker, der mit Reynault zusammenarbeitete. Je mehr ich darüber nachdenke, desto weniger glaube ich, dass François hierherkam, um nach dem Schatz der Scharlachroten Königin zu suchen. Wir müssen herausfinden, was er wirklich auf der Insel wollte und warum Francis nach Reynaults Tod so deprimiert war.«

»Wenn man seinen Mentor und Freund und noch dazu seinen Job verliert ... Und das alles auf einmal, da können einem schon mal die Sicherungen durchbrennen.«

»So sehr, dass man die Forschung aufgibt und praktischer Arzt wird?«

Lucas nahm den Fuß vom Gas und fuhr ein wenig an den Straßenrand, um einen Polizeiwagen mit Blaulicht durchzulassen, der ihnen gerade von der Wache her entgegenkam.

Einen Moment lang sah Marie das Profil des Fahrers. Ungläubig rief sie:

»Aber das war doch Edward eben ... Der Mann am Steuer!«

Lucas wurde blass, er wendete mit quietschenden Reifen und verfolgte den Polizeiwagen, während Marie über Handy Angus anrief, damit er ihnen Verstärkung schickte. Sie sahen beide nicht den Motorradfahrer, der ihnen folgte.

Im selben Moment entdeckte PM, dessen Blase fast platzte, Brody, der, nur mit seiner Unterwäsche bekleidet, bewusstlos über einer Kloschüssel der Herrentoilette hing.

Die beiden Fahrzeuge rasten Richtung Hafen. Marie, die noch mit Angus telefonierte, erschrak, als Lucas halb über den Bordstein fuhr und fast eine Mutter und ihre Kinder erfasst hätte.

»Fahr langsamer! Du bringst sonst noch völlig Unbeteiligte um!«

Doch er schien sie nicht zu hören und starrte nur auf den Polizeiwagen, der auf die Docks zufuhr. Marie klammerte

sich an ihren Sitz. Plötzlich sah sie, wie ein Sattelschlepper aus einer Seitenstraße Richtung Hafen abzubiegen versuchte. Er musste anhalten und vor- und zurückrangieren und blockierte dabei die gesamte Straßenbreite.
»Er sitzt fest. Fahr langsamer!«
Edwards Wagen machte wenige Meter vor dem Lastwagen plötzlich eine Wende um 180 Grad, eine fahrerische Meisterleistung, und brauste dann, immer noch mit Blaulicht und Sirene, in Gegenrichtung los. Wie in Zeitlupe sah Marie die vor ihnen fahrenden Wagen eine Gasse bilden, durch die der Polizeiwagen jetzt auf sie zuraste.
»Er kommt sowieso nicht davon!«, sagte sie. »Fahr rechts ran.«
Doch Lucas trat nur das Gaspedal durch. Aus dem Augenwinkel sah sie seinen wie wahnsinnigen Blick, die verzerrten Züge, die Hände, die das Lenkrad so fest umklammerten, dass die Knöchel weiß schimmerten.
»Du bringst uns noch um! FAHR RECHTS RAN!«, schrie sie.
Es lagen nur noch wenige Meter zwischen den beiden Fahrzeugen, Marie konnte Edwards Gesicht hinter der Windschutzscheibe deutlich sehen, doch sein Gesichtsausdruck veränderte sich, als er Marie auf dem Beifahrersitz erkannte.
Der Motorradfahrer, der ihnen immer noch folgte, fluchte unterdrückt, als er die beiden Wagen sah, die wie Streitrösser bei einem Turnier aufeinander zupreschten. Angst trat in die blauen Augen hinter dem leicht getönten Visier. Der Zusammenstoß war nicht mehr zu vermeiden.
Unmittelbar bevor sich die Kühlerhauben ineinanderbohrten, riss Edward das Lenkrand herum und brachte sein Fahrzeug vom Kurs ab, während Marie die Handbremse von Lucas' Wagen zog. Unter den entsetzten Blicken von Dutzenden von Passanten riss der Polizeiwagen ein Halteverbotsschild um und landete mit lautem Krachen auf dem Bürgersteig.

Der von Lucas gesteuerte Wagen rutschte seitlich weg und prallte hart gegen eine Fassade, was auf der Fahrerseite den Airbag auslöste, der Lucas fest in den Sitz drückte.
Marie hatte sich vorsorglich festgehalten und konnte deshalb ungehindert aus dem Wagen springen. Sie kümmerte sich nicht um Lucas' hilflos wütendes Schimpfen, sondern rannte auf den Polizeiwagen zu, den Edward bereits zum Wegfahren manövrierte. Sie baute sich vor ihm auf und zielte mit ihrer Waffe auf ihn.
»Durch eine Flucht wirst du mich schon gar nicht von deiner Unschuld überzeugen. Steig aus! Langsam und mit hinter dem Kopf gefalteten Händen!«
Plötzlich fiel ein Schuss, sie fuhr zusammen. Die Leute flohen in alle Richtungen. Lucas hatte den Airbag zur Explosion gebracht. Als er die Tür öffnete, wurde er von einer eisernen Faust vom Sitz gerissen.
Christian. Der Kinnhaken schickte Lucas gegen die Karosserie. Doch der spürte in seiner rasenden Wut keinen Schmerz und sprang dem Skipper an die Kehle. Unerbittlich kämpften die beiden Männer.
»Du solltest dazwischengehen, bevor sich die beiden gegenseitig umbringen«, meinte Edward.
»Steig aus«, wiederholte Marie nur, beobachtete dabei aber den Kampf.
»Glaubst du wirklich, ich hätte dich töten können, da unten im See?«
Diese Stimme. Nein ... Marie starrte aus großen Augen Edward an, der mit Ryans Stimme gesprochen hatte. Und mit einem Mal bekam alles einen Sinn. Seine Reise nach Paris, um sie zu überreden, nach Irland zu kommen. Sein Stolz, als er sie zum Altar führte. Sein ehrliches Glück, als er sie ins Leben zurückgeholt hatte ... Und die Botschaft, in der seine Unschuld bekräftigt wurde. Die Metallschiene lag im Fußraum vor dem Beifahrersitz.

»Was ist dem wirklichen Edward geschehen?«, fragte sie, noch völlig schockiert. »Hast du ihn getötet?«
Das Gesicht unter der Maske legte sich in traurige Falten. »Warum glaubst du immer, alles sei, wie es scheine, Marie? Wie im See … Wann wirst du endlich begreifen, dass Lucas gefährlich ist?«
Unwillkürlich wandte Marie den Kopf, obwohl sie immer noch auf Edward zielte. Ihr Gesicht verdüsterte sich, als sie sah, dass Christian am Boden lag und sich nicht rührte.
»Bréhat ist der einzige Mensch, dem du trauen darfst«, sagte Ryan. »Außer mir.«
Marie wollte etwas erwidern, doch sie sah, wie Lucas die Waffe zog und auf den Seemann richtete, der sich hochzurappeln versuchte.
»Wenn du nichts unternimmst, bringt er ihn um.«
Ihr Entschluss stand schon fest, bevor Ryan den Wagen wieder gestartet hatte.
Sie versteckte die Waffe hinter ihrem Rücken und rannte zu den beiden Männern.
»Hör auf, Lucas!«, rief sie, noch aus einiger Entfernung.
Doch Lucas wandte nicht den Kopf und sagte nur hart, sie solle bleiben, wo sie sei. Doch sie ging weiter auf ihn zu und mahnte ihn zur Mäßigung. Christian lag noch am Boden, er sah Marie an und beschwor sie trotz der Gefahr, in der er selbst schwebte, sich nichts mehr vorzumachen.
»Jetzt weißt du es, Marie. Du weißt, dass er wirklich krank ist. Du musst ihn verlassen.«
Lucas' Finger spannte sich am Abzug.
»Ich habe dich verlassen«, erwiderte sie kühl. »Und das schon vor einem Jahr. Wann wirst du endlich begreifen, dass ich nichts mehr für dich empfinde, Christian? Dass Lucas der Mann ist, den ich liebe?«
Der Finger entspannte sich wieder, der zögernde Blick, den ihr Lucas zuwarf, war misstrauisch und ungläubig, aber nicht

mehr so starr. Dafür weiteten sich Christians Augen verblüfft.

»Mach doch die Augen auf, verdammt noch mal! Er wird dir noch etwas antun!«

»Du hast mich neulich aus dem Brunnen gerettet, dafür werde ich dir ewig dankbar sein. Aber du musst mich mein Leben leben lassen. Und mein Leben gehört zu seinem.«

»Das meinst du doch nicht ernst, du …«

»Jetzt reicht's«, unterbrach sie ihn eisig. »Verschwinde, Christian! Verlass diese Insel und geh aus meinem Leben. Das ist für alle das Beste.«

Auf Christians Verblüffung folgte Enttäuschung und dann Verachtung.

»Anne hatte recht. Du bist auch nicht besser als er. Wenn ich bedenke, wie viel Zeit ich an dich verschwendet habe, möchte ich kotzen!«

Der Lärm der Polizeisirenen schwoll an. Angus' Hilfskräfte trafen ein. Erregt von der Hilflosigkeit des Skippers und den Worten, die seine junge Frau ihm entgegengeschleudert hatte, steckte Lucas seine Waffe wieder weg und bemerkte dabei nicht, dass Marie ihre eigene ebenfalls diskret verschwinden ließ.

»Hast du nicht gehört, was die Dame sagte, Bréhat? Also setz die Segel, sonst lass ich dich wegen Beihilfe zur Flucht einbuchten.«

Christian stand auf und ging, ohne Marie noch einen Blick zu gönnen. Hätte er sich umgedreht, so hätte er gesehen, wie sie vor Lucas zurückwich, als dieser auf sie zutrat, und sich gefragt, ob ihre Worte wirklich so gemeint gewesen seien. Aber er drehte sich nicht um. Dieses Mal hatte er beschlossen, sie wirklich aus seinem Leben zu streichen.

Lucas sah seine Frau an, die vor ihm zurückgeschreckt war, als hätte er sie schlagen wollen. Sein Gesicht wurde düster.

»Du sagst, du liebst mich, aber du hast Angst vor mir.«

Angus' Eintreffen ersparte ihr eine Antwort. Und während Lucas ihm einen Überblick über die letzten Minuten gab, sah Marie Christian nach, der auf seinem Motorrad Richtung Hafen entschwand. Ihr Herz verkrampfte sich, denn er hatte nicht verstanden, dass sie all das nur gesagt hatte, um ihn zu schützen.

25

Brody sah Lucas Fersen von ferne nahen und zog sich vorsichtig zurück, um der nächsten Ladung sarkastischer Bemerkungen zu entgehen, die dieser arrogante Bulle auf ihn niederprasseln lassen würde, weil ihm Edward entwischt war.
»Ich weiß nicht, wie ich es sagen soll«, hatte er kläglich gestottert. »Als er aus dem Scheißha… aus der Toilette kam, da sah es aus … Als säße der Kopf verkehrt rum …«
»Wenn ich mich nicht beherrschen könnte, dann säße deiner auch verkehrt rum«, hatte Fersen wütend erwidert.
Marie hingegen hatte begriffen, dass Ryan Brody überrumpelt hatte, indem er seine Maske auf den Hinterkopf geschoben hatte.
Lucas kam gerade von der Kaffeemaschine zurück, als er Angus zu Marie sagen hörte, er werde sie unter Personenschutz stellen.
»Sollten auch Sie Angst haben, ich könnte ihr etwas antun?«, erkundigte er sich unfreundlich.
Der Ire spürte, dass etwas nicht stimmte.
»Edwards Flucht bedeutet eine Gefahr für Ihre Frau«, erwiderte er im selben Ton. »Genauso wie für die anderen Mitglieder der Familie Sullivan.«
Lucas brauchte Marie nicht anzusehen, um zu wissen, dass er einen Bock geschossen hatte. Er musste sich wieder in die Gewalt bekommen. Und zwar schnell.

»Er dürfte gerade nach einer Lösung suchen, um möglichst rasch von der Insel wegzukommen. Ich glaube nicht, dass er das Risiko eingeht und weitere Morde begeht.«

Angus nickte. »Wahrscheinlich haben Sie recht. Aber Vorsicht ist besser als Nachsicht.«

»Wir müssen weiter nach den fehlenden Grabsteinen suchen«, sagte Marie. »Den von Zoleig, der in einem Verlies starb; den von Orin, der vergiftet wurde; den von Seamus, der im Treibsand versank.«

Dabei sah sie Lucas an und erwähnte die Bucht von Arcoüet, wo er im Jahr zuvor fast vom Treibsand verschluckt worden war. Doch offensichtlich hatte er alles vergessen, denn er reagierte nicht, aber er wirkte misstrauisch.

Um ihren Verdacht zu zerstreuen, ging sie zu der Tafel, an die sie die Fotos der beiden bereits gefundenen Grabsteine gepinnt hatten, und vertiefte sich in die französische Übersetzung der Inschriften. Ihre Augen weiteten sich. Plötzlich schienen bestimmte Worte geradezu herauszuleuchten. Sie schnappte sich einen Stift und umkringelte sie hastig. Dabei erklärte sie Lucas und Angus, wie dieser Code funktionierte, nämlich in etwa so wie ein Code, den George Sand benutzt hatte, um gefährlich erotische Sätze in einem harmlosen Text zu verstecken. Dann drehte sie sich mit leuchtenden Augen zu ihnen um.

»In der Legende heißt es, das Geheimnis könne nur durch alle fünf Schlüssel gemeinsam erschlossen werden. Und wenn diese Schlüssel einfach nur Bruchstücke einer Botschaft wären, die in den Grabinschriften verborgen ist?«

Dann las sie laut den Satzanfang vor, den sie mit Hilfe der umkringelten Wörter aus den beiden Grabinschriften zusammengesetzt hatte:

In diesem Reich der Gläubigen,
das verachtet wird von der Tochter des Dagda …

»Dagda ist der Sage zufolge Danas Vater. Und Dana, die berühmte Scharlachrote Königin, war Heidin, nicht Christin. Und gehörte deshalb nicht zu den Gläubigen.«
Lucas fürchtete, Verdacht zu erregen, wenn er noch länger schwieg.
»Sie ging also nicht zur Kirche oder einem sonstigen kultischen Ort«, sagte er ein wenig überbetont.
»Genau. Und die einzige Kirche der Insel, die schon im Mittelalter da war, ist die im See. Ich könnte darauf wetten, dass der Weg zum Schatz *in* dieser Kirche ist.«
Angus dämpfte ihren Eifer.
»Wir suchen keinen Schatz, wir suchen einen Verbrecher.«
»Ich weiß, Angus, aber der Journalist ist im See getaucht, und dann starb er.«
»Und wenn die Theorie stimmt, brauchen wir dringend die drei übrigen Texte«, sagte Lucas abschließend.

***

PM kehrte auf den Besitz zurück, völlig erschöpft von dem Verhör, das die irischen Polizisten mit ihm angestellt hatten, denn sie waren davon überzeugt, dass er irgendwie in Edwards Flucht verwickelt war. Besonders verdächtig erschien ihnen die Tatsache, dass er just in jenem Augenblick die Toilette aufgesucht hatte. Sie setzten ihm derart zu, dass PM, der immer noch keine Gelegenheit gehabt hatte, seine Blase zu entleeren, flüchtig in die Versuchung geriet, die Polizisten einfach anzupinkeln, um sie von der Dringlichkeit seines Bedürfnisses zu überzeugen. Er musste sich sehr beherrschen, um nicht – in jedem Sinne des Wortes – zu platzen.
»Wenn ich Edward zur Flucht hätte verhelfen wollen, wäre ich doch nicht wie ein Depp im Gefängnis vorstellig geworden, um ihn zu besuchen!«
Er bereute seine Worte sofort, als er das Mädel vom Empfang

kommen sah. Warum hatte er das bloß gesagt? Gleich würde sie von dem Grabstein erzählen, den er erwähnt hatte, und die Bullen würden ihn mit der Ermittlung in Verbindung bringen, mit der Königin und dem Schatz …

»Er wollte Edward Sullivan nur mitteilen, dass er sich um die Beerdigung seines Sohnes kümmern würde.«

PM war so erleichtert, dass er sich fast den Luxus gegönnt hätte, sie wegen Unterschlagung wichtiger Einzelheiten zu rügen. Doch er schaffte es tatsächlich, den Mund zu halten.

Beim Verlassen der Wache hatte er plötzlich Marie entdeckt, die in einem entfernten Raum einzelne Wörter der Inschriften umkringelt hatte. Sein Versuch, sich diesem Raum zu nähern, war jedoch aufgefallen, und er hatte hastig die Flucht ergriffen. Nun saß er schon seit zwei Stunden in seinem Zimmer und brütete seinerseits über den Inschriften. Die über den Tisch und teils auch über den Boden verstreuten bekritzelten Blätter verrieten, dass er alle möglichen Kombinationen ausprobiert hatte, um die in den einzelnen Inschriften verborgenen Botschaften zu entdecken. Offenbar vergeblich. Er starrte auf die Übersetzungen, wie um ihnen ihr Geheimnis zu entreißen, da begannen die Bögen plötzlich zu zittern und zu brummen und rutschten auseinander.

PM schrak zurück, was ihn vorübergehend gefährlich aus dem Gleichgewicht brachte, doch dann begriff er, dass es sich nicht um ein übernatürliches Phänomen handelte. Es war sein Handy, das unter den Blättern vibrierte und blinkte. Er nahm das Gespräch an und erschrak schon wieder. Edward.

»Ich habe Ihre Botschaft erhalten«, sagte Edward. »Ich muss unbedingt an den dritten Text kommen. Bringen Sie ihn mir heute Abend zur Brennerei.«

PM versuchte sich rauszureden. Er wolle sich nicht zum Komplizen eines Mordverdächtigen machen. Aus dem Handy drang Edwards sarkastisches Lachen. PM konnte daran nichts Lustiges finden.

»Ich habe gerade eine Stunde auf der Wache verbracht, und …«
Doch Edward unterbrach ihn.

»Ausgleichende Gerechtigkeit, oder? Schließlich bin ich Ihr Komplize bei Ryans Ermordung.«

PM verzog unwillig das Gesicht, als Edward andeutete, es werfe doch ein schlechtes Licht auf ihn, wenn man die Leiche fände – und die Waffe mit PMs Fingerabdrücken. Die Drohung endete mit einem Befehl:

»Heute Abend um zehn, Silo vier.«

Edward legte auf, doch es war Ryan, der sich zu Christian umdrehte. Der Skipper war gerade zu ihm in die mahagonivertäfelte Kajüte gekommen. Düster erzählte er, was Marie zu ihm gesagt hatte, während Lucas mit schussbereiter Waffe auf ihn gezielt hatte.

»Ich kann sie nicht vor sich selbst schützen«, seufzte er.

»Ich an ihrer Stelle hätte genau dasselbe gesagt, um Lucas' Eifersucht auf dich nicht noch mehr Nahrung zu geben.«

»Ja, vielleicht …« Christian zuckte die Achseln.

* * *

In wenigen Kilometern Entfernung, auf einer Insel voller Schimären, hatte der echte Lucas die Wohnung buchstäblich auf den Kopf gestellt. Hinter einem Regal mit Büchern aus Axels Jugendjahren entdeckte er eine Lüftungsklappe, deren Größe ein zum Durchkriechen ausreichend geräumiges Lüftungsrohr vermuten ließ. Er machte sich mit einem Messer über die Schrauben her. Und bald schon schob er sich durch den Schacht, den er mit einer bei der Wohnungsdurchsuchung erbeuteten Taschenlampe ausleuchtete. Nachdem er sich mehr als fünfzig Meter durch den Kanal gezwängt hatte, stieß er auf eine weitere Klappe, die er mit einem festen Tritt aufstieß. Im Lichtkegel der Lampe wurden die Felswände eines Stollens sichtbar. Lucas ließ sich etwa zwei Meter tief nach

unten gleiten und hätte sich fast den Knöchel verrenkt, als er auf einer alten Schiene landete, die zur Grubenbahn gehört hatte.
Ihm war zumute wie bei einer Zeitreise, als er beschloss, Richtung Norden weiter in die Erde vorzudringen. Schon nach wenigen Minuten stand er an der ersten Gabelung. Lucas zögerte kurz, dann entschied er sich für den nach rechts gehenden Stollen, ritzte aber vorher ein Zeichen in den schmutzigen Boden. Der Stollen war enger und feuchter als der vorherige. Die Lampe zeigte erste Batterie-Ermüdungserscheinungen, als der Boden unter Lucas' Füßen plötzlich wegzubrechen schien. Er stolperte nach vorn und ruderte mit den Armen. Mit einem Satz rückwärts konnte er den Sturz gerade noch verhindern.
Ein Schacht. Ein ehemaliger Förderschacht, dessen Tiefe er abzuschätzen versuchte, indem er ein paar Steinchen hineinwarf. Es dauerte sehr lange, bis er sie aufschlagen hörte. Er fröstelte. Das Licht wurde deutlich schwächer. Er musste sich auf den Rückweg machen und konnte nur hoffen, dass irgendwo in der Wohnung Ersatzbatterien waren, damit er seine unterirdischen Erkundungen fortsetzen konnte. Die Gabelung schien die richtige zu sein, aber das eingeritzte Zeichen war verschwunden. Lucas wütete gegen sich selbst: Selbst der Kleine Däumling war gerissener als der Spezialist für Ritualverbrechen! Er wollte schon eine Münze werfen, um über die Richtung zu entscheiden, als ihn die Lampe vollends im Stich ließ. Er tastete sich an der feuchten Felswand weiter, als er aus einem weiteren Belüftungsrohr Licht fallen sah. Er schöpfte wieder Hoffnung.
Er löste die Muttern und öffnete die Klappe. Nachdem er mehrmals am glitschigen Fels abgeglitten war, gelang es ihm, sich auch in dieses Rohr zu zwängen. Je weiter er kroch, desto heller wurde das Licht. Und desto stärker seine Hoffnung. Dieses Rohr musste früher oder später ins Freie führen! Bald

gelangte er an eine weitere Klappe, deren Umrisse hell strahlten: Er hatte es fast geschafft!
Es war zu eng, als dass er die Beine nach vorn hätte holen können, also drückte er mit aller Kraft die Handflächen dagegen. Als das Gitter endlich nachgab, fiel er, vom eigenen Schwung mitgerissen, mit dem Kopf voran schwer auf eine erstaunlich weiche und nachgiebige Oberfläche. Ein Sofa. Er verlor fast den Verstand, als er begriff, dass er wieder in der Wohnung war. Zurück auf Los.

***

Niemand hatte sich unnötig lange bei dem Abendessen, das in düsterster Atmosphäre serviert worden war, aufgehalten. Louise hatte Müdigkeit vorgeschützt und sich zurückgezogen, Marc Fersen war ihr rasch gefolgt, er hatte keinen Bissen herunterbringen können, und Jill hatte sich ohnehin mit ihrem iPod in ihrem Zimmer verschanzt. Lucas war auf der Polizeiwache geblieben, um noch einmal die Akten durchzuschauen, wie er sagte. Marie, die stark vermutete, dass er lieber nicht mit ihr allein sein wollte, und sich immer noch fragte, wie er das Treibsand-Abenteuer hatte vergessen können, war allein ins Herrenhaus zurückgekehrt.
In der Stille des Salons hörte man nur das Klicken der Tasten, über die ihre Finger huschten. Marie öffnete eine Internet-Seite nach der anderen:
Alzheimersche Erkrankung – erste Symptome – Gedächtnislücken …
Sie war so in die Lektüre vertieft, dass sie Lucas erst bemerkte, als er nur noch wenige Meter entfernt war. Rasch tippte sie einen anderen Suchbegriff ein und landete auf einer Seite über Grabsteine, just als er ihr die Hände auf die Schultern legte.
»Magst du einen Drink?«
Sie konnte noch nicht atmen und nickte daher nur. Dann

nahm sie einen großen Schluck aus dem mit einer goldbraunen Flüssigkeit gefüllten Glas. Der Stolz der Sullivans ging ins Blut. Sie leerten ihre Gläser in einem Schweigen, das einiges über das Unbehagen zwischen ihnen beiden aussagte. Sie brach es als Erste – und lächelte dabei leise.

»Weißt du noch? An jenem Abend damals auf Lands'en, als ich zu viel getrunken hatte und wütend war, weil du mich in die Arme genommen hattest, um mich auf mein Zimmer zu bringen?«

Er kniff die Augen zusammen, als versuche er herauszufinden, worauf sie hinauswollte.

»Ich warf dir vor, du wollest die Situation ausnutzen«, erzählte sie weiter. »Und da hast du mich losgelassen. Ich werde nie vergessen, was du dabei sagtest. Eine solche Arroganz!«

Er setzte sein Glas hart auf einen Tisch und sah sie an.

»Diese Spielchen gehen mir allmählich auf den Geist! Ich weiß, dass du mir nicht mehr traust, ich weiß, dass du dich fragst, ob ich nicht gerade dabei bin, genauso verrückt zu werden wie meine Mutter!«

Plötzlich fegte er das Glas von dem Tischchen und sah dann zu, wie die Flüssigkeit in dem dicken Teppich versickerte.

»Ich kann es dir noch nicht einmal verübeln! Wirklich nicht!«

Er sah so verstört aus, so unglücklich, dass sie es sofort bereute. Hastig trat sie auf ihn zu und legte ihm die Hand auf den Arm.

»Es tut mir leid! Es ist nur … Ich habe Angst.«

»Vor mir. Ich weiß.«

Sie schüttelte sanft den Kopf, dann nahm sie seinen Kopf in beide Hände und zwang ihn, sie anzusehen.

»Angst um dich.«

Er lachte bitter auf und machte sich von ihr los.

»Du bist eine schlechte Lügnerin, Marie. Und wenn ich eins

nicht von dir will, dann Mitleid! Ich werde heute Nacht in einem anderen Zimmer schlafen.«
Er ging, ohne irgendwelche Einwände abzuwarten. Marie wollte ihm folgen, doch ihre Beine gaben unter ihr nach. Sie schrieb das Schwindelgefühl dem Alkohol zu, den sie nicht gewöhnt war.
Sie ließ sich in einen tiefen Sessel sinken, um wieder zu Kräften zu kommen. Ringsum begann sich alles zu drehen, die Umrisse verschwammen. Obwohl sie dagegen ankämpfte, wurden ihre Lider schwer, immer schwerer … Sie schloss die Augen.

***

PM trat in die Halle und ging auf das Silo Nr. 4 zu. Er fand es ziemlich rücksichtslos von Edward, ausgerechnet diesen Treffpunkt vorzuschlagen. Die tiefe Stille machte ihn nervös, mehrmals rief er Edwards Namen. Er entspannte sich erst, als dieser endlich antwortete.
»Wo sind Sie?«, schimpfte er. »Ich kann Sie nicht sehen!«
Wieder hörte er die Stimme und ging auf sie zu. Am Silo angelangt, konnte PM Edward immer noch nirgends entdecken.
»Das ist kein besonders guter Scherz! Außerdem bin ich fix und fertig! Ich hatte heute einen harten Tag … Wirklich höllisch!«
»Hier bin ich, PM.«
Die Stimme klang seltsam, wie ein Echo.
»Zeigen Sie sich endlich, verdammt noch mal! Das ist ja zum Auswachsen!«
Er sprang zurück, als die Klappe des Silos geöffnet wurde. Wie gelähmt starrte er auf die Stiefel, die ihm mit den Sohlen voran entgegenkamen. Solche Stiefel hatte er doch schon mal irgendwo gesehen … Er konnte sich partout nicht erinnern,

bei welcher Gelegenheit, nur, dass es eine sehr unangenehme Gelegenheit gewesen sein musste. Und dann stand Ryan vor ihm.

PMs Augen quollen hervor, er warf verstörte Blicke um sich und rief kläglich nach Edward. In völliger Panik wich er zurück, immer weiter, bis er gegen eine Karre stieß und der Länge nach hinschlug.

»Das ist doch nicht möglich«, stammelte er. »Ryan ist tot! Ich weiß es! Ich habe ihn getötet! Edward weiß es! Er war es doch, der die Leiche versteckt hat! Ed! Ed!«

Er krümmte sich zusammen und schrie vor Grauen, als Ryan auf ihn zukam, ihn packte und auf die Beine zog. Ein Gespenst konnte nicht so fest zupacken, also war Ryan kein Gespenst.

»Wo ist Edward? Was hast du mit ihm gemacht? Ed!«

Ryan setzte eine betrübte Miene auf.

»Edward wurde nicht mehr gebraucht, also habe ich ihn mir vom Hals geschafft.«

PM starrte ihn erst ungläubig und dann empört an. Sein Magen fühlte sich an wie mit Blei gefüllt, er vergaß sogar, dass Edward ihn ein wenig erpresst hatte. Tränen stiegen ihm in die Augen, und dann fiel er mit erstickter Stimme über Ryan her.

»Er war mein Freund. Sogar mehr als ein Freund, er war der große Bruder für mich, der du nie gewesen bist. Er unterhielt sich gern mit mir, er konnte mir zuhören, er hat mir geholfen, mich beschützt … Und du hast ihn mir weggenommen, wie du mir alles weggenommen hast, angefangen bei der Liebe unseres Vaters. Ich hasse dich, Ryan!«

Dieser unterdrückte ein Lächeln und sprach mit Edwards Stimme weiter:

»Es freut mich sehr, dass ich dank Ed das Glück hatte, eine neue Beziehung zu dir aufzubauen.«

PM starrte ihn mit offenem Mund an. Dann verzerrte sich

sein Mund, und sein hysterisches Lachen hallte durch die leere Halle.

* * *

Die Gestalt kam hinter dem Rosengarten hervor und glitt dann an der Hauswand entlang bis zu den Fenstertüren des Salons. Im Schutz der Dunkelheit beobachtete sie Marie, die in einem der tiefen Sessel schlief. Als sie ins Zimmer treten wollte, kehrte Lucas zurück. Er ging direkt auf Marie zu und bemerkte nicht, dass sich die Fenstertür leise wieder schloss. Draußen presste sich die Gestalt atemlos an die Wand.

Vivian. Ihre Augen funkelten zornig. *Er* hatte versprochen, Marie sei die Nächste auf der Liste, aber er schien es damit nicht eilig zu haben. Warum musste er ausgerechnet jetzt zurückkommen, wo sie zur Tat schreiten wollte? Sie sah, wie er Marie auf seine Arme hob, dann huschte sie zu einem anderen Fenster und konnte beobachten, dass er sie durch die Halle und dann die Treppe hinauftrug. Der Gedanke, dass er jetzt vielleicht mit diesem Mädchen ins Bett kriechen würde, brachte Vivian fast zum Schreien.

Im ersten Stock ging ein Licht an. Lucas zog Marie vollständig aus. Einen Moment lang genoss er ihren Anblick, dann zog er das Laken über sie, ohne dass sie im Mindesten reagierte. Er beugte sich über sie, hob ihre Lider an und sah an den starren Pupillen, dass ihr künstlicher Schlaf noch sehr tief war. Befriedigt verließ er das Zimmer.

* * *

PMs Lachen war verhallt. Er lehnte am Degustations-Tresen der Brennerei, ein Glas Pure Malt in der Hand, und lauschte Ryan, der ihm die Gründe für sein Verhalten erklärte.

»Dein Tick, allen zu erzählen, ich sei noch am Leben, konnte auf die Dauer lästig werden. Und die einzige Möglichkeit, dich von meinem Tod zu überzeugen, bestand darin, dich zu meinem Mörder zu machen. Deshalb habe ich dir … Deshalb hat Edward dir eine Waffe gegeben, allerdings mit Platzpatronen. Ich musste dich nur noch dazu bringen, auf mich zu schießen. Ein diskret eingesetztes Beutelchen Hämoglobin hat die Illusion perfekt gemacht.«

Er hielt PMs Hand zurück, als dieser nach der Flasche griff, um sich nachzuschenken.

»Dann hast du mich ins Silo geworfen. Ich habe gewartet, bis du weg warst, dann bin ich wieder rausgeklettert.«

»Und wenn ich länger geblieben wäre? Dann hättest du aber schön in der Klemme gesessen!«

»Sagen wir, ich habe darauf gewettet, dass du keine Lust haben würdest, da noch lange herumzutrödeln.«

»Und dann bist du wieder in Edwards Haut geschlüpft, hast mich zu einem Geständnis gebracht und mir dann angeboten, die Leiche verschwinden zu lassen …«

»Genau. Und von da hatte ich dich in den Klauen. Tut mir leid, Brüderchen, aber ich brauchte wirklich deine Hilfe.«

»Nicht dir habe ich geholfen, sondern Edward«, erwiderte PM trotzig.

Ryan schenkte PM noch einen Whiskey ein, der unverzüglich ausgetrunken wurde.

»Edward, ich … Was macht das schon? Wichtig ist, dass wir uns gefunden haben, oder?«

Er stieß sein Glas gegen PMs.

Eine halbe Stunde später war die Stimmung, wie auch der Alkoholgehalt von PMs Blut, um einiges gestiegen.

»Einfach irre!«

PM, dessen Fröhlichkeit sich im Wesentlichen dem zwölfjährigen Flascheninhalt verdankte, erhob ein ums andere Mal sein Glas auf das Wohl seines Bruders, der ihn mal wieder meisterhaft geleimt habe. Wenn man bedenke, dass Ryan seit seiner Ankunft auf der Insel in seiner unmittelbaren Nähe gewesen sei, dass er sich ihm so nah gefühlt habe und er sogar sein Leben in der Krypta riskiert habe, um Edward zu helfen! Und all das wegen irgendwelcher Texte, die keinerlei geheime Botschaft enthielten, und wegen eines Schatzes, der nie existiert habe! Doch da widersprach ihm Ryan.

»Der Schatz existiert, und die Inschriften auf den fünf Grabsteinen sind der Weg zu ihm, sie sind die berühmten Schlüssel, von denen in der Legende die Rede ist. Jeder Text enthält einen Teil der Botschaft, die zum Versteck führt.«

»Bla-bla-bla!« PM hickste weinselig. »Das ist alles Quatsch! Ich hab gesucht und nichts gefunden! Du bist nicht mehr tot! Und ich bin kein Mörder mehr! Edward kann mich nicht mehr erpressen! Ich gehe!«

Ryan zuckte die Achseln.

»Ich kann dich nicht gegen deinen Willen festhalten, aber denk noch mal drüber nach. Man erhält nicht oft die Gelegenheit, verlorene Zeit wieder aufzuholen.«

PM warf ihm einen düsteren Blick zu.

»Du und ich, Pierre-Marie. Wenn du wüsstest, wie oft ich darum gebetet habe, noch einmal Frieden mit meinem kleinen Bruder schließen zu können.«

Der kleine Bruder rülpste laut.

»Von wegen ... Du interessierst dich nur für den Schatz. Sobald wir ihn haben, machst du dich damit aus dem Staub.«

»Ich kann dich nicht daran hindern, so zu denken.« Ryan seufzte. »Schade ...«

Er löste sich vom Tresen und war schon einige Schritte entfernt, als PM ihn zurückrief.

»Wenn ich dir helfe, wer garantiert mir dann, dass du nicht alles behältst?«

Ryan drehte sich um und sah ihn enttäuscht an.

»Hast du immer noch nicht begriffen, dass der einzige Schatz, der mich interessiert, Marie ist? Hast du nicht kapiert, dass ich nur deshalb Edwards Rolle gespielt, mir ein Metallgestell ans Bein geschnallt und diese Familie ertragen habe? Ich habe das nur ihretwegen getan, um in ihrer Nähe zu sein! Das Gold ist mir egal, du kannst alles behalten, wenn du möchtest. Ich habe nur einen Wunsch: den Mörder unschädlich zu machen und sie glücklich zu wissen.«

PM hörte zum ersten Mal etwas wie Aufrichtigkeit aus Ryans Worten heraus und war gerührt.

»Sie ist Polizistin, sie wird dich nicht frei schalten und walten lassen.«

»Das lass meine Sorge sein.« Ryan kam zu PM an den Tresen zurück. »Hast du den dritten Text mitgebracht?«

***

Vivian hatte gesehen, wie das Licht im oberen Stock ausging. Alle möglichen Schreckbilder der Eifersucht jagten ihr durch den Kopf, sie konnte sie nicht verscheuchen. Am liebsten wäre sie geflohen und hätte ihn verlassen, aber sie blieb und wartete, wie ein Hund auf seinen Herrn. Wie eine Sklavin, und sie war ja auch nichts anderes!

Sie konnte gerade noch in den Schatten zurückweichen, als er aus dem Haus kam. Überrascht sah sie, dass er in den Wagen stieg und wegfuhr. Wohin bloß, so spät am Abend? Doch Vivian verlor sich nicht in weitere Überlegungen. Wichtig war, dass er nicht bei dieser Frau war. Und dass dieses Dornröschen ihr jetzt ausgeliefert war. Sie trat aus dem Schatten der Rosenbüsche und schlich sich ins Haus, während Lucas' Wagen in der Ferne verschwand. Oben auf dem Treppenabsatz war niemand. Sie drückte leise auf die Klinke und glitt dann in Maries Schlafzimmer.

Im selben Augenblick stoppte Lucas den Wagen, aufgewühlt von ebenso neuen wie widersprüchlichen Gefühlen. Er hatte Vivian ins Haus schleichen sehen und wusste genau, was sie vorhatte. Maries Tod war nicht mehr zu vermeiden, dennoch ließ ihn der Gedanke, dass dieser zärtliche, sinnliche Körper bald nur noch ein Stück kaltes Fleisch sein sollte, nicht gleichgültig. Marie war das Leben selbst, und wenn er sie liebte, hielt er das Leben in den Armen. Er wollte nicht, dass dieses Leben erlosch.

Die Plastiktüte knisterte, als Vivian sie aus der Tasche zog und auseinanderfaltete. Vorsichtig schob sie ihre Hand unter Maries Kopf, hob ihn an und zog die Tüte dann darüber. Marie rührte sich nicht. Der Plastikfilm legte sich immer dichter über Maries Gesicht, ihr Atem wurde kürzer. Sie begann sich im Schlaf zu regen, sie öffnete den Mund, die Luft wurde knapp, ein ersticktes Stöhnen drang aus ihrem Mund, doch sie wachte nicht auf. Und dann weiteten sich ihre Augen…
Lucas stürzte in den Raum und erfasste die Lage mit einem Blick: Marie erstickte unter dem Plastikfilm und Vivian sah befriedigt lächelnd zu.
Im nächsten Augenblick hatte er die Plastiktüte von Maries Kopf gerissen und Vivian mit einem knappen Schlag bewusstlos zu Boden geschickt. Er beugte sich über Marie, die langsam zu Bewusstsein kam, zog eine Injektionspistole aus der Tasche und gab ihr rasch eine Injektion, die sie wieder in Tiefschlaf versetzte. Wenig später verließ er, Vivian über der Schulter tragend, das Haus.

***

Während Ryan aufmerksam die Inschrift des dritten Grabsteins studierte, erzählte ihm PM von seiner Entdeckung des Geheimgangs und der Reliquienkammer.
»Ich frage mich, was die beiden alten Schachteln da unten zu suchen hatten.«
»Vielleicht verstecken sie da den Mörder.«

»Aber dann hätte Louise doch etwas gesagt, statt zuzusehen, wie in ihrer Familie einer nach dem anderen ins Gras beißt, oder?«

»Manche Leute bewahren ihr Geheimnis um jeden Preis.«

Plötzlich lag der Schatten ihres Vaters über dem Raum. Sie schwiegen. Nach einiger Zeit umkringelte Ryan einige der gälischen Wörter. PM war fassungslos.

»Dass du gälisch lesen kannst, geht ja noch an«, murmelte er. »Du warst schon immer gut in Sprachen. Aber woher weißt du, welche Wörter man rauspicken muss?«

Ryan wirkte amüsiert.

»Im Gefängnis habe ich mich lange mit den Codes beschäftigt, die von den Druiden verwendet wurden, um eine wichtige Nachricht in einem harmlosen Text unterzubringen.«

»Und was heißt das Ganze in einer Sprache, die ich verstehe?«, fragte PM wissbegierig.

Ryan schrieb den Satz auf einen Zettel:

am Kreuzungspunkt der vier Elemente

PM grinste. »Das ist natürlich sehr erhellend!«

Ryan legte die beiden anderen übersetzten Texte daneben und las dann die jeweils umkringelten Wörter vor.

In diesem Reich der Gläubigen,
das verachtet wird von der Tochter des Dagda,
am Kreuzungspunkt der vier Elemente …

Ryan erklärte PM rasch, warum dieses Reich die Kirche im See sein müsse und was der dritte Satz bedeutete.

»Die vier Elemente und der Kreuzungspunkt beziehen sich auf die vier Elemente auf dem keltischen Kreuz: Wasser, Feuer, Erde und Luft.«

PM blickte ihn zweifelnd an.

»Nehmen wir an, du hast recht. Und nehmen wir an, wir finden sogar die beiden fehlenden Grabsteine und können den Text vervollständigen. Dann können wir trotzdem nicht im See tauchen, denn der wird ständig überwacht.«
»Um die Polizisten kümmere ich mich schon. Konzentrier du dich auf die Suche nach Zoleigs und Seamus' Grabsteinen.«
»Ich habe bei allen Websites und Blogs, die sich mit mittelalterlichen Grabsteinen befassen, nachgefragt. Ich hoffe, es kommt was dabei raus.«
»Das ist nicht genug. Erkundige dich bei den Leuten hier aus der Gegend, bei Grabsteinmetzen, Friedhofswächtern und bei diesen Jugendlichen, die sich für Ritterspiele interessieren.«
PM verdrehte die Augen.
»Und du, was tust du?«
»Vergiss nicht, ich stehe auf den Fahndungslisten.«

***

Lucas' Wagen hielt vor Vivians Wohnung.
Sie kam gerade zu sich, als er sie rücksichtslos auf ihr Bett warf.
»Wenn du sie noch einmal anrührst, bringe ich dich um!«
Die Worte trafen sie wie ein Peitschenhieb.
»Du hast dich in sie verliebt! Das ist es doch, oder? Ich wusste es! Und deshalb wollte ich sie aus dem Weg räumen.«
Lucas packte sie am Hals und presste sie brutal gegen das Bett.
»Wir beide haben eine Vereinbarung getroffen, und ich werde Wort halten. Aber ich entscheide, wann und wie! Marie einfach so umbringen zu wollen war absolut idiotisch, es sei denn, du wolltest den Verdacht auf mich lenken!«
Vivian rollte angstvoll die Augen. »Nein, nein …«

»Wenn ich untergehe, gehst du mit unter, und im Gegensatz zu mir gelten für dich keine mildernden Umstände.«
Tränen rollten über Vivians Gesicht, sie bat ihn schluchzend um Verzeihung. Er lockerte seinen Griff und seufzte.
»Ich kann nur hoffen, dass sich Marie an nichts von dem, was vorgefallen ist, erinnert, sonst war alles umsonst.«
Dann wurden seine Züge weicher, er nahm sie in die Arme.
»Vertrau mir. Bald haben wir es geschafft.«
Dann ging er. Er hatte noch etwas zu regeln.

***

Der Schoner war nicht mehr da. Als Ryan am Kai ankam, war Christians Liegeplatz leer. Verblüfft starrte er ins Halbdunkel und sah ihn noch, wie er durch die Hafeneinfahrt hinausfuhr. Er rannte ans Ende der Pier und versuchte dabei, Christian auf seinem Handy zu erreichen. Er geriet an den Anrufbeantworter.
Das Handy klingelte und klingelte, doch Christian, der auf einer der Bänke in der Kajüte lag, konnte das Gespräch nicht annehmen. Seine gefesselten Hände, die durch eine dünne Kordel mit den ebenfalls gefesselten Knöcheln verbunden waren, ließen keinen Zweifel am Ernst seiner Lage. Seine Brust hob und senkte sich sanft, doch er schlief nicht. Er war bewusstlos.
Der Mann am Ruder stellte den Motor aus und setzte das Großsegel, das sich im Wind blähte. Als er genug Abstand von der Küste hatte, stellte er den Autopiloten ein und ging in die Kajüte.
Nach einem Blick auf den Sternenhimmel nahm Lucas eine Axt und ging mit einem seltsamen Lächeln zurück ins Ruderhaus. Dort zerschmetterte er Funkgerät und GPS. Dann ging er in den Laderaum und schlug mit der Axt auf die Stelle ein, wo der Rumpf am dünnsten war.

Zurück an Deck, ging Lucas eilig ans Heck, machte das Beiboot los, sprang hinein und entfernte sich vom Schoner, der bereits begann unterzugehen.
Wasser drang in die Kajüte ein. Es stieg rasch, bald hatte es die Höhe der Bank erreicht, auf der Christian regungslos lag …

26

Das Streicheln weckte sie aus einem schweren, von Albträumen bevölkerten Schlaf. Einen Augenblick lang hielt Marie diese zärtliche Hand fest, dann öffnete sie die Augen. Liebevoll-besorgt beugte sich Lucas über sie. Er betrachtete ihre bleiche Haut, die dunklen Schatten unter den grünen Augen, den Ausdruck von Sorge, den der Schlaf nicht hatte verscheuchen können.

Sie sahen sich schweigend an, eine Minute lang, als versuchten sie aus dem Blick des anderen Kraft zu schöpfen, die Kraft ihrer Liebe. Ihre Stimme klang belegt, als sie endlich sprach.

»Heute Nacht … Ich hab geträumt, ich würde ersticken … Du warst dabei, und …«

Das Ende des Satzes verlor sich in einem Seufzer. Seine Miene wurde ernst.

»Ich weiß, du machst dir in letzter Zeit viele Gedanken meinetwegen«, erwiderte er dumpf. »Meine Wutanfälle, meine Gedächtnislücken … Ich hab die Webseiten besucht, auf denen du gestern warst … Nein, sag nichts«, wehrte er ab, als sie unruhig wurde. »Ich verstehe es ja. An deiner Stelle würde ich dasselbe tun. Ich mache mir ja selbst Sorgen … Dass ich so oft die Selbstbeherrschung verliere … So sehr, dass ich dich in Lebensgefahr bringe … Oder Bréhat fast abknalle …«

Seine Züge verzerrten sich in nachträglicher Angst. Er schüttelte den Kopf.

»Vielleicht werde ich einfach verrückt …«
Maries Herz krampfte sich zusammen. Sie konnte nicht tatenlos zusehen, wie der Mensch, den sie liebte, sich so quälte. Sie öffnete den Mund, um etwas zu sagen, doch er legte ihr sanft den Finger auf die Lippen.
»Lass mich ausreden, meine Geliebte, bitte … Ich habe beschlossen, eine Reihe von Untersuchungen durchführen zu lassen. Ich will wissen, ob ich die Krankheit meiner Mutter geerbt habe … Ich will keine Gefahr für dich sein … Wenn es so ist, werde ich Abstand zu dir halten. Um nichts in der Welt will ich, dass dir meinetwegen etwas zustößt …«
Die grünen Augen wurden feucht. Lucas' Verzweiflung, in der sie ihre eigene aufscheinen sah, berührte Marie. Sie legte die Arme um ihn.
»Ich habe dich geheiratet, ich werde zu dir halten in guten wie in schlechten Tagen«, flüsterte sie. »Und wenn es zum Schlimmsten kommt, werde ich an deiner Seite sein, weil ich dich liebe.«
Er dachte an den Anderen, der dort unten in einem Labyrinth gefangen saß, dessen Ausgang nur er kannte. Er hatte Lucas Fersen genau genug beobachtet, um zu wissen, dass er ein Gespräch nicht so pathetisch enden lassen würde.
»Obwohl ich nur ein arroganter Typ bin?«, flüsterte er.
Sie sah einen Funken Mutwillen in seinen braunen Augen und hob überrascht die Brauen, während er weitersprach:
»Ich weiß nicht mehr genau, was ich in jener Nacht auf Lands'en zu dir gesagt habe, aber es war was in der Art: *Wenn Sie mir dereinst in die Arme fallen, dann nüchtern und aus freiem Willen.*«
Ihre Züge entspannten sich unmerklich, und er wusste, er hatte ins Schwarze getroffen.
Lucas is back, jubelte er insgeheim, als sie ihn leidenschaftlich an sich zog.

Lucas duschte, und während Marie leichteren Herzens in die Küche hinunterging, spürte sie noch die Spur seiner Küsse auf ihrer Haut.
Sie dachte daran, wie er ihr – geradezu schüchtern – die Initiative überlassen hatte, die er sonst in echt männlicher Art an sich zu reißen pflegte. Als hätte er Angst gehabt, sie zu verletzen. Sein Zögern hatte sie erst verwirrt und dann gerührt. Sie hatte es seinem Zustand zugeschrieben, der ihm immer noch zu schaffen machte. Der ihnen beiden zu schaffen machte. Nie hätte sie gedacht, dass der erfahrene Liebhaber sich auch wie ein ganz junger und unerfahrener Mann benehmen konnte.
Sie hatte ihren Kaffee fast ausgetrunken, als Vivian eintrat. Sie trug eine große Sonnenbrille, trotzdem war das Hämatom nicht ganz verdeckt.
Vivian war offensichtlich nicht darauf gefasst gewesen, Marie zu begegnen. Sie entschuldigte sich vage und wandte sich wieder zum Gehen, doch Marie hielt sie zurück. Obwohl Vivian protestierte, nahm sie ihr die Sonnenbrille von der Nase und stieß einen unterdrückten Schrei aus, als sie den riesigen Bluterguss sah, der sich von dem Schönheitsfleck an ihrem Augenwinkel bis zur Schläfe zog.
»Was ist passiert, Vivian? Wer hat Sie so geschlagen?«
Vivians Gesicht verschloss sich.
»Ich möchte nicht darüber reden … Schon gar nicht mit Ihnen.«
Wie um das Gespräch zu beenden, nahm sie Marie die Sonnenbrille wieder ab und setzte sie auf. Ihr Tonfall hatte Maries Neugier geweckt, aber auch eine düstere Vorahnung, so dass sie fast versucht war, Vivian ohne weitere Fragen laufen zu lassen. Aber es war nicht ihre Art, den Kopf in den Sand zu stecken.
Sie drängte Vivian zu sprechen, sie drohte sogar, die Polizei zu benachrichtigen, sollte sie sich weiter weigern.

»Die Polizei?«
Vivian lachte bitter auf. Und Marie wusste, ihre Vorahnung war berechtigt gewesen.
»Bitte«, sagte sie mühsam. »Ich muss es wissen.«
Hinter den getönten Gläsern wandte Vivian den Blick ab. Sie sprach abgehackt, als wolle sie etwas sehr Unangenehmes hinter sich bringen.
»Lucas hat mir ein wenig zugesetzt, ich sollte gestehen, dass ich Edwards Komplizin sei. Seit ich Francks erlogenes Alibi bestätigt habe, glaubt er mir nicht mehr. Ich bin wütend geworden, habe mit einer Anzeige gedroht, und da sind ihm die Sicherungen durchgebrannt und …«
Noch bevor sie den Satz zu Ende gebracht hatte, schloss Marie verzweifelt die Augen. Vivian legte ihr mitfühlend die Hand auf den Arm.
»Sie sind wirklich die Letzte, der ich das hätte sagen wollen, Marie. Aber vielleicht ist es doch besser, Sie wissen Bescheid.«
Marie brachte kein Wort heraus. Sie nickte nur.
»Ich werde nichts gegen ihn unternehmen, aber ich rate Ihnen, vorsichtig zu sein. Dieser Mann ist sehr krank …«

***

Seit er eingesperrt war, hatte Lucas keine Vorstellung mehr von der Uhrzeit, er wusste nicht einmal, welcher Tag inzwischen war. Oder welche Nacht. Seine Armbanduhr war von Axel konfisziert worden, genau wie alles andere, was ihm gehörte. Er hatte den Plasmabildschirm eingeschaltet, um so einen Bezug zur Außenwelt und zur Realität herzustellen. Er zappte sich gerade verdrossen durch die vielen Kanäle, als er bei einem lokalen Sender seinen Zwillingsbruder entdeckte. Dieser Schweinehund beendete gerade ein Interview mit der Erklärung, Edward Sullivan werde in Kürze der Justiz überstellt und dann könne er endlich mit seiner frisch Angetrauten die wohlverdiente Hochzeitsreise antreten. Schon zerschellte die Fernbedienung am Boden.

Stundenlang hatte er, in der niederschmetternden Gewissheit, nie einen Ausweg aus diesem unterirdischen Gefängnis zu finden, Marie aus seinen Gedanken zu verbannen versucht. Doch unablässig verfolgten ihn die Bilder, und völlig unerträglich wurde es, wenn er sie in den Armen des Anderen sah.

Er lag auf dem Sofa und starrte blicklos auf die Eingangsschleuse des Raums, als sich die Tür zu dem Stollen plötzlich öffnete und Mutter Clementia einen Servierwagen mit einem Essenstablett in die Schleuse schob.

Er stürzte zu der Tür auf der Zimmerseite, doch er begriff sehr schnell, dass sie sich erst öffnen würde, wenn die andere sicher geschlossen wäre.

Die Oberin blieb stehen. Er fühlte sich wie in einem Fiebertraum, als sie von Rührei sprach, von Schinken und Würstchen – seinen *Leibspeisen*, wie sie sagte – und ihn daran erinnerte, es sei Sonntag. Er saß unter der Erde gefangen, und sie leierte eine Speisekarte herunter! Die Zeit war knapp. Er musste sie unbedingt davon überzeugen, dass er nicht Axel war.

»Das wird dir nie gelingen«, hatte dieser ihm gesagt. »Glaub mir, in der Richtung wirst du auf Granit beißen.«

Und in der Tat nickte die Nonne nur, als er ihr in einem Atemzug sagte, er sei in Wirklichkeit Lucas Fersen, Axel habe seine Stelle eingenommen und sie müsse ihn unbedingt hinauslassen. Als sie sich zum Gehen wandte, begann er zu schreien.

»Wenn Sie nichts unternehmen, wird er meine Frau umbringen!«

Er schöpfte ein wenig Hoffnung, als sie den Kopf zu ihm umwandte.

»Iss, bevor es kalt wird.«

Die Tür zum Stollen glitt zur Seite und schloss sich hinter ihr, dann öffnete sich die Tür zur Wohnungsseite.
Lucas stürzte zur äußeren Scheibe, trommelte mit den Fäusten dagegen und schrie, doch Mutter Clementia ging, ohne sich noch einmal umzusehen.
Tränen der Verzweiflung und der Ohnmacht stiegen Lucas in die Augen.

***

Sehr krank. Die Warnung hallte noch in Marie nach, als sie auf dem Weg zur Polizeiwache neben ihm saß. Sie schwieg, seit sie vor dem Haus in den Wagen gestiegen waren, und hielt den Blick auf die Landschaft gerichtet, um nicht in Versuchung zu geraten, ihn anzusehen und ihm Fragen zu stellen. Die Heide, die Küstenstraße, das Meer, so weit das Auge reichte, der Ort, der Hafen, die Schiffe … Unwillkürlich hielt sie nach dem eleganten Schoner Ausschau, seine beiden typischen Masten waren im Mastenwald sonst immer sofort zu erkennen. Doch er war nicht mehr da. Der Schoner war nicht mehr da! Maries Herz kam aus dem Takt, unwillkürlich fröstelte sie.
»Anscheinend ist der Korsar deinem Rat gefolgt und hat die Segel gesetzt«, kommentierte Lucas, als hätte er ihre Verwirrung bemerkt. »Den sind wir los!«
Sie musste sich Gewalt antun, um entspannt zu wirken. Ihr Gesicht blieb unergründlich. Im Rückspiegel sah sie den Hafen verschwinden, als Lucas zur Wache abbog. Doch ihre Gedanken blieben am Kai. Sie dachte an den Mann, den sie schon als kleines Mädchen gekannt und von Herzen geliebt hatte, bevor Lucas ihre Leidenschaft weckte. Sie sah die blassblauen Augen vor sich und das Wolfslächeln, das sie immer fasziniert hatte. Sie hörte ihn noch sagen, er werde nie auf sie verzichten und sie immer beschützen. Offensichtlich hatte

Christian ihre Worte in der Notsituation für bare Münze genommen.

Wenn ich bedenke, wie viel Zeit ich an dich verschwendet habe, möchte ich kotzen.

Sie schloss die Augen. Ergriffen von einem Gefühl unendlicher Einsamkeit.

Und von unendlichem Schmerz.

Brody erwartete sie mit einer Neuigkeit, die Christian vorübergehend aus ihren Gedanken verbannte.

»Francis Maréchal ist zwischen 1962 und Ende 1967 mehrfach auf der Insel gewesen, bis zu der Zeit, als Jacques Reynault starb. Aber das ist noch nicht alles: Ich habe entdeckt, dass es ein Labor gab – Joseph Reynault, Jacques Vater, hat es im Zweiten Weltkrieg eingerichtet.«

»Ein reizender Mensch«, murmelte Angus.

Lucas lehnte mit verschränkten Armen an einem Schreibtisch und lächelte skeptisch.

»Aber Angus! Ein Labor? Auf der Insel der Schimären? Wir haben sie bis in den letzten Winkel durchsucht! Wenn es eins gäbe, hätten wir es entdeckt. Ihre Quellen scheinen mir ein wenig sehr phantasievoll, Brody«, spottete er.

Doch der ließ sich nicht aus dem Konzept bringen. Diesmal hatte er alles wasserdicht gemacht, um sich vor Fersens spitzer Zunge zu schützen.

»Meine Quellen, Commandant, stammen aus den Archiven der Präfektur. Aus Paris«, präzisierte er genüsslich. »Es gibt ein von Himmler höchstpersönlich unterzeichnetes Dokument von 1941, in dem es um die Bereitstellung von Geldern für ein Versuchs- und Forschungslabor geht, das Joseph Reynault leiten sollte.«

»Aber das beweist nicht, dass dieses Labor wirklich entstanden ist, und es beweist noch viel weniger, dass es auf der Insel eingerichtet wurde«, erwiderte Lucas. »Es sei denn, Sie hätten Beweise für diese These gefunden. Zum Beispiel im Kataster von Killmore.«

»Es gibt nichts … absolut Unanfechtbares«, sagte Brody nach kurzem Zögern, »aber …«

Marie beschloss, ihm aus der Patsche zu helfen:

»Er hat exzellente Arbeit geleistet. Dass das Labor nicht im Kataster eingetragen ist oder niemand von ihm weiß, beweist nicht, dass es nie existiert hat! Vielleicht existiert es sogar noch immer …«

»Ah, ich verstehe, ein Geheimlabor! Das meinst du also?«

Marie ignorierte Lucas' ironischen Tonfall und nickte.

»Genau. Joseph Reynault wäre nicht der erste Wissenschaftler, der diese bewegte Epoche für Forschungen genutzt hätte, die nicht ganz legal und eher unmoralisch waren. Damals sind viele Forschungseinrichtungen entstanden, ohne dass die Öffentlichkeit informiert wurde. Einige wurden seither entdeckt, aber nicht alle. Dass Jacques Reynault und Francis Maréchal, die beide Humangenetiker waren, sich so oft auf der Insel aufgehalten haben, kann kein Zufall sein.«

»Du denkst, sie haben das Labor zu Forschungszwecken gebraucht?«

Marie nickte wieder.

»Ich könnte mir denken, dass in Francis Maréchals Tagebuch etwas über diese Forschungen stand und dass sein Sohn, der Wissenschaftsjournalist war, hierherkam, um die Wahrheit aufzudecken. Und dass man ihn daran hindern wollte und deshalb tötete.«

»Und Edward ist nur wegen seiner Klaustrophobie ausgerissen.« Lucas grinste.

Marie starrte ihn mit funkelnden Augen an, wie gern hätte sie ihm Edwards Unschuld bewiesen, indem sie einfach erklärt hätte, dass Ryan unter dessen Maske steckte. Aber es wäre Wahnsinn gewesen. Ganz davon abgesehen, dass sie die Lüge schon zu weit getrieben hatte, war sie sich keineswegs sicher, ob sie dieses Geheimnis mit irgendjemandem teilen wollte. Und schon gar nicht mit Lucas.

»Ich weiß nicht, was Edward mit der ganzen Sache zu tun hat, aber mein Instinkt sagt mir, dass alles mit dieser Insel zusammenhängt, auf der anscheinend ganz zufällig und ganz im Geheimen dein Zwillingsbruder von Nonnen aufgezogen wurde. Brody, erstellen Sie mir bitte einen genauen Bericht über die Nonnen.«

Lucas verdrehte die Augen und wurde für einen Augenblick wieder der alte, unerträglich spöttische Lucas, der ihre sämtlichen Hypothesen auseinandernahm und eigene anbot, an denen wiederum sie nichts Gutes ließ. Angus war beinahe erleichtert. Letzten Endes war es ihm lieber, die beiden stritten sich in aller Eintracht.

In langen weißen Gewändern, die Gesichter von Hauben umrahmt, die ihnen ein wenig die Konturen nahmen, lächelten sie zurückhaltend ins Objektiv. Brody hatte keine allzu großen Probleme gehabt, sich die Bilder beim Hausfotografen des Klosters zu beschaffen. Der hatte zwar der Form halber etwas vom guten Ruf seines Geschäfts und von Vertraulichkeit gemurmelt, aber gleich nachgegeben, als Brody ihm äußerste Diskretion zusicherte.

Marie stapelte die Fotos, von denen die ältesten aus den Sechzigern stammten, chronologisch auf und nahm sie dann Jahrgang für Jahrgang in Augenschein. Die Gesichter folgten einander, alle mit demselben Ausdruck, als habe die Tracht auch den letzten Funken Persönlichkeit ausgelöscht. Nachdem sie die Fotos zu drei Vierteln durchgesehen hatte, kam sie allmählich doch zu dem Schluss, sie verschwende nur ihre Zeit. Was erhoffte sie sich denn von der Analyse dieser Gruppenbilder? Ein Zeichen, eine Spur, ein Indiz hinter diesen vor Reinheit strahlenden Fassaden? In der Absicht, die Sache schnell hinter sich zu bringen, beugte sie sich über das vor-

letzte Bild, es stammte aus dem Jahr 2004. Ein glänzender Jahrgang. Nicht weniger als fünfzig Schwestern posierten für eine wohl nur aus dem Klerus bestehende Nachwelt. Sie wollte sie schon in einen Umschlag stecken, als etwas ihre Aufmerksamkeit erregte. Nicht einmal ein Detail. Allenfalls ein Gefühl. Ein diffuses Unbehagen.
Sie fasste die dritte Nonne von links in der ersten Reihe ins Auge. Schwester Agnes Misericordia, wie die Bildlegende am linken Rand verriet. Ihr Blick war anders als der ihrer Mitschwestern, sogar ihr Gesichtsausdruck war weniger gelassen. Er war fast besorgt.
Das Gesicht erinnerte sie vage an eins, das sie schon mal gesehen hatte. Aber wo und wann? Sie betrachtete es gründlich, immer noch auf ein Indiz hoffend. Und da war es, am linken Augenwinkel. Ein winziger Punkt, nicht größer als die Schönheitspflästerchen, die sich die Damen und Herren des Rokoko ins Gesicht klebten.
Und irgendwo tief in ihrem Gedächtnis sah sie eine Sonnenbrille, einen großen blauen Fleck und daneben ein kleines Muttermal. Nun wusste sie, wer es war. Hastig scannte Marie das Foto und vergrößerte es mit Photoshop. Der Schönheitsfleck war klarer zu erkennen. Mit einigen Mausklicks schnitt sie das Gesicht der Nonne aus, ersetzte die Haube durch eine blonde Kurzhaarfrisur und druckte das Ganze aus, um es Angus und Lucas vorzulegen. Zu ihrer großen Befriedigung fehlten den beiden die Worte. Schwester Agnes war niemand anders als Vivian!

Angus fiel fast vom Glauben ab, als er von Brody hörte, die gute Schwester sei bei der Sitte aktenkundig. Als Prostituierte und Animiermädchen.
»Vor fünf Jahren hat sie Belgien verlassen. Anscheinend wurde sie versehentlich Zeugin einer blutigen Abrechnung und ist im Kloster untergetaucht. Im Bistum hieß es, sie habe

Ende letzten Jahres das Gelübde widerrufen und das Kloster verlassen.«

»Kurz nach François Maréchals Verschwinden!« Marie hatte gut aufgepasst. »Das kann kein Zufall sein. Genauso wenig wie die Tatsache, dass sie für die Sullivans arbeitet.«

Dieses Mal spottete Lucas nicht. Er entschuldigte sich sogar bei Marie, weil er sich über ihre *mystischen Obsessionen* lustig gemacht hatte.

»Mir kam das Mädel immer ein bisschen seltsam vor«, sagte er. »Aber dass sie Nonne gewesen ist ...«

Wieder stand Marie der Bluterguss vor Augen.

»Dabei hast du sie gestern noch verhört«, bemerkte sie sehr beiläufig.

In seinem Blick stand ehrliche Überraschung.

»Nicht mehr, seit wir gemeinsam Francks sogenanntes Alibi entkräftet haben.«

Jetzt war Marie verblüfft. Sie wollte ihm schon von dem Gespräch erzählen, das sie am Morgen mit Vivian geführt hatte, als er einen unterdrückten Schrei ausstieß.

»Sie war mit dir im Pferdestall, als du in den Brunnen geworfen wurdest. Verdammt! Und ich Vollidiot hab ihr diesen Überfall auf sie geglaubt! Sie war es, die dich umbringen wollte.«

Vor Maries Augen lief der Film dieses schrecklichen Tages noch einmal ab. Plötzlich sah alles ganz anders aus.

»Und natürlich ist es kein Zufall, dass sie auf dem Besitz der Sullivans arbeitet!« Lucas hatte sich jetzt an Brody gewandt. »Wissen Sie, wer sie eingestellt hat? Und wann?«

Brody nickte.

»Edward Sullivan, kurz vor seiner Südamerika-Reise vor einem halben Jahr.«

Lucas verkniff sich einen billigen Triumph. Die Puzzle-Teilchen setzten sich von ganz allein zusammen, man brauchte nicht erst mit dem Finger auf die Zusammenhänge zu zeigen.

»Vivian hat ihren Habit sicher behalten, als sie das Kloster verließ. Wahrscheinlich war sie es, die den Zwilling aus der Leichenhalle gestohlen hat«, sagte Marie.
Lucas spann den Faden weiter.
»Wenn sie Edwards Komplizin ist, was ich stark vermute, erklärt das, wie Kelly und der Zwilling in derselben Nacht und in einem Abstand von nur wenigen Stunden getötet werden konnten.«
»Hure, Nonne und Verbrecherin ... Ich kann es nicht glauben«, murmelte Angus, dessen irisch-katholische Grundfesten ins Wanken gerieten.
Eine Hure. *Ein frisch auf der Insel gelandetes Flittchen,* hatte der Wirt des Stundenhotels damals vermutet.

Der Wirt betrachtete jetzt aufmerksam die Fotomontage, auf der man den blonden Kurzhaarschnitt durch einen üppigen Rotschopf ersetzt hatte. Er war sich noch unschlüssig, da bemerkte er den kleinen Schönheitsfleck am Augenwinkel.
»Ich dachte sogar, er wäre falsch, wissen Sie, wie die Dinger, die sich die Leute früher anklebten ...«
Während Angus und Marie den Wirt befragten, hatte Lucas sich davongeschlichen. Marie erstarrte, als sie draußen den Motor aufheulen hörte. Sie stürzte hinaus, Angus rannte ihr nach, dann sahen sie beide kopfschüttelnd Lucas nach, der im Polizeiwagen davonbrauste. Angus verlor keine Zeit mit nachdenklichen Kommentaren, sondern benachrichtigte sofort Brody und bestellte einen weiteren Polizeiwagen, »und zwar schleunigst«.
Er sah die Angst in Maries Augen, doch er fand keine tröstenden Worte.

***

Lucas war zum Besitz gerast, als wären tausend Teufel hinter ihm her, und er sah auch gleich Vivians kleines Quad vor dem Obstgarten stehen. Von einem Beckengurt gesichert hing Vivian in einem Obstbaum und schnitt mit einer Motorsäge die abgestorbenen Äste geschickt heraus. Als sie ihn sah, schaltete sie überrascht die Motorsäge aus. Er fasste die Lage kurz zusammen und drängte sie, vom Baum herunterzukommen und sich baldmöglichst aus dem Staub zu machen.

Vivian hatte sich aus ihrer Sicherheitsaufhängung befreit und wollte gerade die Motorsäge im Anhänger ihres Quads verstauen, als der zweite Polizeiwagen in Sicht kam.

»Nimm sofort die Fähre nach Frankreich, ich komme dann nach Paris nach, wenn hier alles vorbei ist.«

»Die lassen mich nie an Bord!«

»Ich werde dafür sorgen, dass deine Personenbeschreibung ein bisschen ungenau ist. Und jetzt hau ab! HAU AB!«

Der Polizeiwagen näherte sich, bald würde er da sein. Lucas koppelte den Anhänger vom Quad ab.

»Tu so, als ob du mir die Motorsäge an den Kopf werfen würdest, und verschwinde über den Küstenpfad. Da können dir die Wagen nicht folgen. Du kannst uns bestimmt leicht abschütteln …«

»Uns?«

»Ich werde so tun, als würde ich dich mit verfolgen, damit ich glaubwürdig bleibe. Und ich werde sie ein bisschen aufhalten. Mach schnell!«

Der von Angus gesteuerte Wagen war nur noch etwa hundert Meter entfernt, da warf Vivian Lucas die Motorsäge an den Kopf, sprang auf das Quad und fuhr Richtung Norden los.

»Der Küstenpfad!«, schrie Marie. »Sie will uns abschütteln!«

Im selben Augenblick rappelte sich Lucas hoch, stürzte sich ins Auto und folgte Vivian. Die beiden Polizeiwagen fuhren relativ dicht hintereinander her.

Der Wind peitschte Vivians Gesicht, sie klammerte sich an

den Lenker und bog in den Gemeindeweg ein. Im Rückspiegel sah sie, dass Lucas ihr folgte, obwohl der Weg sehr schmal war. Sie wurde blass, als sie auch den zweiten Polizeiwagen sah, und kümmerte sich nicht um die Äste, die gegen die Karosserie schlugen und den Lack zerkratzten. Sie musste sich schnell etwas einfallen lassen, wenn sie entkommen wollte. Tränen der Ohnmacht standen ihr in den Augen, doch sie sah sich trotzdem nach Fluchtwegen um. Rechts lagen die sumpfigen Torfmoore. Da hatte sie keine Chance. Links der Steilfelsen, eine Geröllfläche, die der Federung zusetzen und vielleicht das Gehäuse unter dem Fahrzeug aufreißen würde. Und da waren auch die Felsspalten, die man vielleicht mit einem Quad in vollem Tempo überspringen konnte. Nicht jedoch mit einem Auto. Wenn es ihr gelänge, würde sie wertvolle Minuten gewinnen, die anderen müssten erst mal umdrehen … Eine Chance von eins zu einer Million. Aber eine echte Chance. Noch ein Blick in den Rückspiegel: Die Wagen hatten aufgeholt, sie hatte keine Wahl mehr.
Lucas fluchte, als er sie vom Weg abbiegen und mitten durchs Farnkraut schnurstracks auf den Steilfelsen zuhalten sah. Auch er bog vom Weg ab. Marie, die neben Angus saß, schrie leise auf. Sie hatte klar erkannt, was Vivian vorhatte, doch sie hatte auch den Felsspalt nicht vergessen, in den sie mit Diablo fast gestürzt wäre, wenn Ryan sie nicht gerettet hätte.
»Den Spalt schafft sie bestimmt nicht!«
»Dem einen oder anderen Jugendlichen ist es schon gelungen«, widersprach ihr Angus und bog ebenfalls Richtung Steilfelsen ab. »Halten Sie sich fest, jetzt wird's holprig!«
Das Quad raste auf die Spalte zu, Vivian hatte etwa zweihundert Meter Vorsprung vor Lucas. Und Angus folgte Lucas ebenfalls in etwa zweihundert Meter Entfernung. Lucas trat das Gaspedal tiefer durch, er kümmerte sich nicht um die Steinbrocken, die von unten gegen seinen Wagen schlugen. Auch er wusste, was Vivian vorhatte. Eine Chance von eins

zu einer Million. Eine Chance zu viel. Er ließ das Seitenfenster herunter, zog die Pistole und schob den Arm durchs Fenster. Eine Bewegung, die bei seinen Verfolgern sofort große Unruhe auslöste.
»Er wird sie umbringen!«, schrie Marie.
»Oder sie davon abhalten, sich umzubringen«, erwiderte Angus, der sich ans Lenkrad klammerte.
Der erste Warnschuss gab ihm recht. Lucas wollte Vivian zum Anhalten zwingen, doch sie gehorchte ihm nicht, sondern drehte das Gas voll auf und jagte, sich immer wieder nach ihm umsehend, auf den Felsspalt zu.
Zum Teufel mit der Karre, dachte Angus und gab ebenfalls Gas. Marie versuchte inzwischen noch einmal, Lucas per Handy zu erreichen.
»Er weiß nichts von diesem Felsspalt. Wenn er Vivian so dicht verfolgt, jagt er sie vielleicht in den Tod.«
Das Handy in Lucas' Tasche vibrierte, doch das steigerte seine Jagdlust nur. Der Spalt war noch etwa zehn Meter entfernt. Das Quad raste mit unverminderter Geschwindigkeit weiter. Lucas dachte an dieses Mädchen, das ihm so vieles ermöglicht hatte, jetzt allerdings ein wenig im Weg war. Jetzt oder nie. Lucas' Kugel bohrte sich in den Hinterreifen des Quads, der nur noch zwei Meter vom Spalt entfernt war. Das Gefährt bäumte sich auf, die Fahrerin klammerte sich an den Lenker. Vivians Gesicht verzerrte sich, als sie in die Tiefe sah. Das Quad fiel unmittelbar am Felsrand auf den Boden zurück, die Vorderreifen über dem Abgrund. Vielleicht hätte er sich sogar stabilisiert, wenn Vivians Gewicht nicht noch auf dem Lenker gelegen hätte. Das Quad kippte nach vorn.
Mit aufgerissenen Augen und angehaltenem Atem sah Marie, wie Lucas' Wagen schleuderte und knapp vor der Felskante stehen blieb. Er stieß die Tür auf und stürzte nach vorn. Die Explosion hallte von den Felswänden wider, und von ganz tief unten stieg eine Rauchwolke auf. Lucas kniete am Fels-

rand, der Rauch biss ihm in die Augen, und da sah er sie. Knapp einen Meter unter ihm hing sie an der Felswand, sie hatte sich an einer Wurzel festgeklammert, die aus dem Fels ragte und sich bedrohlich unter ihrem Gewicht krümmte. Bald würde sie brechen. Wann? Lucas sah sich um, der Wagen von Marie und Angus hielt gerade neben seinem. Er beugte sich vor und streckte Vivian die Hand entgegen. Sie ergriff sie.

»Hilf mir, lass mich nicht los …«

Lucas sah in Vivians angsterfüllte Augen.

»Ich kann nicht riskieren, dass du etwas sagst.«

»Ich werde nichts sagen …«

»Genau. Tut mir leid, Viv' …«

Er ließ ihre Hand los. Vivians Körper schlug dreißig Meter tiefer auf den Felsen auf, unweit der qualmenden Überreste ihres Fahrzeugs.

Im selben Moment kamen Marie und Angus neben Lucas an. Marie schloss die Augen, als sie Vivians zerschellten Körper erblickte, und sah sie wieder vor sich, wie sie ihr mit einem Bluterguss im Gesicht nur wenige Stunden zuvor in der Küche gesagt hatte, Lucas sei sehr krank … Sie schaute zu ihm, er starrte immer noch in die Tiefe.

»Warum hast du das getan?«, fragte sie dumpf. »Warum hast du die Sache allein regeln wollen? Wenn wir alle da gewesen wären, wäre Vivian vielleicht noch am Leben.«

Er kehrte ihr ein völlig verstörtes Gesicht zu, es war, als erwache er aus einem bösen Traum.

»Ich wollte nicht, dass sie stirbt … Ich wollte nur wissen, warum. Warum wollte sie dich töten? Warum hat sie meinen Zwillingsbruder getötet? Sie hat mir keine Chance gegeben, ihn kennenzulernen!«

Seine Stimme klang verzweifelt, als er immer wieder sagte, wie viel er darum gegeben hätte, den Grund von ihr zu erfahren …

Angus legte ihm mitfühlend die Hand auf die Schulter.
»Das passiert jedem von uns früher oder später, dass wir einen Fall zu einer persönlichen Sache machen, sogar wenn wir nicht *persönlich* damit zu tun haben. Vielleicht finden wir in ihrer Wohnung Antworten auf Ihre Fragen.«
»Ich komme später nach«, sagte Marie. »Ich warte hier noch auf den Gerichtsmediziner.«

27

In Vivians Wohnung wimmelte es von Spurensicherungsleuten. Aber es war Brody, das Greenhorn, wie Lucas ihn spöttisch-liebevoll nannte, der die Nonnentracht im Geheimfach eines Wandschranks fand. Daneben lag ein roter Umhang. Ein scharlachrotes Cape.

»Wahrscheinlich das Cape, das Vivian in den Ställen schnell übergeworfen hat, als Marie von Danas Pseudogeist angegriffen wurde«, meinte Angus.

Sie gingen zu Lucas ins Gewächshaus. Er hatte bereits den Inhalt eines großen Mülleimers, in dem Vivian offensichtlich Dokumente verbrannt hatte, auf den Boden ausgeleert. Darunter fanden sich auch fast vollständig verkohlte Hefte: höchstwahrscheinlich Francis Maréchals Tagebuch. Fersen ließ sie vorsichtig in einen Plastikbeutel gleiten und wies dann Brody an, sie schnellstmöglich ans Labor zu schicken.

Der von der Verkehrsüberwachungskamera gefilmte Lieferwagen stand in einer Garage, die Vivian in der Nähe angemietet hatte.

Im Laderaum fand sich neben verschiedenen Gartengeräten ein Eisen, wie es die Cowboys benutzen, um Vieh mit einem Brandzeichen zu versehen. Dieses Eisen hatte die Form eines Triskells mit drei nach links drehenden Spiralen. Das Siegel der Scharlachroten Königin. Es hingen noch kleine Fetzen versengter Haut daran.

»Bestimmt von Marie«, murmelte Lucas. »Ins Labor damit.« Er wandte sich mit einem Achselzucken zu Angus um.
»Es tut mir zwar ehrlich leid, dass sie tot ist, aber ich bin trotzdem erleichtert, dass sie wirklich die Täterin ist.«
Der Ire zögerte, bevor er antwortete. Dann erklärte er, vieles verblüffe ihn. Er zweifle natürlich nicht daran, dass Vivian beteiligt gewesen sei, das sei offensichtlich, aber …
»Diese Fülle an Beweisen erscheint mir übertrieben, genau wie damals die Beweise gegen Franck. Und wenn wir wieder vom Mörder manipuliert würden? Wenn Vivian nur ein Mittel zum Zweck gewesen wäre? Schließlich treibt sich auch Edward Sullivan noch irgendwo herum …«

***

In der Leichenhalle warf Marie einen letzten Blick auf Vivians Gesicht, dann wandte sie sich von der Leiche ab und dem Gerichtsmediziner zu. Sie wollte ihn sprechen, bevor er ans Werk ging. Schon die Art, wie sie ihn ansprach, zeugte von ihrer Unsicherheit. Sie erkundigte sich, ob die degenerative Nervenerkrankung Hélènes erblich übertragbar sei. Der Arzt konnte ihr keine eindeutige Auskunft geben.
»Es ist möglich, aber nicht sicher. Es tut mir leid, dass ich Ihnen keine bessere Antwort geben kann.«
Marie erzählte ihm von den Gedächtnislücken, der Launenhaftigkeit, den bis zur Gewalttätigkeit gehenden Wutanfällen ihres Mannes. Der Arzt sah da nicht unbedingt einen Zusammenhang.
»Alzheimerkranke Menschen verlieren zwar das Gedächtnis, und sie wechseln auch ohne erkennbaren Grund von Fröhlichkeit zu Trübsinn, aber eine Neigung zur Gewalttätigkeit ist bei ihnen sehr selten festgestellt worden.«
Er warf ihr einen forschenden Blick zu, er konnte sich den Grund für ihre Fragen denken.

»Ihr Mann steht einfach sehr stark unter Druck und kommt sehr schlecht damit zurecht«, sagte er schließlich freundlich. Damit hielt er das Gespräch für beendet, er packte sein Köfferchen aus und legte sich die Instrumente in bequemer Nähe bereit: auf den Beinen der Leiche.

Marie stand immer noch unentschlossen da. Der Arzt nahm ein Skalpell und öffnete mit sicherem Schnitt den Rumpf, vom Kinn bis zur Scham. Ein wenig Blut quoll heraus. Marie wandte den Blick ab.

»Was ich Sie noch fragen wollte … Haben eineiige Zwillinge identische Fingerabdrücke?«

Man hörte ihn das Skalpell in ein Becken werfen.

»Nein. Das ist das Einzige, was selbst bei Zwillingen einzigartig ist.«

Er griff nach den Spreizhaken und teilte den Thorax in zwei Hälften. Er brauchte sich nicht umzudrehen, um zu sehen, wie schlecht sie sich fühlte. Und nicht nur wegen des makabren Knackens der brechenden Rippen.

»Ich bin nicht mehr dazu gekommen, die Fingerabdrücke des Zwillings abzunehmen. Ich sage das nur für den Fall, dass Sie sie mit denen Ihres Mannes vergleichen wollen.«

Marie wurde rot, als hätte man sie bei dem Gedanken ertappt, der Tote sei nicht der Zwilling gewesen, sondern Lucas.

»Das erklärt immer noch nicht die Gedächtnislücken, die Stimmungsschwankungen, die Wutanfälle. Er ist so … anders«, murmelte sie ratlos. »Tut mir leid, ich weiß auch nicht, warum ich Ihnen das alles erzähle …«

Er drehte sich um.

»Wahrscheinlich, weil bei mir nicht die Gefahr besteht, dass ich es irgendjemandem hier weitererzähle …«

»Es ist dumm, ich weiß, aber …«, sagte sie dankbar für sein Zartgefühl.

Sie war schon auf der Türschwelle, da hörte sie noch einmal den Arzt:

»Es gibt noch ein anderes Mittel, sich Gewissheit zu verschaffen.«
Sie wandte sich nach ihm um.
»Bringen Sie mir ein Muster der Fingerabdrücke Ihres Mannes, dann vergleiche ich sie mit denen von Lucas Fersen in der Polizeikartei.«
Marie lächelte ihn zögernd an, dann schüttelte sie den Kopf.
»Das ist nett von Ihnen, danke. Aber ich glaube, es wird nicht nötig sein.«

***

Lucas hatte schließlich doch noch Ersatzbatterien gefunden und sprach sich selbst laut Mut zu, um an diesem von allen Geräuschquellen abgeschotteten Ort nicht vollständig den Verstand zu verlieren. Licht hatte er, nun brauchte er nur noch etwas, womit er seinen Weg markieren konnte, damit er nicht die Orientierung verlor. Er betrachtete die Brotreste auf dem Frühstückstablett. Doch er dachte wieder an den Kleinen Däumling und schüttelte den Kopf: nicht zuverlässig genug. Dann glitt sein Blick zu den unzähligen Büchern in den Regalen und wurde lebhafter. Er griff aufs Geratewohl eins heraus und grinste sarkastisch, als er den Titel las: *Das Labyrinth*.
Na, das passt, dachte er. Auch die Würdigung dieses erheiternden Aspekts war ein Mittel zur seelischen Gesundheitsvorsorge. Und wieder kroch er ins Lüftungsrohr. Indem er die Seiten in aufsteigender Numerierung herausriss und ablegte, markierte er seinen Weg durch die Stollen, die er dieses Mal alle erforschen wollte. Ohne die Gefahr, sich zu verirren.

***

Wind war aufgekommen. Man hörte ihn in den Masten und Wanten der Schiffe im Hafen von Killmore. Marie stand auf dem Kai vor dem Liegeplatz, auf dem noch am Vortag Christians Schoner gelegen hatte. Sie war tief in ihre Gedanken versunken, als sie vom Skipper des Nachbarschiffs angesprochen wurde.

»Ich habe Sie erkannt … Die Galionsfigur des Schoners, das sind doch Sie?«

Sie stammelte eine vage Zustimmung.

»Wirklich übel, was da passiert ist«, knurrte der Mann.

Marie erschrak und hakte sofort nach. Der Skipper begriff, dass sie von nichts wusste, und suchte ungeschickt nach Worten, um ihr beizubringen, dass der Schoner in der Nacht zuvor Schiffbruch erlitten hatte.

Maries Herz versagte ihr den Dienst. Alles in ihr begehrte gegen diese Geschichte auf.

»Das ist nicht möglich. Christian ist einer der besten Seeleute der Welt!«

»Das war Éric Taberly auch«, antwortete der andere fatalistisch.

»Aber gestern Nacht war das Meer ruhig und der Himmel voller Sterne!«

Der Segler nebenan zuckte vage mit den Achseln.

»Ich weiß auch nicht, wie es passieren konnte. Jedenfalls hat ein Trawler Wrackteile aufgefischt …«

Wieder stammelte sie, das könne nicht sein, dann zog sie sich zurück. Ihr Handy klingelte. Lucas. Sie nahm den Anruf nicht an.

Im Hafenamt bestätigte man ihr die schlechte Nachricht. Die Seenot-Rettungskräfte seien seit Tagesanbruch unterwegs gewesen, hätten aber inzwischen wegen des angekündigten schlechten Wetters die Suche eingestellt.

»Die Strömungen sind in dem Sektor, in dem der Schoner

untergegangen ist, besonders heftig. Die Chancen, dass wir ihn wiederfinden, sind gering …«

Marie stand lange auf der Pier und sah aufs Meer hinaus. Sie bemerkte den Regen nicht, der eingesetzt hatte und sich auf ihren Wangen mit den Tränen mischte. Wieder klingelte ihr Handy. Lucas wurde ungeduldig. Sie holte tief Luft, nahm das Gespräch an und sagte nur, sie komme gleich.

***

Brody hatte Maries Anweisung befolgt und weiter im Vorleben der Nonnen geforscht.

»Er hat herausgefunden, dass nach dem Tod Jacques Reynaults seine Schwester Thérèse – oder Mutter Clementia – das Familienvermögen geerbt hat«, fasste Angus zusammen. »Die Kleinigkeit von hundert Millionen Franc in Goldbarren.«

Marie schrak auf. Hundert Millionen Franc in Gold, 1968 …

»Klingelt es nicht bei dir?«, fragte sie Lucas.

Der hob nur fragend die Brauen. »Sollte es das?«

Ja, das sollte es!, hätte sie fast geschrien, sie konnte nicht begreifen, dass er eins der Hauptelemente des Falls auf Lands'en vergessen hatte. Stattdessen fragte sie: »Und der Mädchenname der Mutter von Thérèse und Jacques Reynault war nicht zufällig Hostier?«

Angus nickte verblüfft.

»Hab ich irgendwas nicht mitgekriegt?«

»Ja, den Überfall auf die Bank Hostier im Mai 1968. Hundert Millionen Franc in Goldbarren. Als sie mit der Beute fliehen wollten, erlitten Mary Sullivan und ihre Brüder Schiffbruch vor Lands'en.«

»Guter Gott!«, donnerte Angus.

Ein lautes Knistern ließ ihn herumfahren. Lucas hatte seinen Kaffeebecher in der Hand zerquetscht und warf ihn jetzt in den Papierkorb. Er war leichenblass.

»Wie konnte ich das nur vergessen?«
Darauf gab es nur eine Antwort, und Marie schob sie lieber auf.
Nicht nur, weil sie ein Fadenende erwischt hatte und das Knäuel entwirren wollte.
»Es war kein Zufall, dass sie genau diese Bank und keine andere überfallen haben. Sie wussten, was sie in den Tresoren finden würden. Man hatte sie informiert …«
»Wer?«, fragte Angus mit gerunzelten Brauen.
»Mary. Ich nehme an, ihr Vater hat sie im Kloster eingesperrt, als sie zu Ryan flüchten wollte, von dem sie ein Kind erwartete.«
Während sie weitersprach, wurden die Zusammenhänge immer deutlicher.
»Und da hat sie den kleinen Pierre kennengelernt. Der Kleine, der die Liebe einer Mutter entbehrte, hat sich bestimmt an sie angeschlossen. Vielleicht hat sie ihm deshalb eine Locke gegeben, bevor sie floh …«
Die Schlussfolgerung war klar: Mutter Clementia hatte ihnen eine Lüge nach der anderen aufgetischt. Was hatte sie ihnen noch alles verschwiegen?
»Ich muss los«, sagte Lucas.
»Um sie zu verhören? Ich komme mit.«
Er warf ihr einen seltsamen Blick zu.
»Solltest du vergessen haben, dass der Leichnam meiner Mutter in einer knappen Stunde auf die Fähre gebracht wird?«
Sie biss sich auf die Lippen.
»Nein, natürlich nicht«, murmelte sie etwas beschämt. »Ich meinte nur, danach können wir hingehen.«
»Ich habe mich letzten Endes doch entschlossen, meinen Vater zu begleiten. Ich kann ihn nicht allein auf diese traurige Reise schicken. Ich komme danach gleich zurück.«
Maries Augen wurden dunkel, sie kündigten ein Unwetter an. Angus hielt es für ratsam, sich endlich einen Überblick

über die Ermittlungen im Fall Edward Sullivan zu verschaffen, und machte sich aus dem Staub.

»Darüber hätten wir doch reden können«, sagte Marie vorsichtig.

»Ich kam gar nicht auf den Gedanken, du könntest etwas dagegen haben.«

»Darum geht es nicht, aber ...«

»Du wirst mich entschuldigen müssen, ich habe jetzt wirklich nicht die Zeit, mir deine Vorwürfe anzuhören«, sagte er schneidend.

Er nahm seine Jacke und erklärte, er werde seinen Vater im Herrenhaus abholen. Als er sich zum Gehen wandte, hielt sie ihn zurück. In ihren Augen funkelte eine Mischung aus Schmerz und Zorn.

»Na gut, ich habe die Abfahrtszeit der Fähre vergessen, aber das ist noch lange kein Grund, mich so zu behandeln.«

Lucas' Züge wurden weicher.

»Ich komme mit solchen Situationen eben schlecht zurecht. Tut mir leid. Aber jetzt muss ich wirklich los.«

»Natürlich. Ich begleite dich nach Frankreich und ...«

»Das kann ich dir nicht zumuten.«

»Ich mache das bestimmt nicht aus Pflichtgefühl. Ich möchte bei dir sein, das ist alles.«

»Sagen wir, ich möchte lieber allein sein. Das verstehst du doch, oder?«

Nein, das verstand sie nicht. Aber sie wollte nicht alles noch schlimmer machen und nickte deshalb.

»Morgen früh bin ich wieder zurück. Versprich mir, dass du bis dahin nicht zu Mutter Clementia gehst.«

Sie traute ihren Ohren nicht. Er, ansonsten durch und durch Polizist, verlangte von ihr, ein Verhör zu verschieben, das entscheidend sein konnte?

»Es geht schließlich um meinen Zwillingsbruder, Marie. Um mein Leben. Ich möchte dabei sein.«

Marie betrachtete sein nahezu flehendes Gesicht, es erschien ihr leidvoll. Sie willigte ein. Lucas drückte seine Lippen kurz auf ihren Mund. Sie waren eiskalt.

Der Judaskuss, dachte sie fröstelnd und sah ihm nach.

Die automatischen Türen schlossen sich hinter ihm. Und Maries Blick glitt zu dem Papierkorb, in den Lucas kurz zuvor seinen wütend zerquetschten Becher geworfen hatte. Sie hasste sich für das, was sie jetzt tun würde, aber sie sah keine andere Möglichkeit mehr. Sie vergewisserte sich, dass niemand auf sie achtete, nahm den Becher vorsichtig zwischen Daumen und Zeigefinger und schob ihn unauffällig in eine Plastiktüte.

***

Der Polizeiwagen hatte an einem abgelegenen Aussichtspunkt gehalten. Ryan lächelte wehmütig.

»Hier trafen wir uns, Mary und ich, wenn wir ganz allein sein wollten …«

Der Hügel bot eine herrliche Aussicht auf einen großen Teil der Insel sowie auf die Straßen und Wege, die zu ihm hinaufführten. Niemand konnte sich unbemerkt nähern. Es war kein Zufall, dass er sie hierhergeleitet hatte.

Marie war gerade von der Polizeiwache weggefahren, da hatte sie Ryans Stimme aus dem Fond gehört.

»Fahr Richtung Meer«, hatte er gesagt. »Wir suchen uns eine ruhige Ecke, ich muss mit dir reden.«

Sie hatte ihn im Rückspiegel zu sehen versucht, doch nur den oberen Teil seines Kopfes entdecken können. Er hatte sich hinten zusammengekauert.

»Fahr zu«, hatte er nur gesagt.

Sie sah ihn an und unterbrach ihn kühl, um einem Schwelgen in sentimentalen Erinnerungen vorzubeugen.

»Ich höre.«
»Was ich dir zu sagen habe, ist nicht so leicht anzuhören. Ich hoffe, du wirst mir vergeben.«
»Keine langen Vorreden bitte«, befahl sie kurz.
Er hob leicht die Achseln.
»Jacques Reynault, Lucas' Vater, ist der Sohn von Madeleine Reynault, geborene Hostier. Von der Bank Hostier …«
Sie zuckte nicht mit der Wimper, was ihn erstaunte.
»Wusstest du das schon?«
»Die Frage ist nur, seit wann weißt *du* es?«, gab sie zurück.
»Seit gestern Abend … Aber ich konnte dich wirklich nicht eher kontaktieren. Ich hatte einige Probleme. Davon später.«
»Wenn du mir sonst nichts mitzuteilen hast …«
Sie wandte sich schon von ihm ab, doch er hielt sie zurück.
»Wo ist Lucas?«
Als er hörte, dass Lucas die Fähre nach Frankreich nehmen wolle, atmete er auf.
»Das gibt uns ein wenig Zeit.«
»Was du damit sagen willst, gefällt mir nicht …«
»Mach doch die Augen auf, Marie. Nachdem Thérèse kinderlos geblieben ist und auf das Geld verzichtete, als sie ins Kloster eintrat, hat Lucas als einziger Erbe der Familie ein Motiv … ein Motiv aus Gold.«
»Er wusste doch gar nichts von seiner wirklichen Herkunft!«, protestierte sie wild.
»Behauptet er wenigstens. Und wenn er gelogen hätte, Marie? Wenn er immer gewusst hätte, dass Hélène Françoise Reynault war?«
»Nein … nein … das ist unmöglich.«
Er hob beschwichtigend beide Hände.
»Na schön, sagen wir, es ist nur eine Hypothese. Lucas entdeckt noch vor den Ermittlungen auf Lands'en, dass der Überfall auf die Bank Hostier – der ihn nebenher um ein Erbe von hundert Millionen Franc in Goldbarren bringt – von den

Brüdern Sullivan begangen wurde. Er ist Polizist, also geht er der Sache nach. Er erfährt, dass sie vor Lands'en Schiffbruch erlitten haben, und stellt über den plötzlichen Reichtum bestimmter Familien die gleichen Vermutungen wie ich an.«

Marie war empört.

»Was willst du damit andeuten? Lucas hätte irgendwas gedreht, um mit den Ermittlungen betraut zu werden?«

»Warum nicht?«

»Dann meinst du also auch, er hätte mich von Anfang an nur manipuliert? Alles wäre Lüge gewesen? Seine Liebe? Unsere Hochzeit? Das kann nicht sein!«

Ryan bat sie, ihn ausreden zu lassen.

»Wenn er dich, Marys Tochter, heiratet und alle Sullivans – dich eingeschlossen – verschwinden lässt, wird er Alleinerbe des Familienvermögens. Eine Möglichkeit, sich an ihnen zu rächen und das wiederzuerlangen, was Mary und ihre Brüder ihm gestohlen haben. Das würde auch den Tod des Zwillingsbruders erklären. Lucas wollte nicht teilen.«

Ryan betrachtete das kleine, bewegliche Gesicht, auf dem sich nacheinander die unterschiedlichsten Gefühle abzeichneten. Wirbelsturm. Verweigerung. Er sah ihren inneren Kampf und litt mit ihr. Er legte ihr die Hände auf die Schultern. Sie erschrak bei der Berührung. Ihre ganze Seele wies diese furchtbare Hypothese zurück, doch ihr logischer Verstand fand sie annehmbar. Ihre Augen füllten sich mit Tränen.

»Lucas ist kein Mörder! Das ist wirklich gemein!«

Er packte sie am Arm, um sie am Weglaufen zu hindern.

»Da ist noch etwas, Marie. Wegen Christian.«

Sie schloss halb die Augen und krümmte den Rücken wie ein Boxer, der sich auf einen harten Schlag gefasst macht.

»Er wäre niemals freiwillig weggegangen und hätte dich nie im Stich gelassen. Im Grunde deines Herzens weißt du das.«

Sie kniff die Lippen zusammen und schüttelte den Kopf.

Ryan sagte ihr, dass er sich nach seinem Ausbruch aus dem Gefängnis auf den Schoner gerettet habe.
»Das glaube ich nicht! Christian verabscheut dich! Er würde dir nie helfen!«
»Es sei denn, er könnte dir helfen, indem er mir hilft. Gestern Nacht war ich mit ihm verabredet. Als ich auf dem Kai ankam, verließ der Schoner gerade den Hafen. Mir war gleich klar, dass etwas nicht stimmte. Das Boot, das ich … lieh, hatte Probleme mit der Benzinleitung, deshalb habe ich Zeit verloren, viel Zeit. Als ich den Schoner endlich fand, ging er gerade unter. Und als ich an Bord ging, hörte ich das Beiboot Richtung Süden wegfahren.«
»Christian?«, fragte Marie gespannt.
»Nein. Den fand ich in der Kajüte, gefesselt. Sie stand schon halb unter Wasser. Alle nautischen Instrumente waren zerschlagen.«
Sie sah ihn flehend an. Nicht Christian! Nicht auch noch er!
»Keine Sorge, ihm geht's gut. Aber es war knapp. Ich habe ihn an einen sicheren Ort gebracht.«
Er ließ die Schultern hängen. Er hasste es, ihr noch einen Schlag versetzen zu müssen. Schließlich machte sie den ersten Schritt.
»Vivian?«, hauchte sie. »War das auch kein Unfall?«
Sein Schweigen war so beredt, dass sie, um einfach nicht mehr daran denken zu müssen, gleich das nächste heiße Eisen anpackte.
»Erzähl mir von Edward. Was ist mit ihm passiert?«
Ryan seufzte. Er hatte gewusst, dass dieses Thema irgendwann wieder aktuell sein würde, und sich darauf vorbereitet.

Auch die dunklen Wolken hatten sich still und heimlich zusammengeballt und bereiteten das schwere Unwetter vor, das die Hafenmeisterei für denselben Abend angekündigt hatte. Marie fröstelte, als Ryan mit seinem Bericht begann.

Nach Lands'en habe sein Leben nur ein Ziel gehabt: seine Tochter wiederzusehen und Teil ihres Lebens sein zu können. Da sei es ihm als beste Lösung erschienen, den Platz eines Sullivan einzunehmen, und Edward sei der Einzige gewesen, in dessen Haut er habe schlüpfen können. Also habe er sich an ihn geheftet und sei ihm bis nach Südamerika gefolgt, wohin sich Edward für drei Wochen begeben habe. Sie hatten sich nach zehn Tagen angefreundet, doch Edward hatte auf einem Ausflug zum Machu Picchu einen schweren Unfall erlitten.

»Einen von dir organisierten Unfall, vermutlich«, warf Marie ein.

»Nein, es sah wirklich so aus, als wären die Götter auf meiner Seite gewesen«, wich Ryan aus.

Edward sei in eine Gesundheitsstation gebracht worden und dort schon bald verstorben.

»Eine Maske, Kontaktlinsen und die Beinschiene haben für die Maskerade gereicht. Ich bin zum geplanten Zeitpunkt nach Killmore zurückgekehrt. Niemand hat je etwas vermutet. Dann habe ich geduldig immer mal wieder den Gedanken geäußert, dein Platz sei hier bei deiner Familie, bis Louise schließlich davon überzeugt war, es sei ihre ureigenste Idee gewesen. Aber es war tatsächlich sie, die beschloss, dir deinen rechtmäßigen Anteil am Erbe zukommen zu lassen.«

Eine bitterer Zug legte sich um seinen Mund.

»Ich war am Ziel. Du warst bei mir, ich konnte dich endlich verwöhnen, da kam am Morgen deiner Hochzeit dieser Brief, den Mary 1968 in Rouen für dich hinterlegt hat …«

Er sah sie mit leuchtenden Augen an.

»Dass ich dich zum Altar geführt habe, wird für mich die schönste Erinnerung meines Lebens bleiben.«

Marie sah ihn abweisend an. Und dann hagelte es Vorwürfe.

»Glaubst du wirklich, ich würde gutheißen, dass du das alles für mich getan hast? Mit welchem Recht mischst du dich ständig in mein Leben? Du machst einfach, wonach dir ist, und die anderen müssen es hinnehmen! Hast du dich je gefragt, ob ich dich überhaupt in meiner Nähe haben will? Wie gehst du eigentlich mit den Gefühlen anderer um? Diese Arroganz! Diese Überheblichkeit!«

Sie sah ihm an, dass ihn ihre Worte verletzt hatten. Und sie freute sich darüber.

»Ich habe keine Entschuldigung für das, was ich getan habe«, sagte er rauh. »Nur die Liebe, die ich dir entgegenbringe und auf die ich zu lange verzichten musste. Ich kann von dir keine Gegenliebe verlangen. Aber bitte versprich mir eins. Eins nur.«

»Dass ich dich nicht verrate?«, fragte sie herb.

»Dass du nie mit Lucas allein bleibst.«

Sie wandte sich wortlos ab, ging zum Auto und fuhr weg. Er stand da. Seine Gestalt wurde im Rückspiegel immer kleiner …

***

Lucas betrachtete schweigend den Sarg, der an Bord der Fähre gebracht wurde. Neben ihm stand gebeugt und lautlos weinend Marc Fersen. Der Sohn legte seinem Vater den Arm um die Schultern.

»Meinst du, es geht? Sicher?«

Marc wischte sich mit dem Handrücken die Tränen aus dem Gesicht und versuchte, ihn beruhigend anzulächeln.

»Ich hätte dir in dieser schlimmen Lage so gern beigestanden«, sagte Lucas sanft. »Aber ich muss bleiben, um die Wahrheit herauszufinden. Und vor allem um Marie zu schützen.«

Sie hatte ihm allzu bereitwillig versprochen, bis zu seiner Rückkehr zu warten. So leicht ließ er sich nicht täuschen. Er wusste, früher oder später würde sie die Oberin verhören, und das konnte er sich nicht leisten. Darauf erpicht, Marc endlich an Bord gehen zu sehen, hörte er nur mit halbem Ohr hin, als dieser sagte, er verstehe, dass Lucas' Platz bei seiner Frau sei.

»Pass gut auf sie auf. Und auch auf dich.«

Die unendliche Zärtlichkeit in den Augen des alten Herrn verwirrte den Hochstapler. Er konnte sich nicht erinnern, dass ihn je ein Mensch, schon gar nicht sein Vater, mit einer derart bedingungslosen Liebe angesehen hätte.

»Versprich mir, dass du keine unnötigen Risiken eingehst«, sagte Marc. »Du bist mein Sohn, was immer geschieht. Ich habe nur noch dich auf der Welt, Lucas, und ich bin mir nicht sicher, dass ich es überleben würde, wenn auch dir etwas zustieße.«

Die braunen Augen wurden feucht. Etwas wie Schmerz bohrte in seinem Innern. Und Hass, Hass auf Lucas, der gehabt hatte, was ihm immer verwehrt geblieben war. Plötzlich hatte er das Bedürfnis, sich an diesen Mann zu schmiegen, in einer einzigen Umarmung mehr als vierzig Jahre aufzuholen. Mit der Unbeholfenheit, die jedem ersten Mal anhaftet, nahm Axel *seinen* Vater in die Arme. Er vergaß seine Eile, denn er genoss diesen Augenblick unendlich.

***

Marie stoppte den Wagen vor der Leichenhalle und sah lange auf den Plastikbeutel mit dem Kaffeebecher. Die Bilder flossen ineinander über: Lucas' Augen, als er auf Edwards Wagen zufuhr, die Hochzeit, sein Ja voller Liebe, die Waffe, die er auf Christian gerichtet hatte, die an den Felsen zerschellte Vivian, seine ironisch-zärtlichen braunen Augen, Kelly und der mit Steinen beschwerte Schleier, Francks Leiche im Brunnen, Lucas' sanfte Hände, der tote Zwilling und er, wie durch ein Wunder wiederauferstanden …

Warum erscheint immer alles möglich, wenn alles unmöglich wird …

Den Beutel in der Hand, ging sie auf die Eingangstür der Leichenhalle zu. Als sie nach dem Türknauf griff, fiel ihr Blick auf den Trauring, den er ihr an den Finger gesteckt hatte. War das wirklich erst zwei Wochen her? Und wieder war sie innerlich zerrissen. Durchhalten. In guten wie in schlechten Tagen. Das hatte sie vor Gott versprochen. Sie machte auf dem Absatz kehrt und ging zum Abfalleimer. Sie wollte die Tüte gerade hineinwerfen, als sie Schritte hörte. Der Gerichtsmediziner kam auf sie zu. Ihre Blicke begegneten sich. Er hatte verstanden, was sie vorhatte, und sein Gesichtsausdruck schien zu sagen: *Sie müssen es wissen.*

28

Die ersten Regentropfen zerplatzten auf der Windschutzscheibe des Wagens, der auf der Straße zur Insel der Schimären stand. Hinter dem Steuer saß Marie, den Kopf in den Armen vergraben, und weinte.
Der Wind draußen hatte zugenommen, in regelmäßigen Böen drückte er das Farnkraut zu Boden, auch die auflaufende Flut begann kleine Wellenberge zu bilden. Bald wäre die Insel der Schimären nicht mehr zu erreichen. Marie wischte sich über die Augen und drehte den Zündschlüssel. Während der Wagen über die Landenge fuhr, wurden die Reifen schon von den ersten Wellen umspült.

Nicht weit von ihr suchten sich der Wind und das Geräusch der Wellen einen Weg durch die Stollen. Die von Lucas ausgelegten Buchseiten begannen im Luftzug hochzuwehen und flogen schließlich davon. Lucas fluchte, als er sah, dass Seite 42 plötzlich auf Seite 4 folgte.
»Dieser Scheiß-Wind!«
Wind … Er musste von außen kommen. Also gab es einen Ausgang. Er folgte dem Beispiel der Seeleute und ging dem Wind entgegen. Er ließ sich von den Böen leiten, die unheimlich in den Stollen heulten, und fand schließlich eine in den Fels gehauene Wendeltreppe. Er blickte nach oben und brach in befreites Lachen aus. Dort oben, ganz oben, streckte ihm

der Himmel die Hand entgegen. Er flog geradezu die Stufen hinauf.

***

Mutter Clementia betrachtete die junge Frau, die mit solchen Fragen zu ihr gekommen war, und glaubte wieder Mary vor sich zu sehen, damals im Winter 1967. Die Oberin bestätigte ruhig die Verbindung zwischen dem kleinen Pierre und Mary Sullivan. Hingegen habe sie nicht gewusst, dass er eine Locke ihres Haars besessen habe. Das habe sie gerade erst von Marie erfahren.

»Aber in einem Punkt irren Sie, meine Liebe, es war nicht Marys Vater, der sie hier im Kloster einschließen ließ. Es war ihre Mutter Louise, Ihre Großmutter.«

Marie starrte sie aus großen Augen an.

»Also war Louise diejenige, die Mary von Ryan trennen wollte?«

Doch wieder korrigierte Mutter Clementia einen Irrtum:

»Sie wusste nicht, dass Mary mit Ryan fliehen wollte. Ich vermute sogar, sie hatte vor den Geschehnissen auf Lands'en keine Ahnung von seiner Existenz …«

»Aber warum hat sie dann so etwas getan?«, fragte Marie verblüfft.

Die Nonne lächelte bitter.

»Mary hatte zufällig entdeckt, dass ihre Mutter ein Verhältnis mit einem anderen Mann hatte, und drohte damit, alles ihrem Vater zu erzählen. Andrew war von seiner Krankheit schon sehr geschwächt, sein Ende war nah, Louise wollte das Risiko vermeiden, enterbt zu werden.«

»Sie hat ihre Tochter wegsperren lassen, damit sie nichts sagen konnte?«

Mutter Clementia nickte.

»Das ist natürlich alles viel weniger romantisch.«

Marie sah sie sehr aufmerksam an.
»Ich nehme an, Sie haben mitgemacht, weil Louise Sie in der Hand hatte«, sagte sie hart.
Da keine Antwort kam, entschied sich Marie für einen Bluff, um sie zu einer Reaktion zu zwingen.
»Louise wusste von dem Labor, das Ihr Vater, Joseph Reynault, im Krieg eingerichtet hat. Sie wusste außerdem, dass auch Ihr Bruder Jacques dort hochgeheime Experimente mit Embryonen anstellte.«
Mutter Clementias Gesicht war wie in Stein gehauen. Aus den fest geschlossenen Lippen kam kein Laut. Marie zeigte ihr die Zeichnung von Jacques aus dem Jahr 1968.
»Diesen Brief hat Mary bei einem Notar in Rouen hinterlegt. Zusammen mit einem Bericht über ihren *Aufenthalt* hier, in dem sie alles beschreibt.« Marie ließ die Oberin bei diesen Worten nicht aus den Augen.
»Dann muss die Lektüre schrecklich langweilig gewesen sein«, sagte die Nonne völlig gelassen. »Hier im Kloster gibt es wenig Unterhaltsames.«
Jetzt saß Marie in der Klemme. Es war erbitternd.
»Sie schreibt, Jacques Reynault sei ein *Ungeheuer*. Und was er gezeugt habe, seien ebenfalls Ungeheuer. Was meint sie damit? Und hat es Auswirkungen auf Lucas?«
Mutter Clementia zuckte mit keiner Wimper.

***

Atemlos gelangte Lucas an die frische Luft. Sein vom Regen gepeitschtes Gesicht strahlte. Er schloss die Augen und atmete die gischterfüllte Luft tief ein. Als er die Lider wieder hob, traf ihn der Anblick der Schießscharten ringsum mit voller Wucht. Eine Burg? Angst überfiel ihn. Er ging zu einer der Schießscharten, aber er wusste schon, was er sehen würde. Nichts. Leere. Und dreißig Meter tiefer Klippen, die scharf

wie Enterhaken waren. Ansonsten Meer, soweit das Auge reichte.
Früher hatte Danas Turm als uneinnehmbare Festung gegolten. Ein Gefängnis, aus dem noch nie jemand hatte fliehen können. Jedenfalls nicht lebendig. Er blickte auf die Insel der Schimären, die sich vor ihm ausbreitete, in Vogelfluglinie war sie nur zweihundert Meter entfernt. Ein herrlicher Blick auf den Steilfelsen, aufs Kloster …
Der Gedanke, dass er niemals wegkommen würde, überwältigte ihn. Er wollte sich schon auf den Wehrgang zurückfallen lassen, da sah er sie. Marie.

Sie kam aus dem Kloster und ging zu ihrem Wagen, der auf dem Steilfelsen geparkt war, als plötzlich Lucas aus dem Unterholz auftauchte und ihr den Weg abschnitt.
Dieser Blick, den er auf sie richtete. Er war … leblos. Eine Woge der Angst schlug über ihr zusammen. Sie wollte etwas sagen, öffnete den Mund und schloss ihn sofort wieder. Zum ersten Mal in ihrem Leben fehlten ihr die Worte. Nach einer unerträglichen Stille, in der nur das Heulen des Windes zu hören war, sagte er schließlich:
»Ich konnte die Fähre nicht nehmen.«
Seine Stimme war dumpf. Erfüllt von kaum verhaltener Wut.
»Musste sie wegen des Sturms im Hafen bleiben?«
Die Pupillen schienen enger zu werden.
»Ich hatte nicht den Mut, mich ohne dich dieser Situation zu stellen. Ich hätte dich doch bitten sollen, mich zu begleiten.«
»Ja, vielleicht … Aber wie bist du hierhergekommen?«, fragte sie, um die Spannung abzubauen. »Es ist doch Flut.«
»Ich habe das Polizei-Schlauchboot genommen. Warum hast du mich belogen?«
Marie versuchte es mit einer Anspielung auf ihren bretonischen Starrsinn, doch es klang falsch. Sie änderte ihre Taktik.

Sie sah ihm tief in die Augen und gab ihrer Stimme einen ernsten Klang.

»Ich wollte hören, was diese Oberin zu sagen hatte, bevor du es selbst erfahren hättest. Ich dachte, du hättest so schon genug einstecken müssen. Ich dachte, ich könnte vielleicht den einen oder anderen Schlag abmildern, indem ich mich dazwischenstelle. Ich weiß, ich hätte nicht allein hierherkommen sollen … Ich wollte es dir leichter machen.«

Lucas' Anspannung ließ ein wenig nach.

»Und was hast du erfahren?«, fragte er, immer noch sehr defensiv.

»Eigentlich nicht besonders viel«, gab sie zu und zog eine Grimasse. »Nur dass es Louise war, die Mary hier einsperren ließ.«

»Du sagst mir alles? Sicher? Sie hat dir nichts von mir erzählt? Dem Zwilling?«

»Nichts, was du nicht schon wüsstest.«

Er schien über diese Antwort nachzudenken, dann streckte er die Hand aus, um ihr das Haar, das der Wind zerzauste, aus dem Gesicht zu streichen.

»Ich will, dass wir das alles aufgeben, Marie. Jetzt. Gehen wir weg von dieser Insel«, sagte er drängend. »Sorgen wir dafür, dass alles zwischen uns wieder wie vorher wird. Wenn wir nur weit weg genug von hier sind, dann ist das möglich, da bin ich sicher.«

»Und die Wahrheit? Die Ermittlungen?«, stammelte sie verwirrt.

»Darum kann Angus sich kümmern. Und was die Wahrheit angeht: Ich möchte nur noch wissen, ob du mich noch genug liebst, um mit mir fortzugehen.«

Er zog sie an sich und berührte ihren Mund mit seinen Lippen. Diese Berührung erfüllte ihn mit so viel Glück, dass er sie am liebsten gegen die Kühlerhaube gepresst und noch im selben Augenblick genommen hätte.

Lucas war verzweifelter Zuschauer dieser Szene, die zwar aufgrund der Entfernung nur verschwommen, aber doch im Wesentlichen sichtbar war und ihn bis aufs Blut quälte.
Die Windstöße trugen seine Schreie davon, weit weg von dieser Insel, auf der ein Ungeheuer die Frau, die er liebte, in den Armen hielt. Mit einem Mal packte ihn die Versuchung, seinem Leiden ein für alle Mal ein Ende zu setzen. Und als hätte sie es gespürt, drückte Marie den Anderen von sich weg.
In Wirklichkeit hatte nur Maries Handy geklingelt.
»Lass es klingeln«, sagte Lucas flehentlich.
Sie hatte das Gespräch jedoch schon angenommen, froh über diese kurze Atempause. Sie war so überrascht, dass ihr ein erstickter Ausruf entfuhr: »Christian!«
Lucas streckte die Hand aus und entriss ihr das Handy. Die Haut über seinen zusammengepressten Kiefern zuckte nervös.
Christian, der glaubte, er spreche mit Marie, hielt sich nicht mit Erklärungen auf. Er flehte sie nur an, Lucas nicht mehr in ihre Nähe zu lassen, denn der sei ein Mörder, dafür habe er nun den Beweis. Er bat sie zurückzurufen, doch da wurde das Gespräch jäh unterbrochen. Und alle weiteren Anrufe landeten sofort auf dem Anrufbeantworter.

Lucas sah Marie an, sie war totenbleich geworden.
»Anscheinend ist dein Jugendfreund wieder aufgetaucht. Ein Grund mehr, sich davonzumachen.«
Er nahm sie bei der Hand und versuchte sie mitzuziehen. Doch sie wehrte sich.
»Ich kann nicht einfach so weggehen. Es gibt noch zu viele unbeantwortete Fragen. Und der Lucas, den ich von früher kenne, würde die Ermittlungen nicht einfach so fallen lassen.«
Seine Gesicht verzerrte sich vor Zorn, als er sich ihr zuwandte und sie anbrüllte:

»Der Lucas von früher, wie du ihn nennst, hat die Faxen dicke von deinen Lügen! Du tust so, als hättest du Mitgefühl. Dabei ist dir in Wirklichkeit egal, was ich erlebe und was ich durchmachen muss!«
Drohend kam er auf sie zu.
»Und ich? Wer bin ich in dieser ganzen Geschichte? Nichts! Ein Scheißdreck! Ein armer Irrer, dem du versprichst, du wärest immer für ihn da, dabei wartest du nur darauf, deinen Bréhat wiederzusehen. Um dich ihm an den Hals zu werfen!«
Seine Augen waren blutunterlaufen, er wirkte wie von einem Dämon besessen. Er gab er ihr einen Stoß. Sie geriet ins Schwanken und fiel hintenüber. Er packte sie mit beiden Händen und riss sie wieder auf die Füße. Ihr Herz schlug heftig, ihr Atem wurde immer kürzer, ein Schluchzen stieg ihr in die Kehle. Es war wie in den Visionen, die sie manchmal heimsuchten.
»Hör auf!«, schrie sie. »Du bist ja völlig verrückt!«
Die Ohrfeige brachte sie erneut ins Wanken, ihr Kopf platzte fast vor Schmerz.
»Das hättest du nicht sagen dürfen«, zischte er und packte sie an der Kehle. »Niemals!«
Da wusste sie, dass er sie töten würde. In äußerstem Grauen begann sie zu schreien. Der Wind trug ihr Schreien davon, hoch in die Luft und über den Turm hinweg, von dem es widerhallte. Doch Lucas hörte es nicht. Er war nicht mehr da.

***

Der Sauerstoffmangel ließ vor Maries Augen alles verschwimmen. Schlimmer noch als der Schmerz, den Lucas' eiserner Griff an ihrem Hals verursachte, war die Verzweiflung darüber, dass ihr der Mann, den sie liebte, den Tod geben würde. Sie sah in die Augen ihres Mörders und erschrak über den

Wahnsinn und die Grausamkeit in ihnen. Sie begriff, dass es keinen Zweck mehr hatte, sich zu wehren, sie würde ja doch nur verlieren. Also gab sie ihren Widerstand auf, ließ ihren Tränen freien Lauf und konzentrierte ihre letzten Kräfte darauf, noch etwas zu sagen.

»Ich liebe dich ... Töte ... Töte nicht unsere Liebe ... Bitte ... Ich liebe dich.«

Das verwirrte ihn einen Augenblick lang, sein Griff lockerte sich. Marie nutzte die Gelegenheit und schlug ihn mit aller Kraft, er ging zu Boden. Sie sprang auf die Füße und rannte ins Unterholz. Wahnsinnig vor Zorn rappelte er sich wieder hoch und setzte ihr nach.

Während sie wie ein gejagtes Wild durch das dichte Buschwerk rannte, hörte Marie, dass ihr Verfolger immer näher kam. Keuchend taumelte sie auf die Kante des Steilfelsens über dem See zu, die ihr jeden Fluchtweg abschnitt. Wenige Sekunden später hatte Lucas sie erreicht und hielt sie fest.

»Sag mir nie wieder, ich sei verrückt! Nie wieder!«

»Ich bin deine Frau, und du hast mich fast umgebracht! Wie soll ich das verstehen, wenn nicht als einen Anfall von Wahnsinn!«

»Hab keine Angst, Marie, ich bin nicht verrückt, ich schwöre es dir ...«

»Dann lass mich los!«

Widerstrebend öffnete er die Arme und gab sie frei, doch sein unergründlicher Blick verriet, dass er noch nicht wieder in seinem Normalzustand war. Sie sah sich um und erkannte, dass direkt hinter ihr die Felskante war und dass der See nicht mehr von Polizisten bewacht wurde.

»Ich habe sie abgezogen«, sagte er dumpf. »Hier gibt es nur noch uns beide, Marie. Dich und mich.«

Die Glocke des Klosters begann düster zu läuten. Marie sah ins Gesicht ihres Mannes und fragte sich, ob wie bei den letzten Malen wieder Blut aus seiner Nase laufen würde. Doch der war plötzlich wie versteinert und starrte gebannt in den See. Marie begab sich vorsichtig aus seiner Reichweite und sah sich dann ebenfalls nach dem See um. Aus der Tiefe des Sees stiegen Luftblasen an die Oberfläche. Als sie die Luft erreichten, sprangen plötzlich Flammen auf und bildeten für einige Sekunden deutlich das Zeichen der Scharlachroten Königin. Die Verblüffung lähmte sie beide. Doch Marie erholte sich schneller von ihrer Überraschung und rannte, so schnell sie konnte.

»Marie!«, brüllte Lucas. »Marie!«

Sie war aber schon verschwunden und stolperte den Weg hinunter, der zum See und dann zum Meer führte.

Seltsamerweise lief Lucas ihr jetzt nicht nach. Verblüfft drehte er sich wieder zum See um und betrachtete die schwachen Kreise, die das Wasser noch kräuselten. Ein böses Lächeln glitt über sein Gesicht. Er drehte sich gelassen um und ging Richtung Kloster.

Als Marie am Ufer ankam, sah sie ganz in der Nähe das Schlauchboot der Polizei. Sie sprang an Bord und versuchte verzweifelt den Motor in Gang zu setzen, weil sie damit rechnete, dass Lucas jeden Augenblick auftauchen würde. Der Motor sprang an, sie machte die Leine los, griff nach der Pinne und zog, als sie weit genug vom Ufer entfernt war, ihr Handy aus der Tasche.

Christian hatte das Gespräch sofort angenommen und stand jetzt besorgt und ungeduldig im Hafen. Erleichtert sah er das Schlauchboot, gesteuert von der Frau seines Herzens, in die Hafeneinfahrt einbiegen. Als sie endlich am Kai festmachte, hielt er ihr die Hand hin. Kaum war sie an Land gesprungen, fand sie sich schon in einer festen Umarmung wieder. Sie war zu verstört und zu erschöpft, um etwas zu sagen. Sie fühlte sich unsagbar erleichtert und endlich in Sicherheit in diesen Armen. Leise stammelte sie seinen Namen.

Auch Christian war sehr bewegt und kostete dieses allzu flüchtige Glück aus, die Frau in den Armen zu halten, die er seit je geliebt hatte.

***

Die beiden Ex-Verlobten saßen im Hinterzimmer des Pubs, in dem sich Christian als Pensionsgast eingemietet hatte, und konnten den Blick nicht voneinander wenden. Auf Maries Gesicht waren noch Spuren der durchgestandenen Ängste zu sehen, sie hatte Christian von ihren schrecklichen Erlebnissen berichtet.

»Er ist nicht mehr er selbst, es ist furchtbar: Wenn er diese Anfälle von Wahnsinn hat, muss ich immer an Dr. Jekyll und Mr. Hyde denken.«

»Er ist nicht nur geisteskrank, Marie, er ist auch ein Verbrecher.«

Dann erzählte er ihr, dass Lucas ihn unter Drogen gesetzt habe, als sein Schoner am Kai lag. Er sei erst langsam wieder zu sich gekommen, als er im Frachtraum dumpfe Schläge gegen den Rumpf gehört habe. Und als er endlich die Augen aufgeschlagen habe, habe das Schiff schon zu sinken begonnen. Er habe sein Leben nur Ryan zu verdanken, sonst wäre er, gefesselt wie er war, ertrunken.

»Wer hasst mich so sehr? Wer kann für ein solches Verbrechen verrückt genug gewesen sein? Niemand außer Lucas!«

Marie schwieg, ihren Blick immer noch in Christians Augen getaucht.

»Hauptsache, du lebst noch«, murmelte sie. »Ich hätte es nicht ertragen, dich zu verlieren…«

Sie brach ab, als ihr klar wurde, was sie da sagte, doch sie konnte ihren Blick nicht aus seinen blauen Augen lösen, aus denen immer noch seine ganze Liebe zu ihr sprach. Beide waren sie verwirrt.

Um die Situation zu beenden, stand Marie mühsam auf und versuchte sich zu entfernen. Christian sah sie schwanken. Er konnte sie gerade noch in seinen Armen auffangen, als sie ohnmächtig niedersank.

Als sie wieder zu sich kam, schwebte Christians liebevoll-besorgtes Gesicht über ihr. Erstaunt sah sie sich um. Noch bevor sie fragen konnte, erklärte er ihr, er habe sie auf sein Zimmer getragen, weil sie ohnmächtig geworden sei.
»Danke«, sagte sie nur.
In dieses kleine Wort legte sie all ihre Dankbarkeit und ihre Erleichterung darüber, seine schützende Nähe zu spüren. Er war das einzige Licht in diesem pechschwarzen Albtraum. Sie wusste jetzt, dass zwischen Lucas und ihr nichts mehr möglich sein würde. Sie legte den Kopf an Christians Schulter und schloss die Augen. Dann sagte sie ihm, sie habe endlich verstanden, wie einzigartig seine Liebe zu ihr sei.
»Nur in deiner Nähe fühle ich mich sicher.«
Er hörte schweigend zu und streichelte ihr Haar.
»Nimm mich mit, gleich … Such uns ein Schiff, und dann lass uns beide weggehen, weit weg.«
Er gab seine Zurückhaltung auf und küsste sie auf den Mund. Bewegt erkannte Marie den Geschmack seines Mundes wieder, seine Art zu küssen, die ihr noch so vertraut war. Empfindungen wie in den schönsten Momenten ihrer einstigen Beziehung stiegen in ihr auf, sie ließ sich von der Erinnerung an ihre Leidenschaft überwältigen. Sie zog ihn an sich und entdeckte ihn neu, seine Haut, seinen Körper, den Geruch seines Haars. Trunken von diesem Hafen der Lust, entflammte sich ihr Körper und schaltete alles Denken aus … Plötzlich brach Christian den Bann. Er machte sich von ihr los und trat ans Fenster. Einen Augenblick lang lehnte er sein erhitztes Gesicht gegen die kühle Scheibe, dann drehte er sich traurig lächelnd zu ihr um.

»Begehren allein genügt nicht, Marie. Dazu liebe ich dich zu sehr. Ich kann nicht akzeptieren, dass du zu mir zurückkommst, weil es dir schlecht geht.«
Er ließ ihr Zeit, seine Worte zu erfassen.
»Ich werde dir helfen, ich werde dich beschützen. Doch wenn wir eines Tages wieder zusammenkommen, will ich, dass es bedingungslos ist, dass kein Zweifel mehr über deine und meine Gefühle besteht.«
Sie wandte sich ab, damit er ihre Tränen nicht sah. Sie versuchte langsam Ordnung in ihre Gedanken und in ihre Kleidung zu bringen, dann stand sie auf und sah ihn mit einem tapferen, wenngleich etwas zittrigen Lächeln an:
»Du hast sicher recht.«
Ihre Stimme klang erloschen, sie war wieder in ihrem Albtraum. Sie griff nach ihrer Jacke und ging zur Tür. Er kämpfte gegen sich an, um ihr nicht seine Liebe entgegenzuschreien, sie nicht in die Arme zu nehmen und mit ihr fortzugehen, übers Meer bis ans Ende der Welt, nur sie und er. Stattdessen bellte er einen Befehl:
»Ich verbiete dir, zu diesem Wahnsinnigen zurückzugehen!«
Er sah sie noch nicken, bevor sich die Tür hinter ihr schloss.

***

Das Lüftungsgitter gab seinen Schlägen endlich nach und krachte mit einem metallischen Geräusch auf eine Hightech-Schalttafel.
Lucas zog sich mit einer letzten Anstrengung aus dem Rohr und ließ sich dann erschöpft auf den Boden fallen. Wieder einmal hatte ihn seine Expedition in die Wohnung zurückgeführt. Doch mehr noch als die Erschöpfung und die Verzweiflung über diese Fehlschläge machte ihm zu schaffen, dass er nicht erfahren würde, wie es schließlich Marie mit Axel ergangen war. Diese Sorge raubte ihm jede Ruhe.

Er richtete sich wieder auf. Fast wurde ihm übel, als er entdeckte, dass sein Doppelgänger dastand und ihn grausam anlächelte. Lucas stürzte sich wütend auf ihn.

»Wo ist Marie? Was hast du mit ihr gemacht?«

Der Andere stieß ihn zurück.

»Bist du sicher, dass du das wissen willst?«

Er schnurrte geradezu bei dieser Frage, so viel Spaß machte es ihm, das Gift in kleinen, tödlichen Dosen zu verabreichen.

»Arme Marie. Sie hat einen bösen Sturz getan. Vom Steilfelsen hinab. Und da war kein Super-Lucas, der ihr hätte helfen können. So ein Pech aber auch. Und dieser schöne Körper, von den Felsen zerschmettert …«

Lucas sackte in die Knie, der Schmerz überwältigte ihn. Axel, der unauffällig einen Gegenstand aus der Tasche zog, spottete weiter.

»Du hast mein vollstes Mitgefühl, ehrlich. Es tut mir selbst leid, dass ich nicht länger etwas von ihr hatte. Aber leider, leider stand sie mir zu sehr im Weg.«

Lodernder Hass brachte Lucas wieder auf die Beine, er warf sich auf Axel. Der wich ihm geschickt aus und schoss aus der kleinen Pistole, die er gerade gezückt hatte, einen winzigen Pfeil auf ihn ab.

Lucas zuckte zusammen, als ihn die Injektion traf. Fast augenblicklich sank er in sich zusammen, konnte aber Axels nächste Worte noch hören.

»Ich lasse dich allein mit deinem Schmerz, teurer Bruder. Endgültig allein übrigens. Denn niemand wird mehr nach dir sehen oder dir etwas zu essen bringen.«

Er beugte sich über Lucas, um dessen psychische Qualen noch ein wenig zu steigern.

»Wenn dir im Todeskampf langweilig wird, kannst du immer noch in den Stollen spazieren gehen. Es gibt einen Ausgang aus dem Labyrinth. Einen einzigen: den Tod. Nur er kann dich erlösen. Aber du darfst dich noch glücklich schätzen: Es

wird weniger lange dauern als die Jahrzehnte, die ich in diesem Rattenloch zubringen musste.«
Axels letzte Sätze schienen in der Ohnmacht widerzuhallen, die Lucas jetzt einhüllte. Bevor sich seine Augen ganz schlossen, sah er noch, wie die Gestalt seines Doppelgängers in Richtung Badezimmer verschwand.

***

Es war schon dunkel, als Axel im Herrenhaus ankam. Leise ging er zu Maries Schlafzimmer und öffnete voller Vorfreude auf das Wiedersehen lautlos die Tür. Doch er wurde enttäuscht. Das Bett war leer, auch im Zimmer war niemand. Unschlüssig ging er durch den Raum, hob eins von Maries T-Shirts vom Boden auf, sah es kurz an und vergrub dann sein Gesicht darin, um ihren Duft einzuatmen. Mit den Gefühlen kam auch der Zorn, er warf es wütend weg. In dieser Nacht fand er keinen Schlaf. Nicht etwa, weil er von Reue geplagt wurde. Er war außerordentlich zufrieden mit dem, was er bisher zustande gebracht hatte, aber es gab etwas, was er zuvor nicht eingeplant hatte. Etwas, das er weder fürchten noch benennen konnte, weil es seinen Begriffen völlig fremd war: ein Gefühl.
Diese seltsame Empfindung Marie gegenüber brachte ihn aus dem Konzept, weil sie sich nicht durch seinen Willen steuern ließ. Doch es war ihm ein beruhigender Gedanke, dass er in seinem Gefangenendasein gelernt hatte, seine inneren Dämonen zu kontrollieren. Es würde ihm auch jetzt gelingen, dieses zarte Etwas zu meistern, wenngleich es an den mühsam aufgebauten Bollwerken seiner Gewissheiten nagte.

Auch Marie konnte nicht schlafen. Genauso wie Christian, der im selben Zimmer auf dem Sofa lag, starrte sie mit offenen Augen ins Dunkel. Sie schrak zusammen, als sie ihn aufstehen und vorsichtig die Tür öffnen hörte. Fröhliche Stimmen und Gläserklingen drangen für einen Augenblick ins Zimmer und wurden dann durch das Schließen der Tür wieder gedämpft.

Sie biss sich auf die Lippen und gab dann doch nach. Sie weinte wie ein verlassenes Kind.

29

Das Licht der Morgendämmerung begann gerade erst durch das Dickicht zu scheinen, als Ryan in der Nähe des Klosters aus einem Graben auftauchte. Lautlos und geschmeidig wie eine Katze glitt er zur Umfriedungsmauer und kletterte völlig geräuschlos daran hoch. Er drang in das noch stille Kloster ein und schlich zu dem Gang, an dem die Zellen lagen.

In einer winzigen Zelle saß eine der Weltentsagenden und murmelte unter ihrem weißen Schleier ihre Gebete. Da sie auf das Kruzifix an der ansonsten schmucklosen gekalkten Wand blickte, sah sie nicht, dass sich ihre Zellentür öffnete. Sie drehte sich erst um, als Ryan sie hinter sich schloss. Auf ihrem pergamentenen Gesicht zeichnete sich Verblüffung ab. Ryan verhielt sich höflich, aber bestimmt.

»Brechen Sie nicht Ihr Schweigegelübde, ich bitte Sie, fahren Sie fort in Ihren Glaubensübungen.«

Kurz darauf hörte man ein silbriges Läuten, das die Schwestern dazu aufrief, sich vor dem Morgengebet im Refektorium zu versammeln.

Schweigend traten sie in ihren raschelnden Gewändern ein, setzten sich um den großen Holztisch und warteten auf die Lesung. Nach einiger Zeit begannen die Schleier zu wogen, allgemeine Unruhe lief durch die Gruppe, denn zwei Plätze waren leer geblieben: der von Schwester Angelica und am

Kopfende des Tisches der von Mutter Clementia. Jemand sagte, sie seien beim Gebet in der Kirche gesehen worden. Eine kindliche Stimme bemerkte, es sei aber doch sehr ungewöhnlich.

Eine recht kräftig gebaute Nonne hatte sich diskret in den Schatten eines Türrahmens gestellt, jetzt wandte sie sich um und ging in langen Schritten davon. Mit erstaunlicher Geschwindigkeit durchmaß sie das ganze Kloster bis zur Kirche und trat ein. Als sich ihr Schleier kurz in einem Türspalt verfing, wurde Ryans wettergegerbtes Gesicht sichtbar. In der von Kerzen erleuchteten Kirche entdeckte er die beiden Nonnen sofort, sie verharrten in regloser Andacht auf ihren Betschemeln. Rasch ging er zu ihnen und berührte Mutter Clementia an der Schulter. Sie bewegte sich sanft zur Seite, und dann lag sie plötzlich auf dem Boden. Ryan schob ihren Schleier zur Seite und fand seine Befürchtungen bestätigt. Die Oberin war tot, man hatte sie mit dem Strick ihres Ordensgewands erdrosselt. Er sah kurz nach Schwester Angelica, der es genauso ergangen war, und glitt rasch in eine dunkle Ecke.

Im selben Augenblick trat eine Nonne in die Kirche. Als sie die beiden leblosen Gestalten am Boden liegen sah, stieß sie einen schrillen, von den hohen Kirchenwänden widerhallenden Schrei aus.

***

PM, der noch nicht ganz wach war, verschluckte sich fast an seinem Kaffee, als Lucas ins Esszimmer kam. Der Polizist wirkte trotz der Müdigkeit auf seinen Zügen selbstsicher und gelassen und lächelte PM höflich zu, was dessen Unbehagen nur steigerte.

»Äh … Wie soll ich es sagen … Gestern Abend erhielt ich einen Anruf. Ich sollte Ihnen sagen, dass meine Nichte Marie

nicht zum Abendessen kommen würde … Und auch nicht zum Schlafen …«
»Danke, das habe ich schon bemerkt.«
PM versuchte, sich aus dem Staub zu machen, doch Lucas hielt ihn noch mit einer Frage zurück.
»War es Marie, die Sie angerufen hat?«
»Nein.« PM hüstelte. »Es … Es war Christian. Ah, guten Morgen, Louise! Haben Sie letzte Nacht besser geschlafen?« Froh über diese Ablenkung, stürzte er der alten Dame entgegen. Sie wirkte erschöpft. Sie ging, ohne ihn weiter zu beachten, mechanisch auf ihren angestammten Platz am Tisch zu und streckte die Hand nach dem Tisch aus, um sich abzustützen. Doch dann wankte sie stöhnend, klammerte sich an die Tischdecke und zog sie mit, als sie zusammenbrach. Alle stürzten zu Louise, die unter Krämpfen nach Atem rang. Während PM und die Bediensteten aufgeregt um sie herumwedelten, ging Lucas gelassen zum Telefon und rief den Notarzt. Und dann tippte er die Nummer von Maries Handy ein. Die Stimme, die er dann hörte, traf ihn wie ein Kinnhaken: Christian.
»Ach, Fersen … Tut mir leid, dass ich nicht da bin, wo Sie mich hinbefördern wollten, aber Marie braucht mich noch. Ich werde Marie übrigens nie wieder mit Ihnen allein lassen. Und ich schwöre Ihnen, sollte ich je eine Gelegenheit haben, sie von Ihnen zu befreien…«
»Sagen Sie ihr, ihre Großmutter liegt im Sterben.«
Nach diesem lakonischen Einwurf legte er einfach auf. Der Schmerz hielt an, ein Brennen in seinem tiefsten Innern. Er atmete möglichst langsam, um die in ihm brodelnde Wut zu bändigen, und schluckte noch zwei Beruhigungstabletten. Er wollte es nicht wahrhaben, aber er litt an Eifersucht.

***

»Hoffentlich komme ich noch rechtzeitig …«
Christian drückte aufs Gas. Seine Angst war ganz anders als die Maries, die fürchtete, sie werde ihre Großmutter nicht mehr lebend antreffen.
»Sei vorsichtig, vielleicht hat dir Lucas eine Falle gestellt, um dich ins Herrenhaus zurückzulocken.«
Das Herrenhaus kam jetzt in Sicht. Marie wurde blass, als sie den Rettungswagen mit weit offenen Türen vor dem Eingang stehen sah. Kaum hatte Christian angehalten, sprang sie aus dem Wagen und die Treppe hinauf. Als sie an der Tür ankam, trugen zwei Sanitäter eine Trage aus dem Haus. Der Arzt kam ihren Fragen zuvor.
»Auf den ersten Blick sieht es aus wie eine Vergiftung, womit, weiß ich noch nicht. Das Mädchen hat weniger abbekommen.«
»Das Mädchen? Jill?«
Entsetzt entdeckte Marie jetzt Jill, die bereits im Rettungswagen untergebracht war.
»Sie hat fast nichts aufgenommen, ihre Anorexie hat sie gerettet, aber ich möchte sie noch untersuchen …«
Er verschwand im Rettungswagen, der mit Blaulicht und Martinshorn davonfuhr.
Christian, der sich im Hintergrund gehalten hatte, stellte beruhigt fest, dass Angus schon zur Stelle war. Er sah finster aus. Und die Art, wie er seine Kippe wegschnippte, verriet seinen Ärger. Er ging zu Marie.
»Anscheinend ist die Serie noch nicht zu Ende …«
Doch Marie hörte ihn nicht. Ihr Blick war Lucas' Blick begegnet. Er stand, sein Handy am Ohr, auf dem Treppenabsatz. Er beendete das Gespräch, ging einige Stufen hinunter und blieb mit einem sehr ernsten Gesichtsausdruck vor Christian stehen.
»Danke, dass Sie auf Marie aufgepasst und Sie zurückgebracht haben.«

Marie konnte zu ihrer Überraschung keinen Zynismus heraushören. Er wirkte ehrlich. Und als er sie mit seinen braunen Augen ansah, sah sie darin unbestreitbar große Zärtlichkeit und Verliebtheit.

»Es war gut, dass du von mir weggegangen bist«, sagte er leise zu ihr. »Mein Verhalten ist durch nichts zu entschuldigen …«

Die Stimme war erstaunlich traurig, seine Schultern hingen herab, er wirkte völlig verloren.

»Ich weiß auch nicht, was mit mir los ist … Ich habe ja selbst Angst … Vor mir selbst.« Und an Christian gewandt fügte er hinzu: »Sie hatten recht. Ich kann Marie gefährlich werden, das ist mir jetzt klar.«

Er schien sehr mit sich zu kämpfen und hüllte Marie in einen Blick voller Liebe und Verstörung. Sie war gerührt.

»Ich will dich in keinerlei Gefahr bringen, ich wohne vielleicht besser anderswo, bis diese Untersuchung abgeschlossen ist …«

Seine Stimme brach, an seiner unruhigen Atmung merkte sie, dass er den Tränen nah war. Von seiner Zärtlichkeit und dem schmerzlichen Ton seiner Worte entwaffnet, schwieg sie. Christian dankte Lucas mit kühler Ironie dafür, dass er sich wenigstens jetzt vorsichtig und vernünftig verhalte.

In diesem Augenblick schoss PM aus der Eingangstür des Herrenhauses.

»Kommen Sie! Schnell, kommen Sie!«

Und schon rannte er wieder ins Haus. Alle folgten ihm ins Esszimmer, er zeigte wortlos auf Louise' Platz. Auf der Serviette lag ein kleiner, runder Stein. Mit einem Oghamzeichen.

»O wie Prinz Ogin, der vergiftet wurde«, sagte Marie leise. Sie sah sich um. Der Logik des Mörders zufolge musste hier irgendwo in der Nähe ein Grabstein sein. Lucas war wieder ganz Polizist und schlug vor, sich aufzuteilen und verschiedene Stellen abzusuchen. Die Anwesenden entfernten sich in unterschiedliche Richtungen. Nur Christian blieb bei Marie.

PM war den beiden in die Küche gefolgt und schnüffelte überall herum, wobei er Marie, die den Raum systematisch absuchte, andauernd in die Quere kam. Dann kroch er auf allen vieren halb in den Kamin. Nachdem er die gusseiserne Platte der Kaminrückwand weggeschoben hatte, schrie er überrascht auf. Dahinter tauchte ein Stein mit dem Oghamzeichen Z auf. Dem Zeichen, das sie auch auf dem Stein in Francks Satteltasche gefunden hatten. Angus hatte den Schrei gehört und war zu ihnen gekommen. Er sah das Zeichen und betrachtete es als weiteren Beweis für die Systematik des Mörders.

»Eine Grabplatte, ein Mord, ein Oghamstein, der auf die nächste Grabplatte verweist, in deren Nähe der nächste Mord geschieht, am Tatort ein Oghamstein und so weiter …«

»Es ist pure Logik«, führte Lucas den Gedanken fort, als sie sich alle im großen Salon zur Besprechung versammelt hatten. »Die Königin brachte ihre Stiefsöhne um, weil sie das Erbe für ihren Sohn wollte. Welcher Sullivan tötet seine Verwandten, um an das Erbe zu gelangen?«

»Wie hat der Mörder das alles vor unseren Augen tun können? Und obwohl alle Speisen vor dem Servieren kontrolliert wurden? Obwohl Louise und Jill unter besonderer Bewachung standen?«, rief Angus, rot angelaufen vor Zorn.

»Vielleicht hat er sich unter Ihren Kollegen Komplizen gesucht …«

Die Röte auf Angus' Gesicht vertiefte sich, mit gesträubten Brauen starrte er Lucas an.

»Die kenne ich alle durch und durch!«, donnerte er.
Wie ein Bär stapfte er durch den Salon.
»Obwohl …«, knurrte er, etwas ruhiger. »Über Brody weiß ich wenig …«
Lucas nickte.
»Das würde Edwards Flucht erklären. Am besten leiten Sie eine interne Untersuchung gegen ihn ein.«
Er hatte Marie die ganze Zeit scharf beobachtet, ihm war nicht entgangen, dass sie immer noch sehr nachdenklich war. Sie konnte den Gedanken nicht ganz loswerden, dass Ryan sie vielleicht doch belogen habe und gerade dabei sei, einen weiteren Rachefeldzug durchzuführen. Doch Lucas unterstellte ihr andere Überlegungen.
»Ich weiß, du hältst die Spur des Klosters für vielversprechend. Wahrscheinlich hast du recht. Mutter Clementia weiß vielleicht mehr, als sie uns gesagt hat, wir müssen sie noch einmal verhören.«
Endlich nahm er sie bei diesem Fall ernst. Sie lächelte ihm dankbar zu und fasste die Hoffnung, ihr Mann werde sein Problem, nachdem er es endlich bewusst akzeptiert habe, vielleicht auch bewältigen. Doch der Frieden war nur von kurzer Dauer. Einige Minuten später klingelte Angus' Handy. Er erstickte fast an seiner Wut.
»In der Klosterkirche hat es einen Doppelmord gegeben: die Oberin und Schwester Angelica!«
Lucas versteckte sein zynisches Vergnügen hinter einer Geste der Enttäuschung. Ideales Timing!, gratulierte er sich im Stillen.

***

Der Nebel der Lethargie, der Lucas eingehüllt hatte, begann sich aufzulösen. Er konnte sich ins Badezimmer schleppen, wo er den Kopf unter den Wasserhahn hielt, um wieder ganz und gar in die grausame Realität zurückzukehren. Da stand ihm plötzlich ein Bild vor Augen. Das letzte Bild, das er bewusst wahrgenommen hatte, bevor ihn die von Axel verabreichte Droge ins Nirwana geschickt hatte. Er hatte Axel aufs Badezimmer zugehen sehen. Dort musste sich also der Ausgang befinden!

Die Hoffnung erfüllte ihn mit neuer Energie, eifrig durchsuchte er den Raum, bis er hinter einem Kleiderschrank Fliesen fand, zwischen denen keine Fugenmasse war. Er schob den Schrank zur Seite und entdeckte einen sehr schmalen Durchgang. Sofort zwängte er sich hinein.

Im Licht einer neuen Taschenlampe sah er, dass er sich durch einen mit alten Holzpfosten abgestützten schmalen Gang bewegte, auch dieser kleine Stollen hatte wohl zu dem früheren Bergwerk gehört. Der Stollen mündete abrupt in eine natürliche Grotte. Vergeblich leuchtete er über die Felswände und lief die Grotte in alle Richtungen ab, doch er fand nicht die geringsten Fußspuren. Er fühlte sich wie ein gefangenes Raubtier. Nachdem er nirgends einen Ausweg fand, verlor er den Mut. Doch da fiel ihm in einem Felsbecken eine große Pfütze auf, die er vorher kaum beachtet hatte. Er richtete die Taschenlampe darauf und stellte fest, dass er nicht bis auf ihren Grund sehen konnte.

Er überlegte kurz, dann fasste er wieder Hoffnung, zog sich rasch aus, holte tief Luft und tauchte in das eiskalte Wasser. Der Felstunnel führte senkrecht nach unten. Er stützte sich an den Wänden ab und tastete sich immer weiter nach unten, bis sich seine Lungen so anfühlten, als würden sie gleich vor Luftmangel platzen. Wütend und halb erstickt kehrte er in die Grotte zurück. Wieder oben angelangt stieß er einen düsteren Seufzer aus, der unheimlich von den Wänden der Grotte zurückschallte. Er zog sich mühsam aus dem Wasser und ließ sich verzweifelt zu Boden fallen.

***

Im selben Augenblick, als die Polizeischwadron im Gefolge von Lucas, Marie, Angus und Christian auf der Halbinsel ankam, drang Ryan ins Arbeitszimmer von Mutter Clementia ein, um es bis in den letzten Winkel zu durchsuchen. Er untersuchte gerade den Inhalt einer Schublade unter einer bemalten Madonnenfigur, als er die Polizisten ins Kloster kommen hörte. Er wollte den kleinen Schubkasten schon schließen, da sah er etwas. Er griff noch einmal hinein, holte den Gegenstand heraus, der seine Aufmerksamkeit erregt hatte, schob ihn hastig in seinen Ärmel und floh, denn Schritte näherten sich.
Die Polizisten schwärmten im Kloster aus, während sich Lucas, Angus und Marie Richtung Kirche wandten. Christian folgte ihnen. Doch mit einer Handbewegung verwehrte ihm Angus den Zugang zum Tatort.
»Tut mir leid, aber dabei können wir Sie nicht gebrauchen.«
Noch bevor Christian protestieren konnte, mischte sich Lucas mit äußerster Höflichkeit ein.
»Sie brauchen sich um Marie nicht zu sorgen, wir werden nicht allein sein. Wenigstens Angus und seinen Leuten sollten Sie vertrauen.« Er lächelte bitter.
Marie warf ihrem Ex-Verlobten noch einen beruhigenden Blick zu, dann trat sie in die Kirche. Sie streifte sich Latexhandschuhe über, während sie auf die Leichen zuging. Dann kniete sie sich neben die beiden Nonnen. Lucas sah, dass sie eine der Hände der Oberin aufmerksam betrachtete. Sie hob die Hand auf und bog die Finger der Toten auseinander. Auf der kalten Handfläche lag ein Knopf. Wortlos hielt sie ihn Lucas und Angus hin.
»Ein Uniformknopf«, sagte Angus. »Möglicherweise von der Uniform, die Edward Sullivan Brody gestohlen hat.«
Marie zuckte zusammen. Sie sollten endlich aufhören, Edward zu verdächtigen! Sie selbst durfte nicht länger schweigen und sie in die falsche Richtung tappen lassen. Also beschloss sie,

ihnen zu sagen, wer der Mann wirklich war, den alle für ihren Onkel hielten. Gerade als sie zum Sprechen ansetzte, vibrierte ihr Handy. Instinktiv nahm sie zuerst das Gespräch an. Sie erkannte sofort die Stimme des Gerichtsmediziners. Und spürte zugleich Lucas' inquisitorischen Blick.
»Das Krankenhaus!«, log sie schwungvoll. »Wie geht es meiner Großmutter? Hallo? Ich verstehe Sie kaum, einen Augenblick, bitte.«
Sie entfernte sich zum Kreuzgang hin, froh, den scharf beobachtenden Blicken ihres Mannes zu entrinnen.
»Haben Sie die Ergebnisse?«, flüsterte sie.
»Die Fingerabdrücke auf dem Kaffeebecher stammen nicht von Lucas Fersen«, bestätigte der Gerichtsmediziner.
Maries Knie wurden weich, sie musste sich an eine Säule lehnen.
»Seltsamerweise sind sie aber den Abdrücken Fersens sehr ähnlich«, fuhr der Arzt fort. »Ich nehme an, es ist jemand von sehr ähnlicher Abstammung wie Lucas Fersen.«
»Bitte behalten Sie das vorerst für sich, nur vierundzwanzig Stunden lang. Ich verlasse mich auf Sie.«
Sie beendete das Gespräch. Ihr war eiskalt bei dem Gedanken an das, was der Gerichtsmediziner gerade gesagt hatte. Sie brauchte einige Sekunden, bevor sie sich wieder zur Kirche umdrehen konnte, und zu …
Nein, dieser Mann, mit dem sie seit einigen Tagen zusammenlebte, war nicht Lucas! Er war nicht ihr Lucas. Da sie sich außerstande fühlte, dem Anderen entgegenzutreten, ohne dass er ihre Verstörung bemerkte, bog sie in einen Gang ab. In einer Mauernische versuchte sie den ersten Schrecken zu überwinden, dann begann sie, mechanisch umherzugehen, und versuchte vergeblich Ordnung in die schrecklichen Gedanken zu bringen, die ihr seit dem Anruf kreuz und quer durch den Kopf schossen. Abwesend lief sie, sich mit einer Hand an der Wand abstützend, an den Zellen vorbei. Plötz-

lich öffnete sich eine der Türen. Eine Hand schoss hervor, zog sie in die Zelle und schloss die Tür. Im nächsten Augenblick war der Gang völlig ruhig und verlassen. Sie öffnete den Mund zu einem Schrei, den sie jedoch im letzten Moment zurückhielt, als sie unter dem Nonnenschleier das sehr unfromme Gesicht ihres Vaters entdeckte. Völlig erschöpft von den Gefühlen und Erlebnissen der letzten Stunden, ließ sie sich an seine Brust sinken und versuchte ihre furchtbaren Erkenntnisse stammelnd zusammenzufassen. Man hatte den Zwilling ausgetauscht!
»MEIN Lucas war es, den man im Hafen getötet hat!«, stöhnte sie. »Und der Zwilling hat seither seinen Platz eingenommen!«
Vor ihrem inneren Auge setzte sich das Puzzle zusammen. Seine Worte, bevor er starb: *Bruder, Ungeheuer, umgebracht …*
»Warum habe ich nichts bemerkt? Warum habe ich es nicht begreifen wollen?«
Schluchzend drückte sie sich an Ryan, der es bei aller Bestürzung über das Leid seiner Tochter doch von Herzen genoss, sie ausnahmsweise einmal in den Armen halten zu dürfen.
»Bitte beruhige dich doch … Sieh mal!«
Er hielt ihr den Gegenstand hin, den er aus Mutter Clementias Arbeitszimmer gestohlen hatte. Ein Foto. Es zeigte Jacques Reynault im Alter von siebenunddreißig Jahren. Seine Ähnlichkeit mit Lucas war frappierend. Und noch frappierender waren die zwei etwa siebenjährigen Jungen an seiner Hand, die sich aufs Haar glichen. Unter jedem stand ein Vorname: Pierre, Jacques, Axel. Und in einer Ecke ein Datum: März 1968!
»Axel? Warum nicht Quentin?«
»Quentin – dein Lucas – ist schon 1967 mit seiner Mutter verschwunden. Im Zusammenhang mit dem Flugzeugunglück.«
»Das heißt …«
»Dass es nicht zwei, sondern drei gleich aussehende Kinder

gab! Drillinge ... Und ich nehme an, genau wie Pierre, der im Hafen ermordete Drilling, ist auch der dritte Bruder nicht aktenkundig. Wahrscheinlich haben ihn die Nonnen ebenfalls irgendwo im Kloster aufgezogen.«

Im selben Augenblick – als hätte er seinen Namen gehört – kam Axel aus der Kirche. Sein Gesicht verfinsterte sich, als er Marie nirgends entdecken konnte. Ein Polizist zeigte ihm die Richtung, in die er sie hatte weggehen sehen.

Marie war immer noch zu Tode verängstigt, während sie versuchte, diese neue Information in einen logischen Handlungszusammenhang einzugliedern. Für Axel war der dritte Drilling, Lucas, die einzige Chance, dem Kloster zu entkommen und ein normales Leben in der Öffentlichkeit zu führen. Er musste Fersen auf die Insel der Schimären locken, in die Nähe des Ortes, an dem er gefangen war, und dann seine Stelle einnehmen. Marie wurde leichenblass.
»Aber seit wann lebe ich mit diesem ...«
»Der Mann, der dich fast tot aus dem See geborgen hat, war sich allzu sicher, dass es zu spät sei, dich wiederzubeleben. Ich bin sicher, dass er nicht Lucas Fersen war.«
Marie folgte seiner Gedankenkette:
»Dann hat der Austausch vielleicht stattgefunden, als ich beim Tauchgang den phosphoreszierenden Augen gefolgt bin?«
»Das war bestimmt ein Trick, um dich von Lucas wegzulocken, während der Austausch stattfand.«
Tränen perlten von Maries Lidern.
»Aber Lucas? Wo ist Lucas, was ist dann mit ihm geschehen? Ob er ihn umgebracht hat?«
Unwillkürlich zog Ryan ein pessimistisches Gesicht, was sofort Maries Widerspruchsgeist weckte.
»Er ist nicht tot! Nein! Das ist nicht möglich! Ich fühle, dass er noch lebt. Ich weiß es ...«

Und diese Gewissheit hatte einen konkreten Grund. Es war ihr sofort wieder eingefallen.

Warum erscheint immer alles möglich, wenn alles unmöglich wird …

Der Satz, an den Axel sich nicht erinnert hatte! Und den er rein zufällig am nächsten Morgen wieder präsent gehabt hatte. Sie dachte an all seine Abwesenheiten, die angeblich mit seinem Bedürfnis nach Alleinsein zusammenhingen, und an ihren in letzter Zeit besonders schweren Schlaf – als hätte sie Schlafmittel genommen …

»Ich bin sicher, dass dieser Verrückte Lucas an genau dem Ort festhält, an dem er selbst gefangen war! Das war die beste Möglichkeit, um Mutter Clementias Argwohn nicht zu wecken. Denn sie kümmert sich bestimmt um ihn …«

»Kümmerte«, berichtigte Ryan düster. »Wir müssen diesen Wahnsinnigen sofort demaskieren!«

»Nein! Jetzt, wo Mutter Clementia nicht mehr lebt, hat er keinen Grund mehr, ihn weiterleben zu lassen, und Axel ist der Einzige, der mich zu ihm führen kann. Ich werde ihm nicht mehr von der Seite weichen!«

Axel ging inzwischen durch die Korridore und schaute in alle Zellen. Dabei kam er der Tür, hinter der Marie und Ryan sich erregt berieten, immer näher.

»Ich lasse nicht zu, dass du dich derart in Gefahr begibst, dieser Mann ist ein geisteskranker Mörder!«

Axel hatte die Hand schon auf der Türklinke. Er wollte sie herunterdrücken, als Christian ihn von hinten ansprach:

»Wo ist Marie?«

Marie und Ryan verstummten beim Klang seiner Stimme. Wie gebannt starrten sie auf die Tür, die sich langsam öffnete.

»Eben, ich such sie auch gerade«, antwortete Axel mit einem ratlosen Achselzucken. »Gerade war sie noch bei mir in der Kirche …«

Der Skipper stellte sich vor ihn, Axel drückte die Tür nicht weiter auf, sondern sah ihn an, die Hand ruhte noch auf der Klinke.
»Glauben Sie, sie hat die Segel gesetzt? War sie so enttäuscht vom Zusammenleben mit Ihnen?«
»Halten Sie sich aus meinen Angelegenheiten raus!«
»Und Sie sich aus meinen. Sie haben meinen Schoner versenkt und versucht, mich umzubringen …«
Axel ließ die Klinke los und lächelte Christian zuckersüß an: »Haben Sie Beweise?«

Ryan und Marie kletterten bereits aus dem Fensterchen der Zelle. Sie landeten in dem Gemüsegarten hinter der Umfriedungsmauer. Ryan nahm Maries Gesicht in beide Hände und sah sie ebenso zärtlich wie besorgt an.
»Pass auf dich auf. Du bedeutest mir mehr als …«
»Wohin gehst du?«
»Ich bleibe hier. Ich werde schon noch herausfinden, auf welchem Weg Mutter Clementia Axel mit Lebensmitteln versorgte.«
Er küsste sie auf die Stirn, und dann sah sie, wie seine Lippen lautlos ein *Ich liebe dich* formten. Trotz ihrer Rührung konnte sie ein Grinsen nicht unterdrücken, als er mit beiden Händen die Tracht raffte und mit wehenden Röcken über eine kleine Mauer sprang.

* * *

Unter den verstörten Blicken der im Klosterhof versammelten Nonnen wurden die Leichen von Mutter Clementia und Schwester Angelica in den Leichenwagen geschoben. Über die teils glatten, teils runzligen Wangen liefen Tränen, die ganz sicher ehrlicher Trauer entsprangen.
Angus räusperte sich Aufmerksamkeit heischend. Vor lauter

Unbehagen trat er von einem Fuß auf den anderen. Den Umgang mit Spitzbuben war er nun mal eher gewöhnt als den mit den Töchtern Gottes. Er bemühte sich sehr, seine natürliche Ruppigkeit abzumildern, als er ihnen erklärte, sie würden alle in ein anderes Kloster gebracht, wo man sie aufnehmen werde, bis die Ermittlungen abgeschlossen seien und die Diözese eine neue Oberin bestimmt habe. Als alles geregelt war und man die schwere Klosterpforte geschlossen hatte, ließ er sie versiegeln.

Marie setzte sich wortlos in den Polizeiwagen, nach hinten, neben Christian. Das leichte Zucken auf Axels Gesicht verriet seinen Ärger, doch er setzte sich mit ausdruckslosem Gesicht ans Steuer. Angus setzte sich ein wenig ratlos auf den Beifahrersitz. Sie haben eine weitere Etappe auf dem Weg zur Trennung erreicht, dachte er und war heilfroh über seinen insgesamt doch recht behaglichen und friedlichen Junggesellenstand.

Im Rückspiegel begegneten sich Axels und Maries Blicke. Rasch wandte sie ihre Augen ab, damit er das kalte Grauen darin nicht sähe, und griff instinktiv nach Christians Hand. Der verflocht seine Finger mit den ihren. Auf der kurzen Fahrt ins Herrenhaus herrschte im Wagen bleiernes Schweigen.

Sobald sie angelangt waren, stiegen sie aus. Axel bat Angus, einige Minuten zu warten, er wolle nur seine Sachen für den Umzug ins Hotel holen. Angus, immer ratloser, wandte sich zu Marie um, doch sie reagierte nicht. Kaum war Lucas in der Halle verschwunden, zündete Angus sich nervös eine Zigarette an. Es spürte, dass dieser Fall, der so eng mit dem Privatleben seiner beiden Kollegen zusammenhing, eine ungute Wendung nehmen konnte. Er erriet, dass jeder Informationen für sich behielt, denn sie kamen mit ihren Ermittlungen nicht

mehr voran, ganz anders als der Mörder, der nun munter vom Einzel- zum Doppelmord übergegangen war.
Er ging auf Marie zu, um ihr diese Überlegungen mitzuteilen, doch sie wandte sich bei seinem Nahen mit verschlossenem Gesicht ab. Sie schlenderte vor sich hin, wie in Gedanken verloren, machte aber Christian ein heimliches Zeichen, und er folgte ihr. Verstohlen zog sie das Foto aus der Tasche, das Ryan ihr überlassen hatte, und gab es ihm.
»Sieh dir das an. Aber vorsichtig, möglicherweise beobachtet er uns.«

In der Tat stand Axel hinter dem Vorhang des Badezimmerfensters und spähte nach den beiden. Aus dem aufgeregten Gebaren Christians schloss er, dass es bei ihrer Diskussion heiß herging. Er dachte kurz nach, und dann trat ein machiavellistischer Ausdruck auf sein Gesicht.

30

Das geht zu weit«, rief Christian halblaut. »Du musst Angus Bescheid sagen.« Er machte eine Bewegung in Richtung des Polizisten, der neben dem Streifenwagen auf und ab ging, doch Marie hielt ihn zurück.

»Ich traue ihm nicht! Ich kann nur noch dir und Ryan trauen. Glaub mir, ich habe nur eine Chance, Lucas zu finden: Ich muss Axel auf Schritt und Tritt folgen …«

»Du ahnst ja nicht …«

»Ich verabscheue ihn, aber der Gedanke, dass Lucas irgendwo eingeschlossen ist, allein, weit weg und vielleicht auch noch verletzt …«

Sie brach ab, ihr wurde klar, wie quälend es für Christian war, dass sie für einen anderen zu allem bereit war, sogar dazu, ihr Leben zu riskieren.

»Was bin ich doch für ein Idiot«, schimpfte Christian reuig. »Warum bin ich nicht mit dir weggegangen, als du mich darum gebeten hast?«

Sie schüttelte traurig den Kopf. Sie würde es nie schaffen, diese für ihn unerträgliche Lage abzumildern. Sie hatte das Ausmaß seiner Zuneigung immer unterschätzt.

»Was genau hast du vor«, fragte er.

Marie kam wieder auf den Austausch zurück, der während des Tauchgangs geschehen sein musste.

»Auch der Journalist ist beim Tauchen im See verschwunden.

Und wir wissen, dass der Untergrund unter dem Wasser mit Stollen und Schächten durchlöchert ist. Maréchal hat wahrscheinlich einen Weg zu dem Ort gefunden, an dem Axel festgehalten wurde, und ihm wohl auch unwissentlich eine Fluchtmöglichkeit gezeigt. Ich muss diesen Zugang zum Versteck finden.«
»Das sind alles nur Hypothesen und nicht mal besonders glaubwürdige: Maréchals Leiche wurde in dem Brunnen in der Scheune der Sullivans gefunden …«
»Ja, aber die Analyse des Skeletts hat ergeben, dass es erst vor kurzem umgelagert worden ist. Es hat monatelang an einem völlig trockenen Ort gelegen. Die Leute im Labor haben Salpeter und Felspartikel gefunden, die nur unterirdisch vorkommen, also wurde die Leiche lange in einem alten Stollen zwischengelagert. Ich nehme an, er wurde später in den Brunnen geworfen, um den Verdacht auf die Sullivans zu lenken.«
Sie machte eine kurze Pause und fuhr dann fort:
»Wenn der Journalist das Versteck gefunden hat, kannte er sicher auch die fünf Grabinschriften, das heißt die komplette Botschaft, mit der man den Zugang findet … Du musst mir bei der Suche nach den fehlenden Grabplatten helfen!«
Christian packte sie am Arm.
»Und wenn du sie hast, willst du wieder im See tauchen? Kommt nicht in Frage!«
Marie sah ihm fest in die Augen.
»Du wirst mich nicht daran hindern können. Das weißt du.«
Er kannte sie gut genug, um auch diesen Versuch aufzugeben, sie vor sich selbst zu schützen
»Dann tauche ich mit dir. Schwör mir, dass du es nicht allein machst.«
»Ich schwöre es dir.«
»Schwör mir, dass du mich rufst, sobald es auch nur das geringste Problem mit diesem Verrückten gibt.«

Auch das schwor sie ihm. Sie wusste, was der bittere Zug um seinen Mund bedeutete. Ihm war klar, dass die Schwüre dieses Tages sie nur um eines anderen willen banden und sie schließlich umso mehr trennen würden.

Als Axel Motorengeräusche hörte, trat er wieder ans Fenster. Gerade rechtzeitig, um Christian mit Angus wegfahren zu sehen.

Marie stieg die Freitreppe hinauf.

Befriedigt lächelnd ging er in die Sitzecke ihres Schlafzimmers. Dort hatte er eben einen Riegel des Parketts weggenommen und ein Fach freigelegt. Er legte etwas hinein und schob das Brettchen dann in aller Ruhe wieder an seinen Platz. Er war just in dem Augenblick damit fertig, als Marie ins Zimmer trat, wie er im Spiegel sehen konnte. Er schlug den Teppich wieder übers Parkett und stand rasch auf. Maries zärtliches Lächeln schlug wie eine Welle des Glücks über ihm zusammen.

»Ich will nicht, dass du fortgehst«, sagte sie, als sie langsam auf ihn zuging. »Ich habe geschworen, an deiner Seite zu sein, an guten wie an schlechten Tagen.«

Sie küsste ihn leicht auf den Mund und legte ihm die Arme um den Hals. Ihre Stimme war nur noch ein sanftes Murmeln.

»Ich liebe dich. Ich will nicht, dass wir uns trennen …«

Sie schmiegte sich an ihn und klammerte sich dabei an den Gedanken, dass sie ihren Körper nur als Waffe benutzte. Er lehnte seine Brust an ihre, seine Anspannung ließ nach, der Trick funktionierte. Sie wurde zuversichtlicher und barg ihr Gesicht in seiner Halsgrube, damit er nicht an ihrem Blick erkennen konnte, wie sehr sie sich bezwingen musste. Sie konnte nicht sehen, welche ungeheure Auswirkungen die Liebeserklärungen hatten, die sie die ganze Zeit murmelte. Axels Gesicht begann zu leuchten, er schloss die Augen, zum ersten Mal in seinem Leben durchströmte ihn das unvergleichliche Gefühl, geliebt und begehrt zu werden. Maries Tränen entrückten ihn regelrecht und enthüllten ihm noch unbekannte Dimensionen seiner selbst, denn in seiner Unerfahrenheit verwechselte er den Schmerz einer gequälten Frau mit dem Ausdruck echter Liebe.

»Behalt mich ganz nah bei dir«, hauchte Marie und kämpfte die schrecklichen Bilder nieder, die ihr vor Augen standen: Alice' Leichnam auf dem Seziertisch, Kellys aus dem See geborgene Leiche, Francks triefender Kopf im Brunnen, Vivians zerschmetterter Körper, die beiden erdrosselten Nonnen ...

Sie spürte, wie Axels Hand unter ihre Bluse und auf ihre Brüste zuglitt.

Sosehr sie sich auch zu kontrollieren versuchte, sie zuckte zurück.

»Was hast du?«, fragte er erschrocken, als er in ihr blasses Gesicht sah.

Sie schöpfte aus ihren allerletzten Tapferkeitsreserven und schlug ihre weinenden Augen auf.

»Die Brandwunde an der Schulter, sie tut weh ...«

»Verzeih, o verzeih, meine Liebste, ich will dir nicht wehtun, nie mehr, glaub mir ...«

Mit einer Sanftheit, die sie noch nie bei ihm erlebt hatte, knöpfte er ihre Bluse auf und küsste andachtsvoll jedes Stückchen Haut, das er freilegte.

»Deine Liebe ist das Schönste und Beste, was mir in meinem ganzen Leben widerfahren ist«, flüsterte er. Es klang so aufrichtig, dass sie erschrak.

Axel wirkte wie verklärt, als er sie zum Bett trug und sie unendlich zart zu liebkosen begann.

»Ich werde dich nie wieder verlassen, du bist mein Alles, und ich will dich ganz ...«

Er unterbrach sein Geflüster nur, wenn er mit seinen heißen, begierigen Lippen über ihre Haut streifte. Marie fiel in einen

Abgrund des Grauens, als sie spürte, dass ihr eigener Körper ihr nicht mehr gehorchte und sich der Lust hingab.

***

Axel war in dieser Nacht beseligt und erfüllt eingeschlafen. Nie hätte er ein solches Glück für möglich gehalten. Wollüstig und bis zur Erschöpfung hatte er Marie geliebt, sie hatte geschrien vor Lust und um Gnade gefleht. Und sie hatten gemeinsam geweint, als er Worte der Liebe gestammelt hatte, die wie eine zu lange aufgestaute Flut über ihn gekommen waren. Er, der bislang nur einsam und in Gefangenschaft gelebt hatte, hatte dank Marie plötzlich eine wunderbare Welt entdeckt, die Welt der Gemeinsamkeit und der Teilhabe, ein Taumel, der in dieser Nacht all seine Widerstände überwunden hatte. Dann war er völlig erschöpft in einen friedlichen und tiefen Schlaf gefallen. So tief, dass er nicht hörte, dass Marie aufstand.

Wie ein Automat ging sie unter die Dusche, und während die Wassertropfen und die Tränen an ihr herabrannen, stand sie einfach da, wie betäubt und jenseits allen Leids. Ihr war, als wäre ihr Leben stehen geblieben, als würde diese Nacht nie enden. Und doch fiel ein fahler Sonnenreflex auf die beschlagene Scheibe, hinter die sie sich geflüchtet hatte wie unter einen Glassturz. Der Morgen dämmerte. Sie musste leben und dafür einen Grund finden. Lucas. Sie hatte mit dem Teufel geschlafen, das durfte nicht umsonst gewesen sein.

Langsam und methodisch zog sie sich an, bevor sie das Badezimmer wieder verließ. Dann ging sie zum Bett und betrachtete den Schlafenden. Wenn es nötig wäre, würde sie diesen Mann töten, den Zwilling des Mannes, den sie gerade betrogen hatte. Aus Liebe. In der Hoffnung, ihn zu retten. Sie zuckte nicht einmal zusammen, als ihr Handy klingelte, sondern nahm das Gespräch erstaunlich gelassen an. Axel hingegen war hochgeschreckt, auf seinem Gesicht lag wieder der alte Ausdruck von Härte und Misstrauen.

»Das Krankenhaus«, erklärte sie. »Louise wacht aus dem Koma auf, aber ihr Zustand ist instabil. Ich muss zu ihr, vielleicht kann ich noch mit ihr sprechen.«

»Das hat keine Eile. Gib ihr Zeit, sich zu erholen, du kannst sie später verhören.«

»Nein, ich fürchte, sie lebt nicht mehr sehr lange. Komm mit.«

Sie gab Axel keine Gelegenheit zu weiteren Einwänden, sondern tauchte ihren Blick tief in seine braunen Augen, als sie leidenschaftlich flüsterte:

»Ab jetzt soll uns nichts mehr trennen, was immer es sei. Ich ertrage es nicht, mich von dir zu entfernen. Komm mit, ich brauche dich so sehr …«

An seinem Lächeln erkannte sie, dass er in die Falle getappt war.

***

Louise Sullivan lag in ihrem Krankenbett, sie schwebte zwischen Tod und Leben. Die besten und die schlimmsten Momente ihres Lebens zogen an ihr vorüber.

Die Bomben von 1942, ihre toten Eltern in den Ruinen, die liebevolle Aufnahme bei ihrer Patentante, Madeleine Reynault, deren Familie mit den Kindern Jacques und Thérèse sie mit ins Sommerhaus auf Killmore genommen hatte … Wo sie Andrew Sullivan kennengelernt hatte. Sie sah sich in dem scharlachroten langen Kleid, das die Bräute in dieser uralten Familie traditionell trugen. Bei der Hochzeit war sie gerade erst zwanzig Jahre alt gewesen. Damals hatte sie noch geglaubt, sie liebe ihn.

Der reiche Herr und Gebieter über Killmore, der seine drei Söhne allein aufzog, hatte sie durch seine zuvorkommenden

Manieren beeindruckt. Doch hinter der noblen Fassade hatte sie einen streng geregelten, monotonen Alltag entdeckt. Nur die Geburt der kleinen Mary hatte sie trösten können, wenigstens zum Teil. Die drei Söhne aus Andrews erster Ehe hatten ihr das Leben zur Hölle gemacht. Edward, der Erstgeborene, war genauso kalt wie sein Vater, dessen Strenge die beiden jüngeren Söhne zu ständig aufmuckenden Tollköpfen gemacht hatte. Immer sehnsüchtiger wartete sie auf die Reynaults, die gelegentlich ihre Ferien auf Killmore verbrachten. Thérèse war ihre beste Freundin geworden. Und vor allem war da noch Jacques.

Die dunklen Locken und nussbraunen Augen des zwölf Jahre Jüngeren hatten von Anfang an geschwisterliche Zuneigung in ihr geweckt. Im Laufe der Jahre und der Ferienaufenthalte hatte sie ihn heranwachsen und zu einem jungen Arzt und leidenschaftlichen Forscher werden sehen. Als er zum ersten Mal seine junge Frau Françoise mitbrachte, erkannte sie an ihrer plötzlich aufflammenden Eifersucht, dass sich die zärtliche Zuneigung, die sie schon immer für Jacques gehegt hatte, zu etwas viel Tieferem gewandelt hatte. Eine Leidenschaft, die insgeheim in ihrem Herzen wuchs. Um sich von dieser Gefühlsverirrung abzulenken, hatte sie bis zur Erschöpfung gearbeitet und die Geschäfte ihres Mannes vorangetrieben, doch unter der Fassade der idealen Ehefrau wurde sie von dieser verbotenen Liebe verzehrt.

Und dann kam der Tag, an dem Jacques, der unter dem Tod seiner kleinen Tochter und der darauffolgenden Depression seiner Frau litt, sich ihr anvertraute. Es war kurz nach der Geburt des kleinen Quentin. Das Kind glich seinem Vater bis ins letzte Detail – die gleichen nussbraunen Augen, die gleichen dunklen Locken …

Die alte Dame lächelte in ihrem Halbkoma, als sie diese kostbaren Momente mit Jacques noch einmal durchlebte. Durch Andrews Krankheit hatten sie viel gemeinsame freie Zeit und trafen sich immer häufiger in der Abgeschiedenheit der Bibliothek, in die sich Jacques gern flüchtete, um in Ruhe an seinen Forschungen arbeiten zu können. Sie brachte ihm dann Tee und setzte sich zu langen freundschaftlichen Plaudereien zu ihm. Bis zu dem Tag, an dem sie mitten im Satz aufstand und ihn auf den Mund küsste. Die Leidenschaft, die so lange in ihr geglüht hatte, entflammte nun auch ihn, und sie wurden Liebende.

Da sie es nicht ertragen konnte, wenn Jacques zu lange von der Insel weg war, schlug sie ihrem Geliebten vor, seine Forschungen in dem Geheimlabor fortzusetzen, das sein Vater Joseph Reynault, ein strenger Mensch und großer Forscher, 1941 auf der Insel eingerichtet hatte. Und so zog er nach Killmore. Wenn Jacques im Labor arbeitete, kam Louise, angeblich auf einem Ausritt, über die Landenge zu ihm, damit sie ihre Leidenschaft ausleben konnten. Das waren die schönsten Erinnerungen ihres Lebens. Bis Mary entdeckte, dass Louise ihren Mann betrog. Das junge Mädchen war entsetzt und flehte sie an, diese Liaison zu beenden. Doch nichts half, die Leidenschaft war stärker.

Und dann stellte Mary ein Ultimatum: Entweder Louise verzichtete auf Jacques, oder Mary würde ihrem Vater alles erzählen. Louise wusste, dass Mary sich nicht umstimmen lassen würde, sie waren beide aus demselben Holz geschnitzt. Louise konnte sich nicht entscheiden, sie wollte einerseits nicht auf Jacques verzichten, fürchtete aber andererseits die Reaktion Andrews, der sie sicher enterbt hätte.

Auf Louise' blassem Gesicht zeichnete sich jetzt der Schmerz ab, den sie damals durchlitten hatte. Sie erinnerte sich an den Augenblick, in dem sie beschlossen hatte, ihre Tochter zu opfern. Thérèse, die inzwischen Schwester Clementia geworden war, erzählte sie, Mary wolle mit einem jungen Mann durchgehen, und ließ sie im Kloster gefangen halten. Sie hatte vor, sie gleich nach dem Tod Andrews, der schon sehr krank war, wieder zu befreien. Louise gab sich wieder mit einer durch die Gewissensbisse noch gesteigerten Glut ihrem Geliebten hin. Bis Weihnachten 1967.

Françoise Reynault, die spätere Hélène Fersen, war mit dem kleinen Quentin zu Jacques gekommen. Die depressive junge Frau wollte nicht mehr untätig herumsitzen und hatte daher beschlossen, ihre Schwägerin, Mutter Clementia, im Kloster zu besuchen. Ihren dunkelgelockten kleinen Jungen hatte sie mitgenommen.

»Quentin ... Dein Lucas«, murmelte Louise. »Er war der Bote meines Unglücks.«

Marie saß schon lange im Zimmer. Axel hatte schweigend danebengesessen. Mucksmäuschenstill hatten sie an den Lippen der alten Dame gehangen, die ihnen ihr Leben erzählte. Jetzt schwieg Louise, sie schien einzuschlafen. Axel zog Marie am Arm, sie sollte mit ihm hinausgehen. Doch Marie machte sich los.

»Was für ein Unglück?«, flüsterte sie ihrer Großmutter zu.

Wieder war Louise' Stimme zu hören, heiserer als zu Beginn.

»Das Wetter war traumhaft, mein Ausritt war herrlich gewesen, es schien ein schönes Weihnachten zu werden. Françoise versank in immer tiefere Depressionen, doch das hielt Jacques nicht davon ab, mich zu lieben, im Gegenteil ... Und dann sah ich sie kommen, sie rannte wie eine Wahnsinnige, den kleinen Quentin in den Armen, er schrie in äußerster Angst, Blut lief ihm aus der Nase ... Ihre Kleider waren zerrissen, stellenweise angesengt, in ihren Gesichtern waren Rußspuren ... Ich verstand nichts von dem, was sie mir zu sagen versuchte ...«

»*Baby, tot, Ungeheuer,* und wir müssten Jacques stoppen. Sie war völlig hysterisch, sie wollte sofort von der Insel weg, mit Quentin, damit er in Sicherheit wäre. Ich habe versucht, sie

zu beruhigen. Ich verstand allmählich, dass der Junge aus dem Kreuzgang entwischt war, wo er spielen sollte, und bei einem Streifzug durch die Gänge auch auf das Labor gestoßen war. Und dort hatte ihn seine Mutter gefunden. Was sie im Labor gesehen hatte, hatte sie derart erschreckt ... Und ich versprach ihr, sie könne auf meine Hilfe zählen. Ich, ihre ärgste Feindin, ich, die ich sie schon seit Jahren betrog ...«
Ein tiefer Schluchzer – oder war es ein bitteres Lachen? – unterbrach Louise' Worte. Unsicher streckte sie die Hand nach Marie aus.
»Ich werde sterben, Marie. Ich möchte nicht fortgehen, bevor du weißt, wer ich bin und was ich getan habe.«
»Großmutter ...«
»Lass mich diese schwere Last ablegen, sie hindert mich am Fortgehen. Das Wasserflugzeug ... Ich sagte ihr, ich würde das Wasserflugzeug bereitmachen lassen, damit sie und ihr Sohn schnellstens von der Insel wegkämen. Die Gelegenheit war einfach zu günstig. Sie bot mir eine Lösung an, die ich mir in meinen kühnsten Träumen nicht ausgemalt hätte: sie und das Kind loszuwerden und Jacques ganz für mich zu behalten ... Françoise wollte publik machen, was er im Labor trieb, und ich musste ihn beschützen ... Also habe ich, während sie ihre Sachen zusammenpackte, das Flugzeug manipuliert. Françoise stieg mit dem Kleinen ins Flugzeug und winkte mir vertrauensvoll und dankbar zu. Sie setzte sich ins Cockpit, und als sie abhoben, spiegelte sich das Licht der untergehenden Sonne auf dem Rumpf. Er glühte auf, es war wie ein Vorgeschmack auf die von mir vorbereitete Explosion.«
Marie schloss vor Entsetzen die Augen. Louise schwieg nur kurz, dann setzte sie ihre Erzählung fort.
»Ich weiß nicht, wie sie davongekommen sind, und ich verstehe es auch nicht. Ich ging zur Insel der Schimären, zu Jacques. Ich wollte ihm erzählen, sie sei geflohen ich hätte sie nicht zurückhalten können. Doch Jacques ... Das Labor

stand in Flammen. Er kam nicht mehr aus dem Feuer heraus … Der Tod nahm mir den Mann, um dessentwillen ich gerade zwei unschuldige Menschen getötet hatte.«

Tränen flossen aus den blinden Augen.

»Mutter Clementia bat mich, der Polizei zu sagen, Jacques sei mit Hélène und Quentin im Wasserflugzeug gewesen. Sie wollte nicht, dass man in den Überresten des Labors nach seiner Leiche suchte und dabei herausfände, woran er forschte. Und da ein Unglück selten allein kommt, hatte Mary auch noch das Durcheinander genutzt und war entflohen. Am selben Tag verlor ich meine Tochter … und den Mann, den ich über alles liebte.«

Die letzten Worte hatte sie nur gehaucht. Marie musste sich zwingen, ihr auch noch die Frage zu stellen, die sie quälte.

»Woran forschte Jacques?«

Louise schien ihre letzten Kräfte zu sammeln, sie deutete etwas wie ein Nicken an.

»Ja, auch das muss ich dir sagen …«

Marie verstand nicht gleich, was passierte: Zuerst gab es hinter ihr einen erstickten Knall, und dann war mitten auf Louise' Stirn ein blutendes Loch. Entsetzt fuhr sie herum. Axel hielt ein Kopfkissen in der Hand, das er als Schalldämpfer benutzt hatte. Einige Federn, die durch das ins Kissen geschossene Loch herausgeflogen waren, schwebten noch durch die Luft. Maries Hand zuckte zu ihrem Pistolenhalfter, es war leer. Sie wurde blass.

»Du Schwein!«

Sie hatte die Beleidigung schon geschrien, nun war nichts mehr zu machen. Es war, als hätte sie ihn geohrfeigt. Nach einem Augenblick schmerzlichen Staunens zogen sich Axels Pupillen zusammen, in seinen Augen blitzte wieder Grausamkeit. Gereizt schleuderte er das Kissen weg, und Marie sah seinen behandschuhten Finger am Abzug der Pistole, die jetzt auf sie zielte.

»Bedauere. Ich musste mir deine Waffe leihen. Damit man nicht etwa mich verdächtigt …«
»Tu's nicht, bitte«, versuchte sie ihr Glück.
Unter seinem zynischen Lächeln war noch die Verletzung zu spüren, die sie ihm gerade zugefügt hatte.
»Keine Sorge. Nicht ich werde dich töten. Ich werde dafür sorgen, dass man glaubt, du habest die Sullivans getötet, um das ganze Erbe für dich zu behalten. Und dann werde ich dir bei deinem Selbstmord helfen.«
»Du zerstörst damit dich selbst.«
»Ich werde sehr traurig sein über deinen Verlust, alle werden verstehen, dass ich die Polizei verlasse, dass ich dich am anderen Ende der Welt zu vergessen versuche.«
Marie beobachtete seinen Finger am Abzug. Sie beschloss, seinen Wahnsinn herauszufordern:
»Lucas hätte mir nie etwas angetan. Ich weiß, wer du bist.«
Sie spürte seine Überraschung, sein Misstrauen, aber er war nicht so sehr aus dem Gleis geworfen, dass sie ihn hätte entwaffnen können. Während sie aufmerksam sein Gesicht studierte, versuchte sie, denselben Gesichtsausdruck wie er aufzusetzen: kühl und undurchdringlich.
»Ich habe deine Fingerabdrücke mit denen von Lucas im Polizeiregister vergleichen lassen. Ich weiß, dass ihr drei Kinder wart. Lucas, Pierre und du, Axel.«
Sie war sicher, dass er sich nicht entscheiden konnte, ob er ihr endlich den Rest geben oder lieber sein grausames, über so lange Zeit vorbereitetes Spiel weiterspielen sollte. Sie nutzte ihren kleinen Vorteil.
»Wenn du mich hättest töten müssen, hättest du es bereits getan.«
Sie musterten sich aufmerksam, und er konnte die Leidenschaft, die er trotz allem noch für sie empfand, nicht verhehlen. Daran klammerte sie sich, sie legte so viel Liebe wie möglich in ihren Blick und erklärte:

»Du kannst mich nicht töten. Denn zwischen dir und mir hat sich etwas ereignet, das wir beide nicht rückgängig machen können.«
Sie sah seinen Zweifel. Der Finger am Abzug entspannte sich, doch die Mündung zeigte immer noch auf sie. Sie durfte ihn nicht unterschätzen, wenn sie wollte, dass er ihr glaubte.
»Anfangs war es Lucas, den ich in dir liebte. Und jetzt weiß ich nicht mehr … Ich weiß nicht, wer du bist …«
»Hast du Angst vor mir?«
»Ich habe Angst vor der Stärke dessen, was wir gemeinsam erlebt haben, alles ist im Umbruch. Ich werde nicht wie bisher weiterleben können. Ja, ich habe Angst, ich weiß ja nicht einmal, was du von mir willst.«
»Alles.«
Er ließ die Waffe sinken.
»Ich will, dass du mich liebst. Mich, Axel. Ich bin froh, dass du nun die Wahrheit weißt. Ich bin kein mittelmäßiger Bulle, ich habe dir Besseres zu bieten als ein vorgezeichnetes banales kleines Leben.«
Sie gab sich unschlüssig, sie musste erfahren, ob Lucas noch lebte und wo er war.
»Solange er lebt, werde ich mich nicht frei fühlen. Wo ist er?«
Sie sah, wie er in Zorn geriet.
»Fersen ist gar nichts mehr. Ein *Loser,* der dich nicht verdient, eine Ratte, die in ihrem Loch krepieren wird. Vergiss ihn! Komm mit mir!«
Endlich verlor er seine Kaltblütigkeit und bot Marie eine letzte Chance. Sie entriss ihm seine Waffe und richtete sie sofort auf ihn.
»Es ist vorbei, Axel! Ich werde keine Hemmungen haben, dich umzubringen! Los, sprich! Wo ist er?«
Er sah sie benommen an. Gerade hatte sie ihm einen Dolch ins Herz gestoßen. Der einzige Mensch auf Erden, für den er

Liebe empfunden hatte, verriet ihn! Der Schmerz war nicht zu ertragen.

»Du hast mich nie geliebt«, stammelte er, mehr zu sich selbst.

»Du bist ein Ungeheuer, und ich hasse dich!«

Das Leid, das sie ihm zufügte, ließ das von ihr gesäte aufkeimende Gute verdorren und das Ungeheuer wieder zum Vorschein kommen, das sie mit ihrer Liebe hätte zähmen können. Sie zückte ihr Handy und tippte eine Nummer ein. Die Tausendstel Sekunde, in der ihr Blick von ihm zum Display schnellte, wurde ihr zum Verhängnis. Wie ein verwundetes Raubtier warf er sich auf sie. Er versetzte ihr einen Nackenschlag und floh.

Marie versuchte sich aus dem schmerzhaften Nebel zu kämpfen und diesem Albtraum zu entkommen. Sie öffnete die Augen und sah undeutlich Louise' Gesicht, die weit aufgerissenen milchigen Augen und das Loch in der Stirn, das noch blutete. Es war kein Albtraum! Noch bevor sie ihre Geistesgegenwart halbwegs zurückerlangt hatte, hörte sie Schritte und Stimmen auf dem Gang. Sie versuchte ihr Schwindelgefühl zu unterdrücken und wollte gerade mechanisch ihre Waffe wieder wegstecken, als zwei Pfleger und ein Arzt ins Zimmer stürzten. Mit einem Blick erfassten sie alles: die alte Dame mit der Schusswunde und Marie mit der Waffe in der Hand.

»Nein, das war nicht ich! Ich habe nichts damit zu tun! Es war der Polizist, der mit mir hergekommen ist, er hat sich als Lucas Fersen ausgegeben, er hat sie getötet.«

Angesichts der ungläubig aufgerissenen Augen der drei Männer und ihrer Angst vor Maries Waffe war rasch klar, dass man ihr nicht glauben würde. Sie beruhigte sich und versuchte sachlich zu argumentieren.

»Ich heiße Marie Kermeur, ich …«

»Gewiss, ja, natürlich … Würden Sie so freundlich sein und die Waffe ablegen?«
»Ich bin Polizeibeamtin …«
»Ja, natürlich …«
An der überhöflichen Art des Arztes, jeder ihrer Äußerungen beizupflichten, und an den Blicken, die er mit den Pflegern wechselte, sah sie, dass er sie immer noch für eine Mörderin hielt.
»Bitte, legen Sie die Waffe ab.«
Sie tat, als wolle sie gehorchen. Die Pfleger traten näher. In dem Augenblick, als sie sie ergreifen wollten, packte Marie den jüngeren von ihnen und hielt ihm die Pistole unters Kinn. Der Arzt, dessen Gesicht ebenso weiß war wie sein Kittel, versuchte halbherzig einzugreifen.
»Schluss jetzt, lassen Sie ihn los! Lassen …«
»So, jetzt gehen wir«, befahl sie dem zu Tode erschrockenen Pfleger und verdrehte ihm den Arm.
Sie beachtete das Flehen des Arztes nicht weiter und zog ihre Geisel mit sich. An der Tür warf sie noch rasch einen letzten Blick auf Louise und nahm ein Bild von ihr mit, das sie nie vergessen sollte. Die alte Dame schien sie anzustarren. Das Blut lief ihr übers Gesicht wie Tränen.
Marie zerrte den Pfleger, den der Druck der Mündung unter seinem Kinn stumm gemacht hatte, unter den erschrockenen Blicken der Patienten und Krankenhausangestellten über den Gang und dann – er war inzwischen weich und willenlos wie eine Lumpenpuppe – die Personaltreppe hinunter. Mehr schlecht als recht kamen sie im Erdgeschoss an.
»Wieso sind Sie zu dritt ins Zimmer gekommen?«
»Ein Polizist hat angerufen …«
»Wer? Fersen?«
»Ja, genau.«
»Was hat er gesagt?«
»Dass Sie gefährlich sind, dass wir Sie hindern sollten, der

alten Dame etwas anzutun, dass die Polizei gleich kommen würde.«

»Er ist der Gefährliche! Er ist geisteskrank!«, erklärte Marie dem armen Jungen, den das alles nicht interessierte, denn er wollte nur seine Haut retten.

»Tun Sie mir nichts! Ich habe Ihnen doch auch nichts getan.«

Sie ließ ihn erst auf dem Parkplatz frei und entschuldigte sich hastig für die Abenteuer, die er unfreiwillig hatte bestehen müssen. Dann rannte sie weiter, steckte ihre Waffe weg und wählte eine Nummer.

»Christian?«

Christian nahm den Anruf im Hinterzimmer des Pubs entgegen, wo er über den alten Plänen des ehemaligen Bergwerks saß und den Verlauf der alten Stollen verfolgte. Er hob den Kopf und sah aus dem Fenster, als er die Sirenen der Polizeiwagen hörte, die zum nahe gelegenen Krankenhaus rasten.

Einmal auf dem Anwesen angekommen, stürzte Marie atemlos in ihr Schlafzimmer und gleich in die Sitzecke, wo sie Axel den Teppich hatte zurückschlagen sehen. Sie hob ihn hoch und entdeckte schon bald eine schlecht sitzende Leiste im Parkett. Sie entfernte sie und sah ein kleines Fach voller Seiten mit handschriftlichen Eintragungen. Sie überflog sie und stieß einen Laut der Überraschung aus.

31

Ryan hatte sich in einer Ecke des Refektoriums versteckt und beobachtete die zwei Polizisten, die im Kreuzgang auf und ab gingen. Er hielt sein Handy ans Ohr gepresst und versuchte, PM dazu zu überreden, zu ihm ins Kloster zu kommen und ihm zu zeigen, wo genau der Eingang zur Schatzkammer versteckt war.

Sein Bruder, der sich in seinem gemütlichen Schlafzimmer verschanzt hatte, lehnte dergleichen jedoch kategorisch ab. Die Angst vor den Polizisten, die das Kloster bewachten, inspirierte ihn zu den unglaublichsten Ausreden.

»Ich suche besser den fünften Grabstein! Dann hätten wir sie alle beisammen, könnten den Schatz lokalisieren, und dann …«

»Den fünften Grabstein?« Ryans Stimme wurde streng. »Hast du den vierten schon gefunden? Solltest du mich übervorteilen wollen?«

PM schlug sich an die Stirn. Zu blöd, dass ihm das rausgerutscht war.

»Gar nicht! Das war ein Versprecher! Faule Tricks dieser Art sind wirklich nicht mein Ding! Ich schwör's!« Seine Vehemenz machte ihn auch nicht glaubwürdiger.

Ryan unterbrach seine Schwüre mit einer frechen Lüge.

»Ich weiß, wo der fünfte Stein ist. Du musst nur die Texte der ersten vier mitbringen, und der Schatz gehört uns!«

Ryan beendete das Gespräch. *Der Schatz gehört uns …* Hoffentlich funktionierte dieser Zauberspruch noch bei seinem jüngeren Bruder.
PMs Vertrauen zu seinem Bruder Ryan war begrenzt. Sehr begrenzt. Er schätzte seine Chancen, sich erneut leimen zu lassen, auf deutlich mehr als fünfzig Prozent und verwünschte seine Geschwätzigkeit. Indem er die Entdeckung von Zoleigs Grabstein versehentlich ausgeplaudert hatte, hatte er auch den einzigen Trumpf im Spiel gegen seinen Bruder aus der Hand gegeben. Und außerdem wurde ihm eiskalt bei dem Gedanken, in die Krypta zurückzukehren. Wenn andererseits die geringste Chance bestand, an den Schatz zu gelangen, dann konnte er es sich nicht leisten, diese Chance ungenutzt zu lassen. Nicht mit den Schulden, die er am Bein hatte.
So weit waren seine Überlegungen gediehen, als er sah, wie Marie das Herrenhaus verließ und zu einem Wagen ging, der mit laufendem Motor diskret versteckt im Park stand. Als sie die Beifahrertür öffnete, um einzusteigen, ging die Innenbeleuchtung an, und PM konnte sehen, mit wem sie sich so heimlich traf. Christian Bréhat. Dieses heimliche Rendezvous reizte PMs Neugier. So sehr, dass er beschloss, ihnen nachzufahren, und sich in einen der Pick-ups setzte. Leider hatte er vergessen, dass das Lenkrad rechts war. Als er endlich auf den Nachbarsitz gerutscht war, verschwand der andere Wagen schon in einer Kurve.

Christian reagierte betroffen, als er hörte, dass Axel Louise getötet und den Mord Marie in die Schuhe zu schieben versucht hatte.
»Er ist zum See gefahren, um Lucas zu beseitigen. Er hat mehrere Stunden Vorsprung.«
Maries Stimme brach. Er wusste, dass sie schreckliche Angst hatte, zu spät zu kommen, zumal sie keine Ahnung hatten, wo Lucas festgehalten wurde. Er versuchte sie zu beruhigen.

»Die Gezeiten sind auf unserer Seite. Die Landenge ist erst seit zehn Minuten passierbar.«
Das schwache Lächeln, das sie ihm schenkte, täuschte ihn nicht. Axel konnte sich genauso gut per Boot zur Insel aufgemacht haben. Doch mit Christian an ihrer Seite hatte sie die bestmöglichen Chancen. Er würde alles tun, um ihn zu retten, obwohl Lucas sein Rivale war. Oder sogar eben deshalb. Der Skipper hatte zu tief verwurzelte Vorstellungen von einem ehrenvollen Sieg, als dass er einen billigen Triumph hätte anstreben können. Und er wollte fair spielen. Also würde er alles tun, um Lucas zu retten, und dann würde er versuchen, sie zurückzuerobern, wie es sich gehörte.
Bréhat trat das Gaspedal durch und fuhr Richtung Norden. Sie faltete die Zettel mit den Grabinschriften auseinander, den sie unter dem Parkett gefunden hatte, und begann die bislang fehlenden zu dechiffrieren.

PM hatte sich inzwischen mit der englischen Fahrweise angefreundet und holte sie fast ein, als sie auf die Landzunge abbogen. Wirklich, alle schienen sich auf der Insel der Schimären ein Stelldichein gegeben zu haben. Als er in die Nähe des Sees kam, ließ er ihnen ein wenig mehr Vorsprung, damit sie ihn nicht entdeckten, und parkte den Wagen im Schutz eines größeren Buschs. Christians Wagen stand vorm Holzhaus. Mit offenem Kofferraum. Leer. Niemand war zu sehen. Er spähte ins Dunkel, doch bevor er sie sah, hörte er ihre Stimmen. Christian und Marie gingen auf den Ponton zu, sie trugen etwas, das PM schließlich als Tauchausrüstung erkannte. Er verzog das Gesicht. Hier musste die Beschattung wohl enden. Trotz seiner Enttäuschung folgte er ihnen möglichst dicht, vielleicht konnte er noch eine Information über Sinn und Zweck ihres Vorhabens aufschnappen.
Nur wenn der böige und oft wechselnde Wind aus der richtigen Richtung blies, trug er Fetzen ihres Gesprächs heran.

Sie wunderten sich, dass keine Polizei mehr am See patrouillierte, und – fast hätte PM gekichert – machten einen gewissen Axel dafür verantwortlich. Nur PM wusste, dass Ryan das alles vorausgeplant hatte, und wenn auch ungern, so musste er doch zugeben, dass sein großer Bruder gut war. Sehr gut sogar.
Eine neue Bö brachte ihm die bruchstückhafte Gewissheit, dass Marie den Schatz schon fast gefunden hatte.
»... der Beweis, dass er hier sein muss ... unbedingt den Zugang finden ... die Schlüssel ...«
Der Gedanke, dass diese beiden sein ureigenstes Ziel erreichen könnten, verlieh ihm Flügel. Flossen wären jetzt besser, dachte er verärgert. Doch was sollte es! Wie elektrisiert von dem Bewusstsein, dass er kurz vor der Erfüllung seiner Wünsche stand, wäre er notfalls auch bereit gewesen, sich die Nase zuzuhalten und im Straßenanzug zu tauchen. Er musste unbedingt mehr erfahren. PM ließ alle Vorsicht außer Acht und rückte den beiden Verschwörern näher.
Marie und Christian betrachteten ein Blatt, auf das Marie die fünf Schlüsselsätze geschrieben hatte. Inzwischen bildeten sie einen zusammenhängenden Text, fast zumindest:

In diesem Reich der Gläubigen,
das verachtet wird von der Tochter des Dagda,
nah beim Opferstein
am Kreuzungspunkt der vier Elemente,
wird ihr Siegel das Geheimnis öffnen

Marie bezog, wie Ryan es vor ihr getan hatte, den Kreuzungspunkt der vier Elemente auf das keltische Kreuz.
»Mit dem Opferstein dürfte der Dolmen gemeint sein, den die Druiden früher bei Begräbnisriten verwendeten.«
»Und das Siegel der Dana ist das Triskell.«
Sie faltete das Blatt zusammen.

»Wir müssen die vier Elemente finden.«
Sie verstauten ihre Kleider und ihre Handys in dem wasserdichten Rucksack, den Christian vorsorglich mitgebracht hatte, schalteten ihre starken Stablampen ein und machten sich zum Tauchen bereit. Christian hielt sie noch einmal zurück und streifte ihre Lippen mit einem Kuss.
»Keine Alleingänge! Versprochen?«
Marie dachte an ihren letzten Tauchgang mit Lucas und schüttelte den Kopf. Sie hatte für diesen Fehler zu teuer bezahlen müssen, sie würde ihn gewiss nicht wiederholen.
»Versprochen«, sagte sie und nahm das Mundstück zwischen die Zähne.

***

Ich stand dreißig Meter oberhalb und sah zu, wie sie ihre Flossen an die Füße zogen. Lächelnd, denn ich hatte sie sehr genau an die Stelle gelockt, an der ich sie haben wollte. Vor allem Marie.
Die Erinnerung an ihren Verrat im Krankenhaus zerriss mir noch das Herz. Ein Wort von ihr hätte genügt, ein einziges Wort, und Lucas' Leben wäre gerettet gewesen. Um ihretwillen, um ihrer Liebe willen wäre ich jedes Risiko eingegangen, ich hätte sogar darauf verzichtet, diesen lebenden Beweis meiner Hochstapelei zu beseitigen. Doch sie hat dieses Wort nicht ausgesprochen. Schlimmer noch, sie hat mir ihre unmäßige Liebe zu dem Anderen ins Gesicht geschleudert! Genau wie meine Mutter vor vielen Jahren. Die Frauen meines Lebens scheinen sich verschworen zu haben, mich abzuweisen. Und in solchen Augenblicken hätte mich der Schmerz vernichten können. Doch der Hass war stärker.
Ich sah Bréhat langsam in den See gleiten, und dann folgte die in Neopren gehüllte Gestalt dieser Frau. Der Gedanke an ihren herrlichen Körper ging mir durch den Kopf und weckte

meine Sinnlichkeit. Ich war überrascht über die Heftigkeit meines aufflammenden Begehrens. Dann verschwand Marie in den dunklen Fluten. Sie wusste nicht, dass bald, sehr bald, sie diejenige sein würde, die mich um Liebe anflehen würde.

***

Einige Luftblasen zerplatzten an der Oberfläche des Sees, dann lag er wieder glatt und still da.
PM wollte sich gerade verdrossen die Schuhe ausziehen, um sich nicht auch noch sein letztes Paar anständiger Mokassins zu ruinieren, da bemerkte er den Mann oben auf dem Steilfelsen. Der Wind riss eine Lücke in die Wolken, und ganz kurz war im Mondlicht Lucas' Gestalt zu erkennen, die sich dann umdrehte und aufs Kloster zulief. Sehr eilig, wie PM fand.

***

Ryan stand im Schatten einer Arkade des Wandelgangs und beobachtete die beiden Polizisten, die Wachdienst im Kloster hatten. Er berechnete gerade seine Chancen, ungesehen in die Kirche zu gelangen, da tauchte Lucas Fersens Doppelgänger auf.
Er brauchte nicht zu hören, was der falsche Commandant den beiden sagte, um zu verstehen, dass er seine angemaßte Befehlsgewalt wieder einmal dazu nutzte, sie wegzuschicken. Die Polizisten machten sich schon ohne weitere Fragen auf den Weg zum Ausgang. Der Doppelgänger sah ihnen nach, bis sich die schwere Holztür hinter ihnen geschlossen hatte, dann ging er zur Kirche. Wenn Ryan ihm folgte, würde er den Geheimgang hinter der Krypta finden. Also überquerte auch er den kleinen Garten des Kreuzgangs und trat im selben Augenblick in die Kirche, als Lucas' Zwilling die Treppe zur Krypta hinunterzusteigen begann. Da er sich allein glaubte,

versuchte der Zwilling nicht, sich zu verstecken. Ryan konnte dem Geräusch seiner sich entfernenden Schritte mühelos folgen. Als er ein Vibrieren spürte und dann etwas scharren hörte, beeilte er sich. Die letzten Stufen rannte er geradezu hinab. Zu spät!

Die beiden Gänge waren wieder fest verschlossen, und die Wand sah wie zuvor aus. Ryan versetzte ihr einen wütenden Faustschlag und kommentierte seine Lage mit einigen saftigen Flüchen, die in dem der ewigen Ruhe geweihten Raum etwas seltsam klangen.

***

Auch unter Wasser herrschte Grabesstille. Christian schwamm dicht hinter Marie auf die ehemalige Kirche des Grubendorfes zu. Sie begaben sich sofort zu dem als Altar dienenden Dolmen und untersuchten den Boden in seiner Nähe. Doch die Wasserpflanzen, die aus den Spalten zwischen den Bodenplatten wuchsen, und der Schlamm, der sich im ganzen Kirchenschiff breitgemacht hatte, erschwerten ihnen die Arbeit. So sehr, dass sie den Kreuzungspunkt der vier Elemente nicht finden konnten. Marie ließ den Strahl ihrer Taschenlampe über die halb verfallenen Steinmauern und dann über die Säulen des Chors wandern. Es waren vier. Wie die Elemente auf dem keltischen Kreuz. Als sie das Fresko sah, wusste sie, dass ihre Intuition sie nicht getäuscht hatte. Mit ihrer Taschenlampe machte sie Christian auf den Nordpfeiler aufmerksam. Er war schon sehr mitgenommen, doch man konnte noch das Bild eines Erzengels mit einem Speer erkennen. Der heilige Michael, der den Drachen tötete. Sie hielt die Lampe auf den Drachen, die feuerspeiende Sagengestalt, gerichtet, um Christian zu verstehen zu geben, dass sie gerade eins der Elemente gefunden hatte. Dann beleuchtete sie die gegenüberliegende Säule, sie war mit einer Darstellung der Sintflut geschmückt.

Das Wasser. Auch die anderen beiden Elemente des keltischen Kreuzes waren vorhanden. Christian zeichnete zwischen den Säulen zwei Achsen in den Schlamm, von Norden nach Süden und von Osten nach Westen, um den berühmten Kreuzungspunkt zu finden. Ganz in der Nähe des Dolmens, des Opfersteins.
Während er die Lampe auf den Punkt gerichtet hielt, schob Marie vorsichtig den Schlamm zur Seite, und das Zeichen erschien. Drei Spiralen mit spitzem Ende, die sich nach links um einen Mittelpunkt drehten. Christians Augen hinter der Maske leuchteten amüsiert auf: Welche Ironie, dass Danas Stiefsöhne ausgerechnet das Siegel der Scharlachroten Königin zum Beschützer des Schatzes gemacht hatten! Marie jedoch dachte nicht an diese Legende, sondern an die Strandräuberlegende und das Zeichen, mit dessen Hilfe Lucas und sie den Zugang zur Grotte unter dem Dolmen von Ty Kern gefunden hatten. Das wäre zu einfach, dachte sie und drückte auf den Mittelpunkt des Triskells. Es gab nach und begann sich nach links zu drehen. Beide waren sie erstaunt über das Vibrieren, das den Schlamm aufwirbelte und die Wasserpflanzen in Bewegung versetzte. Vor ihren von den Tauchermasken noch vergrößerten Augen schob sich eine der Bodenplatten zur Seite und gab eine Treppe frei, die früher unter den Chor führte.
Plötzlich hatte Marie den Impuls, Christian zurückzuhalten, doch er folgte der Treppe bereits mit regelmäßigen Flossenbewegungen.
Zu einfach, dachte sie wieder, hielt sich aber an ihr Versprechen und folgte ihm.
Wäre sie weniger darauf konzentriert gewesen, Christian nicht aus den Augen zu verlieren, hätte sie vielleicht versucht, konkrete Anhaltspunkte für ihre bösen Vorahnungen zu finden und möglicherweise das Kästchen unter der Platte des Dolmens entdeckt. Ein Kästchen, an dem nun zwei rote

Lämpchen zu blinken begannen. Erst langsam und dann immer schneller.
Die beiden Taucher waren am unteren Ende der Treppe angelangt und folgten nun etwa hundert Meter lang einem alten Stollen, bis sie an einer Kreuzung mit einem senkrechten Schacht herauskamen. Christian leuchtete in die unergründliche Tiefe. Sie sahen Schienen und Überreste von Holzstämmen, mit denen die Bergleute die Stollen einst abgestützt hatten. Christian warf erst einen Blick auf das Manometer an seinem linken Handgelenk und dann auf den Kompass. Schließlich reckte er den Daumen in die Höhe und signalisierte Marie, dass sie aufsteigen mussten. Etwa zwanzig Meter weiter oben tauchten sie in einem natürlichen Becken aus dem Wasser auf. Marie ergriff Christians ausgestreckte Hand und stand dann neben ihm in der weiträumigen Grotte. Ihre Augen glänzten vor Erregung.
»Ich könnte darauf wetten, dass Axel Lucas hierhergelockt und dann mit ihm getauscht hat.«
Sie betrachtete die drei Stollen, die von der Grotte wegführten. In einem von ihnen leuchtete weit hinten ein Licht. Christian holte schon ihre trockenen Kleidungsstücke aus dem wasserdichten Rucksack, und Marie griff nach ihrer Pistole. Sie waren fast fertig umgezogen, als sie von der Explosion überrascht wurden. Der Boden unter ihren Füßen begann zu zittern. Mit einer einzigen geschmeidigen Bewegung umschlang Christian Marie und zog sie, sie mit seinem Körper schützend, in Deckung. Der Geysir stieg aus dem Becken wie eine Woge auf, die über ihnen zusammenschlug und als Salzwasserfontäne über sie niederging. Und dann beruhigte sich alles wieder, nur war der Boden völlig nass. Genauso nass wie sie. In ihren Augen brannte das Salzwasser.
Christian half Marie wieder auf die Füße. Er fluchte, als er sah, dass der wasserdichte Rucksack, in dem unter anderem auch ihre Handys, die Bergwerkspläne und ein langes Seil ge-

wesen waren, verschwunden war. Wahrscheinlich hatte ihn der Sog der in sich zusammenfallenden Wasserfontäne mitgezogen.
Marie bereute, dass sie nicht auf ihren Instinkt gehört hatte, der ihr gesagt hatte, es sei alles zu einfach.
»Jetzt hat er uns da, wo er uns hinhaben wollte«, sagte sie tonlos. »Und er hat den Ausgang zum See gesprengt. Wir sitzen in der Falle.«
Christian legte den Arm um sie und zog sie fest an sich. Er spürte, dass sie zitterte.
»In den Plänen war ein Ausgang durch den alten Turm eingezeichnet. Wir finden ihn, Marie, das verspreche ich dir.«

***

Lucas hatte sich mit Block und Bleistift darangemacht, die Stollen des ehemaligen Bergwerks kartographisch zu erfassen. Schon nahm das Labyrinth auf dem Blatt Gestalt an. Er war keine zweihundert Meter mehr von der Grotte entfernt, als ihn die Druckwelle der Explosion erreichte. Er warf sich auf den Boden, machte einen Katzenbuckel, legte die Hände schützend um den Kopf, spannte alle Muskeln an und konzentrierte sich ganz auf die Hoffnung, dass die Holzbalken aus grauer Vorzeit noch hinreichend stabil waren, um die Decke über ihm abzustützen.

***

PM, der gerade oben auf dem Steilfelsen angekommen war, glaubte einen Augenblick lang, der Fels würde sich unter ihm auftun und ihn verschlingen, so heftig war die Explosion. Er konnte gerade noch verhindern, dass er von der Kante fiel. Vor seinen angstgeweiteten Augen stieg ein Geysir aus dem See, der sich zu einer hohen Säule aus Wasser, rotem Schlamm und hagelkorngroßen Steinbröckchen verdichtete. Panisch floh er Richtung Kloster.

Ryan suchte weiter in der Krypta nach dem Mechanismus zur Öffnung der Geheimgänge, als die Druckwelle bei ihm ankam. Die Mauern und die Statuen auf ihren Sockeln erbebten. Er presste sich an die Wand und sah, dass eine Skulptur so heftig schwankte, als wollte sie sich von ihrem Sockel befreien. Eine bunt bemalte anmutige Madonna mit sanftem Gesichtsausdruck. Blitzartig kam ihm die verkleinerte Kopie in Mutter Clementias Arbeitszimmer in den Sinn, und er warf sich, mehr von seinem Instinkt als von rationaler Überlegung geleitet, nach vorn, um sie aufzufangen, bevor sie am Boden zerschellte.
Als er mit der Heiligen Jungfrau in seinen Armen am Boden lag, schien der vom Gewicht der Statue befreite Sockel einzuknicken und im Boden zu versinken, während sich zwei in den Fels eingelassene Türen langsam zur Seite schoben. Die eine gab eine Reliquienkammer frei, die andere eine Treppe.

Als PM atemlos in die Krypta kam, war sie leer. Benommen starrte er auf die beiden offenen Türen und schimpfte auf Ryan, weil dieser mal wieder nicht auf ihn gewartet hatte. Zweimal rief er nach ihm, allerdings nicht sehr nachdrücklich, und ging dann, nachdem er keine Antwort erhalten hatte, auf die Reliquienkammer zu. In der Hand hielt er einen nagelneuen Müllsack.

***

Marie und Christian, denen in ihrer nassen Kleidung recht kalt war, waren der Lichtquelle, die sie am Ende eines der Stollen gesichtet hatten, inzwischen näher gekommen. Die schmale Spalte im Fels flößte ihnen Misstrauen ein. Marie zog ihre Sig

Sauer und entsicherte sie. Sie bedeutete Christian, in Deckung zu bleiben, und warf vorsichtig einen Blick in das große Badezimmer, bevor sie sich hineinschob. Christian folgte ihr dicht auf den Fersen. Die moderne Ausstattung verblüffte sie. Ebenso wie die komfortable Einrichtung des Wohnraums, den sie jetzt schweigend betraten. Marie erstarrte so unvermittelt, dass Christian fast in sie hineingelaufen wäre. Da war er, er saß auf einem Stuhl, sichtlich am Ende seiner Kräfte. Das dunkle Haar wirkte struppig, der Ringfinger war nackt. Lucas.
Marie vergaß alle Vorsicht, warf ihre Waffe auf einen Beistelltisch und stürzte sich mit einem heiseren Schrei auf ihn. Einem Schrei, der sich in die Herzen der beiden Männer bohrte. Doch während Lucas' Herz einen Satz machte, als er seinen Namen hörte, krampfte sich Christians Herz zusammen, als er Marie an die Brust seines Rivalen sinken sah. Lucas hielt glückselig Marie in den Armen, die ihren viel zu lange zurückgehaltenen Tränen endlich freien Lauf ließ.
Christian war auf diesen Augenblick, den er so gefürchtet hatte, vorbereitet. Dennoch war dieses Schauspiel eine Qual für ihn, zumal er nicht einmal weggehen konnte. Er wandte sich ab.

32

Louise Sullivans Leichnam lag auf dem Seziertisch. Der Gerichtsmediziner zog die Kugel aus ihrer Stirn und legte sie in eine Nierenschale. Angus, der Latexhandschuhe trug, nahm sie zwischen Daumen und Zeigefinger. Sein Gesicht verdüsterte sich.

»Neun Millimeter. Dasselbe Kaliber wie Marie Fersens Sig Sauer.«

Er ließ sie scheppernd in die Schale zurückfallen.

»Das würde zu dem passen, was Fersen sagt. Aber verdammt noch mal! Warum hätte sie ihre Großmutter töten sollen? Das will mir einfach nicht in den Kopf.«

Der Gerichtsmediziner verzog das Gesicht. Er durfte die Information nicht länger zurückhalten, er musste das Versprechen brechen, das er Marie gegeben hatte.

»Er lügt. Auf der ganzen Linie. Angefangen bei seinem Namen ...«

»Wir wissen sehr gut, dass Lucas Fersen nicht sein richtiger Name ist.«

»Ich spreche von etwas anderem: von seiner genetischen Identität.«

»Was soll das heißen?« Angus hatte die Stirn gerunzelt.

Der Gerichtsmediziner zeigte ihm auf dem Bildschirm seines Computers die Fingerabdrücke zweier Hände.

»Links sind die von Lucas Fersen, wie sie in der Zentraldatei

seit seinem Eintritt in den Polizeidienst im Jahr 1986 aufbewahrt werden. Rechts sind die Fingerabdrücke, die er vor zwei Tagen auf einem Kaffeebecher in der Polizeiwache hinterlassen hat.«
Mit der Maus brachte er die Bilder übereinander. Als Angus sah, dass sie nicht übereinstimmten, nahm sein Gesicht einen kreidigen Farbton an.
»Was wollen Sie eigentlich damit sagen? Dass der Zwilling im Hafen gar nicht tot war? Dass er Fersens Stelle eingenommen hat?«
Der Gerichtsmediziner schüttelte den Kopf und erklärte ihm ohne weitere Umschweife, dass es einen *dritten* Bruder geben müsse.

***

Unwillkürlich wandte sich Christians düsterer Blick wieder dem jungen Paar zu, das sich immer noch innig umarmte. Er überlegte, ob er sie nicht doch stören sollte, als er Schritte hörte und herumwirbelte. Da kam noch ein Lucas Fersen! Die exakte Kopie des Mannes, an den sich Marie schmiegte. Die gleichen braunen Augen, die gleichen Haare, der gleiche Zweitagebart, fast die gleichen Kleider und Schuhe! Es war zum Verrücktwerden!
In seiner Überraschung reagierte er eine Sekunde zu spät. Der zweite Lucas hatte schon nach der Pistole gegriffen, die Marie auf den Beistelltisch hatte fallen lassen.
»Weg von ihm, Marie!«, schrie der neue Lucas. »Der da ist Axel!«
Christian, unfähig zu entscheiden, wer von beiden der echte Lucas war, beschloss, die Klärung dieser Frage auf später zu verschieben. Er warf sich auf den gerade eingetretenen Lucas und rammte ihn so, dass die Waffe durch die Luft flog und von Marie, die sich in all der Aufregung aus den Armen des

ersten Lucas gelöst hatte, geschickt aufgefangen werden konnte. Nun hielt Marie beide Zwillingsbrüder in Schach. Ihr Blick glitt unschlüssig zwischen den beiden hin und her und fiel dann auf ihre Hände, doch sie trugen beide keinen Ehering. Während sie noch nach einem Detail suchte, das einen von beiden als Hochstapler entlarvt hätte, stürzten sich die beiden schon in ein Rededuell, um sie von ihrer jeweiligen Rechtschaffenheit zu überzeugen.

»Ich habe mich gleich bei unserer ersten Begegnung in der Abtei von Lands'en in dich verliebt.«

»Dabei hattest du mich halb bewusstlos geschlagen.«

»Frag ihn, was ich dir in der Nacht im Hotel gesagt habe, als du zu viel getrunken hattest.«

»Wenn Sie mir dereinst in die Arme fallen, dann nüchtern und aus freiem Willen.«

»Denk dran, wie wütend du warst, als ich dir sagte, dass Christian dich belogen hatte!«

Christian, der inzwischen neben Marie stand, ergriff den Rettungsring.

»Was sagte Fersen zu mir, als ich mit Marie nach Plymouth wollte?«

In den braunen Augen des Lucas, den Marie eben noch umarmt hatte, lag plötzlich etwas wie Ratlosigkeit. Der Blick des anderen jedoch leuchtete triumphierend auf, und er rief:

»Wenn Marie jemals Ihretwegen leidet, dann kann der Ozean noch so groß sein, ich werde Sie finden!«

»Der ist es«, sagte Christian und zeigte auf den, der gerade gesprochen hatte.

Das Messer schoss aus Axels Ärmel. Die Klinge blitzte auf, als er sich auf Lucas stürzte. Wie beim Hütchenspiel, bei dem die Hütchen so schnell hin und her geschoben werden, dass niemand mehr weiß, wo das Kügelchen ist, ging alles so schnell, dass weder Marie noch Christian hätten schwören können, welcher der beiden derjenige war, den sie als Lucas identifiziert hatten. Zumal auch das Messer den Besitzer zu wechseln schien … Der Lauf von Maries Waffe zeigte mal auf diesen, mal auf jenen. Das Risiko, den richtigen Lucas zu töten, war zu groß. Die Zwillinge rollten am Boden, eng umklammert, geeint vom selben Hass, derselben Glut.

Und dann fiel Maries Blick auf ein Detail. Ein winziges Detail. Und wenn sie sich geirrt hätte? Sie schloss halb die Augen. Christian erschrak, als er sah, wie sich der Finger am Abzug spannte. Der Schuss fiel. Sein Echo hallte durch die unterirdischen Gänge. Einer der beiden Brüder schrie auf und fiel, an der linken Schulter getroffen, ohnmächtig zu Boden. Der andere wirbelte den Dolch mit der Hand außer Reichweite und beugte sich dann atemlos über seinen Doppelgänger, um ihn nach weiteren Waffen abzutasten. Er fand den Ehering in der rechten Hosentasche. Lucas wollte ihn gerade auf seinen Finger schieben, als ihn Maries Stimme erstarren ließ.

»Warum hast du mich von den Ermittlungen ausgeschlossen, damals, in der Nacht im Museum von Ty Kern?«

Er wandte sich verblüfft nach ihr um und sah in die Mündung der Waffe, die sie nicht hatte sinken lassen.

»Was? Also wirklich, Marie …«

»Antworte!«

Er hob die Augen zum nicht sichtbaren Himmel, als suche er dort nach der Erklärung, die sie von ihm erwartete.

»Ich hab dich weggeschickt, weil du zu kompliziert warst.«

Der Lauf zeigte immer noch auf ihn. Er verzog das Gesicht.

»Und weil ich mich nicht auf meine Arbeit hätte konzentrieren können …«

Langsam steckte Marie die Waffe weg, die Spannung ließ nach. Und Lucas richtete sich wieder auf.

»Woher wusstest du, dass du auf ihn schießen musstest?«

Sie zeigte auf die Sohlen von Axels Schuhen. Im Profil waren Spuren von rotem Schlamm.

»Seit dem Tauchgang im See hast du diesen Ort nicht verlassen, also konnte kein roter Schlamm unter deinen Schuhen kleben.«

Lucas' Gesicht legte sich in spöttische Falten.

»Und wenn in den Stollen roter Schlamm gewesen wäre?«

Marie zog einen Schmollmund, um den er sich jedoch nicht weiter kümmerte. Sie so vor sich zu sehen, erschien ihm wie ein Wunder. Doch zugleich bereitete es ihm Qualen, zumal ihm die Anwesenheit des verhassten Zwillings furchtbare Bilder vor Augen rief. Er verschlang sie noch mit Blicken, hin- und hergerissen zwischen seinen widersprüchlichen Gefühlen, da geriet Christian in sein Blickfeld.

Lucas riss sich zusammen. Was er nun tun musste, ging ihm gegen den Strich, aber es zu unterlassen wäre gegen die Ehre gegangen.

»Es fällt mir nicht leicht, das zu sagen … Danke.«

Er streckte Christian die Hand hin.

Dieser ergriff sie nach kurzem Zögern.

»Sollten wir nicht allmählich verschwinden?«

»Gute Idee.«

Lucas ging zu Axel, der langsam wieder zu sich kam, um ihn nach dem Ausgang zum See zu fragen, doch Christian meinte, der sei wahrscheinlich durch die Explosion endgültig verschüttet. Lucas' Miene verdüsterte sich.

»Dann gibt es keinen Ausweg mehr. Ich habe alle Stollen erforscht. Ein Labyrinth, dem zur Vollständigkeit nur noch der Minotaurus fehlt.«

Als er Christian auf die Schleuse zugehen sah, verdrehte er unwillkürlich die Augen.

»Ich habe stundenlang vergeblich versucht, sie zu öffnen, und Axel hat Jahre damit zugebracht. Aber wenn du meinst, dass du es besser kannst …«

Maries Aufschrei unterbrach ihn. Er wirbelte herum und sah, wie Marie sich auf Axel stürzte, der die Gelegenheit genutzt hatte, um zum Sofa zu kriechen und ein schwarzes Kästchen darunter hervorzuziehen. Einen Zünder. Dieser Wahnsinnige wollte alles in die Luft jagen! Sein Finger lag schon auf einem der Knöpfe, als Marie ihn erreichte. Doch zu spät. Die roten Lämpchen begannen zu blinken. Axel sah die anderen kühl an.

»Hier kommt niemand mehr raus.«

Er lächelte böse. Die Lämpchen blinkten jetzt grün. Die Explosion drückte die Glastüren der Schleuse nach außen, während ringsum alles in sich zusammenbrach.

***

Ryan war inzwischen ebenfalls in die Tiefen des Bergwerks vorgedrungen und ging durch einen der Stollen, als ihn der Luftzug der Explosion traf und wie einen Strohhalm wegfegte. Die Decke des Stollens bekam Risse, Felsbrocken fielen herunter. Einer traf Ryan am Kopf, er brach zusammen und wurde schon bald von einem dicken Leichentuch aus grauem Schutt und Staub bedeckt.

Der Müllsack war schon fast voll mit Gold- und Silberkelchen, als die Druckwelle die Reliquienkammer erreichte, die Mauern erbeben ließ und die Totenschädel auf den panisch schreienden PM schleuderte. Er versuchte, den Sack mit sich zu zerren, doch der zerriss unter dem Gewicht und ergoss seinen kostbaren Inhalt auf den Boden. Wieder einmal wurde ihm seine Gier zum Verhängnis. Er wollte wenigstens ein oder zwei Kelche an sich raffen, da begann alles ringsum, in sich zusammenzubrechen. Er musste entscheiden, ob er als reicher Mann sterben oder als arme Kirchenmaus leben wollte. Er rannte mit leeren Händen davon. Im Schutz der Krypta, die den Erschütterungen wacker standhielt, sah er enttäuscht zu, wie der Durchgang zur Reliquienkammer endgül-

tig verschüttet wurde. Er machte seinem Herzen gerade in einer Kanonade kräftiger Flüche Luft, als er seinen Namen hörte. Er erstarrte.
Es begann mit einem Murmeln, das aus dem Bauch der Erde zu dringen schien. Es wiederholte sich, wie von einem Echo verstärkt.
Pierre-Marie … Pierre-Marie …
PM, im Glauben, er habe mit seinen Flüchen den Zorn der Toten geweckt, machte sich schon auf eine Invasion von Rachegeistern gefasst, als die Stimme flüsterte: *Na los, PM, schwing den Hintern …*
Verblüfft blickte er auf den Durchgang zur Treppe.

***

In die von der Explosion verwüstete Wohnung war wieder Stille eingekehrt. Eine Wolke aus feinem Staub ließ die Szene wie einen Weltuntergang wirken. Grau und verzweiflungsvoll. Überall auf dem Boden lagen Bücher. Der Flachbildschirm war aus seiner Verankerung gerissen worden und hing jetzt schief und zersplittert herunter. Die Jalousien vor den großen Fensterscheiben hatten sich gelöst, die Ergebnisse von Axels besessenen Nachforschungen und sein teuflischer Plan lagen offen zutage.
Maries erster Blick galt Lucas, der sich unverletzt aufrichtete. Dann sah sie nach Christian, der, von Glassplittern bedeckt, mit dem Gesicht zum Boden reglos dalag. Dieses Mal wenigstens brachte es Lucas nicht in Harnisch, dass sie zum Skipper eilte. Obwohl ihm durchaus klar war, dass Christian Marie bei seiner Rettung nur geholfen hatte, um sie danach zurückzuerobern. Doch diese Art Rivalität flößte Lucas weder Angst noch Abscheu ein. Er hielt sie für eher gesund, verglichen mit der seines Zwillingsbruders, deren Komplexität und Ambivalenz ihn erschreckten. Während Marie besorgt

neben Christian kniete, der langsam zu sich kam, ging Lucas zu Axel.
Schweigend betrachtete er diesen Doppelgänger, der einige Tage lang seinen Platz an Maries Seite eingenommen hatte. Lucas litt unendlich. Axel schien dies zu spüren und lächelte bösartig.
»Sie hat immer gewusst, dass ich nicht du war«, zischte er.
Der brutale Fußtritt brach ihm fast die Rippen. Trotz der Schmerzen gab Axel keinen Laut von sich, aber Schweißperlen erschienen auf seiner Stirn. Er zeigte auf die Schleuse, die von Geröll und Felsbrocken versperrt war.
»Jetzt gibt es wirklich keinen Ausweg mehr, wir werden hier alle langsam krepieren. Schade. Ich hatte mit Marie ganz anderes vor.«
Lucas stellte seinen Fuß auf Axels Schulterverletzung und verlagerte sein gesamtes Gewicht darauf. Die Schweißtropfen auf Axels Stirn wurden immer zahlreicher. Er öffnete seinen Mund. Zu einem irrsinnigen Lachen. Einem dämonischen Lachen. Lucas schloss die Augen und versuchte sich mit aller Kraft zu beherrschen, da war plötzlich Christian neben ihm, mit einer dicken Rolle Klebeband. Energisch verklebte er Axels Mund, und langsam erstarb das Lachen. Dann fesselte er ihn ans Fußende des Bettes. Es gebe doch auch einen Ausgang zum Turm, sagte er, der sei wahrscheinlich noch durch die Stollen erreichbar. Lucas schüttelte den Kopf.
»Ich habe den Weg gefunden, aber dann steckte ich wieder in einer Sackgasse. Selbst wenn wir es schaffen würden, uns die dreißig Meter senkrecht nach unten abzuseilen und auch die Klippen unbeschadet zu überwinden: Wir könnten nicht zur Insel rüberschwimmen. Die Strömungen sind zu stark, wir wären im Nu im offenen Meer.«
»Wenn wir hier bleiben, können wir nicht auf Hilfe hoffen.«
»Mutter Clementia und Schwester Angelica kommen täglich, sie …«

» … sind tot.«
Lucas' Gesicht wurde weiß, als er erfuhr, dass auch Louise ermordet worden war. Clementia, Hélène, Louise … Axel hatte alle getötet, die eingeweiht waren.
»Wir sind wirklich dazu verurteilt, hier zu krepieren.«
Doch jetzt mischte sich Marie sanft ein:
»Es gibt noch jemanden, der Bescheid weiß. Jemand, der alles tun wird, um uns hier rauszuholen.«
Ein ungläubiges Lächeln huschte über Lucas' Lippen.
»Wenn du mit Angus' Hilfe rechnest …«
»Ich spreche von Ryan.«
Sie erbebte unter dem Blick, den ihr Mann ihr jetzt zuwarf. Sie würde Himmel und Hölle in Bewegung setzen müssen, damit er ihr dieses Geheimnis vergab.

Sie hatten die Tauchausrüstungen in der Grotte wieder ausfindig machen können. Marie saß daneben und spielte nervös mit dem Lungenautomaten.
Lucas hatte sich schweigend angehört, was sie ihm von ihren Erlebnissen seit jenem gemeinsamen Tauchgang im See erzählt hatte. Nur einmal, als es um Hélène ging, hatte er sie unterbrochen.
Doch seine ohnehin schwache Hoffnung, Axel habe ihn nur belogen, um ihn zu quälen, schwand bei Maries traurigem Gesichtsausdruck. Er erhielt nicht nur Gewissheit über den Tod seiner Mutter, er erfuhr auch, dass sie bei einem von Axel inszenierten »Selbstmord« gestorben war.
Von Maries Zusammenleben mit Axel war bisher noch nicht die Rede gewesen, doch früher oder später würden sie sich diesem heiklen Thema nähern müssen. Offensichtlich wollten sie jedoch beide den Zeitpunkt möglichst weit hinausschieben. Lucas' Gesicht war genauso dunkel wie das Wasser im Becken. Dass er sich tagelang von Edwards Maskerade hatte täuschen lassen, brachte ihn ein wenig aus der Fassung.

Und dass selbst *Christian* von Ryans Aufenthalt auf der Insel gewusst hatte, verschlimmerte die Sache noch.
»Wann gedachtest du mir denn die Wahrheit zu sagen? Hattest du es überhaupt vor?«
»Als Polizist hättest du dich niemals blind gestellt. Als mein Mann wärest du vielleicht versucht gewesen, es zu tun, also ...«
»Wolltest du mir die Qual der Wahl ersparen!«, beendete er den Satz ein wenig bitter.
Er lehnte mit über der Brust verschränkten Armen an der Wand der Grotte und wahrte in jeder Hinsicht Distanz.
»Wie kannst du deinem Vater so vertrauen, Marie? Einem Lügner und Mörder!«
Sie erinnerte ihn an den Felsspalt, in den sie fast gestürzt wäre. Und an den »Tauchunfall« im See, bei dem sie fast ihr Leben gelassen hätte. Ohne Ryan ...
Er gab achselzuckend zu, dass man Ryan natürlich einiges zugutehalten müsse.
»Wie könnte ich ihm verübeln, dass er dir das Leben gerettet hat?«
Er löste sich von der Felswand, trat ans Becken, kniete nieder, schöpfte mit den Händen ein wenig Wasser und spritzte es sich ins Gesicht. Dann betrachtete er sein Spiegelbild auf der wieder ruhiger werdenden Wasseroberfläche. Tonlos berichtete er Marie, was er von Axel über seine Geburt und die seiner Brüder erfahren hatte.
»Wie konnte sie das tun? Meine Mutter ... Wie konnte sie ihre anderen beiden Söhne an diesem grauenvollen Ort zurücklassen? Wie konnte sie sie dazu verdammen, von aller Welt vergessen zu werden?«
»Vielleicht wusste sie nichts von ihrer Existenz«, sagte Marie beschwichtigend. Sie war froh, sich wieder auf dem sicheren Grund polizeilicher Ermittlungen zu bewegen.
»Du meinst, mein durchgeknallter Vater, der Maestro avant-

gardistischer In-vitro-Fertilisation, hat ohne ihr Wissen zwei weitere Embryonen gebastelt?«
»Axel hat Louise just in dem Moment getötet, als sie mir Genaueres über Reynaults Arbeit erzählen wollte.«
Lucas runzelte konzentriert die Stirn. Auch er genoss diesen Augenblick der Ruhe, in dem sie gemeinsam an einer Hypothese arbeiteten.
»Meine Mutter war keine gewalttätige Frau. Aber sie hat das Labor in Brand gesetzt und wollte fliehen.«
Er sah Marie an und nickte.
»Du hast recht. Wahrscheinlich hat sie irgendetwas wirklich Furchtbares entdeckt, sonst hätte sie nicht so reagiert …«
Er brach ab, ihm war ein seltsamer Gedanke gekommen.
»Nach dem, was Louise dir erzählt hat, war ich dabei. Warum kann ich mich an nichts erinnern? Warum? Ich war fast sechs Jahre alt! Ich kann doch nicht alles vergessen haben!«
»Dein Nasenbluten, sobald du auf der Insel warst. Es zeugt von dem Trauma, das du damals erlitten hast. Louise erzählte mir, du hättest Nasenbluten gehabt, als sie euch an jenem Tag begegnet ist. Was du gesehen hast, ist noch da, in irgendeinem Winkel deiner Kindheitserinnerungen.«
»Wenn du meinst …«
Sie trat zu ihm und schlug einen sehr sanften Ton an.
»Ich hatte doch die Vision, Lucas. Mehrmals. Das erste Mal, als du auf der Landenge vor der Insel vom Pferd gestürzt bist. Das zweite Mal am See. Ich habe damals nicht gewusst, woher diese schrecklichen Bilder kamen. Erst als Louise mir von dem Feuer erzählte, begriff ich. Diese Visionen gehörten nicht zu mir, sondern zu dir. Ich weiß, das ist alles völlig irrational, du glaubst nicht an solche Sachen, aber ich habe es durch dich wahrgenommen. Übrigens hörten die Visionen auf, als …«
Sie brauchte den Satz nicht zu beenden, er wusste auch so, was sie sagen wollte: Die Visionen hatten aufgehört, nachdem der Zwilling seinen Platz eingenommen hatte.

»Warum hast du mir nichts davon gesagt? Mal wieder aus Rücksicht auf mein zartes Gemüt? So wie du auch darauf achtest, Axels Namen nicht in den Mund zu nehmen?«
Sein fiebriger Blick lag auf ihr, er blickte ihr bis in die Seele, mit einer stummen, gequälten Frage, die er nicht auszusprechen vermochte. Die Röte, die Marie ins Gesicht stieg, war mit so viel Schuldbewusstsein beladen, dass nur ein Blinder es nicht gesehen hätte. Und Lucas schaute sie sehr aufmerksam an.
Marie schloss die Augen. Sie trug noch die Erinnerung an die Zärtlichkeiten des Anderen, an den Geruch seiner Haut in sich. Ja, natürlich, sie konnte sich hinter allen erdenklichen Vorwänden verschanzen – so zum Beispiel, dass sie es nur getan hatte, um Lucas zu retten –, dennoch war nicht zu leugnen, dass sie in den Armen des Anderen eine seltsame Lust empfunden hatte. Als wäre er ihren Gedanken gefolgt, wurde Lucas plötzlich bleich.
»Ich bitte dich um Verzeihung«, sagte sie verstört. Sie hatte es nur gehaucht und ihm ihr flehendes Gesicht zugewandt.
Gott, wie er diese Frau liebte. In guten wie in schlechten Tagen. Er wäre am liebsten zu ihr gelaufen, hätte sie in die Arme genommen, ganz fest, und ihr gesagt, da gebe es nichts zu verzeihen, es sei nicht ihre Schuld, er hätte da sein und sie beschützen sollen, er sei es, der das Eheversprechen gebrochen habe. Doch er vermochte sich nicht zu rühren. Die Bilder und Fragen in seinem Innern ließen ihn zu Eis erstarren. Von einer Eifersucht gemartert, wie er sie nicht einmal Christian gegenüber empfunden hatte, verübelte er ihr, dass sie den Hochstapler nicht entlarvt hatte. Er verübelte ihr, dass sie sich neben diesen Mann gelegt hatte. Er verübelte ihr, dass sie, ganz sicher, mit ihm geschlafen hatte. Und der Gedanke, dass sie sich diesem Monster hingegeben hatte, auch wenn sie es für ihn gehalten hatte, war ihm schlicht und einfach widerwärtig.

Marie berührte ihn am Arm, er erschauerte.
Ihre Blicke trafen sich, blieben aneinander hängen, glühend, intensiv. Ein Schleier legte sich über Lucas' Augen, er machte sich los. Mit einer sanften Entschiedenheit, die sie tiefer traf, als wenn er sie mit einer Flut von Vorwürfen überschüttet hätte.
»Wir werden Zeit brauchen, um all das zu vergessen«, sagte sie leise.
Lucas, der keinen anderen Weg sah, seinen Schmerz zu bekämpfen, rettete sich in die Ironie.
»Das trifft sich gut, reichlich Zeit ist ja das Einzige, was wir noch haben.«

***

Ryan, der unter einem Haufen Steine kaum noch Luft bekam und fast nichts sah, weil ihm Blut aus einer Kopfwunde übers Gesicht lief, mobilisierte seine Kräfte für einen letzten Ruf, als das Licht seiner Taschenlampe, die ziemlich weit weggerollt war, den Schatten einer auf ihn zulaufenden Gestalt auf die gegenüberliegende Wand warf. Er erkannte PM und schloss erleichtert die Augen. Wütend vor sich hin schimpfend, weil Ryan ihn immer in die unmöglichsten Situationen bringe, machte sich PM daran, das Geröll abzutragen, das schwer auf seinem Bruder lastete. Fast wäre er ohnmächtig geworden, als er Ryans Kopfverletzung sah. Doch Ryan griff nur gelassen nach dem Schal, den PM immer trug, und wickelte ihn sich fest um den Kopf.
»Ich dachte schon, du hättest mich im Stich gelassen oder du seiest zu sehr mit dem Klauen von Altarkelchen beschäftigt, um dich noch um mich zu kümmern.«
Als PM zusammenzuckte, lachte er leise. PM war so empört über Ryans Undankbarkeit, dass er ernsthaft überlegte, ihn einfach da zu lassen. Und das hätte er wohl auch getan, wenn

sein großer Bruder nicht als Einziger gewusst hätte, wo sich der fünfte Grabstein befand, der des Prinzen Seamus.

»Ohne mich wärst du tot«, moserte er. »Danke kannst du wohl nicht sagen?«

Ryan richtete sich auf und klopfte mehr schlecht als recht den Staub aus seinen Kleidern. Dann warf er PM einen Seitenblick zu. Die Augen unter den grau bestäubten Brauen funkelten schalkhaft.

»Du hast mich doch viel zu gern, um mich einfach krepieren zu lassen …«

PM verdrehte die Augen.

»Ich brauche vor allem den fünften Schlüssel zum Schatz. Wo ist er?«

»Später … Erst mal müssen wir Lucas finden. Das heißt, Axel. Dass er den Geheimgang in der Krypta gefunden hat, bedeutet, dass er die Nonnen zum Sprechen gebracht hat, bevor er sie tötete. Marie hat recht, Lucas muss irgendwo da unten im Labyrinth des alten Bergwerks gefangen sein.«

Axel … Lucas … PM verstand kein Wort von dem, was sein Bruder da erzählte. Entweder redete er im Delirium oder …

»Versuch nicht, mich abzulenken!«

Ryan erzählte ihm kurz von dem Rollentausch im See, wobei ihm flüchtig der Gedanke kam, dass diese Geschichte in der Kurzfassung noch verrückter klang, als sie war. Aber mit solchen Überlegungen durfte er sich nicht aufhalten. Also schnitt er PM, der protestieren wollte, einfach das Wort ab:

»Du musst hier raus und die Polizei alarmieren. Ruf Angus an, erzähl ihm alles und sag ihm, er soll Verstärkung schicken.«

»Und in der Zwischenzeit suchst du in aller Ruhe den Schatz und verschwindest damit. Du hältst mich wirklich für ziemlich blöd!«

»Wie oft soll ich dir noch sagen, dass mir das Gold egal ist?«

»Dann sag mir, wo der fünfte Grabstein ist.«

»Keine Ahnung.«
PMs Verblüffung wich sehr rasch einer ausgewachsenen Wut. Verflucht noch mal, er hatte sich schon wieder leimen lassen! Sein Gesicht verkrampfte sich und lief so rot an, dass Ryan schon fürchtete, es werde platzen.
»Das darf doch nicht wahr sein! Du hast mir das nur gesagt, damit ich komme? Dabei wäre ich fast den beiden hinterhergetaucht. Und jetzt füllen die sich wahrscheinlich gerade die Taschen! Sie werden ihn mir vor der Nase wegschnappen! Schon wieder! Ich bringe dich um … Ich bringe …«
Die Worte blieben ihm im Halse stecken, denn Ryan hatte ihn am Kragen gepackt und fragte ihn drohend, *wer* getaucht sei und *wer* sich die Taschen fülle.
Er meine Marie und Lucas, stotterte PM, während er seinen misshandelten Hals massierte. Dann stieß er das Messer noch tiefer in die Wunde:
»Es war ganz kurz vor der ersten Explosion. Ich fürchte, sie haben sich nicht mehr retten können …«

***

Blasen stiegen im Becken auf, dann legte sich eine neoprenummantelte Hand um den Rand. Schließlich tauchte ein ebenfalls neoprenumhüllter Kopf auf. Christians blaue Augen hinter der Maske wirkten betrübt. Er hievte sich an Land und befreite sich mit verhaltener Wut aus seiner Ausrüstung.
»Da kommen wir unmöglich raus. Alles voller Schutt.«
Er ließ den Blick durch die Grotte wandern, er suchte nach Marie.
»Wo ist sie?«
Lucas saß verdrossen auf dem Boden. Er machte nur eine vage Kopfbewegung in Richtung der Wohnung. Christian sah die düstere Miene, die angespannten Kiefer und schloss daraus, dass die Aussprache der Eheleute nicht mit einer Ver-

söhnung geendet hatte. Zu seinem eigenen Erstaunen empfand er keinerlei Genugtuung. Er stellte keine weiteren Fragen, sondern hob den Rucksack hoch.

»Dafür habe ich den wasserdichten Rucksack wiedergefunden. Die Handys haben keinen Empfang, aber immerhin haben wir jetzt die Pläne des Bergwerks und zwei Rollen Seil.«

Lucas' bitteres Lachen zerrte an seinen Nerven.

»Willst du das Seil als Ariadnefaden benutzen, um hier rauszukommen?«

»Nein, ich will mich damit von Danas Turm abseilen.«

»Um im Meer zu ertrinken? Genial ...«

»Na schön, es ist ziemlich riskant, aber immerhin möglich.«

»Vielleicht für jemanden, der durch den Nordatlantik geschwommen ist.«

Eine boshafte Anspielung auf die Einhand-Regatta im Vorjahr und den angeblichen Schiffbruch des Skippers – allmählich fand Christian diesen Bullen wirklich nervtötend.

»Wenn wir sonst sowieso krepieren müssen, können wir unser Glück doch wenigstens versuchen, oder?«

»Na, dann viel Glück ...«

Christian schloss den Gürtel seiner Jeans, zog seinen Pullover über und warf sich dann mit einem fast verächtlichen Blick auf Lucas den Rucksack über die Schulter.

»Ich hätte nicht gedacht, dass du zu denen gehörst, die gleich aufgeben.«

Dann ging er.

»Ich weiß, wann ich das Spiel verloren habe.«

Als er diesen Satz hörte, kam Christian zurück. Er wusste, dass es bei diesem Spiel vor allem um Marie ging. Vielleicht auch nur um sie.

»Wenn dem so wäre, wäre sie nicht hier.«

Ein Achselzucken war die einzige Antwort. Christian verdrehte die Augen, dann setzte er sich neben Lucas und – ohne recht zu wissen, weshalb, wahrscheinlich, weil er nur zu genau wusste, was sein Rivale jetzt durchmachte – legte ihm freundschaftlich die Hand auf die Schulter.

»Ich kann es selbst nicht fassen, dass ich das tue«, gab er ehrlich zu. »Dabei mag ich dich nicht einmal.«

Lucas lachte trocken auf.

»Warum erscheint immer alles möglich, wenn alles unmöglich wird?«

Er schüttelte den Kopf, als Bréhat fragend die Brauen hob.

»Schon gut, Korsar der Königin. Das kannst du nicht verstehen.«

»Ich verstehe vor allem, dass du nicht in der Lage bist, aus Liebe zu ihr bestimmte Dinge zu überwinden.«

»Geh zum Teufel …«

»Das tut weh, wenn man sie sich in den Armen eines anderen vorstellt, nicht wahr? Aber auch wenn so was schwer zu verdauen ist: Ich wäre tausendmal lieber an deiner Stelle als an meiner eigenen.«

Stille. Christian stand auf.

»Ich hole sie jetzt, und dann kommen wir hier raus, wie auch immer. Mit dir oder ohne dich. Besser mit dir.«

»Warum machst du dir Sorgen um mich? Du träumst doch davon, sie zurückzubekommen!«

»Marie ist imstande, einem Toten die Treue zu halten. Aber nicht einem Feigling.«

Christian ging.

33

Es wurde schon fast dunkel über dem Hafen von Killmore, als die Polizeikontingente, die Angus zur Verstärkung angefordert hatte, von Bord der Fähre gingen. Seit er die Leichenhalle verlassen hatte, rotierte er. Die Personenbeschreibung von Lucas, die er hatte verteilen lassen, die Überwachung des Flughafens und der Fähre – alles war ergebnislos geblieben.In der Polizeiwache war die Spannung auf dem Höhepunkt. Er hatte nun sämtliche Polizeikräfte versammelt und ließ Lucas' Bild herumgehen, während er ihnen die Lage beschrieb.

»Dieser Mann ist nicht Commandant Fersen, sondern ein Zwillingsbruder, der sich für ihn ausgibt, er ist bewaffnet und außerordentlich gefährlich. Das letzte Mal wurde er vor mehreren Stunden im Krankenhaus gesehen. Es ist nicht auszuschließen, dass er die Insel bereits verlassen hat, aber es ist auch sehr gut möglich, dass er noch hier ist. Also los! Immer zu zweit. Und ich will einen Bericht alle zwei Stunden!«

Er zündete sich die x-te Zigarette an, als sein Handy klingelte. Der Staatsanwalt. Angus zog die Schultern hoch und ließ den Schwall von Vorwürfen über sich ergehen. Den Fall immer noch nicht abgeschlossen ... Zugelassen, dass ein Mord auf den anderen folgt ... Bla-bla-bla ... Angus murmelte ein Auf Wiederhören und legte auf.

Seine Verärgerung stieg sprunghaft, als er die beiden Beam-

ten, die zur Bewachung des Klosters abgestellt worden waren, in die Cafeteria gehen sah.
»Was treiben Sie denn hier?«, fragte er wütend.
Die beiden Männer hoben im Bewusstsein ihrer Unschuld die Schultern. Schließlich hatte man sie, genau wie ihre Kollegen am See, von der Wache abgezogen. Angus ahnte schon Schlimmes:
»Wer war das?«
»Commandant Fersen. Übrigens ein netter Kerl, der hat uns schon öfter …«
Die Lobrede endete abrupt, als ihnen Angus den Suchbefehl mit Lucas' Foto unter die Nase hielt. Die beiden traten vorsichtig den Rückzug an. Wenn man jetzt nicht mal mehr den Vorgesetzten trauen durfte …
Angus trat wütend gegen ein Metallregal, das gefährlich ins Schwanken geriet. Er hielt es mit einer Hand fest, doch Pierrics Lumpenpuppe – die man dort zwischengelagert hatte, um sie später ihrem rechtmäßigen Eigentümer zurückzuerstatten – fiel auf den Boden, und das Plumpsen wurde vom Geräusch splitternden Glases begleitet. Die Augen der Puppe waren zersprungen. Und weinten blutige Tränen.

***

Marie hatte sich einen Besen gesucht und benutzte ihn nun als Hebel bei ihrem verzweifelten Versuch, die Gesteinsbrocken in der Schleuse zur Seite zu bewegen. Als Christian kam, brach gerade der Stiel.
»Es nutzt nichts«, sagte sie und warf den kläglichen Stielrest weg. »Es ist aus.«
In ihren grünen Augen standen Tränen. Ihr Leiden war schwer zu ertragen.
»Letzten Endes wird er einsehen, dass du nichts dafür kannst.«

»Da kennst du ihn schlecht. Er hat einen sehr hohen Begriff von der Liebe. Und von der Treue. Auch wenn ich es nicht wissen konnte, aus seiner Sicht habe ich ihn betrogen. Und es ist nicht nur das ... Jedes Mal, wenn ich ihn sehe, muss ich an den Anderen denken ... Obwohl ich weiß, dass er es ist. Es ist stärker als ich, ich bin wie vergiftet ...«

Christians Fluch unterbrach sie. Sie folgte seinem Blick und zuckte zusammen. Axel war nicht mehr da! Am Fußende des Bettes, an das sie ihn gefesselt hatten, hingen nur noch Fetzen des Klebebands. Marie zog ihre Waffe, doch so genau sie die Wohnung auch durchsuchten, Axel blieb verschwunden. Marie entdeckte dann die Blutspuren an der Lüftungsklappe des Schlafzimmers.

***

Christians Worte hatten sich schließlich doch noch einen Weg in Lucas' vernebelten Geist gebahnt. Er war sich zwar nach wie vor nicht sicher, ob er das alles würde vergessen können, aber für ihn stand fest, dass er Marie nicht verlieren wollte. Er wollte gerade zur Wohnung gehen, da hörte er ein dumpfes rhythmisches Klopfen. Neugierig ging er in den Stollen hinein, aus dem das Geräusch kam. Punkt. Strich. Punkt. Strich. Das waren Morsezeichen. Jemand rief um Hilfe! Da er nicht wusste, dass das Ungeheuer wieder durchs Labyrinth streifte, rannte er los.

Zweihundert Meter weiter stand er vor einem Schutthaufen, bei der Explosion war ein großes Mauerstück eingestürzt. Die Zeichen waren jetzt lauter zu hören, dennoch wurden die Abstände größer, als ließen die Kräfte des Hilferufenden nach. Die Geräuschquelle lag hinter dem Geröll. Mit der Kraft der Hoffnung begann Lucas Erdreich und Steine zur Seite zu räumen. Als er auf Beton stieß, war er bereits schweißgebadet. Er war überrascht, hier einen Baustoff vorzufinden,

der zur Zeit des Bergwerks noch nicht verwendet wurde, und arbeitete umso heftiger.
Die Klopfzeichen waren schon verstummt, als er eine Öffnung fand. Er streckte seine Hand vor, um sie auszuleuchten, da tauchte plötzlich eine andere Hand auf, ausgezehrt und zitternd, und packte seine. Die Finger waren knotig, die Adern traten stark hervor unter der mit Altersflecken übersäten Pergamenthaut. Im Schein der Lampe erschien das Gesicht eines Mannes mit langem weißen Haar und einem üppigen Bart. Über den einst nussbraunen Augen lag ein feiner Schleier, auf den trockenen Lippen ein leichtes Lächeln. Vor Lucas stand der Mann, der er in dreißig Jahren sein würde. Jacques Reynault. Sein Vater. Der verrückte Gelehrte. Das Ungeheuer.

Die Bunsenbrenner hatten das Feuer 1969 überstanden. Das von Joseph Reynault in den vierziger Jahren eingerichtete Labor war noch im Originalzustand erhalten. Die Fliesen waren hier und da gesprungen, vor den rußgeschwärzten Wänden standen noch gläserne Brutkästen, die, auch wenn bei den meisten nur noch das Gestell erhalten war, an die Embryonenforschung erinnerten, die hier einmal betrieben worden war.
Jacques hatte sich erschöpft auf eine erstaunlicherweise noch heil gebliebene Bank sinken lassen. Voller Bitterkeit stand Lucas vor ihm. Der alte Mann seufzte, als Lucas nach Axel und Pierre fragte. Den Vergessenen von Killmore.
»Warum hat meine Mutter sie im Stich gelassen? Es waren ihre Kinder!«
Die Stimme war so schwach, dass Lucas sich über den alten Mann beugen musste, um zu hören, was die ausgetrockneten Lippen flüsterten.
»Pierre und Axel waren niemandes Kinder …«
Er hustete. Dann fuhr er fort.

»Mein Vater, Joseph, war ein exzellenter Genforscher und zu allem bereit, um seinen Wissensdurst zu befriedigen. Als typisches Genie interessierte er sich kaum dafür, woher das Geld für seine Forschungen kam, solange es nur genug war. 1941 richtete er dieses Labor auf der Insel ein, die der Familie meiner Mutter gehörte, den Hostiers.«

Er brach ab und holte tief Luft.

»1960 kam er gemeinsam mit meiner Mutter bei einem Autounfall um, sie hinterließen mir ein Vermögen von schätzungsweise hundert Millionen Franc in Goldbarren. Meine Schwester, die schon als Jugendliche zur Religiosität geneigt hatte, erbte die Insel der Schimären und das ehemalige Kloster. Im selben Jahr heiratete ich deine Mutter, die bereits unser erstes Kind erwartete, ein kleines Mädchen, wir tauften es Émilie. Sie war wunderschön. Das größte Glück meines Lebens. Sechs Monate später starb sie, weil wir keine Spenderniere fanden.«

Wieder wurde er von einem Hustenanfall geschüttelt.

»Am Tag, als wir sie begruben, schwor ich mir, dass sich solche Tragödien nicht mehr ereignen sollten. Deshalb setzte ich die Forschungen meines Vaters fort. Ich war von meinem Ziel besessen: Ich wollte es möglich machen, Embryonen zu klonen, um eine genetisch perfekt passende Organbank zur Verfügung zu haben.«

»Françoise war wieder schwanger, als ich endlich so weit war. Anfang 1961 kamst du zur Welt. Ein Sohn ... Deine Mutter und ich, wir freuten uns wahnsinnig.«

Lucas lachte trocken auf.

»So sehr, dass du sie unbedingt mit Louise Sullivan betrügen musstest!«

Jacques zuckte ratlos mit den Schultern.

»Es geschah nicht mit Vorbedacht. Ich hätte nie geglaubt, dass ich mich so sehr in diese Frau verlieben könnte, die ich schon als Kind gekannt habe und die zwölf Jahre älter als ich

war. Nur sie wusste, woran ich forschte. Sie hat mich immer dabei unterstützt.«
Er verstummte kurz, als hätte ihn die Erinnerung an Louise in einen nostalgischen Traum gezogen, in dem Lucas keinen Platz hatte.
»Von 1961 bis 1967«, sprach er dann weiter, »kam ich mit meinem Assistenten Francis Maréchal regelmäßig hierher. Gemeinsam haben wir in diesen Jahren mit Hilfe deiner DNA Klone gezüchtet.«
Lucas wurde schwindelig bei dem Gedanken, dass dieser Mann Dutzende von Kopien von ihm hergestellt hatte, bloß damit sie notfalls als Ersatzteillager für ihn dienen konnten. Eine lebende Lucas-Organbank.
»Und dann, Weihnachten 1967, kam es zur Katastrophe … Aus irgendeinem unerfindlichen Grund war der Durchgang in der Krypta nicht geschlossen worden, und du hast ihn gefunden. Deine Mutter suchte nach dir und stieß dabei auf mein Labor. So hat sie herausgefunden, welcher Natur meine Geheimforschungen waren.«
Vor Lucas' Augen geriet plötzlich alles in Bewegung. Der Staub verschwand, die Fliesen an den Wänden glänzten makellos weiß, an den ordentlich aufgereihten Brutkästen blinkten wieder die Glaswände … Und darin lag ein kleiner Lucas neben dem anderen, in ganz unterschiedlichen Entwicklungsstadien, mit dunklen Löckchen und braunen Augen.
Françoise' Sohn war wieder sechs Jahre alt. Er kauerte hinter einem Regal voller Gläser und starb fast vor Angst. Er wusste, Mutter würde mit ihm schimpfen, weil er einfach aus dem Kreuzgang weg und in die Krypta hinuntergelaufen war, ohne Bescheid zu sagen. In seiner Hast hatte er die Madonnenstatue umgeworfen, und dann war plötzlich die Steinplatte zur Seite geglitten. Getrieben von einer verzehrenden Neugier, die ihn später zur Erforschung von Ritualverbrechen

verlocken sollte, hatte er sich in die Tiefe vorgewagt und dann im Labor versteckt. Zwischen den Regalborden hindurch beobachtete er die Babys, deren Gesichter ihm unerklärlich vertraut schienen. Und dann kam seine Mutter. Das Geheimnis der Insel der Schimären hatte sie seelisch und psychisch vernichtet.

Obwohl sich Jacques anfangs etwas über diesen unverhofften Besuch ärgerte, war er doch erleichtert, sich nicht mehr verstecken zu müssen.

»Ich hatte keinen Augenblick lang geglaubt, sie könne mich nicht verstehen. Sie hatte so sehr unter Émilies Tod gelitten … Aber sie nannte mich ein Ungeheuer.«

Das Wort hallte in dem verängstigten Kind wider, das Lucas gewesen war. Blitzartig erschien ihm wieder sein Vater, wie er seiner in Tränen aufgelösten Mutter die beiden ersten Klone präsentierte, die er gleich bei Lucas' Geburt geschaffen hatte. Axel und Pierre. Seine Brüder. Kopien. Von denen sein Vater sagte, sie seien noch nicht vollkommen, aber die nächsten würden dem Original sicher haargenau entsprechen!

Lucas hörte Hélènes empörte Einwände, als wäre die Szene erst einen Tag her.

»Ich darf dich nicht gewähren lassen«, hatte sie voller Grauen gesagt. »Ich kann nicht zulassen, dass du unseren Sohn unendlich oft kopierst, um eine Organbank zu schaffen, aus der du dich nach Belieben bedienst!«

Jacques hatte sie angefleht zu schweigen, die Behörden nicht zu benachrichtigen, und hatte sie dann schließlich mit den beiden Klonen zu rühren versucht.

»Es sind Kinder, unsere Kinder, sie brauchen eine Mutter, sie brauchen dich …«

Und da waren bei Hélène die Sicherungen durchgebrannt. Sie hatte eine Eisenstange ergriffen, die normalerweise als Riegel vor die Tür geschoben wurde, und in wahnsinniger Wut auf die Brutkästen eingeschlagen. Und dabei hatte sie unglücklicherweise eine Gasleitung herausgerissen und damit den Brand im Labor ausgelöst.

Inmitten der züngelnden Flammen die unmenschlichen Schreie einer Frau. Und dann explodierte alles zu einem Regen aus Funken, Glassplittern und Wasser.

Der kleine Quentin war aus dem Labor gerannt.

Fliehen. Schnell. Sein keuchender Atem wurde von Schluchzern unterbrochen. Zu beiden Seiten die feuchtigkeitstriefenden Stollenwände. Ein Grab öffnete sich. Arkaden zogen vorüber. Schneller, schneller! Er war im Wald, Zweige peitschten sein Gesicht, bösartige Wurzeln brachten ihn ins Stolpern, und die Schatten hinter ihm kamen immer näher. Nein …

»Deine Mutter wurde sich plötzlich der Realität bewusst und floh ebenfalls, während die Flammen im Labor wüteten und ich zu retten versuchte, was zu retten war.«

Doch Lucas hörte die Stimme des wahnsinnigen Wissenschaftlers nicht mehr. Er war wieder sechs Jahre alt. Er rannte. So schnell es seine kleinen Beine vermochten, durch die Galerie, die Steintreppe hinauf, durch die Krypta, wo er gegen das offene Grab stieß, durch den Wandelgang, an den Säulen vorbei, und dann durch den Wald.

Schneller! Nicht umschauen. Nur geradeaus rennen. Der Wind strich über sein Gesicht, über die von Tränen überströmten Wangen. Sein Herz schlug so heftig, als wollte es aus der Brust springen. Schluchzen stieg ihm in die Kehle. Fliehen! Sich nicht umschauen! Und dann gar nichts mehr. Nur noch ein Abgrund. Der Steilfelsen. Geister, die sich näherten, die ihre Arme wie Tentakel nach ihm ausstreckten … Der Boden gab unter seinen Füßen nach …

Und die Glocken begannen zu läuten… Der kleine Junge war direkt an der Kante des Steilfelsens stehen geblieben. Hinter ihm tauchten blasse Gestalten auf. Die Nonnen. Er war im Begriff zu fallen, er spürte, wie er nach vorn kippte – und dann war da plötzlich eine Frau in einem langen roten Kleid. Und dann nichts mehr, ein schwarzes Loch. Als er wieder zu sich kam, wurde er an Bord des Wasserflugzeugs gebracht. Aus seiner Nase liefen einige Blutstropfen. Eine Neumondnacht.

»Die Frau in Rot war Mary Sullivan«, erklärte sein Vater. »Sie trug die Tracht der Magdalenerinnen. Sie hatte die allgemeine Aufregung genutzt und war aus dem Kloster geflohen. Ihre Mutter hatte sie dort einsperren lassen, damit sie unsere Liaison nicht verraten konnte. Mutter Clementia und Schwester Angelica waren ihr nachgelaufen. Nicht dir. Und Mary war es, die dich an jenem Abend vor dem Sturz vom Felsen rettete.«

Lucas, der dem Übernatürlichen immer ablehnend gegenübergestanden hatte, fand es nun doch seltsam, dass ihm das Schicksal Mary zu Hilfe geschickt hatte, die damals bereits Marie erwartete, ihre Tochter, die er fast vierzig Jahre später heiraten sollte.

»Wo warst du, als meine Mutter und ich in das von Louise manipulierte Wasserflugzeug stiegen?«

Das pergamentene Gesicht des alten Mannes verzerrte sich, als er von dieser Sabotage erfuhr. Offensichtlich hatte er immer an einen Unfall geglaubt. Doch er ging nicht darauf ein, sondern erklärte:

»Ich habe versucht, das Feuer zu löschen und möglichst viele Embryonen zu retten, doch sie kamen um. Nur Axel und Pierre überlebten. Und dann erfuhr ich vom Tod meiner Frau und von deinem … Ich wollte das schützen, was mir das Liebste auf der Welt war, und dabei verlor ich dich für immer. Nichts war mir geblieben, außer zwei missglückten Klonen.«

Seine Augen, die in vierzig Jahren Dämmerlicht trübe geworden waren, füllten sich mit Tränen.

»Mein Leben war zu Ende. Ich beschloss so zu tun, als wäre ich beim Brand im Labor ums Leben gekommen. Das war auch die Geschichte, die Thérèse Louise erzählte. Die beiden haben dann verbreitet, wir wären alle drei mit dem Wasserflugzeug abgestürzt, deine Mutter, du und ich. Ich blieb im Kloster, um Axel und Pierre aufzuziehen. Thérèse hatte mir Stillschweigen versprochen und half mir.«

Die Falten seines Gesichts vertieften sich.

»Doch Axel wurde extrem gefährlich. Als er den kleinen Pierre zu töten versuchte, beschloss ich, ihn von der Welt zu isolieren. Dennoch sollte er jede nur mögliche Annehmlichkeit, auch Bildung und Kultur, genießen. Meine einzige Hoffnung, dich eines Tages neu erschaffen zu können, lag in der Blutprobe, die ich noch von dir hatte. Doch Axel zerstörte sie eines Tages, weil er den Gedanken, nicht einzigartig zu sein, unerträglich fand. Ich habe meine Forschungen endgültig eingestellt und die Einsamkeit gewählt, um im Gebet Buße zu tun …«

Er wollte die Lider senken, doch plötzlich riss er die Augen auf und starrte auf einen Punkt hinter Lucas' Rücken. Lucas fuhr herum. Und dann traf ihn Axels Kinnhaken.

***

Zwei Stollen weiter ging Christian, der durch ein Seil mit Marie verbunden war, Richtung Norden. Immer wieder überprüfte er die Route mit einem Blick in die alten Pläne des Bergwerks. Er suchte den Weg zum Turm. Marie folgte ihm schweigend, in Gedanken ganz bei Lucas. Was dem Skipper wohl bewusst war.

»Wenn er diese Sache mit Axel nicht überwinden kann, dann ist er eben einer Frau wie deiner nicht wert.«

Marie wollte antworten, doch da sah sie ihn vornüberstürzen. Das Seil spannte sich. Mit aller Kraft stemmte sie ihre Fersen in den Boden, doch der Untergrund war nicht fest genug, sie geriet ins Rutschen. Sie breitete die Arme aus und versuchte sich an den Felswänden festzuhalten. Ihre Fingernägel rutschten über den Stein, ohne Halt zu finden. Christians Gewicht zog sie erbarmungslos auf den Abgrund zu. Bald schon war sie am Rand des Schachts angekommen. Es war derselbe Schacht, in den auch Lucas einige Tage zuvor fast gefallen wäre. Der Sturz war nicht mehr zu vermeiden. Sie fiel mit dem Kopf voran.

In einem letzten Reflex bohrten sich ihre Finger in eine Felsunebenheit am Rande des Schachts. Die Lampe, die an ihrem Gürtel hing, leuchtete in die Tiefe, doch den Grund des Schachtes konnte sie nicht erkennen.

Sie sah Christian, der einige Meter unter ihr im Leeren baumelte und dessen Leben jetzt an dem acht Millimeter starken Seil zwischen ihnen beiden hing. In seinen Augen las sie das Grauen darüber, dass es nun allein auf ihre Kraft und die Festigkeit ihres Griffs ankam. Eine ihrer Hände hielt es nicht mehr aus, sie öffnete sich. Die andere hatte noch Kraft. Doch für wie lange? In einigen Sekunden, höchstens einer Minute, würde auch sie sich öffnen, und sie würden beide sterben. Christian lächelte ihr zu, ein Lächeln, aus der seine unendliche Liebe zu ihr strahlte.

»Ich hätte so gern mehr Zeit mit dir gehabt, Marie.«

Ihr stockte das Blut, als sie sah, wie er ein Taschenmesser hervorzog und es aufklappte. Sie wusste genau, was er vorhatte, und alles in ihr begehrte dagegen auf.

»Nein, tu das nicht … sonst lass ich sofort los.«

»Das ist die einzige Lösung«, sagte er sanft. »Ich bin viel zu schwer. Du kannst mich nicht mehr halten. Nur allein hast du noch eine Chance.«

»Ich halte dich«, sagte sie fest. »Ich verspreche, ich kann uns halten. Bitte, Christian, tu's nicht. Ich flehe dich an …«

Sie merkte nicht, dass ihr Tränen übers Gesicht liefen.

»Ich kann mir ein Leben nicht vorstellen, in dem du nicht vorkommst.«

»Ich mir auch nicht. Aber dein Leben gehört zu Lucas, nicht zu mir, obwohl ich es lange gehofft habe.«
»Ich will dich nicht verlieren …«
Wieder lächelte Christian. Ein sehr zärtliches, hell strahlendes Lächeln.
»Ich liebe dich, Marie. Ich habe dich immer geliebt, und ich werde dich immer lieben. Bitte versprich mir, dass du dich rettest, dass du glücklich wirst.«
»Ich habe solche Angst«, flüsterte sie.
»Versprich es mir, meine Geliebte, bitte.«
Mit tränenerstickter Stimme versprach sie es. Christian lächelte ihr ein letztes Mal zu, dann schnitt er mit ruhiger Hand das Seil durch. Marie schluchzte, als er von der Tiefe verschluckt wurde. Einen Augenblick lang war sie versucht, ihm zu folgen. Sie wollte schon loslassen, als der Lebensmut noch einmal die Oberhand über die Verzweiflung gewann. Also hielt sie weiter fest, doch ihre Hand rutschte unmerklich, ihre Fingernägel brachen. Der Schmerz strahlte durch ihren ganzen Arm. Sie würde loslassen. Da hörte sie Schritte. Freund oder Feind? Zwei Stiefel erschienen am Schachtrand. Als Marie losließ, umschloss jemand ihr Handgelenk mit einem festen Griff.
Struppig, voller Staub und von geronnenem Blut verschmiert zog Ryan sie aus dem Abgrund, während sie ihn ungläubig anstarrte. Anscheinend bestand seine einzige Mission auf Erden darin, ihr immer wieder das Leben zu retten und sie zu trösten.
»Christian ist für mich gestorben«, flüsterte sie und warf sich dann weinend an die Brust ihres Vaters.
Der nahm sie in die Arme und brachte sie in die Grotte. Wie gern hätte er ihr Zeit gelassen, ihrem Kummer über den Verlust der ersten Liebe freien Lauf zu lassen. Doch jede Minute zählte, sie mussten das Ungeheuer fassen.
»Du bleibst hier«, sagte Ryan zu seiner Tochter. »Pierre-Marie holt Verstärkung. Und ich suche Lucas.«

Marie protestierte, doch er wollte nichts hören. Allein käme er schneller voran. Und vor allem sollte sie sich nicht in Gefahr begeben. Sie gab ihm ihre Waffe, die sie in der Wohnung wieder an sich genommen hatte.
»Pass auf dich auf.«
Ryan steckte die Sig Sauer hinten in seinen Gürtel. Dann nahm er Maries Gesicht in beide Hände und sah ihr tief in die vom Weinen geröteten Augen.
»Vergiss nie, dass ich dich liebe. Mehr als alles auf der Welt.«
Sie schloss die Augen, um die dumpfe Angst zu verscheuchen, die ihr plötzlich ans Herz griff. Ein Kuss streifte ihre Wange. Dann war es still. Ryan war gegangen. Im Wasser des Beckens, dem sie den Rücken zugekehrt hatte, stieg ein seltsamer Lichtschein auf. Zwei grüne phosphoreszierende Augen. Die sich auf Marie richteten.

34

PM hatte Ryans Drängen schließlich doch nachgegeben und das Kloster verlassen, um die Polizei zu alarmieren. Er lief an dem wieder still daliegenden dunklen Wasser des Sees entlang zu seinem Wagen und leuchtete dabei mit seiner Lampe über das Ufer. Plötzlich funkelte etwas. Neugierig bückte er sich und sah im Schilf einen Stein in der Größe eines größeren Hagelkorns. Es war ein Stein wie jeder andere, bis auf diesen goldfarbenen Streifen. Er rieb den Stein an einem Felsen. Ein Goldklumpen! Er leuchtete die Umgebung aus und sah weitere solcher Steine am Ufer liegen. Er lachte schallend. Er würde nicht tauchen müssen, um den Schatz der Scharlachroten Königin zu bergen. Die Explosion hatte ihn aus dem See hinausbefördert, ihm vor die Füße geworfen. Er brauchte sich nur noch zu bücken und ihn aufzusammeln. Wer sagte denn, er sei kein Liebling der Götter?
Er hatte völlig vergessen, dass er die Polizei rufen sollte, und sammelte eifrig die kostbaren Klumpen in seinen zu einem Sack verknoteten Pullover. Er hatte gerade den Schatz im Kofferraum verstaut, als er die ersten Blaulichter sah. Mit einer Flucht würde er sich sofort verdächtig machen. Den Schatz unbeaufsichtigt zu lassen wäre riskant. Ihn mit ins Kloster nehmen? Sich dort damit verstecken und abwarten, bis die Luft wieder rein wäre?
Ein verführerischer Gedanke, doch er wurde vom Geräusch

eines Hubschraubers, der jetzt oben auf dem Steilfelsen landete, zerfetzt. Er würde es nicht unbemerkt ins Kloster schaffen. Die Blaulichter kamen näher, bald wäre die Polizei da. Eiskalter Schweiß brach ihm aus, während er fieberhaft nachdachte. Was würde Ryan an seiner Stelle tun?
Er lachte, als er überlegte, dass sein Bruder wahrscheinlich nur den Kofferraum geschlossen hätte und zu den Polizisten gegangen wäre, um ihnen irgendeine Geschichte aufzutischen. Dann hätte er ihnen alles Weitere überlassen, sich ans Steuer gesetzt und die Insel verlassen. Als reicher Mann.
Er war schon viel gelassener, als er den Kofferraumdeckel zudrückte und dann zu Angus ging, der gerade seinen Wagen gestoppt hatte. PM kam gleich zum Wesentlichen, um nicht unnötig lange dableiben zu müssen. Und kaum hatte er Angus die Geschichte erzählt, plante dieser auch schon die weitere Vorgehensweise. Als PM begriff, dass Angus ihn in seine Pläne einbezog, war es schon zu spät zur Umkehr. Todunglücklich machte er sich mit den Polizisten auf den Weg, um ihnen die Stelle zu zeigen, an der Ryan fast das Zeitliche gesegnet hätte.

***

Lucas war fest an einen Stuhl gefesselt, als er wieder zu sich kam. Als er vorsichtig unter halb geschlossenen Lidern hervorlugte, sah er als Erstes den Lauf seiner Dienstwaffe. Als Nächstes Axels linke Hand, deren Zeigefinger am Abzug lag. Bereit zum Feuern. Auch Jacques war da. Er saß in zwei Metern Entfernung mit gefesselten Armen und Beinen auf einem Stuhl. Er schien am Ende zu sein, sein Kopf hing nach vorn, die Nasenflügel waren eingefallen, der wächserne Teint sehr blass. Etwas wie Bedauern überkam Lucas, weil er seine Brüder und seinen Vater nicht gekannt hatte, doch der Gedanke an die Hölle, die sie alle hätten durchleben müssen, wenn das

Experiment publik geworden wäre, verscheuchte alle Wehmut. Axel und Pierre wären von der Wissenschaft als Versuchskaninchen missbraucht worden, seinen Vater hätte man ins Gefängnis gesperrt. Wie hätten Hélène und er das ertragen sollen? Sein Zwillingsbruder ergriff genüsslich das Wort.
»Ich habe die Blutprobe nicht zerstört, teurer Vater. Ich habe sie lediglich in den Augen der kostbaren Puppe versteckt, die einst deiner geliebten Émilie gehörte und die dann Pierre, der Dummkopf, ständig mit sich herumschleppte. Ich weiß nicht, was aus ihr geworden ist.«
Vor Lucas' innerem Auge wurde Pierrics Bild plötzlich von Pierre überlagert. Er konnte sich denken, auf welchem Wege die Puppe Irland und die Insel der Schimären verlassen hatte und auf einer anderen Insel gestrandet war. Auf Lands'en. Unwillkürlich dachte er laut weiter.
»Wahrscheinlich hat Mary während ihrer Gefangenschaft im Kloster Zuneigung zum kleinen Pierre gefasst, der sehr unter der fehlenden Mutterliebe litt. Ich nehme an, er hat ihr die Puppe im Tausch gegen die Haarlocke gegeben, die er bis zu seinem Tode bei sich trug.«
Während Lucas über dieses seltsame Transportmittel nachdachte, das sein Genmaterial wie einen Augapfel gehütet hatte, fuhr Axel in seinen Hasstiraden gegen Jacques Reynault fort, diesen Vater, der ihn nie geliebt habe, und gegen Lucas, als dessen erbärmliche Kopie er immer betrachtet worden sei. Er lachte irr.
»Erbärmliche Kopie! Die Erbärmlichen seid ihr! Indem ihr mich zur Einsamkeit verdammt habt, habt ihr mir Gelegenheit gegeben, mein Genie voll auszubilden. Ihr habt aus mir eine Ausnahmeerscheinung gemacht, und Lucas war nur der erste Versuch. Ja, ich bin einzigartig! Ich bin der Herr dieses Spiels! Und dank Maréchals Tagebuch, in dem er eure Forschungen beschrieben hat, werde ich morgen schon Herr der Welt sein.«

Es war nur ein ganz leiser Laut, kaum ein Seufzer. Dem alten Wissenschaftler war der Kopf auf die Brust gefallen. Axel war mit zwei Schritten bei ihm, packte in das weiße Haar, riss ihm den Kopf hoch und sah aufmerksam in das bleiche Gesicht, das von allem Leben verlassen schien. Er betrachtete die eingefallenen Nasenflügel, hielt sein Ohr vor Mund und Nase des alten Herrn und ließ den Kopf dann fallen wie irgendeinen leblosen Gegenstand.

»Ich hätte dich so gern vor seinen Augen umgebracht, um ihm dann den Rest zu geben.«

Axels Enttäuschung gab seinem Hass neue Nahrung. Sein Gesicht war zu einer Maske verzerrt, als er sich wieder Lucas zuwandte. In den braunen Augen, die seinen eigenen so sehr glichen, las Lucas sein Todesurteil. Er beherrschte sich, damit Axel seine Angst nicht sah.

»Wir sterben alle. Früher oder später.«

»Bréhat ist weg, wenn du auch tot bist, bin ich mit Marie allein. Ich habe genug Lebensmittel für einige Zeit mitgebracht. Anfangs wird sie sich empören, sich dem Naheliegenden verweigern, aber letzten Endes wird sie zu mir zurückkehren und mich anflehen, sie zu lieben. Nicht als Kopie von Lucas Fersen, sondern als Axel!«

Wider Erwarten umspielte ein leichtes Lächeln Lucas' Lippen. Die Worte des Ungeheuers hatten ihn von einer immensen Last befreit. Er würde sterben, das ja, aber in der Erinnerung an eine unbeschädigte Liebe.

»Niemals. Sie wird dich niemals lieben.«

Die Explosion ging ihm durch und durch. Doch der befürchtete Schmerz blieb aus. In der Stille, die jetzt eingetreten war, öffnete Lucas die Augen und sah in die Mündung seiner Dienstwaffe, die plötzlich mit einem Höllenlärm Kugel für Kugel auf ihn abschoss, bis das Magazin leer war. Doch keins der Geschosse verursachte den geringsten Schmerz.

Lucas fragte sich noch, welches Wunder da geschehen war,

als Axel die Waffe mit einem Wutschrei zu Boden warf und sich auf ihn stürzte. Er umklammerte Lucas' Hals und drückte zu. Lucas rang mit offenem Mund nach Luft. Ein schwarzer Schleier begann sich über seine Augen zu legen.
Der Schuss erschreckte beide Zwillingsbrüder gleichermaßen. Auf Axels Gesicht zeichnete sich absolute Verblüffung ab, während sich sein Griff lockerte. Er schwankte, streckte ein letztes Mal den Arm nach seinem Bruder aus und kippte dann nach hinten. Im Türrahmen stand die Gestalt eines Mannes, die noch rauchende Waffe in der einen, eine Taschenlampe, die er jetzt auf Lucas richtete, in der anderen Hand. Lucas erkannte seinen Retter selbst im Gegenlicht. Und wusste nun, wer seine Dienstwaffe mit Platzpatronen geladen hatte.
Maries Vater betrachtete Jacques Reynaults leblosen Körper. Dann ging er zu Lucas und bestätigte ihm, dass tatsächlich er die Waffe unschädlich gemacht habe, nachdem er ernsthaft an seinem Schwiegersohn zu zweifeln begonnen habe.
»Und wann genau fingen Sie an zu zweifeln?«, knurrte Lucas.
»Auch nicht eher als Marie.«
Lucas war ihm dankbar für diese Antwort, die einmal mehr bewies, wie sehr Ryan seine Tochter liebte. Er nickte.
»Ich stehe mehr denn je in Ihrer Schuld, aber das wird mich nicht daran hindern, Sie bei nächster Gelegenheit festzunehmen. Selbst wenn ich deshalb die Frau verliere, die ich liebe.«
Ein leichtes Lächeln glitt über Ryans Gesicht.
»Dann werde ich versuchen, dir nicht so bald eine Gelegenheit zu bieten …«
Er machte einige Schritte auf den Ausgang zu.
»Ich nehme an, Sie hatten nicht vor, mich von den Fesseln zu befreien?«
»Sobald ich in Sicherheit bin, schicke ich dir jemanden. Ich

verlasse mich darauf, dass du meine Tochter glücklich machst.«
Im nächsten Augenblick war er verschwunden, vom Dämmer des Stollens verschluckt.

Marie war nicht mehr in der Grotte. Am Beckenrand waren Fußspuren. Ryan betrachtete sie aufmerksam. An der Schrittlänge erkannte er, dass sie vor etwas weggelaufen sein musste. Aber vor wem? Oder vor was? Voller Angst folgte er den Spuren im Schmutz und rannte dann in den Stollen, in den sie gelaufen war.

***

PM versuchte zu trödeln, doch Angus rief ihn regelmäßig zur Ordnung und drängte ihn zur Eile. Sie waren noch etwa fünfzig Meter vom Kloster entfernt, auf das außerdem eine Kolonne Polizisten flott zumarschierte. PM erwiderte ärgerlich, er habe sich bei dem Versuch, Ryan zu helfen, den Knöchel verstaucht und Angus solle sich durch ihn nicht aufhalten lassen. Er überlegte schon, wie er sich aus dem Staub machen könne, indem er Angus ein wenig Vorsprung ließe, als der Ire plötzlich heftig fluchte. Er war stehen geblieben und blickte aufs Meer. Danas Turm war hell erleuchtet. Die Riffe rings um seine Fundamente schienen zu glühen und umgaben das massige Bauwerk mit einer Art Flammenkranz. Das Meer brannte!
Der Hubschrauberpilot sollte ihnen später erzählen, dass sich drei Feuerspiralen um den Turm als Mittelpunkt gedreht hätten. Nach links. Das Siegel der Scharlachroten Königin.

***

Ryan war schon fast an dem Spalt angelangt, der zum Turm führte. Doch von Marie keine Spur. In äußerster Sorge drückte er sich durch den Spalt und gelangte in die Mitte des Turms. Er wunderte sich über den starken Wind, bis er den Hubschrauber hörte. Er hob den Kopf und sah sie. Dreißig Meter über ihm. Marie stand auf dem ehemaligen Wehrgang und winkte mit beiden Armen dem Hubschrauberpiloten, der über ihr in der Luft schwebte. Ryan lächelte strahlend, dann zückte er sein Handy und tippte eine Nummer ein.
Das Handy vibrierte an Maries Körper, sie zuckte zusammen. Edward Sullivan, stand auf dem Display. Atemlos hielt sie sich das Handy ans Ohr und das andere Ohr zu, um sich vom Hubschrauberlärm abzuschirmen.
Alles sei vorbei, sagte ihr Ryan, das Ungeheuer besiegt, Axel tot und Lucas am Leben. Er ging nicht auf die vielen Fragen ein, die sie hervorsprudelte, sondern beschrieb ihr, wo sie Lucas finden würde.
»Ihr beide habt es wirklich verdient, miteinander glücklich zu werden.«
Marie spürte etwas wie ein Lebewohl hinter diesen Worten. Das konnte sie nicht akzeptieren. Er durfte nicht noch einmal aus ihrem Leben verschwinden. Nicht jetzt. Nicht so.
»Ich werde immer da sein, wenn du mich brauchst.«
Intuitiv beugte sie sich vor und sah am Turm hinunter. Da stand ihr Vater und winkte. Und dann verschwand er.

35

Der Hubschrauber war wieder oben auf dem Steilfelsen gelandet, in der Nähe des Klosters. Lucas entdeckte Marie einen Sekundenbruchteil, bevor sie ihn sah. Ihre Blicke begegneten sich und blieben aneinander hängen, innig, fiebrig, erfüllt von einer Liebe, die durch die Prüfungen nur stärker geworden war.

Er stürzte sich auf sie und nahm sie unter Angus' gerührtem Blick in die Arme.

Die Tragen mit den Leichen von Axel und Jacques Reynault wurden in den Lieferwagen des Bestatters geschoben. Lucas, der seine Frau immer noch fest in den Armen hielt, sah ihnen nach. Marie hatte recht, dachte er, es war eine Ironie des Schicksals, dass sich ihre Eltern kannten, lange bevor sie beide sich auf Lands'en kennenlernten.

»Wir waren einander vorherbestimmt«, murmelte Marie.

»Nur dass wir uns nie begegnet wären, wenn ich mich nicht auf Ritualverbrechen spezialisiert hätte.«

In den grünen Augen blitzte es mutwillig.

»Diese Spezialisierung war kein Zufall. Es hing mit der Insel der Schimären zusammen und mit der Legende von der Scharlachroten Königin. Ob du willst oder nicht, sie ist in deine Seele eingebrannt, genauso wie bei mir die Strandräuberlegende.«

Vielleicht hatte sie auch damit recht.

Angus kam jetzt zu ihnen und verhinderte damit weitere Betrachtungen dieser Art. Er stellte ihnen einen seltsamen Gegenstand vor die Füße.
»Das haben die Taucher vor dem Turm aus dem Wasser gefischt …«
Marie lächelte träumerisch. Sie dachte an die grünen Augen, die sie knapp unter der Oberfläche des Beckens in der Grotte gesehen hatte. Fasziniert hatte sie die Hand nach ihnen ausgestreckt. Dieses Mal hatten sie sich ihr nicht entzogen. Das hatte sie dazu ermutigt, die Hand ins Wasser zu tauchen. Keine Reaktion. Die Augen hatten sie noch immer angesehen. Genau wie jetzt. Sie betrachteten den Gegenstand auf dem Boden. Lucas war völlig verblüfft. Es war ein einfacher Schwimmbadroboter mit zwei grünen Dioden, dessen lange Tentakel in Wirklichkeit nur biegsame Plastikschläuche waren.
»Axel war wirklich außergewöhnlich intelligent«, sagte Marie bitter. »Er hat den Roboter zu einem ferngesteuerten Ungeheuer umprogrammiert, das eine Mischung aus Salpeter, Pech, Naphta und Schwefel spuckte … Das berühmte griechische Feuer, das schon im Mittelalter verwendet wurde.«
Die Verblüffung, die immer noch auf Lucas' Gesicht stand, verwirrte sie.
»Nun sag mir nicht, du hättest von der Existenz dieses Roboters nichts gewusst!«
»Gar nichts!«
Sie dachte an ihren Kampf mit Axel zurück, als er sie oben auf dem Steilfelsen hatte erdrosseln wollen.
»Aber wer hat dann die Flammen damals aus dem See steigen lassen?«
Er zuckte leicht die Achseln.
»Vielleicht hat es sich von ganz allein ausgelöst. Die Maschine, die sich gegen ihren Schöpfer wendet. Wie Axel gegen seinen Vater.«

Vielleicht ist mir auch der Geist der Scharlachroten Königin zu Hilfe geeilt, dachte Marie.
Die schwere Klosterpforte schlug zu, die Ermittlungen waren zu Ende. Und die Forschungen ebenfalls.
Christians Leiche wurde nicht gefunden. Der Schacht hatte eine Verbindung zum Meer, vermutlich hatte ihn die Strömung davongetragen. Christian wäre mit einer solchen Bestattung zufrieden gewesen, dachte Marie.
Lucas spürte ihren Kummer und drückte sie sanft an sich. Er hatte Bréhat viel zu verdanken. Und Ryan noch mehr.
»Von Ihrem Vater keine Spur, Marie«, berichtete Angus. »Ich frage mich, wie er uns schon wieder zwischen den Fingern durchschlüpfen konnte. Es scheint ein Familientalent zu sein. Pierre-Marie hat sich auch in Luft aufgelöst …«
In der Tat hatte Maries Onkel die allgemeine Aufregung über die Flammen im Meer genutzt und sich abgesetzt. Als er zu seinem Wagen zurückgekommen war, hatte er sofort im Kofferraum nachgesehen. Leer. Die Goldklumpen waren verschwunden.
Stattdessen lag ein zusammengefalteter Zettel mit ein paar handschriftlichen Worten darin. Er hatte sie mit wachsendem Zorn entziffert: *Geld macht nicht glücklich, Brüderchen … Und ich möchte, dass du glücklich bist.*
PMs hysterisches Lachen war noch lange zu hören gewesen.

* * *

Marie saß an Bord des Hubschraubers, der in der strahlenden Morgensonne abhob, und betrachtete ein letztes Mal den Turm und den See, der ihnen beinahe zum Verhängnis geworden war. Sie fragte sich, wohin Ryan wohl gegangen sei und ob er es geschafft habe.
»Der Kerl ist wie eine Katze, er hat neun Leben«, sagte Lucas, der ihre Gedanken erraten hatte. »Ich bin sicher, eines

schönen Tages taucht er wieder auf. Wenn unser Kind zur Welt kommt zum Beispiel …«

Ihr Lächeln wurde ein wenig gedämpft durch die Übelkeit, die plötzlich in ihr aufstieg. Schweißtropfen perlten von ihrer Stirn, ihr Gesicht war leichenblass. Er sah sie besorgt an.

»Fehlt dir was?«

Sie schüttelte beruhigend den Kopf, doch die Angst blieb. Er versuchte sie zu verscheuchen, indem er ihr einen Kuss gab und sagte, nun sei alles vorbei.

Sie betete, dass es wahr wäre. Doch in ihrem tiefsten Innern, in einem geheimen Seelenwinkel, sagte eine Stimme, das sei es nicht. Sie legte den Kopf an die Schulter ihres geliebten Mannes und schloss die Augen.

Der Hubschrauber wandte sich nach Süden und ließ die Insel der Schimären und die Landenge, die sie für einige Stunden am Tag mit Killmore verband, weit hinter sich.

Der Reiter trug einen langen khakifarbenen Umhang und einen tief in die Stirn gezogenen Hut. Die Stiefel in den Steigbügeln bohrten sich in die Flanken des Arabers, der sich den Wellen der Flut entgegenwarf. Es sah aus, als galoppiere er auf dem Wasser. Eine Schimäre …

DANK

Großen Dank schulden wir unserem Agenten Jean-François Pignard de Marthod für seine wertvolle Unterstützung und seine Freundschaft und unseren Verlegern Michel Lafon und Pierre Fery für ihr Vertrauen.

Nicole Jamet
Marie-Anne Le Pezennec

DOLMEN

... vergessen sollst du nie

Die Polizistin Marie Kermeur kehrt zurück auf ihre bretonische Heimatinsel, um ihrem Jugendfreund das Jawort zu geben. Am Hochzeitsmorgen passiert das Entsetzliche: Sie entdeckt bei einem Spaziergang am Strand die Leiche ihres Bruders. In seiner Hand findet Marie eine rätselhafte Botschaft in bretonischer Sprache. Als einer der Menhire aus dem mystischen Steinkreis zu bluten anfängt, ist Marie sich sicher: Es war kein Unfall! Aber hat all das wirklich mit einer jahrhundertealten Legende zu tun? Da geschieht auch schon ein weiterer Mord ...

»Nervenkitzel pur!«
Münstersche Zeitung

Knaur Taschenbuch Verlag